MICHAEL CONNELLY
VERGESSENE STIMMEN

DER ELFTE FALL FÜR HARRY BOSCH

Aus dem amerikanischen Englisch
von Sepp Leeb

KAMPA

Die amerikanische Originalausgabe erschien 2005 unter dem Titel
The Closers im Verlag Little, Brown and Company, New York.
Die deutsche Erstausgabe erschien 2006 im Heyne Verlag, München.

Für den Blick hinter die Verlagskulissen:
www.kampaverlag.ch/newsletter

KAMPA POCKET
DIE ERSTE KLIMANEUTRALE TASCHENBUCHREIHE
Gedruckt auf säurefreiem und chlorfrei gebleichtem Papier zur Unterstützung verantwortungsvoller Waldnutzung, zertifiziert durch das Forest Stewardship Council. Der Umschlag enthält kein Plastik. Kampa Pockets werden klimaneutral gedruckt, kampaverlag.ch/nachhaltig informiert über das unterstützte CO2-Kompensationsprojekt.

Veröffentlicht im Juni 2024 als Kampa Pocket

Covergestaltung: Lara Flues, Kampa Verlag
Covermotiv: © Chiara Ghigliazza
Satz: Tristan Walkhoefer, Leipzig
Gesetzt aus der Stempel Garamond LT / 240140
Druck und Bindung: GGP Media GmbH, Pößneck
Auch als E-Book erhältlich
ISBN 978 3 311 15539 3

www.kampaverlag.ch

Für die Detectives,
die in den Abgrund blicken müssen

ERSTER TEIL

Die blaue Religion

1

In Praxis und Dienstordnung des Los Angeles Police Department ist ein Zwei-Sechser der Anruf, der die prompteste Reaktion nach sich zieht und zugleich die meiste Angst unter der kugelsicheren Weste weckt. Es ist ein Anruf, von dem häufig eine Karriere abhängt. Die Bezeichnung ist eine Kombination aus einem Code-2-Funkspruch, was »schnellstmöglich reagieren« bedeutet, und dem sechsten Stock des Parker Center, von dem aus der Polizeichef das Police Department leitet. Ein Zwei-Sechser ist also ein dringender Anruf aus dem Büro des Polizeichefs, und jeder Polizist, dem sein Platz bei der Polizei lieb ist, wird ihm umgehend nachkommen.

Detective Harry Bosch war während seiner ersten Dienstzeit über fünfundzwanzig Jahre beim LAPD gewesen, ohne einen solchen Anruf des Polizeichefs erhalten zu haben. Abgesehen von der Abschlussfeier an der Polizeiakademie, bei der er 1972 seine Dienstmarke überreicht bekam, hatte er auch keinem Polizeichef mehr die Hand geschüttelt oder mit einem gesprochen. Er hatte mehrere von ihnen überdauert – und sie natürlich bei Polizeiveranstaltungen und -begräbnissen gesehen –, aber er hatte in dieser ganzen Zeit mit keinem mehr persönlich zu tun gehabt. Er erhielt seinen ersten Zwei-Sechser an dem Morgen, an dem er nach dreijähriger Pensionierung in den Polizeidienst zurückkehren sollte und sich gerade vor dem Badezimmerspiegel die Krawatte band. Es war ein Adjutant des Polizeichefs, der Bosch auf seinem privaten Mobiltelefon anrief. Bosch fragte erst gar nicht, woher er die Nummer hatte. Es verstand sich von selbst, dass das Büro des Polizeichefs die entsprechende Macht hatte, derlei Erkundigungen einzuziehen. Bosch sagte, er werde spätestens in einer Stunde da sein, worauf der Adjutant erwiderte, er werde früher erwartet. Bosch band sich die Krawatte im Auto zu Ende, als er auf dem Freeway 101, so schnell es der Verkehr zuließ, in die Stadt fuhr.

Von dem Moment an, in dem er das Gespräch mit dem Adjutanten beendet hatte, brauchte Bosch genau vierundzwanzig Minuten, bis er durch die Flügeltür der Chefsuite im sechsten Stock des Parker Center marschierte. Das war Rekordzeit, selbst wenn er in der Los Angeles Street vor dem Polizeipräsidium verkehrswidrig geparkt hatte. Wenn sie seine private Handynummer wussten, wussten sie sicher auch, was für eine Glanzleistung es war, es unter einer halben Stunde aus den Hollywood Hills ins Büro des Polizeichefs zu schaffen.

Doch der Adjutant, ein Lieutenant namens Hohman, starrte ihn mit desinteressiertem Blick an und deutete auf eine Couch mit Plastikbezug, auf der bereits zwei andere Männer warteten.

»Sie sind spät dran«, sagte er. »Nehmen Sie Platz.«

Um die Sache möglicherweise nicht noch schlimmer zu machen, beschloss Bosch, nicht zu protestieren. Er ging zu der Couch und setzte sich zwischen die zwei Männer in Uniform, die die Armlehnen in Beschlag genommen hatten. Sie saßen kerzengerade da und unterhielten sich nicht. Er nahm an, dass sie ebenfalls einen Zwei-Sechser erhalten hatten.

Zehn Minuten vergingen. Die Männer neben Bosch wurden vor ihm aufgerufen und beide jeweils in exakt fünf Minuten vom Polizeichef abgefertigt. Als der zweite Mann im Büro des Chief war, bildete Bosch sich ein, laute Stimmen aus dem Allerheiligsten zu hören, und als der Mann herauskam, war er kreidebleich. Offensichtlich hatte er in den Augen des Chief in irgendeiner Form Scheiße gebaut, und soviel während seiner Pensionierung zu Bosch durchgedrungen war, nahm es der neue Polizeichef nicht auf die leichte Schulter, wenn jemand Scheiße baute. Bosch hatte in der *Times* eine Meldung gelesen, dass ein hochrangiger Polizeiangehöriger degradiert worden war, weil er den Chief nicht darüber in Kenntnis gesetzt hatte, dass der Sohn eines Stadtrats, der gern gegen die Polizei Stellung bezog, nach einer Sauftour am Steuer erwischt worden war. Der Polizeichef erfuhr erst davon, als besagter Stadtrat bei ihm anrief, um sich über polizeiliche Schikanen zu beschweren, als ob das LAPD seinen Sohn gezwungen hätte, in der Bar Marmount sechs Wodka Martini zu trinken und auf der Heimfahrt am Mulholland Drive einen Baumstamm zu rammen.

Endlich legte Hohman den Telefonhörer auf und deutete mit dem Finger auf Bosch. Bosch war bereits aufgestanden. Er wurde rasch in ein Eckbüro geführt, von dem man auf die Union Station und die dazugehörigen Gleisanlagen hinabblickte. Die Aussicht war ganz passabel, aber nicht spektakulär, was aber keine Rolle spielte, weil das Gebäude bald abgerissen würde. Die Polizei würde in provisorische Räumlichkeiten umziehen, während an derselben Stelle ein neues, modernes Polizeipräsidium errichtet wurde. Das gegenwärtige Präsidium hieß bei den einfachen Polizisten »das Glashaus«, weil es dort angeblich keine Geheimnisse gab. Bosch fragte sich, unter welchem Namen das neue Gebäude wohl bekannt würde.

Der Polizeichef saß an einem großen Schreibtisch und unterzeichnete Papiere. Ohne von seiner Tätigkeit aufzublicken, forderte er Bosch auf, vor dem Schreibtisch Platz zu nehmen.

Nach dreißig Sekunden hatte der Chief das letzte Dokument unterschrieben und schaute auf. Er lächelte.

»Ich wollte Sie kennenlernen und wieder im Department begrüßen.«

Er sprach wie jemand aus dem Osten des Landes. *Di-pahtment.* Das störte Bosch nicht weiter. In L. A. war jeder von woanders. Zumindest schien es so. Das war sowohl die Stärke als auch die Schwäche dieser Stadt.

»Es ist schön, wieder dabei zu sein«, sagte Bosch.

»Sie wissen, dass Sie auf mein Betreiben hin wieder hier sind.«

Das war keine Frage.

»Ja, Sir, das weiß ich.«

»Wie Sie sich sicher denken können, habe ich umfangreiche Erkundigungen über Sie eingezogen, bevor ich Ihre Rückkehr in den Polizeidienst genehmigt habe. Ich hatte zwar wegen Ihres – nennen wir es mal *Stils* – gewisse Bedenken, aber letzten Endes überwog doch Ihr Talent. Auch Ihrer Partnerin Kizmin Rider dürfen Sie für ihre Fürsprache danken. Sie ist eine gute Polizistin, und ich habe Vertrauen zu ihr. Sie hat Vertrauen zu Ihnen.«

»Ich habe mich bereits bei ihr bedankt, aber ich werde es noch einmal tun.«

»Ich weiß, es ist nicht einmal drei Jahre her, dass Sie den Dienst quittiert haben, aber lassen Sie mich Ihnen versichern, Detective Bosch, die Polizei, in die Sie heute wieder eintreten, ist nicht mehr die Polizei, aus der Sie ausgeschieden sind.«

»Dessen bin ich mir bewusst.«

»Hoffentlich. Wissen Sie über den Konsenserlass Bescheid?« Unmittelbar nachdem Bosch aus dem Department ausgeschieden war, war der damalige Chief gezwungen worden, einer Reihe von Reformen zuzustimmen, um nach einem FBI-Ermittlungsverfahren wegen massiver Korruption, Brutalität und Menschenrechtsverletzungen eine Übernahme durch die Bundespolizei abzuwenden. Der gegenwärtige Polizeichef musste sich an diesen Erlass halten, wenn er nicht riskieren wollte, künftig seine Weisungen vom FBI zu erhalten. Und das wollte niemand, angefangen beim Chief bis hinab zum einfachen Streifenpolizisten.

»Ja«, sagte Bosch. »Ich habe davon gelesen.«

»Gut. Es freut mich, dass Sie sich auf dem Laufenden halten. Und noch mehr freut es mich, Ihnen mitteilen zu können, dass wir entgegen allem, was Sie vielleicht in der *Times* gelesen haben, große Fortschritte machen und diesen Schwung nicht verlieren wollen. Wir wollen die Polizei auch in technischer Hinsicht auf den neuesten Stand bringen. Wir sind sehr um eine größere Volksnähe der Polizei bemüht. Wir haben eine Vielzahl positiver Entwicklungen eingeleitet, Detective Bosch, aber davon kann in den Augen der Öffentlichkeit vieles wieder zunichtegemacht werden, wenn wir auf althergebrachte Methoden zurückgreifen. Verstehen Sie, was ich damit sagen will?«

»Ich denke schon.«

»Sie werden nicht sofort fest in den Polizeidienst übernommen, sondern erst einmal nur ein Jahr auf Probe. Betrachten Sie sich also wieder als Berufsanfänger. Ein Neuling – der älteste Neuling übrigens. Ich habe Ihre Wiederaufnahme in den Polizeidienst angeordnet, genauso kann ich Sie im Lauf dieses Jahres jederzeit ohne Angabe eines Grundes wieder vor die Tür setzen. Geben Sie mir also keinen Grund.«

Bosch antwortete nicht. Er glaubte auch nicht, dass das von ihm erwartet wurde.

»Am Freitag findet in der Polizeiakademie die Abschlussfeier des letzten Kadettenjahrgangs statt. Ich hätte gern, dass Sie daran teilnehmen.«

»Sir?«

»Ich möchte, dass Sie daran teilnehmen. Ich möchte, dass Sie das Engagement in den Gesichtern dieser jungen Menschen sehen. Ich möchte Ihnen noch einmal die Traditionen dieser Behörde vor Augen halten. Ich glaube, das könnte Ihnen zu neuer Motivation verhelfen.«

»Wenn Sie das möchten, werde ich an der Feier teilnehmen.«

»Gut. Dann sehen wir uns also in der Polizeiakademie. Sie sitzen als mein Gast im VIP-Zelt.«

Der Chief machte sich auf einem Block einen Vermerk zu der Einladung. Dann legte er den Stift beiseite und richtete einen Finger auf Bosch. Sein Blick bekam etwas Eindringliches.

»Hören Sie zu, Bosch. Brechen Sie nie das Gesetz, um das Gesetz durchzusetzen. Sie verrichten Ihren Dienst immer und zu jeder Zeit mit Mitgefühl und im Einklang mit der Verfassung. Alles andere dulde ich nicht. Alles andere duldet diese *Stadt* nicht. Sind wir uns da einig?«

»Da sind wir uns einig.«

»Dann wäre das also geklärt.«

Bosch verstand das als Aufforderung zu gehen und stand auf. Zu seiner Überraschung erhob sich auch der Chief und streckte die Hand aus. Bosch dachte, er wolle ihm die Hand schütteln, und streckte auch seine aus. Doch der Chief drückte ihm etwas in die Hand, und als Bosch darauf hinabblickte, sah er die goldene Dienstmarke eines Detective. Er hatte seine alte Nummer wiederbekommen. Sie war nicht vergeben worden. Fast musste er lächeln.

»Tragen Sie sie in Ehren«, sagte der Chief. »Und voll Stolz.«

»Das werde ich.«

Jetzt schüttelten sie sich die Hand, doch der Polizeichef lächelte nicht, als sie es taten.

»Der Chor vergessener Stimmen«, sagte er.

»Wie bitte, Chief?«

»Daran muss ich jedes Mal denken, wenn ich an die Fälle dort unten in Offen-Ungelöst denke. Es ist ein Horrorkabinett. Unsere größte Schmach. Diese vielen Fälle. Diese vielen Stimmen. Jede von ihnen ist wie ein Stein, der in einen See geworfen wurde, und die Wellen, die er schlägt, pflanzen sich durch Zeit und Menschen hindurch fort. Familienangehörige, Freunde, Nachbarn. Wie können wir uns eine Stadt nennen, wenn es so viele

Wellen gibt, wenn so viele Stimmen von dieser Behörde vergessen worden sind?«

Bosch ließ die Hand des Chief los und sagte nichts. Auf seine Frage gab es keine Antwort.

»Als ich zum LAPD kam, habe ich den Namen der Einheit geändert. Das sind keine kalten Fälle, Detective. Sie werden nie kalt. Zumindest für manche Leute nicht.«

»Das ist mir klar.«

»Dann gehen Sie jetzt da runter und lösen Fälle. Davon verstehen Sie etwas. Deshalb brauchen wir Sie, und deshalb sind Sie hier. Deshalb lasse ich es auf einen Versuch mit Ihnen ankommen. Zeigen Sie ihnen, dass wir nicht vergessen. Zeigen Sie ihnen, dass in Los Angeles keine Fälle kalt werden.«

»Das werde ich.«

Damit ging Bosch, während der Polizeichef weiter stehen blieb, fast so, als wollten ihn die Stimmen noch nicht ganz loslassen. Genauso wenig wie ihn. Bosch dachte, vielleicht zum ersten Mal auf einer bestimmten Ebene einen Draht zu dem Mann an der Spitze gefunden zu haben. Beim Militär heißt es, dass man für die Männer, die einen befehligen, in die Schlacht zieht und kämpft und zu sterben bereit ist. Dieses Gefühl hatte Bosch nie gehabt, wenn er in Vietnam durch das Dunkel der unterirdischen Gänge gekrochen war. Er hatte das Gefühl gehabt, ganz auf sich gestellt zu sein und nur für sich und sein Überleben zu kämpfen. Das hatte er in den Polizeidienst mit herübergenommen, und manchmal war er sogar zu der Ansicht gelangt, dass er *trotz* der Männer an der Spitze kämpfte. Jetzt würde das vielleicht anders werden.

Draußen auf dem Flur drückte er fester auf den Knopf

des Aufzugs, als nötig war. Er war aufgeputscht, und er kannte auch den Grund dafür. Der Chor vergessener Stimmen. Der Chief schien das Lied zu kennen, das sie sangen. Und er kannte es mit Sicherheit auch. Er hatte den größten Teil seines Lebens damit zugebracht, diesem Lied zu lauschen.

2

Bosch fuhr mit dem Aufzug nur eine Etage tiefer in den fünften Stock. Auch das war Neuland für ihn. Der Fünfte war immer eine Zivilistenetage gewesen. In erster Linie befanden sich dort Büros des mittleren und unteren polizeilichen Verwaltungsdiensts, und in den meisten saßen nicht vereidigte Angestellte, Etatleute, Analysten und Schreibtischhengste. Zivilisten eben. Bis zu diesem Moment hatte für ihn kein Anlass bestanden, in den fünften Stock zu kommen.

Im Bereich vor dem Aufzug gab es keine Hinweisschilder, wie man zu den einzelnen Büros kam. Es war die Sorte Stockwerk, in dem man, schon bevor man aus dem Lift stieg, wissen sollte, wohin man ging. Nicht so Bosch. Die Flure dieser Etage bildeten ein H, und er ging zweimal in die falsche Richtung, bevor er endlich die Tür mit der Nummer 503 fand. Sonst stand nichts auf der Tür. Er zögerte, bevor er sie öffnete, und dachte kurz nach, was er da tat und worauf er sich einließ. Er wusste, es war das Richtige. Fast war es, als könnte er die Stimmen durch die Tür hören. Alle achttausend.

Kiz Rider saß auf einem Schreibtisch direkt hinter dem Eingang und nahm gerade einen Schluck aus einer Tasse mit dampfendem Kaffee. Der Schreibtisch sah aus wie der Platz einer Empfangsdame, aber Bosch hatte hier in den vergangenen Wochen relativ häufig angerufen und wusste deshalb, dass es in dieser Abteilung keine Empfangsdame gab. Für derlei Luxus war kein Geld da. Rider hob ihr Handgelenk und sah kopfschüttelnd auf die Uhr.

»Hatten wir uns nicht auf acht Uhr geeinigt?«, sagte sie. »Ist es das, worauf ich mich gefasst machen muss, Partner? Du kommst jeden Morgen reingeschneit, wann dir gerade danach ist?«

Bosch sah auf seine Uhr. Es war fünf nach acht. Er blickte wieder zu Rider und grinste. Sie sagte lächelnd: »Wir sind hier drüben.«

Rider war eine kleine Frau, die ein paar Pfunde zu viel auf den Rippen hatte. Ihr Haar war kurz und mittlerweile mit etwas Grau durchsetzt. Sie hatte sehr dunkle Haut, was ihr Lächeln umso strahlender machte. Sie rutschte von dem Schreibtisch, holte hinter sich eine zweite Tasse Kaffee hervor und reichte sie Bosch.

»Mal sehen, ob ich das richtig behalten habe.«

Er sah in die Tasse und nickte.

»Schwarz, genau wie ich meine Partner mag.«

»Sehr witzig. Dafür müsste ich dich melden.«

Sie ging voran. Das Büro schien leer zu sein. Es war groß, selbst für neun Ermittler – vier Zweierteams und ein Abteilungsleiter. Die Wände waren in einem hellen Blauton gestrichen, wie ihn Bosch oft auf Computermonitoren sah. Der Teppichboden war grau. Fenster gab es keine. Dort, wo Fenster hätten sein sollen, hingen Anschlagtafeln oder schön gerahmte, viele Jahre alte Tatortfotos. Bosch konnte erkennen, dass die Fotografen auf diesen Schwarz-Weiß-Aufnahmen ihr gestalterisches Können vor ihre klinischen Pflichten gestellt hatten. Die

Fotos waren düster und unheilschwanger. Von den Tatortdetails waren nicht viele zu erkennen.

Rider musste gewusst haben, dass er sich die Fotos ansehen würde.

»Man hat mir erzählt, der Autor James Ellroy hätte sie ausgesucht und für das Büro rahmen lassen«, sagte sie.

Sie führte ihn um eine Trennwand, die den Raum unterteilte, in eine Nische, in der zwei graue Metallschreibtische so aneinandergeschoben waren, dass sich die Detectives, die an ihnen arbeiteten, gegenübersaßen. Auf einen davon stellte Rider ihre Kaffeetasse. Darauf standen bereits Akten und verschiedene persönliche Gegenstände wie ein Kaffeebecher voller Stifte und ein Bilderrahmen, der allerdings so gestellt war, dass das Foto darin nicht zu sehen war. Ein aufgeklapptes Notebook summte leise. Rider war schon in der vorangegangenen Woche, als Bosch noch zum Zoll gemusst hatte, zu der Einheit gestoßen – mit Zoll waren die ärztliche Untersuchung und die abschließenden Formalitäten gemeint, die für seine Wiedereinstellung erforderlich gewesen waren.

Der andere Schreibtisch, sauber und leer, wartete auf ihn. Bosch ging dahinter und stellte seinen Kaffee darauf. Er unterdrückte ein Lächeln, so gut er konnte.

»Willkommen zurück, Roy«, sagte Rider.

Nun konnte er das Lächeln nicht länger zurückhalten. Es freute Bosch, wieder Roy genannt zu werden. Das war unter den Detectives des Morddezernats ein alter Brauch. Es gab einen legendären Ermittler namens Russell Kuster, der vor Jahren bei der Hollywood Division gewesen war. Er war der absolut Größte gewesen und hatte viele der Detectives, die heute in Los Angeles in Mordfällen ermittelten, irgendwann einmal unter seinen Fittichen gehabt. Er kam 1990 bei einer Schießerei, bei der er nicht mal im Dienst war, ums Leben. Aber seine Angewohnheit, andere Leute – egal, wie sie hießen – Roy zu nennen, wurde beibehalten. Der Grund dafür war in Vergessenheit geraten. Einige behaupteten, Kuster habe einmal einen Partner gehabt, der auf Roy Acuff stand, und damit habe das Ganze angefangen. Andere sagten, Kuster habe die Detectives beim Morddezernat gern als eine Art Roy-Rogers-Verschnitt gesehen, der mit seinem weißen Cowboyhut angeritten kam, um den Bedrängten beizustehen und alles wieder in Ordnung zu bringen. Aber das spielte schon längst keine Rolle mehr. Bosch wusste, dass es eine Ehre war, wieder Roy genannt zu werden.

Er setzte sich. Der Stuhl war alt und die Polsterung klumpig. Wenn er zu lange darauf säße, bekäme er garantiert Rückenschmerzen. Aber er hoffte, dazu würde es nicht kommen. Seine erste Dienstzeit als Detective hatte unter der Devise gestanden: *Krieg den Arsch hoch und putz Klinken*. Er sah keinen Grund, es dieses Mal anders zu halten.

»Wo sind eigentlich die anderen?«, fragte er.

»Frühstücken. Das hatte ich ganz vergessen. Letzte Woche haben sie mir gesagt, dass sie sich montagmorgens immer schon vor Dienstantritt zum Frühstück treffen. Normalerweise gehen sie ins Pacific rüber. Es ist mir allerdings erst wieder eingefallen, als ich heute Morgen herkam und kein Mensch hier war. Aber sie müssten jeden Augenblick auftauchen.«

Das Pacific Dining Car stand, wie Bosch wusste, bei der Chefetage des LAPD und der Robbery Homicide Division schon seit Langem hoch im Kurs. Er wusste aber auch noch etwas anderes.

»Zwölf Dollar für eine Portion Rührei. Das heißt wohl, dass das hier eine Einheit ist, bei der man Überstunden abrechnen kann.«

Zur Bestätigung lächelte Rider.

»Das siehst du völlig richtig. Aber nach dem Zwei-Sechser des Chief wärst du sowieso nicht dazu gekommen, deine teuren Eier aufzuessen.«

»Das hast du auch schon mitgekriegt?«

»Ich habe immer noch ein Ohr oben im Sechsten. Hast du deine Dienstmarke gekriegt?«

»Ja, er hat sie mir gegeben.«

»Ich habe ihm gesagt, welche Nummer du gern hättest. Hast du sie gekriegt?«

»Ja, Kiz, danke. Und überhaupt danke für alles.«

»Das hast du bereits gesagt, Partner. Du brauchst das nicht ständig zu sagen.«

Er nickte und schaute sich an ihrem Platz um. Er sah, dass an der Wand hinter Rider ein Foto von zwei Detectives hing, die neben einer Leiche kauerten, die im trockenen Betonbett des Los Angeles River lag. Den Hüten der Detectives nach zu schließen, war es in den frühen fünfziger Jahren aufgenommen worden.

»So, und wo fangen wir jetzt an?«, fragte er.

»Die Einheit teilt die Fälle in Dreijahresabschnitte ein. Das sorgt für eine gewisse Kontinuität. Man soll mit seinem speziellen Zeitabschnitt und einigen der wichtigsten Ermittler vertraut werden. Dabei kommt es natürlich zu Überschneidungen. Es hilft auch bei der Identifizierung von Serientätern. In den letzten zwei Jahren sind sie bereits auf vier Serientäter gestoßen, von denen bis dahin kein Mensch etwas wusste.«

Bosch nickte. Er war beeindruckt.

»Welche Jahre haben wir gekriegt?«, fragte er.

»Jedes Team erhält vier oder fünf Abschnitte. Weil wir das neue Team sind, haben wir vier gekriegt.«

Sie öffnete die mittlere Schreibtischschublade, nahm ein Blatt Papier heraus und reichte es ihm.

Bosch / Rider – Fallzuteilungen

1966	*1972*	*1987*	*1996*
1967	*1973*	*1988*	*1997*
1968	*1974*	*1989*	*1998*

Bosch studierte die Zusammenstellung der Jahre, für die sie zuständig waren. Während des größten Teils des ersten Zeitabschnitts war er nicht in Los Angeles gewesen, sondern in Vietnam.

»Der ›Summer of Love‹«, bemerkte er. »Habe ich leider nicht mitbekommen. Vielleicht ist genau das mein Problem.«

Er sagte es nur, um etwas zu sagen. Er merkte, dass zum zweiten Abschnitt 1972 gehörte, das Jahr, in dem er in den Polizeidienst getreten war. Er erinnerte sich, dass er gleich an seinem zweiten Tag als Streifenpolizist zu einem Haus nicht weit von der Vermont gerufen worden war. Eine Frau, die drüben im Osten lebte, hatte beim LAPD darum gebeten, ob man mal nach ihrer Mutter sehen könnte, weil sie nicht ans Telefon ging. Bosch fand sie ertrunken in der Badewanne, an Händen und Füßen mit Hundeleinen gefesselt. Ihr toter Hund lag bei ihr in der Wanne. Bosch fragte sich, ob der Mord an der alten Frau einer der offenen Fälle war, mit deren Lösung er jetzt beauftragt war.

»Wie wurde das festgelegt? Ich meine, warum haben wir diese Jahre zugeteilt bekommen?«

»Wir haben sie von den anderen Teams gekriegt. Wir nehmen ihnen Arbeit ab. In einigen Fällen aus diesen Jahren haben sie übrigens bereits erste Schritte unternommen. Und am Freitag habe ich gehört, dass sie für 1988 einen kalten Treffer gelandet haben. Wir sollen heute damit anfangen, der Sache weiter nachzugehen. Du kannst es als dein Einstandsgeschenk betrachten.«

»Was ist ein kalter Treffer?«

»Wenn wir für eine DNS-Analyse oder einen Fingerabdruck, den wir in den Computer eingeben oder ans Justizministerium schicken, eine Übereinstimmung kriegen.«

»Was ist es in unserem Fall?«

»Eine DNS-Übereinstimmung, glaube ich. Aber das werden wir gleich sehen.«

»Das haben sie dir letzte Woche noch nicht gesagt? Ich hätte am Wochenende reinkommen können.«

»Ich weiß, Harry. Aber das ist ein alter Fall. Da besteht kein Anlass, sofort loszulegen, kaum dass was Schriftliches mit der Post ins Haus flattert. Der Dienst in Offen-Ungelöst ist etwas anders.«

»Ja? Wieso?«

Rider sah ihn entnervt an, doch bevor sie antworten konnte, hörten sie, wie die Tür aufging und der Bereitschaftsraum sich mit Stimmen füllte. Rider ging aus der Nische, und Bosch folgte ihr. Sie stellte Bosch den anderen Mitgliedern der Einheit vor. Zwei der Detectives, Tim Marcia und Rick Jackson, kannte Bosch von früheren Fällen gut. Die zwei anderen Teams waren Robert Renner und Victor Robleto sowie Kevin Robinson und Jean Nord. Vom Hörensagen kannte Busch sie ebenso wie ihren Chef Abel Pratt. Jeder von ihnen war ein erstklassiger Mordermittler.

Die Begrüßung war freundlich, aber zurückhaltend, etwas zu förmlich. Bosch war klar, dass seine Zugehörigkeit zu der Einheit wahrscheinlich misstrauisch beäugt wurde, weil es sich dabei um eine bei den Detectives des LAPD äußerst begehrte Stellung handelte. Der Umstand, dass er sie nach fast drei Jahren im Ruhestand erhalten hatte, warf Fragen auf. Wie ihm der Polizeichef eben noch einmal in Erinnerung gerufen hatte, hatte er den Posten Rider zu verdanken, die zuletzt als Beraterin für Öffentlichkeitsarbeit im Büro des Chief gearbeitet hatte. Sie hatte die Pluspunkte, die sie im Lauf der Jahre beim Chief angesammelt hatte, für Boschs Wiedereinstellung eingesetzt, um mit ihm ungelöste Fälle zu bearbeiten.

Nach dem üblichen Händeschütteln bat Pratt seine zwei Neuzugänge zu einer privaten Begrüßungsansprache in sein Büro. Er setzte sich an seinen Schreibtisch, und sie nahmen auf den zwei Stühlen davor Platz. Für weiteres Mobiliar war in dem besenkammergroßen Raum kein Platz.

Pratt war ein paar Jahre jünger als Bosch, knapp unter fünfzig. Er war körperlich fit und hielt den Korpsgeist der renommierten Robbery Homicide Division hoch, der die Einheit Offen-Ungelöst angegliedert war. Pratt schien großes Vertrauen in seine fachliche Kompetenz und seine Führungsqualitäten zu haben. Das musste er auch. Die RHD übernahm die schwierigsten Fälle der Stadt. Wenn man nicht davon überzeugt war, klüger, abgebrühter und gerissener zu sein als die Leute, hinter denen man her war, hatte man hier nichts verloren.

»Eigentlich«, begann er, »sollte ich Sie beide trennen. Jeden von Ihnen jemandem zuteilen, der hier bereits eingearbeitet ist. Denn der Dienst hier ist anders als das, was Sie bisher gemacht haben. Aber ich habe aus dem Sechsten entsprechende Anweisungen erhalten und halte mich da deshalb raus. Außerdem, habe ich mir sagen lassen, hat die Chemie zwischen Ihnen früher schon gestimmt. Deshalb will ich vergessen, was ich eigentlich tun sollte, und Ihnen stattdessen nur kurz erklären, was wir hier in Offen-Ungelöst machen. Kiz, Sie haben diesen Sermon zwar schon letzte Woche gehört, aber Sie werden ihn einfach noch mal über sich ergehen lassen müssen, okay?«

»Kein Problem«, sagte Rider.

»Zuallererst, erwarten Sie keine Aufklärung. Alles, was wir hier tun, ist Antworten geben. Antworten müssen genügen. Machen Sie sich keine Illusionen darüber, was Sie mit Ihrer Arbeit bewirken können. Machen Sie den Familienangehörigen, mit denen Sie bei diesen Fällen zu tun haben, keine falschen Hoffnungen, und lassen Sie sich von ihnen keine falschen Hoffnungen machen.«

Er wartete auf eine Reaktion, bekam keine und ging zum nächsten Punkt über. Bosch merkte, dass auf dem gerahmten Tatortfoto an der Wand ein Mann zu sehen war, der in einer von Kugeln durchsiebten Telefonzelle zusammengebrochen war. Es war eine dieser Telefonzellen, wie man sie nur noch in alten Filmen sah, oder auf dem Farmers Market oder drüben bei Philippe's.

»Es gibt überhaupt keinen Zweifel«, sagte Pratt. »Diese Einheit ist der hehrste Ort in diesem Gebäude. Eine Stadt, die ihre Mordopfer vergisst, ist eine verlorene Stadt. Das hier ist der Ort, an dem wir nicht vergessen. Wir sind wie die Typen, die am Ende des neunten Innings auf den Platz kommen, um das Spiel noch mal zu drehen. Wenn wir es nicht schaffen, schafft es niemand. Wenn wir versagen, ist das Spiel gelaufen, weil wir die letzte Rettung sind. Ja, wir sind zahlenmäßig hoffnungslos unterlegen. Wir haben seit 1960 achttausend ungelöste Fälle. Aber wir lassen uns nicht entmutigen. Selbst wenn diese Einheit nur einen Fall pro Monat löst – zwölf im Jahr –, bewirken wir dennoch etwas. Wenn man beim Morddezernat ist, ist hier der Ort, an dem man sein muss.«

Bosch war beeindruckt von Pratts Engagement. Er konnte Aufrichtigkeit und sogar Schmerz in seinen Augen sehen. Er nickte. Ihm wurde sofort klar, dass er für diesen Mann arbeiten wollte, eine Seltenheit während seiner Zeit bei der Polizei.

»Vergessen Sie nur nicht, dass Sie keine Aufklärung erwarten dürfen«, fügte Pratt hinzu.

»Schon klar«, sagte Bosch.

»Andererseits weiß ich, dass Sie beide viel Erfahrung mit Mordfällen haben. Was Ihnen hier anders vorkommen wird, ist Ihr Verhältnis zu den Fällen.«

»Mein Verhältnis?«

»Ja, Ihr Verhältnis. Damit meine ich: Frische Morde zu bearbeiten ist ein völlig anderes Paar Schuhe. Man hat die Leiche, man hat die Autopsie, man überbringt den Angehörigen die traurige Nachricht. Hier haben Sie es mit Opfern zu tun, die lange tot sind. Es gibt keine Autopsien, keine konkreten Tatorte. Sie haben es mit den Mordakten zu tun … Falls Sie sie auftreiben können. Wenn Sie zu den Angehörigen gehen – und glauben Sie mir: Das tun Sie erst, wenn Sie wirklich so weit sind –, dann treffen Sie auf Menschen, die den Schock bereits erfahren und Möglichkeiten gefunden oder auch nicht gefunden haben, ihn zu verkraften. Das geht einem nahe. Ich hoffe, darauf sind Sie vorbereitet.«

»Danke für die Warnung«, sagte Bosch.

»Bei frischen Morden hat alles etwas sehr Klinisches, weil es sehr schnell geht. Bei alten Fällen kommen viel mehr Emotionen ins Spiel. Sie bekommen sehr deutlich zu sehen, welchen Tribut Gewalttaten im Lauf der Zeit fordern. Seien Sie darauf gefasst.«

Pratt zog einen dicken blauen Ordner von der Seite des Schreibtisches in die Mitte der Schreibunterlage. Er schob ihn auf Bosch und Rider zu, hielt aber auf halbem Weg inne.

»Noch etwas, worauf Sie gefasst sein müssen, ist die Polizei selbst. Rechnen Sie damit, dass Akten unvollständig oder sogar völlig verschwunden sind. Rechnen Sie damit, dass Beweismittel vernichtet wurden oder verloren gegangen sind. Rechnen Sie damit, dass Sie bei manchen Fällen bei null anfangen müssen. Diese Einheit wurde vor zwei Jahren gegründet. Die ersten acht Monate waren wir nur damit beschäftigt, die Ermittlungsprotokolle durchzugehen und ungelöste Fälle auszusortieren. Wir speisten alles, was wir hatten, in die forensischen Datenbanken ein, aber selbst wenn wir einen Treffer landeten, stellte die mangelnde Fallintegrität ein massives Handicap dar. Es ist ein Fass ohne Boden. Es ist frustrierend. Obwohl es bei Mord keine Verjährung gibt, müssen wir immer wieder feststellen, dass Beweismittel und sogar Akten routinemäßig entsorgt wurden. Was ich damit sagen will: Sie werden feststellen, dass bei manchen dieser Fälle das größte Hindernis durchaus die Polizei selbst sein könnte.«

»Jemand hat erwähnt, dass wir einen kalten Treffer hätten, der aus einem unserer Zeitblöcke kommt«, sagte Bosch. Er hatte genug gehört. Er wollte sich langsam an die Arbeit machen.

»Ja, haben Sie«, sagte Pratt. »Dazu kommen wir gleich. Lassen Sie mich aber vorher meine kleine Ansprache noch zu Ende bringen. Ich komme ja auch nicht allzu oft dazu, sie zu halten. Im Grunde genommen, versuchen wir hier einfach, neue Techniken auf alte Fälle anzuwenden. Im Wesentlichen betrifft das drei Bereiche: DNS, Fingerabdrücke und Ballistik. Auf allen drei Gebieten haben wir in den letzten Jahren, speziell was Vergleichsanalysen angeht, erstaunliche Fortschritte gemacht. Das Problem ist, dass sich das LAPD diese Fortschritte nie zunutze gemacht hat, um neue Erkenntnisse über alte Fälle zu gewinnen. Folglich haben wir schätzungsweise zweitausend Fälle, für die uns DNS-Proben vorliegen, die aber nie ausgewertet und verglichen wurden. Seit 1960 haben wir viertausend Fälle mit Fingerabdrücken, die man nie durch einen Computer hat laufen lassen. Weder durch unsere Datenbanken noch durch die des FBI, des Justizministeriums oder sonst einer Behörde. Es ist fast lachhaft, wenn es nicht so traurig wäre. Das Gleiche gilt für die Ballistik. In den meisten Fällen ist das Beweismaterial noch vorhanden, aber niemand hat ihm je Beachtung geschenkt.«

Bosch schüttelte den Kopf, denn er spürte bereits die Frustration all der Angehörigen der Opfer. Die Fälle waren in Vergessenheit geraten, Gleichgültigkeit und Unfähigkeit hatten ein Übriges getan.

»Sie werden auch feststellen, dass sich die Methoden geändert haben. Heute sind die Ermittler schlicht und einfach besser als, sagen wir, 1960 oder 1970. Sogar 1980. Schon bevor Sie also zu den konkreten Beweismitteln kommen und die Fälle neu aufrollen, werden Sie Dinge sehen, die Ihnen heute offensichtlich erscheinen, doch damals, zum Zeitpunkt der Tat, waren sie für niemanden ersichtlich.«

Pratt nickte. Seine Rede war zu Ende.

»Und jetzt zu dem kalten Treffer.« Er schob den verblichenen blauen Ordner über den Schreibtisch. »Nehmen Sie sich diesen Fall vor. Er gehört jetzt ganz Ihnen. Lösen Sie ihn und bringen Sie jemanden hinter Gitter.«

3

Nachdem sie Pratts Büro verlassen hatten, beschlossen sie, dass Bosch die nächste Runde Kaffee holen würde, während sich Rider schon einmal die Mordakte vornähme. Sie war die schnellere Leserin, und sich die Akte zu teilen war wenig sinnvoll. Sie mussten sie beide von vorne bis hinten lesen, um das Ermittlungsverfahren so linear vor sich zu haben, wie es abgelaufen und dokumentiert worden war.

Bosch sagte, er würde ihr zu einem ordentlichen Vorsprung verhelfen und vielleicht in der Cafeteria eine Tasse Kaffee trinken, und zwar nur, weil er diesen Ort vermisst hatte. Den Ort, nicht den Kaffee.

»Dann habe ich also auch noch ein paar Minuten Zeit für einen kleinen Ausflug den Flur runter«, sagte Rider.

Als sie auf die Toilette ging, nahm Bosch das Blatt, auf dem die ihnen zugeteilten Jahre standen, und steckte es in die Innentasche seines Sakkos. Dann verließ auch er das Büro, fuhr mit dem Aufzug in den dritten Stock hinunter und ging durch den Hauptbereitschaftsraum der RHD zum Büro des Captain.

Das Büro des Captain bestand aus zwei Zimmern. Eines davon war sein eigentliches Büro, das andere hieß das Mordzimmer. Dort gab es einen langen Konferenztisch, an dem die Mordfälle besprochen wurden. Die Regale an den beiden Seitenwänden waren voll mit juristischen Fachbüchern und den Mordregistern der Stadt. Jeder Mord, der in den letzten hundert Jahren in Los Angeles begangen worden war, war in diesen ledergebundenen Registern eingetragen. Schon seit Jahrzehnten war es üblich, die Register jedes Mal, wenn einer der Morde darin aufgeklärt wurde, auf den neuesten Stand zu bringen. Mit ihrer Hilfe ließ sich am einfachsten feststellen, welche Fälle noch offen und welche bereits abgeschlossen waren.

Bosch fuhr mit dem Finger über die rissigen Buchrücken. Auf jedem stand einfach *Morde*, gefolgt von der Angabe der Jahre, die der Band abdeckte. In den frühen Bänden hatten immer mehrere Jahre Platz gefunden. Ab 1980 waren in der Stadt jedoch so viele Morde begangen worden, dass ein Band nur noch ein einziges Jahr umfasste, und das Jahr 1988, stellte Bosch fest, hatte schließlich nur noch in zwei Bänden Platz gefunden. Plötzlich konnte er sich vorstellen, warum dieses Jahr ihm und Rider, den beiden Neuzugängen in Offen-Ungelöst, zugeteilt worden war. Der Höchstwert für Morde in der Stadt ging sicher mit dem Höchstwert für ungelöste Fälle einher.

Als er den Band mit den Fällen von 1972 fand, zog er ihn heraus und setzte sich damit an den Tisch. Er blätterte darin, überflog die Geschichten, hörte die Stimmen. Er fand die alte Frau, die in der Badewanne ertrunken war. Der Mord war nie aufgeklärt worden. Er machte mit den Jahren 1973 und 1974 weiter, dann nahm er sich den Band vor, der 1966, 1967 und 1968 enthielt. Er las von Charles Manson und Robert Kennedy. Er las von Menschen, deren Namen er nie gehört hatte. Namen, die diesen Menschen zusammen mit allem anderen genommen worden waren, mit dem, was sie gehabt hatten oder jemals hätten haben können.

Als er die Kataloge mit den Schrecken der Stadt studierte, spürte Bosch, wie eine vertraute Kraft von ihm Besitz ergriff und durch seine Adern zu strömen begann. Gerade mal eine Stunde im Polizeidienst zurück, und schon jagte er wieder einen Mörder. Es spielte keine Rolle, vor wie langer Zeit das Blut vergossen worden war. Da war ein Mörder auf freiem Fuß, und Bosch war im Anmarsch. Wie der heimgekehrte verlorene Sohn war er wieder da, wo er hingehörte. Er wurde erneut im Wasser der einzig wahren Kirche getauft. Der Kirche der blauen Religion. Und er würde seine Erlösung in denen finden, die lange verschollen gewesen waren, in diesen modrigen Bibeln, in denen die Toten tabellarisch aufgeführt waren und in denen es auf jeder Seite Geister gab.

»Harry Bosch!«

Irritiert über die Störung, schlug Bosch die Akte zu und schaute auf. Im Türrahmen des angrenzenden Büros stand Captain Gabe Norona.

»Captain.«

»Schön, dass Sie wieder bei uns sind!«

Norona kam auf Bosch zu und schüttelte ihm energisch die Hand.

»Schön, wieder dabei zu sein.«

»Wie ich sehe, hat man Ihnen auch schon eine Hausaufgabe aufgebrummt.«

Bosch nickte.

»Ich fange schon mal an, mich damit vertraut zu machen.«

»Neue Hoffnung für die Toten. Harry Bosch schlägt wieder zu.«

Bosch sagte nichts. Er wusste nicht, ob das sarkastisch gemeint war oder nicht.

»Das ist der Titel eines Buchs, das ich mal gelesen habe«, sagte Norona.

»Tatsächlich?«

»Dann mal viel Glück. Lochen Sie sie ein.«

»Das hatte ich vor.«

Der Captain schüttelte ihm noch einmal die Hand, dann verschwand er in sein Büro und schloss die Tür.

Nachdem sein heiliger Moment durch die Störung verdorben war, stand Bosch auf. Er begann, die schweren Mordkataloge ins Regal zurückzustellen. Als er fertig war, verließ er das Büro und ging in die Cafeteria.

4

Kiz Rider hatte die Mordakte fast zur Hälfte durch, als Bosch mit der neuen Runde Kaffee zurückkam. Sie nahm ihm ihre Tasse aus der Hand.

»Danke. Das brauche ich jetzt, um wach zu bleiben.«

»Wie bitte? Willst du mir etwa erzählen, das hier ist langweiliger als irgendwelcher Papierkram im Büro des Chief?«

»Nein, so hab ich das nicht gemeint. Ich muss nur so viel nachholen, so viel lesen. Wir müssen diese Akte in- und auswendig kennen. Wir müssen alle Möglichkeiten präsent haben.«

Bosch merkte, dass sie neben der Akte einen Block liegen hatte, dessen oberstes Blatt fast vollständig mit Notizen beschrieben war. Er konnte ihre Notizen nicht lesen, sah aber, dass hinter fast jeder Zeile ein Fragezeichen stand.

»Außerdem benutze ich jetzt andere Muskeln«, fügte sie hinzu. »Muskeln, die ich im sechsten Stock nicht gebraucht habe.«

»Ach so. Einverstanden, wenn ich jetzt einsteige?«

»Bitte sehr.«

Sie ließ die Bügel des Ordners aufschnappen und nahm den fünf Zentimeter dicken Packen Dokumente heraus, den sie bereits durchgesehen hatte. Sie reichte ihn Bosch, der inzwischen an seinem Schreibtisch Platz genommen hatte.

»Hast du noch so einen Block übrig?«, fragte er. »Ich habe nur ein kleines Notizbuch.«

Sie seufzte übertrieben genervt. Das war alles nicht ernst gemeint. In Wirklichkeit freute sie sich, dass sie wieder zusammenarbeiteten. Sie hatte die letzten zwei Jahre für den neuen Polizeichef hauptsächlich interne Richtlinien und Notmaßnahmen evaluiert. Es war nicht der theoretische Kram, was sie am besten konnte. Es war das hier.

Sie schob ihm einen Block zu.

»Brauchst du etwa auch noch einen Stift?«

»Nein, ich glaube, das schaffe ich schon.«

Er legte die Dokumente vor sich hin und begann zu lesen. Er konnte es kaum erwarten, und er brauchte keinen Kaffee, um auf Touren zu bleiben.

Die erste Seite war eine Farbfotografie, die in einer Klarsichthülle steckte. Es war ein Jahrbuchfoto eines attraktiven jungen Mädchens mit mandelförmigen Augen, die sich erstaunlich grün von ihrer milchkaffeebraunen Haut abhoben. Sie hatte dicht gekräuseltes braunes Haar mit natürlich aussehenden blonden Highlights, in denen sich das Blitzlicht der Kamera brach. Ihre Augen waren strahlend, und ihr Lächeln war ungekünstelt. Es war ein Grinsen, das zum Ausdruck brachte, dass sie Dinge wusste, die sonst niemand wusste. Bosch fand nicht, dass sie schön war. Noch nicht. Ihre Züge schienen auf eine unkoordinierte Weise miteinander zu wetteifern. Aber ihm war bewusst, dass aus den unausgewogenen Gesichtszügen von Teenagern häufig später Schönheit wurde.

Doch für die 16-jährige Rebecca Lost gab es kein Später. 1988 sollte ihr letztes Jahr werden. Der kalte Treffer gehörte zu ihrer Ermordung.

Becky, wie sie von Familienangehörigen und Freunden genannt wurde, war das einzige Kind von Robert und Muriel Lost. Die Mutter war Hausfrau, der Vater Koch und Inhaber des Island House Grill, eines gut gehenden Restaurants in Malibu. Wohnhaft waren sie im Red Mesa Way an der Santa Susana Pass Road in Chatsworth, das in der Nordwestecke der wuchernden Stadtlandschaft lag, die Los Angeles ausmachte. Der Garten hinter dem Haus der Losts ging in einen bewaldeten Hang des Oat Mountain über, der sich über Chatsworth erhob und die Nordwestgrenze der Stadt bildete. Becky hatte in besagtem Sommer an der Hillside Preparatory School, einer Privatschule im nahen Porter Ranch, die zehnte Klasse abgeschlossen. Sie hatte zu den besten Schülern der Hillside Prep gehört, und ihre Mutter hatte ehrenamtlich in der Cafeteria geholfen und für die Lehrerkantine oft Jerk Chicken und andere Spezialitäten aus dem Restaurant ihres Mannes mitgebracht.

Am Morgen des 6. Juli 1988 stellten die Losts fest, dass ihre Tochter aus ihrem Haus verschwunden war. Der Hintereingang war nicht verschlossen, obwohl sie sicher waren, die Tür am Vorabend abgeschlossen zu haben. Im Glauben, das Mädchen sei vielleicht spazieren gegangen, warteten sie zwei Stunden lang in großer Sorge, aber Rebecca kam nicht zurück. Eigentlich hätte sie an diesem Tag mit ihrem Vater in dessen Restaurant fahren sollen, um dort während des Mittagessens auszuhelfen, und der Zeitpunkt, zu dem sie hätten losfahren müssen, war längst verstrichen. Während die Mutter bei Rebeccas Freundinnen anrief, um sich nach ihr zu erkundigen, stieg ihr Vater den Hügel hinter dem Haus hinauf, um nach ihr zu suchen. Als er wieder zurückkam, ohne eine Spur von ihr gefunden zu haben, beschlossen die Losts, die Polizei zu verständigen.

Als daraufhin zwei Streifenpolizisten der Devonshire Division vorbeikamen, fanden sie keinerlei Hinweise auf einen Einbruch. Aufgrund dessen und weil Rebecca in einem Alter war, in dem sehr viele Mädchen von zu Hause wegliefen, ging die Polizei von einem Ausreißversuch aus und behandelte das Ganze als Routine-Vermisstenmeldung, wogegen die Eltern des Mädchens aufs Heftigste protestierten, weil sie fest davon überzeugt waren, dass ihre Tochter nicht weggelaufen oder freiwillig verschwunden war.

In dieser Auffassung sollten sich die Eltern zwei Tage später auf fürchterliche Weise bestätigt finden, als die verwesende Leiche von Becky Lost auf dem Oat Mountain etwa zehn Meter von einem Reitweg entfernt hinter einem umgestürzten Baum gefunden wurde. Entdeckt wurde die Leiche von einer Frau, die mit ihrem Appaloosa den Weg verlassen hatte, um der Herkunft eines eigenartigen Geruchs nachzugehen, dem die Reiterin vielleicht keine Beachtung geschenkt hätte, wenn sie nicht kurz zuvor an mehreren Suchmeldungen für das vermisste Mädchen vorbeigekommen wäre.

Becky Lost war weniger als fünfhundert Meter von ihrem Elternhaus entfernt gestorben. Es war nicht auszuschließen, dass ihr Vater nur wenige Meter an ihrer Leiche vorbeigegangen war, als er, immer wieder nach ihr rufend, den Hügel erstiegen hatte. An diesem Morgen war jedoch noch kein Verwesungsgeruch aufgetreten, der ihn auf seine Tochter hätte aufmerksam machen können.

Bosch war Vater einer kleinen Tochter. Obwohl sie weit fort von ihm bei ihrer Mutter lebte, war er in Gedanken immer bei ihr. Deshalb dachte er jetzt beim Studium der Akte an einen Vater, der einen steilen Hang hinaufging und nach einer Tochter rief, die nie mehr nach Hause kommen würde.

Er versuchte, sich auf die Mordakte zu konzentrieren.

Das Opfer war mit einer Pistole einmal in die Brust geschossen worden. Die Tatwaffe, eine Colt-Pistole Kaliber .45, hatte neben ihrem linken Fußgelenk im Laub gelegen. Beim Studium der Tatortfotos sah Bosch auf dem Stoff ihres hellblauen Nachthemds etwas, das wie der Brandfleck eines aufgesetzten Schusses aussah. Die Eintrittswunde war direkt über dem Herzen, und die Größe der Waffe und der Wunde ließen für Bosch kaum Zweifel, dass der Tod sofort eingetreten war.

Rebeccas Herz dürfte von der Kugel zerfetzt worden sein, als sie ihren Körper durchschlug.

Bosch betrachtete die Fotos der Leiche sehr lange. Sie war weder an den Händen gefesselt noch geknebelt. Ihr Gesicht war dem Stamm des umgestürzten Baumes zugewandt. Sie schien keinerlei Verletzungen aufzuweisen, die sie sich bei dem Versuch, sich zur Wehr zu setzen, zugezogen haben könnte. Es gab keinerlei Hinweise auf sexuellen Missbrauch oder sonstige Körperverletzungen.

Nachdem die Polizei schon das Verschwinden des Mädchens missdeutet hatte, schätzte sie zunächst auch die Todesursache falsch ein. Nach einer ersten Tatortanalyse gelangte sie zu dem Schluss, als Todesursache sei Selbstmord anzunehmen, weshalb die Ermittlungen in den Händen der lokalen Polizeidienststelle und der zwei Detectives blieben, die nach der Entdeckung der Leiche den Fall übernommen hatten, Ron Green und Arturo Garçia. Die Devonshire Division war damals und ist auch heute noch die ruhigste Dienststelle des LAPD. Als eine riesige Schlafstadt mit hohen Grundstückspreisen, deren Bewohner vorwiegend der oberen Mittelschicht angehören, zählen die Kriminalitätsraten von Devonshire seit jeher zu den niedrigsten von ganz Los Angeles. Die in Polizistenkreisen als Club Dev bekannte Devonshire Division war bei Officers und Detectives, die schon lange bei der Polizei waren und entweder entsprechend ausgebrannt waren oder einfach genug Action mitbekommen hatten, als Dienststelle außerordentlich begehrt. Außerdem war der Zuständigkeitsbereich der Devonshire Division derjenige Teil der Stadt, der am nächsten bei Simi Valley in Ventura County lag, einer ruhigen Gemeinde praktisch ohne Verbrechen, in der Hunderte von LAPD-Officers wohnten. Eine Stelle in Devonshire machte den täglichen Weg zur Arbeit zum Kinderspiel, und die Arbeitsbelastung war die geringste im ganzen LAPD.

Diesen ganzen Club-Dev-Hintergrund hatte Bosch beim Lesen der Berichte im Hinterkopf. Seine Aufgabe bestand unter anderem darin, die Leistungen Greens und Garcias zu beurteilen und festzustellen, ob sie ihrer Aufgabe gewachsen gewesen waren. Er kannte sie nicht und wusste nichts über sie. Er hatte keine Ahnung, wie viel an Können und Erfahrung sie in den Fall eingebracht hatten. Da war die anfängliche Falscheinschätzung der Todesursache als Selbstmord. Soviel aus den Unterlagen hervorging, waren die zwei Ermittler davon jedoch rasch wieder abgekommen. Ihre professionell geschriebenen Berichte machten einen ebenso gründlichen wie vollständigen Eindruck. Sie schienen, soweit dies im Bereich des Möglichen gelegen hatte, jede sich anbietende zusätzliche Maßnahme ergriffen zu haben.

Bosch war allerdings auch klar, dass eine Mordakte frisiert werden konnte, um diesen Eindruck zu erwecken. Um die Wahrheit ans Licht zu bringen, müsste er sich erst in den Fall vertiefen und seine eigenen Ermittlungen anstellen. Es konnte ein gewaltiger Unterschied bestehen zwischen dem, was protokolliert war und was nicht.

Der Akte zufolge hatten Green und Garcia bei ihren Ermittlungen rasch eine andere Richtung eingeschlagen, als nach der Autopsie Selbstmord als Todesursache ausgeschlossen werden konnte und die bei der Leiche gefundene Waffe untersucht worden war. Man stufte den Fall daraufhin als einen Mord ein, der als Selbstmord getarnt worden war.

Zunächst kam Bosch zum Obduktionsbefund. Er hatte Tausende von Obduktionsbefunden gelesen und mehreren Hundert Obduktionen beigewohnt. Er wusste also, dass er die ganzen Gewichts- und Größenangaben sowie die Beschreibung der Vorgehensweise überspringen und sich gleich der Zusammenfassung und den beigefügten Fotos zuwenden konnte. Wie nicht anders zu erwarten, war als Todesursache ein Pistolenschuss in die Brust angegeben. Der geschätzte Todeszeitpunkt war der 6. Juli zwischen Mitternacht und zwei Uhr morgens. In der Zusammenfassung war vermerkt, dass es keine Zeugen gab, die den Schuss gehört hatten, weshalb sich die Bestimmung des Todeszeitpunkts lediglich auf eine Messung des Absinkens der Körpertemperatur stützte.

Es gab jedoch auch ein paar Überraschungen. Rebecca Lost hatte langes, kräftiges Haar. Rechts am Nacken, unter ihrem offenen Haar, fand der Gerichtsmediziner eine kleine runde Hautverbrennung von der Größe eines Hemdknopfs. Fünf Zentimeter daneben war eine weitere Verbrennung, allerdings wesentlich kleiner als die erste. Der hohe Anteil an weißen Blutkörperchen im Umkreis der beiden Verletzungen deutete darauf hin, dass sie dem Opfer kurz vor, aber nicht direkt zum Zeitpunkt des Todes zugefügt worden waren.

Dem Obduktionsbefund zufolge stammten die Verbrennungen von einer Betäubungspistole, einer Waffe, die eine starke elektrische Ladung abgibt und die getroffene Person je nach Stärke des Stromstoßes mehrere Minuten oder auch länger handlungsunfähig oder bewusstlos macht. Normalerweise hinterlässt der Stromstoß einer Betäubungspistole da, wo die zwei Kontakte auf die Haut treffen, zwei kleine, fast nicht erkennbare Spuren. Werden allerdings die Kontakte unterschiedlich fest gegen die Haut gedrückt, kommt es häufig zu einem Funkenüberschlag, der Hautverbrennungen hervorruft, wie sie an Becky Losts Nacken zu beobachten gewesen waren.

In der Zusammenfassung des Obduktionsbefunds wurde auch vermerkt, dass bei der Untersuchung der zum Zeitpunkt der Entdeckung bloßen Füße des Opfers keine Erdreste, Schnitte oder Aufschürfungen gefunden wurden, was eigentlich zu erwarten gewesen wäre, wenn das Mädchen im Dunkeln barfüßig den Berg hinaufgegangen wäre.

Bosch trommelte mit seinem Stift auf den Befund und dachte über dieses Detail nach. Hier hatten Green und Garcia einen Fehler gemacht. Wenn sie die Füße des Opfers gleich am Tatort untersucht hätten, wären sie sofort zu dem Schluss gelangt, dass der Selbstmord nur vorgetäuscht war. Da sie das jedoch versäumt hatten, verloren sie zwei Tage, weil sie übers Wochenende auf den Obduktionsbefund warteten. Zählte man zu diesen zwei Tagen noch die zwei Tage dazu, die sie verloren hatten, weil die Vermisstenmeldung der Eltern zunächst als Ausreißversuch abgetan wurde, summierten sie sich zu einem für Mordermittlungen grenzwertigen Zeitraum. Der Fall war eindeutig sehr langsam aus den Startlöchern gekommen. Bosch begann allmählich zu sehen, wie sehr die Polizei Rebecca Lost im Stich gelassen hatte.

Der Obduktionsbefund enthielt auch das Ergebnis eines Schmauchspurentests, der an den Händen des Opfers vorgenommen worden war. An Becky Losts rechter Hand befanden sich Schmauchspuren, an ihrer linken nicht. Auch wenn Lost Rechtshänderin gewesen war, war dieser Umstand für Bosch ein Indiz dafür, dass sie die Waffe, die sie tötete, nicht abgefeuert hatte. Ihre Erfahrung – egal, wie begrenzt sie war – und ihr gesunder Menschenverstand hätten den Ermittlern sagen müssen, dass das Mädchen beide Hände gebraucht hätte, um die schwere Pistole so zu halten, dass sie auf ihre Brust zielte, und dann abzudrücken. Und das hätte Schmauchspuren an beiden Händen zur Folge gehabt.

Es gab in der Zusammenfassung des Obduktionsbefunds noch einen weiteren bemerkenswerten Punkt. Die Untersuchung der Leiche ergab, dass das Opfer bereits

Sexualverkehr gehabt hatte, und Vernarbungen an den Gebärmutterwänden deuteten auf eine kurz zuvor erfolgte Dilatation und Ausschabung zum Zweck eines Schwangerschaftsabbruchs hin. Den Schätzungen des Gerichtsmediziners zufolge, der die Autopsie durchgeführt hatte, war dieser Eingriff vier bis sechs Wochen vor Becky Losts Tod vorgenommen worden.

Bosch las den ersten zusammenfassenden Ermittlungsbericht, der nach der Autopsie in die Akte aufgenommen worden war. Green und Garcia hatten den Todesfall inzwischen als Mord eingestuft und die Theorie aufgestellt, dass jemand in das Schlafzimmer des schlafenden Mädchens eingedrungen war, sie mit einer Betäubungspistole betäubt und dann aus dem Haus und den Hang hinauf zu der umgestürzten Eiche getragen hatte, wo er sie erschoss und die Tat aus einem spontanen Entschluss heraus dilettantisch als Selbstmord zu tarnen versuchte. Dieser Bericht wurde am Montag, den 11. Juli – fünf Tage nachdem Rebecca Lost auf dem Berghang erschossen worden war –, in die Akte aufgenommen.

Als Nächstes nahm sich Bosch die Tatwaffenanalyse vor. Nachdem bereits die Autopsie unwiderlegbare Beweise für einen inszenierten Selbstmord erbracht hatte, stützten auch die Tatwaffenanalyse und die entsprechenden ballistischen Untersuchungen diese Ermittlungstheorie.

Wie sich zeigte, wies die Pistole keine anderen Fingerabdrücke auf als die von Becky Losts rechter Hand. Aus dem Umstand, dass auf der Pistole keinerlei Abdrücke der linken Hand oder sonst irgendwelche Spuren waren, schlossen die Ermittler, dass die Waffe sorgfältig abgewischt worden war, bevor sie Becky in die Hand gedrückt und dann auf ihre Brust gerichtet und abgefeuert worden war. Aller Wahrscheinlichkeit nach war das Opfer infolge eines Stromstoßes aus der Betäubungspistole bewusstlos gewesen, als es dazu kam.

Die Patronenhülse, die beim Abfeuern des tödlichen Schusses ausgeworfen worden war, wurde knapp zwei Meter von der Leiche entfernt gefunden. Es waren keine Fingerabdrücke oder Spuren darauf, ein Hinweis, dass der Täter beim Laden der Waffe Handschuhe getragen hatte.

Das wichtigste Beweisstück des Ermittlungsverfahrens wurde bei der Untersuchung der Tatwaffe selbst entdeckt. Es wurde sogar *in* der Waffe gefunden. Es handelte sich dabei um ein Mark-IV-Modell der 80er-Serie, das 1986 bei Colt gefertigt worden war, also zwei Jahre vor dem Mord. Die halb automatische Waffe hatte einen langen Hammerdorn, der insofern von Bedeutung war, als die Waffe in dem Ruf stand, dem Schützen eine »Tattoo«-Verletzung beizubringen, wenn sie beim Abfeuern unsachgemäß gehandhabt wurde. Dazu kam es in der Regel, wenn beim beidhändigen Halten der Waffe die Haupthand am Griff nach oben und zu nahe an den Hammerdorn geschoben wurde. Die Haupthand konnte dann einen schmerzhaften Stempel erhalten, wenn beim Drücken des Abzugs das Verschlussstück automatisch nach hinten schnellte, um die Patronenhülse auszuwerfen. Wenn das Verschlussstück in die Ausgangsstellung zurückkehrte, klemmte es nicht selten die Hand des Schützen ein – normalerweise das Schwimmhäutchen zwischen Daumen und Zeigefinger – und zog ein Stück Haut in die Waffe hinein. Das alles geschah in Sekundenbruchteilen, und ein unerfahrener Schütze konnte oft gar nicht sagen, was ihn da »gebissen« hatte.

Genau das war bei der Waffe passiert, mit der Becky Lost erschossen worden war. Als ein Schusswaffenexperte die Halbautomatik auseinandernahm, fand er auf der Unterseite des Verschlussstücks ein kleines Stück Haut und getrocknetes Blut. Das wäre für jemanden, der die Waffe nur äußerlich untersuchte und von Blut und Fingerabdrücken säuberte, nicht erkennbar gewesen.

Green und Garcia bauten das in ihre Ermittlungstheorie ein. Im zweiten zusammenfassenden Ermittlungsbericht schrieben sie deshalb, Indizien deuteten darauf hin, dass der Mörder Becky Losts Hand um den Pistolengriff gelegt und dann die Mündung auf ihre Brust gedrückt hatte. Der Mörder benutzte eine oder beide seiner Hände, um die Waffe zu halten und Rebeccas Finger um den Abzug zu legen. Als dann der Schuss fiel, »tätowierte« das Verschlussstück den Mörder, indem es ein Stück seiner Haut in die Waffe zog.

Bosch machte sich in Gedanken eine Notiz, dass Green und Garcia in ihrer Ermittlungstheorie keine andere Möglichkeit erwähnten – wie zum Beispiel, dass sich die im Innern der Waffe gefundenen Blut- und Gewebespuren in der Nacht des Mordes bereits dort befunden haben könnten, dass also die Waffe möglicherweise eine andere Person als den Mörder tätowiert hatte, als sie irgendwann vor dem Mord abgefeuert worden war.

Ungeachtet dieses potenziellen Versehens wurden die an der Waffe gefundenen Blut- und Gewebespuren analysiert, und obwohl aus dem Obduktionsbefund bereits bekannt war, dass Becky Lost keine Verletzungen an den

Händen gehabt hatte, wurde routinemäßig ein Blutgruppenvergleich vorgenommen. Das Blut von der Pistole war Blutgruppe 0. Becky Lost hatte AB positiv. Daraus folgerten die Ermittler, dass das Blut an der Tatwaffe vom Mörder stammte und dieser somit Blutgruppe 0 haben musste.

1988 war allerdings die Verwendung von DNS-Vergleichen in strafrechtlichen Ermittlungsverfahren noch Jahre davon entfernt, gängige und, noch wichtiger, vor Gericht zugelassene Rechtspraxis zu werden. Die ersten Datenbanken mit den DNS-Profilen von Straftätern mussten erst noch eingerichtet werden. In dem Ermittlungsverfahren von 1988 hätten die Detectives also lediglich einen Blutgruppenvergleich mit potenziellen Verdächtigen vornehmen können, wenn es solche gegeben hätte. Und im Mordfall Lost tauchte kein Tatverdächtiger auf. Der Fall wurde lang und hartnäckig bearbeitet, ohne dass es jemals zu einer Festnahme kam. Und er wurde kalt.

»Bis jetzt«, sagte Bosch laut, ohne sich dessen bewusst zu sein.

»Was?«, fragte Rider.

»Nichts. Ich habe nur laut gedacht.«

»Möchtest du schon darüber reden?«

»Noch nicht. Zuerst möchte ich alles lesen. Bist du schon durch?«

»Fast.«

»Du weißt doch, wem wir das alles zu verdanken haben?«, fragte Bosch.

Rider sah ihn fragend an. »Da muss ich leider passen.«

»Mel Gibson.«

»Wie bitte?«

»Wann kam die erste Folge von *Lethal Weapon* raus? Doch irgendwann um diese Zeit?«

»Schon möglich. Aber was soll das hiermit zu tun haben? Diese Filme waren doch vollkommen realitätsfern.«

»Genau das will ich damit doch sagen. Das war der Film, mit dem dieser ganze Quatsch losging, du weißt schon, die Waffe seitlich und mit zwei Händen zu halten, eine über der anderen. Wir haben Blut auf dieser Tatwaffe, weil der Schütze *Lethal Weapon*-Fan war.«

Rider schüttelte verständnislos den Kopf.

»Du wirst schon sehen«, sagte Bosch. »Ich werde den Kerl fragen, wenn wir ihn festnehmen.«

»Na schön, Harry, tu das.«

»Mel Gibson hat einer Menge Leute das Leben gerettet. Diese ganzen Seitwärtsschützen, die treffen doch rein gar nichts. Wir sollten ihn zum Ehrenpolizisten ernennen oder so was.«

»Okay, Harry, ich werde dann mal weiterlesen. Ich möchte nämlich irgendwann damit fertig werden.«

»Klar, sicher. Ich auch.«

5

Kurz nachdem die Einheit Offen-Ungelöst des LAPD ihre Arbeit aufgenommen hatte, wurde das DNS-Material aus dem Lost-Fall an das California Department of Justice, das kalifornische Justizministerium, weitergeleitet. Zusammen mit Beweismaterial aus Dutzenden anderer Fälle, die bei der ersten Durchsicht der ungelösten Morde ausgewählt worden waren, wurde es in das DNS-Labor geschickt. Das DOJ besaß die wichtigste DNS-Datenbank des Staates Kalifornien. Aufgrund von Geld- und Personalmangel war die Wartezeit für DNS-Vergleiche allerdings bereits zum damaligen Zeitpunkt länger als ein Jahr gewesen. Infolge der Antragsflut seitens der neuen LAPD-Einheit dauerte es schließlich sogar fast achtzehn Monate, bis das Lost-Material von DOJ-Technikern neu in die Datenbank eingegeben und mit Tausenden von DNS-Profilen, die darin bereits gespeichert waren, verglichen werden konnte. Was dabei herauskam, war eine einzige Übereinstimmung, ein »kalter Treffer«, wie es im Jargon der DNS-Leute hieß.

Bosch blickte auf den eine Seite umfassenden DOJ-Bericht hinab, der vor ihm lag. Darin stand, dass zwölf der vierzehn möglichen Marker die DNS von der Waffe, mit der Rebecca Lost ermordet worden war, einem inzwischen 35-jährigen Mann namens Roland Mackey zuordneten. Der letzte bekannte Wohnsitz des in Los Angeles geborenen Mannes war in Panorama City. Bosch spürte, wie das Blut beim Lesen des Berichts etwas schneller durch seine Adern zu strömen begann. Panorama City lag im San Fernando Valley, selbst bei starkem Verkehr höchstens eine Viertelstunde von Chatsworth entfernt. Dieser Umstand verlieh der Übereinstimmung zusätzliche Glaubwürdigkeit. Es war nicht so, dass Bosch kein Vertrauen in diese wissenschaftlichen Verfahren hatte. Ganz im Gegenteil. Allerdings war er auch der Überzeugung, dass man mehr als solche wissenschaftlichen Verfahren brauchte, um die letzten Zweifel der Geschworenen auszuräumen. Man musste die wissenschaftlichen Fakten durch Übereinstimmungen mit Indizienbeweisen und gesundem Menschenverstand unterfüttern. Und das *war* so eine Übereinstimmung.

Bosch sah das Datum auf dem Begleitschreiben des DOJ-Berichts.

»Hast du nicht gesagt, das wäre gerade erst reingekommen?«, fragte er Rider.

»Ja. Am Freitag, glaube ich. Wieso?«

»Das Datum hier drauf ist aber vom Freitag davor. Das wären zehn Tage.«

»Die Mühlen der Bürokratie mahlen eben langsam«, bemerkte Rider achselzuckend. »Hat wahrscheinlich etwas gedauert, um von Sacramento bis hier runterzukommen.«

»Ich meine, der Fall ist zwar alt, aber man möchte trotzdem meinen, sie wären ein bisschen schneller.«

Rider reagierte nicht. Bosch ließ die Sache auf sich beruhen und las weiter. Mackeys DNS befand sich in der DOJ-Datenbank, weil alle Straftäter, die in Kalifornien wegen eines Sexualdelikts verurteilt wurden, laut kalifornischem Gesetz Blut und einen Mundabstrich für die DNS-Datenbank zur Verfügung stellen mussten. Allerdings hätte sich darüber streiten lassen, ob in Mackeys Fall das Vergehen, dessentwegen seine DNS in die Datenbank aufgenommen worden war, diesen Schritt tatsächlich rechtfertigte. Mackey war zwei Jahre zuvor in Los Angeles wegen unzüchtigen Verhaltens in der Öffentlichkeit verurteilt worden. Der DOJ-Bericht enthielt keine Einzelheiten über sein Vergehen, nur den Vermerk, dass Mackey zwölf Monate auf Bewährung erhalten hatte, was darauf hindeutete, dass es sich um ein geringfügiges Vergehen handelte.

Bosch wollte sich auf seinem Block gerade eine entsprechende Notiz machen, als er aufblickte und feststellte, dass Rider gerade die Mordakte mit der zweiten Hälfte der Dokumente schloss.

»Fertig?«

»Fertig.«

»Und jetzt?«

»Ich gehe mal rüber ins ESB, die Schachtel holen, während du hier zu Ende liest.«

Bosch wusste sofort, was sie meinte. Die Welt der Abkürzungen und speziellen Polizeiausdrücke war ihm sofort wieder präsent geworden. Das ESB oder Evidence Storage Building war die Asservatenkammer drüben im Piper-Tech-Komplex. Von dort wollte Rider das Beweismaterial zu dem Fall holen. Dinge wie die Tatwaffe, die Kleidung des Opfers und alle sonstigen Gegenstände, die im Lauf des ursprünglichen Ermittlungsverfahrens zusammengetragen worden waren. Normalerweise wurden diese Beweismittel in einen mit Klebeband verschlossenen Karton gepackt und in ein Regal gestellt. Eine Ausnahme bildeten hier nur verderbliche und organische Beweismittel wie das Blut und das Gewebe von der Mordwaffe, die in Tresorräumen der Scientific Investigation Division gelagert wurden.

»Gute Idee«, sagte Bosch. »Aber warum gibst du diesen Kerl nicht erst in DMV und NCIC ein? Vielleicht kriegen wir einen aktuellen Wohnsitz.«

»Hab ich bereits gemacht.«

Sie drehte ihr Notebook auf dem Schreibtisch herum, sodass Bosch auf den Bildschirm sehen konnte. Er erkannte das Symbol des National Crime Index Computer auf dem Bildschirm. Er langte über den Tisch und begann, nach unten zu scrollen und die Informationen zu überfliegen.

Rider hatte Roland Mackey in den NCIC eingegeben und sein Vorstrafenregister erhalten. Seine Verurteilung wegen unzüchtigen Verhaltens zwei Jahre zuvor war nur die letzte in einer Reihe von Festnahmen gewesen, die bis in die Zeit zurückreichten, als er achtzehn wurde – bis in das Jahr, in dem Rebecca Lost ermordet worden war. Alles, was davorlag, war nicht aufgeführt, weil infolge des Jugendschutzrechts dieser Teil seines Vorstrafenregisters ausgeblendet wurde. Die meisten der aufgeführten Straftaten waren Eigentums- und Drogendelikte, beginnend mit einem Einbruch und einem Autodiebstahl im Alter von achtzehn, gefolgt von zwei Haftstrafen wegen Drogenbesitzes sowie zwei Festnahmen wegen Fahrens unter Drogeneinfluss, einer weiteren Anklage wegen Einbruchs und einer Festnahme wegen Annahme von Diebesgut. Außerdem gab es schon früh eine Festnahme wegen Prostitution. Alles in allem der typische Lebenslauf eines Kleinkriminellen und Drogenabhängigen. Allem Anschein nach war Mackey für keine seiner Straftaten in ein Staatsgefängnis gekommen. Die Richter hatten oft ein Nachsehen mit ihm und verurteilten ihn als Gegenleistung für ein Schuldgeständnis zu einer Bewährungsstrafe oder zu einer kurzen Haftstrafe in einem Bezirksgefängnis. Wie es schien, waren die längste Zeit, die er hinter Gittern verbrachte, die sechs Monate gewesen, die er einsaß, nachdem er sich im Alter von achtundzwanzig Jahren schuldig bekannt hatte, Diebesgut angenommen zu haben. Er verbüßte seine Strafe im Wayside Honor Rancho, einem County-Gefängnis.

Nachdem Bosch die Datei durchgescrollt hatte, lehnte er sich zurück. Ihm gefiel nicht, was er gerade gelesen hatte. Mackey hatte die Sorte Vorstrafenregister, die man als direkten Weg zu einem Mord ansehen könnte. Nur stand in seinem Fall der Mord an erster Stelle – als Mackey gerade achtzehn war –, und die geringfügigen Vergehen kamen hinterher. Das schien nicht ganz stimmig.

»Was ist?«, fragte Rider, die spürte, was in ihm vorging.

»Ich weiß nicht. Wahrscheinlich dachte ich einfach, da wäre mehr. Es läuft genau verkehrt herum. Von Mord zu geringfügigen Vergehen. Irgendwie will mir das nicht so recht einleuchten.«

»Na ja, das sind ja auch nur die Straftaten, die ihm nachgewiesen werden konnten. Das heißt nicht, dass das auch alles ist, was er getan hat.«

Bosch nickte.

»Jugendstrafen?«, fragte er.

»Vermutlich. Höchstwahrscheinlich sogar. Aber an

diese Unterlagen kommen wir nicht mehr ran. Wahrscheinlich existieren sie schon lange nicht mehr.«

Das stimmte. Der Staat überschlug sich geradezu, die Rechte von jugendlichen Straftätern zu schützen. Nur in den seltensten Fällen wurden ihre Vorstrafen ins Erwachsenenstrafrecht mit herübergenommen. Wie dem auch sei, im Fall Mackeys hätten es Jugendstraftaten sein müssen, die besser zu der kaltblütigen Ermordung eines 16-jährigen Mädchens passten, das mit einer Betäubungspistole betäubt und aus dem Haus ihrer Eltern entführt worden war, als sich das von Mackeys Vorstrafen als Erwachsener behaupten ließ. Bosch bekam hinsichtlich des kalten Treffers, mit dem sie es hier zu tun hatten, zusehends größere Bedenken. Ihm wurde langsam klar, dass Mackey nicht das Ziel war. Er war eine Station auf dem Weg zum Ziel.

»Hast du ihn wegen einer Adresse schon durch die DMV-Datenbank laufen lassen?«, fragte er.

»Harry, das ist längst passé. Man muss seinen Führerschein nur noch alle vier Jahre erneuern lassen. Wenn du heute jemanden finden willst, versuchst du es nicht über die Kfz-Zulassungsstelle – du gehst auf AutoTrack.«

Sie schlug die Mordakte auf und schob ihm ein loses Blatt Papier zu. Es war ein Computerausdruck, auf dem oben *AutoTrack* stand. Sie erklärte ihm, dass es sich dabei um ein Privatunternehmen handele, das für die Polizei tätig werde. Wenn man die früheren und aktuellen Adressen einer bestimmten Person herausfinden wollte, bot AutoTrack Computersuchen nicht nur in allen behördlichen Meldeverzeichnissen an, wie etwa in denen von Versorgungsbetrieben, Kabelanbietern und der Kfz-Zulassungsstelle DMV, sondern auch in privaten Datenbanken, wie sie zum Beispiel Credit-Reporting-Dienste unterhielten. Bosch sah, dass die auf dem Ausdruck angegebenen Wohnsitze Roland Mackeys bis in die Zeit zurückreichten, als er achtzehn wurde. Allen gegenwärtig vorliegenden Daten zufolge, einschließlich Führerschein und Kfz-Zulassung, war Mackeys aktueller Wohnsitz die Adresse in Panorama City. Auf dem Computerausdruck hatte Rider allerdings die Adresse eingekreist, unter der Mackey im Alter von achtzehn bis zwanzig gewohnt hatte – zwischen 1988 und 1990. Es war eine Wohnung am Topanga Canyon Boulevard in Chatsworth. Das hieß, zum Zeitpunkt des Mordes hatte Mackey in unmittelbarer Nähe von Rebecca Lost gewohnt. Aufgrund dieses Sachverhalts hatte Bosch sofort ein besseres Gefühl bei der Sache. Nähe zum Tatort war ein wichtiges Teilchen des Puzzles. Ungeachtet von Boschs Bedenken hinsichtlich Mackeys krimineller Vergangenheit war die räumliche Nähe im Jahr 1988 ein großes Plus, denn sie bedeutete, dass er Rebecca Lost persönlich oder zumindest vom Sehen gekannt haben könnte.

»Räumt das deine Bedenken aus, Harry?«

»Ein bisschen.«

»Gut. Dann gehe ich jetzt mal los.«

»Ich halte inzwischen hier die Stellung.«

Nachdem Rider gegangen war, stürzte sich Bosch wieder in die Durchsicht der Mordakte. Der dritte Ermittlungsbericht befasste sich vor allem mit der Frage, wie der Täter in das Haus gelangt war. Auf Tür- und Fensterschlössern fanden sich keinerlei Spuren, die darauf hindeuteten, dass sich jemand an ihnen zu schaffen gemacht hatte, und alle existierenden Hausschlüssel konnten Familienangehörigen und einer Haushälterin zugeordnet werden, gegen die keinerlei Verdachtsmomente vorlagen. Die Ermittler stellten daher die Theorie auf, dass der Mörder durch die Verbindungstür zur Garage ins Haus gekommen war, die normalerweise offen gelassen wurde, bis Robert Lost von der Arbeit nach Hause kam.

Laut Robert Losts Aussagen war die Garage offen gewesen, als er am Abend des 5. Juli gegen halb elf aus dem Restaurant nach Hause kam. Die Verbindungstür zwischen Garage und Haus war nicht abgeschlossen gewesen. Er ging ins Haus, machte das Garagentor zu und schloss die Verbindungstür ab. Die Ermittler vermuteten, dass der Mörder zu diesem Zeitpunkt bereits im Haus gewesen war.

Als Begründung für das offen gelassene Garagentor gaben die Losts an, dass ihre Tochter erst kürzlich den Führerschein gemacht hatte und gelegentlich das Auto ihrer Mutter hatte benutzen dürfen. Allerdings hatte sie beim Raus- und Reinfahren nicht immer daran gedacht, das Garagentor zu schließen, und war deshalb von ihren Eltern mehr als einmal gerügt worden. Am späten Nachmittag des Tages, an dem sie entführt wurde, hatte Rebecca für ihre Mutter etwas aus der Reinigung abgeholt und dazu deren Auto benutzt. Eine Überprüfung durch die Ermittler ergab, dass sie um 17.15 Uhr ein paar Kleidungsstücke abgeholt hatte und dann nach Hause zurückgekehrt war. Die Ermittler gingen davon aus, dass sie bei dieser Gelegenheit wieder einmal vergessen hatte, das Garagentor zu schließen und die Verbindungstür zum Haus abzusperren. Ihre Mutter sagte, sie hätte an dem Abend nicht nachgesehen, sondern angenommen, dass das Tor geschlossen war.

Zwei Nachbarn, die nach dem Mord befragt wurden, sagten aus, das Garagentor sei an besagtem Abend offen gewesen. Demnach dürfte es bis zu Robert Losts Heimkehr kein Problem gewesen sein, ins Haus zu kommen.

Unwillkürlich musste Bosch daran denken, wie oft er im Lauf der Jahre erlebt hatte, dass einem scheinbar harmlosen Versehen eine entscheidende Rolle in dem daraus resultierenden Verhängnis zukam. Ein so alltäglicher Vorgang wie das Abholen von ein paar Kleidern könnte dem Mörder die Gelegenheit verschafft haben, ins Haus zu gelangen. Möglicherweise hatte Becky Lost, ohne sich dessen bewusst zu sein, ihren eigenen Tod herbeigeführt.

Bosch schob seinen Stuhl zurück und stand auf. Er hatte die erste Hälfte der Mordakte durchgesehen. Bevor er die zweite Hälfte in Angriff nahm, wollte er sich noch eine Tasse Kaffee holen. Er fragte, ob jemand von seinen Kollegen etwas aus der Cafeteria bräuchte, und erhielt von Jean Nord eine Kaffeebestellung. Er ging in die Cafeteria, füllte an der Maschine zwei Becher, bezahlte und ging zur Zutatentheke, um für Nord Sahne und Zucker zu holen. Als er einen Schuss Sahne in einen der Becher gab, spürte er plötzlich, dass jemand neben ihm stand. Er trat ein Stück zur Seite, aber niemand griff nach irgendetwas. Als er sich zur Seite drehte, blickte er in das lächelnde Gesicht von Deputy Chief Irvin S. Irving.

Bosch und Deputy Chief Irving hatten sich noch nie riechen können. Der Deputy Chief war bei der Polizei teils sein Widersacher, teils sein unfreiwilliger Retter gewesen. Doch jetzt hatte Bosch von Rider gehört, dass Irving in Ungnade gefallen und vom neuen Polizeichef kurzerhand abgesetzt worden war und einen bedeutungslosen Posten außerhalb des Parker Center zugeteilt bekommen hatte.

»Dachte ich mir doch, dass Sie das sind, Detective Bosch. Ich würde Sie gern auf eine Tasse Kaffee einladen, aber wie ich sehe, haben Sie bereits mehr als genug. Hätten Sie trotzdem Lust, sich kurz zu mir zu setzen?«

Bosch hielt beide Kaffeebecher hoch.

»Ich stecke gerade mitten in der Arbeit, Chief. Und außerdem wartet jemand auf einen von denen hier.«

»Nur eine Minute, Detective.« In Irvings Stimme schlich sich ein strenger Unterton. »Der Kaffee wird noch heiß sein, wenn Sie dort ankommen, wo Sie hinmüssen. Versprochen.«

Ohne auf eine Antwort zu warten, drehte er sich um und ging zu einem Tisch in der Nähe. Bosch folgte ihm. Irving hatte immer noch einen glatt rasierten glänzenden Schädel. Sonst war sein auffälligstes Merkmal seine muskulöse Kieferpartie. Er setzte sich und nahm eine kerzengerade Haltung ein. Ihm schien nicht wohl in seiner Haut. Er begann erst zu sprechen, als Bosch Platz genommen hatte. Der freundliche Ton war in seine Stimme zurückgekehrt.

»Ich wollte Ihnen zu Ihrer Rückkehr in den Polizeidienst nur alles Gute wünschen«, sagte er.

Er lächelte wie ein Hai. Bosch zögerte wie jemand, der auf eine Falltür tritt, bevor er antwortete.

»Es ist schön, wieder zurück zu sein, Chief.«

»Offen-Ungelöst. Ich finde, das ist genau der richtige Platz für jemanden mit Ihren Fähigkeiten.«

Bosch nahm einen Schluck von seinem brühheißen Kaffee. Er wusste nicht, ob das als Kompliment oder als Beleidigung gemeint war. Er wollte gehen.

»Na ja, das wird sich ja zeigen«, erwiderte er. »Jedenfalls hoffe ich das. Aber ich sollte jetzt …«

Irving breitete die Arme aus, als wolle er zeigen, dass er nichts im Schilde führte.

»Dann will ich Sie auch nicht länger aufhalten«, sagte er. »Sie können gehen. Ich wollte Sie nur willkommen heißen. Und Ihnen danken.«

Bosch zögerte, aber dann biss er doch an.

»Mir danken? Wofür, Chief?«

»Dass Sie mich wieder ins Spiel bringen.«

Bosch schüttelte lächelnd den Kopf, als verstünde er nicht.

»Das verstehe ich nicht, Chief. Wie sollte ich dazu in der Lage sein? Sie sind doch jetzt im City Hall Annex auf der anderen Straßenseite, oder? Wo genau? Im Büro für strategische Planung oder so was Ähnliches? Soviel ich gehört habe, können Sie Ihre Dienstwaffe zu Hause lassen.«

Irving verschränkte die Arme auf dem Tisch und beugte sich langsam zu Bosch vor. Die ganze aufgesetzte Freundlichkeit war mit einem Mal verflogen. Er sprach mit Nachdruck, aber ruhig.

»Ja, dort bin ich zurzeit. Aber ich versichere Ihnen, das wird nicht mehr lange der Fall sein. Nicht, wenn jemand wie Sie wieder in den Polizeidienst aufgenommen wird.«

Dann lehnte er sich zurück und fiel ebenso rasch wieder in den lockeren Ton zurück, in dem er das Gespräch ursprünglich geführt hatte.

»Wissen Sie, was Sie sind, Bosch? Sie sind ein Runderneuerter. Der neue Chief zieht gern runderneuerte Reifen auf. Aber wissen Sie, was mit einem Runderneuerten passiert? Die Lauffläche löst sich. Die Reibung und die Hitze ... die verkraftet er nicht. Er löst sich auf, und was passiert? Er platzt. Und dann kommt das Auto von der Straße ab.«

Er nickte stumm und ließ Bosch darüber nachdenken.

»Wissen Sie, Bosch, Sie sind meine Chance. Sie werden Scheiße bauen – wenn Sie meine drastische Ausdrucksweise entschuldigen. Dazu sind Sie prädestiniert. Es ist ein Teil Ihres Wesens. Es ist so sicher wie das Amen in der Kirche. Und wenn Sie geschasst werden, wird auch unser ach so toller neuer Chief geschasst, weil er es war, der einen billigen Runderneuerten an unserem Auto aufgezogen hat.«

Er lächelte. Bosch fand, um das Bild zu vervollständigen, hätte Irving nur noch einen goldenen Ohrring gebraucht. Mr. Clean, wie er leibte und lebte.

»Und wenn sein Stern im Sinken begriffen ist, wird meiner steigen. Ich bin ein geduldiger Mensch. Ich warte in dieser Behörde schon über vierzig Jahre. Ich kann noch länger warten.«

Bosch rechnete mit mehr, aber das war's. Irving nickte einmal und stand auf. Er drehte sich rasch um und ging aus der Cafeteria. Bosch spürte, wie ihm die Galle hochstieg. Er blickte auf die zwei Kaffeebecher in seinen Händen hinab und kam sich wie ein Vollidiot vor, weil er wie ein wehrloser Laufbursche dagesessen hatte und sich von Irving verbal hatte abwatschen lassen. Er stand auf und warf beide Becher in einen Abfalleimer. Jean Nord sollte sich ihren blöden Kaffee gefälligst selbst holen.

6

Als Bosch die zweite Hälfte der Mordakte zu seinem Schreibtisch trug und sich setzte, war sein Unbehagen über die Begegnung mit Irving noch nicht verflogen. Die beste Möglichkeit, Irvings Drohung zu vergessen, bestand vermutlich darin, sich wieder in den Fall zu vertiefen. Was er in der Mordakte noch vorfand, war ein dicker Packen ergänzender Berichte und Updates, also all die Dinge, die Ermittler immer hinten in einen Ordner packen. Bosch nannte sie gern die Puzzleteilchen, weil die einzelnen Dokumente oft zusammenhanglos erschienen, obwohl sie den entscheidenden Hinweis auf die Lösung eines Falls geben konnten, wenn man sie aus dem richtigen Blickwinkel betrachtete oder in die richtige Anordnung brachte.

Zuerst kam ein Laborbefund, dem zufolge mit den verfügbaren Testmethoden nicht genau festgestellt werden konnte, wie lange genau sich die Blut- und Gewebeproben, die an der Mordwaffe gefunden worden waren, dort befunden haben könnten. In dem Befund hieß es, dass zwar die meisten Proben zu Vergleichszwecken aufbewahrt worden seien, eine Untersuchung ausgesuchter Blutkörperchen aber darauf hingedeutet habe, dass der Verwesungsprozess noch nicht sehr weit fortgeschritten gewesen sei. Der Kriminologe, der den Befund schrieb, konnte nicht feststellen, ob das Blut unmittelbar zum

Zeitpunkt der Tötung an die Waffe gelangt war oder schon davor – niemand konnte das. Aber er wäre bereit gewesen zu bezeugen, dass das Blut »kurz vor oder nach oder unmittelbar bei der Tötung« an die Waffe gekommen war.

Bosch wusste, dass dieser Befund bei einer Anklageerhebung gegen Roland Mackey eine Schlüsselrolle spielen würde. Unter Umständen böte er Mackey auch die Möglichkeit, zu seiner Verteidigung vorzubringen, er habe sich zwar vor dem Mord, aber nicht zum Zeitpunkt des Mordes im Besitz der Waffe befunden. Es wäre ein riskanter Schachzug, den Besitz der Mordwaffe zuzugeben, aber wegen der DNS-Übereinstimmung bliebe ihm kaum eine andere Wahl. Der Umstand, dass es technisch nicht möglich war, den genauen Zeitpunkt zu bestimmen, zu dem Blut und Gewebe an die Waffe gekommen waren, stellte in Boschs Augen ein erhebliches Manko für die Beweisführung der Anklage dar. Die Verteidigung konnte sich das hervorragend zunutze machen. Wieder einmal spürte er, wie seine Zuversicht wegen der DNS-Übereinstimmung verflog. Die wissenschaftlichen Methoden konnten gleichzeitig geben und nehmen. Sie brauchten mehr.

Das nächste Dokument in der Mordakte war ein Bericht der Abteilung Schusswaffen, die damit beauftragt worden war, die Herkunft der Tatwaffe festzustellen. Die Seriennummer der Selbstladepistole war zwar weggefeilt worden, aber mithilfe einer Säure, durch die diejenigen Stellen im Metall hervorgehoben wurden, an denen die Nummer bei der Herstellung eingestanzt worden war, konnte sie im Labor wieder sichtbar gemacht werden. Anhand dieser Nummer ließ sich feststellen, dass die Waffe 1987 vom Hersteller an einen Waffenladen in Northridge geliefert worden war. Dort kaufte sie dann im selben Jahr ein Mann, der in Chatsworth in der Winnetka Avenue wohnte. Am 2. Juni 1988 wurde beim Eigentümer der Waffe eingebrochen und die Waffe als gestohlen gemeldet, genau einen Monat bevor Rebecca Lost damit ermordet wurde.

Dieser Bericht würde die Beweisführung unterstützen. Wenn nämlich Mackey nicht mit dem ursprünglichen Eigentümer der Waffe bekannt gewesen war, begrenzte der Einbruch den Zeitraum, in dem sich die Waffe in Mackeys Besitz befunden hatte. Das wiederum erhöhte die Wahrscheinlichkeit, dass die Waffe an dem Abend, an dem Becky Lost aus ihrem Elternhaus entführt und ermordet worden war, in seinem Besitz war.

Der Einbruchsbericht befand sich in der Akte. Der Name des Bestohlenen war Sam Weiss. Er lebte allein und arbeitete bei Warner Bros in Burbank als Tontechniker. Bei der Durchsicht des Berichts entdeckte Bosch nur noch einen weiteren Punkt von Interesse. Im Feld für Kommentare des zuständigen Officers hieß es, das Einbruchsopfer habe die Waffe erst vor Kurzem zu seinem Schutz erworben, nachdem er aufgrund der Tatsache, dass er Jude war, mehrere anonyme Drohanrufe erhalten hatte. Das Opfer sagte aus, er wisse nicht, wie seine Geheimnummer in die Hände des Anrufers geraten sei, und er wisse auch nicht, was diesen zu den Drohungen veranlasst haben könnte.

Im Anschluss nahm sich Bosch den zweiten Bericht der Abteilung Schusswaffen vor. Darin wurde die bei der

Entführung verwendete Betäubungspistole identifiziert. Dem Befund zufolge deuteten die 57 Millimeter Abstand zwischen den Kontaktpunkten, die anhand der Verbrennungen auf der Haut des Opfers ermittelt worden waren, darauf hin, dass sie nur von einem Modell mit der Bezeichnung Professional 100 stammen konnten, das von einer in Downey ansässigen Firma namens SafetyCharge hergestellt wurde. Dieses Modell war in Geschäften und über Versandfirmen erhältlich, und zum Zeitpunkt des Mordes waren über zwölftausend Stück davon in Umlauf. Wenn der Besitzer der Betäubungspistole nicht mit der bei der Tat benutzten Waffe in der Hand erwischt wurde, bestand keine Chance, die Spuren an Becky Losts Leiche mit ihm in Verbindung zu bringen. Das war eine Sackgasse.

Dann blätterte Bosch eine Reihe von 18-x-24-Fotos durch, die unmittelbar nach der Entdeckung von Beckys Leiche im Haus der Losts gemacht worden waren. Diese Aufnahmen dienten nur der Absicherung. Ursprünglich hatte die Polizei Rebecca Losts Verschwinden damit erklärt, dass das Mädchen von zu Hause ausgerissen sei. Sie ging der Sache erst richtig nach, nachdem die Leiche entdeckt und eine Autopsie zu dem Ergebnis gekommen war, dass es sich um einen Mord handelte. Fünf Tage nachdem das Mädchen als vermisst gemeldet worden war, kreuzte die Polizei wieder auf und erklärte das Haus zum Tatort. Die Frage war nun, wie viel Spuren in diesen fünf Tagen verloren gegangen waren.

Unter den Fotos waren Innen- und Außenaufnahmen aller drei Türen des Hauses – Vorder-, Hinter- und Garagentür – und mehrere Nahaufnahmen von Fensterschlössern. Es gab auch mehrere Aufnahmen von Becky Losts Zimmer. Als Erstes fiel Bosch auf, dass das Bett gemacht war. Er fragte sich, ob es der Entführer gemacht hatte, um dadurch gezielt auf einen Selbstmord hinzudeuten, oder ob es einfach Beckys Mutter an einem der Tage gemacht hatte, an denen sie noch auf die Rückkehr ihrer Tochter gehofft und gewartet hatte.

Das Bett war ein Himmelbett mit einer rosafarbenen Tagesdecke mit weißen Katzen darauf und einem passenden rosafarbenen Volant. Die Tagesdecke erinnerte Bosch an die seiner Tochter. Sie erschien ihm für eine 16-Jährige eindeutig zu kindlich, weshalb er sich fragte, ob Becky Lost sie in einer Anwandlung von Nostalgie behalten hatte oder als eine Art psychologische Schutzdecke. Der Volant lag nicht exakt auf dem Boden auf. Er war ein paar Zentimeter zu lang und entweder ein Stück nach außen oder nach innen geneigt.

Es gab Fotos von der Kommode und den Nachttischen des Mädchens. Das Zimmer war mit einer langen Reihe von Plüschtieren aus früheren Jahren geschmückt. An den Wänden hingen Poster von Musikgruppen, die längst wieder passé waren, außerdem das Plakat eines John-Travolta-Films, der mindestens drei Comebacks weit zurücklag. Das Zimmer war sehr sauber und ordentlich, und wieder fragte sich Bosch, ob das auch an dem Morgen so gewesen war, an dem Rebecca Losts Verschwinden bemerkt wurde, oder ob ihre Mutter das Zimmer in der Zeit, in der sie auf die Rückkehr ihrer Tochter wartete, aufgeräumt hatte.

Die Fotos mussten im Zuge einer ersten Tatortanalyse aufgenommen worden sein. Nirgendwo waren Spuren von Fingerabdruckpulver zu sehen oder sonstige Hinweise auf das Chaos, das mit dem Anmarsch der Spurensicherung einherging.

Auf die Fotos folgten in der Akte die Protokolle der Befragungen, die die Ermittler mit Schülern der Hillside Prep durchgeführt hatten. Einer Checkliste auf der ersten Seite zufolge hatten die Ermittler mit jedem Schüler aus Becky Losts Klasse und mit jedem Jungen der oberen Klassen gesprochen. Es gab auch Protokolle der Befragungen von Lehrern des Opfers und Angehörigen der Schulverwaltung.

In diesem Teil der Mordakte war auch das Protokoll einer telefonischen Vernehmung eines früheren Freundes von Becky Lost enthalten, der mit seinen Eltern ein Jahr vor dem Mord nach Hawaii gezogen war. Dem Protokoll war eine Alibibestätigung beigefügt, der zufolge der Junge an den Tagen vor und nach dem Mord in der Waschanlage einer Leihwagenfirma auf Maui gearbeitet hatte, womit ausgeschlossen werden konnte, dass er nach Los Angeles gekommen war, um sie zu töten.

Danach kam ein zweiter Packen mit Vernehmungsprotokollen, diesmal von den Angestellten des Island House Grill, Robert Losts Restaurant. Seine Tochter hatte dort gerade einen Ferienjob angetreten. Sie arbeitete während der Mittagszeit als Aushilfsbedienung. Ihre Aufgabe bestand darin, die Gäste zu ihrem Tisch zu führen und ihnen die Speisekarte zu bringen. Viele Restaurants stellten für niedrige Küchenarbeiten gern irgendwelche zwielichtigen Gestalten an, aber Robert Lost hatte bewusst keine Vorbestraften eingestellt, sondern sein Personal aus der Surfer- und Aussteigerszene von Malibu rekrutiert. Diese Leute dürften zwar mit Rebecca, die ausschließlich im Lokal arbeitete, kaum Kontakt gehabt haben, aber dennoch waren alle vernommen worden. Allem Anschein nach hatte jedoch keiner den Verdacht der Ermittler geweckt.

Des Weiteren enthielt die Mordakte eine Opfer-Chronologie, in der die Ermittler Rebecca Losts Aktivitäten in den Tagen vor ihrer Ermordung rekonstruierten. 1988 fiel der 4. Juli auf einen Montag. Rebecca verbrachte den größten Teil des verlängerten Wochenendes zu Hause, nur Sonntagnacht hatte sie zusammen mit zwei anderen Freundinnen bei einer Freundin übernachtet. Die beigefügten Protokolle der Vernehmungen dieser drei Mädchen waren lang, enthielten aber keine ermittlungstechnisch brauchbaren Angaben.

Am Montag, dem Nationalfeiertag, blieb Rebecca zu Hause, bis ihre Eltern mit ihr in den Balboa Park fuhren, um sich ein Feuerwerk anzusehen. Es war einer von Robert Losts seltenen freien Abenden, weshalb er darauf bestand, ihn mit der ganzen Familie zu verbringen, übrigens sehr zu Beckys Ärger, die deswegen die Party einer Freundin in Porter Ranch versäumte.

Am Dienstag begann wieder der Sommeralltag. Rebecca fuhr mit ihrem Vater ins Restaurant, um während der Mittagszeit als Bedienung zu arbeiten. Um 15 Uhr fuhr sie ihr Vater nach Hause. Dort blieb er den restlichen Nachmittag, um dann zur Abendschicht wieder ins Restaurant zurückzufahren, etwa zur gleichen Zeit, zu der Rebecca mit dem Auto ihrer Mutter zur Reinigung fuhr.

Bosch entdeckte in der Aufstellung nichts, was seinen

Verdacht erregte, nichts, was die Ermittler übersehen hatten.

Als Nächstes kam er zu der Niederschrift einer förmlichen Vernehmung der Eltern. Sie wurde am 14. Juli in der Devonshire Division vorgenommen, mehr als eine Woche nachdem sie das Verschwinden ihrer Tochter bemerkt hatten. Inzwischen hatten sich die Detectives einiges an Wissen über den Fall angeeignet und stellten sehr präzise Fragen. Bosch las die Niederschrift sehr aufmerksam, er konzentrierte sich auf die Antworten und auf die Erkenntnisse, die sich aus Sicht der Ermittler schließen ließen.

Fall Nr. 88–641, Lost, Rebecca (TZ 6.7.88)
I/O A. Garcia, Nr. 993
14.7.88–14.15 Uhr, Devonshire Division

GARCIA: Danke, dass Sie gekommen sind. Ich hoffe, Sie haben nichts dagegen, wenn wir dieses Gespräch aufzeichnen, damit wir alles genau festhalten können. Wie kommen Sie mit der Situation zurecht?

ROBERT LOST: Ungefähr so, wie es zu erwarten war. Wir sind am Boden zerstört. Wir wissen nicht mehr weiter.

MURIEL LOST: Wir müssen ständig daran denken, was wir hätten tun können, um zu verhindern, dass unserer Kleinen so etwas passiert.

GREEN: Wir können das sehr gut nachempfinden, Ma'am. Aber Sie dürfen sich wegen dieses schrecklichen Vorfalls keine Vorwürfe machen. Soweit wir das beurteilen können, hat das Ganze nichts mit irgendetwas zu tun, was Sie getan oder unterlassen haben. Es ist einfach passiert. Machen Sie sich also keine Vorwürfe. Die Schuld liegt einzig und allein bei der Person, die das getan hat.

GARCIA: Und glauben Sie uns, wir werden diesen Kerl erwischen. Machen Sie sich da keine Sorgen. Allerdings gibt es da auch verschiedene Fragen, die wir Ihnen jetzt stellen müssen. Manche davon werden vielleicht schmerzlich für Sie sein, aber wir müssen die Antworten darauf wissen, wenn wir diesen Kerl fassen wollen.

ROBERT LOST: Sie sagen ständig »dieser Kerl«. Gibt es schon einen Verdächtigen? Wissen Sie, dass es ein Mann war?

GARCIA: Mit Sicherheit können wir noch gar nichts sagen, Sir. Wir halten uns hier hauptsächlich an statistische Werte. Dazu kommt dieser steile Hang hinter Ihrem Haus. Becky wurde auf jeden Fall dort hinaufgetragen. Sie war zwar nicht schwer, aber wir sind dennoch ziemlich sicher, dass dazu nur ein Mann in der Lage gewesen sein kann.

MURIEL LOST: Aber Sie sagten doch, dass sie nicht … dass es kein Sexualverbrechen war.

GARCIA: Vollkommen richtig, Ma'am. Aber das heißt nicht, dass die Tat nicht sexuell motiviert war oder sexuelle Hintergründe hatte.

ROBERT LOST: Wie meinen Sie das?

GARCIA: Dazu kommen wir gleich, Sir. Wenn es Ihnen nichts ausmacht, würden wir Ihnen erst einmal einfach unsere Fragen stellen, und dann werden wir auch Ihre Fragen beantworten, wenn Sie möchten.

ROBERT LOST: Gut, machen Sie weiter. Und entschuldigen Sie bitte. Wir können einfach immer noch nicht verstehen, wie es dazu kommen konnte. Irgendwie können wir es einfach nicht begreifen.

GARCIA: Das ist vollkommen verständlich. Wie gesagt, wir können das sehr gut nachempfinden. Die ganze Polizei ist zutiefst betroffen über diesen Vorfall. Die Polizeiführung behält den Fortgang der Ermittlungen sehr genau im Auge.

GREEN: Zunächst würden wir gern in die Zeit vor dem Verschwinden Ihrer Tochter zurückgehen. Vielleicht einen Monat davor. Ist Ihre Tochter in dieser Zeit einmal weg gewesen?

ROBERT LOST: Wie meinen Sie das, weg gewesen?

GARCIA: War sie einmal weg von Ihnen?

ROBERT LOST: Nein. Sie war sechzehn. Sie ging zur Schule. Sie ging nicht allein weg.

GREEN: Hat sie mal bei Freundinnen übernachtet?

MURIEL LOST: Nein, ich glaube nicht.

ROBERT LOST: Worauf wollen Sie hinaus?

GREEN: War sie in dem Monat vor ihrem Verschwinden jemals krank? Oder auch zwei Monate davor?

MURIEL LOST: Ja, in der ersten Ferienwoche hatte sie eine Grippe. Deshalb konnte sie nicht gleich bei Bob im Restaurant zu arbeiten anfangen.

GREEN: Lag sie krank im Bett?

MURIEL LOST: Ziemlich lange. Aber ich verstehe nicht, was das …

GARCIA: Mrs. Lost, hat Ihre Tochter in dieser Zeit einen Arzt aufgesucht?

MURIEL LOST: Nein, sie sagte nur, sie müsste sich ausruhen. Ehrlich gesagt, dachten wir, sie wollte nur nicht im Restaurant arbeiten. Sie hatte kein Fieber und keine Erkältung. Wir dachten, sie wollte sich bloß vor der Arbeit drücken.

GREEN: Sie hat Ihnen zu diesem Zeitpunkt nicht anvertraut, dass sie schwanger war?

MURIEL LOST: Was? Nein!

ROBERT LOST: Augenblick, Detective, was soll das heißen?

GREEN: Die Autopsie ergab, dass Becky etwa einen Monat vor ihrem Tod einen Eingriff vornehmen ließ, den man als Dilatation und Ausschabung bezeichnet. Eine Abtreibung. Wir vermuten, dass sie sich von diesem Eingriff erholen wollte, als sie Ihnen sagte, sie hätte eine Grippe.

GARCIA: Würden Sie vielleicht an dieser Stelle lieber eine Pause machen?

GREEN: Eine kleine Pause würde uns jetzt allen guttun. Wir gehen mal kurz nach draußen und holen etwas Wasser für uns alle.

[Pause]

GARCIA: So, da wären wir wieder. Ich hoffe, Sie haben Verständnis und können uns das nachsehen. Wir stellen Ihnen unsere Fragen nicht, um Sie zu schockieren oder zu verletzen. Wir müssen uns an feste Richtlinien halten und Methoden anwenden, die uns ermöglichen, Informationen zu beschaffen, die nicht durch vorgefasste Meinungen verfälscht sind.

ROBERT LOST: Wir verstehen, was Sie tun. Es ist inzwischen ein Teil unseres Lebens. Oder was davon noch übrig ist.

MURIEL LOST: Sie sagen also, unsere Tochter war schwanger und ließ eine Abtreibung vornehmen?

GARCIA: Ja, ganz richtig. Und wir glauben auch, dass nicht auszuschließen ist, dass das in Zusammenhang mit dem steht, was ihr einen Monat später zugestoßen ist. Haben Sie eine Idee, wo sie diesen Eingriff möglicherweise vornehmen ließ?

MURIEL LOST: Nein. Ich hatte keine Ahnung von dem allem. Weder ich noch mein Mann.

GREEN: Und wie Sie schon sagten, sie war in dieser Zeit nie über Nacht weg?

MURIEL LOST: Nein, sie war jeden Abend zu Hause.

GARCIA: Haben Sie eine Idee, mit wem sie ein Verhältnis gehabt haben könnte? Bei früheren Gesprächen sagten Sie, sie hätte in letzter Zeit keinen Freund gehabt.

MURIEL LOST: Also, was das angeht, haben wir uns offensichtlich getäuscht. Jedenfalls, nein, wir wissen nicht, mit wem sie sich traf oder wer … das gewesen sein könnte.

GREEN: Hat einer von Ihnen jemals das Tagebuch Ihrer Tochter gelesen?

ROBERT LOST: Nein, wir wussten nicht einmal, dass sie Tagebuch geführt hat, bis Sie eines in ihrem Zimmer fanden.

MURIEL LOST: Das hätte ich übrigens gern wieder. Kann ich das Tagebuch wiederhaben?

GREEN: Solange das Ermittlungsverfahren läuft, müssen wir es einbehalten, aber irgendwann bekommen Sie es zurück.

GARCIA: Im Tagebuch gibt es mehrere Hinweise auf eine Person, die als MWL bezeichnet wird. Diese Person würden wir gern identifizieren und mit ihr sprechen.

MURIEL LOST: Spontan fällt mir niemand ein, auf den diese Abkürzung zutreffen könnte.

GREEN: Wir haben im Jahrbuch der Schule nachgesehen. Dort gibt es einen Michael Lewis. Aber sein zweiter Vorname ist Charles. Wir glauben, die Initialen waren ein Code oder eine Abkürzung. Sie könnten für »Meine wahre Liebe« stehen.

MURIEL LOST: Demnach gab es offensichtlich jemanden, von dem wir nichts wussten, von dem sie uns nichts erzählt hat.

ROBERT LOST: Ich kann das einfach nicht glauben. Sie wollen uns also sagen, wir kannten unsere Tochter gar nicht wirklich.

GARCIA: So leid es mir tut, Bob, aber manchmal richtet so ein Fall tiefgreifenden Schaden an. Ungeachtet dessen besteht unsere Aufgabe darin, der Sache nachzugehen – egal, wohin uns das Ganze führt. Und das ist die Richtung, in die der Fall im Moment tendiert.

GREEN: Wir haben gar keine Wahl. Wir müssen diesem Aspekt bei unseren Ermittlungen nachgehen und herausfinden, wer MWL ist. Und das heißt, wir müssen Freunde und Bekannte Ihrer Tochter vernehmen. Und das wird leider zwangsläufig mit sich bringen, dass sich das Ganze herumspricht.

ROBERT LOST: Das ist uns klar, Detective. Damit werden wir fertigwerden müssen. Wie wir an dem Tag, an dem Sie zum ersten Mal zu uns gekommen sind, bereits gesagt haben: Tun Sie, was Sie tun müssen. Finden Sie die Person, die das getan hat.

GARCIA: Danke, Sir. Das werden wir.

(Ende des Gesprächs: 14.40 Uhr)

Bosch las die Niederschrift ein zweites Mal, wobei er sich jetzt auf seinem Block Notizen machte. Anschließend nahm er sich drei förmlichere Vernehmungsprotokolle vor. Diese Befragungen waren mit Becky Losts drei engsten Freundinnen, Tara Wood, Bailey Koster und Grace Tanaka, durchgeführt worden. Allerdings erklärten alle drei Mädchen – zum damaligen Zeitpunkt waren sie noch Mädchen –, weder von Beckys Schwangerschaft gewusst zu haben noch von der geheimen Beziehung, aus der sie hervorgegangen war. Alle drei sagten aus, ihre Freundin in der ersten Ferienwoche nicht gesehen zu haben, weil sie nicht ans Telefon ging, und wenn sie bei ihren Eltern anriefen, sagte ihnen Muriel Lost, ihre Tochter sei krank. Tara Wood, die sich mit Becky den Job als Aushilfe teilte, sagte, ihre Freundin sei in den Wochen vor ihrem Tod mürrisch und wenig mitteilsam gewesen, aber sie habe nicht gewusst, warum, weil Becky nicht darüber reden wollte, was mit ihr los sei.

Der letzte Teil der Mordakte war die Mediensammlung. Darin hatten Garcia und Green die Zeitungsmeldungen gesammelt, die in der Anfangsphase des Ermittlungsverfahrens erschienen waren. In der *Daily News* wurde ausführlicher über den Mord berichtet als in der *Times*. Das war darauf zurückzuführen, dass die *News* im San Fernando Valley einen großen Leserstamm hatte, während die *Times* das Valley wie ein unerwünschtes Stiefkind behandelte und die Nachrichten aus diesem Teil der Stadt in den Mittelteil verbannte.

Über Becky Losts ursprüngliches Verschwinden gab es keine Zeitungsmeldungen. Bei der Presse hatte man die Sache offenkundig ähnlich gesehen wie bei der Polizei. Sobald jedoch die Leiche entdeckt worden war, erschienen mehrere Berichte über die Ermittlungen, das Begräbnis und die Auswirkungen, die der Tod des jungen Mädchens auf ihre Schule hatte. Es gab sogar einen stimmungsvollen Artikel über den Island House Grill. Dieser Beitrag war in der *Times* erschienen und stellte anscheinend einen Versuch dar, den Fall der Westside-Leserschaft nahezubringen. Ein Restaurant in Malibu war etwas, wozu auch die Westsider einen Bezug herstellen konnten.

Beide Zeitungen brachten die Tatwaffe mit einem Einbruch in Verbindung, der sich einen Monat vor dem Mord zugetragen hatte, aber keine kam auf den antisemitischen Hintergrund zu sprechen. Ebenso wenig berichteten die Zeitungen über die Blutspuren, die an der Tatwaffe gefunden worden waren. Bosch nahm an, dass die Blut- und Gewebespuren das Ass im Ärmel der Ermittler gewesen waren, das Beweismittel, das sie zurückhielten, um sich den damit verbundenen Vorteil nicht zu verscherzen, falls sich jemals ein Hauptverdächtiger identifizieren ließe.

Zum Schluss stellte Bosch fest, dass es keine Interviews mit den trauernden Eltern gab. Offenbar hatten die

Losts beschlossen, den Schmerz über ihren Verlust nicht öffentlich zur Schau zu stellen. Das fand Bosch sympathisch. Er hatte den Eindruck, dass die Medien die Opfer einer Tragödie zusehends mehr dazu zwangen, in aller Öffentlichkeit, vor laufender Kamera und in Zeitungsartikeln, zu trauern. Eltern ermordeter Kinder gelangten zu regelrechter TV-Prominenz und traten als Experten im Fernsehen auf, wenn das nächste Mal ein Kind ermordet wurde und ein Elternpaar seinen Verlust verarbeiten musste. Bosch gefiel diese Entwicklung nicht besonders. Die beste Art, die Toten zu ehren, war in seinen Augen, sie fest ins Herz zu schließen, anstatt sie mittels der modernen Medien mit aller Welt zu teilen.

Ganz hinten in der Mordakte befand sich in einer Klarsichthülle ein brauner Umschlag mit dem Adler-Logo und der Adresse der *Times* in einer Ecke. Bosch zog den Umschlag heraus, öffnete ihn und fand eine Reihe von 18-x-24-Farbfotos, die eine Woche nach Rebecca Losts Ermordung bei ihrem Begräbnis gemacht worden waren. Offensichtlich waren sie Teil einer Abmachung: die Fotos für die Erlaubnis, an der Trauerfeier teilzunehmen. Bosch erinnerte sich, früher selbst solche Deals gemacht zu haben, wenn es ihm aus Termin- oder Budgetgründen nicht möglich gewesen war, einen Polizeifotografen zu einem Begräbnis zu schicken. Er versprach dem für den Fall zuständigen Reporter ein Exklusiv-Interview, wenn sich der Zeitungsfotograf bereit erklärte, ihm Fotos von sämtlichen Trauergästen zukommen zu lassen. Man konnte nie wissen, ob der Mörder nicht vielleicht beim Begräbnis auftauchte, um sich an dem Schmerz und der Trauer zu weiden, die er verursacht hatte.

Reporter ließen sich auf so einen Deal immer ein. Los Angeles war einer der am härtesten umkämpften Medienmärkte der Welt, und für die Journalisten hing alles davon ab, wie weit sie Zugang erhielten.

Bosch sah sich die Fotos sehr genau an. Er wusste nicht, wie Roland Mackey 1988 ausgesehen hatte. Die Fotos, die Kiz Rider im Computer aufgerufen hatte, stammten von seiner letzten Festnahme. Sie zeigten einen Mann mit schütterem Haar, Ziegenbart und dunklen Augen. Es war schwierig, dieses Konterfei mit einem der Teenagergesichter in Verbindung zu bringen, die sich versammelt hatten, um eine der Ihren zu Grabe zu tragen.

Eine Weile betrachtete er Becky Losts Eltern auf einem der Fotos. Sie standen eng aneinandergelehnt am Grab, als müssten sie sich gegenseitig stützen. Ihre Gesichter waren tränenüberströmt. Robert Lost war schwarz, und Muriel Lost war weiß. Jetzt wurde Bosch klar, woher ihre Tochter ihre erblühende Schönheit hatte. Die Vermischung der Rassen erhob sich bei einem Kind oft über die damit einhergehenden gesellschaftlichen Schwierigkeiten und brachte eine solche Anmut hervor.

Bosch legte die Fotos nieder und dachte nach. Seltsamerweise fand sich an keiner Stelle der Akte ein Hinweis darauf, dass bei dem Mord die Rassenproblematik eine Rolle gespielt haben könnte. Dabei ließ der Umstand, dass die Tatwaffe von einem Einbruch bei einem Mann stammte, der wegen seiner Religion massiv bedroht worden war, einen möglichen Zusammenhang mit der Ermordung eines Mädchens, dessen Eltern zwei verschiedenen Rassen angehörten, nicht ganz abwegig erscheinen.

Dass dies in der Mordakte nicht erwähnt wurde, hatte

nichts zu bedeuten. Der Rassenaspekt war von jeher etwas, was das LAPD nicht an die große Glocke hängte. Etwas schriftlich festzuhalten hieß, es dem ganzen Polizeiapparat zugänglich zu machen – bei brisanten Fällen wurden die Ermittlungsprotokolle bis nach ganz oben durchgereicht. So konnte es dann nach draußen durchsickern und zu etwas anderem, etwas Politischem gemacht werden. Deshalb betrachtete es Bosch nicht als einen Makel des Ermittlungsverfahrens, dass dieser Aspekt nicht zur Sprache kam. Zumindest *noch* nicht.

Er steckte die Fotos in den Umschlag zurück und klappte die Mordakte zu. Er schätzte, dass die Akte über dreihundert Seiten Dokumente und Fotos umfasste, und doch hatte er auf keiner dieser Seiten den Namen Roland Mackey erwähnt gesehen. War es möglich, dass er damals noch nicht einmal am Rande aufgefallen war? War es in diesem Fall dennoch möglich, dass er der Mörder war?

Das waren die Fragen, die Bosch beschäftigten. Er versuchte immer, sich den Glauben an die Mordakte zu bewahren, anders ausgedrückt, er glaubte, dass die Antworten normalerweise zwischen diesen Plastikdeckeln zu finden waren. Doch diesmal hatte er Mühe, an den kalten Treffer zu glauben. Das bezog sich nicht auf die technischen Gesichtspunkte. Er hatte keine Zweifel, dass die Blut- und Gewebespuren, die an der Tatwaffe gefunden worden waren, von Mackey stammten. Aber er glaubte, dass die Sache einen Haken hatte. Etwas fehlte.

Er sah auf seinen Block. Er hatte sich ein paar Notizen gemacht. Eigentlich war es nur eine Liste der Personen, mit denen er sprechen wollte.

Green und Garcia
Mutter / Vater
Schule / Freunde / Lehrer
Ex-Freund
Bewährungshelfer
Mackey – Schule?

Jede Notiz, die er sich gemacht hatte, war evident. Ihm wurde klar, wie wenig sie außer der DNS-Übereinstimmung hatten, und wieder einmal war ihm nicht wohl dabei, die Beweisführung lediglich darauf zu stützen.

Bosch starrte immer noch auf seine Notizen, als Kiz Rider in das Büro kam. Sie tat es mit leeren Händen und finsterem Gesicht.

»Und?«, fragte Bosch.

»Schlechte Nachrichten. Die Mordwaffe ist weg. Ich weiß nicht, ob du schon die ganze Akte gelesen hast, aber darin war auch von einem Tagebuch die Rede. Das Mädchen hat Tagebuch geführt. Auch das ist weg. Alles ist weg.«

7

Sie beschlossen, dass sich schlechte Nachrichten am besten bei einem gemeinsamen Mittagessen verarbeiten und besprechen ließen. Außerdem gab es nichts, was Bosch hungriger machte, als den ganzen Vormittag am Schreibtisch zu sitzen und eine Mordakte durchzulesen. Sie fuhren zum Chinese Friends am Broadway, einem kleinen Lokal am Ende von Chinatown, wo sie um diese Zeit noch einen Tisch bekämen. Man konnte dort gut und reichlich essen und zahlte selten mehr als fünf Dollar. Das Problem war nur, dass es mittags schnell voll wurde, hauptsächlich mit Leuten aus der Feuerwehrzentrale, Trägern goldener Dienstmarken aus dem Parker Center und Bürohengsten aus der City Hall. Wenn man es bis Mittag nicht schaffte, bestellte man sich etwas zum Mitnehmen und aß auf einer der Bänke der Bushaltestelle vor dem Lokal.

Um die anderen Gäste des Restaurants nicht zu stören, ließen sie die Mordakte im Auto, denn im Chinese Friends standen die Tische so dicht beieinander wie die Pulte in einer staatlichen Schule. Was sie allerdings mitnahmen, waren ihre Notizen, und damit der Inhalt ihres Gesprächs unter ihnen blieb, unterhielten sie sich in einer improvisierten Kürzelsprache über den Fall. Rider erklärte Bosch, mit der Feststellung, die Tatwaffe und das Tagebuch seien aus der Asservatenkammer verschwunden, habe sie gemeint, dass zwei Angestellte den Beweismittelkarton zu dem Fall trotz einstündiger Suche nicht hatten finden können. Das überraschte Bosch nicht sonderlich. Wie Pratt ihn kurz zuvor gewarnt hatte, ging das LAPD schon jahrzehntelang sehr fahrlässig mit Beweismitteln um. Beweismittelkartons wurden registriert und, ohne nach Straftaten sortiert zu werden, einfach in chronologischer Reihenfolge in die Regale gestellt. Folglich konnte Beweismaterial von einem Mord neben Beweismaterial von einem Einbruch stehen. Und wenn in regelmäßigen Abständen Beweismittel von verjährten Fällen ausgemistet wurden, wurde gelegentlich auch ein falscher Karton weggeworfen. Auch mit der Sicherheit nahm man es in der Asservatenkammer seit Langem nicht sehr genau. Für jemanden mit einer LAPD-Dienstmarke war es kein Problem, sich zu jedem beliebigen Beweisstück Zugang zu verschaffen. Deshalb wurden die Beweismittelkartons häufig geplündert. Es war keineswegs unüblich, dass Waffen oder andere Arten von Beweismitteln verschwanden, vor allem wenn sie von Fällen wie der Schwarzen Dahlie, Charles Manson und dem Dollmaker stammten.

Im Lost-Fall deutete nichts auf einen Beweismitteldiebstahl hin. Eher war es auf Schlamperei zurückzuführen, dass eine Schachtel, die siebzehn Jahre zuvor in einem viertausend Quadratmeter großen Raum voller gleich aussehender Schachteln eingelagert worden war, nicht mehr aufzufinden war.

»Sie werden sie schon finden«, sagte Bosch. »Vielleicht kannst du ja deinen Freund aus dem sechsten Stock dazu bewegen, ein bisschen Druck zu machen. Dann finden sie die Schachtel bestimmt.«

»Na, hoffentlich. Ohne die Tatwaffe nützt uns die ganze DNS nichts.«

»Wie das?«

»Wegen der Beweiskette, Harry. Du kannst nicht mit der DNS vor Gericht gehen, ohne dass du den Geschworenen die Waffe zeigen kannst, von der sie stammt. Ohne die Waffe brauchen wir auch erst gar nicht zur Staatsanwaltschaft zu gehen. Die schicken uns umgehend wieder nach Hause.«

»Ich will damit doch nur sagen, dass wir im Moment die Einzigen sind, die wissen, dass wir die Waffe nicht haben. Wir könnten so tun, als hätten wir sie.«

»Das kann doch nicht dein Ernst sein?«

»Glaubst du nicht, dass es am Ende darauf hinausläuft, dass Mackey und wir uns im Verhörraum gegenübersitzen? Ich meine, selbst wenn wir die Waffe hätten, können wir nicht zweifelsfrei nachweisen, dass sein Blut in dem Moment an die Waffe kam, als er Becky Lost erschossen hat. Wir können nur beweisen, dass das Blut von ihm stammt. Es wird auf ein Geständnis hinauslaufen. Wir setzen ihn in den Verhörraum, halten ihm die DNS vor die Nase und schauen, ob er darauf anspringt. Mehr nicht. Ich sage also nur: Wir beschaffen uns für das Verhör ein paar Requisiten. Wir gehen in die Waffenkammer und borgen uns eine fünfundvierziger Colt-Pistole, und die holen wir dann raus, wenn wir ihm gegenübersitzen. Wir machen ihm weis, dass wir die Kette haben, und er rückt raus mit der Sprache oder nicht.«

»Ich mag keine faulen Tricks.«

»Solche Tricks gehören aber dazu. Daran ist nichts Unerlaubtes. Das ist sogar gerichtlich verbrieft.«

»Trotzdem glaube ich, dass wir mehr als die DNS brauchen, um ihn einzulochen.«

»Ich auch. Deshalb dachte ich, wir …«

Bosch verstummte und wartete, bis die Bedienung die dampfenden Teller abgestellt hatte. Bosch hatte gebratenen Reis mit Garnelen bestellt, Rider Schweinekoteletts. Ohne ein Wort hob er seinen Teller und schob die Hälfte seines Essens auf ihren Teller. Dann nahm er sich mit einer Gabel drei ihrer sechs Koteletts. Fast lächelte er dabei. Er arbeitete noch nicht einmal einen Tag wieder mit ihr zusammen, und trotzdem hatten sie bereits zu den lockeren Umgangsformen ihrer früheren Partnerschaft zurückgefunden. Er war froh.

»Was treibt übrigens Jerry Edgar so?«, fragte er.

»Keine Ahnung. Ich habe schon länger nichts mehr von ihm gehört. Wir sind nie so recht über diese Geschichte hinweggekommen.«

Bosch nickte. Als Bosch im Morddezernat der Hollywood Division mit Rider zusammengearbeitet hatte, waren sie in Dreierteams aufgeteilt worden. Jerry Edgar war der dritte Partner gewesen. Dann ging Bosch in Pension, und Rider wurde wenig später ins Parker Center befördert. Edgar, der infolgedessen allein in Hollywood zurückblieb, fühlte sich im Stich gelassen und übergangen. Und seit Bosch und Rider wieder zusammenarbeiteten und zur RHD versetzt worden waren, herrschte von Edgars Seite Funkstille.

»Was wolltest du gerade sagen, als das Essen kam, Harry?«

»Nur, dass du recht hast. Wir werden mehr brauchen. Noch so ein Gedanke, der mir gekommen ist … Ich habe gehört, dass es seit dem elften September und dem Patriot Act einfacher ist, eine Abhörgenehmigung zu kriegen.«

Sie aß eine Garnele, bevor sie antwortete.

»Ja, das stimmt. Das war eins der Dinge, die ich für den Chief betrieben habe. Die Zahl der Anträge ist um ungefähr dreitausend Prozent gestiegen. Auch die Zahl der Genehmigungen ist deutlich gestiegen. Es hat sich gewissermaßen herumgesprochen, dass das eine Maßnahme ist, die wir jetzt einsetzen können. Aber was erhoffst du dir hier davon?«

»Ich dachte, wir platzieren bei Mackey eine Wanze und setzen dann eine Meldung in die Zeitung. Du weißt schon, des Inhalts, dass wir den Fall neu aufrollen, dass wir die Tatwaffe haben, vielleicht auch das mit der DNS … Du weißt schon, was Neues. Nicht, dass wir eine Übereinstimmung haben, aber dass wir eine bekommen *könnten*. Dann warten wir einfach ab und beobachten ihn und hören ihn ab und sehen, was passiert. Wir könnten noch eins draufsetzen und ihm einen Besuch abstatten – nur um zu sehen, wie er darauf reagiert.«

Das ließ sich Rider durch den Kopf gehen, während sie mit den Fingern ein Schweinekotelett aß. Irgendetwas schien ihr sauer aufzustoßen, aber das Essen konnte es nicht sein.

»Was ist?«, fragte Bosch.

»Wen würde er anrufen?«

»Keine Ahnung. Die Person, mit der oder für die er es getan hat.«

Rider nickte nachdenklich, während sie kaute.

»Ich weiß nicht, Harry. Da bist du nach drei Jahren Nichtstun noch keinen Tag wieder im Dienst, und schon liest du Dinge in einen Fall hinein, die ich nicht sehen kann. Wahrscheinlich bist du immer noch der Lehrer.«

»Du bist nur ein bisschen eingerostet, weil du oben im Sechsten so lange hinter einem dieser großen Schreibtische gesessen hast.«

»Nein, ich meine das völlig ernst.«

»Ich auch. Gewissermaßen jedenfalls. Ich glaube, ich habe so lange hierauf gewartet, dass ich richtig aufgedreht bin.«

»Erklär mir einfach, wie du die Sache siehst, Harry. Du brauchst dir keine Ausreden für deinen Riecher auszudenken.«

»Ich sehe ja noch gar nichts, und genau das ist Teil des Problems. Roland Mackeys Name steht nirgendwo in dieser Akte, und damit hätten wir gleich das erste Problem. Wir wissen zwar, dass er damals in der näheren Umgebung war, aber wir haben nichts, was ihn mit dem Opfer in Verbindung bringt.«

»Was redest du jetzt wieder? Wir haben doch die Waffe mit seiner DNS dran.«

»Das Blut bringt ihn mit der Tatwaffe in Verbindung, nicht mit dem Mädchen. Du hast doch die Mordakte gelesen. Wir können nicht beweisen, dass seine DNS zum Zeitpunkt des Mordes auf die Waffe kam. Dieser eine Befund könnte unsere ganze Beweisführung zum Einsturz bringen. Das ist ein Riesenloch, Kiz. So groß, dass alle Geschworenen gleichzeitig hineinpassen würden. Mackey braucht beim Prozess lediglich in den Zeugenstand zu treten und zu sagen: ›Ja, ich habe diese Waffe bei einem Einbruch in der Winnetka gestohlen. Dann ging ich damit in die Hügel hinauf und feuerte sie ein paarmal ab, und weil ich es wie Mel Gibson machte, hat mich die blöde Scheißknarre gebissen und einen Hautfetzen von meiner Hand gerissen. Mel Gibson ist das nie passiert. Mir hat das jedenfalls so gestunken, dass ich die blöde Scheißknarre hinter den nächsten Busch geworfen habe und Heftpflaster holen gegangen bin.‹ Der SID-Befund – unser *eigener* verdammter Befund – spricht zu seinen Gunsten, Fall erledigt.«

Rider lächelte kein einziges Mal, während Bosch das alles anführte. Er merkte, dass sie verstand, was er meinte.

»Mehr braucht er nicht zu sagen, Kiz, und es bestehen tatsächlich berechtigte Zweifel an seiner Täterschaft, weil wir sonst keinerlei Beweise haben. Wir haben am Tatort keine Fingerabdrücke, wir haben keine Haare, keine Fasern, kein gar nichts. Was wir dagegen haben, ist sein Täterprofil. Und wenn du da einen Blick hineingeworfen hättest, bevor wir diesen Fall übernommen haben und das mit der DNS wussten, hättest du diesen Kerl doch nie für einen Mörder gehalten. So jemand tötet allerhöchstens im Affekt oder in der Hitze eines Kampfes. Aber nicht so etwas, eine so sorgfältig geplante Tat, und schon gar nicht mit achtzehn Jahren.«

Rider schüttelte fast wehmütig den Kopf.

»Vor ein paar Stunden wurde uns das als Begrüßungsgeschenk präsentiert. Angeblich ein klarer Fall …«

»Die DNS hat alle zu voreiligen Schlüssen verleitet. Das ist das Verrückte mit den Menschen. Sie denken, dank dieser ganzen neuen Techniken wäre alles ein Kinderspiel. Sie sehen zu viel fern.«

»Willst du damit auf deine komische Art zum Ausdruck bringen, du glaubst nicht, dass er es war?«

»Ich weiß noch nicht, was ich glauben soll.«

»Deshalb lassen wir ihn also observieren, hören ihn ab, jagen ihm einen kleinen Schrecken ein und warten ab, wen er anruft und wie er reagiert.«

Bosch nickte. »Genau das meine ich.«

»Aber erst müssen wir das mit Abel klären.«

»Wir halten uns an die Vorschriften. So, wie mir der Chief heute eingeschärft hat.«

»Heiliger Bimbam ... der neue Harry Bosch.«

»Er sitzt direkt vor dir.«

»Bevor wir eine Abhörgenehmigung beantragen, müssen wir uns noch vergewissern, dass Roland Mackey keinem der Beteiligten bekannt war. Wenn das der Fall ist, würde ich vorschlagen, dass wir wegen einer Abhörgenehmigung zu Pratt gehen.«

»Nichts dagegen einzuwenden. Was ist dir beim Lesen sonst noch aufgefallen?«

Bevor er selbst auf den unterschwelligen Rassismus zu sprechen kam, wollte er sehen, ob sie ihn bemerkt hatte.

»Nur was da stand«, antwortete Rider. »Oder habe ich etwas übersehen?«

»Ich weiß nicht ... jedenfalls nichts Offensichtliches.«

»Was also?«

»Na ja, dass das Mädchen gemischtrassig war. Selbst achtundachtzig dürfte es Leute gegeben haben, denen das nicht gefiel. Wenn du dann noch den Einbruch dazunimmst, von dem die Tatwaffe stammt. Das Opfer war Jude. Er sagte, er wäre belästigt worden. Deshalb hätte er sich die Waffe zugelegt.«

Rider nickte nachdenklich, während sie einen Mundvoll Reis zu Ende aß.

»Das sollten wir auf jeden Fall im Auge behalten«, sagte sie. »Aber ich sehe da im Moment noch nicht genug, um einen Schuh draus zu machen.«

»In der Mordakte wurde es mit keinem Wort erwähnt …«

Sie aßen ein paar Minuten schweigend weiter. Bosch hatte immer schon gefunden, dass sie bei Chinese Friends die zartesten und köstlichsten Garnelen hatten, die er je in gebratenem Reis gegessen hatte. Auch die Schweinekoteletts, so dünn wie die Plastikteller, von denen sie aßen, waren perfekt. Und Kiz hatte recht. Man aß sie am besten mit den Händen.

»Was ist mit Green und Garcia?«, fragte Rider schließlich.

»Was soll mit ihnen sein?«

»Welche Note würdest du ihnen geben?«

»Ich weiß nicht. Vielleicht Befriedigend … mit einem gewissen Wohlwollen. Sie haben Fehler gemacht, viel Zeit verloren. Danach scheinen sie aber wieder aufgeholt zu haben. Und du?«

»Genauso. Sie haben eine brauchbare Mordakte zusammengestellt, auch wenn vieles davon nur Show ist. Als ob sie von Anfang an gewusst hätten, dass sie den Fall nie lösen würden, aber trotzdem den Eindruck erwecken wollten, nichts unversucht gelassen zu haben.«

Bosch nickte und sah auf seinen Block hinunter, der auf dem leeren Stuhl neben ihm lag. Er schaute auf die Liste der Personen, mit denen sie sprechen sollten.

»Wir müssen mit den Eltern und mit Garcia und Green reden. Außerdem brauchen wir ein Foto von Mackey. Aus der Zeit, als er achtzehn war.«

»Ich würde vorschlagen, mit den Eltern warten wir, bis wir mit allen anderen gesprochen haben. Möglicherweise sind sie am wichtigsten, aber sie sollten trotzdem ganz am Schluss kommen. Ich will so viel wie möglich wissen, bevor wir sie nach siebzehn Jahren wieder damit konfrontieren.«

»Okay. Dann sollten wir mit dem Bewährungshelfer anfangen. Mackeys Frist lief erst vor einem Jahr ab. Wahrscheinlich waren sie in Van Nuys für ihn zuständig.«

»Gut. Wir könnten gleich hinfahren und dann rübergehen und bei Art Garcia vorbeischauen.«

»Du hast ihn gefunden? Es gibt ihn immer noch?«

»Da musste ich nicht lange suchen. Er ist inzwischen Commander des Valley Bureau.«

Bosch nickte. Das überraschte ihn nicht. Garcia hatte es zu was gebracht. Als Commander war er eine Stufe unter einem Deputy Chief. Das hieß, er war stellvertretender Leiter der fünf Polizeidienststellen des Valley, darunter auch der Devonshire Division, in der er Jahre zuvor im Fall Lost ermittelt hatte.

»Neben unseren regulären Projekten im Büro des Chief«, fuhr Rider fort, »war jeder der Assistenten als eine Art Verbindungsoffizier für eins der vier Bureaus zuständig. Ich hatte zum Beispiel das Valley. Deshalb habe ich sogar hin und wieder mit Commander Garcia gesprochen. Meistens hatte ich allerdings mit seinem Stab oder mit Deputy Chief Vartan zu tun, weißt du?«

»Ich weiß schon, was du damit sagen willst ... dass ich eine Partnerin mit weitreichenden Beziehungen habe. Wahrscheinlich hast du Vartan und Garcia gesagt, wie sie im Valley den Laden schmeißen sollen.«

Sie schüttelte mit gespieltem Ärger den Kopf.

»Komm mir bloß nicht mit dem Quatsch. Die Arbeit im sechsten Stock hat mir einen guten Überblick über das Department verschafft und darüber, wie es funktioniert.«

»Oder nicht funktioniert. Da fällt mir ein, da ist etwas, was ich dir sagen sollte.«

»Was?«

»Als ich vorhin Kaffee holen war, bin ich Irving über den Weg gelaufen. Unmittelbar nachdem du gegangen bist.«

Rider machte sofort ein besorgtes Gesicht.

»Was ist passiert? Was hat er gesagt?«

»Nicht sehr viel. Er hat mich nur mit einem runderneuerten Reifen verglichen und gemeint, dass ich kaputtgehen und den Chief mit ins Verderben reißen würde, weil er mich zurückgeholt hat. Und wenn sich dann der Staub gelegt hat, steht selbstverständlich Mr. Clean bereit, um die vakante Stelle zu füllen.«

»Mein Gott, Harry. Da bist du noch nicht einen Tag wieder im Dienst, und schon hast du dich wieder mit Irving angelegt.«

Bosch breitete die Arme so weit aus, dass er fast die Schulter des Mannes am Nebentisch berührte.

»Ich war nur Kaffee holen. Und er war zufällig auch da. Er kam auf *mich* zu, Kiz. Ich habe mich nur um meinen Kram gekümmert. Ehrenwort.«

Sie senkte den Kopf, um auf ihren Teller zu schauen. Sie aß weiter, ohne etwas zu Bosch zu sagen. Ihr letztes Schweinekotelett ließ sie nur zur Hälfte gegessen auf den Teller fallen.

»Mir ist der Appetit vergangen, Harry. Lass uns gehen.«

»Ich bin fertig.«

Bosch legte mehr als genug Geld auf den Tisch, und Rider sagte, das nächste Mal wäre sie dran. Draußen stiegen sie in Boschs schwarzen Mercedes-Geländewagen und fuhren durch Chinatown zur Nordauffahrt des Freeway 101 zurück. Sie schafften es, die ganze Strecke bis zum Freeway zu fahren, bevor Rider wieder auf Irving zu sprechen kam.

»Harry, nimm ihn bitte nicht auf die leichte Schulter. Sei sehr vorsichtig.«

»Vorsichtig bin ich doch immer, Kiz, und auf die leichte Schulter habe ich diesen Mann nie genommen.«

»Ich will damit nur sagen, dass er bei der Besetzung des Spitzenpostens zweimal übergangen wurde. Vielleicht schreckt er inzwischen vor nichts mehr zurück.«

»Schon klar, aber weißt du, was ich nicht verstehe? Warum hat ihn der Chief nicht abserviert, als er hierherkam? Ich meine, warum nicht reinen Tisch machen? Irving auf die andere Straßenseite abzuschieben, heißt nicht, dass er keine Bedrohung mehr darstellt. Das weiß doch jeder.«

»Er konnte ihn nicht abservieren. Irving ist über vierzig Jahre bei der Polizei. Er hat viele Beziehungen, die über das LAPD hinaus bis in die City Hall reichen. Und er weiß, wo eine Menge Leichen begraben sind. Solange der Chief nicht sicher war, dass eine solche Maßnahme keine Rückwirkungen hätte, konnte er nichts gegen ihn unternehmen.«

Sie schwiegen wieder. Am frühen Nachmittag herrschte auf dem Weg ins Valley wenig Verkehr. Im Radio lief

KFWB, ein reiner Nachrichtensender, und den Verkehrsmeldungen zufolge hatten sie nicht mit Staus zu rechnen. Bosch sah auf die Tankanzeige und stellte fest, dass der Tank noch halb voll war. Das war genug.

Sie hatten bei einer früheren Gelegenheit beschlossen, abwechselnd ihre Privatautos zu benutzen. Es war zwar ein Dienstwagen für sie beantragt und genehmigt worden, aber beiden war klar, dass die Genehmigung das geringste Problem war. Aller Wahrscheinlichkeit nach würde es Monate, wenn nicht sogar noch länger dauern, bis sie endlich einen fahrbaren Untersatz bekämen. Die Polizei hatte weder einen Wagen übrig noch das Geld für einen neuen. Die Genehmigung für einen Dienstwagen war lediglich die schriftliche Bestätigung, die sie benötigten, um sich das Kilometergeld für ihre Privatautos erstatten lassen zu können. Bosch würde im Lauf der Zeit so viele Kilometer mit seinem Geländewagen zurücklegen, dass die Erstattung seiner Auslagen das LAPD wahrscheinlich teurer käme als der genehmigte Dienstwagen.

»Sieh mal«, sagte er schließlich. »Ich weiß genau, was du denkst, auch wenn du es nicht aussprichst. Du machst dir nicht nur meinetwegen Sorgen. Du hast dich für mich eingesetzt und den Chief überredet, mich zurückzuholen. Du kannst mir glauben, Kiz, ich weiß genau, dass ich nicht der Einzige bin, dessen Karriere hier auf dem Spiel steht. Du brauchst dir keine Sorgen zu machen, und du kannst auch dem Chief sagen, dass er sich keine Sorgen zu machen braucht. Ich werde mich zusammenreißen. Es wird keinen Eklat geben. Und ich werde auch niemanden mit ins Verderben reißen.«

»Gut, Harry. Schön, das zu hören.«

Er überlegte, was er sagen könnte, um sie noch mehr zu überzeugen. Worte waren schließlich nur Worte.

»Ich weiß nicht, ob ich dir das jemals erzählt habe, aber nachdem ich aufgehört habe, hat es mir zunächst wirklich gut gefallen. Du weißt schon, nicht mehr jeden Tag zum Dienst antanzen zu müssen und tun zu können, wozu ich Lust hatte. Aber dann begann mir die Arbeit zu fehlen, und ich fing wieder an, Fälle zu bearbeiten. Auf eigene Faust. Dann fing ich an zu hinken.«

»Zu hinken?«

»Nur ganz leicht. So, als ob ein Bein etwas kürzer wäre als das andere. Als ob ich leicht schief wäre.«

»Hast du dir vielleicht deine Schuhe mal genauer angesehen?«

»Das war nicht nötig. Es lag nicht an meinen Schuhen. Es lag an meiner Waffe.«

Er sah zu ihr hinüber. Sie schaute geradeaus nach vorn, ihre Augenbrauen zu einem finsteren V verzogen, das sie in seiner Gegenwart so oft aufsetzte. Er richtete den Blick wieder auf die Straße.

»Ich habe so lange eine Waffe getragen, dass ich aus dem Gleichgewicht kam, als ich keine mehr hatte. Ich war nicht mehr richtig austariert.«

»Das ist eine seltsame Geschichte, Harry.«

Sie überquerten gerade den Cahuenga Pass. Bosch sah aus dem Seitenfenster den Berg hinauf und hielt nach dem Haus Ausschau, das sich zwischen den anderen an die steilen Hänge schmiegte. Er bildete sich ein, kurz ein Stück des Sonnendecks zu sehen, das über das braune Gestrüpp hinausragte.

»Möchtest du Garcia anrufen und fragen, ob wir kurz

bei ihm vorbeischauen können, wenn wir mit dem Bewährungshelfer fertig sind?«, fragte Bosch.

»Ja, werde ich … Sobald du bei deiner Geschichte endlich auf den Punkt gekommen bist.«

Er dachte ziemlich lange nach, bevor er weitersprach.

»Der Punkt ist der, ich brauche die Waffe. Ich brauche die Dienstmarke. Sonst bin ich nicht im Gleichgewicht. Ich brauche das alles. Bist du jetzt zufrieden?«

Er sah zu Rider hinüber. Sie sah ihn ebenfalls an, antwortete aber nicht.

»Ich weiß, was ich hier für eine Chance bekommen habe. Deshalb kann Irving mich mal mit seinem Runderneuerten-Gequatsche. Ich werde keinen Scheiß bauen.«

8

Zwanzig Minuten später betraten sie einen der Orte, die Bosch in Los Angeles am allerwenigsten mochte: das Amt für Bewährungshilfe im Department of Corrections in Van Nuys. Es war ein eingeschossiger Ziegelbau voll mit Leuten, die darauf warteten, mit ihrem Bewährungshelfer zu sprechen, Urinproben abzugeben, sich laut einer gerichtlichen Verordnung zu melden, sich für eine Inhaftierung zu stellen oder um eine weitere Chance für ein Leben in Freiheit zu bitten. Es war ein Ort, an dem Verzweiflung, Erniedrigung und Wut greifbar in der Luft lagen. Es war ein Ort, an dem Bosch versuchte, mit niemandem Blickkontakt aufzunehmen.

Bosch und Rider hatten etwas, was von den andern niemand besaß: eine Dienstmarke. Das brachte den Vorteil mit sich, dass sie nicht Schlange stehen mussten, sondern eine sofortige Audienz bei der Bewährungshelferin erhielten, der Roland Mackey zwei Jahre zuvor nach seiner Verhaftung wegen Erregung öffentlichen Ärgernisses zugeteilt worden war. Thelma Kibble war in einem typischen Behördenzimmer voller kleiner Einzelabteile untergebracht. Ihr Schreibtisch und das Regal, mit dem ihr Verschlag eingerichtet war, waren voll mit den Akten von Straftätern, die sie betreut hatte. Thelma Kibble war von mittlerer Größe und Statur, und ihre Augen hoben sich hell gegen ihre dunkelbraune Haut ab. Bosch und

Rider stellten sich als Detectives der RHD vor. Es gab nur einen Stuhl vor Kibbles Schreibtisch, weshalb sie stehen blieben.

»Geht es hier um Raubüberfall oder Mord?«, fragte Kibble.

»Mord«, sagte Rider.

»Dann schnappen Sie sich den Stuhl aus dem Abteil dort drüben. Die Kollegin ist in der Mittagspause.«

Bosch holte den Stuhl, auf den sie zeigte. Rider und Bosch setzten sich und erklärten Kibble, sie würden gern einen Blick in die Akte Roland Mackey werfen. Bosch konnte sehen, dass Kibble der Name bekannt vorkam, aber nicht der Fall.

»Es ging um Erregung öffentlichen Ärgernisses. Der Fall wurde Ihnen vor zwei Jahren zugeteilt«, sagte er. »Eine Bewährungsfrist von zwölf Monaten.«

»Ach so, dann ist er kein aktueller. In diesem Fall muss ich die Akte aus dem Archiv holen. Ich kann mich nicht … das heißt, doch, ich erinnere mich. Roland Mackey, richtig? Das war eigentlich ganz amüsant.«

»Inwiefern?«, fragte Rider.

Kibble lächelte.

»Sagen wir einfach, er hatte gewisse Probleme damit, sich bei einer farbigen Frau zu melden. Aber wissen Sie was, ich hole die Akte trotzdem, damit wir hier nichts durcheinanderbringen.«

Sie vergewisserte sich, dass sie Mackeys Namen richtig buchstabierte, und verließ das Abteil.

»Das ist vielleicht gar nicht so schlecht«, sagte Bosch.

»Was?«, fragte Rider.

»Wenn er mit ihr Probleme hatte, hat er wahrscheinlich

auch mit dir Probleme. Vielleicht können wir uns das zunutze machen.«

Rider nickte. Bosch sah, dass sie auf einen Zeitungsartikel schaute, der an die Faserplattenwand des Abteils geheftet war. Er war alt und vergilbt. Bosch beugte sich vor, um ihn zu lesen, aber er war zu weit entfernt, um mehr lesen zu können als die Überschrift.

TRIUMPHALER EMPFANG FÜR VERWUNDETE BEWÄHRUNGSHELFERIN

»Was war das für eine Geschichte?«, fragte er Rider.

»Ich weiß, wer sie ist«, sagte Rider. »Sie wurde vor ein paar Jahren schwer verletzt. Jemand schoss auf sie, als sie bei einer ehemaligen Strafgefangenen einen Hausbesuch machte. Die Frau forderte Hilfe an, machte sich danach aber aus dem Staub. Irgendwas in der Art. Wir haben ihr bei der BPO eine Auszeichnung verliehen. Wahnsinn, da hat sie inzwischen aber mächtig abgenommen.«

Irgendetwas an der Geschichte kam auch Bosch bekannt vor. Er sah, dass zu dem Artikel zwei Fotos gehörten. Auf einem stand Thelma Kibble vor dem DOC Building, von dessen Dach ein Transparent hing, das die Kollegen zu ihrer Begrüßung aufgehängt hatten. Rider hatte recht. Kibble sah aus, als hätte sie seit dem Foto mindestens dreißig Kilo abgenommen. Plötzlich fiel Bosch auch wieder ein, dieses Transparent einige Jahre zuvor an der Fassade der Bewährungsbehörde hängen gesehen zu haben, als im Gerichtsgebäude auf der anderen Straßenseite einer seiner Fälle verhandelt worden war. Er nickte. Jetzt erinnerte er sich wieder.

Dann fiel sein Blick auf das zweite Foto, das ebenfalls eine Erinnerung wachrief. Es war ein Verbrecherfoto einer weißen Frau – die ehemalige Strafgefangene, die in dem Haus gelebt hatte, in dem Kibble niedergeschossen worden war.

»Diese Frau hat sie aber nicht niedergeschossen, oder?«, fragte er.

»Nein, aber sie hat den Vorfall gemeldet und ihr so das Leben gerettet. Hinterher verschwand sie spurlos.«

Bosch stand auf, stützte sich auf den Aktenstapeln ab und beugte sich über den Schreibtisch, um sich das Karteifoto genauer anzusehen. Es war eine Schwarz-Weiß-Aufnahme, die mit der Zeit dunkler geworden war. Aber Bosch kannte das Gesicht auf dem Foto. Er war sich ganz sicher. Das Haar und die Augen waren anders. Auch der Name unter dem Foto war anders. Aber er war sicher, der Frau im vergangenen Jahr in Las Vegas begegnet zu sein.

»Das sind meine Akten, die Sie da durcheinanderbringen.«

Bosch richtete sich sofort auf, als Kibble in das Abteil kam.

»Entschuldigung. Ich wollte nur den Artikel lesen.«

»Das ist schon eine Ewigkeit her. Wird langsam Zeit, dass ich ihn abhänge. Liegt schon einige Jahre und einige Kilos zurück.«

»Ich war bei der Versammlung der Black Peace Officers, bei der Sie ausgezeichnet wurden«, sagte Rider.

»Ach ja, tatsächlich?« Über Kibbles Züge legte sich ein Lächeln. »Für mich war das wirklich ein sehr schöner Abend.«

»Was ist aus der Frau geworden?«, fragte Bosch.

»Cassie Black? Sie ist spurlos verschwunden. Kein Mensch hat sie seitdem mehr gesehen.«

»Was liegt gegen sie vor?«

»Das Komische ist, nichts. Sie hat zwar gegen ihre Bewährungsauflagen verstoßen, weil sie untergetaucht ist, aber sonst hat sie sich nichts zuschulden kommen lassen. Es war ja auch nicht sie, die auf mich geschossen hat. Im Gegenteil, sie hat mir sogar das Leben gerettet. Deswegen hätte ich auf keinen Fall Anklage gegen sie erheben lassen. Aber was den Verstoß gegen die Bewährungsauflagen angeht, konnte ich nichts machen. Sie ist untergetaucht. Könnte durchaus sein, dass der Kerl, der mich niedergeschossen hat, sie später noch erwischt und in der Wüste verscharrt hat. Was ich allerdings nicht hoffe. Sie hat mir einen großen Gefallen getan.«

Plötzlich war sich Bosch nicht mehr so sicher, dass die Frau, neben der er vorübergehend in einem Motel am Flughafen gewohnt hatte, als er ein Jahr zuvor seine Tochter in Las Vegas besucht hatte, Cassie Black gewesen war. Er setzte sich und sagte nichts.

»Und? Haben Sie die Akte gefunden?«, fragte Rider.

»Hier ist sie«, sagte Kibble. »Sie können sie gern haben. Aber wenn Sie mir Fragen über den Jungen stellen wollen, tun Sie das lieber gleich. In fünf Minuten beginnt meine Nachmittagsschicht. Wenn ich mit Verspätung anfange, kommt es zu einer Kettenreaktion, die sich durch den ganzen verdammten Tag zieht, und ich muss länger hierbleiben. Und das will ich heute auf keinen Fall. Ich bin verabredet.«

Sie strahlte vor Freude über die Verabredung.

»Also dann, was wissen Sie noch über Mackey? Haben Sie einen Blick in die Akte geworfen?«

»Ja, auf dem Weg hierher zurück. Mackey war nur ein nerviger Würstchenschwenker. Ein kleiner Drogenbenutzer, der unterwegs rassistische Ideen aufschnappte. Nichts Besonderes. Ich fand es eigentlich eher amüsant, ihn unter meiner Fuchtel zu haben. Aber das ist eigentlich auch schon alles.«

Rider hatte die Akte aufgeschlagen, und Bosch beugte sich zu ihr hinüber, um einen Blick hineinzuwerfen.

»Die Erregung öffentlichen Ärgernisses war ein Exhibitionismusfall?«, fragte er.

»Wenn Sie genauer nachlesen, werden Sie feststellen, dass sich unser Freund mit Speed und Alkohol – und zwar einer Menge Alkohol – volllaufen ließ und dann auf die glorreiche Idee kam, sich in irgendjemandes Vorgarten zu erleichtern. Wie es der Zufall wollte, wohnte in dem Haus ein dreizehnjähriges Mädchen, das gerade vor dem Haus Körbe warf. Als Mr. Mackey das Mädchen sah, dachte er sich: Nachdem du dein Ding schon mal rausgeholt hast, kannst du die Kleine auch gleich noch fragen, ob sie nicht einen Blick darauf werfen will. Hab ich übrigens schon erwähnt, dass der Vater des Mädchens bei der Metro Division des LAPD ist und zufällig gerade nicht im Dienst, sondern zu Hause war, als das Ganze passiert ist? Er kam heraus und warf Mr. Mackey zu Boden. Übrigens beklagte Mr. Mackey sich später, dass er zufällig oder vielleicht auch nicht so zufällig genau in die Pfütze gelegt wurde, die er gerade gemacht hatte. Er war nicht besonders glücklich darüber.«

Kibble grinste über die Geschichte. Bosch nickte. Ihre

Schilderung war anschaulicher als die Zusammenfassung in der Akte.

»Und er hat sich auf eine außergerichtliche Regelung eingelassen.«

»Ganz genau. Er bekam eine Bewährungsstrafe und erklärte sich damit einverstanden. Daraufhin wurde er mir zugeteilt.«

»Irgendwelche Probleme während seiner zwölf Monate?«

»Abgesehen von dem Problem, das er mit mir hatte, nicht. Er stellte einen Antrag auf Zuteilung eines anderen Bewährungshelfers, und der wurde abgelehnt, sodass er weiter mit mir vorliebnehmen musste. Er hat sich zwar zusammengerissen, aber es war ihm anzumerken. Unterschwellig, wissen Sie? Allerdings hätte ich nicht sagen können, was ihn mehr wurmte: dass ich schwarz war oder dass ich eine Frau war.«

Bei den letzten Worten sah sie Rider an, und Rider nickte.

Der Ordner enthielt Einzelheiten über Mackeys frühere Straftaten und sein Leben, darunter auch Fotos, die bei früheren Festnahmen gemacht worden waren. Diese Akte würde ihre wichtigste Informationsquelle über den Gesuchten sein. Sie war zu umfangreich, um sie hier bei Kibble durchzugehen.

»Könnten wir diese Akte kopiert bekommen?«, fragte Bosch. »Wenn möglich, würden wir uns außerdem gern eins dieser frühen Fotos borgen.«

Kibble kniff kurz die Augen zusammen.

»Sie beide rollen einen alten Fall auf, wie?«

Rider nickte. »Ja, der liegt schon sehr weit zurück.«

»Ein kalter Fall also?«

»Wir nennen so was offen-ungelöst«, sagte Rider.

Kibble nickte nachdenklich.

»Also, mich kann hier ja nichts mehr überraschen … Ich kenne Leute, die zwei Tage vor Ablauf ihrer vierjährigen Bewährungsfrist verhaftet wurden, weil sie eine Tiefkühlpizza geklaut haben. Aber so, wie ich diesen Mackey in Erinnerung habe, hatte er nichts von einem Killer an sich. Nicht, wenn Sie mich fragen. Das ist ein Mitläufer, kein Macher.«

»Das stimmt durchaus mit unserer Einschätzung überein«, sagte Bosch. »Wir sind keineswegs sicher, dass er es war. Wir wissen nur, dass er etwas damit zu tun hatte.«

Er stand auf, um zu gehen.

»Wie ist das mit dem Foto?«, fragte er. »Eine Fotokopie ist nicht scharf genug, um sie herumzuzeigen.«

»Solange Sie es mir wieder zurückgeben, können Sie es sich gern ausleihen. Ich muss die Akte beisammenhalten. Leute wie Mackey haben es so an sich, wieder zu mir zurückzukommen, wenn Sie wissen, was ich meine.«

»Ja, und Sie kriegen das Foto wieder zurück. Könnte ich außerdem eine Kopie von Ihrer Geschichte da haben? Ich würde den Artikel gern lesen.«

Kibble sah auf den Zeitungsausschnitt, der an die Wand des Abteils geheftet war.

»Aber nur, wenn Sie das Foto nicht ansehen. Das ist mein altes Ich.«

Als sie im Bewährungsamt fertig waren, gingen Rider und Bosch über die Straße ins Van Nuys Civic Center und zwischen den zwei Gerichtsgebäuden hindurch zu dem Platz in der Mitte. Sie setzten sich vor der Bibliothek auf eine Bank. Ihren nächsten Termin hatten sie mit Arturo Garcia von der Van Nuys Division des LAPD, die in einem der Gebäude des Verwaltungszentrums untergebracht war. Aber sie hatten noch etwas Zeit und wollten sich zuerst die DOC-Akte ansehen.

Der Ordner enthielt ausführliche Schilderungen der Straftaten, deretwegen Roland Mackey seit Erreichen des achtzehnten Lebensjahres festgenommen worden war. Außerdem enthielt er einen regelmäßig ergänzten Lebenslauf, den die Bewährungshelfer zur Abstimmung ihrer Überwachungstätigkeit im Lauf der Jahre immer wieder zurate gezogen hatten. Rider gab Bosch die Festnahmeprotokolle, sie selbst nahm sich den Lebenslauf vor. Doch Bosch war kaum dazu gekommen, sich einem Einbruchsfall zuzuwenden, als Rider ihn bereits unterbrach, um ihn auf ein paar Einzelheiten aus Mackeys Lebenslauf aufmerksam zu machen, die sie in Zusammenhang mit dem Fall Lost interessant fand.

»Er hat im Sommer achtundachtzig an der Chatsworth High seinen GED-Abschluss gemacht«, sagte sie. »Das siedelt ihn also direkt in Chatsworth an.«

»Wenn er den GED gemacht hat, muss er vorher von irgendeiner Schule geflogen sein. Steht da vielleicht, von welcher?«

»Nein, nichts. Nur, dass er in Chatsworth aufwuchs. Zerrüttete Familienverhältnisse. Schlechter Schüler. Er wohnte bei seinem Vater, einem Schweißer bei General Motors in Van Nuys. Hört sich nicht nach einem Kandidaten für die Hillside Prep an.«

»Trotzdem müssen wir das prüfen. Alle Eltern wollen, dass es ihre Kinder zu mehr bringen als sie selbst. Wenn er dort zur Schule ging und Rebecca Lost kannte, dann aber von der Schule flog, wäre das vielleicht eine Erklärung, warum er achtundachtzig nicht vernommen wurde.«

Rider nickte nur. Sie las weiter.

»Er ist nie aus dem Valley herausgekommen«, sagte sie. »Jeder Wohnsitz befindet sich im Valley.«

»Welches ist der letzte bekannte?«

»Panorama City. Wie bei der AutoTrack-Suche. Wenn die Adresse allerdings hier drinsteht, ist sie vermutlich nicht mehr aktuell.«

Bosch nickte. Jeder, der so oft durch die Mühlen des Strafvollzugssystems gewandert war wie Mackey, wusste, dass man gut daran tat, sofort umzuziehen, wenn eine Bewährungsfrist abgelaufen war. Dass die bloß nicht mitkriegten, wo man steckte. Bosch und Rider würden zwar zu der Adresse in Panorama City fahren, um nachzusehen, aber Bosch war klar, dass Mackey nicht mehr da sein würde. Egal, wohin er umgezogen war ... Er hatte in seinen Anträgen bei den Stadtwerken nicht seinen richtigen Namen angegeben und auch seinen Führerschein oder seine Kfz-Zulassung nicht erneuern lassen. Er war untergetaucht.

»Hier steht, dass er den Wayside Whities angehörte«, sagte Rider bei weiterer Lektüre.

»Das wundert mich nicht.«

Die Wayside Whities waren eine Gefängnis-Gang, die jahrelang im Wayside Honor Rancho im Norden des County ihr Unwesen getrieben hatte. In den Bezirksgefängnissen setzten sich die Gangs normalerweise nach Rassenzugehörigkeit zusammen, allerdings weniger aus rassistischen Motiven als aus Gründen des Selbstschutzes. Deshalb war es nicht ungewöhnlich, unter den rechtsextremen Wayside Whities auch Juden zu finden. Schutz war Schutz. Es ging in erster Linie darum, zu einer Gruppe zu gehören und Angriffe anderer Gruppen abzuwehren. Im Gefängnis war das eine entscheidende Überlebensstrategie. Mackeys Zugehörigkeit zu den Whities war nur ein eher peripherer Anknüpfungspunkt an Boschs Theorie, dass im Lost-Fall möglicherweise rassistische Gesichtspunkte eine Rolle spielten.

»Sonst noch was zu diesem Thema?«, fragte er.

»Nicht, dass ich wüsste.«

»Was ist mit besonderen Kennzeichen? Irgendwelche Tätowierungen?«

Rider blätterte in den amtlichen Unterlagen und nahm ein Haftantrittsformular heraus.

»Ja, Tattoos«, sagte sie, weiterlesend. »Auf einem Bizeps hat er seinen Namen stehen und auf dem anderen den eines Mädchens, schätze ich mal. RaHoWa.«

Sie buchstabierte den Namen, und zum ersten Mal spürte Bosch ein leichtes Prickeln, das ihm anzeigte, dass an seiner Theorie etwas dran sein könnte.

»Das ist kein Name«, sagte er. »Das ist eine Art Code, die Abkürzung für ›Racial Holy War‹, heiliger Rassenkrieg. Die ersten zwei Buchstaben jedes Worts. Der Kerl scheint enger mit dieser Szene verbandelt als gedacht. Ich glaube, Garcia und Green haben diesen Aspekt übersehen, obwohl er eigentlich nicht zu übersehen war.«

Bosch spürte, wie er in Fahrt kam.

»Sieh dir das an«, sagte Rider aufgeregt. »Er hat auch die Zahl Achtundachtzig auf seinen Rücken tätowiert. Das ist zur Erinnerung daran, was er achtundachtzig getan hat.«

»Nicht ganz«, sagte Bosch. »Das ist noch so ein verschlüsseltes Kürzel. Ich hatte mal einen von diesen ›White Power‹-Fällen, deshalb kenne ich diese ganzen Kürzel noch. In dieser Szene steht achtundachtzig für H-H, weil H der achte Buchstabe des Alphabets ist. Achtundachtzig ist gleich H-H ist gleich Heil Hitler. Einhundertachtundneunzig verwenden sie ebenfalls, für Sieg Heil. Ganz schön clever, nicht?«

»Ich finde trotzdem, dass das Jahr achtundachtzig etwas damit zu tun haben könnte.«

»Vielleicht tut es das ja auch. Steht da was über irgendwelche Jobs drin?«

»Wie es aussieht, fährt er einen Abschleppwagen. Jedenfalls fuhr er einen Abschleppwagen, als er vor zwei Jahren zum Pinkeln anhielt, was ihm dann diese Anzeige wegen Erregung öffentlichen Ärgernisses eintrug. Hier stehen drei ehemalige Arbeitgeber – lauter Abschleppdienste.«

»Sehr gut. Das ist schon mal ein Anfang.«

»Wir werden ihn finden.«

Bosch blickte wieder auf das Festnahmeprotokoll, das er vor sich hatte. Es war ein Einbruch im Jahr 1990. Mackey war im Verkaufsstand des Pacific Drive-in Theater von einem Polizeihund gefasst worden. Er war spätnachts dort eingebrochen und hatte einen stummen Alarm ausgelöst. Er hatte die Registrierkasse geplündert und eine Plastiktüte mit zweihundert Schokoriegeln gefüllt. Statt sich danach aus dem Staub zu machen, warf er den Cheese Warmer an, um sich noch ein paar Nachos zu machen. Er war noch am Tatort, als ein Polizist mit einem Hund vor dem Kino eintraf und den Hund hineinschickte. Im Protokoll stand, dass Mackey danach wegen Bisswunden am linken Arm und am linken Oberschenkel im County-USC Medical Center behandelt wurde.

Mackey bekannte sich des Einbruchs schuldig und wurde deshalb nur zu einer 67-tägigen Haftstrafe, die er im Gefängnis von Van Nuys verbüßte, sowie zu zwei Jahren Bewährung verurteilt.

Der nächste Bericht befasste sich mit einer Festnahme wegen Körperverletzung, die einen Verstoß gegen die Bewährungsauflagen darstellte. Bosch wollte den Bericht gerade lesen, als ihm Rider den Packen mit Fotokopien aus der Hand nahm.

»Zeit für unseren Termin bei Garcia«, sagte sie. »Sein Sergeant meinte, wenn wir uns verspäten, werden wir ihn verpassen.«

Sie stand auf, und Bosch folgte ihr. Sie gingen auf die Van Nuys Division zu. Die Büros des Valley Bureau Command waren im zweiten Stock.

»1990 wurde Mackey wegen eines Einbruchs im alten Pacific Drive-in geschnappt«, sagte Bosch im Gehen.

»Aha.«

»Das war an der Ecke Winnetka und Prairie. Heute steht dort ein Multiplex. Das ist nur fünf oder sechs Häuserblocks von der Stelle entfernt, wo ein paar Jahre zuvor die Mordwaffe im Fall Lost gestohlen wurde. Bei dem Einbruch.«

»Und? Was denkst du?«

»Zwei Einbrüche in unmittelbarer Nachbarschaft. Ich glaube, er arbeitete gern in dieser Gegend. Ich glaube, er hat die Waffe gestohlen. Oder zumindest befand er sich in Begleitung der Person, die sie gestohlen hat.«

Rider nickte, und sie gingen die Treppe zum Eingang der Polizeistation hinauf. Zu den Büros des Valley Bureau Command hoch nahmen sie den Lift. Sie waren zwar rechtzeitig da, mussten aber dennoch warten. Nachdem sie auf einer Couch Platz genommen hatten, sagte Bosch: »Ich kann mich noch gut an dieses Autokino erinnern. Als Kind war ich dort einige Male. In dem in Van Nuys übrigens auch.«

»Wir hatten in der Southside unser eigenes«, sagte Rider.

»Stellen sie da jetzt auch ein Multiplex hin?«

»Nein. Es ist nur ein Parkplatz. Dort unten investiert keiner Kapital in ein Multiplex.«

»Was ist mit Magic Johnson?«

Der ehemalige Basketballstar der Lakers hatte sehr viel Geld in dieses Viertel gesteckt und unter anderem mehrere Kinos bauen lassen.

»Er ist nur ein Mann.«

»Ein Mann ist ein Anfang, würde ich sagen.«

Eine Frau mit Pz-Streifen an den Ärmeln ihrer Uniform kam auf sie zu.

»Der Commander hat jetzt Zeit für Sie.«

9

Commander Arturo Garcia stand hinter seinem Schreibtisch, als Bosch und Rider von der uniformierten Adjutantin in sein Büro geführt wurden. Auch Garcia war in Uniform, und er trug sie mit Haltung und Stolz. Er hatte stahlgraues Haar und einen buschigen Schnurrbart. Er strahlte das Selbstvertrauen aus, das die Polizei einmal gehabt hatte und mühsam zurückzugewinnen versuchte.

»Kommen Sie rein, Detectives, kommen Sie rein«, forderte er sie auf. »Nehmen Sie Platz und erzählen Sie einem altgedienten Cop, was es gibt.«

Sie setzten sich auf die Stühle vor dem Schreibtisch.

»Zunächst vielen Dank, dass wir so schnell einen Termin bekommen haben«, sagte Rider.

Bosch und Rider hatten beschlossen, dass Rider das Reden übernehmen würde, denn aufgrund ihrer Tätigkeit im Büro des Polizeichefs kannte sie Garcia besser. Außerdem war Bosch nicht sicher, ob er sein Missfallen über Garcia und die Fehler, die er und sein Partner beim Lost-Fall gemacht hatten, verbergen könnte.

»Na, wenn das Morddezernat ruft, muss so was schon mal drin sein.«

Er lächelte wieder.

»Wir gehören eigentlich der Einheit Offen-Ungelöst an«, sagte Rider.

Garcia verging das Lachen, und ganz kurz glaubte Bosch, einen gequälten Ausdruck in seinen Augen aufblitzen zu sehen. Rider hatte den Termin mit einer Assistentin des Commander vereinbart und nicht durchblicken lassen, an welchem Fall sie arbeiteten.

»Becky Lost«, sagte der Commander.

Rider nickte.

»Woher wussten Sie das?«

»Woher ich das wusste? Weil ich es war, der Ihren Chef im Parker Center angerufen hat, den Leiter Ihrer Einheit. Und weil ich es war, der ihm gesagt hat, dass es DNS zu diesem Fall gibt und dass sie unbedingt in die Datenbanken eingegeben werden sollte.«

»Meinen Sie Detective Pratt?«

»Genau, Pratt. Unmittelbar nach Gründung Ihrer Einheit rief ich ihn an und sagte ihm, nehmen Sie sich mal Becky Lost vor, 1988. Und? Sie haben eine Übereinstimmung, stimmt's?«

Rider nickte.

»Wir haben eine sehr gute Übereinstimmung.«

»Wer? Auf diesen Moment warte ich schon siebzehn Jahre. Jemand aus dem Restaurant, stimmt's?«

Das ließ Bosch stutzen. In der Mordakte waren zwar Vernehmungsprotokolle von Personen, die in Robert Losts Restaurant gearbeitet hatten, aber nichts, was über den üblichen Rahmen hinausging. Nichts, was auf ein Verdachtsmoment oder eine Nachuntersuchung hindeutete. Ebenso wenig gab es in den Ermittlungsprotokollen irgendwelche Hinweise, dass die Ermittler ihr Augenmerk verstärkt auf das Restaurant gerichtet hatten. Der Umstand, dass jetzt einer der ursprünglichen Ermittler den seit Langem gehegten Verdacht äußerte, der Mörder könnte aus diesem Umfeld gekommen sein, passte nicht zu dem, was sie den Vormittag über gelesen hatten.

»Leider nein«, sagte Rider. »Die DNS stammt von einem gewissen Roland Mackey. Er war zum Zeitpunkt des Mordes achtzehn. Er wohnte damals in Chatsworth. Wir glauben nicht, dass er im Restaurant gearbeitet hat.«

Garcia runzelte die Stirn, als wäre er verdutzt oder vielleicht auch enttäuscht.

»Sagt Ihnen dieser Name etwas?«, fragte Rider. »Wir sind in der Mordakte kein einziges Mal darauf gestoßen.«

Garcia schüttelte den Kopf.

»Nein, spontan kommt mir der Name nicht bekannt vor, aber das alles ist ja auch schon sehr lange her. Wer ist dieser Mackey?«

»Wer er ist, wissen wir noch nicht. Wir sind gerade dabei, ihn einzukreisen. Wir stehen noch ganz am Anfang.«

»Ich bin sicher, dass ich mich an den Namen hätte erinnern können. Sein Blut war an der Waffe, stimmt's?«

»Konkret haben wir Folgendes: Er ist vorbestraft. Einbrüche, Hehlerei, Drogen. Außerdem könnte er für den Einbruch infrage kommen, bei dem die Tatwaffe gestohlen wurde.«

»Unbedingt«, sagte Garcia, als ob seine Begeisterung für diese Idee bewirken könnte, dass es auch tatsächlich so wäre.

»Wir können ihn mit der Waffe in Verbindung bringen, das auf jeden Fall«, sagte Rider. »Aber wir suchen noch nach der Verbindung zu dem Mädchen. Wir dachten, dass Sie sich vielleicht noch an etwas erinnern können.«

»Haben Sie schon mit den Eltern gesprochen?«

»Noch nicht. Sie sind der Erste, an den wir uns in dieser Sache wenden.«

»Die Armen. Ich glaube nicht, dass sie darüber jemals hinwegkommen werden.«

»Sind Sie mit ihnen in Verbindung geblieben?«

»Anfangs ja. Solange ich den Fall hatte. Aber sobald ich zum Lieutenant befördert wurde und wieder zum Streifendienst zurückkam, musste ich den Fall abgeben. Danach verlor ich den Kontakt zu ihnen. Es war hauptsächlich Muriel – die Mutter –, mit der ich zu tun hatte. Der Vater … er hat einen Knacks bekommen. Er hat das Ganze nicht verkraftet. Er zog zu Hause aus, sie ließen sich scheiden, das ganze Theater. Dann verlor er das Restaurant. Als Letztes habe ich gehört, dass er auf der Straße lebte. Ab und zu tauchte er noch bei seiner Frau auf, um sie um Geld zu bitten.«

»Wieso dachten Sie, es wäre jemand aus dem Restaurant gewesen, als wir zu Ihnen gekommen sind?«

Garcia schüttelte den Kopf, als sei er frustriert, ständig nach einer Erinnerung zu suchen, die er nicht zu fassen bekam.

»Keine Ahnung«, sagte er. »Daran kann ich mich nicht mehr erinnern. Es war eher ein Gefühl. Irgendwas an dem Fall war eigenartig. Irgendwas daran war komisch.«

»Inwiefern?«

»Sie haben doch sicher die Mordakte gelesen. Zum Beispiel wurde sie nicht vergewaltigt. Sie wurde den Hang hinaufgetragen, und es sollte wie Selbstmord aussehen. Aber es war alles sehr dilettantisch gemacht. In Wirklichkeit war es eine Hinrichtung. Deshalb stand für uns damals fest, dass es auf keinen Fall jemand gewesen sein konnte, der zufällig in das Haus eingedrungen war. Nein, irgendjemand, der sie kannte, wollte ihren Tod. Und entweder ist der Betreffende selbst in das Haus ihrer Eltern eingedrungen, oder er hat einen Dritten damit beauftragt.«

»Denken Sie, es hatte was mit der Schwangerschaft zu tun?«, fragte Rider.

Garcia nickte.

»Wir dachten, es hinge damit zusammen, aber einen konkreten Anhaltspunkt konnten wir dafür nicht finden.«

»MWL ... Sie haben nicht herausgefunden, wer damit gemeint war?«

Garcia sah sie verständnislos an.

»Diese Abkürzung, die Rebecca in ihrem Tagebuch verwendete. Sie haben es in dem Gespräch mit den Eltern erwähnt. ›Meine wahre Liebe‹, wissen Sie noch?«

»Ach ja, jetzt erinnere ich mich wieder. Es war wie eine Art Code. Sicher waren wir uns allerdings nie. Wir haben jedenfalls nicht herausbekommen, wer damit gemeint war. Suchen Sie das Tagebuch?«

Bosch nickte, und Rider fuhr fort: »Wir suchen alles. Das Tagebuch, die Mordwaffe, der ganze Beweismittelkarton ist verschwunden.«

Garcia schüttelte den Kopf wie jemand, der sich sein ganzes Berufsleben lang mit den Frustrationen des Polizeidiensts herumgeschlagen hatte.

»Das überrascht mich nicht sonderlich. So etwas passiert ständig.«

»Leider ja.«

»Aber trotzdem, wenn der Karton wieder auftauchen sollte, wird das Tagebuch nicht darin sein.«

»Warum nicht?«

»Weil ich es zurückgegeben habe.«

»Den Eltern?«

»Der Mutter. Wie gesagt, ich wurde Lieutenant und kam ins South Bureau. Ron Green war bereits in Pension gegangen. Ich gab den Fall ab, und mir war natürlich klar, dass die Sache damit erledigt wäre. Niemand würde sich noch einmal so damit befassen, wie wir das getan hatten. Deshalb sagte ich Muriel, ich würde versetzt, und gab ihr das Tagebuch …

Die arme Frau. Es war, als bliebe an diesem Julitag die Zeit für sie stehen. Sie war wie erstarrt. Konnte nicht mehr vor und nicht mehr zurück. Ich weiß noch, wie ich sie besuchte, bevor ich umzog. Das war ungefähr ein Jahr nach dem Mord. Sie ließ mich in Beckys Zimmer sehen. Es war völlig unangetastet. Es war noch genauso wie in der Nacht, in der sie entführt wurde.«

Rider nickte ernst. Garcia sagte nichts weiter. Schließlich räusperte sich Bosch, lehnte sich vor und stellte Garcia noch einmal die gleiche Frage.

»Als wir in Ihr Büro kamen und sagten, wir hätten eine DNS-Übereinstimmung, war Ihr erster Gedanke, es wäre jemand aus dem Restaurant gewesen. Warum?«

Bosch sah Rider an, um zu sehen, ob sie über seine Einmischung verärgert war. Anscheinend war das nicht so.

»Ich weiß nicht, warum«, sagte Garcia. »Wie gesagt, irgendwie dachte ich die ganze Zeit, es könnte aus dieser Ecke gekommen sein, weil ich nie das Gefühl hatte, dort alles wirklich befriedigend geklärt zu haben.«

»Meinen Sie jetzt den Vater?«

Garcia nickte.

»Der Vater war irgendwie nicht ganz koscher. Ich weiß nicht, ob man das heute noch so sagt. Aber damals war das der Begriff, der es auf den Kopf traf.«

»Inwiefern?«, fragte Rider. »Inwiefern war der Vater nicht ganz koscher?«

Bevor Garcia antworten konnte, kam einer der uniformierten Adjutanten in das Büro.

»Commander? Es sind jetzt alle im Besprechungszimmer. Wir wären so weit.«

»Danke, Sergeant. Ich komme gleich.«

Nachdem der Sergeant gegangen war, sah Garcia wieder Rider an, als hätte er die Frage vergessen.

»In der Mordakte gibt es nichts, was auch nur den leisesten Verdacht auf den Vater werfen könnte«, sagte Rider. »Wieso fanden Sie ihn irgendwie nicht ganz koscher?«

»Begründen kann ich das leider nicht. Es war einfach nur so ein Gefühl. Er hat sich nie so verhalten, wie man das von einem Vater erwartet hätte, wissen Sie? Er war zu still. Er wurde nie sauer, schrie nie rum – immerhin hatte jemand seine Tochter umgebracht. Er nahm Ron oder mich nicht ein einziges Mal beiseite und sagte so etwas wie: ›Diesen Kerl will ich mir als Erster vorknöpfen, wenn Sie ihn finden.‹ Das hätte ich eigentlich erwartet.«

Ungeachtet des kalten Treffers, der Mackey mit der Waffe in Verbindung brachte, war in Boschs Augen weiterhin jeder verdächtig. Und damit gehörte auch Robert Lost noch zum Kreis der Verdächtigen. Trotzdem maß er Garcias Einschätzung der Gefühlsreaktionen des Vaters auf die Ermordung seiner Tochter keine weitere Bedeutung bei. Von den Hunderten von Morden, in denen er ermittelt hatte, wusste er, dass es vollkommen unmöglich war, solche Reaktionen zu beurteilen oder einen Verdacht auf sie zu gründen. Bosch hatte jede nur erdenkliche Spielart gesehen, und keine davon hatte etwas zu besagen. Einer der schlimmsten Heuler und Jammerer, mit denen er je zu tun gehabt hatte, entpuppte sich hinterher als der Mörder.

Boschs Geringschätzung von Garcias Riecher und seinem Verdacht lief auf eine Missbilligung seiner Person hinaus. Garcia und Green waren zunächst einige Fehler unterlaufen, doch dann hatten sie sich gemacht und die Ermittlungen wie nach Lehrbuch durchgezogen. Das ging aus der Akte hervor. Inzwischen vermutete Bosch jedoch, dass wahrscheinlich alles, was sie gut gemacht hatten, auf Greens Konto ging. Darauf hätte er eigentlich in dem Moment kommen müssen, in dem er hörte, dass Garcia das Morddezernat für einen Verwaltungsposten aufgegeben hatte.

»Wie lange waren Sie beim Morddezernat?«, fragte Bosch.

»Drei Jahre.«

»Die ganze Zeit bei der Devonshire Division?«

»Ja.«

Bosch rechnete kurz nach. In Devonshire hatten sie damals sicher nicht viele Morde gehabt. Demnach hatte Garcia bestenfalls in ein paar Dutzend Mordfällen ermittelt. Das war nicht genügend Erfahrung, um so ein Verfahren gescheit abzuwickeln. Er beschloss, nicht weiter darauf herumzureiten.

»Wie war es mit Ihrem damaligen Partner?«, fragte er. »Hatte er, was Robert Lost anging, ein ähnliches Gefühl?«

»Er war ihm gegenüber etwas nachsichtiger als ich.«

»Haben Sie noch Kontakt mit ihm?«

»Mit wem, dem Vater?«

»Nein. Mit Green.«

»Nein, er ist schon lange in Pension.«

»Ich weiß, aber haben Sie noch Kontakt zu ihm?«

Garcia schüttelte den Kopf.

»Nein, er ist tot. Hatte sich oben im Humboldt County zur Ruhe gesetzt. Seine Pistole hätte er allerdings lieber hierlassen sollen. Bei der vielen Zeit, die er dort oben hatte … und gleichzeitig nichts zu tun.«

»Selbstmord?«

Garcia nickte.

Bosch blickte zu Boden. Es war nicht Ron Greens Tod, der ihn betroffen machte. Er hatte Green nicht gekannt. Es war der Verlust der Verbindung zu dem Fall. Denn dass Garcia keine große Hilfe wäre, war ihm inzwischen klar.

»Was ist mit dem rassistischen Hintergrund?« Wieder verstieß Bosch gegen Riders Führungsrolle.

»Was soll damit sein?«, fragte Garcia. »In diesem Fall? Ich sehe da keinen.«

»Eltern unterschiedlicher Rassen, gemischtrassiges Kind, die Tatwaffe stammte von einem Einbruch bei einem Mann, der wegen seiner Religionszugehörigkeit bedroht wurde.«

»Das halte ich für ein bisschen weit hergeholt. Liegt denn bei diesem Mackey etwas in dieser Richtung vor?«

»Möglicherweise.«

»Tja, wir hatten nicht den Vorteil, einen konkreten Verdächtigen zu haben. Jedenfalls war anhand dessen, was uns damals vorlag, kein solcher Zusammenhang erkennbar.«

Garcia sagte das mit Nachdruck, und Bosch wusste, dass er einen wunden Punkt getroffen hatte. Es gefiel dem Commander nicht, dass da jemand im Nachhinein schlauer zu sein glaubte als er. Kein Detective mochte das. Nicht einmal ein unerfahrener.

»Das hört sich so an, als wüssten wir jetzt alles besser, weil wir diesen Kerl als Anhaltspunkt haben«, flocht Rider hastig ein. »Aber es ist nur *ein* Punkt, dem wir nachgehen.«

Garcia schien besänftigt.

»Verstehe«, sagte er. »Sie lassen nichts unversucht.«

Er stand auf. »Also dann, Detectives, tut mir leid, dass ich so überstürzt Schluss machen muss. Ich hätte mich gern noch länger mit Ihnen unterhalten. Früher habe ich mal Leute hinter Gitter gebracht. Jetzt sitze ich in Besprechungen, in denen es um Budget- und Personalfragen geht.«

Genau das hast du auch verdient, dachte Bosch. Er sah Rider an und fragte sich, ob ihr klar war, dass sie sich vor einem ähnlichen Schicksal bewahrt hatte, als sie ihn überredete, mit ihr in die Einheit Offen-Ungelöst zu kommen.

»Seien Sie doch so gut«, sagte Garcia, »und geben Sie mir Bescheid, wenn Sie diesen Kerl fassen. Vielleicht komme ich dann zu Ihnen in die Stadt und sehe ihn mir durchs Fenster an. Auf diesen Moment warte ich schon sehr lange.«

»Kein Problem, Sir«, sagte Rider und löste ihren eindringlichen Blick von Bosch. »Machen wir. Und wenn Ihnen noch etwas einfällt, was uns weiterbringen könnte, rufen Sie mich einfach an. Meine Nummern stehen alle hier drauf.«

Sie stand auf und legte eine Visitenkarte auf den Schreibtisch.

»Mache ich.«

Garcia kam hinter seinem Schreibtisch hervor, um zu der Besprechung zu gehen.

»Da ist noch etwas, worum wir Sie bitten müssen«, sagte Bosch.

Garcia blieb abrupt stehen und sah ihn an.

»Wieso, was noch, Detective? Ich muss nämlich jetzt wirklich zu dieser Besprechung.«

»Möglicherweise werden wir versuchen, den Vogel mit einer Zeitungsmeldung aufzuscheuchen. Es wäre gut, wenn sie von Ihnen käme. Sie wissen schon, ein ehemaliger Mordermittler, mittlerweile zum Commander aufgestiegen, dem dieser alte Fall keine Ruhe lässt. Er ruft bei Offen-Ungelöst an und bittet um eine Überprüfung der DNS. Und siehe da, sie landen einen kalten Treffer.«

Garcia nickte. Bosch entging nicht, dass er sich geschmeichelt fühlte.

»Ja, das könnte gehen. Ganz wie Sie wollen. Rufen Sie mich einfach an, dann arrangieren wir etwas. Bei der *Daily News* vielleicht? Da kenne ich ein paar Leute. Das ist die Zeitung fürs Valley.«

Bosch nickte. »Ja, das wäre in etwa, was wir uns vorgestellt haben.«

»Gut. Sagen Sie mir einfach Bescheid. Aber jetzt muss ich wirklich gehen.«

Er verließ rasch das Büro. Rider und Bosch sahen sich an, dann folgten sie ihm. Als sie auf dem Flur auf den

Lift warteten, wollte Rider von Bosch wissen, was er sich dabei gedacht hätte, Garcia zu bitten, die Sache mit der Zeitungsmeldung anzuleiern.

»Er wäre ideal für den Artikel, weil er keine Ahnung hat, wovon er redet.«

»Aber das wollen wir doch auf keinen Fall. Wir wollten doch vorsichtig sein.«

»Mach dir keine Gedanken. Es wird klappen.«

Der Aufzug kam, und sie stiegen ein. Sonst war niemand in der Kabine. Kaum hatte sich die Tür geschlossen, legte Rider los.

»Harry, um erst mal eines klarzustellen: Entweder sind wir Partner, oder wir sind es nicht. Du hättest mir sagen sollen, dass du ihm das vorschlagen willst. Wir hätten erst darüber reden sollen.«

Bosch nickte. »Du hast recht. Wir sind Partner. Es wird nicht wieder vorkommen.«

»Gut.«

Die Lifttür ging auf, und sie stieg aus und ging los, ohne auf Bosch zu warten.

10

Die Hillside Preparatory School war ein Bau im spanischen Stil, der sich an die Hügel von Porter Ranch schmiegte. Das Schulgelände war geprägt von seinen herrlichen grünen Rasenflächen und den imposanten Bergen, die sich dahinter erhoben. Fast schienen die Berge die Schule zu behüten und zu beschützen. Es war ein Ort, an den alle Eltern ihre Kinder gern zur Schule gehen lassen würden. Bosch dachte an seine eigene Tochter, die schon in einem Jahr eingeschult würde. Er hätte es gut gefunden, wenn sie in eine Schule ginge, die aussah wie diese – von außen zumindest.

Er und Rider folgten den Schildern zum Sekretariat der Schule. An einem Empfangsschalter zeigte Bosch seine Dienstmarke und sagte, sie müssten nachprüfen, ob ein Roland Mackey in Hillside zur Schule gegangen sei. Die Sekretärin verschwand in ein Büro, und kurz darauf kam ein Mann heraus. Seine auffälligsten Merkmale waren ein basketballgroßer Bauch und eine dicke, von buschigen Augenbrauen beschattete Brille. Über seiner Stirn hinterließ sein Haar die perfekte Linie eines Toupets.

»Ich bin Gordon Stoddard, der Schulleiter hier in Hillside. Mrs. Atkins sagt, Sie sind von der Polizei. Ich lasse sie den Namen gleich für Sie nachsehen. Bekannt kommt er mir allerdings nicht vor, obwohl ich schon fünfundzwanzig Jahre hier bin. Wissen Sie, wann genau er hier zur Schule gegangen ist? Das könnte ihr die Suche erleichtern.«

Bosch war überrascht. Stoddard sah aus wie Mitte vierzig. Offensichtlich war er gleich nach Beendigung seines Studiums nach Hillside gekommen und danach nicht mehr weggegangen. Bosch überlegte, ob das ein Hinweis darauf war, was Lehrer hier verdienten, oder ein Zeichen für Stoddards persönliche Verbundenheit mit der Schule. Aber nach allem, was er über Lehrer wusste, ob nun an staatlichen oder privaten Schulen, konnte er sich nicht vorstellen, dass es am Gehalt lag.

»Wenn er hier war, müsste es in den achtziger Jahren gewesen sein. Das ist schon einige Zeit her, um sich noch an ihn zu erinnern.«

»Das ist richtig, aber ich habe für Schüler, die mal hier waren, ein ziemlich gutes Gedächtnis. Für die meisten jedenfalls. Ich war nicht fünfundzwanzig Jahre lang Schulleiter. Erst war ich Lehrer. Ich habe Naturwissenschaften unterrichtet, und dann erst wurde ich Leiter des naturwissenschaftlichen Zweigs.«

»Erinnern Sie sich noch an Rebecca Lost?«, fragte Rider.

Stoddard erbleichte.

»Ja, allerdings. Ich hatte sie in Physik und Chemie. Ist das der Grund, weshalb Sie hier sind? Haben Sie diesen Jungen, diesen Mackey, festgenommen? Das heißt, er müsste inzwischen wohl ein erwachsener Mann sein. War er es?«

»Das wissen wir nicht, Sir«, sagte Bosch rasch. »Wir rollen den Fall neu auf, und in diesem Zusammenhang ist sein Name aufgetaucht. Deshalb müssen wir das nachprüfen. Das ist alles.«

»Haben Sie die Gedenktafel gesehen?«, fragte Stoddard.

»Wie bitte?«

»Draußen im Flur ist eine Gedenktafel für Rebecca. Ihre Mitschüler haben Geld gesammelt und sie dort anbringen lassen. Sie ist sehr schön, aber auch sehr traurig. Aber sie erfüllt ihren Zweck. Die Leute hier erinnern sich an Rebecca.«

»Die haben wir übersehen. Aber wir werden sie uns ansehen, wenn wir gehen.«

»Viele Leute erinnern sich noch an sie. An dieser Schule mag man vielleicht nicht sehr viel verdienen, und die meisten Lehrer müssen einen zweiten Job annehmen, um über die Runden zu kommen, aber trotzdem haben wir ein ausgesprochen loyales und engagiertes Lehrerkollegium. Es sind noch mehrere Lehrer hier, die Rebecca als Schülerin hatten. Eine, Mrs. Sable, war in ihrer Klasse und kam dann zurück, um hier zu unterrichten. Bailey war übrigens sogar eng mit ihr befreundet, glaube ich.«

Bosch sah Rider an, die die Augenbrauen hochzog. Sie hatten bereits darüber gesprochen, wie sie an Becky Losts Freundinnen herantreten würden, aber hier ergab sich von selbst eine Gelegenheit. Eine der drei Freundinnen, mit denen Becky Lost zwei Tage vor ihrem Verschwinden bei einer Freundin übernachtet hatte, hieß Bailey Koster.

Es war mehr als nur eine Gelegenheit, eine Zeugin zu dem Fall zu befragen. Wenn sie nicht jetzt sofort mit Sable sprachen, würde sie wahrscheinlich durch Stoddard von Roland Mackey erfahren. Das wollte Bosch unbedingt vermeiden. Er wollte möglichst selbst bestimmen, welche Informationen im Zusammenhang mit dem Fall an die jeweiligen Beteiligten gelangten.

»Ist sie heute hier?«, fragte Bosch. »Könnten wir mit ihr sprechen?«

Stoddard sah zu der Wanduhr neben dem Schalter hoch.

»Also, im Moment hat sie noch Unterricht, aber in zwanzig Minuten ist die Schule aus. Wenn Sie so lange warten wollen, können Sie bestimmt mit ihr sprechen.«

»Überhaupt kein Problem.«

»Dann lasse ich ihr eine Nachricht ins Klassenzimmer schicken, dass sie nach dem Unterricht ins Sekretariat kommt.«

Mrs. Atkins, die Sekretärin, erschien hinter Stoddard.

»Wenn Sie nichts dagegen haben«, sagte Rider, »würden wir gern vor dem Klassenzimmer auf sie warten. Wir möchten nicht, dass sie sich unnötig beunruhigt.«

Bosch nickte. Rider war auf derselben Wellenlänge wie er. Sie wollten nicht, dass Mrs. Sable vorher benachrichtigt würde. Sie wollten nicht, dass sie schon an Becky Lost dachte, bevor sie dabei waren und alles mitbekamen.

»Natürlich«, sagte Stoddard. »Ganz wie Sie wollen.«

Er merkte, dass Mrs. Atkins hinter ihm stand, und fragte sie, was sie herausgefunden hatte.

»Wir haben nichts über einen Schüler namens Roland Mackey«, sagte sie.

»Sind Sie auf jemanden mit diesem Nachnamen gestoßen?«, fragte Rider.

»Ja, ein Gregory Mackey war 1996 und 1997, also zwei Jahre, hier.«

Es war nicht auszuschließen, dass es sich dabei um

einen jüngeren Bruder oder Cousin handelte. Möglicherweise würden sie dem nachgehen müssen.

»Könnten Sie nachsehen, ob Sie eine aktuelle Adresse oder Telefonnummer von ihm haben?«, fragte Rider.

Mrs. Atkins sah Stoddard fragend an, worauf er nickte. Sie verschwand, um nachzusehen. Bosch sah auf die Wanduhr. Sie mussten noch fast zwanzig Minuten totschlagen.

»Mr. Stoddard, gibt es Jahrbücher aus den späten Achtzigern, die wir uns ansehen könnten, während wir auf Mrs. Sable warten?«

»Aber natürlich. Ich bringe Sie in die Bibliothek und suche sie Ihnen raus.«

Auf dem Weg zur Bibliothek zeigte ihnen Stoddard die Gedenktafel, die Rebecca Losts Mitschüler im Flur hatten anbringen lassen und auf der außer Namen und Geburts- und Todesdatum nur das jugendliche Versprechen stand: *WIR WERDEN IMMER AN DICH DENKEN.*

»Sie war ein ausgesprochen nettes Mädchen«, sagte Stoddard. »Sehr engagiert. Wie übrigens auch ihre Eltern. Eine wahre Tragödie.«

Mit dem Hemdsärmel wischte Stoddard den Staub von dem laminierten Foto der lächelnden Becky Lost auf der Gedenktafel.

Die Bibliothek war gleich um die Ecke. Da der Schultag zu Ende ging, hielten sich dort nur wenige Schüler auf. Sie saßen entweder an den Tischen oder stöberten in den Regalen. Stoddard forderte sie flüsternd auf, an einem Tisch Platz zu nehmen, und verschwand dann zwischen den Regalen. Keine Minute später kam er mit drei Jahrbüchern zurück und legte sie auf den Tisch. Bosch sah, dass alle *Veritas* und das jeweilige Jahr auf dem Deckel stehen hatten. Stoddard hatte die Jahrbücher von 1986, 1987 und 1988 gebracht.

»Das sind die letzten drei Jahre«, flüsterte Stoddard. »Ich erinnere mich, dass sie von der ersten Klasse an hier war. Wenn Sie also auch noch frühere Jahrgänge einsehen wollen, sagen Sie es mir einfach. Wir haben sie alle hier.«

Bosch schüttelte den Kopf.

»Nein danke, vorerst genügt uns das vollauf. Bevor wir gehen, kommen wir noch mal im Sekretariat vorbei. Wir müssen uns von Mrs. Atkins noch die Adresse holen.«

»Gut, dann lasse ich Sie jetzt mal allein.«

»Ach, könnten Sie uns vielleicht noch sagen, wo Mrs. Sables Klassenzimmer ist?«

Stoddard sagte ihnen die Nummer des Zimmers und wie sie von der Bibliothek dorthin kämen. Dann verabschiedete er sich, um ins Sekretariat zurückzukehren. Bevor er die Bibliothek verließ, flüsterte er den Jungen an einem Tisch bei der Tür kurz etwas zu, worauf die Jungen nach den Rucksäcken griffen, die auf dem Boden lagen, und sie unter den Tisch zogen, damit niemand darüber stolperte. Die Art, wie sie ihre Schulranzen einfach an Ort und Stelle fallen gelassen hatten, erinnerte Bosch an die Art, wie sie es in Vietnam gemacht hatten – einfach da, wo sie gerade gestanden hatten, ohne irgendeinen weiteren Gedanken, als die Last von ihren Schultern zu bekommen.

Nachdem Stoddard gegangen war, schnitten die Jungen Grimassen in Richtung der Tür, durch die er verschwunden war.

Rider nahm das Jahrbuch von 1988, und Bosch griff nach dem von 1986. Er rechnete nicht damit, etwas

Brauchbares darin zu finden, nachdem Mrs. Atkins seine Theorie über den Haufen geworfen hatte, dass Roland Mackey die Hillside Prep besucht hatte, aber eine Weile vor dem Mord von der Schule abgegangen war. Er hatte sich bereits damit abgefunden, dass die Verbindung zwischen Mackey und Becky Lost – falls überhaupt eine bestand – woanders zu finden wäre.

Er rechnete im Kopf nach und blätterte dann im Jahrbuch, bis er zu den Fotos der achten Klasse kam. Er hatte Becky Losts Bild rasch gefunden. Sie hatte Zöpfe und eine Zahnspange. Sie lächelte, sah aber aus, als trete sie gerade in die Phase vorpubertärer Unbeholfenheit ein. Er konnte sich nicht vorstellen, dass sie über ihr Aussehen im Jahrbuch begeistert gewesen war. Dann hielt er auf den Gruppenfotos, auf denen die Clubs und Organisationen der Klasse zu sehen waren, nach ihr Ausschau und verschaffte sich auf diese Weise ein Bild von ihren außerlehrplanmäßigen Aktivitäten. Sie spielte Fußball und war auf den Fotos der Schülermitverwaltung und des Clubs für Natur- und Geisteswissenschaften zu sehen. Auf allen Fotos war sie entweder in der hinteren Reihe oder auf der Seite. Bosch fragte sich, ob sie dort vom Fotografen hingestellt worden war oder ob sie sich dort am wohlsten gefühlt hatte.

Rider ließ sich mit dem Jahrbuch von 1988 mehr Zeit. Sie ging es Seite für Seite durch, und einmal, als sie zum Lehrerkollegium kam, hielt sie es für Bosch hoch und deutete auf ein Foto des jungen Gordon Stoddard, der damals wesentlich längeres Haar gehabt und keine Brille getragen hatte. Außerdem sah er schlanker und kräftiger aus.

»Sieh dir das mal an«, sagte sie. »Niemand sollte alt werden.«

»Und jeder sollte die Chance dazu kriegen.«

Bosch nahm sich das Jahrbuch von 1987 vor und stellte fest, dass die Fotos von Becky Lost jetzt ein Mädchen zeigten, das aufzublühen schien. Ihr Lächeln war zuversichtlicher, nicht mehr so verhalten. Falls sie noch eine Zahnspange trug, war sie nicht mehr zu sehen. Auf den Gruppenfotos war sie nach vorn und in die Mitte gerückt. Auf den Schülermitverwaltungsfotos war sie noch keine Klassensprecherin, aber sie hatte die Arme zu einer selbstbewussten Pose verschränkt. Ihre Haltung und ihr fester Blick verrieten Bosch, dass sie es zu etwas bringen würde. Nur hatte sie jemand daran gehindert.

Bosch blätterte noch ein paar Seiten weiter, dann klappte er das Buch zu. Er wartete auf die Glocke, damit sie mit Bailey Koster-Sable sprechen könnten.

»Nichts?«, fragte Rider.

»Nichts Brauchbares«, sagte er. »Aber es kann nicht schaden, sie zu sehen, wie sie damals war. In ihrer gewohnten Umgebung. In ihrem Element.«

»Ja. Sieh dir das mal an.«

Sie saßen sich gegenüber. Rider drehte das Jahrbuch von 1988 so zu ihm herum, dass er es sehen konnte. Endlich war sie zu den Klassenfotos gekommen. Auf der oberen Hälfte der rechten Seite standen ein Junge und vier Mädchen vor einem Tor, in dem Bosch die Einfahrt zum Schülerparkplatz wiedererkannte. Eins der Mädchen war Becky Lost. Über dem Foto stand *SCHÜLERVERTRETUNG*. Unter dem Foto waren die Namen und die Funktionen der abgebildeten Schüler angegeben. Becky Lost war als

Vertreterin der Schülermitverwaltung aufgeführt. Bailey Koster war Klassensprecherin.

Rider wollte das Buch wieder zu sich herumdrehen, aber Bosch hielt es noch fest und betrachtete weiter das Foto. An ihrer Haltung und ihrem Äußeren war deutlich zu erkennen, dass Becky Lost ihre Backfischunsicherheit abgelegt hatte. Er hätte die Schülerin auf dem Foto nicht mehr als Mädchen bezeichnet. Sie war auf dem besten Weg, eine attraktive und selbstbewusste junge Frau zu werden. Er ließ das Jahrbuch los, und Rider nahm es wieder an sich.

»Sie wäre der Schwarm aller Jungen geworden«, sagte er.

»Vielleicht war sie es ja schon. Vielleicht hat sie sich den Falschen ausgesucht.«

»Sonst noch etwas da drin?«

»Schau selbst.«

Sie drehte das offene Buch noch einmal herum. Auf den zwei Seiten, die jetzt aufgeschlagen waren, waren Fotos von der Frankreichreise des Kunstclubs im Sommer davor. Auf den Fotos waren etwa zwanzig Schüler und Schülerinnen sowie mehrere Eltern und Lehrer vor Notre-Dame, im Hof des Louvre und auf einem Ausflugsdampfer auf der Seine zu sehen. Rider zeigte auf einem der Fotos auf Rebecca Lost.

»Sie war also in Frankreich«, sagte Bosch. »Was soll damit sein?«

»Sie könnte dort jemand kennengelernt haben. Vielleicht hat der Fall ja sogar internationale Kreise gezogen. Unter Umständen müssen wir nach Europa fliegen, um das zu überprüfen.«

Sie versuchte, sich ein Grinsen zu verkneifen.

»Klar«, sagte Bosch. »Du kannst ja schon mal einen Antrag ausfüllen und in den Sechsten hochschicken.«

»Also, weißt du, Harry, dein Humor ist wohl immer noch im Ruhestand.«

»Schon möglich.«

Die Schulglocke ertönte und beendete sowohl den Wortwechsel als auch den Unterricht dieses Tages. Bosch und Rider standen auf, ließen die Jahrbücher auf dem Tisch liegen und verließen die Bibliothek. Sie folgten Stoddards Wegbeschreibung zu Bailey Sables Klassenzimmer und mussten unterwegs immer wieder Schülern ausweichen, die es furchtbar eilig hatten, die Schule zu verlassen. Die Mädchen trugen karierte Röcke und weiße Blusen, die Jungen Kakihosen und weiße Polohemden.

Sie sahen durch die offene Tür von Zimmer B-6 und sahen an einem Tisch vorne in der Mitte des Klassenzimmers eine Frau sitzen. Sie schaute nicht auf von den Klassenarbeiten, die sie korrigierte. Bailey Sable hatte fast keine Ähnlichkeit mehr mit der Klassensprecherin, deren Foto Bosch und Rider im Jahrbuch gesehen hatten. Ihr Haar war jetzt dunkler und kürzer, ihr Körper breiter und schwerer. Wie Stoddard trug sie eine Brille. Sie war erst zwei- oder dreiunddreißig, aber sie sah älter aus.

Im Klassenzimmer war noch eine Schülerin. Es war ein hübsches blondes Mädchen, das Bücher in einen Rucksack stopfte. Als sie fertig war, zog sie den Reißverschluss des Rucksacks zu und ging zur Tür.

»Bis morgen, Mrs. Sable.«

»Wiedersehen, Kaitlyn.«

Die Schülerin sah Bosch und Rider neugierig an, als sie an ihnen vorbeiging. Die Detectives betraten das Klassenzimmer, und Bosch zog die Tür zu. Erst jetzt blickte Bailey Sable von ihren Klassenarbeiten auf.

»Kann ich etwas für Sie tun?«, fragte sie.

Bosch übernahm die Führung.

»Möglicherweise«, sagte er. »Mr. Stoddard meinte, es wäre in Ordnung, wenn wir in Ihr Klassenzimmer kämen.«

Er ging auf den Tisch zu. Die Lehrerin blickte misstrauisch zu ihm hoch.

»Sind Sie Eltern?«

»Nein, wir sind von der Polizei, Mrs. Sable. Mein Name ist Harry Bosch, und das ist meine Kollegin Kizmin Rider. Wir wollten Ihnen ein paar Fragen über Rebecca Lost stellen.«

Sie reagierte, als hätte sie einen Schlag in die Magengrube bekommen. Nach all den Jahren saß es immer noch so dicht unter der Oberfläche.

»O mein Gott«, entfuhr es ihr.

»Sie müssen entschuldigen, dass wir Sie damit so aus heiterem Himmel überfallen«, sagte Bosch.

»Ist etwas herausgekommen? Haben Sie herausgefunden, wer …?«

Sie beendete den Satz nicht.

»Also, wir rollen den Fall neu auf«, sagte Bosch. »Und Sie könnten uns vielleicht helfen.«

»Wie?«

Bosch griff in seine Tasche und holte das Karteifoto aus Roland Mackeys Bewährungsakte heraus. Es war ein Bild von Mackey als 18-jähriger Autodieb. Bosch legte es auf die Klassenarbeit, die Bailey Sable gerade zensiert hatte. Sie schaute darauf hinab.

»Kennen Sie die Person auf diesem Foto?«, fragte Bosch.

»Es wurde vor siebzehn Jahren aufgenommen«, fügte Rider hinzu. »Etwa zu der Zeit, als Becky starb.«

Die Lehrerin sah auf das Foto von Mackey, der herausfordernd in die Kamera blickte. Sie sagte lange nichts. Bosch sah Rider an und nickte, ein Zeichen, dass sie übernehmen sollte.

»Könnte das jemand sein, mit dem Sie oder Becky oder sonst eine Ihrer Freundinnen damals etwas zu tun gehabt haben?«, fragte Rider.

»Ging er hier zur Schule?«, fragte Sable.

»Nein, wir glauben nicht. Aber wir wissen, dass er hier in der Gegend gewohnt hat.«

»Ist er der Mörder?«

»Das wissen wir nicht. Wir versuchen lediglich festzustellen, ob es zwischen Becky und ihm eine Verbindung gab.«

»Wie heißt er?«

Rider sah Bosch an, und er nickte wieder.

»Er heißt Roland Mackey. Kommt er Ihnen bekannt vor?«

»Eigentlich nicht. Es fällt mir schwer, mich so weit zurückzuerinnern. Mich an die Gesichter von Fremden zu erinnern, meine ich.«

»Dann ist es also eindeutig niemand, den Sie kannten, richtig?«

»Nein, eindeutig nicht.«

»Können Sie sich vorstellen, dass Becky ihn kannte, ohne dass Sie etwas davon wussten?«

Sie dachte lange nach, bevor sie antwortete.

»Also, auszuschließen ist es sicher nicht. Sie wissen ja, dass sich herausstellte, dass sie schwanger war. Da ich davon nichts wusste, ist es durchaus möglich, dass ich auch von ihm nichts wusste. War er der Vater?«

»Das wissen wir nicht.«

Ohne dazu aufgefordert worden zu sein, hatte sie das Gespräch auf den Punkt gebracht, den Bosch als Nächstes anschneiden wollte.

»Mrs. Sable, Sie wissen ja, diese Geschichte liegt schon einige Jahre zurück. Wenn Sie damals für Ihre Freundin ein Geheimnis gehütet haben, können wir das sehr wohl verstehen. Aber wenn es irgendetwas gibt, was Sie bisher verschwiegen haben, ist jetzt der Zeitpunkt gekommen, es uns zu sagen. Das ist wahrscheinlich der letzte Versuch, den jemand unternehmen wird, um dieses Verbrechen aufzuklären.«

»Meinen Sie ihre Schwangerschaft? Davon wusste ich leider wirklich nichts. Ich war genauso geschockt wie alle anderen, als die Polizei deswegen Fragen zu stellen begann.«

»Wenn sich Becky wegen dieser Sache jemandem anvertraut hätte, wären das Sie gewesen?«

Wieder antwortete sie nicht auf der Stelle. Sie dachte eine Weile nach.

»Ich weiß nicht«, sagte sie schließlich. »Wir standen uns sehr nahe, aber sie hatte auch mit ein paar anderen Mädchen ein ähnlich enges Verhältnis. Wir waren zu viert und seit der ersten Klasse zusammen. In der ersten Klasse nannten wir uns der Kitty Cat Club, weil jede von uns eine Katze hatte. Im Lauf der Jahre stand eine mal dieser, mal jener von uns näher. Das änderte sich ständig. Aber als Gruppe gehörten wir immer zusammen.«

Bosch nickte.

»Wer, würden Sie sagen, stand Becky in dem Sommer, in dem sie ermordet wurde, am nächsten?«

»Sicher Tara. Sie hat es am schwersten getroffen.«

Bosch sah Rider an und versuchte, sich an die Namen der Mädchen zu erinnern, die zwei Tage vor Beckys Tod mit ihr bei einer Freundin übernachtet hatten.

»Tara Wood?«, fragte Rider.

»Ja. Sie waren in diesem Sommer viel zusammen, weil Beckys Vater in Malibu ein Restaurant hatte und beide dort jobbten. Sie teilten sich Mittags- und Abendschicht. Irgendwie haben die beiden in diesem Sommer über nichts anderes gesprochen.«

»Was erzählten sie darüber?«, fragte Rider.

»Ach, mein Gott, welche Stars in das Restaurant kamen. Leute wie Sean Penn und Charlie Sheen. Und manchmal sprachen sie darüber, welche Jungen dort arbeiteten und welche nett waren. Mich hat das nicht sonderlich interessiert, weil ich ja nicht dort gearbeitet habe.«

»Gab es jemand Speziellen, über den sie besonders viel gesprochen haben?«

Sie überlegte eine Weile, bevor sie antwortete.

»Eigentlich nicht. Jedenfalls nicht, dass ich mich erinnern könnte. Sie redeten nur gern über sie, weil sie so anders waren. Lauter Surfer und angehende Schauspieler. Tara und Becky waren typische Valley-Girls. Für sie war das eine ganz andere Welt.«

»Hatte sie was mit jemandem aus dem Restaurant?«, fragte Bosch.

»Nicht, dass ich wüsste. Aber wie gesagt, ich hatte auch keine Ahnung von ihrer Schwangerschaft. Deshalb gab es da offensichtlich jemanden, von dem ich nichts wusste. Sie hielt es geheim.«

»Waren Sie neidisch auf Ihre Freundinnen, weil sie dort arbeiteten?«, fragte Rider.

»Ganz und gar nicht. Ich musste nicht arbeiten und war ziemlich froh darüber.«

Rider steuerte das Gespräch in eine bestimmte Richtung, deshalb ließ Bosch sie gewähren.

»Was haben Sie in Ihrer Clique denn so alles gemacht, wenn Sie zusammen waren?«, fragte sie.

»Ach, mein Gott, das Übliche eben«, sagte Sable. »Wir gingen shoppen und ins Kino, Dinge dieser Art.«

»Wer hatte ein Auto?«

»Tara hatte eins und ich auch. Tara hatte ein Cabrio. Wir fuhren immer …«

Sie verstummte mitten im Satz, als sie sich an etwas erinnerte.

»Was ist?«, fragte Rider.

»Mir fällt gerade ein, dass wir nach der Schule oft in den Limekiln Canyon hochfuhren. Tara hatte eine Kühlbox im Kofferraum, und ihr Vater kam nie drauf, dass sie immer ein paar Bier aus dem Kühlschrank abstaubte. Einmal wurden wir dort oben von einem Polizeiauto angehalten. Wir versteckten die Dosen unter den Röcken unserer Schuluniform. Dafür waren sie ideal. Der Polizist hat nichts gemerkt.«

Sie lächelte bei der Erinnerung.

»Jetzt, wo ich hier unterrichte, achte ich natürlich auf so etwas. Wir haben noch die gleichen Schuluniformen.«

»Wie war das, bevor sie im Restaurant zu arbeiten anfing?«, fragte Bosch, um das Gespräch wieder auf Rebecca Lost zu bringen. »Sie war eine Woche krank, gleich bei Ferienbeginn. Haben Sie sie in dieser Zeit besucht oder mit ihr telefoniert?«

»Ja, vielleicht. Vermutlich als sie die Abtreibung hatte. Sie war also gar nicht richtig krank. Sie erholte sich nur von der Abtreibung. Aber davon wusste ich ja nichts. Ich dachte wohl, sie wäre krank. Aber mit Sicherheit kann ich nicht mehr sagen, ob wir in dieser Woche miteinander gesprochen haben oder nicht.«

»Haben Ihnen die Detectives damals auch alle diese Fragen gestellt?«

»Ja, ich denke schon.«

»Wohin wäre ein Mädchen aus der Hillside Prep gegangen, wenn sie schwanger wurde?«, fragte Rider. »Damals, meine ich.«

»Sie meinen, in welche Klinik oder zu welchem Arzt?«

»Ja.«

Bailey Sable errötete am Hals. Die Frage war ihr peinlich. Sie schüttelte den Kopf.

»Keine Ahnung. Das war eigentlich genauso schockierend wie die Tatsache, dass Becky ermordet worden war. Wir hatten alle das Gefühl, dass wir unsere Freundin gar nicht kannten. Ich fand es richtig traurig, weil ich merkte, dass sie mir nicht genug vertraut hatte, um mir diese Dinge zu erzählen. Wissen Sie, das empfinde ich immer noch, wenn ich an damals zurückdenke.«

»Hatte sie irgendwelche Freunde, von denen Sie wussten?«, fragte Bosch.

»Damals nicht. Ich meine, zu dieser Zeit. Sie hatte einen

Freund gehabt, aber dann zog er mit seinen Eltern nach Hawaii. Das war im Sommer davor. Dann war sie das ganze Schuljahr mit niemandem zusammen – dachte ich jedenfalls. Wissen Sie, sie hatte nämlich niemanden, mit dem sie zu Tanz- oder Sportveranstaltungen ging. Aber da habe ich mich wohl getäuscht.«

»Wegen der Schwangerschaft«, sagte Rider.

»Aber sicher, ja. Das liegt doch auf der Hand, oder nicht?«

»Wer war der Vater?«, fragte Bosch in der Hoffnung, die direkte Frage würde eine Reaktion provozieren, der man weiter nachgehen könnte.

Aber Sable zuckte mit den Achseln.

»Ich habe keine Ahnung, und ich glaube, ich habe nie aufgehört, mich das zu fragen.«

Bosch nickte. Er hatte nichts herausbekommen.

»Die Trennung von dem Jungen, der nach Hawaii zog … Wie nahm sie das auf?«, fragte er.

»Also, ich glaube, es brach ihr das Herz. Es hat sie tief getroffen. Es war wie bei Romeo und Julia.«

»Inwiefern?«

»Sie wurden von den Eltern auseinandergebracht.«

»Meinen Sie, sie wollten nicht, dass die beiden zusammen waren?«

»Nein, nein. Es war nur so, dass sein Vater eine Stelle auf Hawaii annahm. Sie zogen von hier weg, und das war das Ende ihrer Beziehung.«

Bosch nickte wieder. Er wusste nicht, ob eine der Auskünfte, die sie erhielten, sie weiterbrächte, aber es war wichtig, das Netz so weit wie möglich auszuwerfen.

»Wissen Sie, wo Tara Wood zurzeit lebt?«, fragte er.

Sable schüttelte den Kopf.

»Beim zehnjährigen Klassentreffen ist sie nicht gekommen. Ich habe keinen Kontakt mehr zu ihr. Mit Grace Tanaka telefoniere ich noch ab und zu. Aber sie lebt oben in der Bay Area. Deshalb sehe ich sie nicht mehr allzu oft.«

»Könnten Sie uns ihre Telefonnummer geben?«

»Sicher, ich habe sie sogar hier.«

Sie öffnete eine Schublade und nahm ihre Handtasche heraus. Während sie ein Adressbuch herausholte, nahm Bosch das Foto von Mackey vom Tisch und steckte es wieder ein. Als Sable eine Telefonnummer ablas, notierte Rider sie in einem kleinen Notizbuch.

»Fünf, zehn«, sagte Rider. »Was ist das, Oakland?«

»Sie wohnt in Hayward. Eigentlich würde sie gern in San Francisco leben, aber das kann sie sich bei ihrem Verdienst nicht leisten.«

»Was macht sie beruflich?«

»Sie ist Metallbildhauerin.«

»Heißt sie immer noch Tanaka?«

»Ja. Sie hat nie geheiratet. Sie …«

»Ja, was?«

»Wie sich herausstellte, ist sie lesbisch.«

»Wie sich herausstellte?«

»Na ja, ich meine damit, wir wussten es nicht. Sie hat es uns nie erzählt. Sie zog da hoch, und einmal, vor acht Jahren, besuchte ich sie, und danach wusste ich es.«

»War das offensichtlich?«

»Ja.«

»Kam sie zu dem zehnjährigen Klassentreffen?«

»Ja, sie war da. Es war sehr lustig, aber auch ein bisschen traurig, weil viel über Becky gesprochen wurde und dass das Verbrechen nie aufgeklärt wurde. Ich kann mir gut vorstellen, dass das der Grund war, warum Tara nicht kam. Sie wollte nicht daran erinnert werden, was mit Becky passiert ist.«

»Na, vielleicht können wir das ja bis zum zwanzigjährigen ändern«, sagte Bosch und bereute seine gedankenlose Bemerkung sofort. »Tut mir leid, das war dumm von mir.«

»Trotzdem, ich hoffe, Sie ändern es doch. Ich denke ständig an sie. Ich frage mich die ganze Zeit, wer das getan hat und warum sie nie gefunden wurden. Ich sehe jeden Tag, an dem ich in die Schule komme, ihr Bild auf der Gedenktafel. Es ist schon komisch. Ich habe als Klassensprecherin Geld für die Tafel gesammelt.«

»Sie?«, fragte Bosch.

»Wie bitte?«

»Sie sagten, sie wurden nie gefunden. Warum haben Sie *sie* gesagt?«

»Ich weiß nicht. Er, sie, was auch immer.«

Bosch nickte. »Mrs. Sable, vielen Dank für das Gespräch. Wären Sie bitte so freundlich, niemandem davon zu erzählen? Wir möchten nicht, dass die betreffenden Personen auf unsere Fragen vorbereitet sind, wenn Sie wissen, was ich meine?«

»Wie jetzt bei mir?«

»Genau. Für den Fall, dass Ihnen noch etwas einfällt, irgendetwas, worüber Sie noch sprechen wollen, gibt Ihnen meine Kollegin eine Karte mit unseren Telefonnummern.«

»Okay.«

Sie schien in einen Wachtraum versunken. Die Detectives verabschiedeten sich und ließen sie mit den Klassenarbeiten, die sie noch zu benoten hatte, allein. Bosch nahm an, dass sie vermutlich ihren Erinnerungen an eine Zeit nachhing, in der vier Mädchen die besten Freundinnen waren und die Zukunft funkelnd vor ihnen lag wie ein Ozean.

Bevor sie das Schulgebäude verließen, gingen sie ins Sekretariat, um zu sehen, ob die Schule eine aktuelle Adresse der ehemaligen Schülerin Tara Wood hatte. Gordon Stoddard ließ Mrs. Atkins nachsehen, aber die Antwort lautete Nein. Bosch fragte, ob sie sich das Jahrbuch von 1988 ausleihen könnten, um einige der Fotos zu kopieren, und Stoddard gab sein Einverständnis.

»Ich wollte sowieso gerade gehen«, sagte er. »Ich begleite Sie.«

Auf dem Weg zurück in die Bibliothek unterhielten sie sich, und Stoddard gab ihnen das Jahrbuch, das bereits wieder ins Regal zurückgestellt worden war. Auf dem Weg nach draußen blieb Stoddard mit ihnen noch einmal vor der Gedenktafel stehen. Bosch fuhr mit den Fingern über die erhabenen Buchstaben von Becky Losts Namen. Er merkte, dass die Kanten im Lauf der Jahre von den Fingern zahlreicher Schüler, die das Gleiche getan hatten, geglättet worden waren.

11

Rider kümmerte sich um die Akte und das Telefon, als Bosch nach Panorama City fuhr, das gleich hinter der Grenze der Devonshire Division auf der Ostseite des Freeway 405 lag.

Panorama City war ein Bezirk, der Jahre zuvor vom nördlichen Van Nuys abgetrennt worden war, als die Leute dort glaubten, sich von dem negativen Image, mit dem Van Nuys behaftet war, distanzieren zu müssen. Bis auf den Namen und ein paar Straßenschilder war nichts an dem Viertel geändert worden. Trotzdem, »Panorama City« hörte sich sauber und schön und verbrechensfrei an, und die Bewohner fühlten sich nach außen hin besser repräsentiert. Aber seitdem waren viele Jahre vergangen, und Bürgerinitiativen hatten beantragt, ihr Viertel erneut umzubenennen, um sich, wenn schon nicht tatsächlich, so doch ideell von den negativen Assoziationen zu distanzieren, die man nun mit Panorama City verband. Das war eines der vielen Beispiele, wie sich Los Angeles ständig neu erfand – wie ein Schriftsteller oder Schauspieler, der sich einen anderen Namen zulegt, um vergangene Fehlschläge hinter sich zu lassen und noch einmal von vorn zu beginnen, und sei es auch mit demselben Stift oder demselben Gesicht.

Erwartungsgemäß war Roland Mackey nicht mehr bei dem Abschleppdienst, bei dem er vor Ablauf seiner

Bewährungsfrist gearbeitet hatte. Genauso erwartungsgemäß hatte sich der Ex-Knacki beim Verwischen seiner Spur aber auch nicht sonderlich geschickt angestellt. In der Bewährungsakte waren sämtliche Anstellungen seines bisherigen Lebens aufgeführt, in dem er, wenn er nicht im Gefängnis gesessen hatte, größtenteils auf Bewährung draußen gewesen war. Rider gab sich als eine Bekannte Mackeys aus, als sie bei zwei Abschleppdiensten anrief, bei denen Mackey in früheren Phasen staatlicher Überwachung gearbeitet hatte, und hatte rasch seinen gegenwärtigen Arbeitgeber herausgefunden: Tampa Towing. Darauf rief sie dort an und erkundigte sich, ob Mackey heute Dienst habe. Wenig später klappte sie das Handy zu und sah Bosch an.

»Tampa Towing. Seine Schicht beginnt um vier.«

Bosch sah auf die Uhr. In zehn Minuten würde Mackey zur Arbeit erscheinen.

»Fahren wir einfach mal vorbei und sehen ihn uns an. Danach erkundigen wir uns nach seiner Adresse. Wo genau in der Tampa?«

»Tampa, Ecke Roscoe. Das muss gegenüber vom Krankenhaus sein.«

»Das Krankenhaus ist an der Ecke Roscoe und Reseda. Komisch, dass sie die Firma nicht Roscoe Towing genannt haben.«

»Sehr witzig. Und was tun wir, wenn wir ihn uns angesehen haben?«

»Na ja, wir gehen auf ihn zu und fragen ihn, ob er vor siebzehn Jahren Becky Lost umgebracht hat, und dann sagt er Ja, und wir nehmen ihn ins Parker Center mit.«

»Jetzt mach aber mal einen Punkt.«

»Ich weiß auch nicht. Was willst du als Nächstes tun?«

»Wie gesagt, wir beschaffen uns seine Adresse, und dann, würde ich sagen, sind die Eltern dran. Ich glaube, wir sollten mit ihnen reden, bevor wir uns diesen Kerl vorknöpfen und ihn aus der Reserve locken – vor allem mit dieser Zeitungsmeldung. Ich würde sagen, wir fahren jetzt zur Mutter und reden mit ihr. Zumal wir sowieso schon in der Gegend sind.«

»Glaubst du, sie wohnt noch da?«, fragte Bosch. »Hast du sie auch über AutoTrack gesucht?«

»Das hielt ich eigentlich nicht für nötig. Sie wohnt bestimmt noch da. Du hast doch gehört, was Garcia gesagt hat. In diesem Haus wohnt der Geist ihres kleinen Lieblings. Ich glaube nicht, dass sie dort jemals auszieht.«

Bosch vermutete, dass Rider recht hatte, antwortete aber nicht. Er fuhr auf dem Devonshire Boulevard in östlicher Richtung bis zur Tampa Avenue und dann hinunter zum Roscoe Boulevard. Sie trafen kurz vor vier an der Kreuzung ein. Tampa Towing war in Wirklichkeit eine Chevron-Tankstelle mit einer kleinen Reparaturwerkstatt. Bosch parkte auf dem Parkplatz eines kleinen Einkaufszentrums auf der anderen Straßenseite und stellte den Motor ab.

Bosch war nicht überrascht, als es vier Uhr wurde und später, aber Roland Mackey nicht auftauchte. Er machte auf Bosch nicht den Eindruck eines Menschen, der sich nichts Schöneres vorstellen konnte, als Autos abzuschleppen.

Um Viertel nach vier sagte Rider: »Was meinst du? Glaubst du, mein Anruf könnte …«

»Da ist er.«

Ein dreißig Jahre alter Camaro mit grauer Grundierung auf allen vier Kotflügeln fuhr in die Tankstelle und parkte neben der Luftpumpe. Bosch hatte nur einen flüchtigen Blick auf den Fahrer erhascht, aber er genügte ihm, um sicher zu sein. Er beugte sich zum Handschuhfach hinüber und nahm ein Fernglas heraus, das er über den Katalog einer Fluggesellschaft bestellt hatte, den er auf einem seiner Flüge nach Las Vegas durchgeblättert hatte.

Er ließ sich in den Sitz sinken und schaute durch das Fernglas. Mackey stieg aus dem Camaro und ging auf die Werkstatt der Tankstelle zu. Die Uniform, die er trug, bestand aus einer dunkelblauen Hose und einem Hemd in einem helleren Blau. Auf einem ovalen Aufnäher über der linken Brusttasche stand *Ro*. Aus einer seiner Gesäßtaschen ragten Arbeitshandschuhe.

Auf der Hebebühne in der Werkstatt stand ein alter Ford Taurus, und darunter arbeitete ein Mann mit einem Pressluftschrauber. Als Mackey die Werkstatt betrat, streckte der Mann mit dem Schrauber lässig den Arm aus und klatschte sich mit Mackey ab. Er sagte etwas zu Mackey, worauf dieser kurz bei ihm stehen blieb.

»Ich glaube, er erzählt ihm gerade von dem Anruf«, sagte Bosch. »Mackey scheint sich deswegen allerdings keine Sorgen zu machen. Er hat gerade sein Handy rausgeholt. Er ruft die Person an, von der er annimmt, dass sie ihn angerufen hat.«

Mackeys Lippen lesend, sagte Bosch: »Hey, hast du gerade angerufen?«

Mackey beendete das Gespräch rasch.

»Schätze nicht«, sagte Bosch.

Mackey steckte das Handy wieder ein.

»Er hat es nur bei einer Person probiert«, sagte Rider. »Einen großen Bekanntenkreis scheint er nicht zu haben.«

»Der Name auf seinem Hemd ist Ro«, sagte Bosch. »Wenn ihm sein Kollege erzählt hat, dass der Anrufer nach Roland verlangt hat, könnte er es auf die einzige Person eingeengt haben, die ihn so nennt. Vielleicht war es sein lieber alter Vater, der Schweißer.«

»Und was macht er jetzt?«

»Ich kann ihn nicht mehr sehen. Er ist wohl nach hinten gegangen.«

»Vielleicht sollten wir uns hier lieber verziehen, bevor er noch nach uns Ausschau hält.«

»Ach was. Du glaubst doch nicht im Ernst, dass er wegen eines Anrufs gleich denkt, nach siebzehn Jahren könnte jemand hinter ihm her sein?«

»Nein, wegen Becky Lost natürlich nicht. Mir macht eher Sorgen, worin er im Moment gerade verwickelt sein könnte. Vielleicht platzen wir gerade mitten in etwas rein, von dem wir nichts wissen.«

Bosch legte das Fernglas beiseite. Sie hatte recht. Er ließ den Motor an.

»Okay, wir haben ihn gesehen«, sagte er. »Verschwinden wir lieber. Fahren wir zu Muriel Lost.«

»Und was ist mit Panorama City?«

»PC kann warten. Wir wissen beide, dass er nicht mehr unter dieser Adresse wohnt. Das nachzuprüfen ist reine Formsache.« Er fuhr rückwärts aus der Lücke.

»Meinst du, wir sollten Muriel Lost vorher anrufen?«, fragte Rider.

»Nein. Lass uns einfach bei ihr klingeln.«

»Darin sind wir wahre Meister.«

12

In zehn Minuten waren sie da. Die Gegend, in der Becky Lost gelebt hatte, wirkte immer noch freundlich und sicher. Der Red Mesa Way war breit, mit einem Bürgersteig auf beiden Seiten und vielen Schatten spendenden Bäumen. Die meisten Häuser waren im Ranchstil erbaut und nahmen auf den großen Grundstücken entsprechend viel Platz ein. In den sechziger Jahren waren es die großen Grundstücke gewesen, die die Leute in die Nordwestecke von Los Angeles gelockt hatten. Vierzig Jahre später waren die Bäume richtig groß geworden, und dem Viertel haftete etwas Gewachsenes an.

Das Haus der Losts war eins der wenigen, die ein Obergeschoss hatten. Trotzdem war es noch ein typisches Ranchhaus, aber das Dach ragte über die Doppelgarage hinaus. Aus der Mordakte wusste Bosch, dass Beckys Zimmer über der Garage nach hinten heraus lag.

Das Garagentor war geschlossen. Nichts deutete darauf hin, dass jemand zu Hause war. Sie parkten in der Einfahrt und gingen zur Eingangstür. Als Bosch auf den Klingelknopf drückte, konnte er einen Glockenton durch das Innere hallen hören, einen einzigen Ton, der ihm sehr weit weg und sehr einsam vorkam.

Eine Frau in einem formlosen blauen Überziehkleid, das ihren ähnlich formlosen Körper zu verbergen half, kam an die Tür. Sie trug flache Sandalen. Das Rot, in dem ihr Haar gefärbt war, hatte einen zu starken Orangestich. Das Ganze sah nach einem missglückten Selbstversuch aus, aber entweder war ihr das nicht bewusst, oder es war ihr egal. Sobald sie die Tür öffnete, schoss eine graue Katze durch die Öffnung in den Vorgarten hinaus.

»Lass dich nicht überfahren, Smoke!«, rief die Frau. Erst dann sagte sie: »Ja, bitte?«

»Mrs. Lost?«, fragte Rider.

»Ja, was gibt's?«

»Wir sind von der Polizei. Wir würden gern mit Ihnen über Ihre Tochter sprechen.«

Sobald Rider das Wort »Polizei« gesagt hatte und noch bevor sie zu »Tochter« kam, riss Muriel Lost beide Hände an ihren Mund und reagierte so, als wäre das der Moment, in dem sie erfuhr, dass ihre Tochter tot war.

»O mein Gott! O mein Gott! Sagen Sie bloß, Sie haben ihn. Bitte sagen Sie mir, Sie haben dieses Schwein geschnappt, das mir meinen kleinen Liebling genommen hat.«

Rider streckte tröstend eine Hand nach der Schulter der Frau aus. »So einfach ist es leider nicht, Ma'am. Dürften wir vielleicht kurz reinkommen?«

Muriel Lost machte einen Schritt zurück und ließ sie eintreten. Es schien, als flüsterte sie etwas, und Bosch dachte, es könnte ein Gebet sein. Sobald sie im Haus waren, schloss sie die Tür, allerdings nicht ohne vorher der entwischten Katze eine Warnung hinterherzurufen.

Im Haus roch es, als würde die Katze nicht oft genug entwischen. Das Wohnzimmer, in das sie geführt wurden, war sauber und ordentlich, aber die Einrichtung war alt und abgenutzt. Es roch im ganzen Haus nach Katzenurin. Bosch wünschte sich plötzlich, sie hätten Muriel Lost zur Befragung ins Parker Center bestellt, auch wenn er wusste, dass es ein Fehler gewesen wäre. Es war wichtig, dass sie das Haus sahen.

Sie setzten sich nebeneinander auf die Couch, und Muriel Lost ging hastig zu einem der Sessel auf der anderen Seite des Couchtisches. Bosch bemerkte Pfotenabdrücke auf der Glasplatte.

»Was ist passiert?«, fragte sie angespannt. »Gibt es irgendetwas Neues?«

»Also, die Neuigkeit ist wahrscheinlich, dass wir uns wieder mit dem Fall befassen«, sagte Rider. »Ich bin Detective Rider, und das ist Detective Bosch. Wir sind von der Einheit Offen-Ungelöst im Parker Center.«

Auf der Fahrt hatten sich Bosch und Rider abgesprochen, sich gegenüber den Losts mit Informationen zurückzuhalten. Solange sie über die Familienverhältnisse nicht mehr wussten, erschien es ihnen besser, zu nehmen, als zu geben.

»Und gibt es irgendetwas Neues?«, fragte Muriel Lost aufgeregt.

»Wissen Sie, im Moment stehen wir noch ganz am Anfang«, sagte Rider. »Wir sind noch dabei, einige unklare Punkte abzuklopfen. Wir sind sozusagen noch auf der Suche nach einem Einstieg. Eigentlich sind wir nur vorbeigekommen, um Ihnen zu sagen, dass wir den Fall neu aufrollen.«

Muriel Lost wirkte ein wenig enttäuscht. Offensichtlich hatte sie gedacht, es müsse etwas Neues geben, wenn die Polizei nach so vielen Jahren wieder auftauchte. Bosch hatte ein schlechtes Gewissen, weil er ihr nicht sagte, dass sie einen bombensicheren DNS-Hinweis hatten, aber vorerst hielt er es für besser so.

»Ein paar Dinge wären da allerdings schon noch.« Es war das erste Mal, dass Bosch das Wort ergriff. »Zunächst einmal sind wir bei der Durchsicht der Unterlagen auf dieses Foto gestoßen.«

Er zog das Foto des 18-jährigen Roland Mackey aus der Tasche und legte es vor Muriel Lost auf den Couchtisch. Sie beugte sich sofort vor, um es anzusehen.

»Wir sind nicht sicher, inwiefern er mit der Sache zu tun hat«, fuhr Bosch fort. »Aber wir dachten, dass Sie ihn vielleicht erkennen und uns sagen können, ob Sie ihn damals kannten.«

Ohne eine Reaktion zu zeigen, sah Muriel Lost das Foto weiter an.

»Das ist ein Foto aus dem Jahr 1988«, sagte Bosch, um ihr auf die Sprünge zu helfen.

»Wer ist das?«, fragte sie schließlich.

»Das wissen wir selbst noch nicht so genau. Sein Name ist Roland Mackey. Er wurde nach dem Tod Ihrer Tochter mehrmals wegen geringfügiger Vergehen festgenommen. Wir sind nicht sicher, weshalb sein Foto in der Akte war. Kennen Sie den Mann?«

»Haben Sie Art oder Ron schon gefragt?«

Bosch wollte schon fragen, wer Art und Ron seien, doch dann kam er selbst darauf.

»Detective Green ist schon vor langer Zeit in den Ruhestand gegangen und inzwischen auch verstorben. Detective Garcia ist mittlerweile Commander. Wir haben zwar mit ihm gesprochen, aber er konnte uns leider auch nicht weiterhelfen, was diesen Mackey angeht. Aber vielleicht können Sie das ja. Könnte er ein Bekannter Ihrer Tochter gewesen sein? Kennen Sie ihn?«

»Das könnte durchaus sein. Irgendetwas an ihm kommt mir jedenfalls bekannt vor.«

Bosch nickte. »Wissen Sie, woher Sie ihn kennen?«

»Nein, ich kann mich nicht erinnern. Warum sagen Sie es mir nicht? Vielleicht hilft das ja meinem Gedächtnis auf die Sprünge.«

Bosch sah kurz zu Rider hinüber. Das kam nicht ganz unerwartet, aber es erschwerte die Sache immer, wenn ein Elternteil eines Opfers so begierig war, zu helfen, dass er oder sie die Polizei einfach fragte, was er oder sie sagen sollte. Muriel Lost hatte siebzehn Jahre darauf gewartet, dass der Mörder ihrer Tochter ins Licht der Rechtsprechung gezerrt würde. Es stand völlig außer Frage, dass sie ganz bewusst nur Antworten geben würde, die dem nicht zuwiderliefen. An diesem Punkt machte es ihr vielleicht nicht einmal mehr etwas aus, wenn dadurch ein falscher Schluss gezogen wurde. Die vergangenen Jahre waren mit ihr und der Erinnerung an ihre Tochter nicht sanft umgesprungen. Da draußen gab es jemanden, der dafür noch bezahlen musste.

»Das können wir nicht sagen, weil wir es selbst nicht wissen, Mrs. Lost«, sagte Bosch. »Denken Sie einfach darüber nach, und geben Sie Bescheid, wenn es Ihnen wieder einfällt.«

Sie nickte traurig, so als bedauerte sie eine weitere verpasste Gelegenheit.

»Mrs. Lost, was machen Sie beruflich?«, fragte Rider.

Das schien die Frau von ihren Erinnerungen und Wünschen zurückzuholen.

»Ich verkaufe alles Mögliche«, sagte sie sachlich. »Übers Internet.«

Sie warteten auf weitere Auskünfte, erhielten aber keine.

»Tatsächlich?«, sagte Rider. »Was verkaufen Sie denn so alles?«

»Was ich gerade finden kann. Ich gehe zu Haushaltsauflösungen. Dort finde ich alles Mögliche. Bücher, Spielsachen, Kleidung. Die Leute kaufen alles. Und sie zahlen jeden Preis. Heute Morgen habe ich zwei Serviettenringe verkauft – für fünfzig Dollar. Sie waren sehr alt.«

»Wir möchten auch Ihrem Mann das Foto zeigen«, sagte Bosch. »Wissen Sie, wo wir ihn finden können?«

Sie schüttelte den Kopf.

»Irgendwo unten im Spielzeugland. Ich habe schon sehr lange nichts mehr von ihm gehört.«

Ein bedrückender Moment der Stille verstrich. Die meisten Obdachlosenasyle in Downtown Los Angeles konzentrierten sich auf den sogenannten Toy District, mehrere Häuserblocks mit Spielzeugherstellern und -großhändlern sowie einigen Einzelhandelsgeschäften. Es war nicht ungewöhnlich, Obdachlose in den Eingängen von Spielwarenläden schlafen zu sehen.

Was ihnen Muriel Lost damit sagen wollte, war, dass ihr Mann in der Welt menschlichen Treibguts verschollen war. Er war vom Prominentenwirt zum Obdachlosen abgestürzt. Mit einer Einschränkung. Er hatte hier immer noch ein Zuhause. Aber wegen dem, was passiert war, konnte er nicht bleiben. Seine Frau dagegen würde nie von hier weggehen.

»Wann haben Sie sich scheiden lassen?«, fragte Rider.

»Wir haben uns nicht scheiden lassen. Wahrscheinlich dachte ich die ganze Zeit, Robert würde eines Tages wieder zu sich kommen und merken, dass er vor dem, was uns zugestoßen ist, nicht weglaufen kann, selbst wenn er noch so weit rennt. Ich dachte, er würde das irgendwann einsehen und wieder nach Hause kommen. Aber bisher ist das nicht passiert.«

»Glauben Sie, dass Sie alle Freunde Ihrer Tochter kannten?«, fragte Bosch.

Darüber dachte Muriel Lost eine Weile nach.

»Bis zu dem Morgen, an dem sie verschwand, war ich davon überzeugt. Aber dann erfuhren wir Verschiedenes. Sie hatte Geheimnisse vor uns. Ich glaube, das ist eins der Dinge, die mich am meisten belasten. Nicht, dass sie Geheimnisse vor uns hatte, sondern dass sie glaubte, sie müsste welche vor uns haben. Ich glaube, alles wäre vielleicht anders gekommen, wenn sie damit zu uns gekommen wäre.«

»Meinen Sie damit die Schwangerschaft?«

Muriel Lost nickte.

»Wie kommen Sie darauf, dass das mit dem zusammenhängen könnte, was ihr zugestoßen ist?«

»Nur das Gefühl einer Mutter. Beweise habe ich dafür keine. Ich glaube einfach nur, dass damit alles losging.«

Bosch nickte. Aber er konnte es der Tochter nicht verdenken, dass sie Geheimnisse gehabt hatte. Als Bosch in diesem Alter gewesen war, war er bereits ganz auf sich allein gestellt gewesen, ohne leibliche Eltern. Er hatte keine Ahnung, wie sein Verhältnis zu ihnen gewesen wäre.

»Wir haben mit Commander Garcia gesprochen«, sagte Rider. »Er hat uns erzählt, dass er Ihnen vor Jahren das

Tagebuch Ihrer Tochter zurückgegeben hat. Haben Sie es noch?«

Muriel Lost sah sie bestürzt an.

»Ich lese jeden Abend darin. Sie werden es mir doch nicht wegnehmen? Es ist meine Bibel!«

»Wir müssten es uns kurz ausleihen, um es kopieren zu lassen. Eigentlich hätte Commander Garcia schon damals eine Kopie davon machen sollen, aber das hat er nicht getan.«

»Ich will es auf keinen Fall verlieren.«

»Das werden Sie auch nicht, Mrs. Lost. Das verspreche ich Ihnen. Wir kopieren es und geben es Ihnen umgehend zurück.«

»Wollen Sie es jetzt gleich mitnehmen? Es ist neben meinem Bett.«

»Wenn es möglich wäre, ja.«

Muriel Lost stand auf und verschwand in einen Flur, der in die linke Hälfte des Hauses führte. Bosch sah Rider an und zog fragend die Augenbrauen hoch. Darauf gab ihm Rider mit einem Achselzucken zu verstehen, dass sie später darüber sprechen würden.

»Eine Zeit lang wollte meine Tochter unbedingt eine zweite Katze haben«, flüsterte Bosch. »Meine Ex sagte Nein, eine würde reichen. Jetzt weiß ich, warum.«

Rider grinste unpassenderweise gerade in dem Moment, als Muriel Lost mit einem kleinen Buch zurückkam, auf dessen geblümtem Deckel in goldener Prägeschrift *Mein Tagebuch* stand. Das Gold blätterte ab. Das Buch sah abgegriffen aus. Muriel Lost reichte es Rider, die es mit übertriebener Ehrfurcht behandelte.

»Wenn Sie nichts dagegen haben, Mrs. Lost, würden

wir uns gern ein bisschen umsehen«, sagte Bosch. »Um das, was wir in der Akte gesehen und gelesen haben, mit den konkreten Gegebenheiten abzugleichen.«

»In welcher Akte?«

»Ach so, Entschuldigung. Alle Ermittlungsunterlagen von einem Fall werden in einem großen Ordner aufbewahrt. Das ist die Akte.«

»Eine Mordakte?«

»Ja. Hätten Sie was dagegen, wenn wir uns jetzt ein bisschen im Haus umsehen? Vor allem den Hintereingang würde ich mir gern mal ansehen, und auch das Gelände hinter dem Haus.«

Sie zeigte ihnen mit erhobenem Arm, wohin sie gehen mussten. Bosch und Rider standen auf.

»Hier hat sich einiges geändert«, sagte Muriel Lost. »Früher gab es hintenraus keine Häuser. Man konnte einfach den Berg hochgehen. Aber jetzt haben sie Terrassen angelegt. Und inzwischen gibt es dort auch Häuser. Richtige Luxusvillen. An der Stelle, wo meine Tochter gefunden wurde, steht jetzt eine Villa. Ich hasse sie.«

Dazu gab es nichts zu sagen. Bosch nickte nur und folgte Muriel Lost einen kurzen Flur hinunter in die Küche. Dort gab es eine Tür mit einem Glasfenster darin, die in den Garten führte. Muriel Lost schloss die Tür auf, und sie gingen ins Freie. Der Garten zog sich einen steilen Hang hinauf zu einem Eukalyptuswäldchen. Durch die Bäume konnte Bosch Teile des mit roten Ziegeln gedeckten Dachs einer Villa sehen.

»Früher war dort oben alles unbebaut«, sagte Muriel Lost. »Nichts als Bäume. Jetzt sind dort oben lauter Häuser. Sie haben sogar ein Tor. Sie lassen mich nicht mehr dort raufgehen, wie ich das früher getan habe. Sie halten mich für eine Pennerin oder so etwas, weil ich manchmal hochgegangen bin und an Beckys Fundort ein Picknick gemacht habe.«

Bosch nickte und beschäftigte sich in Gedanken kurz mit der Vorstellung von einer Mutter, die an der Stelle, an der ihre Tochter ermordet worden war, ein Picknick veranstaltete. Er versuchte, sich nicht weiter damit zu befassen und sich stattdessen auf das Gelände hinter dem Haus zu konzentrieren. Laut Obduktionsbefund wog Becky Lost dreiundvierzig Kilo. Doch trotz ihres geringen Gewichts musste es ziemlich mühsam gewesen sein, sie den Hang hinaufzutragen. Er fragte sich, ob es möglicherweise mehr als einen Täter gegeben hatte.

Er sah Muriel Lost an, die mit geschlossenen Augen reglos dastand. Sie hatte den Kopf zur Seite geneigt, sodass die späte Nachmittagssonne ihr Gesicht wärmte. Bosch fragte sich, ob das eine Art der Kommunikation mit ihrer verlorenen Tochter war. Als spürte sie, dass Bosch und Rider sie ansahen, sagte sie, ohne die Augen zu öffnen: »Ich liebe diesen Platz. Ich werde nie von hier weggehen.«

»Könnten wir uns jetzt das Zimmer Ihrer Tochter ansehen?«, fragte Bosch.

Sie öffnete die Augen.

»Treten Sie sich nur die Füße ab, wenn Sie wieder ins Haus gehen.«

Sie führte sie durch die Küche in den Flur zurück. Die Treppe befand sich neben der Verbindungstür zur Garage. Die Tür war offen, und Bosch sah einen verbeulten Minivan, umgeben von Schachteln und Gegenständen, die Muriel Lost offensichtlich auf ihren Touren zusammengetragen hatte. Außerdem fiel ihm auf, wie nah die Verbindungstür zur Garage an der Treppe lag. Er wusste nicht, ob das etwas zu bedeuten hatte. Doch er erinnerte sich an die Schlusszusammenfassung in der Mordakte, in der die Vermutung geäußert wurde, der Mörder habe sich irgendwo im Haus versteckt und gewartet, bis die Familie schlafen ging. Am ehesten bot sich dafür die Garage an.

Die Treppe war schmal, weil eine Seite bis ganz nach oben mit Schachteln voller Gegenstände aus Haushaltsauflösungen vollgestellt war. Rider ging als Erste nach oben. Muriel Lost gab Bosch durch eine Handbewegung zu verstehen, dass er vorgehen solle, und als er an ihr vorbeiging, fragte sie ihn flüsternd: »Haben Sie Kinder?«

Er nickte in dem Bewusstsein, dass seine Antwort schmerzen würde.

»Eine Tochter.«

Sie nickte ebenfalls.

»Lassen Sie sie nie aus den Augen.«

Bosch sagte ihr nicht, dass sie bei ihrer Mutter lebte, wo er sie überhaupt nicht sah. Er nickte bloß und stieg die Treppe hinauf.

Im ersten Stock gab es zwei Schlafzimmer mit einem Bad dazwischen. Becky Losts Zimmer war das hintere.

Die Tür war zu, und Muriel Lost öffnete sie. Als sie hindurchgingen, war es, als gerieten sie in eine Zeitschleife. Das Zimmer sah noch genauso aus wie auf den siebzehn Jahre alten Fotos in der Mordakte. Der Rest des Hauses war voll mit Gerümpel und den Trümmern eines zerstörten Lebens, aber das Zimmer, in dem Becky Lost geschlafen und telefoniert und ihr geheimes Tagebuch geführt hatte, war unverändert geblieben. Es war inzwischen länger in seinem damaligen Zustand erhalten, als das Mädchen überhaupt gelebt hatte.

Bosch machte ein paar Schritte in das Zimmer hinein und sah sich wortlos um. Offensichtlich durfte hier nicht einmal die Katze hinein. Die Luft roch sauber und frisch.

»Genauso sah das Zimmer an dem Morgen aus, an dem sie verschwand«, sagte Muriel Lost. »Außer, dass ich das Bett gemacht habe.«

Bosch sah auf die Steppdecke mit dem Katzenmuster, die ein Stück über die Bettkanten fiel. Der Volant stand sauber auf dem Boden auf.

»Sie und Ihr Mann haben damals doch auf der anderen Seite des Hauses geschlafen?«, fragte Bosch.

»Ja. Rebecca war in dem Alter, in dem sie ihren eigenen Bereich haben wollte. Unten, auf der anderen Seite des Hauses, sind zwei Schlafzimmer. Ursprünglich hatte sie ihr Zimmer dort unten. Aber mit vierzehn zog sie hier hoch.«

Bosch nickte und sah sich um, bevor er weitere Fragen stellte.

»Wie oft kommen Sie hier herauf, Mrs. Lost?«, fragte Rider.

»Jeden Tag. Manchmal, wenn ich nicht schlafen kann – was ziemlich oft der Fall ist –, komme ich hierher und lege mich aufs Bett. Aber nicht unter die Decke. Ich möchte, dass das ihr Bett bleibt.«

Bosch merkte, dass er wieder nickte, als ergebe das, was sie sagte, einen Sinn für ihn. Er ging zum Schminktisch. Im Rahmen des Spiegels steckten mehrere Fotos.

Auf einem davon erkannte Bosch die junge Bailey Sable. Auch ein Foto von Becky vor dem Eiffelturm war darunter. Sie trug eine schwarze Baskenmütze. Keiner der anderen Jugendlichen von der Kunstclubreise war darauf zu sehen.

Auch ein Foto von Becky und einem Jungen steckte am Spiegel. Es schien von einem Ausflug nach Disneyland oder zum Santa-Monica-Pier zu stammen.

»Wer ist das?«, fragte Bosch.

Muriel Lost kam zu ihm und schaute auf das Foto.

»Der Junge? Das ist Danny Kotchof. Ihr erster Freund.«

Bosch nickte. Der Junge, der nach Hawaii gezogen war.

»Es brach ihr das Herz, als er wegzog«, fügte sie hinzu.

»Wann genau war das?«

»Im Sommer davor, im Juni. Sie hatte gerade ihr erstes Studienjahr hinter sich und er sein zweites. Er war ein Jahr älter.«

»Warum zogen seine Eltern von hier fort? Wissen Sie das?«

»Dannys Vater arbeitete für ein großes Mietwagenunternehmen und wurde in eine neue Filiale auf Maui versetzt. Es war eine Beförderung.«

Bosch warf Rider einen kurzen Blick zu, um zu sehen, ob sie die Bedeutung der Auskunft mitbekam, die ihnen Muriel Lost gerade gegeben hatte. Rider schüttelte kaum merklich einmal den Kopf. Sie hatte es nicht mitbekommen. Doch Bosch wollte diesem Punkt weiter nachgehen.

»Ging Danny auch auf die Hillside Prep?«, fragte er.

»Ja, dort haben sie sich kennengelernt«, sagte Muriel Lost.

Bosch blickte auf den Schminktisch hinab und bemerkte eine Schneekugel mit dem Eiffelturm darin, ein Souvenir aus Paris. Ein Teil des Wassers war verdunstet, sodass sich oben in der Kuppel eine Luftblase gebildet hatte und die Turmspitze aus dem Wasser ragte.

»War Danny auch im Kunstclub?«, fragte er. »Hat er ebenfalls an der Frankreichreise teilgenommen?«

»Nein, sie waren schon vorher weggezogen«, sagte Muriel Lost. »Er zog im Juni weg, und die Frankreichreise war in der letzten Augustwoche.«

»Hat Ihre Tochter Danny danach noch einmal gesehen oder von ihm gehört?«, fragte Bosch.

»Aber sicher. Sie schrieben sich regelmäßig und telefonierten. Zunächst riefen sie sich gegenseitig an, aber dann wurde das zu teuer. Und irgendwann rief nur noch Danny an. Jeden Abend vor dem Schlafengehen. Das blieb so, bis … bis sie verschwand.«

Bosch streckte die Hand aus und nahm das Foto aus dem Spiegelrahmen. Er sah sich Danny Kotchof genau an.

»Wie war das, als Ihre Tochter verschwand? Wie hat es Danny erfahren? Wie hat er reagiert?«

»Also … wir riefen bei seinen Eltern an und sagten es seinem Vater, damit er es Danny möglichst schonend beibrächte. Sie haben uns erzählt, dass es ihn tief getroffen hätte. Aber das war ja klar.«

»Danny erfuhr es also von seinem Vater. Haben Sie oder Ihr Mann auch direkt mit Danny gesprochen?«

»Nein, aber Danny schrieb mir einen langen Brief über Becky und wie viel sie ihm bedeutete. Er war sehr traurig und sehr rührend. Wie alles.«

»Das kann ich mir denken. Kam er zum Begräbnis?«

»Nein, zum Begräbnis kam er nicht. Seine, äh, seine Eltern hielten es für das Beste, wenn er auf Hawaii blieb. Der Schock, wissen Sie? Mr. Kotchof rief an und sagte, dass er nicht kommen würde.«

Bosch nickte. Er wandte sich vom Spiegel ab und ließ das Foto in seiner Tasche verschwinden. Muriel Lost merkte es nicht.

»Und danach?«, fragte er. »Nach dem Brief, meine ich. Hat er sich noch mal bei Ihnen gemeldet? Hat er zum Beispiel mal angerufen und mit Ihnen gesprochen?«

»Nein, ich glaube, danach haben wir nichts mehr von ihm gehört. Nach dem Brief nicht mehr.«

»Haben Sie diesen Brief noch?«, fragte Rider.

»Natürlich. Ich habe alles aufbewahrt. Ich habe eine ganze Schublade voller Briefe, die wir wegen Rebecca bekommen haben. Sie war sehr beliebt.«

»Wir müssten auch diesen Brief von Ihnen ausleihen, Mrs. Lost«, sagte Bosch. »Früher oder später müssen wir vielleicht auch diese ganze Schublade durchsehen.«

»Warum?«

»Weil man nie wissen kann«, sagte Bosch.

»Weil wir nichts unversucht lassen wollen«, fügte Rider hinzu. »Wir wissen, für Sie ist das alles eher lästig, aber umso mehr sollten Sie sich deshalb vor Augen halten, warum wir das alles tun. Wir wollen die Person finden, die Ihrer Tochter das angetan hat. Es ist zwar schon lange her, aber das heißt nicht, dass der Schuldige ungestraft davonkommen sollte.«

Muriel Lost nickte. Abwesend hatte sie ein kleines Zierkissen vom Bett genommen und mit beiden Händen an ihre Brust gedrückt. Es sah aus, als könnte es viele

Jahre zuvor von ihrer Tochter gemacht worden sein. Es war ein kleines blaues Quadrat mit einem in der Mitte aufgenähten Filzherz. Muriel Lost hielt es so, dass sie wie eine Zielscheibe aussah.

13

Bosch fuhr, und Rider las den Brief, den Danny Kotchof den Losts nach Beckys Ermordung geschrieben hatte. Er war eine Seite lang, hauptsächlich gefüllt mit seinen schönen Erinnerungen an ihre verstorbene Tochter.

»›Ich kann Ihnen überhaupt nicht sagen, wie bedauerlich ich es finde, dass das passieren musste. Sie wird mir sehr fehlen. Liebe Grüße, Danny.‹ Und das war's auch schon.«

»Welches Datum hat der Poststempel?«

Rider drehte den Umschlag um und sah nach.

»Maui, 29. Juli 1988.«

»Hat sich jedenfalls mit dem Schreiben Zeit gelassen.«

»Vielleicht fiel es ihm schwer. Wieso hast du ihn plötzlich im Visier, Harry?«

»Habe ich gar nicht. Es ist nur so, dass sich Garcia und Green sein Alibi telefonisch haben bestätigen lassen. Erinnerst du dich noch, was in der Akte stand? Dort hieß es, der Vorgesetzte des Jungen sagte, er hätte am Tag des Mordes und am Tag danach in der Leihwagenfirma Autos gewaschen. Keine Zeit, um nach L.A. zu fliegen, Becky umzubringen und rechtzeitig zur Arbeit zurückzukommen.«

»Na und?«

»Und jetzt erfahren wir plötzlich von Muriel Lost, dass

sein Vater Geschäftsführer eines Autoverleihs war. In der Mordakte stand davon nichts. Wussten Garcia und Green das? Wetten, dass Papa den Laden leitete, in dem der Sohnemann Autos gewaschen hat? Wetten, dass der Vorgesetzte, der dem Sohn das Alibi verschaffte, für den Vater arbeitete?«

»Mann, das mit der Frankreichreise war ein Scherz. Wenn man dich so reden hört, könnte man meinen, du willst einen Flug nach Maui rausschinden.«

»Ich bin nur kein Freund von Schlamperei. Das hinterlässt nur offene Fragen. Wir müssen mit Danny Kotchof reden und ihn selbst von der Liste der Verdächtigen streichen. Falls das nach so vielen Jahren überhaupt noch möglich ist.«

»AutoTrack, Harry.«

»Damit finden wir ihn vielleicht. Aber der Verdacht gegen ihn lässt sich damit nicht ausräumen.«

»Jetzt mal angenommen, sein Alibi erweist sich als wacklig ... Was hieße das letztlich? Ein Sechzehnjähriger kommt heimlich aus Hawaii nach L. A., bringt seine ehemalige Freundin um und kehrt dann wieder nach Hause zurück, ohne dass jemand was davon mitkriegt?«

»Vielleicht war es zunächst nicht so geplant. Außerdem war er siebzehn ... Beckys Mutter hat gesagt, er war ein Jahr älter.«

»Oh, siebzehn«, sagte Rider sarkastisch, als machte das einen gewaltigen Unterschied.

»Als ich achtzehn war, bekam ich von Vietnam Fronturlaub nach Hawaii. Von dort durfte man allerdings nicht weiter aufs amerikanische Festland. Aber sobald ich dort ankam, zog ich mich um, kaufte einen nach Zivilist aussehenden Koffer und marschierte an den MPs vorbei in eine Maschine nach L. A. Ich glaube, ein Siebzehnjähriger würde das auch hinkriegen.«

»Wenn du meinst, Harry.«

»Schau, ich will damit ja nur sagen, dass es Schlamperei war. Der Mordakte zufolge haben Green und Garcia diesen Jungen nur aufgrund eines Telefonanrufs von der Liste der Verdächtigen gestrichen. Und es gibt keinen Vermerk, dass sie die Passagierlisten überprüft haben. Dafür ist es jetzt zu spät. Und das nervt mich.«

»Das kann ich verstehen. Aber vergiss bitte eins nicht. Wir haben ein logisches Dreieck, das wir vervollständigen müssen. Wir können Danny problemlos mit Becky in Verbindung bringen, und die Tatwaffe bringt Becky mit Mackey in Verbindung. Aber wo ist die Verbindung zwischen Danny und Mackey?«

Bosch nickte. Das war richtig. Trotzdem hatte er, was Danny Kotchof anging, kein gutes Gefühl.

»Ein weiterer Punkt ist sein Brief«, sagte er. »Er hat geschrieben, er fände es bedauerlich, dass das passieren musste. Passieren *musste* … Was bedeutet das?«

»Das ist doch nur eine Floskel, Harry. Darauf kannst du nicht deine ganze Beweisführung aufbauen.«

»Ich will nicht meine ganze Beweisführung darauf aufbauen. Ich frage mich nur, warum er es ausgerechnet so ausgedrückt hat.«

»Wenn er noch lebt, finden wir ihn, und dann kannst du ihn ja fragen.«

Sie fuhren unter dem Freeway 405 durch und waren jetzt in Panorama City. Bosch ließ das Thema Danny Kotchof fallen, und Rider brachte Muriel Lost zur Sprache.

»Für sie ist das Leben gelaufen«, sagte sie.

»Allerdings.«

»Es ist schrecklich. Sie hätten die Tochter gar nicht extra den Berg raufzuschleppen brauchen. Genauso gut hätten sie gleich jeden in diesem Haus umbringen können. Was sie ja ohnehin getan haben.«

Bosch fand es ziemlich hart, die Sache so zu sehen, sagte aber nichts.

»Sie?«, fragte er stattdessen.

»Was?«

»Du hast gesagt, *sie* hätten die Tochter nicht den Berg raufzuschleppen brauchen. Du hörst dich schon an wie Bailey Sable.«

»Keine Ahnung. Wenn man sich diesen Hügel so ansieht, muss das für eine Person allein eine ziemliche Plackerei gewesen sein. Geht ganz schön steil rauf da.«

»Ja. Das Gleiche dachte ich mir auch. Zwei Personen.«

»Deine Idee, Mackey aufzuscheuchen, hört sich langsam immer besser an. Wenn er daran beteiligt war, führt er uns vielleicht auf die Spur des anderen ... Ob das nun Kotchof war oder jemand anders.«

Am Van Nuys Boulevard bog Bosch nach Süden ab und hielt vor einer in die Jahre gekommenen Wohnanlage, die den halben Straßenzug einnahm. Sie nannte sich Panorama View Suites. Links von der Glastür zum Foyer war ein Schild mit der Aufschrift *WOHNUNGEN ZU VERMIETEN* angebracht. Außerdem stand darauf, dass die Miete monatlich und wöchentlich bezahlt werden konnte. Bosch schob den Schalthebel in die Parkstellung.

»Woran hättest du außer Kotchof sonst noch gedacht, Harry?«

»Ich würde gern auch noch die zwei anderen Freundinnen ausfindig machen und mit ihnen reden. Vielleicht kannst du ja die Lesbierin übernehmen. Aber an erster Stelle steht für mich der Vater – falls wir ihn finden.«

»Okay, du übernimmst den Vater und ich die Lesbierin. Vielleicht muss ich ja nach San Francisco fahren.«

»Sie lebt in Hayward. Und falls du Hilfe brauchst, kenne ich da oben einen Inspector, der sie für dich ausfindig macht und dem LAPD die Reisekosten spart.«

»Musst du einem wirklich auch noch die kleinste Freude verderben, Harry? Dabei täte ich nichts lieber, als die Schwestern oben im Norden zu besuchen.«

»Wusste der Chief eigentlich über deine Neigungen Bescheid?«

»Zunächst nicht. Und als er es herausfand, war es ihm egal.«

Bosch nickte. Das machte ihm den Chief sympathisch.

»Was sonst noch?«, fragte Rider.

»Sam Weiss.«

»Wer ist das?«

»Das Einbruchsopfer. Ihm gehörte ursprünglich die Pistole, mit der das Mädchen umgebracht wurde.«

»Warum willst du mit ihm reden?«

»Weil sie damals den Namen Roland Mackey noch nicht hatten. Deshalb kann es vielleicht nicht schaden, Weiss nach ihm zu fragen.«

»Das stimmt allerdings.«

»Dann müssten wir eigentlich so weit sein, um Mackey ein bisschen zu ärgern. Mal sehen, wie er reagiert.«

»Dann lass uns das hier mal hinter uns bringen. Und hinterher reden wir mit Pratt.«

Sie machten gleichzeitig die Türen auf und stiegen aus. Als Bosch um den Geländewagen herumkam, spürte er, wie sie ihn ansah, ihn musterte.

»Was ist?«, fragte er.

»Da ist doch noch etwas.«

»Wie meinst du das?«

»Wenn du diese kleine Falte an der linken Augenbraue kriegst, weiß ich, dass da noch was im Busch ist.«

»Meine Ex-Frau hat immer gesagt, ich gäbe einen schlechten Pokerspieler ab. Zu viele verräterische Zeichen.«

»Und? Was beschäftigt dich so?«

»Das weiß ich noch nicht. Irgendwas mit dem Zimmer.«

»Meinst du, im Haus? Beckys Zimmer? Findest du es gruselig, dass sie es nicht verändert hat?«

»Nein, dass sie es so erhalten will, finde ich völlig okay. Aber ich komme noch dahinter. Es ist irgendetwas anderes. Etwas, was nicht stimmt, was anders ist als zuvor. Ich finde es schon noch heraus, und wenn ich es herausgefunden habe, sage ich dir Bescheid.«

»Okay, Harry. Darin bist du ja gut.«

Sie gingen durch die Glastür in die Panorama View Suites. Zehn Minuten später hatten sie bestätigt bekommen, was sie schon beim Hineingehen gewusst hatten: Mackey war ausgezogen, sobald seine Bewährungsfrist abgelaufen war.

Wie zu erwarten, hatte er keine neue Adresse hinterlassen.

14

Abel Pratt saß an seinem Schreibtisch und aß aus einem Plastikbecher eine Mischung aus Joghurt und Cornflakes. Die schmatzenden und knackenden Geräusche, die er beim Essen machte, gingen Bosch auf die Nerven. Sie saßen bereits zwanzig Minuten bei ihm und setzten ihn über die neuesten Fortschritte bei ihren Ermittlungen in Kenntnis.

»Mist, ich bin immer noch nicht satt«, sagte Pratt nach dem letzten Löffel.

»Was ist das eigentlich, was Sie da essen?«, fragte Rider. »Die South-Beach-Diät?«

»Nein, habe ich mir selbst ausgedacht. Was ich allerdings dringend nötig hätte, ist eine South-Bureau-Diät.«

»Tatsächlich? Und was ist eine South-Bureau-Diät?«

Bosch spürte, wie Rider innerlich verkrampfte. Das South Bureau war für den größten Teil der schwarzen Bevölkerung von Los Angeles zuständig. Für sie stellte sich die Frage, ob das, was Pratt gerade gesagt hatte, eine versteckte rassistische Bemerkung war.

Bosch hatte beobachtet, dass bei der Polizei die Wir-gegen-sie-Einstellung zum Teil so weit ging, dass weiße Cops im Beisein von schwarzen oder Latino-Kollegen rassistisch gefärbte Bemerkungen fallen ließen, bloß weil sie glaubten, dass bei den unteren Dienstgraden die Farbe Blau die Hautfarbe zweitrangig machte. Rider würde gleich herausfinden, ob Pratt zu dieser Sorte Cops gehörte.

»Sie können Ihre Antennen ruhig wieder einfahren«, sagte Pratt. »Damit will ich nur sagen, dass ich mir die zehn Jahre, die ich im South Bureau gearbeitet habe, nie wegen meiner Figur Gedanken machen musste. Dort unten ist man ständig auf Achse. Dann kam ich zur RHD und legte in zwei Jahren sieben Kilo zu. Es ist zum Heulen.«

Rider entspannte sich und Bosch auch.

»Den Arsch hochkriegen und Klinken putzen«, sagte Bosch. »So lautete in Hollywood die Devise.«

»Gute Devise«, sagte Pratt. »Nur dass das nicht so einfach ist, wenn man sich in einer leitenden Position befindet. Ich darf hier rumsitzen und mir anhören, wie Sie durch die Gegend rennen und Klinken putzen.«

»Dafür kriegen Sie ja auch ein dickes Gehalt«, sagte Rider.

»O ja.«

Das war ein Witz, weil Pratt als Vorgesetzter im Gegensatz zu seinen Leuten keine Überstunden machen konnte, weshalb einige seiner Detectives mehr verdienten als er, auch wenn er der Leiter der Einheit war.

Pratt drehte sich mit seinem Schreibtischsessel zur Seite und öffnete eine Kühlbox, die neben ihm auf dem Boden stand. Er nahm einen weiteren Joghurtbecher heraus.

»Scheiß drauf«, sagte er, als er sich wieder aufrichtete und den Deckel öffnete.

Diesmal gab er keine Cornflakes dazu. Bosch musste sich deshalb nur mit dem Schmatzen abfinden, als er anfing, sich die weiße Pampe in den Mund zu löffeln.

»Okay, aber jetzt zurück zum Thema«, sagte Pratt mit

vollem Mund. »Sie sagen also, dass Sie bisher zwar die Tatwaffe mit diesem Mackey in Verbindung bringen können. Er hat diese Waffe abgefeuert. Aber Sie haben noch nichts, was ihn mit dem Opfer in Verbindung bringt, und deshalb können Sie ihn auch nicht mit dem Todesschuss in Verbindung bringen.«

»Das und verschiedenes anderes«, sagte Rider.

»Wenn ich also Strafverteidiger wäre«, fuhr Pratt fort, »würde ich Mackey raten, sich zu dem Einbruch zu bekennen, der ohnehin längst verjährt ist. Ich würde sagen, die Waffe hätte mich gebissen, als ich sie mal ausprobiert habe, und deshalb wäre ich sie schleunigst wieder losgeworden – lange vor dem Mord. Ich würde sagen: ›Nein, Sir, ich habe diese Kleine nicht damit erschossen, und Sie können auch nicht beweisen, dass ich es getan habe. Sie können nicht mal beweisen, dass ich sie überhaupt mal gesehen habe.‹«

Rider und Bosch nickten.

»Sie haben also nichts in der Hand.«

Sie nickten wieder.

»Nicht schlecht für einen Tag Arbeit. Was wollen Sie jetzt weiter tun?«

»Wir wollen eine Telefonüberwachung beantragen«, sagte Bosch. »Auf jeden Fall eine für sein Handy und eine für das Telefon der Tankstelle. Und dann noch eine für seine Wohnung, sobald wir herausgefunden haben, wo er wohnt, und falls er dort einen Festnetzanschluss hat. Wir setzen eine Meldung in die Zeitung, dass wir den Fall neu aufrollen, und sorgen dafür, dass er sie zu sehen bekommt. Und dann sehen wir, ob er mit jemandem darüber spricht.«

»Und wie kommen Sie darauf, dass er mit jemandem über einen Mord sprechen könnte, den er – vielleicht – vor siebzehn Jahren begangen hat?«

»Weil wir, wie bereits gesagt, bisher keine Verbindung zwischen diesem Kerl und dem Mädchen herstellen konnten. Deshalb glauben wir, dass es bei dieser Geschichte einen dritten Beteiligten geben muss. Mackey hat es entweder für jemand anders getan, oder er hat diesem Jemand die Pistole besorgt, damit dieser es selbst tun konnte.«

»Und es gibt noch eine dritte Möglichkeit«, fügte Rider hinzu. »Dass er dem Täter geholfen hat. Das Mädchen wurde einen steilen Hang hinaufgetragen. Das kann nur jemand getan haben, der entweder sehr kräftig war oder einen Helfer hatte.«

Pratt schob sich noch zwei Löffel Joghurt in den Mund und schaute stirnrunzelnd in den Becher, bevor er antwortete.

»Okay, und wie stellen Sie sich das mit der Zeitung vor? Glauben Sie denn, Sie können irgendwo so eine Meldung unterbringen?«

»Ja«, sagte Rider. »Und zwar mithilfe von Commander Garcia vom Valley Bureau. Er hat ursprünglich in dem Fall ermittelt. Der Täter, der ungestraft davonkam, lässt ihm keine Ruhe – diese Nummer. Er hat außerdem gesagt, er hätte Beziehungen zur *Daily News*.«

»Okay, hört sich an wie ein Plan. Dann füllen Sie schon mal die Antragsformulare aus und geben Sie sie mir. Sobald sie der Captain genehmigt hat, gehen sie erst noch an die Staatsanwaltschaft, bevor sie der Richter kriegt. Das wird etwas dauern. Sobald wir das Okay eines Richters haben, ziehen wir die anderen Teams von dem ab, was sie gerade tun, und lassen sie die Telefone abhören, während Sie den Kerl observieren.«

Bosch und Rider standen gleichzeitig auf. Bosch spürte, wie sein Herz etwas schneller zu schlagen begann.

»Dieser Mackey ist nicht zufällig gerade in irgendwelche krumme Touren verwickelt?«, fragte Pratt.

»Wie meinen Sie das?«, fragte Bosch.

»Na ja, wenn wir geltend machen könnten, dass er irgendwas im Schilde führt, bekämen wir schneller eine Genehmigung.«

Das ließ sich Bosch durch den Kopf gehen.

»Im Moment haben wir noch nichts«, sagte er. »Aber es ließe sich vielleicht machen.«

»Gut. Das würde die Sache vereinfachen.«

15

Den Schreibkram übernahm Rider. Sie war gut am Computer und im juristischen Jargon. Bosch hatte diese Fähigkeiten schon bei einigen früheren Ermittlungsverfahren an ihr beobachten können. Deshalb erfolgte diese Arbeitsteilung unausgesprochen. Sie würde die Anträge für die Anordnung zum Abhören der Telefongespräche abfassen, die Roland Mackey auf seinem Handy sowie über das Telefon der Tankstelle und den Festnetzanschluss in seiner Wohnung führte, falls er einen solchen hatte. Das war mit einigem Aufwand verbunden; sie musste die Verdachtsmomente gegen Mackey darlegen und darauf achten, dass die Kette von logischen und wahrscheinlichen Schlüssen keine Schwachstellen aufwies. Ihr Antrag musste zuerst Pratt überzeugen, dann Captain Norona, dann einen stellvertretenden Bezirksstaatsanwalt, dessen Aufgabe darin bestand, sicherzugehen, dass sich die lokalen Polizeibehörden nicht über die Bürgerrechte hinwegsetzten, und schließlich einen Richter, der die gleichen Pflichten hatte, aber darüber hinaus auch noch den Wählern Rechenschaft schuldig wäre, wenn ihm ein Fehler unterlief. Sie bekämen keine zweite Chance, weshalb sie schon beim ersten Anlauf alles richtig machen mussten. Oder genauer, Rider musste alles richtig machen.

Aber bevor sie das in Angriff nehmen konnten, galt

es, noch eine andere Hürde zu überwinden. Sie mussten sich Mackeys verschiedene Telefonnummern beschaffen, ohne dass dieser merkte, dass er zum Gegenstand polizeilicher Ermittlungen geworden war.

Den Anfang machten sie bei Tampa Towing, dem Abschleppdienst, der eine halbseitige Anzeige im Branchenfernsprechbuch geschaltet hatte, in der zwei durchgehend besetzte Telefonnummern angegeben waren. Im Anschluss daran stellten sie mittels eines Anrufs bei der Adressenauskunft fest, dass es auf Mackeys Namen keinen Festnetzanschluss gab. Das hieß, entweder hatte er kein Telefon in seiner Wohnung, oder er wohnte irgendwo, wo das Telefon auf jemand anders angemeldet war. Aber damit konnten sie sich später befassen, sobald sie Mackeys Wohnsitz herausgefunden hatten.

Am schwierigsten war Mackeys Handynummer. Bei der Adressenauskunft hatten sie keine Mobiltelefonnummern. Bei den verschiedenen Mobilfunkanbietern anzufragen konnte Tage, wenn nicht Wochen dauern, weil die meisten die Privatnummer eines Kunden nur gegen Vorlage einer gerichtlichen Anordnung herausgaben. Aus diesem Grund griffen Ermittler auf ein Standardrepertoire bewährter Tricks zurück, wenn sie sich eine bestimmte Nummer beschaffen wollten. Dazu gehörte unter anderem, am Arbeitsplatz eine harmlose Nachricht für die betreffende Person zu hinterlassen, um beim Rückruf ihre Handynummer feststellen zu können. Am beliebtesten war eine Gewinnspielnachricht, die den ersten hundert Rückrufern ein Fernsehgerät oder einen DVD-Player in Aussicht stellte. Dafür war allerdings die Einrichtung eines nicht polizeilichen Anschlusses erforderlich, und das war nicht selten mit langen Wartezeiten verbunden. Außerdem bestand dabei immer die Gefahr, dass die Zielperson ihre Handynummer verbarg. Rider und Bosch hatten nicht das Gefühl, viel Zeit zu haben. Sie hatten Mackeys Namen in Umlauf gebracht. Jetzt mussten sie rasch auf ihr Ziel zusteuern.

»Nur keine Hektik«, sagte Bosch zu Rider. »Ich habe schon einen Plan.«

»Dann werde ich mich einfach zurücklehnen und dem Meister bei der Arbeit zusehen.«

Weil er wusste, dass Mackey gerade in der Tankstelle Dienst hatte, rief Bosch einfach dort an und sagte, er müsse abgeschleppt werden. Er wurde aufgefordert zu warten, und dann kam eine Stimme aus dem Hörer, die, nahm er an, Mackey gehörte.

»Brauchen Sie einen Abschleppwagen?«

»Entweder das oder ein Starterkabel. Die Kiste springt mir nicht mehr an.«

»Wo stehen Sie?«

»Auf dem Albertson's-Parkplatz am Topanga Canyon Boulevard, nicht weit vom Devonshire.«

»Wir sind aber auf der anderen Seite drüben in der Tampa Avenue. Da gibt es bestimmt jemanden, für den es näher liegt.«

»Ich weiß, aber ich wohne drüben bei Ihnen in der Gegend. Nicht weit vom Roscoe, hinter dem Krankenhaus.«

»Na dann, meinetwegen. Was haben Sie für einen Wagen?«

Bosch dachte an den Wagen, in dem sie Mackey kurz zuvor gesehen hatten. Er beschloss, sich das zunutze zu machen, um Mackeys letzte Bedenken auszuräumen.

»Einen Zweiundsiebziger Camaro.«

»Restauriert?«

»Dabei bin ich gerade.«

»In circa fünfzehn Minuten bin ich bei Ihnen.«

»Okay, super. Wie heißen Sie übrigens?«

»Ro.«

»Ro?«

»Das ist kurz für Roland, Mann. Bin schon unterwegs.«

Er legte auf. Bosch und Rider warteten fünf Minuten, in denen er ihr den Rest seines Plans erklärte und welche Rolle sie dabei zu spielen hätte. Sie hatten sich zwei Ziele gesetzt: Mackeys Handynummer und seinen Mobilfunkanbieter, damit die Telefonüberwachungsanordnung der richtigen Telefongesellschaft zugestellt werden konnte.

Auf Boschs Anweisungen hin rief Rider in der Chevron-Tankstelle an und begann, einen Werkstatttermin zu vereinbaren, wobei sie in aller Ausführlichkeit das Quietschen ihrer Bremsen beschrieb. Während sie damit beschäftigt war, rief Bosch die zweite im Branchenfernsprechbuch angegebene Nummer der Tankstelle an. Wie erwartet, wurde Rider daraufhin auf die Warteschleife gelegt. Als Boschs Anruf entgegengenommen wurde, sagte er: »Haben Sie eine Nummer, unter der ich Ro erreichen kann? Er ist unterwegs hierher, weil ich Startschwierigkeiten hatte, aber jetzt ist die Karre doch angesprungen.«

Mackeys Kollege sagte genervt: »Versuchen Sie, ihn auf seinem Handy zu erreichen.«

Er gab Bosch die Nummer, und Bosch reckte Rider seinen erhobenen Daumen entgegen. Sie brachte ihren Anruf zu Ende, ohne aus der Rolle zu fallen, und legte auf.

»Punkt eins hätten wir«, sagte Bosch. »Bleibt nur noch Punkt zwei.«

»Deins war viel leichter«, sagte Rider.

Nachdem sie Mackeys Handynummer hatten, übernahm Rider. Bosch hörte über den Nebenanschluss mit. Sie wählte Mackeys Nummer und trug einen desinteressierten bürokratischen Firnis auf ihre Stimme auf. Und als Mackey dranging – während er vermutlich gerade auf dem Parkplatz des Einkaufszentrums nach einem liegen gebliebenen 72er-Camaro Ausschau hielt –, teilte sie ihm mit, sie sei von seinem Mobilfunkanbieter AT&T und würde ihm gern ein phantastisches Angebot unterbreiten, mit dem er bei seinen Ferngesprächen erheblich sparen könne.

»Lassen Sie mich bloß mit diesem Scheiß in Ruhe«, unterbrach Mackey ihren Sermon.

»Wie bitte, Sir?«, sagte Rider.

»Sie sollen mich mit diesem Scheiß in Ruhe lassen, hab ich gesagt. Das ist doch nur irgendeine blöde Masche, damit ich wechsle.«

»Das verstehe ich nicht, Sir. Ich habe Sie hier als AT&T-Kunden eingetragen. Trifft das denn nicht zu?«

»Nein, das trifft nicht zu, weil ich nämlich bei Sprint bin, und ich bin ganz zufrieden mit denen, und irgendwelche Ferngesprächsermäßigungen will ich nicht. Gehen Sie mir also nicht auf den Sack, ja?«

Er legte auf, und Rider begann zu lachen. »Scheint ziemlich sauer zu sein, unser Freund.«

»Na ja, er ist ja auch gerade umsonst quer durch Chatsworth gefahren«, sagte Bosch. »Da wäre ich auch sauer.«

»Er ist bei Sprint«, sagte sie. »Dann werde ich mich

gleich mal in den Papierkrieg stürzen. Aber vielleicht solltest du ihn noch anrufen, damit er keinen Verdacht schöpft, wenn ihm der Typ in der Tankstelle sagt, dass er dir seine Nummer gegeben hat, und du hast dich nicht gemeldet.«

Bosch nickte und wählte Mackeys Nummer. Zum Glück war seine Mailbox dran; Mackey telefonierte wahrscheinlich gerade wutentbrannt mit dem Kerl in der Tankstelle, um ihm zu erzählen, dass er den Wagen, den er abschleppen sollte, nicht finden konnte. Bosch hinterließ ihm eine Nachricht, dass es ihm leidtue, aber er habe den Wagen doch zum Anspringen gebracht und sei gerade auf dem Heimweg. Er klappte sein Handy zu und sah Rider an.

Sie sprachen weiter über ihre Arbeitsteilung und beschlossen, dass Rider sich am Abend und am kommenden Tag ausschließlich um den Antrag für die Telefonüberwachung kümmern und ihn anschließend durch die einzelnen Genehmigungsphasen begleiten würde. Bei der endgültigen Absegnung durch einen Richter wollte sie Bosch aber dabeihaben. Der Antrag ginge bestimmt leichter durch, wenn beide Mitglieder des Teams im Richterzimmer erschienen. Bis dahin bliebe Bosch allerdings weiter im Außeneinsatz, um die restlichen Personen auf ihrer Liste aufzuspüren, mit denen sie noch sprechen wollten, und die Sache mit der Zeitungsmeldung weiter voranzutreiben. Dabei wäre das richtige Timing von entscheidender Bedeutung. Auf keinen Fall durfte der Artikel schon erscheinen, bevor sie die von Mackey benutzten Telefone abhören konnten. Alles hing davon ab, dass sie die einzelnen Schritte zeitlich genau aufeinander abstimmten.

»Ich fahre jetzt nach Hause, Harry«, sagte Rider. »Vorerst kann ich alles auch noch auf meinem Notebook machen.«

»Dann mal viel Erfolg.«

»Was wirst du jetzt machen?«

»Ich möchte heute Abend noch Verschiedenes erledigen. Vielleicht fahre ich in den Toy District runter.«

»Ganz allein?«

»Das sind doch nur Obdachlose.«

»Klar, und achtzig Prozent von ihnen sind obdachlos, weil sie eine Schraube locker haben und nicht richtig ticken oder sonst eine Macke haben. Sei bitte vorsichtig. Vielleicht solltest du bei der Central Division anrufen und fragen, ob sie dir einen Wagen mitschicken. Vielleicht können sie ja heute Abend das U-Boot erübrigen.«

Das U-Boot war ein Auto für nur einen Officer, das hauptsächlich als Einsatzwagen für den Diensthabenden diente. Doch Bosch glaubte nicht, dass er eine Anstandsdame brauchte. Er versicherte Rider, er käme auch allein klar und sie könne gehen, sobald sie ihm gezeigt habe, wie man mit AutoTrack umging.

»Also, zuerst musst du dafür einen Computer haben, Harry. Ich habe es direkt von meinem Notebook aus gemacht.«

Er kam auf ihre Seite und sah zu, wie sie auf die AutoTrack-Seite ging, das Passwort eingab und zu einer Vorlage für eine Namenssuche kam.

»Mit wem willst du anfangen?«, fragte sie.

»Wie wär's mit Robert Lost?«

Sie gab den Namen und die Parameter für die Suche ein.

»Wie schnell geht das?«, fragte Bosch.

»Schnell.«

In wenigen Minuten hatte sie eine Adressenspur für Rebecca Losts Vater. Aber sie endete in dem Haus in Chatsworth. Robert Lost hatte in mehr als zehn Jahren weder seinen Führerschein erneuern lassen, noch hatte er eine Immobilie gekauft, sich ins Wahlregister eintragen lassen, eine Kreditkarte beantragt oder bei den städtischen Versorgungsbetrieben ein Kundenkonto gehabt. Er war ein weißer Fleck. Er war verschwunden – zumindest aus dem elektronischen Raster.

»Er muss sich noch auf der Straße herumtreiben«, sagte Rider.

»Falls er überhaupt noch am Leben ist.«

Rider gab die Namen Tara Wood und Daniel Kotchof ein und bekam für beide mehrere Treffer. Aber mithilfe ihres ungefähren Alters und einer Einengung auf Hawaii und Kalifornien reduzierte sie das Ergebnis auf zwei Adressenspuren, von denen sie annahmen, dass sie zur richtigen Tara Wood und zum richtigen Daniel Kotchof gehörten. Wenn Wood nicht zu ihrem Highschool-Klassentreffen gekommen war, hatte das sicher nicht daran gelegen, dass sie zu weit weg wohnte. Sie war aus dem Valley lediglich über die Berge nach Santa Monica gezogen. Gleichzeitig sah es so aus, als sei Daniel Kotchof schon vor einigen Jahren aus Hawaii nach Kalifornien zurückgekehrt, um ein paar Jahre in Venice zu leben und dann wieder nach Maui zurückzukehren, wo sich sein gegenwärtiger Wohnsitz befand.

Der letzte Name, den Rider für Bosch in AutoTrack eingab, war Sam Weiss, das Einbruchsopfer, mit dessen Pistole Rebecca Lost ermordet worden war. Obwohl sie Hunderte von Treffern für den Namen erhielt, war es nicht schwer, den richtigen Sam Weiss zu finden. Er wohnte immer noch in dem Haus, in dem der Einbruch stattgefunden hatte. Sogar dieselbe Telefonnummer hatte er noch. Er hatte die Stellung gehalten.

Rider druckte Bosch alles aus und gab ihm auch Grace Tanakas Nummer, die sie von Bailey Sable bekommen hatten. Dann packte sie alles zusammen, was sie brauchte, um zu Hause den Antrag für die Telefonüberwachung zu schreiben.

»Wenn du was brauchst, ruf mich einfach über den Pager«, sagte sie, als sie das Notebook in eine gepolsterte Tasche packte.

Als sie gegangen war, sah Bosch auf die Uhr über Pratts Tür. Es war kurz nach sechs. Er beschloss, erst mal eine Stunde lang Namen auf seiner Liste abzuhaken, bevor er in den Toy District fuhr, um nach Robert Lost zu suchen. Ihm war klar, dass er sich nur vor der Suche in der menschlichen Ausschusszone drückte, die ihn mit Sicherheit deprimieren würde. Deshalb sah er noch einmal auf die Uhr und schwor sich, nicht mehr als eine Stunde am Telefon zu verbringen.

Er beschloss, den Anfang mit den Einheimischen zu machen, gab aber rasch auf. Die Anrufe bei Tara Wood und Sam Weiss wurden von Anrufbeantwortern entgegengenommen. Bosch hinterließ Tara Wood eine kurze Nachricht mit seinem Namen und seiner Handynummer sowie dem Hinweis, er rufe wegen Becky Lost an. Er hoffte, der Name ihrer Freundin würde genügen, ihr Interesse zu wecken und eine Reaktion hervorzurufen. Weiss hinterließ er nur seinen Namen und seine Telefonnummer, um ihn nicht darauf hinzuweisen, dass der Anruf eine Angelegenheit betraf, die bei dem Mann, der indirekt die Waffe für die Ermordung eines 16-jährigen Mädchens zur Verfügung gestellt hatte, Schuldgefühle auslösen könnte.

Als Nächstes rief er Grace Tanaka in Hayward an. Sie meldete sich nach dem sechsten Läuten. Zunächst schien sie über den Anruf verärgert, als hätte er sie bei etwas Wichtigem gestört, aber ihre mürrische Stimme wurde milder, sobald Bosch sagte, er rufe wegen Rebecca Lost an.

»O mein Gott, tut sich denn da doch noch was?«, fragte sie.

»Bei der Polizei hat man ein starkes Interesse daran, den Fall neu aufzurollen«, sagte Bosch. »Ein Name ist aufgetaucht. Dabei handelt es sich um eine Person, die 1988 in die Sache verwickelt gewesen sein könnte, und nun versuchen wir, herauszufinden, ob der Betreffende in irgendeinem Zusammenhang mit Becky oder ihren Freundinnen stand.«

»Wie heißt er?«, fragte sie rasch.

»Roland Mackey. Er war ein paar Jahre älter als Becky. Ging nicht in die Hillside, wohnte aber ganz in der Nähe in Chatsworth. Sagt Ihnen der Name etwas?«

»Eigentlich nicht. Ich kann mich nicht an ihn erinnern. Was hatte er mit dem Ganzen zu tun? War er der Vater?«

»Der Vater?«

»Die Polizei sagte, dass sie schwanger war. Ich meine, dass sie schwanger gewesen war.«

»Nein, wir wissen nicht, ob darin der Zusammenhang bestand. Der Name sagt Ihnen also nichts?«

»Nein.«

»Auch die Kurzform, Ro, nicht?«

»Nein.«

»Und Sie sagen, Sie wussten zunächst nichts von der Schwangerschaft … Ist das richtig?«

»Ja. Keine von uns wusste etwas davon. Von ihren Freundinnen, meine ich.«

Bosch nickte, obwohl er wusste, dass sie es nicht sehen konnte. Er sagte nichts und hoffte, das Schweigen würde ihr unangenehm werden, sodass sie etwas sagte, was ihm weiterhalf.

»Ähm, haben Sie ein Foto von diesem Mann?«, fragte sie schließlich.

Das war nicht das, worauf es Bosch abgesehen hatte.

»Ja«, sagte er. »Ich muss mal sehen, wie ich es Ihnen am besten zukommen lassen kann. Vielleicht ruft es irgendwelche Erinnerungen bei Ihnen wach.«

»Können Sie es nicht einfach scannen und mailen?«

Bosch wusste, was sie von ihm wollte, und obwohl er es selbst nicht konnte, nahm er an, dass Kiz Rider es könnte.

»Das müsste gehen. Für den Computer ist allerdings meine Partnerin zuständig, und sie ist im Moment nicht hier.«

»Ich gebe Ihnen meine E-Mail-Adresse, dann kann sie mir das Bild ja mailen, wenn sie zurück ist.«

Bosch notierte sich die Adresse in seinem kleinen Notizbuch. Er sagte ihr, dass sie das Bild am nächsten Morgen bekäme.

»Gibt es sonst noch was, Detective?«

Bosch wusste, er könnte das Gespräch jetzt beenden und es Rider überlassen, einen Draht zu Grace Tanaka zu finden, wenn sie ihr das Foto zugeschickt hatte. Doch er wollte sich diese Gelegenheit, Emotionen und Erinnerungen zu wecken, nicht entgehen lassen. Vielleicht würde irgendetwas an die Oberfläche kommen.

»Nur noch ein paar Fragen. Ähm, damals, in diesem Sommer ... Wie würden Sie Ihr Verhältnis zu Becky zu jener Zeit beschreiben?«

»Wie meinen Sie das? Wir waren Freundinnen. Ich kannte sie seit der ersten Klasse.«

»Richtig. Ähm, waren Sie ihre beste Freundin – was glauben Sie?«

»Nein, ich glaube, das war Tara.«

Eine weitere Bestätigung, dass Tara Wood zum Schluss Beckys beste Freundin gewesen war.

»Dann hat sie Ihnen also nicht anvertraut, dass sie schwanger war.«

»Nein, ich sagte Ihnen doch schon, dass ich das erst nach ihrem Tod erfuhr.«

»Und Sie? Haben Sie ihr alles anvertraut?«

»Natürlich.«

»Alles?«

»Detective, worauf wollen Sie hinaus?«

»Wusste sie, dass Sie lesbisch waren?«

»Was soll das denn damit zu tun haben?«

»Ich versuche nur, mir ein Bild von Ihrer Clique zu machen. Der Kitty Kat Club nannten Sie sich, glaube ich ...«

»Nein«, sagte sie abrupt. »Sie wusste es nicht. Keine von ihnen wusste es. Damals war mir das, glaube ich, noch nicht einmal selbst klar. Zufrieden, Detective? Reicht das?«

»Sie müssen entschuldigen, Ms. Tanaka. Ich versuche

nur, mir ein möglichst vollständiges Bild zu machen. Ich weiß Ihre Offenheit sehr zu schätzen. Nur noch eine letzte Frage. Wenn Becky in einer Klinik war und nach dem Eingriff jemanden brauchte, der sie nach Hause fuhr, weil sie sich das selbst nicht zutraute, an wen hätte sie sich da gewandt?«

Darauf trat langes Schweigen ein, bevor Grace Tanaka antwortete.

»Das weiß ich nicht, Detective. Ich hätte gehofft, dass ich es gewesen wäre. Dass ich eine so gute Freundin gewesen wäre. Aber offensichtlich war es jemand anders.«

»Tara Wood?«

»Das müssen Sie sie selbst fragen. Guten Abend, Detective Bosch.«

Sie legte auf, und Bosch klappte das Jahrbuch auf, um sich ihr Foto anzusehen. Sie war eine zierliche Asiatin, und das Foto – so viele Jahre alt – passte nicht zu der mürrischen Stimme, die er gerade am Telefon gehört hatte.

Bosch schrieb Rider einen Zettel mit der E-Mail-Adresse und der Bitte, das Foto von Mackey zu scannen und an Tanaka zu mailen. Er fügte auch einen kurzen Hinweis an, dass er bei Tanaka auf Widerstand gestoßen sei, als er ihre sexuelle Orientierung zur Sprache gebracht hatte. Er schob den Zettel über den Schreibtisch, sodass sie ihn am Morgen als Erstes sähe.

Damit blieb ein letzter Anruf, diesmal bei Daniel Kotchof, der laut AutoTrack auf Maui lebte, wo es zwei Stunden früher war.

Er wählte die Nummer, die die AutoTrack-Suche ergeben hatte, und eine Frauenstimme meldete sich. Sie sagte, sie sei Daniel Kotchofs Frau und ihr Mann sei im Four Seasons Hotel, wo er als Veranstaltungsmanager arbeite. Bosch rief unter der Nummer an, die sie ihm gab, und wurde zu Daniel Kotchof durchgestellt. Kotchof sagte, er könne nur ein paar Minuten mit ihm sprechen, und legte Bosch volle fünf davon auf die Warteschleife, während er im Hotel eine Stelle aufsuchte, an der er ungestört sprechen konnte. Als er schließlich ans Telefon zurückkam, nahm das Gespräch einen unergiebigen Verlauf. Wie Grace Tanaka sagte auch Kotchof der Name Roland Mackey nichts. Außerdem schien er den Anruf als störend oder aufdringlich zu empfinden. Er erklärte, verheiratet zu sein und drei Kinder zu haben und nur noch selten an Becky Lost zu denken. Er erinnerte Bosch daran, dass er mit seinen Eltern ein Jahr vor ihrem Tod nach Hawaii gezogen sei.

»Aber soviel ich mitbekommen habe, haben Sie nach dem Umzug nach Hawaii noch ziemlich oft miteinander telefoniert«, sagte Bosch.

»Ich weiß nicht, wer Ihnen das erzählt hat«, sagte Kotchof. »Klar haben wir noch telefoniert. Vor allem am Anfang. Es war immer ich, der sie anrufen musste, weil sie meinte, ihre Eltern fänden es zu teuer, mich anzurufen. Ich hielt das allerdings nur für einen Vorwand. In Wirklichkeit wollten sie mich nur abwimmeln. Deshalb musste immer ich anrufen, aber es war, na ja, ich meine, was hätte das Ganze auch noch groß bringen sollen? Ich war auf Hawaii, und sie war in L. A. Es war einfach vorbei, Mann. Und ziemlich bald fand ich dann auch hier eine Freundin – sie ist übrigens inzwischen meine Frau –, und ich hörte auf, Beck anzurufen. Das war's dann, bis,

Sie wissen schon, bis dann eben, als ich erfuhr, was passiert war, und als mich dieser Detective anrief.«

»Wussten Sie es schon, bevor der Detective Sie anrief?«

»Ja. Mrs. Lost hatte meinen Dad angerufen, und der brachte es mir dann bei. Außerdem riefen ein paar meiner alten Freunde an. Sie dachten sich, dass ich es gern wissen würde. Ganz schön verrückt, Mann, da wird dieses Mädchen, mit dem ich zusammen war, einfach umgebracht.«

»Ja.«

Bosch überlegte, was er sonst noch fragen könnte. Kotchofs Geschichte widersprach in ein paar Punkten Muriel Losts Darstellung. Er müsste die beiden Versionen irgendwann abgleichen. Auch Kotchofs Alibi bereitete ihm noch Kopfzerbrechen.

»Hören Sie, Detective, ich muss jetzt Schluss machen«, sagte Kotchof. »Ich bin in der Arbeit. Gibt es sonst noch was?«

»Nur noch ein paar Fragen. Wissen Sie noch, wie lange vor Rebeccas Tod Sie aufgehört haben, sie anzurufen?«

»Ähm, ich weiß nicht. Wahrscheinlich gegen Ende des ersten Sommers. Irgendwann um den Dreh. Dazwischen war einige Zeit vergangen, fast ein Jahr.«

Bosch beschloss, Kotchof etwas härter anzugehen und zu sehen, was dabei herauskam. Es war etwas, was er lieber persönlich versucht hätte, aber für einen Abstecher nach Hawaii fehlten sowohl die Zeit als auch die Mittel.

»Ihre Beziehung war also zum Zeitpunkt ihres Todes definitiv zu Ende?«

»Ja, definitiv.«

Bosch wusste, dass die Chancen, noch Telefonunterlagen aus dieser Zeit zu bekommen, sehr gering waren.

»Als Sie noch telefonischen Kontakt miteinander hatten, haben Sie da immer zu einer bestimmten Zeit angerufen?«

»Doch, schon. Ich war immer zwei Stunden hinterher, deshalb durfte ich nicht zu spät anrufen. Normalerweise rief ich gleich nach dem Abendessen an, und das war, bevor sie schlafen ging. Aber wie gesagt, besonders lang ging das nicht mehr so.«

»Gut. Jetzt muss ich Sie noch was ziemlich Persönliches fragen. Hatten Sie Sex mit Rebecca Lost?«

Darauf trat erst einmal Stille ein.

»Was soll das damit zu tun haben?«

»Das kann ich Ihnen nicht erklären, Dan. Aber es ist Teil der Ermittlungen und könnte Auswirkungen auf den Fall haben. Wären Sie deshalb so freundlich, die Frage zu beantworten?«

»Nein.«

Bosch wartete, aber Kotchof sagte nichts weiter.

»Ist das Ihre Antwort?«, fragte Bosch schließlich. »Sie beide hatten nie Sex miteinander?«

»Ja, wir haben nicht miteinander geschlafen. Sie sagte, sie wäre noch nicht so weit, und ich habe sie nicht gedrängt. Aber jetzt muss ich wirklich Schluss machen.«

»Nur noch ein paar Fragen, Dan. Sie wollen doch sicher auch, dass wir diesen Kerl fassen, oder nicht?«

»Ja, natürlich, es ist nur so, dass ich gerade in der Arbeit bin.«

»Ja, das haben Sie bereits gesagt. Dürfte ich Sie noch fragen, wann Sie Rebecca zum letzten Mal gesehen haben?«

»An das genaue Datum kann ich mich nicht mehr erinnern, aber es dürfte der Tag gewesen sein, an dem wir nach Hawaii geflogen sind. Als wir uns verabschiedet haben. An diesem Morgen.«

»Dann sind Sie also nach dem Umzug nach Hawaii nicht mehr nach L. A. gekommen?«

»Nein, anfangs nicht. Ich meine, ich war natürlich wieder in L. A. Nach der Schule habe ich ein paar Jahre in Venice gelebt, aber dann kam ich wieder hierher zurück.«

»Aber nicht zwischen dem Zeitpunkt, als Ihre Eltern umzogen, und dem Zeitpunkt von Rebeccas Tod? Habe ich Sie da richtig verstanden?«

»Ja.«

»Demnach muss sich eine Zeugin getäuscht haben, mit der ich gesprochen habe und die ausgesagt hat, sie hätte Sie am Wochenende unmittelbar vor Rebeccas Verschwinden in Los Angeles gesehen?«

»Dann muss sie mich mit jemandem verwechselt haben. Ich meine, was soll das? Ich hab Ihnen doch gesagt: Ich war nicht mehr in L. A. Ich hatte eine neue Freundin. Ich war ja nicht mal bei der Beerdigung. Wer hat Ihnen gesagt, dass sie mich gesehen hätte? Grace etwa? Sie konnte mich nie leiden – diese Lesbe. Sie hat ständig versucht, einen Keil zwischen mich und Beck zu treiben.«

»Wer es war, darf ich Ihnen nicht sagen, Dan. Genauso wie ich es auch für mich behielte, wenn Sie mir etwas im Vertrauen sagen würden.«

»Egal, wer es war, diese Frau lügt!« Kotchofs Stimme wurde schrill. »Alles erstunken und erlogen! Sehen Sie doch in Ihren Unterlagen nach, Mann! Ich hatte ein Alibi. Ich habe an dem Tag, an dem sie entführt wurde, gearbeitet, und am nächsten Tag auch. Wie hätte ich da nach L. A.

und wieder zurück kommen sollen? Egal, wer Ihnen das erzählt hat, es ist gelogen!«

»Es ist Ihr Alibi, das gelogen ist, Dan. Ihr Vater könnte Ihren Vorgesetzten beauftragt haben, es Ihnen auszustellen. Das wäre ganz einfach gewesen.«

Es war einen Moment still, bevor eine Antwort kam.

»Ich weiß wirklich nicht, was Sie eigentlich wollen. Mein Vater hat niemanden irgendetwas ausstellen lassen, Punkt. Wir hatten eine Stechuhr, und mein Boss hat mit der Polizei geredet, und das war's. Und jetzt kommen Sie nach siebzehn Jahren mit so einem Scheiß an?«

»Jetzt regen Sie sich doch nicht gleich so auf, Dan. Manchmal unterlaufen einem eben Fehler. Vor allem, wenn etwas zeitlich so weit zurückliegt.«

»Das hätte mir gerade noch gefehlt, da in was hineingezogen zu werden. Mann, ich habe hier Familie.«

»Ich sagte doch, Sie sollen sich nicht aufregen. Sie werden in nichts hineingezogen. Das ist nur ein Telefongespräch. Nur eine Unterhaltung, ja? Gibt es sonst noch etwas, was Sie mir sagen können oder sagen möchten, um mir bei dieser Sache zu helfen?«

»Nein. Alles, was ich weiß, habe ich Ihnen bereits gesagt, und das ist nichts. Außerdem muss ich jetzt wirklich Schluss machen. Diesmal meine ich es ernst.«

»Hat es Sie denn geärgert, als Ihnen Rebecca erzählte, dass sie schwanger war, wo Ihnen doch klar sein musste, dass sie es von einem anderen war?«

Zuerst bekam Bosch keine Antwort, weshalb er die Schraube noch fester anzuziehen versuchte.

»Vor allem, weil sie sich mit Ihnen auf nichts einlassen wollte, als Sie noch zusammen waren.«

Bosch erkannte, dass er zu weit gegangen war und sich verraten hatte. Kotchof merkte, dass Bosch gleichzeitig guter und böser Cop spielte. Als er antwortete, war seine Stimme ruhig und gelassen.

»Das hat sie mir doch gar nicht erzählt«, sagte er. »Ich erfuhr es erst, als es hinterher rauskam.«

»Tatsächlich? Wer hat es Ihnen erzählt?«

»Das weiß ich nicht mehr. Einer meiner Freunde, schätze ich mal.«

»Tatsächlich? Rebecca führte nämlich Tagebuch. Und darin schrieb sie ständig über Sie. Und dort steht auch, dass sie es Ihnen erzählt hat und dass Sie nicht gerade begeistert waren.«

Jetzt lachte Kotchof, und Bosch war klar, dass er es verpatzt hatte.

»Detective, das ist doch alles kompletter Blödsinn. Sie sind derjenige, der hier lügt. Also wirklich, ganz schön schwach, Mann. Ich meine, ich schaue *Law & Order*, wissen Sie?«

»Schauen Sie auch *CSI*?«

»Ja, und?«

»Wir haben nämlich die DNS des Mörders. Wenn wir sie mit jemandem in Verbindung bringen können, ist der Betreffende geliefert. DNS ist der absolute Hit.«

»Gut. Untersuchen Sie meine, und vielleicht ist der Fall dann ja endlich endgültig für mich erledigt.«

Jetzt war Bosch derjenige, der sich in der Defensive befand. Er musste das Gespräch beenden.

»Also dann, Dan, wir geben Ihnen in der Sache Bescheid. Aber vorerst schon mal vielen Dank für Ihre Hilfe. Nur eine Frage noch. Was ist ein Veranstaltungsmanager?«

»Sie meinen, hier im Hotel? Ich bin für große Feiern und Konferenzen und Hochzeiten und dergleichen zuständig. Ich sorge dafür, dass alles reibungslos funktioniert, wenn große Gruppen zu uns kommen.«

»Okay, gut, dann will ich Sie nicht länger von der Arbeit abhalten. Einen schönen Tag noch.«

Bosch legte auf und dachte an seinem Schreibtisch über den Anruf nach. Am Ende hatte er sich gegenüber Kotchof gewaltig blamiert. Seine Verhörkünste waren in den letzten drei Jahren so gut wie nicht zum Einsatz gekommen, aber das war keine Entschuldigung. Er musste besser werden, und zwar bald.

Davon abgesehen, waren bei der Befragung verschiedene Punkte zur Sprache gekommen, die es näher in Betracht zu ziehen galt. Er gab nicht viel auf Kotchofs wütende Reaktion auf die Behauptung, er sei unmittelbar vor dem Mord in Los Angeles gesehen worden. Da Bosch sich das Ganze nur ausgedacht hatte, war Kotchofs Wut sicherlich gerechtfertigt. Bemerkenswert war dagegen, wie sich Kotchofs Ärger auf Grace Tanaka konzentriert hatte. Es konnte vielleicht nicht schaden, ihrem Verhältnis weiter nachzugehen, vielleicht mithilfe von Kiz Rider.

Außerdem dachte Bosch über Kotchofs Behauptung nach, nichts von Rebecca Losts Schwangerschaft gewusst zu haben. Instinktiv glaubte ihm Bosch. Alles in allem strich das Kotchof nicht von der Liste der Verdächtigen, aber es schob ihn ziemlich weit nach hinten. Er würde Kotchofs Antworten mit Rider besprechen und sehen, was sie davon hielt.

Die interessanteste Information, die Bosch aus dem Anruf gewonnen hatte, waren die Widersprüche zwischen Kotchofs Erinnerungen und denen von Muriel Lost, der Mutter des Opfers. Muriel Lost hatte gesagt, Kotchof habe ihre Tochter bis zu deren Tod mit steter Regelmäßigkeit angerufen. Kotchof behauptete, nichts dergleichen getan zu haben. Bosch sah keinen Grund, weshalb ihm Kotchof in dem Punkt etwas hätte vormachen sollen. Demzufolge musste Muriel Losts Erinnerung falsch sein. Oder ihre Tochter hatte ihr bezüglich der Anrufe, die sie jeden Abend vor dem Schlafengehen erhalten hatte, nicht die Wahrheit gesagt. Nachdem das Mädchen eine Beziehung und die daraus resultierende Schwangerschaft verheimlicht hatte, war durchaus vorstellbar, dass sie zwar Abend für Abend einen Anruf erhalten hatte, aber nicht von Kotchof. Der Anrufer war jemand anders gewesen, jemand, von dem Bosch als Mr. X zu denken begann.

Bosch sah Muriel Losts Nummer in der Mordakte nach und rief bei ihr an. Er entschuldigte sich für die Störung und sagte, er habe noch ein paar Fragen. Muriel versicherte ihm, er störe sie in keiner Weise.

»Was wollen Sie wissen?«

»Ich habe das Telefon auf dem Nachttisch Ihrer Tochter gesehen. War das ein Nebenanschluss, oder hatte sie eine eigene Telefonnummer?«

»Sie hatte eine eigene Nummer. Einen Privatanschluss.«

»Wenn also Daniel Kotchof abends anrief, ging sie selbst ans Telefon, oder?«

»Ja, in ihrem Zimmer. Sie hatte nur dort einen Anschluss.«

»Dann wissen Sie also nur, dass Danny sie regelmäßig anrief, weil sie Ihnen das gesagt hat?«

»Nein, ich habe ab und zu das Telefon läuten gehört. Er hat angerufen.«

»Ich meine damit, Mrs. Lost, dass Sie selbst nie ans Telefon gegangen sind und mit Danny Kotchof gesprochen haben. Ist das richtig?«

»Das stimmt. Es war wie gesagt ihr Privatanschluss.«

»Wenn also ihr Telefon klingelte und sie mit jemandem telefonierte, bekamen Sie nur mit, wer angerufen hatte, wenn sie es Ihnen hinterher erzählte. Trifft das zu?«

»Äh, ja, an sich schon. Wollen Sie damit sagen, dass es gar nicht Danny war, der sie die ganze Zeit angerufen hat?«

»Ich bin noch nicht sicher. Allerdings habe ich Danny auf Hawaii angerufen, und er sagte, er hätte schon lange vor dem Tod Ihrer Tochter aufgehört, sie anzurufen. Er hatte nämlich eine neue Freundin. Auf Hawaii.«

Diese Mitteilung wurde mit einem langen Schweigen aufgenommen. Schließlich sagte Bosch in die Stille hinein: »Haben Sie eine Ahnung, mit wem sie gesprochen haben könnte, Mrs. Lost?«

Nach einer weiteren Pause kam Muriel Lost verzagt mit einer Erklärung an.

»Vielleicht mit einer ihrer Freundinnen.«

»Das ist möglich«, sagte Bosch. »Sonst noch jemand, der Ihnen einfällt?«

»Das gefällt mir gar nicht«, antwortete sie rasch. »Es ist so, als würde ich lauter neue Dinge erfahren.«

»Es tut mir leid, Mrs. Lost. Ich werde versuchen, Sie mit diesen Dingen nur zu belasten, wenn es sich nicht vermeiden lässt. Aber leider ist das jetzt unumgänglich. Hatten Sie und Ihr Mann denn jemals eine nähere Vermutung, von wem sie schwanger gewesen sein könnte?«

»Wie meinen Sie das? Wir haben es doch erst hinterher erfahren.«

»Das ist mir durchaus klar. Was ich damit meine, ist: Dachten Sie, dass Becky eine heimliche Beziehung gehabt hatte oder dass es – wie soll ich sagen? – einfach ein Betriebsunfall war, Sie wissen schon, mit jemandem, mit dem sie keine feste Beziehung hatte?«

»Sie meinen, ein kurzes sexuelles Abenteuer? Ist es das, was Sie über meine Tochter sagen wollen?«

»Nein, Ma'am, ich will überhaupt nichts über Ihre Tochter sagen. Ich stelle nur Fragen. Ich möchte Ihnen nicht wehtun, aber ich möchte die Person finden, die Rebecca umgebracht hat. Und dazu muss ich alles wissen, was es zu wissen gibt.«

»Wir konnten es uns nie erklären, Detective«, erwiderte sie kalt. »Sie war tot, und wir beschlossen, dem nicht weiter nachzugehen. Wir überließen alles der Polizei und versuchten, unsere Tochter in Erinnerung zu behalten, wie wir sie kannten und liebten. Sie sagten, Sie haben selbst eine Tochter. Ich hoffe, Sie können das verstehen.«

»Ich denke schon. Danke für Ihre Auskunft. Noch eine letzte Frage – und wir wollen da keinerlei Druck auf Sie ausüben –, aber wären Sie bereit, mit einem Zeitungsreporter über Ihre Tochter und den Fall zu sprechen?«

»Weshalb sollte ich das? Das habe ich bisher nicht getan, und ich halte nach wie vor nichts davon, das Ganze in der Öffentlichkeit breitzutreten.«

»Diese Einstellung finde ich bewundernswert. Aber diesmal möchte ich, dass Sie es tun, weil es dazu beitragen könnte, den Vogel aufzuscheuchen.«

»Sie meinen, das könnte die Person, die es getan hat, veranlassen, ihre Deckung zu verlassen?«

»Genau.«

»Dann tue ich es auf der Stelle.«

»Danke, Mrs. Lost. Ich gebe Ihnen Bescheid.«

16

Abel Pratt hatte seine Anzugjacke an, als er aus seinem Büro kam. Er merkte, dass Bosch in seinem Abteil am Schreibtisch saß und mit seinem Zweifingersystem ein Protokoll seines Telefonats mit Muriel Lost tippte. Die fertigen Protokolle der Telefonate mit Grace Tanaka und Daniel Kotchof lagen auf dem Schreibtisch.

»Wo ist Kiz?«, fragte Pratt.

»Sie setzt den Antrag zu Hause auf. Dort kann sie besser denken.«

»Ich kann überhaupt nicht mehr denken, wenn ich nach Hause komme. Ich habe nämlich Zwillinge, zwei Jungen.«

»Na, dann viel Glück.«

»Das kann ich brauchen. Dort fahre ich jetzt gerade hin. Bis morgen, Harry.«

»Okay.«

Aber Pratt ging nicht. Bosch blickte von der Schreibmaschine zu ihm auf. Vielleicht stimmte etwas nicht. Vielleicht war es die Schreibmaschine.

»Ich habe sie auf einem Schreibtisch dort drüben gefunden«, sagte Bosch. »Sie sah so aus, als würde sie niemand benutzen.«

»Das tut auch niemand. Die meisten benutzen inzwischen ihren Computer. Sie sind wirklich noch ganz von der alten Schule, Harry.«

»Wahrscheinlich. Normalerweise schreibt Kiz die Berichte, aber ich muss noch etwas Zeit totschlagen.«

»Überstunden?«

»Ich muss noch in den Nickel rüber.«

»In die Fifth Street? Was wollen Sie denn da?«

»Nach dem Vater unseres Opfers suchen.«

Pratt schüttelte bedrückt den Kopf.

»Noch einer. Ist nicht der Erste.«

Bosch nickte. »So was schlägt eben Wellen.«

»Ja, Wellen«, stimmte ihm Pratt zu.

Bosch überlegte, ob er Pratt anbieten sollte, mit ihm nach draußen zu gehen, sich vielleicht ein bisschen mit ihm zu unterhalten und ihn besser kennenzulernen, aber sein Handy begann zu läuten. Er zog es vom Gürtel und sah den Namen Sam Weiss auf dem Display.

»Da sollte ich lieber rangehen.«

»Klar, Harry. Und seien Sie vorsichtig da drüben.«

»Danke, Boss.«

Er schnippte das Telefon auf. »Detective Bosch.«

»Detective?«

Bosch fiel ein, dass er Weiss keinerlei Informationen über sich und den Grund seines Anrufes auf den Anrufbeantworter gesprochen hatte.

»Mr. Weiss, mein Name ist Harry Bosch. Ich bin Detective beim LAPD. Ich würde Ihnen gern zu einem Ermittlungsverfahren ein paar Fragen stellen.«

»Ich habe so viel Zeit, wie Sie brauchen, Detective. Geht es um meine Pistole?«

Die Frage überraschte Bosch.

»Wie kommen Sie darauf, Sir?«

»Na, weil ich weiß, dass sie bei einem Mord verwendet wurde, der nie geklärt wurde. Und sie ist das Einzige, was mir einfällt, weswegen mir das LAPD Fragen stellen könnte.«

»Ja, Sir, so ist es. Es geht um die Pistole. Kann ich mit Ihnen darüber sprechen?«

»Wenn das heißt, dass Sie herauszufinden versuchen, wer dieses Mädchen umgebracht hat, können Sie mich alles fragen, was Sie wollen.«

»Danke. Das Erste, was ich gern von Ihnen wissen möchte, ist, wie und wann Sie erfahren haben, dass die Waffe, die Ihnen gestohlen wurde, später bei einem Mord verwendet wurde.«

»Es stand in der Zeitung – der Mord, meine ich –, und ich habe eben meine Schlüsse gezogen. Ich rief den Detective an, der für meinen Einbruch zuständig war, und fragte ihn und bekam die Antwort, die ich lieber nicht bekommen hätte.«

»Wie meinen Sie das, Mr. Weiss?«

»Weil ich damit leben musste.«

»Aber Sie haben doch nichts Unrechtes getan, Sir.«

»Ich weiß, aber deswegen hat man kein besseres Gefühl bei der Sache. Ich habe diese Pistole gekauft, weil ich mit so ein paar Dreckskerlen Ärger bekommen hatte. Ich wollte sie zu meinem Schutz. Doch dann wurde die Waffe, die ich gekauft habe, diesem jungen Mädchen zum Verhängnis. Denken Sie bloß nicht, ich hätte mir nicht gewünscht, das Ganze rückgängig machen zu können. Ich meine, was wäre gewesen, wenn ich nicht so stur gewesen wäre? Was wäre gewesen, wenn ich einfach umgezogen wäre, statt mir dieses blöde Ding zu kaufen? Verstehen Sie, was ich meine?«

»Ja, ich glaube schon.«

»Doch nachdem das nun gesagt ist, was kann ich Ihnen sonst noch erzählen, Detective?«

»Ich habe nur ein paar allgemeine Fragen, nichts Konkretes. Aber ich dachte, es könnte einfacher sein, Sie mal anzurufen, als mich durch siebzehn Jahre Papierkrieg und Polizeigeschichte zu wühlen. Ich habe den Originalbericht über den Einbruch vorliegen, und darin ist John McClellan als zuständiger Ermittler aufgeführt. Erinnern Sie sich an ihn?«

»Natürlich erinnere ich mich noch an ihn.«

»Konnte er den Fall klären?«

»Meines Wissens nicht. Zuerst dachte John, es könnten die Kerle dahinterstecken, die mir gedroht haben.«

»War das denn nicht der Fall?«

»John glaubte das jedenfalls nicht. Aber ich war mir da nie ganz sicher. Die Einbrecher haben die Wohnung total auseinandergenommen. Es war nicht so, als hätten sie wirklich nach etwas gesucht, was sie stehlen könnten. Sie wollten nur Sachen kaputt machen – alles, was ich hatte. Ich kam in die Wohnung, und, Mann, ich war vielleicht sauer.«

»Warum sagen Sie ›die Einbrecher‹? Dachte die Polizei, es wäre mehr als einer gewesen?«

»John meinte, es müssten mindestens zwei oder drei gewesen sein. Ich war nur eine Stunde weg … einkaufen. Einer allein hätte in so kurzer Zeit unmöglich einen solchen Schaden anrichten können.«

»In dem Bericht hier steht, dass die Pistole, Ihre Münzsammlung und etwas Bargeld gestohlen wurden. Hat sich später herausgestellt, dass sonst noch etwas fehlte?«

»Nein, das war alles. Es war genug. Wenigstens die Münzen habe ich zurückbekommen. Sie waren das Wertvollste. Mein Vater hatte sie gesammelt, als ich noch ein kleiner Junge war.«

»Wie haben Sie die Münzen zurückbekommen?«

»Durch John McClellan. Er brachte sie mir ein paar Wochen später zurück.«

»Hat er Ihnen gesagt, woher er sie hatte?«

»Er sagte, sie wären in einer Pfandleihe in West Hollywood aufgetaucht. Und was aus der Waffe wurde, wissen wir ja auch. Die wurde mir allerdings nicht zurückgegeben. Aber ich hätte sie auch gar nicht haben wollen.«

»Das kann ich verstehen, Sir. Hat Ihnen Detective McClellan mal gesagt, wer seiner Meinung nach bei Ihnen eingebrochen hat? Hatte er da eine Theorie?«

»Er dachte, es wäre irgendeine andere Gang gewesen. Nicht die Chatsworth Eights.«

Bei der Erwähnung der Chatsworth Eights regte sich etwas in Bosch, aber er bekam es nicht zu fassen.

»Mr. Weiss, tun Sie so, als hätte ich keine Ahnung. Wer waren die Chatsworth Eights?«

»Das war eine Gang hier draußen im Valley. Lauter weiße Kids. Skinheads. Sie begingen 1988 eine ganze Reihe von Straftaten. Sogenannte Hassverbrechen, wie sie in der Presse bezeichnet wurden. Das war damals die neue Bezeichnung für rassistisch oder religiös motivierte Straftaten.«

»Und diese Gang hatte Sie aufs Korn genommen?«

»Ja, es ging damit los, dass ich anonyme Drohanrufe erhielt. Sie wissen schon, alle Juden gehören abgemurkst, so in dem Stil.«

»Aber dann sagte Ihnen die Polizei, der Einbruch ginge nicht auf das Konto der Chatsworth Eights.«

»So ist es.«

»Komisch, finden Sie nicht? Dass sie da keinen Zusammenhang erkennen konnten.«

»Das fand ich damals auch, aber er war der Detective, nicht ich.«

»Wieso hatten es die Eights auf Sie abgesehen, Mr. Weiss? Ich weiß, Sie sind Jude, aber wieso ausgerechnet Sie?«

»Ganz einfach. Einer dieser kleinen Scheißer war ein Junge aus der Nachbarschaft. Billy Burkhart. Er wohnte vier Häuser weiter. Ich habe an Chanukka eine Menora ins Fenster gestellt, und damit fing alles an.«

»Was wurde aus Burkhart?«

»Er kam ins Gefängnis. Nicht für das, was er mir angetan hat. Aber sie konnten ihm und seinen Kumpanen andere Straftaten nachweisen. Ein paar Straßen weiter haben sie ein brennendes Kreuz aufgestellt. Im Vorgarten einer schwarzen Familie. Und sie haben alles Mögliche andere getan. Richtig widerwärtiges Zeug, die reinsten Vandalen. Auch eine Synagoge haben sie niederzubrennen versucht.«

»Aber den Einbruch in Ihrem Haus haben sie nicht verübt.«

»Genau. Das hat jedenfalls die Polizei gesagt. Wissen Sie, es gab keine Wandschmierereien oder sonstigen Hinweise auf einen religiösen Hintergrund. Die Wohnung wurde nur total zerstört. Deshalb stuften sie den Einbruch nicht als Hassverbrechen ein.«

Bosch überlegte eine Weile, was er sonst noch fragen

könnte. Ihm war klar, dass er nicht genug wusste, um intelligente Fragen stellen zu können.

»Okay, Mr. Weiss, vielen Dank für Ihre Hilfe. Und entschuldigen Sie bitte, wenn ich schlechte Erinnerungen wachgerufen habe.«

»Machen Sie sich keine Sorgen, Detective. Glauben Sie mir, sie haben nicht geschlafen.«

Bosch klappte sein Handy zu. Er überlegte, wen er in dieser Angelegenheit anrufen könnte. John McClellan kannte er nicht, und die Wahrscheinlichkeit, dass er nach siebzehn Jahren noch bei der Devonshire Division war, schien ihm sehr gering. Dann kam es ihm: Jerry Edgar. Sein alter Partner in der Hollywood Division war zuvor in Devonshire gewesen. Er müsste sogar 1988 dort gewesen sein.

Bosch rief im Morddezernat der Hollywood Division an, bekam aber nur den Anrufbeantworter dran. Alle hatten früh Feierabend gemacht. Er rief in der Zentrale an und fragte, ob Edgar noch da sei. Bosch wusste, dass vorne am Eingang eine Tafel hing, auf der man sich ein- und austragen musste. Der Mann, der den Anruf entgegennahm, sagte, Edgar sei bereits nach Hause gefahren.

Den dritten Anlauf unternahm Bosch auf Edgars Handy. Sein alter Partner ging sofort dran.

»Ihr geht in Hollywood aber ganz schön früh nach Hause«, sagte Bosch.

»Wer ist … Harry, bist du das?«

»Allerdings. Wie geht's, wie steht's, Jerry?«

»Ich habe mich schon gefragt, wann ich wieder von dir hören würde. Hast du heute wieder angefangen?«

»Tja, der älteste Cop der Welt. Und prompt habe ich

auch schon einen brandheißen Fall. Kiz und ich sind bereits schwer am Machen.«

Edgar antwortete nicht, und Bosch wusste, Rider zu erwähnen war ein Fehler gewesen. Die Kluft zwischen ihnen bestand nicht nur immer noch, sondern war anscheinend noch tiefer geworden.

»Jedenfalls müsste ich mal dein Riesenhirn anzapfen. Diese Sache reicht in deine Tage im Club Dev zurück.«

»Aha. Welcher Tag?«

»1988. Die Chatsworth Eights. Kannst du dich noch an sie erinnern?«

Edgar dachte nach, und es wurde eine Weile still.

»Ja, ich erinnere mich an die Eights. Das war ein Haufen weißer Underdogs, die sich einbildeten, ein kahl rasierter Schädel und ein paar Tattoos würden sie zu Männern machen. Haben eine Menge Scheiße gebaut, bis sie einen auf den Deckel bekamen. Haben sich nicht lang gehalten.«

»Erinnerst du dich an einen Roland Mackey? Er müsste damals um die achtzehn gewesen sein.«

Nach kurzem Nachdenken sagte Edgar, er könne sich nicht an den Namen erinnern.

»Wer war für die Eights zuständig?«, fragte Bosch.

»Nicht der Club Dev, Mann. Alles, was in Zusammenhang damit stand, wanderte direkt in den Kaninchenbau weiter.«

»Zur PDU?«

»Ganz genau.«

Die Public Disorder Unit. Eine dubiose Downtown-Einheit, die Daten und Geheiminformationen über Verschwörungen sammelte, aber wenig Fälle vor Gericht brachte. 1988 musste die PDU dem damaligen Commander Irvin Irving unterstanden haben. Inzwischen gab es die Einheit nicht mehr. Als Irving zum Deputy Chief befördert wurde, löste er die PDU sofort auf, wobei viele bei der Polizei glaubten, das habe in erster Linie dem Zweck gedient, ihre Machenschaften zu vertuschen und sich von ihnen zu distanzieren.

»Das bringt mich nicht weiter«, sagte Bosch.

»Tut mir leid. Woran arbeitest du gerade?«

»Der Mord an dem Mädchen oben am Oat Mountain.«

»Die, die aus dem Haus ihrer Eltern entführt wurde?«

»Ja.«

»An den Fall erinnere ich mich auch noch. Ich hatte ihn zwar nicht – ich war gerade neu zum Morddezernat gekommen. Aber ich kann mich noch daran erinnern. Und du meinst, dahinter haben die Eights gesteckt?«

»Nein. Es ist nur ein Name aufgetaucht, der damals zum Umfeld der Eights gehört haben könnte. *Könnte*. Bedeutet Eights übrigens, was ich denke?«

»Klar, Mann, acht für H. Achtundachtzig für H-H. Und H-H für Heil …«

»… Hitler. Ja, habe ich mir gedacht.«

Mit einem Mal erschien Bosch Kiz Riders Vermutung, die Jahreszahl könnte von Bedeutung sein, doch nicht mehr so abwegig. Der Mord und die anderen Straftaten der Chatsworth Eights fielen alle in das Jahr 1988. Es war alles Teil eines Zusammentreffens scheinbar unbedeutender Kleinigkeiten. Und jetzt stellte sich heraus, dass auch noch Irvin Irving und die PDU Zutaten dieser Melange waren. Eine DNS-Übereinstimmung mit einem Loser, der einen Abschleppwagen fuhr, entpuppte sich als etwas, was wesentlich weitere Kreise zog.

»Jerry, kannst du dich an einen John McClellan erinnern, der mal in Devonshire war?«

»John McClellan? Nein, sagt mir jetzt nichts. Was hat er gemacht?«

»Ich habe hier seinen Namen auf einem Einbruchsprotokoll.«

»Nein, Einbrüche hat der bestimmt nicht gemacht. Ich hab nämlich Einbrüche gemacht, bevor ich zum Morddezernat kam. Da gab es keinen John McClellan. Wer soll der Kerl sein?«

»Wie gesagt, nur ein Name in einem Bericht. Ich werde schon dahinterkommen.«

Das bedeutete wahrscheinlich, dass McClellan damals bei der PDU gewesen war und dass die Ermittlungen zu dem Einbruch bei Sam Weiss dem Verfahren gegen die Chatsworth Eights untergeordnet worden waren. Aber darüber wollte er lieber nicht mit Edgar sprechen.

»Jerry, und du warst damals also neu im Morddezernat?«

»Ja.«

»Kanntest du Green und Garcia gut?«

»Eigentlich nicht. Ich war gerade neu dazugestoßen, und sie waren nicht mehr lange dabei. Green hat den Dienst quittiert, und Garcia wurde ungefähr ein Jahr später zum Lieutenant befördert.«

»Was hattest du von dem, was du so mitbekommen hast, für einen Eindruck von den beiden?«

»In welcher Hinsicht?«

»Als Mordermittler.«

»Ach, weißt du, Harry, ich war damals noch ziemlich grün hinter den Ohren. Wovon hatte ich denn schon eine

Ahnung? Ich hatte noch viel zu lernen. Aber mein Eindruck war, dass Green das Sagen hatte. Garcia war der Hausmann. Von Garcia behaupteten damals einige, er könnte nicht mal mit Kamm und Spiegel Scheiße in seinem Schnurrbart finden.«

Bosch enthielt sich eines Kommentars. Indem er Garcia als Hausmann bezeichnete, brachte Edgar zum Ausdruck, dass Garcia im Fahrwasser seines Partners mitgeschwommen war. Der eigentliche Mordermittler war Green, und Garcia war sein Handlanger, der die Mordbücher führte und immer auf den neuesten Stand brachte. Viele Partnerschaften spielten sich auf diese Form der Arbeitsteilung ein. Ein Alphamännchen und sein Assistent.

»Aber das brauchte er wahrscheinlich gar nicht«, fuhr Edgar fort.

»Was brauchte er nicht?«

»Scheiße in seinem Schnurrbart finden. Schon damals war klar, dass er Karriere machen würde. Er wurde Lieutenant und kam woandershin. Weißt du, dass er im Augenblick Stellvertretender im Valley ist?«

»Ja, weiß ich. Übrigens, wenn du ihn mal triffst, solltest du das mit dem Schnurrbart vielleicht lieber nicht erwähnen.«

»Da hast du wahrscheinlich recht.«

Bosch dachte weiter darüber nach, was das für die Lost-Ermittlungen bedeuten könnte. Unter der Oberfläche tat sich ein kleiner Riss auf.

»Sonst noch was, Harry?«

»Ich habe gehört, Green hat sich kurz nach seiner Pensionierung die Kugel gegeben.«

»Ja, habe ich auch gehört. Kann mich allerdings nicht

erinnern, dass mich das überrascht hat. Er machte immer den Eindruck, als schleppte er irgendwas mit sich rum. Willst du der PDU in die Suppe spucken, Harry? Du weißt doch, dass das Irvings Einheit war?«

»Ja, Jerry, weiß ich. Ich glaube nicht, dass ich da anfange rumzustochern.«

»Sei vorsichtig, wenn du das tust, mein Lieber.«

Bosch wollte das Thema wechseln, bevor er auflegte. Edgar war immer schon ein Klatschmaul gewesen. Er wollte nicht, dass sein ehemaliger Partner überall rumerzählte, Bosch wolle nach seinem Wiedereinstieg Irving ans Leder.

»Und? Was tut sich sonst so in Hollywood?«, fragte er.

»Wir sind nach den Erdbeben-Umbaumaßnahmen gerade wieder in unseren alten Räumen. Das hast du alles nicht mehr mitbekommen. Wir waren fast ein Jahr lang oben im Appellzimmer untergebracht.«

»Und? Wie ist es geworden?«

»Inzwischen ist es hier wie in einem Versicherungsbüro. Wir haben Trennwände und Schallfilter zwischen den Schreibtischen. Alles in Behördengrau. Schick, aber nicht das Gleiche.«

»Ich glaube, ich weiß, was du meinst.«

»Und dann haben die D-dreis noch extrabreite Schreibtische bekommen – mit Schubladen auf beiden Seiten. Alle anderen haben nur auf einer Seite welche.«

Bosch grinste. Kleine Herabsetzungen wie diese konnten bei der Polizei ungeahnte Dimensionen annehmen, und die Leute in der Verwaltung, die solche Entscheidungen trafen, lernten nie dazu. Wie zum Beispiel im Fall der IAD, der Dienstaufsicht. Als sie aus dem Parker Center in das alte Bradbury Building verlegt wurde, sprach sich sofort überall herum, dass der Captain dort einen Kamin in seinem Büro hatte.

»Und was tut sich bei dir so, Jerry?«

»Das Übliche, immer schön den Arsch hochkriegen und Klinken putzen.«

»Das höre ich gern, Mann.«

»Achte auf deinen Rücken, Harry.«

»Immer.«

Nachdem er aufgelegt hatte, saß Bosch eine Weile reglos an seinem Schreibtisch und dachte darüber nach, wie das Gespräch den Fall in ein völlig neues Licht rückte. Wenn tatsächlich die PDU mitgemischt hatte, spielten sie mit einem Mal in einer völlig anderen Liga.

Er sah auf die Mordakte hinab, in der immer noch das Einbruchsprotokoll aufgeschlagen war, und starrte auf die krakelige Unterschrift von John McClellan. Schließlich nahm er den Hörer ab und rief in der Personalabteilung des Parker Center an und fragte den Diensthabenden nach der Dienststelle eines Detective John McClellan. Er las McClellans Dienstnummer von dem Einbruchsprotokoll ab. Er wurde auf die Warteschleife gelegt und rechnete damit, mitgeteilt zu bekommen, McClellan sei schon lange pensioniert. Das Ganze war siebzehn Jahre her.

Doch als der Diensthabende an den Apparat zurückkam, teilte er Bosch mit, ein Officer namens John McClellan mit der von Bosch angegebenen Dienstnummer sei zurzeit als Lieutenant im Office of Strategic Planning. Die Synapsen in Boschs Hirn begannen heißzulaufen. Siebzehn Jahre zuvor hatte McClellan in der PDU für Irving gearbeitet. Jetzt hatte er einen anderen Aufgabenbereich und einen anderen Dienstgrad, aber er arbeitete immer noch für ihn. Und rein zufällig lief Irving in der Cafeteria des Parker Center Bosch genau an dem Tag über den Weg, an dem er einen Fall mit Querverbindungen zur PDU zugeteilt bekommen hatte.

»High Jingo«, flüsterte Bosch, als er auflegte.

Wie ein Schlachtschiff, das zu einer Wende ansetzte, schlug der Fall langsam, aber unbeirrbar und unaufhaltsam eine neue Richtung ein. Bosch spürte, wie sich in seiner Brust etwas zusammenbraute. Er dachte an den Zufall, dass ihm Irving über den Weg gelaufen war. Wenn es ein Zufall war. Bosch fragte sich, ob der Deputy Chief in diesem Moment bereits gewusst hatte, in welchem Fall sie den kalten Treffer gelandet hatten und wohin er führen würde.

Bei der Polizei wurden Tag für Tag Geheimnisse vergraben. Das lag in der Natur der Sache. Doch wer hätte vor siebzehn Jahren gedacht, dass eines Tages ein chemischer Testlauf in einem DOJ-Labor in Sacramento einen Spaten in den schmierigen Dreck stoßen, die Vergangenheit umgraben und dieses Geheimnis ans Licht bringen würde?

17

Auf der Heimfahrt dachte Bosch über die vielen verschiedenen Spuren nach, die sich um Rebecca Losts Leiche wanden. Er durfte das Ziel nicht aus den Augen verlieren. Das Beweismaterial war der Schlüssel. Behördenpolitik, Korruptionsverdacht und Vertuschungsmaßnahmen summierten sich zu etwas, was im Polizeijargon High Jingo hieß. Das konnte bedrohlich werden und vom eigentlichen Ziel ablenken. Er musste auf der Hut sein.

Schließlich gelang es ihm, die Gedanken an den Schatten, den Irving auf das Ermittlungsverfahren warf, beiseitezuschieben und sich auf den Fall zu konzentrieren. Aus irgendeinem Grund führten ihn seine Gedanken in Rebeccas Zimmer, und wie es ihre Mutter unverändert erhalten hatte. Er fragte sich, ob das auf den Verlust der Tochter zurückzuführen war oder auf die Umstände dieses Verlustes. Wie war es, ein Kind durch natürliche Ursachen oder einen Unfall oder eine Scheidung zu verlieren? Bosch hatte eine Tochter, die er selten sah. Das belastete ihn. Er wusste, dass ihn seine Tochter, ob nah oder fern, extrem verletzlich machte und dass er enden konnte wie die Mutter, die das Zimmer ihrer Tochter wie ein Museum erhielt, oder wie der Vater, der längst für die Welt verloren war.

Mehr als diese Frage beschäftigte ihn jedoch etwas, was Rebeccas Zimmer betraf. Was genau das war, bekam er noch immer nicht richtig zu fassen, aber er wusste, es war da, und es ließ ihm keine Ruhe. Er schaute vom erhöht verlaufenden Freeway nach links auf Hollywood hinab. Am Himmel war noch etwas Licht, aber der Abend brach herein. Die Dunkelheit hatte lang genug gewartet. Suchscheinwerfer, von denen er wusste, dass sie von der Ecke Hollywood und Vine kamen, durchkreuzten den Horizont. Für ihn sah es schön aus. Für ihn sah es wie zu Hause aus.

Als er in seinem Haus auf dem Hügel ankam, sah er die Post durch, hörte den Anrufbeantworter ab und zog dann den Anzug aus, den er sich für seinen Dienstantritt gekauft hatte. Als er ihn sorgfältig in den Schrank hängte, befand er, dass er ihn noch mindestens einmal tragen könnte, bevor er ihn in die Reinigung brachte. Er zog eine Jeans, schwarze Slipper und ein schwarzes Polohemd an. Dann schlüpfte er in ein Sportsakko, das an der rechten Schulter abgewetzt war, weil er die Ecken zu eng nahm. Er steckte Dienstwaffe, Marke und Brieftasche ein. Dann stieg er wieder in sein Auto und fuhr in die Stadt zum Toy District.

Um sich keine Sorgen machen zu müssen, dass sein Auto aufgebrochen oder beschädigt würde, beschloss Bosch, auf dem Museumsparkplatz in Japantown zu parken. Als er von dort zur Fifth Street ging, beobachtete er ein ständiges Zunehmen des Anteils an Obdachlosen. Die größten Obdachlosenlager der Stadt und die Missionen, die sich ihrer annahmen, lagen an einem fünf Straßen langen Abschnitt der Fifth südlich der Los Angeles Street. Die Bürgersteige vor den Missionen und den billigen Hotels waren übersät von Schachteln und Einkaufswagen mit den spärlichen verdreckten Habseligkeiten der Gestrandeten. Es war so, als wäre eine Art soziale Auflösungsbombe hochgegangen und das Schrapnell aus zerstörten, entmündigten Menschenleben in alle Richtungen davongeflogen. Überall die Straße hinauf und hinunter schrien Menschen herum, ihr Gezeter entweder ganz unverständlich oder gespenstisch wirres, in die Nacht hinausgeplärrtes Zeug. Es war wie eine Stadt mit eigenem Gesetz und eigener Logik, eine verletzte Stadt, mit einer Wunde, so tief, dass die von den Missionen angelegten Verbände die Blutung nicht stillen konnten.

Als Bosch die Straße hinunterging, fiel ihm auf, dass er kein einziges Mal um Geld oder Zigaretten oder sonst eine Gefälligkeit gebeten wurde. Die Ironie dessen entging ihm nicht. Anscheinend war der Ort mit der höchsten Obdachlosendichte der Stadt auch der Ort, wo ein Bürger zumindest vor ihrem Gebettel sicher war.

Die Los Angeles Mission und die Heilsarmee hatten hier große Hilfszentren. Bosch beschloss, bei ihnen anzufangen. Er hatte ein zwölf Jahre altes Führerscheinfoto von Robert Lost und ein noch älteres Foto, das beim Begräbnis seiner Tochter aufgenommen worden war. Er zeigte diese Aufnahmen den Leuten, die diese Versorgungszentren leiteten, und den Küchenhilfen, die Tag für Tag Hunderte von Tellern mit kostenlosem Essen füllten. Er bekam wenig Rückmeldungen, bis sich endlich eine Küchenhilfe an Lost als einen »Kunden« erinnerte, der ein paar Jahre zuvor ziemlich regelmäßig um Essen angestanden war.

»Ist schon eine Weile her«, sagte der Mann. »Hab ihn länger nicht mehr gesehen.«

Nachdem er in jedem Zentrum etwa eine Stunde verbracht hatte, arbeitete sich Bosch weiter die Straße hinunter und zeigte die Fotos in den Absteigen und kleineren Missionen herum. Er fand ein paar Leute, die Lost wiedererkannten, aber nichts Frisches, nichts, was ihn auf die Spur des Mannes führte, der vor so vielen Jahren vom menschlichen Radarschirm verschwunden war. Um halb elf beschloss er, am nächsten Tag weiterzumachen und den Rest der Straße abzuklappern. Auf dem Weg zurück nach Japantown war er deprimiert, einerseits wegen der Welt, in die er gerade eingetaucht war, andererseits wegen seiner schwindenden Hoffnung, Robert Lost zu finden. Er ging mit gesenktem Kopf, die Hände in den Hosentaschen, die Straße hinunter und sah deshalb die zwei Männer erst, als sie ihn bereits aufs Korn genommen hatten. Sie traten aus den Eingangsnischen zweier nebeneinanderliegender Spielwarenläden, als Bosch vorbeiging. Einer versperrte ihm den Weg. Der andere stand plötzlich hinter ihm. Bosch blieb stehen.

»Na, Missionar?«, sagte der Mann vor ihm.

Im schwachen Schein einer hundert Meter entfernten Straßenlaterne sah Bosch unten an der Seite des Mannes eine Klinge blitzen. Er drehte sich ein Stück, um den Mann hinter sich sehen zu können. Er war kleiner. Bosch war sich nicht sicher, aber es sah so aus, als hielte er nur einen Betonbrocken in der Hand. Ein Stück vom Bordstein. Beide Männer waren in mehreren Schichten gekleidet, in diesem Teil der Stadt ein gängiger Anblick. Einer war schwarz, der andere weiß.

»Die Küchen sind schon alle geschlossen, und wir haben noch Hunger«, sagte der mit dem Messer. »Hast du ein paar Dollar für uns? Du weißt schon, was du uns leihen kannst.«

Bosch schüttelte den Kopf.

»Nein, eigentlich nicht.«

»Eigentlich nicht? Bist du da wirklich sicher, Junge? Du siehst nämlich aus, als hättest du eine fette Brieftasche dabei. Mach uns hier nichts vor.«

In Bosch stieg Wut hoch. In einem einzigen Moment, in dem er alles ganz klar vor sich ausgebreitet sah, wusste er, was er tun könnte und würde. Er würde seine Waffe ziehen und beide über den Haufen schießen. Im selben Moment war ihm auch klar, dass der Fall nach einer kurzen polizeilichen Untersuchung zu den Akten gelegt würde. Das Blitzen der Klinge war sein Freifahrtschein. Die beiden Männer ahnten nicht, auf was sie sich da eingelassen hatten. Es war wie damals vor vielen Jahren in den unterirdischen Gängen. Mit einem Mal zählte nur noch eines: töten oder getötet werden. Diese Reduzierung auf eine Sache, in der es keine Grauzonen, keinen Platz für irgendetwas anderes gab, hatte etwas vollkommen Reines.

Dann änderte sich die Situation plötzlich. Bosch sah, wie ihn der Kerl mit dem Messer durchdringend anstarrte und in seinen Augen las, ein Raubtier, das ein anderes taxierte. Der Kerl mit dem Messer schien um ein kaum wahrnehmbares Stück kleiner zu werden. Ohne sich konkret zurückzuziehen, machte er einen Rückzieher.

Es gab Leute, die für Gedankenleser gehalten wurden. In Wirklichkeit lasen sie Gesichter. Ihre besondere Gabe bestand darin, die unzähligen Muskelkonstellationen von Augen, Mund und Augenbrauen zu lesen. Daraus entzifferten sie die Absicht. Bis zu einem gewissen Grad beherrschte auch Bosch diese Kunst. Seine Ex-Frau verdiente ihren Lebensunterhalt als Pokerspielerin, weil sie sie noch besser beherrschte. Auch der Mann mit dem Messer war nicht schlecht darin. Das hatte ihm diesmal definitiv das Leben gerettet.

»Schon gut«, brummte er. »Halb so wild.«

Er wich in den Eingang des Ladens zurück.

»Einen schönen Abend noch, Missionar«, sagte er, als er in das Dunkel verschwand.

Bosch drehte sich ganz herum und sah den anderen Mann an. Ohne ein Wort wich auch er in seine Spalte zurück, um sich zu verstecken und auf das nächste Opfer zu warten.

Bosch sah die Straße hinauf und hinunter. Inzwischen schien sie menschenleer. Er drehte sich um und ging zu seinem Auto. Im Gehen nahm er das Handy heraus und rief beim Streifendienst der Central Division an. Er erzählte dem diensthabenden Sergeant von den zwei Männern, auf die er gerade getroffen war, und bat ihn, einen Streifenwagen loszuschicken.

»So was passiert in dieser Scheißgegend doch an jeder Straßenecke«, sagte der Sergeant. »Was soll ich denn deswegen unternehmen?«

»Ich möchte, dass Sie einen Wagen schicken und den beiden mal kräftig auf die Finger klopfen. Damit sie es sich künftig etwas genauer überlegen, ob sie so was noch mal probieren.«

»Warum haben Sie das denn nicht gleich selbst gemacht?«

»Weil ich an einem Fall arbeite, Sergeant, und nicht die

Zeit habe, Ihre Aufgaben und Ihren Schreibkram zu erledigen.«

»Sie brauchen mir nicht zu erzählen, was ich zu tun habe, Chef. Ihr Anzüge seid doch alle gleich. Bildet euch ein …«

»Jetzt hören Sie mal zu, Sergeant. Ich werde mir morgen früh die Verbrechensmeldungen ansehen. Und wenn ich da was lese, dass hier unten jemand verletzt wurde und die Verdächtigen ein Schwarzer und ein Weißer waren, dann werden Sie plötzlich von mehr Anzügen umgeben sein als in der Herrenabteilung eines Kaufhauses. Das garantiere ich Ihnen.«

Bosch beendete das Gespräch und schnitt einen letzten Protest des Diensthabenden ab. Er beschleunigte seine Schritte, erreichte sein Auto und fuhr zum Freeway 101 zurück. Dann fuhr er ins Valley hoch.

18

Es war nicht einfach, eine geschützte Stelle zu finden, von der aus er Tampa Towing im Auge behalten konnte. Die beiden Einkaufszentren an den anderen Ecken der Kreuzung waren geschlossen und ihre Parkplätze leer. Auf einem von ihnen zu parken wäre zu auffällig. Die Konkurrenztankstelle an der dritten Ecke war noch offen und somit als Observierungsstandort nicht geeignet. Nachdem er kurz die Lage sondiert hatte, parkte Bosch eine Straße weiter am Roscoe Boulevard und ging zu Fuß zu der Kreuzung zurück.

Inspiriert von seiner Begegnung mit den beiden Möchtegernräubern, zog er sich in den dunklen Eingang eines der Einkaufszentren zurück, von dem aus er die Tankstelle im Auge hatte. Ihm war klar, dass sein Beobachtungsposten einen Haken hatte. Wenn Mackey Feierabend machte, würde es schwierig werden, rechtzeitig zum Auto zu kommen und ihn nicht aus den Augen zu verlieren.

Der Anzeige zufolge, in der er die Telefonnummer von Tampa Towing gefunden hatte, war der Abschleppdienst rund um die Uhr einsatzbereit. Inzwischen ging es auf Mitternacht zu, und Bosch war sicher, dass Mackey, der um 16 Uhr zur Arbeit erschienen war, bald Schluss machen würde. Entweder würde er durch den Kollegen von der Frühschicht abgelöst, oder er hatte den Rest der Nacht Bereitschaftsdienst.

Es waren Gelegenheiten wie diese, bei denen Bosch mit dem Gedanken spielte, wieder mit dem Rauchen anzufangen. Es schien die Zeit schneller vergehen zu lassen und half die Anspannung abbauen, die mit jeder Observierung einherging. Aber er rauchte jetzt schon vier Jahre nicht mehr, und er wollte nicht wieder damit anfangen. Als er zwei Jahre zuvor erfahren hatte, dass er Vater einer Tochter war, hatte ihm das geholfen, über seine schwachen Momente hinwegzukommen. Er glaubte, dass er längst wieder mit dem Rauchen angefangen hätte, wenn seine Tochter nicht wäre. Bestenfalls hatte er seine Sucht unter Kontrolle. Losgeworden war er sie noch lange nicht.

Er nahm sein Handy heraus und hielt es so, dass die Displaybeleuchtung von der Tankstelle aus nicht zu sehen war, als er Kiz Riders Privatnummer wählte. Sie ging nicht dran. Er versuchte, sie auf dem Handy zu erreichen. Wieder nichts. Vermutlich hatte sie alle ihre Telefone ausgemacht, um sich ganz auf den Antrag konzentrieren zu können. So hatte sie es jedenfalls früher immer gehalten. Für Notfälle hätte sie den Pager angelassen, aber er fand nicht, dass man die Neuigkeiten, die er im Zuge seiner Telefonate zusammengetragen hatte, als Notfall hätte bezeichnen können. Er beschloss, bis zum Morgen zu warten und ihr dann zu erzählen, was er in Erfahrung gebracht hatte.

Er steckte das Handy wieder ein und hob das Fernglas an die Augen. Durch die Fenster des Büros der Tankstelle konnte er Mackey an einem ramponierten grauen Schreibtisch sitzen sehen. Im Büro war noch ein anderer Mann in einer ähnlichen blauen Uniform. Offensichtlich war an diesem Abend nicht viel los gewesen. Beide Männer hatten die Füße auf dem Schreibtisch und sahen zu einer Stelle über dem Vorderfenster hoch. Bosch konnte nicht sehen, worauf sich ihre Aufmerksamkeit richtete, aber infolge des ständig sich verändernden Lichts im Büro tippte er auf einen Fernseher.

Boschs Telefon läutete, und er holte es aus der Tasche und meldete sich, ohne das Fernglas von den Augen zu nehmen. Er sah nicht auf das Display, weil er annahm, Rider hätte gemerkt, dass sie seinen Anruf verpasst hatte, und riefe jetzt zurück.

»Hallo.«

»Detective Bosch?«

Es war nicht Rider. Bosch ließ das Fernglas sinken.

»Ja, hier Bosch. Was kann ich für Sie tun?«

»Hier spricht Tara Wood. Ich habe Ihre Nachricht erhalten.«

»Ach so, ja, danke, dass Sie zurückrufen.«

»Das hört sich ja nach Ihrem Privathandy an. Entschuldigen Sie, dass ich so spät noch anrufe. Ich bin eben nach Hause gekommen und wollte Ihnen eigentlich nur noch schnell eine Nachricht auf Ihrem Büroapparat hinterlassen.«

»Das macht nichts. Ich bin noch im Dienst.«

Bosch ging bei dem Gespräch nach dem gleichen Schema vor wie bei den anderen. Als er den Namen Roland Mackey erwähnte, beobachtete er Mackey durch das Fernglas. Er saß immer noch am Schreibtisch und sah fern. Wie Rebecca Losts anderen Freundinnen sagte Tara Wood sein Name nichts. Und als Bosch wissen wollte, ob sie sich an die Chatsworth Eights erinnern könne, fiel ihr auch zu diesem Namen nichts ein. Zum Schluss fragte er sie, ob sie das Gespräch am nächsten Tag fortsetzen könnten und er ihr ein Foto von Mackey zeigen könne. Sie erklärte sich einverstanden, sagte ihm aber, er müsse zu den CBS-Fernsehstudios kommen, wo sie als Pressebetreuerin arbeite. CBS war beim Farmers Market, einem seiner Lieblingsorte in der Stadt. Er beschloss, zum Markt zu fahren, vielleicht einen Teller Gumbo zu Mittag zu essen und dann Tara Wood aufzusuchen, um ihr das Foto von Mackey zu zeigen und sie nach Rebecca Losts Schwangerschaft zu fragen. Er verabredete sich für 13 Uhr in ihrem Büro mit ihr.

»Das liegt doch schon eine Ewigkeit zurück«, sagte Wood. »Sind Sie in so einer Einheit für kalte Fälle?«

»Wir nennen sie Einheit Offen-Ungelöst.«

»Wir haben nämlich eine Serie, die *Cold Case* heißt. Sie kommt immer sonntagabends. Es ist eine der Serien, für die ich arbeite. Ich denke nur gerade … vielleicht könnten Sie ja am Set vorbeischauen und ein paar Ihrer Fernseh-Pendants kennenlernen. Sie wären sicher begeistert.«

Bosch merkte, dass sie überlegte, wie sie seinen Besuch PR-mäßig einsetzen konnte. Er sah durch das Fernglas zu Mackey hinüber, der nach wie vor zum Fernseher hochstarrte, und überlegte kurz, ob er versuchen sollte, sich ihr Interesse an der Sache für die geplante Telefonüberwachung zunutze zu machen. Er kam jedoch rasch wieder davon ab, da er zu der Überzeugung gelangte, dass eine getürkte Zeitungsmeldung dafür besser geeignet wäre.

»Ja, mal sehen, aber ich glaube, da müssen Sie sich erst noch eine Weile gedulden. Wir arbeiten im Moment ziemlich intensiv an diesem Fall, und deshalb würde ich morgen lieber mit Ihnen allein sprechen.«

»Kein Problem. Ich hoffe wirklich, dass Sie den Kerl finden, den Sie suchen. Seit ich diese Serie betreue, muss ich ständig an Rebecca denken. Sie wissen schon, ob in dieser Angelegenheit noch etwas unternommen wird. Und dann rufen plötzlich wie aus heiterem Himmel Sie an. Ganz schön eigenartig, aber auf eine erfreuliche Art. Dann also bis morgen, Detective.«

Bosch sagte Gute Nacht und legte auf.

Ein paar Minuten später, um Mitternacht, gingen in der Tankstelle die Lichter aus. Die Bezeichnung 24-Stunden-Abschleppdienst bedeutete nicht unbedingt, dass sie rund um die Uhr geöffnet hatten. Wahrscheinlich hatte Mackey oder ein anderer Fahrer in der Nacht Bereitschaftsdienst.

Bosch verließ sein Versteck und huschte auf dem Roscoe Boulevard zu seinem Geländewagen. Gerade als er ihn erreichte, hörte er Mackeys Camaro mit einem tiefen Brummen anspringen. Er startete seinen Mercedes, parkte aus und fuhr zur Kreuzung zurück. Als er dort bei Rot halten musste, sah er den Camaro mit den grau grundierten Kotflügeln über die Kreuzung brummen und auf der Tampa nach Süden fahren. Bosch wartete ein paar Momente, vergewisserte sich, dass die Kreuzung frei war, und fuhr dann bei Rot los, um Mackey zu folgen.

Mackeys erster Halt war eine Bar, die sich Side Pocket nannte. Sie war in Van Nuys am Sepulveda Boulevard, in der Nähe der Bahngleise. Es war eine kleine Kneipe mit einem blauen Neonschild, deren vergitterte Fenster schwarz überstrichen waren. Bosch hatte schon ziemlich konkrete Vorstellungen, wie es dort drinnen aussah und was für eine Klientel dort verkehrte. Bevor er ausstieg, zog er sein Sportsakko aus, schlug Dienstwaffe, Handschellen und Ersatzmagazin darin ein und legte alles vor dem Beifahrersitz auf den Boden. Dann stieg er aus, schloss den Wagen ab, ging auf die Bar zu und zog sich im Gehen das Hemd aus der Hose.

In der Bar sah es aus wie erwartet. Ein paar Billardtische, ein Tresen und eine Reihe ramponierter Nischen mit Holzbänken. Obwohl in dem Laden Rauchen verboten war, hing unter jeder Tischbeleuchtung dichter Qualm. Niemand beschwerte sich.

Die meisten Männer nahmen ihre Medizin im Stehen ein. Sie hatten Ketten auf ihren Brieftaschen und Tattoos um ihre Unterarme. Trotz der Veränderungen, die Bosch an seinem Aussehen vorgenommen hatte, wusste er, dass er hier auffallen, möglicherweise sogar regelrecht signalisieren würde, dass er hier nicht hergehörte. In der dunklen Ecke, in der sich der Tresen unter dem an der Wand angebrachten Fernseher hindurchkrümmte, entdeckte er einen freien Platz. Er zwängte sich in die Lücke und beugte sich in der Hoffnung, sein Äußeres so besser zu kaschieren, über den Tresen.

Die Barkeeperin, eine verbrauchte Frau mit einer Lederweste über einem T-Shirt, schenkte Bosch zunächst keine Beachtung, was ihn nicht weiter störte. Er war nicht hier, um zu trinken. Er beobachtete, wie Mackey mehrere 25-Cent-Stücke auf einen der Billardtische legte und wartete, bis er zum Spielen an die Reihe kam. Auch er hatte sich nichts zu trinken bestellt.

Mackey verbrachte zehn Minuten damit, die Queues

in den Wandgestellen durchzuprobieren, bis er eines fand, das ihm zusagte. Dann stellte er sich wieder an den Billardtisch und unterhielt sich beiläufig mit einigen der Männer dort. Allem Anschein nach kannte er sie von früheren Billardpartien in der Kneipe.

Während Bosch wartete und schaute und dabei gelegentlich von dem Bier und dem Whisky trank, die ihm die Barfrau endlich gebracht hatte, dachte er zunächst, die anderen Gäste beobachteten ihn, doch dann merkte er, dass sie nur auf den Fernsehschirm starrten, der sich keine dreißig Zentimeter über seinem Kopf befand.

Endlich kam Mackey zum Zug, und wie sich herausstellte, spielte er gut. Er hatte den Tisch rasch unter seine Kontrolle gebracht und besiegte sieben Herausforderer, von denen er Geld oder Bier bekam. Nach einer halben Stunde schien er wegen der fehlenden Herausforderung unkonzentriert und nachlässig zu werden. Nachdem er einen leichten Stoß auf die schwarze Kugel verpatzt hatte, schlug ihn der achte Herausforderer. Mackey trug es mit Fassung und klatschte einen 5-Dollar-Schein auf den grünen Filz, bevor er sich vom Tisch zurückzog. Nach Boschs Berechnungen hatte er schon mindestens 25 Dollar und drei Bier gewonnen.

Mackey nahm sein Rolling Rock an einen Platz an der Bar mit, und das war für Bosch das Signal, zu gehen. Er schob einen Zehner unter sein leeres Whiskyglas und wandte sich ab, sodass Mackey sein Gesicht nicht zu sehen bekam. Er verließ die Bar und ging zu seinem Auto zurück. Dort brachte er als Erstes wieder die Pistole mit dem Griff nach vorn an seiner rechten Hüfte an. Er startete den Motor und fuhr auf den Sepulveda und einen

Block in Richtung Süden. Dann wendete er und hielt neben einem Hydranten am Straßenrand. Von hier hatte er den Eingang des Side Pocket gut im Blick und konnte Mackeys Auto auf dem Sepulveda problemlos in Richtung Panorama City folgen. Mackey mochte nach Ablauf seiner Bewährungsfrist vielleicht umgezogen sein, aber sicher nicht weit weg von seinem alten Wohnsitz.

Diesmal musste Bosch nicht lange warten. Anscheinend trank Mackey nur Freibier. Er verließ die Bar, zehn Minuten nachdem Bosch das getan hatte, stieg in den Camaro und fuhr auf dem Sepulveda nach Süden.

Bosch hatte falsch geraten. Mackey fuhr fort von Panorama City und dem nördlichen Valley. Das hieß, Bosch musste auf dem größtenteils leeren Sepulveda Boulevard wenden, um ihm zu folgen. Dieses Manöver wäre in Mackeys Rückspiegel kaum zu übersehen. Deshalb wartete er und beobachtete, wie der Camaro im Außenrückspiegel immer kleiner wurde.

Als er den Blinker des Camaro aufleuchten sah, trat er aufs Gas und legte mit dem Geländewagen eine rasante 180-Grad-Wende hin. Weil er zu stark gegensteuerte, wäre er fast ins Schleudern geraten, aber er bekam den Wagen wieder unter Kontrolle und brauste den Sepulveda Boulevard hinunter. An der Victory bog er rechts ab und holte den Camaro an der Ampel an der 405er-Überführung ein. Mackey nahm jedoch nicht den Freeway, sondern fuhr auf der Victory weiter in Richtung Westen.

Während Bosch mit allen möglichen Tricks zu verhindern versuchte, dass Mackey auf ihn aufmerksam wurde, fuhr dieser bis nach Woodland Hills. In der Mariano Street, einer breiten Straße in der Nähe des Freeway 101, bog er schließlich in eine lange Einfahrt und hielt neben einem kleinen Haus. Bosch fuhr daran vorbei und parkte ein Stück weiter, stieg aus und ging zu Fuß zurück. Er hörte die Eingangstür des Hauses zufallen, und dann sah er das Licht auf der Veranda ausgehen.

Bosch blickte sich um und merkte, dass er in einem Viertel mit sogenannten *flag lots* war. Das waren lange, schmale Grundstücke mit weit nach hinten versetzten Häusern. Als das Gebiet Jahrzehnte zuvor parzelliert worden war, wurde es in große Grundstücke unterteilt, die für Pferderanchen und kleine Gemüsefarmen gedacht waren. Dann breitete sich die Stadt bis hierher aus, und die Pferde und das Gemüse wurden verdrängt. Die Grundstücke wurden in lauter schmale Streifen unterteilt, mit einem Haus vorn an der Straße und einer Zufahrt, die am Rand des Grundstücks entlang zu einem zweiten, dahintergelegenen Haus führte, dem *flag lot*, das die Form einer Flagge hatte.

Dieser Umstand erschwerte die Observierung. Als Bosch die lange Zufahrt zum hinteren Grundstück entlangschlich, behielt er sowohl das Haus vorne an der Straße scharf im Auge als auch Mackeys Haus dahinter. Mackey hatte seinen Camaro neben einem ramponierten Ford 150 Pick-up geparkt. Das hieß, dass Mackey möglicherweise einen Mitbewohner hatte.

Bosch blieb stehen, um sich die Autonummer des F-150 zu notieren. Dabei bemerkte er einen alten Sticker auf der Stoßstange des Pick-ups: *KANN DER LETZTE AMERIKANER, DER L. A. VERLÄSST, BITTE DIE FLAGGE MITNEHMEN.* Es war ein weiterer kleiner Pinselstrich zu dem Bild, das sich vor Boschs innerem Auge abzuzeichnen begann.

So leise er konnte, ging Bosch den gepflasterten Weg an der Seite des Hauses entlang. Das Haus war auf kniehohen Stützen errichtet, weshalb es ihm nicht möglich war, durch eins der Fenster zu spähen. Als er die Rückseite des Hauses erreichte, hörte er Stimmen, aber erst als er den wabernden blauen Schein auf der Jalousie des nach hinten gelegenen Zimmers sah, merkte er, dass sie aus dem Fernseher kamen. Er wollte gerade den Platz hinter dem Haus überqueren, als plötzlich sein Handy zu läuten begann. Rasch fasste er in die Tasche und stellte den Ton ab. Gleichzeitig zog er sich hastig an der Seite des Hauses entlang zur Einfahrt zurück. Er lauschte auf irgendwelche Geräusche aus Richtung des Hauses, hörte aber nichts. Als er die Straße erreichte, schaute er zurück, bemerkte aber nichts, was darauf hindeutete, dass jemand im Haus das Läuten des Handys gehört hatte.

Das war verdammt knapp gewesen. Bosch war außer Atem. Als er zu seinem Auto zurückkehrte, versuchte er, seine Fassung wiederzuerlangen und sich von der potenziellen Katastrophe zu erholen. Wie bei der ungeschickt durchgeführten Befragung Daniel Kotchofs musste er sich eingestehen, dass er Rost angesetzt hatte. Er hatte den Klingelton des Handys vergessen abzustellen, bevor er sich dem Haus näherte. Es war ein Fehler, der alles hätte zunichtemachen können und möglicherweise zu einer Konfrontation mit dem Objekt der Ermittlung geführt hätte. Bevor er den Dienst quittiert hatte, wäre ihm so etwas nicht passiert. Unwillkürlich musste er an das denken, was Irving gesagt hatte: dass er ein Runderneuerter war, der sich auflösen und platzen würde.

Im Auto sah Bosch auf die Anruferliste des Handys

und stellte fest, dass der Anruf von Kiz Rider gekommen war. Er rief sie zurück.

»Harry, ich hab gesehen, dass du vor Kurzem angerufen hast. Ich hatte alle Telefone abgestellt. Was gibt's?«

»Nicht viel. Ich wollte nur sehen, wie's bei dir so läuft.«

»Na ja, es geht so. Ich habe alles ordentlich gegliedert und bin so gut wie fertig. Morgen früh schreibe ich den Antrag zu Ende und leite ihn an die entsprechenden Stellen weiter.«

»Gut.«

»Tja, dann werde ich mich jetzt mal schlafen legen. Und wie sieht's bei dir aus? Hast du Robert Lost gefunden?«

»Noch nicht. Aber ich habe eine Adresse für dich. Ich bin Mackey gefolgt, als er von der Arbeit nach Hause fuhr. Er hat ein kleines Haus am Freeway, in Woodland Hills. Dort könnte es einen Festnetzanschluss geben, den du vielleicht auch noch auf die Abhörliste setzen solltest.«

»Gut. Gib mir die Adresse. Die Nummer müsste problemlos rauszukriegen sein. Ich finde es allerdings nicht so toll, dass du dem Verdächtigen allein folgst. Das ist nicht sehr klug, Harry.«

»Wir brauchten doch seine Adresse.«

Von seinem Beinahepatzer würde er ihr nichts erzählen. Er gab ihr die Adresse durch und wartete, bis sie sie aufgeschrieben hatte.

»Das ist aber noch nicht alles«, fuhr er fort. »Ich habe ein paar Anrufe gemacht.«

»Für deinen ersten Tag zurück im Dienst warst du ganz schön fleißig. Was hast du alles?«

Er schilderte ihr den Inhalt der Anrufe, die er gemacht

und erhalten hatte, nachdem sie das Büro verlassen hatte. Rider stellte keine Fragen und schwieg, als er fertig war.

»Damit bist du auf dem neuesten Stand«, sagte Bosch. »Was denkst du, Kiz?«

»Ich denke, da könnte sich langsam ein Bild abzeichnen, Harry.«

»Ja, genau das denke ich auch. Und dazu noch das Jahr, 1988. Du hast da ja sowieso schon eine mögliche Verbindung gesehen, glaube ich. Vielleicht wollten diese Arschlöcher 88 ganz bewusst ein Exempel statuieren. Das Dumme ist nur, dass das ganze Material bei der PDU gelandet ist. Wer weiß, was daraus geworden ist? Wahrscheinlich hat es Irving im ESB in die Beweismittel-Vernichtungsanlage gekippt.«

»Alles sicher nicht. Als der neue Chief sein Amt antrat, verlangte er, dass alles offengelegt würde. Er wollte wissen, wo die Leichen vergraben sind. Ich hatte damit zwar nichts zu tun, aber ich wusste davon und hatte auch mitbekommen, dass viele PDU-Akten nach der Auflösung der Einheit aufbewahrt wurden. Einen Großteil davon ließ Irving ins Sonderarchiv bringen.«

»Ins Sonderarchiv? Was ist das denn?«

»Es bedeutet, dass man nur mit einer Genehmigung von höchster Stelle Zugang dazu erhält. Es befindet sich im Keller des Parker Center. Hauptsächlich interne Ermittlungsverfahren. Politischer Kram. Gefährlicher Kram. Diese Chatsworth-Geschichte passt da eigentlich nicht rein, außer es gab eine Verbindung zu was anderem.«

»Wie zum Beispiel?«

»Zum Beispiel zu jemandem von der Polizei oder von der Stadt.«

Mit Letzterem war eine mächtige Persönlichkeit in der Stadtpolitik gemeint.

»Glaubst du, du schaffst es irgendwie, da reinzukommen, um nachzusehen, ob noch welche von diesen Akten existieren? Wie ist das mit deinem Freund oben im Sechsten? Kann er dir vielleicht …«

»Ich kann es versuchen.«

»Dann tu das.«

»Aber sag mir erst mal, was du da eigentlich genau treibst. Ich dachte, du wolltest heute Abend nach Robert Lost suchen, und auf einmal erzählst du mir, du bist unserem Verdächtigen gefolgt.«

»Ich war unten im Toy District. Aber ich habe ihn nicht gefunden.«

Er begann, ihr von seinem Ausflug in den Toy District zu erzählen, verschwieg aber die Begegnung mit den Möchtegernräubern. Diesen Zwischenfall und das Handyfiasko hinter Mackeys Haus wollte er für sich behalten.

»Ich fahre morgen früh noch mal hin«, sagte er zum Schluss.

»Okay, Harry. Das hört sich ja schon mal wie ein Plan an. Bis du reinkommst, müsste ich den Antrag fertig haben. Und ich werde nach den PDU-Akten sehen.«

Bosch zögerte zunächst, beschloss dann aber, gegenüber seiner Partnerin keine Warnungen oder Befürchtungen zurückzuhalten. Er schaute durch die Windschutzscheibe auf die dunkle Straße hinaus. Er konnte das Rauschen des nahen Freeway hören.

»Sei bitte vorsichtig, Kiz.«

»Wie soll ich das verstehen, Harry?«

»Weißt du, was es bedeutet, wenn ein Fall High Jingo ist?«

»Ja, es heißt, jemand von der Polizeiführung hat seine Finger mit im Spiel.«

»Ganz genau.«

»Also?«

»Also solltest du vorsichtig sein. Das Ganze riecht förmlich nach Irving. Es ist nicht so offensichtlich, aber es ist da.«

»Meinst du, sein Zusammentreffen mit dir in der Cafeteria war kein Zufall?«

»Ich glaube nicht an Zufälle. Nicht an solche.«

Darauf trat eine Weile Stille ein, bevor Rider antwortete.

»Okay, Harry, ich werde vorsichtig sein. Aber nicht den Schwanz einziehen, richtig? Wir bleiben uns treu, ohne Rücksicht auf Verluste. Entweder zählt jeder, oder es zählt keiner, erinnerst du dich?«

»Aber sicher erinnere ich mich. Dann also bis morgen.«

»Gute Nacht, Harry.«

Sie legte auf, und Bosch saß noch lange im Auto, bevor er den Motor anließ.

19

Bosch wendete langsam den Wagen und fuhr auf der Mariano gemächlich an der Zufahrt zu Mackeys Haus vorbei. Alles schien ruhig zu sein. Er sah kein Licht mehr brennen. Als er den Freeway erreichte, fuhr er in Richtung Osten, durchs Valley und hinunter zum Cahuenga Pass. Unterwegs rief er mit dem Handy in der Zentrale an und gab das Kennzeichen des Ford Pick-up durch, neben dem Mackey seinen Camaro geparkt hatte. Wie sich herausstellte, war er auf einen William Burkhart zugelassen, der siebenunddreißig Jahre alt war und Ende der achtziger Jahre ein paar Vorstrafen kassiert hatte, in den letzten fünfzehn Jahren aber sonst nichts mehr. Die Telefonistin gab Bosch für die Verurteilungen die jeweiligen Paragraphen des kalifornischen Strafrechts durch, unter denen sie im Computer gespeichert waren.

Bosch erkannte sofort Anklagen wegen schwerer Körperverletzung und Hehlerei. Aber 1988 gab es auch eine Anklage unter einem Paragraphen, den er nicht kannte.

»Ist gerade jemand mit einem Strafgesetzbuch in der Nähe, der mir sagen kann, was das ist?«, fragte er in der Hoffnung, es wäre gerade so wenig los, dass es die Telefonistin selbst machen würde. In der Zentrale lagen immer ein paar Strafgesetzbücher herum, weil häufig Cops, die gerade im Einsatz waren, anriefen, um sich nach dem korrekten Wortlaut zu erkundigen.

»Augenblick.«

Er wartete. Währenddessen fuhr er an der Barham vom Freeway und nahm den Woodrow Wilson in die Hügel hinauf zu seinem Haus.

»Detective?«

»Ja, ich bin noch dran.«

»Das war ein Hassverbrechen.«

»Okay. Danke fürs Nachsehen.«

»Keine Ursache.«

Bosch fuhr den Wagen in den Carport und stellte den Motor aus. Mackeys Mitbewohner oder Vermieter war 1988 wegen eines Hassverbrechens angeklagt worden – im Jahr von Rebecca Losts Ermordung. William Burkhart war wahrscheinlich der Billy Burkhart, den Sam Weiss als einen Nachbarn identifiziert hatte, der an den Schikanen gegen ihn beteiligt gewesen war. Bosch wusste nicht, wie das alles zusammenpasste, aber es war Teil desselben Bildes. Inzwischen wünschte er sich, er hätte Mackeys Bewährungsakte mit nach Hause genommen. Um noch einmal den ganzen Weg in die Stadt zu fahren und sie zu holen, war er zu müde. Er beschloss, es für die Nacht gut sein zu lassen und sich die Unterlagen am nächsten Morgen im Büro anzusehen. Außerdem wollte er sich die Akte über William Burkharts Hassverbrechen besorgen.

Im Haus war es still. Er holte sich das Telefon und ein Bier aus dem Kühlschrank und ging aufs Sonnendeck hinaus, um nach der Stadt zu sehen. Auf dem Weg nach draußen stellte er den CD-Player an. Es war bereits eine CD eingelegt, und bald hörte er aus den Außenlautsprechern die Stimme von Boz Scaggs kommen. Er sang »For All We Know«.

Der Song wetteiferte mit dem gedämpften Geräusch des Freeway tief unter ihm. Bosch blickte über die Stadt hinweg und sah, dass über den Universal Studios keine Suchscheinwerfer mehr den Himmel durchschnitten. Dafür war es zu spät. Trotzdem war der Blick auf eine Art fesselnd, wie er das nur nachts war. Die Stadt dort draußen flimmerte wie eine Million Träume, nicht alle davon gut.

Bosch überlegte, ob er Kiz Rider noch einmal anrufen und ihr von der Verbindung zu William Burkhart erzählen sollte, beschloss dann aber, bis zum Morgen damit zu warten. Er blickte auf die Stadt hinaus und war zufrieden mit den Ergebnissen des Tages, aber auch ziemlich aufgewühlt. Das brachte High Jingo so mit sich.

Der Kerl mit dem Messer hatte gar nicht so weit danebengelegen, als er ihn mit Missionar angesprochen hatte. In gewisser Weise hatte er recht gehabt. Bosch verfolgte in seinem Leben eine Mission, und jetzt war er nach drei Jahren Pause wieder im Einsatz. Aber es gelang ihm nicht, zu glauben, dass deswegen jetzt alles gut sei. Er hatte das Gefühl, dass da draußen hinter den funkelnden Lichtern und Träumen etwas war, etwas, was er nicht sehen konnte. Es wartete auf ihn.

Er machte das Telefon an und hörte einen durchgehenden Ton. Er hatte keine Nachrichten bekommen. Trotzdem wählte er die Nummer zum Abhören der Nachrichten und spielte eine ab, die er eine Woche zuvor erhalten und nicht gelöscht hatte. Es war die zarte Stimme seiner Tochter, auf Band gesprochen in der Nacht, in der sie und ihre Mutter zu einer Reise aufgebrochen waren, die sie weit fort von ihm führte.

»Hallo, Daddy«, sagte sie. »Gute Nacht, Daddy.«

Das war alles, was sie gesagt hatte, aber es genügte. Bosch speicherte die Nachricht für die nächste Gelegenheit, bei der er sie brauchte, dann unterbrach er die Verbindung.

ZWEITER TEIL

High Jingo

20

Am nächsten Morgen um 7.50 Uhr war Bosch wieder zurück im Nickel. Er beobachtete die Schlange der Obdachlosen, die am Metro Shelter um Essen anstanden, und behielt gleichzeitig Robert Lost im Auge, der hinter den Warmhaltetischen in der Küche arbeitete. Bosch hatte Glück gehabt. Es schien fast so, als hätte es bei den Obdachlosen am frühen Morgen einen Schichtwechsel gegeben. Die Menschen, die sich bei Dunkelheit auf den Straßen herumgetrieben hatten, schliefen die Fehlschläge der Nacht aus. Sie wurden abgelöst von der Frühschicht der Obdachlosen, von denen, die so schlau waren, sich nachts von der Straße fernzuhalten. Bosch hatte eigentlich vorgehabt, bei den großen Anlaufstellen anzufangen und dann von dort weiterzumachen. Doch nachdem er wieder in Japantown geparkt und das Obdachlosenviertel erreicht hatte, zeigte er diesmal den wacher wirkenden Leuten, denen er auf der Straße begegnete, das Foto von Lost. Fast sofort bekam er Reaktionen. Die Leute von der Frühschicht erkannten Lost. Einige erklärten, den Mann auf dem Foto zu kennen, nur dass er inzwischen wesentlich älter sei. Schließlich traf Bosch auf einen Mann, der ohne Umschweife sagte: »Das ist doch der Chef«, und auf das Metro Shelter zeigte.

Das Metro war eins der kleinen Satelliten-Asyle, die sich um die Heilsarmee und die Los Angeles Mission scharten und in erster Linie diejenigen Obdachlosen versorgten, die die großen Einrichtungen nicht mehr bewältigten, insbesondere in den Wintermonaten, wenn das wärmere Wetter in L. A. für regen Zustrom aus den kälteren nördlichen Regionen sorgte. Da diese kleineren Anlaufstellen nicht über die Mittel verfügten, drei Mahlzeiten am Tag bereitzustellen, hatten sie sich nach gegenseitiger Absprache auf eine bestimmte Mahlzeit spezialisiert. Im Metro Shelter war dies das Frühstück, das täglich ab 7 Uhr ausgegeben wurde. Als Bosch dort ankam, reichte die Schlange wankender, abgerissener Männer und Frauen bis auf die Straße hinaus, und die langen Tischreihen im Innern waren bis auf den letzten Platz besetzt. Das Metro war dafür bekannt, dass es dort das beste Frühstück im Nickel gab.

Bosch hatte sich mithilfe seiner Dienstmarke einen Weg nach drinnen gebahnt und Lost rasch in der Küche hinter den Serviertischen entdeckt. Er schien nicht für eine bestimmte Aufgabe zuständig zu sein, sondern beaufsichtigte die Zubereitung der Speisen generell. Wie es aussah, schmiss er den Laden. Er war ordentlich gekleidet: zweireihige weiße Kochbluse, dunkle Hose, fleckenlose, über die Knie reichende weiße Schürze und eine hohe Kochmütze.

Das Frühstück bestand aus Rühreiern mit rotem und grünem Paprika, Kartoffelpuffern, Maisgrütze und Wurstaufschnitt. Es sah nicht nur gut aus, es roch auch gut. Da Bosch keine Zeit hatte verlieren wollen, war er von zu Hause losgefahren, ohne etwas zu essen. Rechts von der Schlange gab es Kaffee, den man sich aus zwei großen Kannen selbst einschenken konnte. Das Gestell daneben enthielt angeschlagene und im Lauf der Zeit vergilbte Tassen aus dickem Porzellan. Bosch nahm sich eine davon und füllte sie mit brühheißem Kaffee, an dem er vorsichtig nippte, während er wartete. Als Lost mit einer heißen und schweren Pfanne mit frischen Rühreiern, die er mit dem Saum seiner Schürze hielt, zum Serviertisch kam, rief Bosch über den Lärm der Schöpflöffel und Stimmen hinweg: »Hallo, Chef.«

Lost sah zu ihm herüber, und Bosch konnte erkennen, dass ihm sofort klar wurde, dass Bosch kein »Kunde« war. Wie am Abend zuvor war Bosch leger gekleidet, aber er glaubte, Lost könnte dennoch gespürt haben, dass er Polizist war. Er löste sich vom Serviertisch und näherte sich Bosch. Aber er kam nicht ganz bis zu ihm. Auf dem Fußboden schien sich eine unsichtbare Linie zu befinden, die Küche und Essbereich voneinander trennte. Lost überquerte sie nicht. Er stand da und hielt mit seiner Schürze die fast leere Servierpfanne, die er vom Warmhaltetisch genommen hatte.

»Kann ich etwas für Sie tun?«, fragte er.

»Ja, hätten Sie vielleicht kurz Zeit? Ich würde gern mit Ihnen sprechen.«

»Nein, ich habe nicht kurz Zeit. Wir sind mitten beim Frühstück.«

»Es geht um Ihre Tochter.«

Bosch sah das leichte Flackern in Losts Blick. Er senkte ihn kurz, dann hob er ihn wieder.

»Sind Sie von der Polizei?«

Bosch nickte.

»Könnte ich nur den gröbsten Ansturm noch hinter mich bringen? Wir tragen gerade die letzten Behälter auf.«

»Kein Problem.«

»Möchten Sie was essen? Sie sehen aus, als wären Sie sehr hungrig.«

»Ähm …«

Bosch blickte sich um. Er wusste nicht, wo er an den überfüllten Tischen einen Platz finden könnte. In diesen Suppenküchen herrschten dieselben ungeschriebenen Gesetze wie in Gefängnissen. Berücksichtigte man dann auch noch das hohe Maß an psychischen Störungen unter Obdachlosen, konnte man jemandem schon zu nahe treten, indem man sich den falschen Platz aussuchte.

»Kommen Sie mit«, sagte Lost. »Hinten haben wir auch einen Tisch.«

Bosch wandte sich wieder Lost zu, aber der war bereits losgegangen. Bosch folgte ihm durch die Küche in ein Hinterzimmer, in dem ein leerer Edelstahltisch mit einem vollen Aschenbecher darauf stand.

»Nehmen Sie Platz.«

Lost nahm den Aschenbecher und hielt ihn hinter seinen Rücken. Es war nicht so, als versteckte er ihn. Es war, als wäre er ein Kellner, der seinem Gast einen perfekten Tisch anbieten wollte. Bosch dankte ihm und setzte sich.

»Ich bin gleich wieder da.«

Es schien, als brächte Lost in weniger als einer Minute einen Teller voll mit all den Sachen, die Bosch auf dem Warmhaltetisch gesehen hatte. Als er das Besteck auslegte, sah Bosch, dass seine Hand zitterte.

»Vielen Dank. Übrigens hatte ich eben nur Bedenken, dass ich vielleicht jemandem was wegesse. Ich meine, bei den vielen Leuten, die hierherkommen?«

»Wir werden niemanden abweisen. Jedenfalls nicht, solange er rechtzeitig kommt. Wie ist Ihr Kaffee?«

»Wunderbar, danke. Übrigens, es ist nicht so, dass ich nicht da draußen bei diesen Leuten sitzen wollte. Ich wusste nur nicht, wo ich mich hinsetzen sollte.«

»Ich weiß. Sie brauchen das nicht zu erklären. Lassen Sie mich noch schnell diese Tabletts wegbringen, dann können wir reden. Ist es zu einer Festnahme gekommen?«

Bosch sah ihn an. In Losts Augen war ein hoffnungsvoller, vielleicht sogar flehentlicher Blick.

»Noch nicht«, sagte Bosch. »Aber wir stehen kurz davor.«

»Ich komme so schnell wie möglich zurück. Essen Sie. Das sind übrigens Rühreier Malibu.«

Bosch sah auf seinen Teller. Lost kehrte in die Küche zurück.

Die Eier waren gut. Wie das ganze Frühstück. Kein Toast, aber das wäre zu viel verlangt gewesen. Der Aufenthaltsraum, in dem er saß, lag zwischen dem Kochbereich der Küche und einem großen Raum, in dem zwei Männer Geschirr in eine große Spülmaschine füllten. Es war laut, und der aus beiden Richtungen kommende Lärm prallte von den grau gefliesten Wänden zurück. Es gab eine Flügeltür, die in den Hinterhof führte. Ein Flügel stand offen, und es kam kühle Luft herein, die den Dampf aus dem Geschirrspüler und die Hitze aus der Küche in Schach hielt.

Nachdem Bosch seinen Teller leer gegessen und seinen Kaffee ausgetrunken hatte, stand er auf und ging in den Hinterhof, um ungestört telefonieren zu können. Er sah sofort, dass der Hinterhof als Schlaflager diente. Die Rückseiten der Missionen auf der einen Seite und die Spielzeuglager auf der anderen waren fast durchgehend von Hütten aus Pappkartons und Leinwand gesäumt. Es war still. Das waren vermutlich die selbst gebauten Unterkünfte der Nachtmenschen. Es war nicht so, dass in den Schlafsälen der Missionen kein Platz für sie war. Wenn man jedoch dort ein Bett haben wollte, musste man sich an bestimmte Grundregeln halten, und das wollten die Leute in diesem Hinterhof nicht.

Bosch wählte die Nummer von Kiz Riders Handy, und sie ging sofort dran. Sie war bereits in Zimmer 503 und hatte gerade die Anträge für die Telefonüberwachung verschickt. Bosch sprach leise.

»Ich habe den Vater gefunden.«

»Sehr gut, Harry. Du hast es immer noch drauf. Was hat er gesagt? Hat er Mackey erkannt?«

»Ich habe noch nicht mit ihm gesprochen.«

Er schilderte ihr die Situation und fragte, ob es bei ihr etwas Neues gebe.

»Der Antrag liegt bereits auf dem Schreibtisch des Captain. Abel wird ihm etwas Dampf machen, falls wir bis zehn Uhr nichts von ihm hören, und dann wandert er durch die Instanzen.«

»Wann bist du reingekommen?«

»Früh. Ich wollte es möglichst schnell erledigt haben.«

»Bist du gestern Abend noch dazu gekommen, das Tagebuch des Mädchens zu lesen?«

»Ja, im Bett. Es ist keine große Hilfe. Typischer Highschool-Kram. Unerwiderte Liebe, wöchentlich wechselnde Schwärmereien, Dinge in der Art. MWL kommt darin vor, aber es gibt keine Hinweise auf seine Identität. Er könnte sogar eine Phantasiegestalt sein, so toll stellt sie ihn dar. Ich finde, Garcia hatte recht, es der Mutter zurückzugeben. Es bringt uns nicht weiter.«

»Geht aus dem Tagebuch hervor, ob MWL ein *Er* ist?«

»Hmm, Harry, sehr gut. Darauf habe ich nicht geachtet. Aber ich habe es hier und sehe gleich nach. Weißt du etwas, was ich nicht weiß?«

»Nein, ich will nur alle Eventualitäten abdecken. Was ist mit Danny Kotchof? Kommt er darin vor?«

»Am Anfang. Er wird namentlich erwähnt. Dann verschwindet er, und der geheimnisvolle MWL nimmt seinen Platz ein.«

»Mr. X ...«

»Hör zu, ich gehe in ein paar Minuten in den Sechsten rauf. Ich werde sehen, ob ich Zugang zu diesen alten Akten kriege, von denen wir gesprochen haben.«

Bosch fiel auf, dass sie nicht erwähnt hatte, dass es PDU-Akten waren. Deshalb fragte er sich, ob Pratt oder sonst jemand in der Nähe war und Kiz vorsichtig war, falls jemand mithörte.

»Ist jemand in der Nähe, Kiz?«

»Ja.«

»Du bist vorsichtig, ja?«

»Du sagst es.«

»Gut. Viel Glück. Ach, übrigens, hast du ein Telefon in der Mariano gefunden?«

»Ja«, sagte sie. »Es gibt einen Anschluss, und er ist auf William Burkhart angemeldet. Muss ein Mitbewohner sein. Der Kerl ist nur ein paar Jahre älter als Mackey und hat ein Hassverbrechen in seinem Vorstrafenregister. In letzter Zeit nichts mehr, aber das Hassverbrechen war 1988.«

»Und noch was«, sagte Bosch. »Er war auch Sam Weiss' Nachbar. Das hatte ich vergessen zu erwähnen, als wir gestern Abend telefoniert haben.«

»Zu viele Informationen auf einmal.«

»Ja. Übrigens, da ist noch was, weswegen ich mir Gedanken mache. Wie kommt es, dass Mackeys Handy bei der AutoTrack-Suche nicht aufgetaucht ist?«

»Da bin ich dir einen Schritt voraus. Ich habe die Nummer überprüft, und das Handy gehört nicht ihm. Es ist auf eine Belinda Messier angemeldet. Ihre Adresse ist drüben in der Melba, ebenfalls in Woodland Hills. Sie hat keine Vorstrafen, nur ein paar Verkehrsdelikte. Vielleicht ist sie seine Freundin.«

»Vielleicht.«

»Wenn ich Zeit habe, versuche ich, sie ausfindig zu machen. Langsam tut sich hier was, Harry. Allmählich fügen sich die Teile zusammen. Dieser ganze Achtundachtzigerkram. Ich wollte mir die Akte über das Hassverbrechen holen, aber ...«

»Es war ein Fall der Public Disorder Unit?«

»Genau. Und deshalb gehe ich jetzt in den Sechsten hoch.«

»Okay, sonst noch was?«

»Ich habe gleich als Erstes in der Asservatenkammer angerufen. Sie haben die Beweismittelschachtel immer noch nicht gefunden. Wir haben weiterhin die Tatwaffe nicht. Langsam fange ich an, mich zu fragen, ob sie verlegt wurde oder ob sie jemand bewusst hat verschwinden lassen.«

»Ja«, sagte Bosch, der das Gleiche dachte. Falls in diesen Fall Polizeiangehörige verwickelt waren, könnte das Beweismaterial absichtlich beiseitegeschafft worden sein.

»Na schön«, sagte Bosch. »Nehmen wir uns noch mal kurz das Tagebuch vor, bevor ich mit dem Vater spreche. Steht dort irgendetwas über die Schwangerschaft drin?«

»Nein, darüber hat sie kein Wort verloren. Die Einträge sind datiert, und sie hat Ende April aufgehört, etwas in das Tagebuch zu schreiben. Vielleicht war das, als sie es gemerkt hat. Ich könnte mir vorstellen, dass sie aufgehört hat, Tagebuch zu führen, weil sie vielleicht Angst hatte, ihre Eltern könnten es heimlich lesen.«

»Erwähnt sie irgendwelche Clubs oder Kneipen? Du weißt schon, Orte, an denen sie sich öfter aufhielt?«

»Sie schreibt über jede Menge Filme«, sagte Rider. »Nicht, mit wem sie ins Kino ging, nur, dass sie sich bestimmte Filme ansah und was sie von ihnen hielt. Woran denkst du … Zielansprache?«

Sie mussten herausfinden, wo sich Mackeys und Rebecca Losts Wege gekreuzt haben könnten. Das war ein weißer Fleck in den Ermittlungen, und zwar unabhängig vom Motiv. Wo war Mackey mit Lost in Berührung gekommen, um sie ins Visier zu nehmen?

»Kinos«, sagte er. »Dort könnten sie sich über den Weg gelaufen sein.«

»Genau. Und ich glaube, oben im Valley sind alle Kinos in Einkaufszentren. Damit wäre die infrage kommende Begegnungszone noch größer.«

»Darüber sollten wir uns Gedanken machen.«

Bosch sagte, er werde nach dem Gespräch mit Robert Lost ins Büro kommen, und sie legten auf. Bosch ging in den Aufenthaltsraum zurück, und der Lärm aus dem Spülraum schien zugenommen zu haben. Die Essensausgabe war fast beendet, und jetzt wurden die Spülmaschinen gefüllt. Bosch setzte sich wieder an den Tisch und stellte fest, dass jemand seinen leeren Teller weggeräumt hatte. Er versuchte, über das Gespräch mit Rider nachzudenken. Einkaufszentren waren riesige Knotenpunkte, Orte, an denen es ohne Weiteres vorstellbar war, dass jemand wie Mackey jemandem wie Rebecca Lost begegnete. Er fragte sich, ob das Verbrechen die Folge einer Zufallsbegegnung war: Mackey sieht ein Mädchen mit dem unübersehbaren Rassenmix in Gesicht, Haar und Augen. Könnte ihn das so gestört haben, dass er ihr nach Hause folgte und später allein oder mit anderen zurückkam, um sie zu entführen und umzubringen?

Es schien ziemlich weit hergeholt, aber die meisten Theorien erschienen am Anfang abwegig. Er dachte über das ursprüngliche Ermittlungsverfahren nach und über die Möglichkeit, dass es zu einer Einmischung aus Polizeikreisen gekommen war. In der Mordakte hatte sich kein Hinweis auf mögliche rassistische Hintergründe der Tat gefunden. Andererseits hätte die Polizei 1988 alles versucht, eine solche Möglichkeit unter den Tisch zu kehren. Auf diesem Auge waren die Polizei und die Stadt damals vollkommen blind. 1988 schwärte zwar dicht unter der Oberfläche eine Entzündung rassistischer Animositäten, aber die Stadt schaute einfach weg. Ein paar Jahre später sollte dann die Haut über dem Eiterherd aufplatzen und die Stadt von dreitägigen Unruhen heimgesucht werden, wie sie das Land ein Vierteljahrhundert lang nicht mehr erlebt hatte. Bosch musste deshalb in Betracht ziehen, dass auf die Ermittlungen im Mordfall Rebecca Lost von oben Einfluss genommen worden war, um diese Entzündung nicht zum Ausbruch kommen zu lassen.

»Sind Sie so weit?«

Bosch blickte auf und sah Robert Lost dastehen. Vor Anstrengung war sein Gesicht schweißüberströmt. Er hielt die Kochmütze jetzt in der Hand. Sein Arm zitterte noch immer leicht.

»Aber sicher. Möchten Sie sich setzen?«

Lost nahm gegenüber Bosch Platz.

»Ist es hier immer so?«, fragte Bosch. »So voll, meine ich?«

»Jeden Morgen. Heute haben wir einhundertzweiundsechzig Essen ausgegeben. Eine Menge Leute zählen auf uns. Nein, halt, das heißt einhundertdreiundsechzig Essen. Sie habe ich ganz vergessen. Wie war das Frühstück?«

»Verdammt gut. Vielen Dank! Ich hatte ein richtiges Loch im Bauch.«

»Meine Spezialität.«

»Nicht ganz das Gleiche, wie für Johnny Carson und die Malibu-Szene zu kochen, hm?«

»Allerdings. Aber dem trauere ich nicht nach. Ganz und gar nicht. Das war nur eine von vielen Stationen auf der Suche nach meiner wahren Bestimmung. Aber dank unserem Herrn Jesus Christus bin ich jetzt hier, und hier ist, wo ich sein möchte.«

Bosch nickte. Ob beabsichtigt oder nicht, gab ihm Lost zu verstehen, dass er durch die Intervention des Glaubens zu seinem neuen Leben gefunden hatte. Bosch hatte festgestellt, dass häufig diejenigen, die am meisten darüber sprachen, am schnellsten wieder umfielen.

»Wie haben Sie mich gefunden?«, fragte Lost.

»Meine Partnerin und ich haben gestern mit Ihrer Frau gesprochen, und sie hat uns erzählt, dass Sie hier unten gelebt haben, als sie das letzte Mal von Ihnen gehört hat. Deshalb habe ich gestern Abend nach Ihnen zu suchen begonnen.«

»An Ihrer Stelle würde ich hier nachts lieber nicht auf die Straße gehen.«

In seiner Stimme schwang ein leichter karibischer Singsang mit. Aber das war eine Eigenheit, die im Lauf der Zeit schwächer geworden zu sein schien.

»Ich hatte eigentlich erwartet, Sie würden in der Schlange stehen, nicht die Schlange mit Essen versorgen.«

»Bis vor Kurzem stand ich auch noch in der Schlange. Aber ich musste erst einmal dort stehen, um jetzt da zu stehen, wo ich heute bin.«

Bosch nickte wieder. Er hörte diese Ein-Tag-nach-dem-anderen-Mantras nicht zum ersten Mal.

»Wie lange sind Sie schon trocken?«

Lost lächelte.

»Diesmal? Etwas über drei Jahre.«

»Schauen Sie, ich möchte Sie nicht zwingen, diese traumatische Erfahrung von vor siebzehn Jahren noch einmal zu durchleben, aber wir rollen den Fall neu auf.«

»Nein, nein, kein Problem, Detective. Ich rolle den Fall jeden Abend neu auf, wenn ich die Augen schließe, und jeden Morgen, wenn ich zu Jesus bete.«

Bosch nickte wieder.

»Wollen Sie gleich hier reden oder einen Spaziergang machen oder rüber zum Parker Center fahren, wo wir uns ein ruhiges Zimmer suchen könnten?«

»Wir können ruhig hier bleiben. Hier fühle ich mich recht wohl.«

»Gut, dann will ich Ihnen erst mal ein bisschen erzählen, was sich inzwischen alles getan hat. Ich arbeite für die Einheit für offene und ungelöste Fälle. Im Moment befassen wir uns gerade noch einmal mit dem Tod Ihrer Tochter, weil uns einige neue Erkenntnisse dazu vorliegen.«

»Was für Erkenntnisse?«

Bosch beschloss, die Sache bei Lost anders aufzuziehen. Während er der Mutter Verschiedenes vorenthalten hatte, würde er dem Vater alles sagen.

»Wir haben eine Übereinstimmung zwischen dem Blut, das an der Tatwaffe gefunden wurde, und einer Person, von der wir ziemlich sicher sind, dass sie zum Zeitpunkt des Mordes oben in Chatsworth gewohnt hat. Es ist eine DNS-Übereinstimmung. Wissen Sie, was das ist?«

Lost nickte. »Ja. Wie bei O.J.«

»Nur ist sie in diesem Fall eindeutig. Sie besagt zwar nicht, dass er derjenige ist, der Rebecca ermordet hat, aber sie besagt, dass er in engem Zusammenhang mit der Tat stand, und das bringt uns der Sache schon mal näher.«

»Wer ist es?«

»Dazu komme ich gleich. Aber zuerst, Mr. Lost, möchte ich Ihnen ein paar Fragen stellen, die Sie und den Fall betreffen.«

»Wieso mich?«

Bosch spürte, wie sich sein Gegenüber verkrampfte. Die Haut um Losts Augen zog sich zusammen. Er merkte, dass er möglicherweise unvorsichtig geworden war. Er hatte Losts Stellung in der Küche als ein Zeichen psychischer Stabilität aufgefasst und die Warnung außer Acht gelassen, die Rider in Bezug auf Obdachlose ausgesprochen hatte.

»Na ja«, sagte er, »ich würde gern ein bisschen darüber wissen, was in den Jahren seit Rebeccas Tod mit Ihnen passiert ist.«

»Was soll das hiermit zu tun haben?«

»Vielleicht nichts, aber ich würde es trotzdem gern wissen.«

»Mir ist passiert, dass ich gestrauchelt und in ein schwarzes Loch gefallen bin. Hat einige Zeit gedauert, bis ich wieder Licht und einen Ausweg gesehen habe. Haben Sie Kinder?«

»Ja. Eine Tochter.«

»Dann wissen Sie, was ich meine. Wenn Sie ein Kind verlieren, so wie ich mein Mädchen verloren habe, dann können Sie einpacken, mein Freund. Dann sind Sie erledigt. Man ist wie eine leere Flasche, die jemand aus dem Fenster geworfen hat. Das Auto fährt weiter, aber man bleibt zerbrochen am Straßenrand liegen.«

Bosch nickte. Er kannte das. Er lebte ein Leben himmelschreiender Verwundbarkeit, war sich bewusst, dass etwas, was vielleicht in einer fernen Stadt passierte, dazu führen konnte, dass er lebte oder starb oder in das gleiche schwarze Loch fiel wie Lost.

»Nach dem Tod Ihrer Tochter haben Sie das Restaurant verloren?«

»Ja. Etwas Besseres hätte mir gar nicht passieren können. Mir musste das zustoßen, damit ich herausfand, wer ich wirklich bin. Und um den Weg hierher zu finden.«

Bosch wusste, dass solche Abwehrmechanismen auf

tönernen Füßen standen. Nahm man Losts Logik beim Wort, hätte er genauso gut sagen können, dass der Tod seiner Tochter das Beste war, was ihm passieren konnte, weil es zum Verlust seines Restaurants führte, was wiederum all die großartigen Erkenntnisse über sich selbst nach sich zog, die er seitdem gemacht hatte. Es war kompletter Unsinn, und beide Männer am Tisch wussten es; nur einer konnte es nicht zugeben.

»Mr. Lost, erzählen Sie mir etwas«, sagte Bosch. »Sparen Sie sich die ganzen Selbsthilferatschläge für Ihre Treffen und die abgerissenen Typen auf, die hier Schlange stehen. Erzählen Sie mir, wie Sie gestrauchelt sind. Erzählen Sie mir, wie Sie in dieses schwarze Loch gefallen sind.«

»Das habe ich doch gerade.«

»Nicht jeder, der ein Kind verliert, fällt so tief in das Loch. Sie sind nicht der Einzige, dem so etwas passiert ist, Mr. Lost. Einige landen im Fernsehen, andere kandidieren für den Kongress. Was ist mit Ihnen passiert? Warum war es bei Ihnen anders? Und erzählen Sie mir nicht, es liegt daran, dass Sie Ihr Kind mehr geliebt haben. Wir alle lieben unsere Kinder.«

Einen Augenblick war Lost still. Er presste die Lippen fest aufeinander, während er um Fassung rang. Bosch merkte, dass er ihn wütend gemacht hatte. Aber das war in Ordnung. Er musste etwas nachhelfen.

»Also schön«, sagte Lost schließlich. »Also schön.«

Aber das war alles. Bosch konnte seine Kiefermuskeln arbeiten sehen. Der Schmerz der letzten siebzehn Jahre hatte sich in seinem Gesicht festgesetzt. Bosch konnte ihn lesen wie eine Speisekarte. Appetithappen, Vorspeisen, Desserts. Frustration, Wut, unwiederbringlicher Verlust.

»Also schön was, Mr. Lost?«

Lost nickte. Er entfernte die letzte Barrikade.

»Ich könnte Ihnen allen Vorwürfe machen, aber ich muss mir selbst Vorwürfe machen. Ich habe meine Tochter im Tod im Stich gelassen, Detective. Und danach war der einzige Ort, wo ich mich vor diesem Verrat verstecken konnte, die Flasche. Die Flasche öffnet das schwarze Loch. Verstehen Sie?«

Bosch nickte. »Ich versuche es. Sagen Sie, was Sie damit meinen, *Ihnen allen* Vorwürfe machen. Meinen Sie damit die Polizei? Meinen Sie die Weißen?«

»Ich meine alles.«

Lost drehte sich so auf seinem Sitz, dass sein Rücken der gefliesten Wand neben dem Tisch zugewandt war. Er schaute auf die Tür, die in den Hinterhof führte. Er sah nicht Bosch an. Bosch wollte den Blickkontakt, aber er war bereit, sich damit abzufinden, solange Lost nur weiterredete.

»Dann fangen wir doch mit der Polizei an«, sagte Bosch. »Warum machen Sie der Polizei Vorwürfe? Was hat die Polizei getan?«

»Sie erwarten von mir, dass ich mit Ihnen darüber rede, was *Ihre* Leute getan haben?«

Bosch dachte scharf nach, bevor er antwortete. Er spürte, das war der Knackpunkt des Gesprächs, und sein Gefühl sagte ihm, dass dieser Mann etwas Wichtiges aufzugeben hatte.

»Wir beginnen mit der Tatsache, dass Sie Ihre Tochter geliebt haben, richtig?«

»Natürlich.«

»Also, Mr. Lost, was ihr passiert ist, hätte nie passieren dürfen. Daran kann ich nichts mehr ändern. Aber ich kann versuchen, für sie zu sprechen. Deshalb bin ich hier. Was die Polizisten vor siebzehn Jahren getan haben, ist nicht das, was ich tun werde. Die meisten von ihnen sind ohnehin schon tot. Wenn Sie Ihre Tochter immer noch lieben, wenn Sie ihr Andenken hochhalten wollen, dann erzählen Sie mir jetzt die ganze Geschichte. So werden Sie mir helfen, für sie zu sprechen. Es ist Ihre einzige Möglichkeit, wiedergutzumachen, was Sie damals getan haben.«

Etwa in der Mitte von Boschs Plädoyer begann Lost zu nicken. Bosch hatte ihn, er würde sich ihm öffnen. Es ging um Erlösung. Dabei spielte es keine Rolle, wie viele Jahre vergangen waren. Erlösung war immer das Nonplusultra.

Über Losts linke Wange, auf der dunklen Haut fast nicht zu erkennen, lief eine einzige Träne. Ein Mann in schmutziger weißer Küchenkleidung kam mit einem Klemmbrett in den Aufenthaltsraum, aber Bosch winkte ihn hastig wieder nach draußen. Bosch wartete, und endlich begann Lost zu sprechen.

»Ich habe mich über sie gestellt und mich am Ende doch nur verloren.«

»Wie ist es dazu gekommen?«

Lost legte die Hand auf seinen Mund, als versuchte er, die Geheimnisse daran zu hindern, herausgelassen zu werden. Schließlich ließ er die Hand sinken und fuhr fort: »Eines Tages las ich in der Zeitung, dass meine Tochter mit einer Pistole erschossen worden war, die von einem Einbruch stammte. Das hatten mir Green und Garcia nicht erzählt. Deshalb sprach ich Detective Green darauf an, und er erzählte mir, der Mann hätte die Pistole gekauft, weil er Angst hatte. Er war Jude und war bedroht worden. Ich dachte ...«

An dieser Stelle verstummte er, und Bosch musste ihm auf die Sprünge helfen.

»Sie dachten, Rebecca wäre vielleicht Opfer dieses Verbrechens geworden, weil sie zwei Rassen angehörte? Weil ihr Vater schwarz war?«

Lost nickte.

»Ich dachte, ja, denn hin und wieder fielen schon Bemerkungen in dieser Richtung. Nicht alle sahen die Schönheit in ihr. Nicht so, wie wir das taten. Ich hätte lieber in der Westside gelebt, aber Muriel ... Sie war von dort oben. Das war ihre Heimat.«

»Was hat Green Ihnen erzählt?«

»Er sagte, nein, da wäre nichts dran. Sie wären dem nachgegangen, aber diese Möglichkeit könnten sie ausschließen. Es war nicht ... Irgendwie hat mich das nicht überzeugt. Mir schien es so, als würden sie diesen Punkt einfach ignorieren. Ich rief immer wieder an und stellte Fragen. Ich ließ nicht locker. Schließlich wandte ich mich an einen Gast, den ich aus dem Restaurant kannte und der im Polizei-Kontrollausschuss saß. Ich erzählte ihm davon, und er versprach mir, der Sache nachzugehen.«

Lost nickte, mehr zu sich selbst als zu Bosch. Er bestärkte seinen Glauben in die Schritte, die er als ein Vater, der Gerechtigkeit für seine Tochter suchte, unternommen hatte.

»Und was passierte dann?«, hakte Bosch nach.

»Dann bekam ich Besuch, von zwei Polizisten.«

»Aber nicht Green und Garcia?«

»Nein, nicht die beiden. Zwei andere Polizisten. Sie kamen ins Restaurant.«

»Wie hießen die beiden?«

Lost schüttelte den Kopf.

»Sie haben sich mir nicht vorgestellt. Sie haben mir nur ihre Dienstmarken gezeigt. Es waren Detectives, glaube ich. Sie sagten, dass nichts dran wäre an dieser Sache, mit der ich Green auf die Nerven ging. Sie sagten, ich sollte endlich Ruhe geben und aufhören, Wirbel zu machen. Genauso haben sie es genannt, Wirbel machen. Als ob es dabei um mich ginge und nicht um meine Tochter.«

Er schüttelte angespannt den Kopf. Auch nach all den Jahren hatte die Bitterkeit nicht nachgelassen. Bosch stellte eine naheliegende Frage. Naheliegend deshalb, weil er nur zu gut wusste, wie es beim LAPD damals zugegangen war.

»Haben sie Ihnen gedroht?«

Lost schnaubte.

»Ja, sie haben mir gedroht«, sagte er ruhig. »Sie sagten, sie wüssten, dass meine Tochter schwanger war, aber sie könnten die Klinik nicht finden, in der sie es wegmachen ließ. Deshalb gäbe es auch kein Gewebe, mit dessen Hilfe sie den Vater identifizieren könnten. Es gab keine Möglichkeit, festzustellen, wer es war oder wer nicht. Sie sagten, sie bräuchten nur ein paar Fragen zu stellen, was mich und meine Tochter anging, zum Beispiel meinem Gast, dem aus dem Kontrollausschuss, und schon würden alle möglichen Gerüchte über mich in Umlauf geraten. Sie sagten, nur ein paar Fragen an den richtigen Stellen, und in kürzester Zeit würden die Leute denken, dass ich es gewesen war.«

Bosch unterbrach ihn nicht. Er spürte, wie seine eigene Wut ihm die Kehle zuschnürte.

»Sie sagten, es würde nicht einfach werden, mein Restaurant zu behalten, wenn alle dächten, dass ich … dass ich das meiner Tochter angetan hätte …«

Jetzt liefen mehr Tränen über sein dunkles Gesicht. Er tat nichts, um sie aufzuhalten.

»Und darum tat ich, was sie verlangten. Ich hörte auf und ließ die Sache auf sich beruhen. Ich hörte auf, Wirbel zu machen. Ich versuchte, mir einzureden, dass es sowieso keine Rolle mehr spielen würde; es brächte uns Becky nicht zurück. Deshalb rief ich Detective Green nie wieder an … und sie haben den Fall nicht aufgeklärt. Nach einer Weile begann ich zu trinken, um zu vergessen, was ich verloren hatte und was ich getan hatte: dass ich und mein Stolz und mein Ruf und meine Firma mir wichtiger gewesen waren als meine Tochter. Und ziemlich schnell, ehe ich mich's versah, stand ich an dem schwarzen Loch, von dem ich Ihnen erzählt habe. Ich fiel hinein und bin immer noch dabei, herauszuklettern.«

Nach einer Weile drehte er sich herum und sah Bosch an.

»Wie finden Sie diese Geschichte, Detective?«

»Es tut mir leid, Mr. Lost. Es tut mir aufrichtig leid, dass das passiert ist. Alles.«

»Ist das die Geschichte, die Sie hören wollten, Detective?«

»Ich wollte nur die Wahrheit erfahren. Ob Sie es glauben oder nicht, sie wird mir helfen. Sie wird mir helfen, für Becky zu sprechen. Können Sie mir die zwei Männer beschreiben, die damals zu Ihnen kamen?«

Lost schüttelte den Kopf.

»Das ist schon lange her. Wahrscheinlich würde ich sie nicht mal wiedererkennen, wenn sie direkt vor mir stünden. Ich weiß nur noch, dass beide Weiße waren. Und einen von ihnen nannte ich in Gedanken Mr. Clean, wegen seines kahl rasierten Schädels und weil er wie dieser Kerl auf der Putzmittelflasche mit verschränkten Armen dastand.«

Bosch spürte, wie sich seine Wut in die Muskeln seiner Schultern vorarbeitete. Er wusste, wer Mr. Clean war.

»Wie viel von alldem hat Ihre Frau mitbekommen?«, fragte er in ruhigem Ton.

Lost schüttelte den Kopf.

»Muriel wusste nichts von alledem. Ich habe ihr nichts davon erzählt. Ich habe das allein auf meine Kappe genommen.«

Lost wischte sich die Tränen von den Wangen ab. Er schien etwas Erleichterung gefunden zu haben, nachdem er die Geschichte endlich erzählt hatte.

Bosch griff in seine Gesäßtasche und zog das alte Foto von Roland Mackey heraus. Er legte es vor Lost auf den Tisch.

»Erkennen Sie diesen Jungen?«

Lost sah das Foto lange an, bevor er den Kopf schüttelte.

»Sollte ich das? Wer ist das?«

»Er heißt Roland Mackey. Er war 1988 ein paar Jahre älter als Ihre Tochter. Er ging zwar nicht in Hillside zur Schule, aber er lebte in Chatsworth.«

Bosch wartete auf eine Reaktion, bekam aber keine. Lost starrte nur auf das Foto auf dem Tisch.

»Dieses Foto stammt aus einer Verbrecherkartei. Was hat er getan?«

»Ein Auto gestohlen. Aber wir wissen auch, dass er einer Gruppe rechtsextremer Weißer angehörte. Im Gefängnis und auch draußen. Sagt Ihnen der Name etwas?«

»Nein. Sollte er das?«

»Das weiß ich nicht. Ich frage nur. Können Sie sich erinnern, ob Ihre Tochter jemals seinen Namen erwähnt hat, oder vielleicht einen gewissen Ro?«

Lost schüttelte den Kopf.

»Wir versuchen gerade herauszufinden, ob sich die Wege der beiden irgendwo gekreuzt haben. Das Valley ist sehr groß. Sie könnten ...«

»In welche Schule ging er?«

»Er war auf der Chatsworth High, hat sie aber nicht beendet. Er hatte einen GED.«

»Rebecca ging in dem Sommer vor ihrem Tod immer zum theoretischen Fahrunterricht in die Chatsworth High.«

»Das wäre also 1987 gewesen?«

Lost nickte.

»Ich werde das nachprüfen.«

Aber Bosch glaubte nicht, dass das eine gute Spur war. Mackey war vor dem Sommer 1987 von der Schule abgegangen und hatte erst nach 1988 noch einmal die Schulbank gedrückt, um seinen GED zu machen. Trotzdem konnte es nicht schaden, dem nachzugehen.

»Etwas anderes. Ging sie gern ins Kino und in die Mall?«

Lost zuckte mit den Schultern.

»Sie war ein sechzehnjähriges Mädchen. Natürlich ging

sie gern ins Kino. Die meisten ihrer Freundinnen hatten ein Auto. Sobald sie sechzehn wurden und selbst fahren durften, waren sie ständig unterwegs. Meine Frau nannte es die drei M: Movies, Malls und Madonna.«

»Welche Einkaufszentren waren das? Und welche Kinos?«

»Sie waren oft in der Northridge Mall, weil sie ganz in der Nähe war, wissen Sie? Auch zum Autokino in der Winnetka fuhren sie gern. Dort konnten sie während des Films im Auto sitzen und quatschen. Eins der Mädchen hatte ein Cabrio, und damit fuhren sie immer am liebsten hin.«

Bosch schoss sich auf das Autokino ein. Er hatte nicht mehr daran gedacht, seit er mit Rider über Kinos gesprochen hatte. Aber Roland Mackey war einmal wegen eines Einbruchs in das Autokino in der Winnetka verhaftet worden. Aufgrund dessen stand es ganz oben in der Liste derjenigen Orte, an denen sich die Wege von Rebecca und Roland Mackey gekreuzt haben könnten.

»Wie oft fuhren Rebecca und ihre Freundinnen in das Autokino?«

»Ich glaube, sie fuhren gern freitagabends hin, wenn die neuen Filme herauskamen.«

»Trafen sie sich dort mit Jungs?«

»Ich denke schon. Aber sehen Sie, das sind alles nur nachträgliche Vermutungen. Es war nichts Verkehrtes oder Unnatürliches daran, dass unsere Tochter mit ihren Freundinnen ins Kino ging und sich mit Jungen traf und so. Erst wenn plötzlich das denkbar Schlimmste eintritt, fangen die Leute auf einmal zu fragen an: ›Warum weißt du nicht, mit wem sie sich herumtreibt?‹ Wir dachten, alles wäre bestens. Wir schickten sie in die beste Schule, die wir finden konnten. Ihre Freundinnen waren alle aus netten Familien. Wir konnten sie nicht jede Minute beaufsichtigen. Freitagabends – was sage ich, an den meisten Abenden – habe ich bis spätabends im Restaurant gearbeitet.«

»Das ist mir völlig klar. Ich will Sie damit auch nicht als Vater verurteilen, Mr. Lost. Ich sehe darin nichts Verkehrtes, ja? Ich werfe nur ein Netz aus. Ich sammle so viele Informationen, wie ich bekommen kann, weil man nie wissen kann, was möglicherweise wichtig wird.«

»Na ja, ich würde sagen, dieses Netz hat sich schon vor Langem in den Felsen verfangen und ist zerrissen.«

»Nicht unbedingt.«

»Dann glauben Sie also, dieser Mackey war es?«

»Er hat irgendetwas damit zu tun; das ist alles, was wir sicher wissen. Aber schon bald werden wir mehr wissen. Das verspreche ich Ihnen.«

Lost drehte sich herum und sah Bosch zum ersten Mal während des Gesprächs direkt in die Augen.

»Wenn Sie an diesen Punkt kommen, werden Sie für sie sprechen, Detective, nicht wahr?«

Bosch nickte langsam. Er glaubte zu wissen, worum Lost ihn bat.

»Ja, Sir, das werde ich.«

21

Kiz Rider saß mit verschränkten Armen an ihrem Schreibtisch, als ob sie den ganzen Vormittag auf Bosch gewartet hätte. Sie machte ein finsteres Gesicht, und Bosch wusste sofort, dass etwas nicht stimmte.

»Hast du die PDU-Akte?«, fragte er.

»Einen Blick durfte ich reinwerfen. Aber mitnehmen durfte ich sie nicht.«

Bosch nickte. Er nahm ihr gegenüber Platz.

»Gutes Material?«, fragte er.

»Hängt ganz davon ab, wie man die Sache sieht.«

»Ich habe übrigens auch einiges.«

Er blickte sich um. Abel Pratts Tür war offen, und Bosch konnte sehen, wie er sich in seinem Büro über die kleine Kühlbox beugte, die er neben dem Schreibtisch stehen hatte. Pratt war in Hörweite. Es war nicht so, dass Bosch ihm nicht traute. Das tat er. Aber er wollte ihn nicht in eine Situation bringen, in der er etwas hörte, was er nicht hören wollte oder noch nicht zu hören bereit war. Genau wie Rider, als sie vor Kurzem telefoniert hatten.

Er sah wieder seine Partnerin an.

»Hast du Lust auf einen kleinen Spaziergang?«

»Klar, warum nicht?«

Sie standen auf, um zu gehen. Als Bosch an Pratts Tür vorbeikam, beugte er sich nach drinnen. Inzwischen telefonierte der Leiter von Offen-Ungelöst. Bosch machte ihn auf sich aufmerksam, trank pantomimisch aus einer Tasse und zeigte dann fragend auf Pratt. Pratt schüttelte den Kopf und hielt einen Joghurtbecher hoch, als wollte er sagen, er habe, was er brauche. Bosch sah kleine grüne Stückchen in der Pampe. Als er überlegte, was für grüne Früchte es gab, fielen ihm nur Kiwis ein. Im Weitergehen dachte er, die einzige Möglichkeit, den Geschmack von Joghurt zu verschlechtern, wäre, Kiwis unterzumischen.

Sie fuhren mit dem Lift nach unten und gingen vorn heraus, wo der Gedächtnisbrunnen war.

»Und wo willst du hingehen?«, fragte Rider.

»Das hängt davon ab, wie viel es zu besprechen gibt.«

»Wahrscheinlich eine Menge.«

»Das letzte Mal, als ich im Parker Center gearbeitet habe, habe ich noch geraucht. Wenn ich einen Spaziergang machen wollte, um nachzudenken, ging ich immer zur Union Station rüber und kaufte mir dort Zigaretten. Irgendwie gefiel es mir dort. Sie haben dort diese bequemen Sessel in der großen Halle. Oder zumindest hatten sie die früher.«

»Meinetwegen gern.«

Sie gingen in Richtung Union Station los und nahmen die Los Angeles Street nach Norden. Das erste Gebäude, an dem sie vorbeikamen, war das Federal Building, in dem die Bundesbehörden untergebracht waren, und Bosch stellte fest, dass die 2001 errichteten Betonbarrieren, mit denen das Gebäude vor Autobomben geschützt werden sollte, immer noch da waren. Diese Gefahr schien jedoch die Menschen in der Schlange vor dem Gebäude nicht abzuschrecken. Alle hatten irgendwelche Papiere bei sich und standen an, um bei der Einwanderungsbehörde einen Einbürgerungsantrag zu stellen. Sie warteten unter den Mosaiken an der Fassade, die Menschen darstellten, die wie Engel gekleidet waren und erwartungsvoll zum Himmel aufblickten.

»Wie wär's, wenn du den Anfang machst, Harry«, schlug Rider vor. »Was gibt es von Robert Lost zu berichten?«

Bosch ging noch ein Stück weiter, bevor er zu sprechen begann.

»Ich fand ihn sympathisch. Er versucht, sich ganz allein aus dem Loch herauszukämpfen. Er bereitet dort unten täglich mehr als hundert Frühstücke zu. Ich habe eins gegessen, und es war ziemlich gut.«

»Und preislich kann sich das Essen im Pacific Dining Car sicher auch nicht damit messen. Was hat er dir erzählt, dass du so sauer bist?«

»Wie bitte?«

»Ich kenne dich doch. Er hat dir was erzählt, was dich auf hundertachtzig gebracht hat.«

Bosch nickte. Man hatte wirklich nicht den Eindruck, dass es drei Jahre her war, dass sie das letzte Mal zusammengearbeitet hatten.

»Irving. Zumindest glaube ich, dass er mir von Irving erzählt hat.«

»Ich höre.«

Bosch wiederholte ihr, was Lost ihm vor weniger als einer Stunde erzählt hatte. Er endete mit Losts nicht gerade ausführlicher Beschreibung der zwei Männer, die zu ihm ins Restaurant gekommen waren und ihm gedroht hatten, wenn er nicht aufhörte, von irgendwelchen rassistischen Hintergründen der Tat zu reden.

»Hört sich auch für mich ganz nach Irving an«, sagte Rider.

»Und nach einem seiner Pudel. Vielleicht McClellan.«

»Möglich. Und du glaubst, auf Losts Aussage ist Verlass? Er ist schon ziemlich lange im Nickel.«

»Ich denke schon. Er behauptet, seit drei Jahren trocken zu sein. Aber du weißt ja selbst, wie das ist. Wenn man siebzehn Jahre über etwas brütet, können mögliche Erklärungen schnell zu Fakten werden. Trotzdem, alles, was er gesagt hat, scheint unsere Theorie zu untermauern. Ich glaube, sie haben sich in die Ermittlungen eingemischt, Kiz. Die Untersuchung zielte in eine bestimmte Richtung, und sie haben sie in eine andere gelenkt. Möglicherweise wussten sie, worauf das Ganze hinauslaufen könnte, dass die Stadt in Flammen aufgehen würde. Rodney King war nicht das Benzin. Er war nur das Streichholz. Es hatte sich einiges aufgestaut, und vielleicht glaubten die zuständigen Stellen, nachdem sie sich mit dem Fall befasst hatten, sie müssten den Ermittlungen zum Wohl der Allgemeinheit eine andere Richtung geben. Gerechtigkeit für Rebecca Lost war für sie da nur noch von sekundärer Bedeutung.«

Sie gingen auf der Los-Angeles-Street-Überführung über den Freeway 101. Der achtspurige Verkehr unter ihnen qualmte im Schritttempo dahin. Die Sonne war strahlend hell und wurde von Windschutzscheiben und Gebäuden und Beton zurückgeworfen. Bosch setzte seine Ray-Ban auf.

Der Verkehr war laut, und Rider musste die Stimme heben.

»Das sieht dir aber gar nicht ähnlich, Harry.«

»Was?«

»Nach einem vertretbaren Grund zu suchen, weshalb sie so etwas Verwerfliches getan haben könnten. Normalerweise hältst du in solchen Fällen immer nach den finsteren Beweggründen Ausschau.«

»Soll das heißen, du hast diese finsteren Beweggründe in der PDU-Akte gefunden?«

Sie nickte bedrückt. »Ich glaube schon.«

»Und trotzdem haben sie dich da einfach reingelassen und einen Blick reinwerfen lassen?«

»Ich bin heute Morgen gleich als Erstes zum Big Boss in den Sechsten hoch. Ich habe ihm von Starbucks eine Tasse Kaffee mitgebracht … Er kann nämlich das Gebräu aus der Cafeteria nicht ausstehen. Das hat mir Tür und Tor geöffnet. Dann habe ich ihm erzählt, was wir haben und was ich vorhatte, und unterm Strich vertraut er mir. Deshalb hat er mich mehr oder weniger ungehindert Einblick ins Spezialarchiv nehmen lassen.«

»Die Public Disorder Unit wurde ja, schon lange bevor er zu uns stieß, wieder aufgelöst. Wusste er überhaupt von ihrer Existenz?«

»Ich bin sicher, dass er davon in Kenntnis gesetzt wurde, als er den Posten annahm. Vielleicht sogar schon, bevor er ihn annahm.«

»Hast du ihm konkret von Mackey und den Chatsworth Eights erzählt?«

»Konkret nicht. Ich habe ihm nur gesagt, bei unserem Fall gäbe es Querverbindungen zu einem alten PDU-Verfahren und dass ich deshalb ins Spezialarchiv müsste, um eine Akte rauszusuchen. Er hat Lieutenant Hohman mitgeschickt. Wir sind rein, haben die Akte rausgesucht, und ich musste sie mir durchsehen, während Hohman mir am Tisch gegenübersaß. Weißt du was, Harry? Im Spezialarchiv sind ganz schön viele Akten.«

»Wo die ganzen Leichen begraben sind …«

Bosch wollte noch etwas sagen, aber er wusste nicht, wie er es formulieren sollte. Rider sah ihn an. Ihr konnte er nichts vormachen.

»Was ist, Harry?«

Zunächst sagte er nichts, aber sie wartete einfach.

»Kiz, du hast gesagt, der Mann im Sechsten traut dir. Traust du ihm auch?«

Sie sah ihm in die Augen, als sie antwortete.

»Wie ich *dir* vertraue, Harry. Okay?«

Bosch sah sie an.

»Okay. Das genügt mir vollauf.«

Rider wollte in der Arcadia Street weitergehen, aber Bosch deutete auf den alten Pueblo, die Stelle, wo die Stadt der Engel gegründet worden war. Er wollte den längeren Weg nehmen und dort durchgehen.

»Ich war schon eine ganze Weile nicht mehr hier unten. Sehen wir uns das mal an.«

Sie überquerten den runden Hof, in dem die Padres an Ostern immer die Tiere gesegnet hatten, und gingen am Instituto Cultural Mexicano vorbei. Sie folgten der gekrümmten Arkade mit ihren billigen Souvenirständen und Churro-Buden. Aus unsichtbaren Lautsprechern kam Mariachi-Musik vom Band, kontrapunktiert von Live-Gitarrenmusik.

Sie fanden den Musiker schließlich auf einer Bank vor dem Avila Adobe. Sie blieben stehen und hörten dem alten Mann zu. Er spielte eine mexikanische Ballade, die

Bosch schon einmal gehört zu haben glaubte, aber nicht benennen konnte.

Bosch betrachtete den Lehmbau hinter dem Musiker und fragte sich, ob Don Francisco Avila eine Ahnung gehabt hatte, was er da in Bewegung setzte, als er 1818 an dieser Stelle seinen Claim absteckte. Von diesem Punkt sollte eine riesige Stadt in die Höhe und in die Breite wachsen. Eine Stadt, so groß wie jede andere. Und genauso verdorben. Eine Stadt mit Anziehungskraft, eine Stadt der Selbsterfindung und der Neuerfindung. Ein Ort, an dem der Traum so greifbar schien wie das Schild, das sie oben auf diesem Hügel aufgestellt hatten, die Wirklichkeit aber immer etwas anderes war. Die Straße zu diesem Schild oben auf dem Hügel war mit einem verschlossenen Tor gesperrt.

Es war eine Stadt voller Alleshaber und Habenichtse, Filmstars und Statisten, Antreiber und Getriebener, Jäger und Gejagter. Vollgefressene und Hungrige und wenig Platz dazwischen. Eine Stadt, in der sie trotz alldem immer noch Tag für Tag Schlange standen und hinter den Bombensperren darauf warteten, hineinzukommen und drinnen bleiben zu dürfen.

Bosch holte seine Geldspange aus der Tasche und warf einen Fünfer in den Korb des alten Musikers. Dann gingen er und Rider durch die alte Cucamonga Winery, deren Kellereien in Galerien und Verkaufsstände für Künstler umgebaut worden waren. Als sie auf der anderen Seite auf die Alameda Street hinaustraten, ragte der Uhrenturm des Bahnhofs vor ihnen auf. Sie überquerten die Straße und kamen an einer Sonnenuhr vorbei, in deren Granitsockel gemeißelt war:

VISION TO SEE

FAITH TO BELIEVE

COURAGE TO DO

Die Union Station war als Spiegelbild der Stadt und des Geistes, der in ihr herrschen sollte, konzipiert worden. Sie war ein Schmelztiegel unterschiedlichster Architekturstile – spanischer Kolonialstil, Mission, stromlinienförmige Moderne, Art déco und dazu Southwestern und maurische Ornamente. Aber im Gegensatz zum Rest der Stadt, wo dieser Tiegel eindeutig zu oft überkochte, verschmolzen im Bahnhof die Stile wie von selbst zu etwas Einzigartigem, Schönem. Dafür mochte Bosch ihn ganz besonders.

Sie traten durch die Glastüren in die großzügige Eingangshalle, von der ein drei Etagen hoher Bogen in den riesigen Wartesaal dahinter führte. Als Bosch dieses Ambiente auf sich einwirken ließ, fiel ihm ein, dass er damals nicht nur wegen der Zigaretten hierhergekommen war, sondern auch um sich ein wenig zu regenerieren. In die Union Station zu kommen, war fast so, als ginge man in eine Kirche, eine Kathedrale, in der die anmutigen Linien von Design und Funktion und Bürgerstolz mühelos ineinander übergingen. Die Stimmen der Reisenden stiegen in die luftigen Höhen des großen Wartesaals empor und vereinten sich zu einem raunenden Chor.

»Ich finde diesen Bahnhof absolut einmalig«, sagte Rider. »Hast du mal den Film *Blade Runner* gesehen?«

Bosch nickte. Er hatte ihn gesehen.

»Das hier war doch die Polizeistation, oder?«, fragte er.

»Ja.«

»Hast du mal *Gefährliche Beichte* gesehen?«, fragte darauf Bosch.

»Nein. Ist er gut?«

»Ja, solltest du dir unbedingt ansehen. Eine weitere Variation des Themas Schwarze Dahlie und Verschwörungen beim LAPD.«

Rider stöhnte theatralisch. »Danke für den Tipp, aber ich glaube, das brauche ich im Moment nicht.«

Sie kauften sich bei Union Bagel zwei Kaffee und gingen damit in den Wartesaal, wo sich die braunen Ledersitze aneinanderreihten wie luxuriöse Kirchenbänke. Bosch schaute nach oben, wie er das jedes Mal unwillkürlich tat. Über ihnen, in zwölf Meter Höhe, hingen in zwei Reihen sechs riesige Leuchter. Auch Rider schaute nach oben.

Dann deutete Bosch auf zwei nebeneinanderliegende freie Plätze in der Nähe des Zeitungsstands. Sie ließen sich auf das weich gepolsterte Leder niedersinken und stellten ihre Kaffeebecher auf die breiten hölzernen Armlehnen.

»Bist du so weit?«, fragte Rider. »Können wir jetzt darüber sprechen?«

»Wenn du so weit bist«, erwiderte er. »Was war denn in der Akte, die du im Spezialarchiv gesehen hast? Was war so bedrückend?«

»Zum einen ist Mackey aufgeführt.«

»Als Verdächtiger im Lost-Fall?«

»Nein, die Akte hat nichts mit Lost zu tun. Er war nicht mal ein Punkt auf dem Radarschirm. Es geht darin um ein Ermittlungsverfahren, das zum Abschluss gebracht wurde, lang bevor Rebecca Lost überhaupt schwanger war, geschweige denn mitten in der Nacht aus ihrem Bett entführt wurde.«

»Aha. Und was hat das Ganze dann mit uns zu tun?«

»Möglicherweise gar nichts, möglicherweise aber auch alles. Erinnerst du dich an den Kerl, mit dem Mackey zusammenwohnt, William Burkhart?«

»Ja.«

»Von ihm ist auch die Rede. Nur war er damals besser als Billy Blitzkrieg bekannt. Das war sein Spitzname in dieser Gang, den Eights.«

»Aha.«

»Im März 1988 wanderte Billy Blitzkrieg wegen mutwilliger Beschädigung einer Synagoge in North Hollywood ein Jahr in den Knast. Sachbeschädigung, Wandschmierereien, Defäkation, alles, was dazugehört.«

»Das Hassverbrechen. War er der Einzige, den sie dafür eingelocht haben?«

Sie nickte.

»Sie fanden auf einer Spraydose, die sie in der Nähe der Synagoge in einem Gullyrost sichergestellt hatten, einen Fingerabdruck. Deswegen musste er dran glauben. Er hat sich auf einen Deal mit ihnen eingelassen, weil ihm klar war, dass sie sonst ein Exempel an ihm statuieren würden.«

Bosch nickte. Um ihren Redefluss nicht zu unterbrechen, hielt er sich mit Bemerkungen zurück.

»In den Protokollen und in der Presse wurde Burkhart – oder Blitzkrieg, oder wie du ihn sonst nennen willst – als Anführer der Eights bezeichnet. Sie sagten, er hätte 1988 zu einem Jahr rassischer und ethnischer Unruhen zu Ehren Adolf Hitlers ausgerufen. Du kennst ja diesen ganzen Scheiß. Heiliger Krieg der Rassen, Rache der weißen Unterschicht und dieser ganze Kram. Sie liefen alle in Trikots der Minnesota Vikings rum ... Die Wikinger waren anscheinend eine reine Rasse. Und alle trugen die Nummer Achtundachtzig.«

»Langsam beginne ich, mir ein Bild zu machen.«

»Jedenfalls hatten sie einiges gegen Burkhart vorliegen. Wegen der Synagoge hatten sie ihn eindeutig am Wickel, und außerdem stieg ihm das FBI wegen einer Bürgerrechtsklage gewaltig auf die Zehen. Die Serie der Straftaten ging gleich mit Jahresbeginn los. Die Eights läuteten das neue Jahr ein, indem sie im Vorgarten einer schwarzen Familie in Chatsworth ein brennendes Kreuz aufstellten. Dem folgten weitere brennende Kreuze, Drohanrufe, Bombendrohungen und dergleichen mehr. Der Einbruch in der Synagoge. In Encino zertrümmerten sie eine jüdische Kindertagesstätte. Das war alles Anfang Januar. Sie fingen auch an, mexikanische Arbeiter einfach von der Straße weg in ein Auto zu packen und in die Wüste hinauszufahren, wo sie sie dann verprügelten oder einfach sich selbst überließen oder beides – in der Regel beides. Um auf ihre eigene Terminologie zurückzugreifen, säten sie Zwietracht, um dadurch, wie sie glaubten, eine Trennung der Rassen herbeizuführen.«

»Ja, das Lied kenne ich.«

»Okay, na ja, sie standen kurz davor, das alles Burkhart anzuhängen, und wenn sie damit zum Justizministerium gegangen wären, hätten ihm vermutlich mindestens zehn Jahre in einem Bundesgefängnis geblüht.«

»Alles klar. Er ließ sich auf einen Handel ein.«

Rider nickte.

»Er bekam ein Jahr in Wayside und fünf Jahre auf Bewährung, und damit war der Fall erledigt. Und die Eights verschwanden ebenfalls von der Bildfläche. Sie wurden zerschlagen, und das war das Ende dieser Bedrohung. Bis Ende März hatte sich das Ganze erledigt, also schon lange vor Lost.«

Während Bosch über das alles nachdachte, beobachtete er eine Frau, die ein kleines Mädchen an der Hand hatte. Sie hatte es offensichtlich eilig und zog das Mädchen auf die Metroline-Bahnsteige zu. Außerdem schleppte sie einen schweren Koffer, und ihre ganze Aufmerksamkeit war auf die Sperre vor ihr gerichtet. Das Kind ließ sich mit nach oben gewandtem Gesicht von ihr mitziehen und schaute an die Decke. Irgendetwas brachte es zum Lächeln. Als Bosch nach oben blickte, sah er einen Luftballon, der sich in einem der Kuppelquadrate der Decke verfangen hatte. Eines Kindes Unglück war eines anderen heimliche Freude. Der orange-weiße Ballon hatte die Form eines Fisches, und wegen seiner kleinen Tochter wusste Bosch, dass es Nemo war, eine Figur aus einem Zeichentrickfilm. Plötzlich musste er an seine Tochter denken, aber um sich konzentrieren zu können, schlug er sich diesen Gedanken rasch wieder aus dem Kopf. Er sah Rider an.

»Und was hatte Mackey mit alldem zu tun?«, fragte er.

»Er war sozusagen das fünfte Rad am Wagen«, antwortete Rider. »Ein Handlanger. Er galt als idealer Rekrut. Schulabbrecher, ohne Zukunft oder Berufsaussichten. Stand wegen eines Einbruchs unter Bewährung und hatte schon jede Menge Jugendstrafen wegen Autodiebstahl, Einbruch, Drogendelikten. Also genau der Typ, den sie brauchten. Ein Loser, den sie zu einem weißen Krieger formen konnten. Aber sie hatte ihn kaum angeworben, da merkten sie, dass er blöder war als – ich zitiere Burkhart – ›ein unterbelichteter Nigger‹. Anscheinend war er so dumm, dass sie ihn nicht mal für die Wandschmierereien einsetzen konnten, weil er selbst ihre simplen rassistischen Parolen nicht richtig schreiben konnte. Entsprechend bekam er in der Gruppe schon bald den Spitznamen Wej verpasst. Das ist *jew*, Jude, rückwärtsgeschrieben. So hat er es nämlich mal an eine Synagogenwand gesprüht.«

»Ein Legastheniker?«

»Vermutlich.«

Bosch schüttelte den Kopf.

»Trotzdem kann ich mir diesen Kerl im Fall Lost einfach nicht als Täter vorstellen.«

»Ich auch nicht. Ich glaube zwar, dass er eine Rolle gespielt hat, aber nicht die Hauptrolle. Dazu hat er einfach nicht genug in der Birne.«

Bosch beschloss, Mackey vorerst fallen zu lassen und zum Beginn von Riders Bericht zurückzukehren.

»Wie kommt es eigentlich, dass nur Burkhart einsitzen musste, obwohl sie doch eine ganze Menge über diesen Verein vorliegen hatten?«

»Dazu komme ich gleich.«

»Kommt hier High Jingo ins Spiel?«

»Ganz genau. Burkhart war zwar ein Anführer der Eights, aber nicht *der* Anführer.«

»Oh.«

»Als Anführer wurde ein gewisser Richard Ross ausgemacht. Er war älter als die anderen. Der eigentliche Kopf der Gruppe. Er war einundzwanzig und sehr redegewandt, die treibende Kraft hinter dem Ganzen. Er war es auch, der Burkhart und die meisten anderen rekrutierte.«

Bosch nickte. Richard Ross war ein geläufiger Name, aber er glaubte zu wissen, wohin das führen würde.

»Dieser Richard Ross, war das etwa Richard Ross junior?«

»Richtig. Der Sprössling unseres guten Captain Ross.«

Als Bosch bei der Polizei angefangen hatte, war Captain Richard Ross der langjährige Leiter der Dienstaufsichtsbehörde gewesen. Inzwischen war er im Ruhestand.

Plötzlich fügten sich die fehlenden Teile zu einem Ganzen zusammen.

»Und deshalb hielten sie Ross junior schön aus allem raus und ersparten damit Ross senior und dem LAPD eine Menge Ärger«, sagte Bosch. »Sie schoben alles Burkhart, Ross' Stellvertreter, in die Schuhe. Er saß in Wayside ein, und die Gruppe wurde zerschlagen. Das Ganze wurde als jugendlicher Fehltritt abgehakt.«

»So ist es.«

»Und jetzt lass mich raten: Die ganzen Informationen kamen von Richard Ross junior.«

»Richtig geraten. Das war Teil der Abmachung. Ross junior hat alle hingehängt, und mehr brauchte die PDU nicht, um die Gruppe in aller Stille aufzulösen. Und Junior kam ungeschoren davon.«

»Und Irving spielte dabei mit.«

»Weißt du, was das Komische daran ist? Irving ist, glaube ich, ein jüdischer Name.«

Bosch schüttelte den Kopf. »Finde ich eigentlich nicht komisch … egal, ob es zutrifft oder nicht.«

»Ja, ich weiß.«

»Nicht, wenn Irving dabei einen Vorteil für sich herausspringen sah.«

»Wenn ich mal zwischen den Zeilen des Berichts lese, würde ich sagen, dass er seinen Vorteil genau sah.«

»Infolge dieses Deals hatte er die Dienstaufsicht total in der Hand. Mit anderen Worten, er konnte ganz nach Gutdünken darüber bestimmen, gegen wen die Dienstaufsicht ermittelte und wie diese Ermittlungen geführt wurden. Ross war abhängig von ihm. Das erklärt einiges von dem, was damals polizeiintern ablief.«

»Das war größtenteils noch vor meiner Zeit.«

»Sie erledigen also das mit den Eights, und für Irving springt dabei heraus, dass Richard Ross senior mitsamt seiner Pudeltruppe nach seiner Pfeife tanzt«, dachte Bosch laut nach. »Doch dann wird Rebecca Lost mit einer Pistole erschossen, die einem Mann gestohlen wurde, den die Eights bedroht hatten, und gestohlen hat diese Pistole einer dieser kleinen Kläffer, die sie gerade hatten laufen lassen. Mit ihrem wunderschönen Arrangement wäre also Schluss gewesen, wenn der Mord mit den Eights in Verbindung gebracht worden wäre und damit auch mit ihnen.«

»Ganz genau. Deshalb schalten sie sich in die Ermittlungen ein und lenken sie in eine für sie ungefährliche Richtung, sodass nie jemand für die Tat zur Rechenschaft gezogen wird.«

»Diese Schweine«, flüsterte Bosch.

»Armer Harry. Du musst von deinem Ruhestandsintermezzo einigen Rost angesetzt haben. Du dachtest, sie hätten sich vielleicht eingeschaltet, um zu verhindern, dass in der Stadt das Chaos ausbricht. So heroisch waren ihre Motive aber nicht.«

»Nein, sie haben nur versucht, sich abzusichern und die komfortable Position nicht zu gefährden, in die sie – beziehungsweise Irving – der Kuhhandel mit Ross gebracht hatte.«

»Das sind alles nur Vermutungen«, warnte Rider.

»Klar. Nur das, was zwischen den Zeilen steht.«

Bosch verspürte so starkes Verlangen nach einer Zigarette, wie er es schon mindestens ein Jahr lang nicht mehr gehabt hatte. Er schaute zum Zeitungsstand hinüber und sah die vielen Päckchen in den Regalen hinter dem Ladentisch. Er schaute weg. Er sah zu dem an der Decke festsitzenden Luftballon hoch. Er glaubte zu wissen, wie sich Nemo dort oben fühlte.

»Wann ist Ross in Pension gegangen?«, fragte er.

»1991. Er riss seine fünfundzwanzig Jahre runter – das gestanden sie ihm zu –, und dann ging er in Pension. Ich habe das nachgeprüft ... Er zog nach Idaho. Auch über Ross junior habe ich Nachforschungen angestellt; er ist schon vor seinem Vater hingezogen. Wahrscheinlich in eine dieser von der Außenwelt abgeschirmten weißen Enklaven, wo er sich ganz zu Hause gefühlt hat.«

»Und wo er sich wahrscheinlich einen Ast gelacht hat, als hier 92 nach der Rodney-King-Geschichte der Teufel los war.«

»Wahrscheinlich, aber nicht sehr lange. Er kam 93 auf dem Rückweg von einer Protestkampagne irgendwo in der Provinz bei einem Verkehrsunfall ums Leben. Wahrscheinlich gibt es doch noch so etwas wie ausgleichende Gerechtigkeit.«

Für Bosch war das wie ein Schlag in die Magengrube. Er hatte an Richard Ross junior als Kandidaten für den Lost-Mord richtig Geschmack zu finden begonnen. Er könnte sich von Mackey die Tatwaffe besorgen und sich vielleicht auch von ihm helfen lassen haben, das Opfer den Hügel hinaufzutragen. Doch jetzt war er tot. Sollten sie ihre Ermittlungen in eine solche Sackgasse führen? Würden sie am Ende zu Rebecca Losts Eltern gehen müssen und ihnen sagen, ihre seit Langem tote Tochter sei ihnen von jemandem genommen worden, der ebenfalls schon lange tot war? Was wäre das für eine Gerechtigkeit?

»Ich weiß, was du jetzt denkst«, sagte Rider. »Er hätte unser Mann sein können. Aber das glaube ich nicht. Laut DMV-Datenbank hat er seinen Führerschein im Mai 1988 in Idaho ausgestellt bekommen. Als Lost umgebracht wurde, war er also angeblich schon dort oben.«

»Ja, angeblich.«

Von einer simplen Suche in der Datenbank der Kfz-Zulassungsstelle ließ sich Bosch nicht überzeugen. Er schickte alle Informationen noch einmal durch sämtliche Kanäle, um zu sehen, ob irgendetwas darunter war, was ihm in die Augen stach.

»Okay, lass uns alles noch mal kurz durchgehen, feststellen, ob ich nichts übersehen habe. 1988 haben wir eine Gruppe von Rotzlöffeln aus dem Valley, die sich die Eights nennen und in Footballtrikots rumlaufen, um einen heiligen Rassenkrieg vom Zaun zu brechen. Die Polizei wirft ein Auge auf sie und findet schnell heraus, dass der Kopf der Gruppe der Sohn unseres Captain Ross von der IAD ist. Commander Irving wittert sofort seinen Vorteil. Er legt seine schützende Hand über Richard Ross junior, und an seiner Stelle wird William Burkhart, alias ›Billy Blitz‹, den Göttern der Gerechtigkeit geopfert. Die Eights sind zerschlagen, eins zu null für die Guten. Und Ross junior kommt ungestraft davon, eins zu null für Irving, der jetzt Ross senior am Gängelband hat. Und alle leben glücklich bis an ihr Ende. Habe ich was übersehen?«

»Er heißt übrigens Billy *Blitzkrieg.*«

»Dann eben Blitzkrieg. Und die Sache ist bereits im Frühjahr vom Tisch, richtig?«

»Ja, Ende März. Und Anfang Mai ist Richard Ross junior bereits nach Idaho umgezogen.«

»Gut. Dann bricht im Juni jemand in Sam Weiss' Haus ein und stiehlt seine Pistole. Dann wird im Juli – am Tag nach dem Geburtstag unserer Nation, bitte ich zu bedenken – ein gemischtrassiges Mädchen aus dem Haus ihrer Eltern entführt und ermordet. Nicht vergewaltigt, aber ermordet … was wir nicht außer Acht lassen sollten. Der Mord wird, allerdings sehr dilettantisch, als Selbstmord getarnt. Allem Anschein nach das Werk von jemandem, der mit so was keine Erfahrung hat. Garcia und Green kriegen den Fall, nehmen sich der Sache an und stellen Ermittlungen an, die sie nirgendwohin führen, weil sie, ob nun wissentlich oder nicht, in eine falsche Richtung gelenkt werden. Und jetzt wird siebzehn Jahre später die Tatwaffe unwiderlegbar mit jemandem in Verbindung gebracht, der nur wenige Monate vor dem Mord Kontakte zu den Eights hatte. Habe ich etwas übersehen?«

»Ich würde sagen, das ist alles.«

»Die Frage lautet also, könnte es sein, dass die Eights

noch keineswegs zerschlagen waren? Dass sie weiter ihr Unwesen trieben, nur dass sie diesmal ihre Handschrift zu verbergen versuchten? Und dass sie einen Schritt weiter gingen und jetzt auch Mord in ihr Repertoire aufnahmen?«

Rider schüttelte langsam den Kopf.

»Möglich ist alles, aber besonders einleuchtend ist es nicht. Den Eights ging es darum, Statements abzugeben ... öffentliche Statements. Brennende Kreuze aufzustellen und Synagogen zu beschmieren. Aber was für ein Statement soll es sein, jemanden zu ermorden und es dann als Selbstmord zu tarnen?«

Bosch nickte. Sie hatte recht. Das ergab keinen Sinn.

»Dann vielleicht so«, sagte Bosch. »Sie wussten, dass ihnen das LAPD im Nacken saß. Vielleicht machten ein paar von ihnen weiter, aber als eine Art Untergrundbewegung.«

»Wie gesagt, möglich ist alles.«

»Also schön, dann haben wir also Ross junior angeblich oben in Idaho, und wir haben Burkhart in Wayside. Die zwei Anführer. Wer war außer Mackey noch übrig?«

»In der Akte stehen noch fünf weitere Namen. Es war aber keiner darunter, der mir gleich ins Auge gesprungen wäre.«

»Das ist vorläufig die Liste unserer Verdächtigen. Wir müssen sie überprüfen und sehen, wohin sie ... Moment, Moment. *War* Burkhart überhaupt noch in Wayside? Hast du nicht gesagt, er hat ein Jahr gekriegt? Das heißt, er müsste nach fünf oder sechs Monaten wieder rausgekommen sein, wenn er dort oben keinen Ärger gemacht hat. Wann genau hat er seine Strafe angetreten?«

Rider schüttelte den Kopf.

»Nein, er müsste Ende März oder Anfang April in Wayside eingeliefert worden sein. Er könnte nicht …«

»Wann er nach Wayside kam, spielt keine Rolle. Wann wurde er geschnappt? Wann ist diese Geschichte mit der Synagoge passiert?«

»Im Januar. Anfang Januar. Das genaue Datum habe ich in der Akte.«

»Also schön, Anfang Januar. Du hast gesagt, Fingerabdrücke auf einer Spraydose brachten sie auf Burkharts Spur. Wie lange hat so was 1988 gedauert, als sie es noch von Hand gemacht haben? Eine Woche vielleicht, bei einem brisanten Fall wie diesem? Wenn sie Burkhart Ende Januar verhaftet haben und er nicht gegen Kaution rauskam …«

Er breitete die Arme aus, um Rider zu Ende sprechen zu lassen.

»Februar, März, April, Mai, Juni«, sagte sie aufgeregt. »Fünf Monate. Bei guter Führung könnte er ohne Weiteres im Juli wieder draußen gewesen sein!«

Bosch nickte. In den Bezirksgefängnissen waren Häftlinge untergebracht, die sich in Untersuchungshaft befanden oder Haftstrafen von unter einem Jahr verbüßten. Sie litten schon seit Jahrzehnten unter Überfüllung und wurden deshalb per Gerichtsbeschluss regelmäßig kontrolliert, ob sie die maximalen Belegungszahlen nicht überschritten. Infolgedessen war es dort schon seit Langem gängige Praxis, Insassen wegen guter Führung frühzeitig zu entlassen, wobei ihnen je nach Belegungsdichte des jeweiligen Gefängnisses pro verbüßtem Hafttag bis zu drei Tage angerechnet wurden.

»Das sieht gut aus, Harry.«

»Vielleicht zu gut. Wir müssen sehen, dass die Sache Hand und Fuß bekommt.«

»Sobald wir zurück sind, setze ich mich an den Computer und sehe nach, wann er aus Wayside entlassen wurde. Wie wirkt sich das auf unsere Telefonüberwachung aus?«

Bosch überlegte kurz, ob sie einen Gang zurückschalten sollten.

»Ich würde sagen, wir machen weiter wie gehabt. Falls die Wayside-Entlassung zeitlich passt, beobachten wir Mackey *und* Burkhart. Wir scheuchen Mackey wie geplant auf, denn er bietet mehr Angriffsfläche. Wir tun es, wenn er arbeitet und nicht mit Burkhart zusammen ist. Wenn wir mit unserer Vermutung richtigliegen, wird er ihn anrufen.«

Bosch stand auf.

»Aber wir müssen auch noch die anderen Namen überprüfen, die anderen Mitglieder der Eights«, fügte er hinzu.

Rider stand nicht auf. Sie schaute zu ihm hoch.

»Glaubst du, es könnte klappen?«

Bosch zuckte mit den Achseln.

»Es *muss* klappen.«

Er sah sich in der Bahnhofshalle um. Er hielt nach Gesichtern und Augenpaaren Ausschau, die sich rasch von ihm abwandten. Halb rechnete er damit, Irving unter den Reisenden zu entdecken. Mr. Clean, stets zur Stelle. Diesen Gedanken hatte Bosch immer gehabt, wenn Irving an einem Tatort auftauchte.

Jetzt stand auch Rider auf. Sie warfen ihre leeren Kaffeebecher in einen Abfallkorb und gingen zum Ausgang. Dort blickte Bosch noch einmal hinter sich, um nach einem Schatten Ausschau zu halten. Inzwischen war ihm klar, dass sie mit dieser Möglichkeit rechnen mussten. Der Ort, der noch vor zwanzig Minuten etwas Heimeliges und Einladendes gehabt hatte, wirkte mit einem Mal ominös und bedrohlich. Die Stimmen waren kein freundliches Raunen mehr. Sie hatten einen scharfen Unterton angenommen. Sie hörten sich wütend an.

Als sie ins Freie hinaustraten, stellte Bosch fest, dass sich die Sonne hinter die Wolken zurückgezogen hatte. Für den Rückweg würde er die Sonnenbrille nicht mehr brauchen.

»Tut mir leid, Harry«, sagte Rider.

»Was?«

»Eigentlich dachte ich, es würde anders, wenn du zurückkommst. Und was ist? Kaum bist du wieder dabei, ziehst du gleich als Erstes einen Fall, bei dem einem aus allen Ecken High Jingo entgegenschreit.«

Bosch nickte, als sie den Bürgersteig erreichten. Er sah die Sonnenuhr und die in den Granitsockel gemeißelten Worte. Sein Blick blieb auf der letzten Zeile haften. Mut, um zu handeln.

»Ich mache mir keine Sorgen«, sagte er. »Aber sie sollten sich welche machen.«

22

Meinetwegen kann es losgehen«, antwortete Commander Garcia, als Bosch ihn fragte, ob er so weit sei.

Bosch nickte und ging zur Tür, um die zwei Frauen von der *Daily News* hereinzulassen.

»Hi, ich bin McKenzie Ward«, sagte die erste. Sie war offensichtlich die Reporterin. Die andere Frau trug eine Fototasche und ein Stativ.

»Ich bin Emmy Ward«, sagte die Fotografin.

»Schwestern?«, fragte Garcia, obwohl die Antwort auf der Hand lag, so ähnlich sahen sich die zwei Frauen: beide in den Zwanzigern, beide attraktive Blondinen mit einem strahlenden Lächeln.

»Ich bin älter«, sagte McKenzie. »Aber nicht viel.«

Sie schüttelten sich alle die Hände.

»Wie kommen zwei Schwestern zur selben Zeitung, und dann auch noch an dieselbe Story?«, fragte Garcia.

»Ich war schon ein paar Jahre bei der *News*, und dann hat sich Emmy einfach beworben. Keine große Sache. Wir arbeiten viel zusammen. Die Fotoaufträge werden immer willkürlich vergeben. Heute arbeiten wir zusammen. Morgen vielleicht nicht.«

»Hätten Sie was dagegen, wenn wir zuerst ein paar Fotos machen?«, fragte Emmy. »Ich habe noch einen Auftrag, zu dem ich sofort weitermuss, wenn ich hier fertig bin.«

»Natürlich«, sagte Garcia, entgegenkommend wie eh und je. »Wo wollen Sie mich haben?«

Emmy Ward arrangierte eine Aufnahme mit Garcia am Konferenztisch, die aufgeschlagene Mordakte vor ihm. Bosch hatte sie als Requisit mitgebracht. Während Emmy Ward die Fotos machte, standen Bosch und McKenzie Ward abseits und unterhielten sich. Sie hatten schon am Telefon ausgiebig miteinander gesprochen. Sie war auf seinen Vorschlag eingegangen. Wenn sie den Artikel am folgenden Tag in der Zeitung unterbrächte, bekäme sie als Erste ein Exklusiv-Interview, wenn sie den Mörder fassten. Dazu hatte sie sich allerdings nicht sofort bereit erklärt. Garcia hatte die Sache etwas ungeschickt angepackt, bevor er es Bosch überließ, mit ihr zu verhandeln. Und Bosch hatte genug Erfahrung im Umgang mit Journalisten, um zu wissen, dass sich kein Reporter von der Polizei sagen ließ, wann ein Artikel veröffentlicht zu werden hatte und wie er geschrieben werden sollte. Deshalb konzentrierte sich Bosch auf das Wann, nicht auf das Wie. Er ging einfach davon aus, dass McKenzie Ward einen Artikel schreiben würde, der seinen Zwecken diente. Er wollte ihn nur lieber früher als später in der Zeitung haben. Kiz Rider hatte am Nachmittag einen Termin bei einem Richter. Falls die Telefonüberwachung genehmigt wurde, konnte es am nächsten Morgen losgehen.

»Haben Sie schon mit Muriel Lost gesprochen?«, fragte die Reporterin Bosch.

»Ja, sie ist den ganzen Nachmittag zu Hause, und sie ist bereit, mit Ihnen zu sprechen.«

»Ich habe die Ausschnitte rausgesucht und alles über den Fall gelesen – ich war damals acht –, und darin war mehrere Male vom Vater und seinem Restaurant die Rede. Wird er auch da sein?«

»Ich glaube nicht. Er ist verschwunden. Außerdem ist es sowieso mehr die Geschichte einer Mutter. Sie ist diejenige, die das Zimmer ihrer Tochter im selben Zustand wie vor siebzehn Jahren gelassen hat. Sie meinte, wenn Sie wollen, können Sie dort auch Fotos machen.«

»Wirklich?«

»Wirklich.«

Bosch entging nicht, wie sie zu ihrer Schwester schaute, die gerade mit Aufnahmevorbereitungen beschäftigt war. Er wusste, was in ihr ablief. Die Mutter in dem Kinderzimmer, in dem die Zeit stehen geblieben war, wäre ein wesentlich besseres Motiv als ein alter Cop mit einem Aktenordner. Sie sah Bosch an und begann, in ihrer Handtasche zu wühlen.

»Dann muss ich mal schnell telefonieren, ob ich Emmy nicht doch länger behalten kann.«

»Nur zu.«

Sie verließ das Büro. Wahrscheinlich wollte sie nicht, dass Garcia hörte, wie sie einem Redakteur erklärte, dass sie Emmy noch länger bräuchte, weil sie ein besseres Foto mit der Mutter in Aussicht hatte.

Nach drei Minuten kam sie zurück und nickte Bosch zu, der das als ein Zeichen auffasste, dass Emmy weiter mit ihr an der Story arbeiten würde.

»Und das mit morgen klappt also?«, fragte er, um sich noch einmal zu vergewissern.

»Der Artikel ist für das Fenster vorgesehen … bei entsprechendem Bildmaterial. Mein Redakteur wollte die Story eigentlich erst am Sonntag bringen, ein richtig schönes langes Feature draus machen, aber ich habe ihm gesagt, die Konkurrenz säße uns im Nacken. Wenn wir eine Gelegenheit erhalten, der *Times* zuvorzukommen, lassen wir uns die nicht entgehen.«

»Schon, aber was wird er sagen, wenn die *Times* gar nichts über die Sache bringt? Dann merkt er doch, dass Sie ihn ausgetrickst haben.«

»Nein, er wird denken, die *Times* hätte die Story gekippt, weil wir ihnen zuvorgekommen sind. Das passiert ständig.«

Bosch nickte nachdenklich. »Was haben Sie eigentlich damit gemeint, als Sie sagten, der Artikel sei für das Fenster vorgesehen?«

»Wir bringen auf der Titelseite jeden Tag einen Bericht mit einem Foto. Und weil er immer in der Mitte der Seite ist, nennen wir das das Fenster. Außerdem sieht man das Foto dann auch in den Fenstern der Zeitungskästen. Es ist eine besonders exponierte Stelle.«

»Gut.«

Bosch war begeistert, dass der Artikel an so prominenter Stelle in der Zeitung erscheinen würde.

»Wenn Sie mich hier linken, werde ich Ihnen das nicht vergessen«, sagte McKenzie Ward ruhig.

In ihrer Stimme schwang ein drohender Unterton mit, als sie die abgebrühte Journalistin herauskehrte. Bosch breitete die Arme aus, als habe er nichts zu verbergen.

»Machen Sie sich keine Sorgen. Sie kriegen das Exklusiv-Interview. Sobald wir jemanden fassen, rufe ich Sie an, und nur Sie.«

»Danke. Aber jetzt noch mal kurz zu den Bedingungen. Ich darf Sie in dem Artikel zwar namentlich zitieren, aber

Sie möchten auf keinem der Fotos zu sehen sein, ist das richtig so?«

»Richtig. Möglicherweise muss ich in dieser Sache verdeckte Ermittlungen führen, und deshalb will ich nicht, dass mein Gesicht in der Zeitung ist.«

»Verstehe. Was für verdeckte Ermittlungen?«

»Das kann man vorher nie so genau sagen. Es ist nur eine Option, die ich mir offenhalten möchte. Im Übrigen ist der Commander sowieso wesentlich besser für das Foto geeignet. Er lebt mit diesem Fall schon sehr viel länger als ich.«

»Na schön. Das meiste, was ich brauche, weiß ich, glaube ich, bereits aus den Zeitungsausschnitten und unserem Telefonat, aber trotzdem würde ich mich noch gern ein paar Minuten mit Ihnen beiden zusammensetzen.«

»Klar, gern.«

»Fertig«, sagte Emmy Ward ein paar Minuten später und begann, ihre Ausrüstung abzubauen.

»Ruf in der Bildredaktion an«, sagte ihre Schwester. »Ich glaube, es ist jetzt doch wieder alles anders und du bleibst bei mir.«

»Aha«, sagte Emmy, der das offensichtlich nichts ausmachte.

»Geh doch zum Telefonieren kurz nach draußen, während wir hier schon mal mit dem Interview anfangen«, schlug McKenzie vor. »Ich möchte so schnell wie möglich mit dem Schreiben anfangen.«

Die Reporterin und Bosch setzten sich zu Garcia an den Tisch, und die Fotografin verließ den Raum, um sich nach ihrem neuen Auftrag zu erkundigen. Zunächst wollte McKenzie Ward von Garcia wissen, warum ihn der Fall so lange verfolgt hatte und was ihn dazu gebracht hatte, ihn durch die Einheit Offen-Ungelöst noch einmal aufrollen zu lassen. Während Garcia draufloszuschwadronieren begann, wie einen manche Fälle sein Leben lang nicht mehr losließen, spürte Bosch, wie die Verachtung in ihm wuchs. Er wusste etwas, was die Journalistin nicht wusste: dass Garcia siebzehn Jahre zuvor wissentlich oder unwissentlich zugelassen hatte, dass die Ermittlungen eingestellt wurden. Die Tatsache, dass Garcia allem Anschein nach nicht mitbekommen hatte, dass sich jemand von oben in seine Ermittlungen eingeschaltet hatte, erschien Bosch als die lässlichere Sünde. Aber selbst wenn ihn das von dem Vorwurf freisprach, korrupt zu sein oder sich dem Druck der Polizeiführung gebeugt zu haben, war es zumindest ein Zeichen von Inkompetenz.

Nach ein paar weiteren Fragen an Garcia wandte sich die Reporterin Bosch zu und fragte ihn, welche neuen Erkenntnisse es in dem Fall nach siebzehn Jahre gebe.

»Das Wichtigste ist, dass wir die DNS des Schützen haben«, sagte er. »Unsere Scientific Investigation Division hat noch Gewebe und Blut von der Tatwaffe. Nun hoffen wir, diese Proben mittels eines Vergleichs mit einem Verdächtigen, dessen DNS bereits in der Datenbank des Justizministeriums gespeichert ist, in Verbindung bringen zu können oder mit ihrer Hilfe Verdächtige zu identifizieren beziehungsweise von einem Tatvorwurf freisprechen zu können. Wir sind gerade dabei, uns noch einmal alle in den Fall verwickelten Personen vorzunehmen. Die DNS jeder verdächtigen Person, die für die Tat infrage kommt, wird mit dem uns vorliegenden Material verglichen. Das ist eine Maßnahme, die Commander Garcia 1988 nicht zur Verfügung stand. Wir hoffen, dass sie uns jetzt den entscheidenden Hinweis auf den Täter gibt.«

Dann erläuterte Bosch, wie die DNS-Probe der Person, die sie abgefeuert hatte, an die Tatwaffe gekommen war. Dafür schien sich die Reporterin ganz besonders zu interessieren, und Bosch stellte zufrieden fest, dass sie sich umfangreiche Notizen machte.

Die Tatwaffe und der DNS-Vergleich waren die Punkte, die er unbedingt in der Zeitung sehen wollte. Mackey sollte den Artikel lesen und merken, dass sie seine DNS hatten und dass sie sie analysieren und mit anderen Proben vergleichen würden. Und nachdem Mackey wusste, dass in der DOJ-Datenbank eine Probe von ihm gespeichert war, hoffte Bosch, er würde in Panik geraten.

Vielleicht würde er versuchen zu fliehen, vielleicht würde er einen Fehler machen und jemanden anrufen, um über diese alte Geschichte zu sprechen. Ein Fehler war alles, was sie brauchten.

»Wie lange dauert es, bis vom Justizministerium ein Ergebnis vorliegt?«, fragte McKenzie Ward.

Bosch versuchte, sich aus der Affäre zu ziehen, ohne die Reporterin direkt zu belügen.

»Das ist schwer zu sagen«, antwortete er. »Das Justizministerium bearbeitet Vergleichsanträge nach Prioritäten gestaffelt, und daher kommt es immer zu Staus. Aber wir könnten jetzt jeden Tag eine Rückmeldung bekommen.«

Bosch war zufrieden mit seiner Antwort, aber dann warf ihm die Reporterin die nächste Handgranate in seinen Fuchsbau.

»Was ist mit der Rassenproblematik?«, sagte sie. »Ich habe alle Zeitungsberichte gelesen, und wenn ich mich recht erinnere, wurde nie in irgendeiner Weise zur Sprache gebracht, dass das Mädchen gemischtrassig war. Glauben Sie, das könnte bei den Motiven für diesen Mord irgendeine Rolle gespielt haben?«

In der Hoffnung, Garcia würde als Erster antworten, warf Bosch dem Commander einen kurzen Blick zu.

»Daraufhin wurde der Fall 1988 ausführlich abgeklopft«, erklärte Garcia prompt. »Aber wir haben nichts gefunden, was auf einen rassistischen Hintergrund hingedeutet hätte. Deshalb wurde das in den Zeitungsmeldungen wahrscheinlich auch nicht erwähnt.«

Die Reporterin wandte sich wieder Bosch zu. Sie wollte auch die aktuelle Meinung zu dieser Frage hören.

»Wir haben die Mordakte gründlich studiert, und es findet sich dort nichts, was in diesem Fall auf einen rassistischen Hintergrund hinweist«, sagte Bosch. »Aber natürlich sind wir damit beschäftigt, den Fall noch einmal von vorn bis hinten aufzurollen, und wir achten selbstverständlich darauf, was für Hintergründe die Tat gehabt haben könnte.«

Er sah sie an und machte sich darauf gefasst, dass sie sich mit seiner Antwort nicht zufriedengäbe und weiter nachhakte. Er spielte sogar schon mit dem Gedanken, den rassistischen Hintergrund einfließen zu lassen. Möglicherweise erhöhte das ihre Chancen auf eine Reaktion seitens Mackeys. Allerdings hätte es Mackey auch als Hinweis dienen können, wie dicht sie ihm bereits auf den Fersen waren. Bosch beschloss, es bei seiner Antwort zu belassen.

Statt der Frage weiter nachzugehen, klappte die Reporterin ihren Notizblock zu. »Ich glaube, ich habe, was ich im Moment brauche. Ich werde jetzt mit Mrs. Lost sprechen, und dann muss ich auf schnellstem Weg in die Redaktion zurück und den Artikel schreiben, damit er morgen erscheinen kann. Gibt es eine Nummer, unter der ich Sie notfalls erreichen kann, Detective Bosch? Schnell, wenn es sich als nötig erweisen sollte.«

Jetzt hatte sie ihn. Widerstrebend gab Bosch ihr seine Handynummer, weil ihm klar war, dass sie damit in Zukunft einen direkten Draht zu ihm hätte und bei jedem Fall und jeder Story davon Gebrauch machen würde. Es war die letzte Zahlung in ihrem Deal.

Alle standen vom Tisch auf, und Bosch merkte, dass Emmy Ward schon vor einer Weile leise in das Büro zurückgekommen war und während des Interviews neben der Tür gesessen hatte. Er und Garcia dankten beiden Frauen für ihr Kommen und verabschiedeten sich. Bosch blieb bei Garcia im Büro.

»Lief doch ganz gut«, sagte Garcia, nachdem sich die Tür geschlossen hatte.

»Hoffentlich«, sagte Bosch. »Mich hat es allerdings meine Handynummer gekostet. Ich hatte diese Nummer drei Jahre. Jetzt muss ich sie ändern und allen die neue zukommen lassen. Ganz schön lästig.«

Garcia ignorierte Boschs Klage.

»Wie sicher sind Sie, dass dieser Mackey die Meldung überhaupt zu sehen bekommt?«

»Nicht besonders. Wir vermuten sogar, dass er Legastheniker ist. Möglicherweise kann er gar nicht lesen.«

Garcia sah ihn bestürzt an.

»Und was machen wir dann?«

»Wir haben uns schon etwas ausgedacht, wie wir dafür sorgen, dass er erfährt, was in dem Artikel steht. Machen Sie sich keine Sorgen. Darum haben wir uns schon gekümmert. Seit gestern ist nämlich noch ein zweiter Name aufgetaucht. Damals wie heute ein Kumpan Mackeys. Ein gewisser William Burkhart. Damals, als Sie den Fall hatten, war er als Billy Blitzkrieg bekannt. Kommt Ihnen der Name irgendwie bekannt vor?«

Garcia setzte seinen nachdenklichsten Blick auf, ähnlich dem, den er für die Kamera hervorgekramt hatte, und ging hinter seinen Schreibtisch. Schließlich schüttelte er den Kopf.

»Ich glaube nicht, dass er mal irgendwo fiel.«

»Klar, sonst hätten Sie sich bestimmt daran erinnert.«

Garcia blieb stehen, beugte sich aber über seinen Schreibtisch, um auf seinen Terminkalender zu schauen.

»Mal sehen, was als Nächstes ansteht.«

»Ich, Commander«, sagte Bosch.

Garcia sah ihn an.

»Wie bitte?«

»Ich bräuchte Sie noch ein paar Minuten, um verschiedene Fragen zu klären, die sich in Zusammenhang mit unseren jüngsten Erkenntnissen erhoben haben.«

»Was für jüngste Erkenntnisse? Meinen Sie diesen neuen Verdächtigen, Blitzkrieg?«

»Ja, und diese Sache, nach der sich die Reporterin erkundigt hat und bei der wir beide gelogen haben. Der rassistische Hintergrund.«

Bosch sah, wie Garcias Miene versteinerte.

»Ich habe die Reporterin nicht belogen, und ich habe gestern auch Sie nicht belogen. Wir haben nichts dergleichen gefunden. Wir haben keinen rassistischen Hintergrund nachweisen können.«

»Wir?«

»Mein Partner und ich.«

»Sind Sie da wirklich sicher?«

Das Telefon auf Garcias Schreibtisch summte. Garcia hob unwirsch ab und knurrte in den Hörer: »Keine Anrufe, keine Störungen«, bevor er wieder auflegte.

»Detective, ich möchte Sie daran erinnern, mit wem Sie es hier zu tun haben«, sagte Garcia gefasst. »Was meinen Sie eigentlich mit: ›Sind Sie da wirklich sicher?‹ Worauf wollen Sie hinaus?«

»Mit allem gebührenden Respekt Ihrem Rang gegenüber, Sir, aber der Fall wurde 1988 von einem möglichen rassistischen Hintergrund weggelenkt. Wenn Sie sagen, Sie haben einen solchen Hintergrund nicht gesehen, will ich Ihnen das gern glauben. Andernfalls könnte ich nicht nachvollziehen, weshalb Sie Pratt bei Offen-Ungelöst anrufen und ihn darauf aufmerksam machen sollten, dass es zu dem Fall eine DNS-Spur gibt. Aber selbst wenn Sie nicht wussten, was Sache war, Ihr Partner hat es mit Sicherheit gewusst. Hat er Ihnen mal etwas davon erzählt, dass er in diesem Fall von der Polizeiführung unter Druck gesetzt wurde?«

»Ron Green war der beste Detective, den ich kenne oder mit dem ich zusammengearbeitet habe. Ich werde nicht zulassen, dass Sie sein Andenken in den Schmutz ziehen.«

Die beiden Männer standen etwa einen Meter voneinander entfernt, nur der Schreibtisch zwischen ihnen, ihre Blicke streitlustig aufeinandergerichtet.

»Mich interessiert nicht irgendein Andenken. Mich interessiert nur die Wahrheit. Sie haben gestern gesagt, er hätte sich ein paar Jahre nach diesem Fall erschossen. Warum? Hinterließ er einen Abschiedsbrief?«

»Die schwere Last, Detective. Sie wurde ihm zu viel. Diejenigen, die ungestraft davonkamen, ließen ihm keine Ruhe.«

»Und was ist mit denen, die er davonkommen *ließ*?«

Garcia richtete wutentbrannt einen Finger auf Bosch.

»Unterstehen Sie sich! Sie bewegen sich hier auf verdammt dünnem Eis, Detective Bosch. Ein Anruf im sechsten Stock, und Sie sitzen noch vor heute Abend wieder auf der Straße. Haben Sie mich verstanden? Ich weiß über Sie Bescheid. Sie sind gerade aus dem Ruhestand reaktiviert worden, und dahin könnte ich Sie mit einem einzigen Anruf wieder zurückschicken. Haben Sie mich verstanden?«

»Sicher. Ich habe Sie verstanden.«

Bosch setzte sich auf einen der Stühle vor dem Schreibtisch, in der Hoffnung, es möchte die Spannung im Raum ein wenig abbauen. Nach kurzem Zögern setzte sich auch Garcia.

»Ich finde es äußerst beleidigend, was Sie gerade zu mir gesagt haben«, sagte er, die Stimme von Ärger verzerrt.

»Sie müssen entschuldigen, Commander. Ich wollte nur herausfinden, was Sie wussten.«

»Das verstehe ich nicht.«

»Tut mir leid, Sir, aber die Ermittlungen wurden von oben in eine ganz bestimmte Richtung gelenkt. Im Augenblick möchte ich Ihnen noch keine Namen nennen. Einige der Beteiligten befinden sich noch im Polizeidienst.

Jedenfalls glaube ich, dass in diesem Fall die Rassenfrage eine entscheidende Rolle gespielt hat – dafür ist der Zusammenhang mit Mackey und jetzt auch mit Burkhart der beste Beweis. Und Sie hatten damals zwar Mackey und Burkhart noch nicht, aber Sie hatten die Tatwaffe, und da waren auch noch verschiedene andere Dinge. Ich musste herausfinden, ob Sie daran beteiligt waren. Ich würde sagen, Ihrer Reaktion nach zu schließen, waren Sie es nicht.«

»Aber Sie sagen, dass es mein Partner war und es mir verschwiegen hat.«

Bosch nickte.

»Unmöglich«, protestierte Garcia. »Ron und ich standen uns sehr nahe.«

»Alle Partner stehen sich nahe, Commander. Aber auch wieder nicht so nahe. So, wie ich die Sache sehe, haben Sie sich um die Mordakte gekümmert, und Green hat die Ermittlungen geführt. Wenn er dabei auf Widerstand der Polizeiführung gestoßen ist, könnte er es durchaus für besser gehalten haben, Ihnen nichts davon zu erzählen. Ich glaube, genau das hat er getan. Vielleicht, um Sie zu schützen, vielleicht aber auch aus Scham, dass er erpressbar war und sich gegen eine solche Einmischung nicht wehren konnte.«

Garcia senkte den Blick von Bosch auf seinen Schreibtisch. Bosch konnte sehen, dass er auf eine Erinnerung blickte. Etwas in der Mauer seines Gesichts bröckelte und gab nach.

»Möglicherweise wusste ich sogar, dass da etwas nicht stimmte«, sagte er ruhig. »Es wurde mir irgendwann auf halber Strecke klar.«

»Inwiefern?«

»Wir beschlossen schon früh, uns die Eltern zu teilen. Ron übernahm den Vater, ich die Mutter. Sie wissen schon, um eine Beziehung aufzubauen. Ron hatte mit dem Vater Probleme. Er war sehr sprunghaft. Zunächst war er total passiv, und plötzlich ließ er Ron keine Ruhe mehr und verlangte Ergebnisse von ihm. Doch da war noch etwas anderes, aber davon hat Ron mir nichts erzählt.«

»Haben Sie ihn danach gefragt?«

»Ja. Ich habe ihn gefragt. Er sagte mir nur, der Vater wäre schwierig. Er wäre völlig paranoid, was die Rassenproblematik angeht, und dächte, seine Tochter wäre aus irgendwelchen rassistischen Motiven heraus ermordet worden. Und dann sagte er etwas, woran ich mich heute noch erinnern kann. Er sagte: ›Aber dort dürfen wir nicht hin.‹ Das war alles, was er sagte, aber es blieb bei mir hängen, weil es so gar nicht zu dem Ron Green passte, den ich kannte. Dort dürfen wir nicht hin. Der Ron Green, den ich kannte, wäre dorthin gegangen, wohin es ihn führte. ›Dort dürfen wir nicht hin‹ gab es für ihn nicht. Jedenfalls nicht bis zu diesem Fall.«

Garcia blickte wieder zu Bosch auf, und Bosch nickte. Das war seine Art, ihm dafür zu danken, dass er ihm davon erzählt hatte.

»Glauben Sie, das hatte etwas mit dem zu tun, was später passiert ist?«, fragte Bosch.

»Meinen Sie, mit dem Selbstmord?«

»Ja.«

»Schon möglich. Aber ich weiß es nicht. Möglich ist alles. Nach diesem Fall trennten sich sozusagen unsere Wege. Die Sache mit Partnern ist die, dass es nicht mehr viel zu reden gibt, sobald man nicht mehr zusammenarbeitet.«

»Das stimmt«, sagte Bosch.

»Ich war in einer Besprechung des Führungsstabs im Siebenundsiebzigsten … Dorthin war ich nach der Beförderung zum Lieutenant versetzt worden. Und dort erfuhr ich, dass er tot war. Und zwar durch eine Mitteilung an den Stab. Das zeigt wahrscheinlich auch, wie weit wir uns auseinandergelebt hatten. Ich erfuhr erst nach einer Woche, dass er sich erschossen hatte.«

Bosch nickte nur. Es gab nichts, was er dazu hätte sagen können.

»Ich habe jetzt eine wichtige Besprechung, Detective«, sagte Garcia. »Sie müssen gehen.«

»Ja, Sir. Aber wissen Sie, was ich dachte? Um Ron Green so unter Druck setzen zu können, müssen sie etwas gegen ihn in der Hand gehabt haben. Fällt Ihnen dazu irgendetwas ein? Hatte er damals wegen irgendetwas Ärger mit der Dienstaufsicht?«

Garcia schüttelte den Kopf. Das sollte jedoch kein Nein auf Boschs Frage sein. Er meinte damit etwas anderes.

»Wissen Sie, beim LAPD gab es immer mehr Cops, die damit beauftragt waren, gegen andere Cops zu ermitteln, als es Cops gab, die in Mordfällen ermittelten. Ich dachte immer, dass ich das ändern würde, wenn ich es mal nach ganz oben schaffen würde.«

»Heißt das, es gab ein Verfahren?«

»Es heißt, es kommt bei der Polizei selten vor, dass jemand nichts auf dem Kerbholz hat. Es gab eine Akte über Ron, klar. Er war beschuldigt worden, einem Verdächtigen gegenüber handgreiflich geworden zu sein. Das war natürlich Quatsch. Der Junge schlug sich den Kopf an, als ihn Ron auf den Rücksitz des Autos setzte, und er musste hinterher genäht werden. Eine absolute Lappalie. Aber wie sich herausstellte, hatte der Junge Beziehungen, und die Dienstaufsicht verbiss sich in die Sache.«

»Dann hätten sie sich das also zunutze machen können, um in diesem Fall Druck auf ihn auszuüben.«

»Auszuschließen ist es jedenfalls nicht, je nachdem, wie weit Sie an Verschwörungstheorien glauben.«

Was das LAPD angeht, glaube ich an einiges, dachte Bosch, sagte es aber nicht. Stattdessen sagte er: »Okay, Sir, ich glaube, jetzt kann ich mir ein Bild von der Sache machen. Jetzt lasse ich Sie in Ruhe.«

Bosch stand auf, um zu gehen.

»Ich verstehe, dass Sie das alles wissen müssen«, sagte Garcia. »Ich finde nur nicht gut, wie Sie mich deswegen angegangen sind.«

»Es tut mir leid, Sir.«

»Nein, Detective Bosch, das tut es Ihnen nicht.«

Bosch sagte nichts. Er ging zur Tür und öffnete sie. Er schaute zu Garcia zurück und überlegte, was er sagen könnte. Aber ihm fiel nichts ein. Er drehte sich um, schloss die Tür hinter sich und ging.

23

Kiz Rider saß immer noch vor Judge Anne Demchaks Richterzimmer, als Bosch eintraf. Er war auf dem Weg von Van Nuys nach Downtown in den Stau geraten und fürchtete, die Besprechung mit der Richterin verpasst zu haben. Rider las eine Zeitschrift, und Boschs erster Gedanke war, dass er in dieser Phase der Ermittlungen nicht in der Lage wäre, entspannt in einem Magazin zu blättern. An diesem Punkt ließ sich seine Aufmerksamkeit nicht mehr teilen. Er war voll und ganz bei der Sache. Seltsamerweise kam diesem Zustand in seiner Erfahrung das Surfen am nächsten, obwohl er seit dem Sommer 1964, als er von seinen Pflegeeltern ausgerissen war und am Strand gelebt hatte, nicht mehr auf einem Brett gestanden hatte. Seitdem waren einige Jahre vergangen, aber an den Wassertunnel konnte er sich immer noch erinnern. Es kam darauf an, in die Röhre, den Wellentunnel zu kommen, an den Ort, an dem das Wasser im Kreis um einen herumwirbelte, an dem nichts anderes mehr existierte als das Wasser und der Ritt. Bosch war jetzt in der Röhre. Für ihn existierte nichts anderes mehr als der Fall.

»Wie lange bist du schon hier?«, fragte er.

Rider sah auf die Uhr.

»Etwa vierzig Minuten.«

»Ist sie schon die ganze Zeit mit dem Antrag da drinnen?«

»Ja.«

»Machst du dir Sorgen?«

»Nein. Ich bin nicht das erste Mal bei ihr. Unter anderem war ich auch mal wegen eines Hollywood-Falls hier, nachdem du bereits aufgehört hattest. Sie ist nur gründlich. Sie liest jede Seite. Das dauert zwar etwas, aber sie ist eindeutig in Ordnung.«

»Es kommt morgen schon in die Zeitung. Sie muss heute unterschreiben.«

»Ich weiß, Harry. Nur keine Hektik. Setz dich erst mal.«

Bosch blieb stehen. Die Richter wechselten sich bei der Ausstellung solcher Anordnungen turnusmäßig ab. Dass sie Demchak bekommen hatten, war pures Glück.

»Ich hatte noch nie mit ihr zu tun«, sagte er. »War sie mal bei der Staatsanwaltschaft?«

»Nein. Sie kommt von der anderen Seite. Pflichtverteidigerin.«

Bosch stöhnte. Er hatte die Erfahrung gemacht, dass Strafverteidiger, die Richter wurden, immer einen Hauch von Loyalität für den Angeklagten auf die Richterbank mitnahmen.

»Das kann nichts Gutes heißen.«

»Jetzt mal doch nicht immer gleich den Teufel an die Wand. Es wird schon klappen. Bitte setz dich. Du machst mich ganz nervös.«

»Ist Judy Champagne immer noch aktiv? Vielleicht können wir es ihr vorlegen.«

Judy Champagne war eine ehemalige Anklägerin, die mit einem ehemaligen Polizisten verheiratet war. Es hieß, er fing die Fische, und sie briet sie. Sobald sie Richterin geworden war, war Bosch mit seinen Anträgen mit Vorliebe zu ihr gegangen. Nicht, weil sie auf der Seite der Cops stand. Das war nicht der Fall. Sie war absolut fair, und das war es, worauf Bosch zählen konnte.

»Sie ist immer noch Richterin, aber wir können hier mit unseren Anträgen nicht hausieren gehen. Das weißt du ganz genau, Harry. Und würdest du dich bitte endlich setzen? Ich muss dir was zeigen.«

Bosch setzte sich auf den Stuhl neben ihr.

»Was?«

»Ich habe hier Burkharts Bewährungsunterlagen.«

Sie zog einen Ordner aus ihrer Tasche, öffnete ihn und schob ihn auf dem niedrigen Tisch vor Bosch hin. Sie tippte mit einem Fingernagel auf einen Entlassungsschein. Bosch beugte sich darüber und las.

»Am 1. Juli 1988 aus Wayside entlassen. Meldete sich am 5. Juli bei seinem Bewährungshelfer in Van Nuys.«

Bosch richtete sich wieder auf und sah Rider an.

»Dann kommt er also infrage.«

»Unbedingt. Sie haben ihn am 26. Januar wegen Verwüstung der Synagoge festgenommen. Er stellte keine Kaution und wurde nach entsprechendem Hafterlass fünf Monate später entlassen. Er kommt hierfür unbedingt infrage, Harry.«

Bosch durchfuhr es wie ein leichter Stromstoß. Alles schien sich noch besser ineinander zu fügen.

»Okay, gut. Hast du den Antrag entsprechend abgeändert, um auch ihn einzuschließen?«

»Ich habe ihn mit eingebaut, aber nicht zu stark. Das direkte Bindeglied ist wegen der Waffe nach wie vor Mackey.«

Bosch nickte und schaute zu dem leeren Schreibtisch, an dem normalerweise die Sekretärin der Richterin saß. Auf dem Namensschild stand *KATHY CHRZANOWSKI*, und Bosch fragte sich, wie das ausgesprochen wurde und wo sie war. Dann beschloss er, nicht daran zu denken, was im Richterzimmer vor sich ging.

»Willst du das Neueste von Commander Garcia hören?«, fragte er.

Rider steckte die Bewährungsunterlagen in ihre Tasche zurück.

»Klar.«

In den nächsten drei Minuten erzählte ihr Bosch von seinem Besuch in Garcias Büro, von dem Zeitungsinterview und was ihm der Commander am Schluss enthüllt hatte.

»Glaubst du, er hat dir alles erzählt?«, fragte Rider.

»Meinst du, wie viel er darüber wusste, was damals ablief? Nein, sicher nicht. Aber er hat mir so viel erzählt, wie er mir zu erzählen bereit war.«

»Ich würde sagen, er muss an diesem Deal beteiligt gewesen sein. Ich kann mir nicht vorstellen, dass ein Partner einen Deal macht, von dem der andere nichts weiß. Nicht bei einer Sache in dieser Größenordnung.«

»Nehmen wir also an, dass er eingeweiht war. Warum bittet er dann Pratt, die DNS durch die DOJ-Datenbank laufen zu lassen? Hätte er dann nicht einfach weiter darauf gesessen, wie er das siebzehn Jahre lang getan hat?«

»Nicht unbedingt. Ein schlechtes Gewissen macht sich oft auf die seltsamste Weise bemerkbar, Harry. Vielleicht hat diese Geschichte Garcia schon die ganze Zeit belastet, und um seine Schuldgefühle zu besänftigen, beschloss er, Pratt anzurufen. Und angenommen, er war damals an dem Kuhhandel mit Irving beteiligt: Möglicherweise dachte er, sein Anruf könnte nun keine Konsequenzen mehr für ihn haben, weil ja Irving vom neuen Chief längst aufs Abstellgleis geschoben worden war.«

Bosch dachte an Garcias Reaktion auf seine Bemerkung, dass Green vielleicht diejenigen keine Ruhe gelassen hatten, die er hatte davonkommen lassen. Vielleicht war Garcia deshalb so hochgegangen, weil er derjenige war, dem sie keine Ruhe ließen.

»Ich weiß nicht«, sagte Bosch. »Vielleicht …«

Boschs Handy begann zu läuten. Als er es aus der Tasche zog, sagte Rider: »Stell das lieber ab, bevor wir reingehen. Das ist etwas, was Judge Demchak partout nicht leiden kann. Ich habe von einem Staatsanwalt gehört, dem sie deswegen mal das Handy konfisziert hat.«

Bosch nickte und klappte sein Handy auf und sagte »Hallo«.

»Detective Bosch?«

»Ja.«

»Hier Tara Wood. Waren wir nicht verabredet?«

Noch bevor sie den Satz zu Ende gesprochen hatte, fiel Bosch ein, dass er das Treffen bei CBS und den Teller Gumbo, den er sich zum Lunch hatte genehmigen wollen, vergessen hatte. Ihm war nicht einmal Zeit zum Mittagessen geblieben.

»Tara, es tut mir aufrichtig leid. Es ist etwas dazwischengekommen, und wir konnten nicht weg. Ich hätte Sie anrufen sollen, aber ich habe einfach nicht mehr daran gedacht. Wir müssten einen neuen Termin vereinbaren, falls Sie jetzt überhaupt noch mit mir reden wollen.«

»Kein Problem. Es ist nur so, dass ein paar Autoren der Serie hier waren. Sie hätten gern mit Ihnen gesprochen.«

»Von welcher Serie?«

»*Cold Case.* Wissen Sie nicht mehr? Ich habe Ihnen doch erzählt, wir ...«

»Doch, natürlich, die Serie. Also, das tut mir wirklich leid.«

Inzwischen tat es Bosch aber nicht mehr so leid. Sie hatte versucht, das Gespräch mit ihm für irgendwelche Publicity-Zwecke auszuschlachten. Er fragte sich, ob sie überhaupt noch etwas für Rebecca Lost empfand. Als könnte sie seine Gedanken lesen, erkundigte sie sich nach dem Stand der Ermittlungen.

»Tut sich in dem Fall etwas? Ist das der Grund, weshalb Sie nicht hier waren?«

»Gewissermaßen. Wir kommen voran, aber es gibt nichts, was ich Ihnen im Moment ... Das heißt, da ist doch etwas. Haben Sie noch mal über den Namen nachgedacht, den ich Ihnen gestern Abend genannt habe? Roland Mackey? Ist Ihnen noch etwas dazu eingefallen?«

»Nein, nach wie vor nicht.«

»Ich habe noch einen. Wie sieht es mit William Burkhart aus? Wahrscheinlich Bill Burkhart?«

Wood überlegte, und es trat ein längeres Schweigen ein.

»Nein, tut mir leid. Ich glaube nicht, dass ich ihn kenne.«

»Und wie ist es mit Billy Blitzkrieg?«

»Billy Blitzkrieg? Soll das ein Witz sein?«

»Nein, wieso? Kennen Sie ihn?«

»Nein, natürlich nicht. Hört sich nach einem Heavy-Metal-Rocker oder so etwas in der Art an.«

»Nein, das ist er nicht. Jedenfalls, diese beiden Namen sagen Ihnen wirklich nichts?«

»Nein, leider nicht, Detective.«

Bosch schaute auf und sah eine Frau, die ihnen von der offenen Tür des Richterzimmers zuwinkte. Rider sah ihn an und fuhr mit einem Finger über ihre Kehle.

»Hören Sie, Tara, ich muss jetzt Schluss machen. Ich rufe Sie bei der ersten Gelegenheit wegen eines neuen Termins an. Ich bitte vielmals um Entschuldigung, und ich melde mich, sobald ich kann. Danke.«

Er klappte das Handy zu, bevor sie antworten konnte, und machte es dann aus. Er folgte Rider durch die Tür, die ihnen von einer Frau aufgehalten wurde, von der er annahm, dass es Kathy Chrzanowski war.

Die Jalousien der hohen Fenster am anderen Ende des Zimmers waren heruntergelassen. Eine einzige Schreibtischlampe erhellte das Richterzimmer. Hinter dem Schreibtisch saß eine Frau, die Bosch auf Ende sechzig schätzte. Sie wirkte winzig hinter dem großen dunklen Holzschreibtisch. Ihr sympathisches Gesicht weckte in Bosch die Hoffnung, dass sie das Büro mit einer unterschriebenen Anordnung verlassen würden.

»Detectives, kommen Sie rein und nehmen Sie Platz«, sagte sie. »Tut mir leid, dass ich Sie da draußen habe warten lassen.«

»Das macht nichts, Euer Ehren«, sagte Rider. »Wir finden es gut, dass Sie so gründlich sind.«

Bosch und Rider setzten sich auf die Stühle vor dem Schreibtisch. Die Richterin trug ihre schwarze Robe nicht. Bosch sah sie an einem Kleiderständer in der Ecke hängen. Daneben war ein gerahmtes Foto von Demchak mit einem für seine liberale Haltung berüchtigten Richter des State Supreme Court. Boschs Magen krampfte sich zusammen. Dann sah er auf dem Schreibtisch zwei gerahmte Fotos. Auf einem waren ein älterer Mann und ein kleiner Junge mit Golfschlägern abgebildet. Möglicherweise ihr Mann mit einem Enkel. Auf dem anderen Foto war ein etwa 10-jähriges schaukelndes Mädchen zu sehen. Die Farben waren verblichen. Es war ein altes Foto. Vielleicht ihre Tochter. Bosch dachte, dass vielleicht die Beziehung zu Kindern den Ausschlag geben könnte.

»Sie scheinen es mit dem Antrag ziemlich eilig zu haben«, sagte die Richterin. »Gibt es dafür einen Grund?«

Bosch sah Rider an, worauf sie sich vorbeugte, um zu antworten. Das Reden würde sie übernehmen. Er war nur zur Verstärkung da und um der Richterin zu signalisieren, dass ihnen die Sache wichtig war. Gelegentlich mussten Polizisten Lobbyisten sein.

»Ja, Euer Ehren, sogar zwei Gründe«, begann Rider. »Der Hauptgrund ist: Wir glauben, dass morgen in der *Daily News* ein Zeitungsartikel erscheinen wird. Er könnte unseren Hauptverdächtigen, Roland Mackey, dazu veranlassen, mit anderen Verdächtigen – von denen einer in unserem Antrag aufgeführt ist – Kontakt aufzunehmen, um über den Mord zu sprechen. Wie Sie dem Antrag entnehmen können, glauben wir, dass an dieser Straftat mehr als eine Person beteiligt war, aber direkt können wir nur Mackey damit in Verbindung bringen. Wenn wir seine Telefone abhören, sobald der Zeitungsartikel erscheint, können wir anhand seiner Telefonate vielleicht die anderen Beteiligten identifizieren.«

Die Richterin nickte, aber sie sah Rider nicht an. Ihr

Blick war auf die Antrags- und Genehmigungsformulare gerichtet. Sie machte ein finsteres Gesicht, und Bosch kamen ernste Bedenken. Nach kurzem Schweigen sagte sie: »Und der andere Grund für Ihre Eile?«

»Ach so«, sagte Rider, als hätte sie ihn vergessen. »Der andere Grund ist, dass wir glauben, Roland Mackey könnte nach wie vor in kriminelle Machenschaften verwickelt sein. Wir wissen nicht genau, worin sie im Moment bestehen, aber wir glauben, je schneller wir seine Gespräche abhören können, desto schneller können wir das bestätigen und auf diese Weise verhindern, dass ihm erneut jemand zum Opfer fällt. Wie Sie dem Antrag entnehmen können, wissen wir, dass er bereits in mindestens einen Mord verwickelt war. Angesichts dessen glaubten wir, keine Zeit verlieren zu dürfen.«

Anerkennend stellte Bosch fest, wie raffiniert Riders Antwort formuliert war. Sie übte damit auf die Richterin großen Druck aus, den Antrag zu genehmigen. Immerhin war Demchak eine gewählte Staatsdienerin und musste sich deshalb die möglichen Konsequenzen einer Ablehnung des Antrags vor Augen halten. Wenn Mackey eine Straftat beging, die sich hätte verhindern lassen, wenn die Polizei seine Telefone hätte abhören können, konnte die Richterin dafür von einer Wählerschaft zur Verantwortung gezogen werden, die kein Verständnis für ihre Bemühungen hatte, Mackeys Persönlichkeitsrechte zu wahren.

»Ich verstehe«, entgegnete Demchak auf Riders Einwurf eisig. »Und worauf stützen Sie Ihre Annahme, dass er gegenwärtig in kriminelle Aktivitäten verwickelt ist, obwohl Sie keine konkrete Straftat anführen können?«

»Da gibt es eine ganze Reihe von Punkten, Euer Ehren. Vor zwölf Monaten lief Mr. Mackeys Bewährungsfrist wegen eines Sexualdelikts ab, worauf er unverzüglich den Wohnsitz wechselte, ohne dass sein Name auf einem offiziellen Dokument oder einem Mietvertrag aufgetaucht wäre. Ebenso wenig hat er bei seinem früheren Vermieter oder bei der Post eine neue Adresse hinterlassen. Er lebt im selben Haus wie ein ehemaliger Häftling, mit dem zusammen er früher erwiesenermaßen an kriminellen Aktivitäten beteiligt war. Dabei handelt es sich um William Burkhart, der ebenfalls in dem Antrag aufgeführt ist. Und wie Sie dem Antrag weiter entnehmen können, benutzt Mackey ein Telefon, das nicht auf seinen Namen zugelassen ist. Er versucht eindeutig unterzutauchen, Euer Ehren. Alle diese Punkte ergeben zusammen das Bild einer Person, die Vorkehrungen trifft, ihre Beteiligung an kriminellen Aktivitäten zu vertuschen.«

»Vielleicht will er sich auch nur einer Bespitzelung von staatlicher Seite entziehen«, sagte die Richterin. »Das steht alles auf sehr wackligen Beinen, Detective. Haben Sie sonst nichts mehr? Ich könnte noch etwas mehr gebrauchen.«

Rider sah Bosch kurz mit großen Augen an. Ihre noch kurz zuvor geäußerte Zuversicht begann sie im Stich zu lassen. Die hatte bereits alles in den schriftlichen Antrag und in ihre verbalen Argumente gepackt. Was war jetzt noch übrig? Bosch räusperte sich und beugte sich vor, um zum ersten Mal das Wort zu ergreifen.

»Die früheren kriminellen Aktivitäten, an denen er mit dem Mann beteiligt war, mit dem er jetzt zusammenlebt, waren Hassverbrechen, Euer Ehren. Diese beiden Männer haben eine Menge Leute bedroht und ihnen Schaden zugefügt. Eine Menge Leute.«

In der Hoffnung, den Druck wenigstens ein bisschen erhöht zu haben, lehnte sich Bosch wieder zurück.

»Und wie lang liegen diese Straftaten zurück?«, fragte die Richterin.

»Verfolgt wurden sie in den achtziger Jahren«, sagte Bosch. »Aber niemand weiß, wie lange sie später noch damit weitergemacht haben. Jedenfalls stecken diese beiden Männer weiterhin unter einer Decke.«

Die Richterin sagte wieder eine Minute lang nichts. Sie schien noch einmal die Zusammenfassung von Riders Antrag zu lesen. Dann ging auf der Seite ihres Schreibtisches ein rotes Lämpchen an. Das bedeutete, dass jetzt die Verhandlung beginnen konnte, die in ihrem Gerichtssaal angesetzt war. Alle Anwälte und Parteien waren anwesend.

Schließlich schüttelte Judge Demchak den Kopf.

»Ich finde einfach nicht, dass das genügt, Detectives. Sie haben ihn mit der Tatwaffe in Verbindung gebracht, aber nicht am Tatort. Er könnte die Waffe Tage oder Wochen vor dem Mord benutzt haben.«

Sie wedelte mit der Hand abschätzig über die vor ihr ausgebreiteten Papiere.

»Der Punkt, dass er in ein Autokino eingebrochen ist, in dem das Opfer und ihre Freundinnen oft waren, ist bestenfalls weit hergeholt. Sie bringen mich hier ganz schön in Verlegenheit, denn Sie bitten mich, etwas zu unterschreiben, was einfach nicht da ist.«

»Es ist da«, sagte Bosch. »Wir wissen, dass es da ist.«

Rider legte ihm die Hand auf den Arm, eine Warnung, nicht die Beherrschung zu verlieren.

»Ich sehe das nicht so, Detective«, sagte Demchak. »Sie bitten mich, Ihnen aus der Patsche zu helfen. Sie haben keinen hinreichend wahrscheinlichen Grund und bitten mich, darüber hinwegzusehen. Das darf ich nicht. Nicht unter diesen Umständen.«

»Euer Ehren«, sagte Rider. »Wenn wir diesen Antrag nicht unterschrieben kriegen, entgeht uns die einmalige Chance, die dieser Zeitungsartikel für uns darstellt.«

Die Richterin lächelte sie an.

»Das hat nichts mit mir und mit dem zu tun, was ich hier tun muss, Detective. Das wissen Sie sehr wohl. Ich bin nicht der verlängerte Arm der Polizei. Ich bin unabhängig, und ich muss mich mit den Fakten des Falls auseinandersetzen, wie sie mir dargelegt werden.«

»Das Opfer war gemischtrassig«, sagte Bosch. »Dieser Kerl ist ein aktenkundiger Rassist. Er hat diese Waffe gestohlen, und sie wurde verwendet, um ein gemischtrassiges Mädchen zu ermorden. Der Zusammenhang liegt doch auf der Hand.«

»Aber es ist kein Zusammenhang von Beweismitteln, Detective. Es ist ein angenommener Zusammenhang von Indizien.«

Bosch starrte die Richterin kurz an, und die Richterin starrte zurück.

»Haben Sie Kinder, Judge?«, fragte er.

Das Gesicht der Richterin rötete sich.

»Was hat das hiermit zu tun?«

»Euer Ehren«, schaltete sich Rider ein. »Wir kommen damit noch einmal her.«

»Nein«, sagte Bosch. »Nein, wir kommen damit nicht noch einmal her. Wir brauchen diese Genehmigung *jetzt*, Judge. Dieser Kerl läuft jetzt schon siebzehn Jahre frei herum. Was wäre, wenn das Ihre Tochter gewesen wäre? Könnten Sie dann auch wegsehen? Rebecca Lost war ein Einzelkind.«

Judge Demchaks Augen verdunkelten sich. Als sie zu sprechen begann, tat sie es gleichermaßen mit Ruhe und Ärger.

»Ich wende hier nicht den Blick von etwas ab, Detective. Im Gegenteil, ich bin die Einzige in diesem Zimmer, die genau hinsieht. Und vielleicht sollte ich hinzufügen: Wenn Sie das Gericht noch weiter beleidigen und infrage stellen, werde ich Sie wegen Missachtung in Gewahrsam nehmen lassen. Der Gerichtsdiener könnte in fünf Sekunden hier sein. Vielleicht könnten Sie die Ausfallzeit dazu nutzen, sich mit den Mängeln Ihres Antrags zu befassen.«

Bosch ließ sich dadurch nicht einschüchtern.

»Ihre Mutter lebt noch in dem Haus«, fuhr er fort. »Das Zimmer, aus dem Rebecca entführt wurde, befindet sich noch in genau demselben Zustand wie an dem Tag, an dem sie ermordet wurde. Derselbe Bettbezug, dieselben Kissen, alles noch genau wie damals. In diesem Zimmer – und für die Mutter – ist die Zeit stehen geblieben.«

»Aber diese Fakten sind hier nicht von Belang.«

»Ihr Vater wurde zum Trinker. Zuerst verlor er sein Restaurant, dann seine Frau und sein Zuhause. Ich habe ihn heute Morgen in der Fifth Street aufgesucht. Dort lebt er inzwischen. Ich weiß, dass auch das hier nicht von Belang ist, aber ich dachte, es könnte Sie vielleicht interessieren. Wahrscheinlich haben wir nicht genügend Fakten für Sie, aber wir haben viel Leid, das diese Sache hinterlassen hat, Euer Ehren.«

Die Richterin hielt seinem Blick stand, und Bosch wusste, er würde entweder ins Gefängnis wandern oder dieses Zimmer mit einer unterschriebenen Anordnung verlassen. Dazwischen gab es nichts. Im selben Moment sah er das Aufflackern von Schmerz in ihren Augen. Jeder, der – egal, auf welcher Seite – eine gewisse Zeit in den Gräben der Strafjustiz verbracht hat, bekommt nach einer Weile diesen Blick.

»Also schön, Detective«, sagte Demchak schließlich.

Sie blickte auf das Antragsformular und kritzelte unten auf die letzte Seite ihre Unterschrift. Dann begann sie die Felder auszufüllen, in denen die Länge der Telefonüberwachung festgelegt wurde.

»Überzeugt bin ich trotzdem noch nicht«, sagte sie streng. »Deshalb gebe ich Ihnen zweiundsiebzig Stunden.«

»Euer Ehren«, sagte Bosch.

Rider legte ihm wieder die Hand auf den Arm, um ihn davon abzuhalten, aus einem Ja ein Nein zu machen. Dann ergriff sie das Wort.

»Euer Ehren, zweiundsiebzig Stunden sind für unser Vorhaben extrem wenig Zeit. Wir hatten gehofft, mindestens eine Woche zu bekommen.«

»Sie sagten doch, der Zeitungsartikel erscheint morgen«, entgegnete die Richterin.

»Ja, Judge, so war es zumindest geplant, aber …«

»Dann werden Sie ziemlich schnell mehr wissen. Wenn Sie das Gefühl haben, die Frist verlängern zu müssen, kommen Sie am Freitag noch mal her und versuchen mich zu überzeugen. Zweiundsiebzig Stunden, und ich will jeden Morgen ein Tagesresümee vorgelegt bekommen. Wenn ich das nicht bekomme, belange ich Sie beide wegen Missachtung des Gerichts. Ich werde nicht zulassen, dass Sie nur aufs Geratewohl ihre Netze auswerfen. Wenn in diesen Resümees nichts ist, was direkten Bezug zu der Sache hat, drehe ich Ihnen sogar schon vorher den Hahn ab. Ist das klar?«

»Ja, Euer Ehren«, sagten Bosch und Rider wie aus einem Mund.

»Gut. Und jetzt habe ich eine Vorbesprechung in meinem Gerichtssaal. Für Sie also Zeit, zu gehen, und für mich, wieder an die Arbeit zu gehen.«

Rider sammelte die Dokumente ein, und sie bedankten sich. Als sie zur Tür gingen, rief ihnen Judge Demchak hinterher.

»Detective Bosch?«

Bosch drehte sich um und sah sie an.

»Ja, Judge?«

»Sie haben das Foto gesehen, richtig? Von meiner Tochter? Sie haben geraten, dass ich nur ein Kind habe.«

Bosch sah sie kurz an, dann nickte er.

»Ich habe selbst nur eins«, sagte er. »Ich weiß, wie das ist.«

Sie sah ihm eine Weile in die Augen, bevor sie sagte: »Sie können jetzt gehen.«

Bosch nickte und folgte Rider nach draußen.

24

Sie sprachen kein Wort, als sie das Gerichtsgebäude verließen. Es war, als wollten sie nach draußen kommen, ohne es zu beschreien, als würde, wenn sie auch nur ein Wort über das eben Geschehene verloren, dies durch das Gebäude zurückgeworfen und die Richterin veranlassen, es sich noch einmal anders zu überlegen. Jetzt, wo sie die Unterschrift der Richterin auf den Anordnungen hatten, interessierte sie nur noch eines: schleunigst nach draußen zu kommen.

Als sie endlich vor dem klotzigen Gerichtsgebäude auf dem Bürgersteig standen, sah Bosch Rider an und grinste.

»Das war knapp.«

Sie lächelte und nickte zustimmend.

»Du bist da drinnen gerade wirklich aufs Ganze gegangen. Ich dachte schon, ich dürfte gleich nach unten gehen und Kaution für dich stellen.«

Sie begannen, in Richtung Parker Center loszugehen. Bosch holte sein Handy heraus und stellte es wieder an.

»Ja, das war knapp«, sagte er. »Aber wir haben es geschafft. Willst du Abel schon sagen, dass er die anderen zusammentrommeln soll?«

»Ja, mache ich. Ich wollte nur damit warten, bis wir da sind.«

Bosch rief seine Nachrichten ab und stellte fest, dass er einen Anruf verpasst hatte. Die Nummer sagte ihm nichts, aber sie begann mit 818 … das Valley. Er rief die Nachricht auf und hörte eine Stimme, die er nicht hören wollte.

»Detective Bosch, hier ist McKenzie Ward von der *News*. Ich muss dringend mit Ihnen sprechen, und zwar wegen Roland Mackey. Wenn ich nichts von Ihnen höre, muss ich den Artikel zurückziehen. Rufen Sie mich bitte an.«

»Scheiße«, sagte Bosch, als er die Nachricht löschte.

»Was ist?«, fragte Rider.

»Die Reporterin. Ich habe Muriel Lost eingeschärft, ihr nichts von Mackey zu erzählen. Aber offensichtlich ist es ihr doch herausgerutscht. Entweder das, oder die Reporterin hat noch Kontakt zu jemand anders.«

»Scheiße.«

»Sage ich doch.«

Sie gingen wortlos weiter. Bosch überlegte, wie er sich der Journalistin gegenüber verhalten sollte. Sie mussten Mackeys Namen unbedingt aus dem Artikel heraushalten, sonst tauchte er wahrscheinlich unter, ohne vorher noch jemanden anzurufen.

»Was willst du jetzt tun?«, fragte Rider schließlich.

»Keine Ahnung. Versuchen, es ihr auszureden. Ihr was vormachen, wenn es sein muss. Sie darf seinen Namen auf keinen Fall in den Artikel setzen.«

»Aber den Artikel muss sie bringen, Harry. Wir haben nur zweiundsiebzig Stunden.«

»Ich weiß. Lass mich kurz überlegen.«

Er klappte sein Handy auf und rief Muriel Lost an. Sie meldete sich, und er fragte sie, wie das Interview gewesen sei. Sie sagte, es sei gut gegangen und sie sei froh, dass es vorbei sei.

»Haben sie Fotos gemacht?«

»Ja, sie wollten unbedingt in ihrem Zimmer fotografieren. Ich hatte kein gutes Gefühl dabei, sie da einfach so reinzulassen. Aber dann habe ich es doch getan.«

»Das kann ich gut verstehen. Trotzdem danke, dass Sie es getan haben. Denken Sie einfach dran, dass uns der Artikel helfen wird. Wir sind schon dicht dran, Muriel, und der Zeitungsbericht wird uns weiterhelfen. Wir sind Ihnen dafür sehr dankbar.«

»Wenn es Ihnen hilft, tue ich es gern.«

»Gut. Eine Frage noch. Haben Sie der Reporterin gegenüber den Namen Roland Mackey erwähnt?«

»Nein. Sie haben mir doch gesagt, ich sollte das nicht tun. Deshalb habe ich ihn auch nicht erwähnt.«

»Sind Sie sicher?«

»Ich bin mehr als sicher. Sie wollte von mir wissen, was Sie mir alles erzählt hätten, aber ich habe nichts über ihn gesagt. Warum?«

»Nur so. Ich wollte mich nur noch mal vergewissern, mehr nicht. Danke, Muriel. Sobald ich etwas Neues weiß, melde ich mich wieder.«

Er klappte das Handy zu. Er glaubte nicht, dass ihm Muriel Lost etwas vormachte. Die Reporterin musste eine andere Quelle haben.

»Was ist?«, fragte Rider.

»Sie hat ihr nichts erzählt.«

»Wer dann?«

»Gute Frage.«

Das Handy begann zu vibrieren und zu läuten, während er es noch in der Hand hielt. Er schaute auf das Display und erkannte die Nummer.

»Das ist sie … die Reporterin. Ich muss drangehen.«

Er meldete sich.

»Detective Bosch, hier ist McKenzie Ward. Die Frist ist gleich um, und wir müssen reden.«

»Richtig. Ich habe gerade Ihre Nachricht erhalten. Ich war im Gericht, deshalb hatte ich das Handy ausgeschaltet.«

»Warum haben Sie mir nichts von Roland Mackey erzählt?«

»Wie bitte?«

»Roland Mackey. Ich habe gehört, dass Sie bereits einen Verdächtigen namens Roland Mackey haben.«

»Wer hat Ihnen denn das erzählt?«

»Das spielt keine Rolle. Eine Rolle spielt dagegen, dass Sie mir eine wichtige Information vorenthalten haben. Ist Roland Mackey Ihr Hauptverdächtiger? Lassen Sie mich raten. Sie halten sich beide Seiten warm und spielen diese Information der *Times* zu.«

Bosch musste sich schnell etwas einfallen lassen. Die Reporterin hörte sich hektisch und gereizt an. Ein Journalist, der sauer wurde, konnte zu einem ernsthaften Problem werden. Er musste unbedingt die Luft herausnehmen und Mackeys Rolle herunterspielen. Das einzig Positive an der Sache war, dass sie die DNS-Verbindung zwischen Mackey und der Tatwaffe nicht erwähnt hatte. Daraus schloss er, dass ihre Quelle nicht aus Polizeikreisen kam. Jemand mit begrenztem Wissen.

»Zuallererst … ich spreche über diese Sache *nicht* mit der *Times*. Solange der Artikel auch wirklich morgen erscheint, sind Sie die Einzige, die diese Story kriegt. Zweitens spielt es sehr wohl eine Rolle, woher Sie diesen Namen haben, weil nämlich Ihre Information falsch ist. Ich versuche Ihnen hier nur zu helfen, McKenzie. Sie machen einen Riesenfehler, wenn Sie diesen Namen in den Artikel setzen. Sie könnten deswegen sogar einen Prozess an den Hals bekommen.«

»Wer ist dann dieser Mackey?«

»Wer ist Ihre Quelle?«

»Sie wissen, dass ich sie Ihnen nicht nennen kann.«

»Warum nicht?«

Bosch versuchte, Zeit zu gewinnen, und dachte gleichzeitig fieberhaft nach. Während die Reporterin eine Standardreplik über den Schutz von Informationsquellen herunterratterte, hakte Bosch die Namen der Leute ab, mit denen er und Rider über Mackey gesprochen hatten und die nicht bei der Polizei waren. Dazu gehörten Rebecca Losts drei Freundinnen: Tara Wood, Bailey Sable und Grace Tanaka. Dann waren da noch Robert Lost, Danny Kotchof, die Bewährungshelferin Thelma Kibble und Gordon Stoddard, der Schulleiter, außerdem Mrs. Atkins, die Sekretärin, die Mackeys Namen im Schularchiv nachgesehen hatte.

Schließlich war da auch noch Judge Demchak, aber das schloss Bosch als zu unwahrscheinlich aus. McKenzie Ward hatte ihm die Nachricht hinterlassen, als er und Rider bei der Richterin waren. Dass die Richterin die Reporterin angerufen haben könnte, während sie allein im Richterzimmer war und den Antrag prüfte, hielt er für völlig ausgeschlossen. Sie hatte nicht einmal etwas von dem Zeitungsartikel gewusst, geschweige denn von der Reporterin, die ihn schrieb.

Bosch vermutete, dass die Reporterin infolge des Zeitdrucks einfach in die Redaktion zurückgekehrt war und dort, um den Bericht abzurunden, ein wenig herumtelefoniert hatte. Den Namen Roland Mackey hatte sie von einer der Personen gehört, die sie angerufen hatte. Bosch bezweifelte, dass sie in den wenigen Stunden nach dem Interview Robert Lost ausfindig gemacht und mit ihm Kontakt aufgenommen haben könnte. Auch Grace Tanaka und Danny Kotchof strich er von der Liste, weil sie nicht aus der Gegend waren. Zu Kibble ließ sich erst eine Verbindung herstellen, wenn man Mackeys Namen bereits hatte. Somit blieben nur noch Tara Wood und die Schule ... entweder Stoddard, Sable oder die Sekretärin. Die wahrscheinlichste Lösung war die Schule, weil hier für die Reporterin am einfachsten eine Verbindung zu dem Fall herzustellen gewesen wäre. Erleichtert gelangte Bosch zu der Überzeugung, die Gefahr müsse sich eindämmen lassen können.

»Detective, sind Sie noch dran?«

»Ja, Entschuldigung, ich musste mich gerade auf den Verkehr konzentrieren.«

»Also, wie lautet Ihre Antwort? Wer ist Roland Mackey?«

»Er ist irrelevant. Eine Sackgasse. Beziehungsweise war er das. Das ist inzwischen geklärt.«

»Erklären Sie das bitte genauer.«

»Schauen Sie, wir haben diesen Fall geerbt, ja? Im Lauf der Jahre wurde die Mordakte abgelegt, wieder hervorgeholt, ein bisschen herumbewegt. Dabei kam Verschiedenes durcheinander. Zum Teil bestand unsere Aufgabe nur darin, einfach ein bisschen aufzuräumen. Ordnung zu schaffen. Bei dieser Gelegenheit stießen wir auf ein Foto dieses Roland Mackey, das lose in der Akte lag, und wir waren nicht sicher, wer er war und was er mit der Sache zu tun hatte. Als wir dann so weit waren, erste Befragungen durchzuführen und uns mit den in den Fall verwickelten Personen vertraut zu machen, zeigten wir das Foto ein paar Leuten, um zu sehen, ob sie wussten, wer er war und wie er da reingehörte. Jedenfalls haben wir nie jemandem erzählt, er wäre der Hauptverdächtige. Das können Sie mir glauben. Entweder übertreiben also Sie, oder wer Ihnen von diesem Kerl erzählt hat, hat übertrieben.«

Darauf trat kurzes Schweigen ein, und Bosch vermutete, dass sie in Gedanken noch einmal das Gespräch durchging, in dessen Verlauf der Name Mackey gefallen war.

»Und wer ist er nun?«, fragte sie schließlich.

»Nur ein junger Kerl mit mehreren Jugendstrafen, der damals in Chatsworth lebte. Er hing oft in dem alten Autokino in der Winnetka rum, und offensichtlich waren dort auch Rebecca und ihre Freundinnen relativ häufig. Aber wie sich gezeigt hat, hatte er damals, 1988, nichts mit der Sache zu tun. Das wurde uns allerdings erst klar, nachdem wir ein paar Leuten sein Foto gezeigt hatten.«

Es war eine Mischung aus der Wahrheit und Schattierungen der Wahrheit. Die Reporterin wurde wieder still, als sie über die Antwort nachdachte.

»Wer hat Ihnen von ihm erzählt, Gordon Stoddard oder Bailey Sable?«, fragte Bosch. »Wir hatten das Foto in die Schule mitgenommen, um zu sehen, ob da vielleicht ein Zusammenhang bestand, aber wie sich herausstellte, ging er dort gar nicht zur Schule. Danach sind wir der Sache nicht weiter nachgegangen.«

»Sind Sie da wirklich sicher?«

»Schauen Sie, tun Sie meinetwegen, was Sie wollen, aber wenn Sie den Namen dieses Kerls in die Zeitung bringen, bloß weil wir ein paar Leute nach ihm gefragt haben, könnten Sie schon sehr bald von ihm und seinem Anwalt hören. Wir ziehen über eine Menge Leute Erkundigungen ein, McKenzie. Das ist unser Job.«

Es folgte weiteres Schweigen. Dieses Schweigen bedeutete wohl, dass er die Bombe entschärft hatte.

»Wir sind zur Schule gefahren, um uns das Jahrbuch anzusehen und ein paar Fotos herauszukopieren«, sagte Ward schließlich. »Wir mussten allerdings feststellen, dass Sie das einzige Exemplar für 1988, das sie in der Bibliothek hatten, ausgeliehen haben.«

Das war ihre Art, zu bestätigen, dass Bosch richtig vermutet hatte, ohne ihre Quelle preiszugeben.

»Das tut mir leid«, sagte Bosch. »Ich habe das Jahrbuch auf meinem Schreibtisch liegen. Ich weiß zwar nicht, wie viel Zeit Sie noch haben, aber wenn Sie möchten, können Sie jemanden vorbeischicken, um es abholen zu lassen.«

»Nein, dafür reicht die Zeit nicht mehr. Wir haben in der Schule ein Foto von der Gedenktafel gemacht. Das wird auch seinen Zweck erfüllen. Außerdem habe ich in unserem Archiv ein Foto des Opfers gefunden. Das werden wir verwenden.«

»Ich habe die Tafel gesehen. Sie ist schön.«

»In der Schule sind sie sehr stolz darauf.«

»Wäre das also jetzt geklärt, McKenzie?«

»Ja, natürlich. Ich wurde nur ein bisschen unruhig, weil ich dachte, Sie würden mir etwas Wichtiges vorenthalten.«

»Etwas Wichtiges habe ich nicht zu berichten. Jedenfalls *noch* nicht.«

»Na schön, dann mache ich mich lieber wieder an die Arbeit und schreibe den Artikel fertig.«

»Bleibt es dabei? Erscheint er morgen im Fenster?«

»Wenn ich ihn fertig kriege. Rufen Sie doch einfach morgen an. Ich würde gern wissen, wie Sie ihn finden.«

»Mache ich.«

Bosch klappte das Handy zu und sah Rider an.

»Ich glaube, wir sind aus dem Schneider.«

»Also echt, Harry, du hast es heute aber wirklich drauf. Der Überredungskünstler. Langsam glaube ich, du könntest sogar einem Zebra seine weißen Streifen ausreden.«

Bosch grinste. Dann schaute er am City Hall Annex in der Spring Street hoch. Aus dem Parker Center verbannt, operierte Irving inzwischen vom Annex aus. Bosch fragte sich, ob Mr. Clean vielleicht gerade von einem der verspiegelten Fenster des Office of Strategic Planning, des Büros für strategische Planung, auf sie herabblickte. Da fiel ihm etwas ein.

»Kiz?«

»Ja, was?«

»Kennst du McClellan?«

»Eigentlich nicht.«

»Aber du weißt, wie er aussieht?«

»Klar. Ich kenne ihn von Besprechungen des Führungsstabs. Nachdem Irving in den Annex ausgelagert worden war, nahm er nicht mehr an ihnen teil, sondern schickte meistens McClellan als seinen Vertreter.«

»Dann würdest du ihn also erkennen?«

»Sicher. Aber worauf willst du schon wieder hinaus, Harry?«

»Vielleicht sollten wir mit ihm reden, ihm einen kleinen Schreck einjagen und gleichzeitig Irving eine Botschaft zukommen lassen.«

»Du meinst, jetzt gleich?«

»Warum nicht? Wo wir gerade hier sind.«

Er deutete auf den Annex.

»Dazu haben wir jetzt keine Zeit, Harry. Warum außerdem einen Streit vom Zaun brechen, den man umgehen kann? Lassen wir Irving lieber aus dem Spiel, bis es sich nicht mehr umgehen lässt.«

»Wie du meinst, Kiz. Aber irgendwann werden wir uns Irving vornehmen müssen. Da bin ich ganz sicher.«

Darauf sagten sie nichts mehr, denn jeder beschäftigte sich in Gedanken mit dem Fall, bis sie das Glashaus erreichten und hineingingen.

25

Neben allen Mitgliedern der Einheit Offen-Ungelöst hatte Abel Pratt noch vier RHD-Detectives, die für die Observierung an ihn ausgeliehen worden waren, in den Bereitschaftsraum beordert. Nach einigen kurzen eröffnenden Worten übergab er an Bosch und Rider, die den Anwesenden eine halbstündige Einführung in den Fall gaben. Sie hefteten Vergrößerungen der neuesten Führerscheinfotos von Roland Mackey und William Burkhart an eine Anschlagtafel. Die anderen Detectives stellten ein paar Fragen. Dann übergaben Bosch und Rider wieder an Pratt.

»Also dann«, begann er. »Wir werden hier alle verfügbaren Kräfte benötigen. Wir werden in Sechserschichten arbeiten. Zwei Paare nehmen den Audio-Raum, zwei Paare kümmern sich um Mackey, zwei um Burkhart. Ich möchte die OU-Teams bei Mackey und im Audio-Raum. Die vier Detectives von der RHD observieren Burkhart. Kiz und Harry haben Vorrang, und sie wollen bei Mackey die zweite Schicht. Die anderen können unter sich ausmachen, wie sie die verbleibenden Schichten aufteilen wollen. Wir fangen morgen früh um sechs Uhr an, also etwa dann, wenn die Zeitung ausgeliefert wird.«

Übersetzt hieß das, dass sechs Detective-Paare in 12-Stunden-Schichten im Einsatz wären. Schichtwechsel war jeweils sechs Uhr morgens und abends. Weil es

Boschs und Riders Fall war, durften sie sich ihre Schicht als Erste aussuchen, und sie hatten sich dafür entschieden, Mackey jeden Tag ab sechs Uhr abends zu observieren. Das hieß, sie würden die Nächte durcharbeiten, aber Bosch war sich sicher, dass Mackey, falls er irgendetwas unternahm, dies am Abend tun würde. Und wenn das der Fall war, wollte Bosch zur Stelle sein.

Sie würden sich mit einem der anderen Teams abwechseln. Die verbleibenden zwei OU-Teams würden sich ihre Zeit in der City of Industry teilen, wo eine Privatfirma namens ListenTech eine Telefonüberwachungsanlage zur Verfügung stellte, die von allen Polizeibehörden im Los Angeles County genutzt wurde. In einem Lieferwagen neben dem Telefonmast mit der abgehörten Leitung zu sitzen gehörte der Vergangenheit an. ListenTech stellte ruhige, voll klimatisierte Räumlichkeiten zur Verfügung, an deren elektronischen Kontrollpulten alle Gespräche mitgehört und aufgezeichnet werden konnten, die, Mobiltelefone eingeschlossen, über einen beliebigen Anschluss im County geführt wurden. Es gab sogar eine Cafeteria mit frischem Kaffee und einem Lebensmittelautomaten. Pizza konnte bei Bedarf bestellt werden.

ListenTech konnte bis zu neunzig Telefonüberwachungen gleichzeitig bewältigen. Rider hatte Bosch erzählt, dass die Firma 2001 einen schwunghaften Aufstieg erlebt hatte, als sich die Ermittlungsbehörden die großzügigeren gesetzlichen Regelungen bei Telefonüberwachungen in zunehmendem Maß zunutze zu machen begannen. Ein Privatunternehmen, das auf die wachsende Nachfrage aufmerksam wurde, reagierte darauf mit der Einrichtung regionaler Abhörzentren, auch bekannt als

Audio-Räume. Das erleichterte die Arbeit enorm. Aber man musste sich auch an bestimmte Regeln halten.

»Im Audio-Raum haben wir allerdings ein kleines Problem«, sagte Pratt. »Wir sind gesetzlich immer noch verpflichtet, jeden Anschluss von einer Person abhören zu lassen … dass jemand zwei Leitungen übernimmt, kommt also nicht infrage. Nun müssen wir allerdings, weil wir nicht mehr Personal haben, drei Anschlüsse mit zwei Leuten abhören. Wie machen wir das, ohne gegen die gesetzlichen Bestimmungen zu verstoßen? Wir wechseln. Der erste Anschluss ist Roland Mackeys Handy. Das hören wir durchgehend ab. Die zwei anderen Anschlüsse sind dagegen nur von sekundärer Bedeutung. Und bei denen wechseln wir ab. Diese zwei Anschlüsse befinden sich in dem Haus, in dem er wohnt, und an seinem Arbeitsplatz. Was wir also machen, ist Folgendes: Wenn er zu Hause ist, bleiben wir beim ersten Anschluss, und dann, von vier Uhr nachmittags bis Mitternacht, wenn er in der Arbeit ist, schalten wir auf den Tankstellenanschluss um. Egal, welche Anschlüsse wir also tatsächlich abhören, wie kriegen trotzdem Vierundzwanzig-Stunden-Pen-Register für alle drei.«

»Können wir für den dritten Anschluss nicht noch jemanden von der RHD ausleihen?«, fragte Rider.

Pratt schüttelte den Kopf.

»Captain Norona stellt uns vier Mann zur Verfügung, und damit hat es sich«, sagte Pratt. »Es wird uns nicht viel entgehen. Wie gesagt, haben wir ja die Pen-Register.«

Pen-Register waren ein fester Bestandteil von Telefonüberwachungen. Während die Ermittler die Gespräche auf den überwachten Anschlüssen abhörten, wurden zugleich alle Anrufe registriert, die auf den in der Anordnung aufgeführten Anschlüssen, die nicht abgehört wurden, ein- und ausgingen. Daher lagen den Ermittlern sowohl Zeitpunkt und Dauer eines jeden Telefonats vor als auch die Nummern der Anrufer beziehungsweise Angerufenen.

»Noch Fragen?«, fragte Pratt.

Bosch dachte nicht, dass es noch Fragen gäbe. Die Sache war denkbar einfach. Doch dann hob ein OU-Detective namens Renner die Hand, und Pratt nickte ihm zu.

»Wie sieht es mit Überstunden aus? Sind die genehmigt?«

»Ja, sind sie«, antwortete Pratt. »Aber wie bereits gesagt, die Anordnung ist ab sofort nur noch zweiundsiebzig Stunden gültig.«

»Na, dann wollen wir hoffen, dass es auch die ganzen zweiundsiebzig werden«, sagte Renner. »Mein Sohn geht im Sommer in Malibu ins Ferienlager.«

Die anderen lachten.

Tim Marcia und Rick Jackson meldeten sich für das zweite Straßenteam, das sich mit Bosch und Rider abwechseln würde. Die restlichen vier teilten sich den Audioraum-Einsatz, wobei Renner und Robleto die Frühschicht übernahmen und Robinson und Nord die gleiche Schicht wie Bosch und Rider. Bei ListenTech war man sehr bequem untergebracht, aber manche Cops wollten nicht eingesperrt sein, egal unter welchen Bedingungen. Manche zogen grundsätzlich die Straße vor, und Bosch wusste, dass er wie Marcia und Jackson zu dieser Sorte gehörte.

Pratt beendete die Besprechung, indem er Zettel verteilte, auf denen neben den Handynummern aller Beteiligten auch der Funkkanal stand, den sie während der Observierung benutzen würden.

»Für die Außendienstteams habe ich unten in der Geräteausgabe Funkgeräte bereitlegen lassen«, sagte Pratt. »Denken Sie also dran, den Funk immer eingeschaltet zu lassen. Harry, Kiz, habe ich irgendwas vergessen?«

»Das müsste eigentlich alles sein«, sagte Rider.

»Da wir nur wenig Zeit haben«, sagte Bosch, »werden Kiz und ich uns etwas ausdenken, um die Sache ein bisschen anzukurbeln, sollte sich bis morgen Abend nichts tun. Wir haben den Zeitungsartikel, und wir müssen dafür sorgen, dass er ihn zu sehen kriegt.«

»Wie will er ihn überhaupt lesen, wenn er Legastheniker ist?«, fragte Renner.

»Er hat einen GED«, sagte Bosch. »Er müsste also in der Lage sein, ihn zu lesen. Wir müssen nur dafür sorgen, dass er ihn zu sehen kriegt.«

Alle nickten zustimmend, und dann erklärte Pratt abschließend: »Okay, Leute, das war's. Ich werde mich tagsüber und nachts bei allen melden. Halten Sie entsprechend Abstand zu diesen Kerlen, und seien Sie vorsichtig. Nicht, dass hier irgendwas auf uns zurückfällt. Diejenigen, die die erste Schicht übernehmen, sollten vielleicht schon mal nach Hause fahren und sehen, dass sie eine Mütze Schlaf kriegen. Und immer dran denken: Wir haben hier nicht viel Zeit, nur bis Freitagabend, dann ist Schluss. Deshalb, an die Arbeit, Leute, ich will jetzt was sehen. Ziehen wir das durch. Wenn *wir* es nicht schaffen, schafft es niemand. Bringen wir es zu Ende.«

Bosch und Rider standen noch ein paar Minuten mit

den anderen herum und unterhielten sich beiläufig über den Fall, und dann kehrte Bosch in ihr Abteil zurück. Er nahm die Kopie der Bewährungsakte aus dem Aktenstapel. Bisher war er noch nicht dazu gekommen, sie in Ruhe durchzusehen, doch jetzt war der Zeitpunkt dafür gekommen.

Die Akte war so angelegt, dass Strafanzeigen und Gerichtsprotokolle einfach oben eingeheftet wurden, wenn Mackey wieder einmal verhaftet wurde und eine Spur im Strafvollzugssystem hinterließ. Die einzelnen Dokumente waren also in umgekehrter chronologischer Reihenfolge eingeordnet. Am meisten interessierten Bosch die frühen Jahre. Deshalb begann er am Ende der Akte, um sich von hinten nach vorn durchzuarbeiten.

Mackeys erste Festnahme nach Erreichen der Volljährigkeit erfolgte bereits einen Monat nach seinem achtzehnten Geburtstag. Er wurde im August 1987 wegen Autodiebstahls verhaftet. Er hatte damals noch zu Hause gelebt und die Corvette eines Nachbarn gestohlen. Er war einfach eingestiegen und damit weggefahren, als der Nachbar den Wagen mit laufendem Motor in der Einfahrt stehen ließ, um noch einmal ins Haus zu gehen und seine Sonnenbrille zu holen.

Mackey bekannte sich schuldig, und das der Akte beigefügte Vorverhandlungsprotokoll enthielt zwar einen Hinweis auf seine Jugendstrafen, aber nichts über die Chatsworth Eights. Im September 1987 wurde der junge Autodieb von einem Superior Court Judge, der ihn mit gutem Zureden von einer kriminellen Laufbahn abzubringen versuchte, zu einer einjährigen Bewährungsstrafe verurteilt.

Das Protokoll der Verhandlung war der Akte beigefügt. Bosch las die zweiseitige Belehrung, in der der Richter Mackey klarmachte, dass er schon Hunderte Male zuvor junge Männer wie ihn gesehen habe. Er erklärte Mackey, er stehe vor demselben Abgrund wie die anderen. Eine harmlose Straftat könne entweder eine Lehre fürs Leben sein oder der Auslöser einer nie endenden Abwärtsspirale. Er redete Mackey gut zu, nicht den falschen Weg einzuschlagen. Er legte ihm nahe, in Ruhe über alles nachzudenken und dann die richtige Entscheidung zu treffen.

Die warnenden Worte stießen offensichtlich auf taube Ohren. Sechs Wochen später wurde Mackey erneut verhaftet, weil er in das Haus eines Ehepaars aus der Nachbarschaft eingebrochen war, als der Mann und die Frau arbeiten waren. Mackey hatte die Kabel der Alarmanlage gekappt, aber in der zuständigen Sicherheitsfirma bemerkte man die Unterbrechung des Stromkreises und verständigte einen Streifenwagen. Als Mackey mit einer Videokamera sowie verschiedenen anderen elektronischen Geräten und Schmuck durch die Hintertür kam, wurde er von zwei Streifenpolizisten mit gezogenen Waffen in Empfang genommen.

Weil Mackeys Bewährungsstrafe wegen des Autodiebstahls noch nicht abgelaufen war, kam er bis zum Verhandlungsbeginn in Untersuchungshaft. Und nachdem er sechsunddreißig Tage gesessen hatte, wurde er wieder demselben Richter vorgeführt, den er laut Verhandlungsprotokoll um Nachsicht und eine zweite Chance bat. Laut Vorverhandlungsprotokoll war bei einem Drogentest festgestellt worden, dass Mackey regelmäßig Marihuana rauchte und dass er begonnen hatte, mit einer dubiosen Gruppe junger Männer aus der Gegend von Chatsworth zu verkehren.

Bosch war klar, dass es sich dabei wahrscheinlich um die Chatsworth Eights handelte. Das war Anfang Dezember gewesen, also nur wenige Wochen bevor sie Adolf Hitler mit allen möglichen Terrorakten zu huldigen begannen. Im Vorverhandlungsprotokoll stand davon jedoch nichts. Dort hieß es lediglich, Mackey verkehre in den falschen Kreisen. Der Richter wusste bei Mackeys Verurteilung vermutlich nicht, wie falsch diese Kreise waren.

Mackey wurde zu drei Jahren Gefängnis verurteilt, die jedoch mit der bereits verbüßten U-Haft als abgegolten betrachtet wurden. Außerdem bekam er zwei Jahre auf Bewährung. Weil er wusste, dass das Gefängnis nur eine Fortbildungsanstalt für einen jungen Kriminellen wie Mackey wäre, war der Richter nachsichtig mit ihm, zugleich aber auch streng. Mackey verließ den Gerichtssaal zwar als freier Mann, musste aber eine Reihe harter Bewährungsauflagen erfüllen. Dazu gehörten wöchentliche Drogentests, eine feste Beschäftigung und die Bedingung, dass Mackey, der vorzeitig von der Schule abgegangen war, innerhalb von neun Monaten seinen General Education Degree nachmachte. Der Richter gab ihm zu verstehen, sollte er gegen irgendeine dieser Auflagen verstoßen, müsse er den Rest seiner dreijährigen Haftstrafe in einem Staatsgefängnis verbüßen.

»Sie mögen das vielleicht für hart halten, Mr. Mackey«, sagte der Richter laut Protokoll. »Aber ich halte es für ziemlich entgegenkommend. Ich gebe Ihnen hier eine letzte Chance. Wenn Sie mich noch einmal enttäuschen, kommen Sie auf jeden Fall ins Gefängnis. Dann ist die

Gesellschaft nicht mehr bereit, Ihnen zu helfen. Sie wird Sie einfach aussondern. Ist Ihnen das klar?«

»Ja, Euer Ehren«, sagte Mackey.

In der Akte kamen danach die Kopien der vom Gericht geforderten Abschlussberichte von der Chatsworth High School. Mackey erhielt seinen GED im August 1988, etwas mehr als einen Monat nach Rebecca Losts Ermordung.

Trotz der bewundernswerten Bemühungen des Richters, Mackey auf den rechten Weg zurückzuführen, musste sich Bosch dennoch fragen, ob diese Bemühungen Rebecca Lost das Leben gekostet hatten. Ob Mackey nun tatsächlich den tödlichen Schuss abgegeben hatte oder nicht, er hatte sich zumindest im Besitz der Waffe befunden, mit der sie umgebracht worden war. War daher der Gedanke berechtigt, die zum Mord führende Kette von Ereignissen wäre unterbrochen worden, wenn Mackey hinter Gitter gekommen wäre? Bosch war sich nicht sicher. Es war nicht auszuschließen, dass Mackey lediglich als Waffenbeschaffer gedient hatte. Wenn er es nicht war, hätte es jemand anders tun können. Es war müßig, Spekulationen darüber anzustellen, was hätte passieren oder nicht passieren können.

»Irgendwas Brauchbares?«

Bosch blickte auf. Rider stand an ihrem Schreibtisch. Er klappte den Ordner zu.

»Nein, eigentlich nicht. Ich habe mir gerade die Bewährungsakte angesehen. Die frühen Sachen. Zunächst interessierte sich ein Richter für ihn, der ihn dann aber irgendwie fallen ließ. Er konnte ihn nur dazu bewegen, seinen GED zu machen.«

»Was ihn ja auch groß weitergebracht hat.«

»Tja.«

Sonst sagte Bosch nichts. Auch er hatte nur einen GED. Auch er hatte einmal als Autodieb vor einem Richter gestanden. Und das Auto, mit dem er eine Spritztour unternommen hatte, war ebenfalls eine Corvette gewesen. Nur hatte sie nicht einem Nachbarn gehört. Sie hatte seinem Pflegevater gehört. Das war Boschs Art gewesen, ihm »Leck mich« zu sagen. Aber wer wirklich »Leck mich« gesagt hatte, war der Pflegevater. Bosch kam zurück ins Heim, wo er allein sehen konnte, wie er zurechtkam.

»Ich war elf, als meine Mutter starb«, sagte Bosch unvermittelt.

Rider sah ihn an und zog ihre Augenbrauennummer ab.

»Ich weiß. Warum kommst du damit ausgerechnet jetzt an?«

»Keine Ahnung. Jedenfalls war ich danach ganz schön lange im Heim. Ab und zu kam ich zwar auch zu einer Pflegefamilie, aber das ging nie lange gut. Ich wurde immer wieder zurückgeschickt.«

Rider wartete, aber Bosch sprach nicht weiter.

»Und?«, half sie ihm auf die Sprünge.

»Im Heim gab es zwar keine Gangs«, sagte er. »Aber es gab eine Art natürlicher Gruppenbildung. Weißt du, die Weißen hingen zusammen. Die Schwarzen. Die Latinos. Asiaten gab es damals noch keine.«

»Was willst du damit sagen? Dass dir dieser Arsch Mackey leidtut?«

»Nein.«

»Er hat ein Mädchen umgebracht, Harry, oder zumindest geholfen, es umzubringen.«

»Das weiß ich, Kiz. Das ist es nicht, worauf ich hinauswill.«

»Und worauf willst du hinaus?«

»Ich weiß nicht. Ich frage mich, was jemanden dazu bringt, diesen oder jenen Weg einzuschlagen. Wieso wurde dieser Kerl ein Hasser? Und wieso wurde ich keiner?«

»Harry, du denkst zu viel. Fahr heute Abend nach Hause und schlaf dich mal richtig aus. Das wirst du brauchen, weil du nämlich nächste Nacht ganz bestimmt nicht dazu kommen wirst.«

Bosch nickte, machte aber keine Anstalten, aufzustehen.

»Machst du endlich Schluss?«, fragte Rider.

»Ja, gleich. Willst du schon los?«

»Ja, außer du möchtest, dass ich mit dir zur Sitte nach Hollywood rüberkomme.«

»Nein, nein, das schaffe ich schon allein. Lass uns morgen noch mal reden, sobald wir die Zeitung haben.«

»Okay. Ich weiß nur nicht, wo ich im South End die *Daily News* kriege. Kann durchaus sein, dass ich dich anrufen muss, damit du mir den Artikel vorliest.«

Während die *Daily News* im Valley weit verbreitet war, war sie im Rest der Stadt oft schwer zu bekommen. Rider lebte unten bei Inglewood, im selben Viertel, in dem sie aufgewachsen war.

»Das ist okay. Ruf mich an. Bei mir ist nämlich gleich ein Stück den Hügel runter ein Zeitungskasten.«

Rider öffnete eine ihrer Schreibtischschubladen und nahm ihre Handtasche heraus. Sie sah Bosch an und zog wieder ihre Augenbrauennummer ab.

»Bist du sicher, dass du dich so verunstalten lassen willst?«

Sie spielte damit auf den Plan an, mit dem sie Mackey am kommenden Tag aus der Reserve locken wollten. Bosch nickte.

»Irgendwie muss ich die Nummer doch glaubhaft rüberbringen«, sagte er. »Außerdem kann ich erst mal langärmelige Hemden tragen. Es ist ja noch nicht Sommer.«

»Und wenn es gar nicht nötig ist? Wenn er den Artikel in der Zeitung sieht und sich ans Telefon hängt und wie ein Wasserfall zu reden anfängt?«

»Irgendwas sagt mir, dass er das nicht tun wird. Außerdem ist es ja nicht auf Dauer. Vicki Landreth hat mir versichert, es hält höchstens ein paar Wochen, je nachdem, wie oft man duscht. Das ist nicht wie diese Henna-Tattoos, die sich die Kids am Santa Monica Pier machen lassen. Die halten länger.«

Sie nickte.

»Okay, Harry, dann bis morgen früh.«

»Bis morgen, Kiz. Und einen schönen Abend noch.«

Sie schickte sich an, das Abteil zu verlassen.

»Ach, Kiz?«, rief ihr Bosch hinterher.

»Ja, was?« Sie blieb stehen und schaute zu ihm zurück.

»Wie sieht es aus? Bist du froh, wieder dabei zu sein?«

Sie wusste, was er meinte. Wieder Mordfälle zu bearbeiten.

»Klar bin ich froh, Harry. Ich werde mich gar nicht mehr einkriegen vor Begeisterung, wenn wir diesen fahlen Reiter fassen und das Rätsel lösen.«

»Ja«, sagte Bosch.

Als sie gegangen war, dachte Bosch kurz darüber nach, was sie damit gemeint hatte, als sie Mackey einen fahlen Reiter nannte. Es musste irgendwelche biblischen

Anklänge haben, aber er wusste nicht, was es genau bedeutete. Vielleicht nannten sie im South End Rassisten so. Er beschloss, sie am nächsten Tag danach zu fragen. Dann nahm er sich die Bewährungsakte wieder vor, gab aber bald auf. Es wurde Zeit, sich auf das Hier und Jetzt zu konzentrieren. Nicht auf die Vergangenheit. Nicht auf die Entscheidungen, die getroffen, und die Wege, die nicht eingeschlagen worden waren. Er stand auf und klemmte sich die Akten unter den Arm. Wenn sich bei der Observierung am kommenden Tag nichts tat, gaben sie vielleicht guten Lesestoff ab. Er steckte den Kopf durch die Tür von Abel Pratts Büro, um sich zu verabschieden.

»Viel Glück, Harry«, sagte Pratt. »Bringen Sie es zu Ende.«

»Das werden wir.«

26

Bosch stellte seinen Wagen auf dem Parkplatz hinter der Hollywood Division ab und betrat die Polizeistation durch den Hintereingang. Es war lange her, dass er zum letzten Mal hier gewesen war, und sie hatte sich stark verändert. Die von Edgar erwähnten Erdbeben-Renovierungsmaßnahmen hatten anscheinend jeden Bereich des Gebäudes betroffen. Er fand das Wachbüro dort, wo früher eine Arrestzelle war, und die Streifenpolizisten hatten inzwischen einen eigenen Raum, um ihre Berichte zu schreiben, während sie sich früher bei den Detectives einen Platz hatten besorgen müssen.

Bevor er nach oben zur Sitte ging, wollte er noch kurz bei den Detectives vorbeischauen, um sich vielleicht eine Akte herauszusuchen. Auf dem Flur begegnete er einem Sergeant namens McDonald, an dessen Vornamen er sich nicht erinnern konnte.

»Hallo, Harry, wieder zurück? Lange nicht gesehen, Mann.«

»Ich bin wieder eingestiegen, Sechs.«

»Sehr gut.«

Sechs war die Funkbezeichnung der Hollywood Division. Den Sergeant von der Streife mit Sechs anzusprechen war in etwa das Gleiche, wie einen Detective des Morddezernats Roy zu nennen. Es erfüllte seinen Zweck und erlaubte Bosch, sein schlechtes Namensgedächtnis zu überspielen. Als er das Ende des Flurs erreicht hatte, fiel ihm wieder ein, dass der Sergeant Bob hieß.

Das Morddezernat war im hinteren Ende des riesigen Bereitschaftsraums der Detectives. Edgar hatte recht gehabt. Das Ganze hatte wenig Ähnlichkeit mit den Bereitschaftsräumen, die Bosch bisher von innen gesehen hatte. Der Raum war grau und steril. Es sah aus wie in einem Lagerhaus, in dem Telefonverkäufer Firmen und alte Damen anriefen und ihnen überteuerte Füllfederhalter und Timesharing-Wohnungen andrehten. Er sah Edgars Kopf über die Trennwände zwischen den Abteilen ragen. Es sah aus, als wäre er der Einzige, der noch im Dienst war. Es war spät, aber so spät auch wieder nicht.

Er ging auf die Trennwand zu und schaute über sie auf Edgar hinab. Er saß mit gesenktem Kopf über dem *Times*-Kreuzworträtsel. Das war bei Edgar ein Ritual. Er versuchte, es jeden Tag zu lösen, und nahm es auf die Toilette, zum Mittagessen und zu Observierungen mit. Er ging nur ungern nach Hause, ohne es gelöst zu haben.

Edgar hatte Bosch noch nicht bemerkt. Bosch zog sich leise zurück und schlüpfte in das Abteil neben dem von Edgar. Er nahm den Metallabfalleimer unter dem Schreibtisch hervor und watschelte in der Hocke direkt hinter Edgar. Dann stand er auf und ließ den Abfalleimer aus gut einem Meter Höhe auf den neuen grauen Linoleumboden fallen. Das Geräusch, das dabei entstand, war laut und abrupt, fast wie ein Schuss. Edgar sprang von seinem Stuhl hoch, und sein Bleistift flog an die Decke. Er wollte schon losbrüllen, als er sah, dass es Bosch war.

»Verdammt noch mal, Bosch!«

»Wie geht's, wie steht's, Jerry?« Vor Lachen bekam Bosch allerdings kaum etwas heraus.

»Verdammt noch mal, Bosch!«

»Ja, das sagtest du bereits. Nicht gerade viel los bei euch heute Abend, wie ich sehe.«

»Was machst du denn hier? Ich meine, außer mir einen Mordsschrecken einzujagen.«

»Ich arbeite, Mann. Ich habe oben in der Sitte einen Termin mit der Zeichnerin. Was treibst du denn noch hier?«

»Ich mache gerade Schluss. Ich war kurz davor, nach Hause zu gehen.«

Bosch beugte sich vor und sah, dass das Raster des Kreuzworträtsels fast vollständig mit Wörtern ausgefüllt war. An mehreren Stellen war radiert worden. Edgar trug die Wörter nie mit Tinte ein. Bosch sah das alte rote Wörterbuch aus dem Regal auf dem Schreibtisch liegen.

»Schummelst du schon wieder, Jerry? Du weißt ganz genau, dass man kein Wörterbuch benutzen soll.«

Edgar ließ sich in seinen Sessel zurücksinken. Er wirkte verärgert über den Quatsch und die Fragerei.

»Erzähl doch keinen Mist. Ich kann machen, was ich will. Es gibt keine Regeln, Harry. Geh doch zur Sitte rauf und lass mich in Ruhe. Lass dir einen Lidschatten verpassen, damit du auf den Strich gehen kannst.«

»Das hättest du wohl gern. Du wärst mein erster Freier.«

»Ja, klar. Brauchst du hier eigentlich was, oder bist du nur vorbeigekommen, um mir ein bisschen Dampf unterm Hintern zu machen?«

Endlich grinste Edgar, und Bosch wusste, dass zwischen ihnen alles in Butter war.

»Ein bisschen von beidem«, sagte Bosch. »Ich brauche eine alte Akte. Wo lagert ihr die in diesem Palast inzwischen?«

»Wie alt genau? Sie haben nämlich angefangen, welche nach Downtown zu bringen, um sie auf Mikrofilm zu übertragen.«

»Müsste 2000 gewesen sein. Erinnerst du dich noch an Michael Allen Smith?«

Edgar nickte.

»Klar. Wie sollte ich jemanden wie Smith vergessen? Was hast du mit ihm am Hut?«

»Ich will nur ein Foto von ihm. Ist seine Akte noch hier?«

»Klar, die ganzen frischen Sachen haben wir noch hier. Komm mit.«

Er führte Bosch zu einer abgeschlossenen Tür. Edgar hatte einen Schlüssel, und kurz darauf standen sie in einem kleinen Zimmer voller Regale mit blauen Ordnern. Edgar machte die Mordakte zu Michael Allen Smith ausfindig und zog sie aus dem Regal. Er ließ die Akte in Boschs Hände fallen. Der Ordner war schwer. Es war ein schwieriger Fall gewesen.

Bosch ging mit der Akte zu Edgars Nachbarabteil und blätterte sie durch, bis er zu den Fotos von Smiths Oberkörper und seinen Tattoos kam. Smith war fünf Jahre zuvor mithilfe seiner Tätowierungen identifiziert und des Mordes an drei Prostituierten überführt worden. Die Ermittlungen hatten Bosch, Edgar und Rider geführt. Smith war ein bekennender Rechtsradikaler gewesen, der heimlich mit schwarzen Transvestiten verkehrte, die er auf dem Santa Monica Boulevard aufgabelte und anschließend wegen seiner Schuldgefühle angesichts rassischer und geschlechtlicher Grenzüberschreitung umbrachte. Aufgrund dessen hatte er dann wegen seiner Ausrutscher kein so schlechtes Gewissen mehr. Der entscheidende Durchbruch war ihnen bei ihren Ermittlungen gelungen, als Rider einen Stricher ausfindig machte, der eins der Opfer in den Van eines Freiers hatte steigen sehen und sich an ein ungewöhnliches Tattoo auf der Hand des Freiers erinnern konnte. Das führte sie schließlich auf Smiths Spur, der sich im Zuge seiner Gefängnisaufenthalte eine ganze Reihe von Tätowierungen zugelegt hatte. Er wurde vor Gericht gestellt, schuldig gesprochen und in die Todeszelle geschickt, wo er nach wie vor mit allen möglichen juristischen Kniffen der Giftspritze zu entkommen versuchte.

Bosch nahm diejenigen Fotos aus dem Ordner, auf denen Smiths Hals, Hände und sein linker Oberarm zu sehen waren, alles über und über mit Knasttusche verziert.

»Die werde ich gleich oben bei der Sitte brauchen. Falls du schon gehen willst und das Aktenarchiv abschließen musst, kann ich dir die Fotos hinterher einfach auf den Schreibtisch legen.«

Edgar nickte.

»Okay. Was hast du da eigentlich vor, Mann? Willst du dir diese Scheiße jetzt selbst draufmachen lassen?«

»Richtig. Ich will wie Mike sein.«

Edgar kniff die Augen zusammen.

»Hat das mit dieser Chatsworth-Eights-Geschichte zu tun, von der wir gestern gesprochen haben?«

Bosch lächelte.

»Weißt du was, Jerry? Du solltest Detective werden. Davon verstehst du nämlich was.«

Edgar nickte, als nähme er nur eine weitere sarkastische Bemerkung zur Kenntnis.

»Und die Haare?«, fragte er. »Willst du dir die auch so schneiden lassen?«

»Nein, das ginge mir ein bisschen zu weit«, sagte Bosch. »Ich werde eine Art reformierter Skinhead sein, denke ich.«

»Aha.«

»Aber ganz was anderes … hast du heute Abend schon was vor? Das da oben dürfte an sich nicht so lange dauern. Wenn du noch so lange warten und in der Zwischenzeit dein Kreuzworträtsel fertig machen willst, könnten wir hinterher noch auf ein Steak ins Musso's gehen.«

Allein davon zu reden, machte Bosch hungrig. Auf das Steak und auf einen Wodka Martini.

»Das geht leider nicht, Harry. Ich muss zu Sheree Rileys Abschiedsparty in der Sportsmen's Lodge. Nur deshalb habe ich hier auch noch etwas Zeit totgeschlagen. Ich wollte nur warten, bis der Verkehr etwas nachlässt.«

Sheree Riley war eine Ermittlerin für Sexualverbrechen. Bosch hatte zwar ab und zu mit ihr zusammengearbeitet, aber sie hatten nie engeren Kontakt miteinander gehabt. Wenn Sex und Mord zusammenkamen, waren die Fälle in der Regel so brutal und schwierig, dass nicht viel Platz für anderes blieb als für die Arbeit. Bosch hatte nicht gewusst, dass sie in Pension ging.

»Aber vielleicht können wir dieses Steak ja ein andermal essen«, sagte Edgar. »Wäre das okay?«

»Mehr als okay, Jerry. Mach dir einen schönen Abend und sag Sheree schöne Grüße und alles Gute. Und danke für die Fotos. Ich lege sie dir auf den Schreibtisch.«

Bosch drehte sich um und ging in Richtung Flur los, als er Edgar fluchen hörte. Er drehte sich um und sah seinen ehemaligen Partnern mit weit ausgebreiteten Armen in seinem Abteil stehen und sich umblicken.

»Wo ist bloß dieser verdammte Bleistift hin?«

Bosch schaute sich auf dem Boden um, entdeckte ihn aber nirgendwo. Schließlich hob er den Blick und sah den Stift über Edgars Kopf in einer der schalldämmenden Deckenplatten stecken.

»Manchmal kommt das, was hochgeht, einfach nicht mehr runter.«

Edgar blickte nach oben und sah seinen Bleistift. Er musste zweimal springen, um ihn zu fassen zu bekommen.

Die Tür zum Bereitschaftsraum der Sittenpolizei im ersten Stock war abgeschlossen, aber das war nicht ungewöhnlich. Als Bosch klopfte, öffnete ihm ein verdeckter Ermittler, den er nicht kannte.

»Ist Vicki hier? Ich bin mit ihr verabredet.«

»Kommen Sie rein.«

Der Polizist machte einen Schritt zurück und ließ Bosch eintreten. Dieser Raum hatte sich im Zuge der Renovierung nicht nennenswert verändert. Er war lang gezogen, mit lauter Arbeitstischen an den Längsseiten. Über dem Arbeitsplatz jedes Polizisten hing ein gerahmtes Filmplakat. In der Hollywood Division durften nur Plakate von Filmen aufgehängt werden, die innerhalb ihres Reviers gedreht worden waren. Bosch fand Vicki

Landreth an einem Tisch unter einem Plakat von *Blue Neon Light*, einem Film, den Bosch nicht kannte. Außer Vicki Landreth und dem Mann, der Bosch hereingelassen hatte, war niemand im Raum. Alle anderen waren vermutlich auf den Straßen der Stadt im Einsatz.

»Hallo, Bosch«, sagte Landreth.

»Hallo, Vic. Hast du für so was immer noch Zeit?«

»Für dich habe ich doch immer Zeit, Süßer.«

Landreth war eine ehemalige Hollywood-Maskenbildnerin, die zwanzig Jahre zuvor eines Tages von einem der Polizisten, die neben ihrem Polizeidienst als Sicherheitskräfte am Set arbeiteten, dazu überredet worden, mit ihm auf Streife mitzukommen. Der Typ hatte nur Zeit mit ihr verbringen wollen und gehofft, sie würde die Fahrt reizvoll finden und daraus würde sich etwas entwickeln. Es entwickelte sich daraus, dass Vicki Landreth sich an der Polizeiakademie anmeldete und Reservepolizistin wurde. Zwei Schichten im Monat kam sie auf Streife mit oder sprang im Bedarfsfall ein. Irgendwann erfuhr jemand bei der Sitte, was sie hauptberuflich machte, und schlug vor, ihre zwei Schichten bei der Sitte zu machen, weil sie sich dort nützlich machen könnte, indem sie verdeckte Ermittler noch überzeugender als Prostituierte, Zuhälter, Junkies und sonstige Streuner zurechtmachte. Bald fand Vicki die Arbeit bei der Polizei interessanter als die beim Film. Sie kündigte und begann, Vollzeit bei der Polizei zu arbeiten. Ihr Schminkkünste waren sehr gefragt, und der Platz bei der Hollywood Division war ihr sicher.

Bosch zeigte ihr die Fotos von Michael Allen Smiths Tattoos, und sie sah sie sich kurz an.

»Scharfer Typ, hm?«, bemerkte sie schließlich.

»Das kannst du laut sagen.«

»Und das alles willst du heute Abend gemacht kriegen?«

»Nein. Eigentlich hatte ich dabei nur an die Blitze am Hals gedacht. Und vielleicht noch den Bizeps, falls das geht.«

»Sieht alles nach Knast aus. Nichts Raffiniertes. Nur eine Farbe. Müsste zu machen sein. Setz dich schon mal dort drüben hin und zieh dein Hemd aus.«

Sie führte ihn zu einem Schminktisch, wo er sich neben einem Regal mit allen möglichen Hauttönungen und Pudern auf einen Hocker setzte. Auf einem höher angebrachten Bord waren Schaufensterpuppenköpfe mit Perücken und Bärten, unter denen jemand mit Klebeband die Namen verschiedener hochrangiger Polizeioffiziere der Hollywood Division befestigt hatte.

Bosch nahm Hemd und Krawatte ab. Darunter trug er ein T-Shirt.

»Sie sollen zwar zu sehen sein«, sagte er. »Aber eher dezent. Deshalb dachte ich, ob du die Tattoos vielleicht so machen kannst, dass man Teile davon sehen kann, wenn ich ein T-Shirt trage. Gerade genug, um mitzukriegen, was es für welche sind und was sie bedeuten.«

»Kein Problem. Halt mal still.«

Sie markierte auf seiner Haut mit einem Stück Kreide, wie weit Ärmel und Kragen des T-Shirts reichten.

»Das wären die Sichtbarkeitsgrenzen«, erklärte sie. »Jetzt musst du mir nur sagen, wie weit drüber oder drunter du gehen willst.«

»Verstehe.«

»Und jetzt zieh dich ganz aus, Harry.«

Das sagte sie mit unverhohlener Sinnlichkeit in der Stimme. Bosch zog sich das T-Shirt über den Kopf und warf es zu seinem Hemd und der Krawatte auf einen Stuhl. Dann wandte er sich Landreth zu, die seine Brust und die Schultern studierte. Sie streckte die Hand aus und berührte die Narbe an seiner linken Schulter.

»Die ist aber neu«, sagte sie.

»Die ist alt.«

»Ist ja auch schon eine Weile her, dass ich dich nackt gesehen habe, Harry.«

»Ja, ich denke schon.«

»Du trugst noch eine blaue Uniform und konntest mich zu allem breitschlagen … sogar dazu, zur Polizei zu gehen.«

»Ich habe dich nur bequatscht, in mein Auto einzusteigen, nicht bei der Polizei. Das brauchst du mir nicht in die Schuhe zu schieben.«

Bosch war das Ganze ein wenig peinlich, und er spürte, wie er errötete. Ihr Verhältnis war damals vor zwanzig Jahren nur deshalb im Sand verlaufen, weil keiner von beiden Interesse an einer festen Beziehung gehabt hatte. Ihre Wege hatten sich getrennt, aber sie blieben locker befreundet, vor allem nachdem Bosch zum Morddezernat der Hollywood Division versetzt worden war, sodass beide im selben Gebäude stationiert waren.

»Sieh an«, sagte Landreth. »Da wird ja einer immer noch rot. Und das nach zwanzig Jahren.«

»Na ja, weißt du …«

Er sprach nicht weiter. Landreth rollte ihren Hocker näher an Bosch heran. Sie rieb mit dem Daumen an dem Tunnelratten-Tattoo oben an seinem rechten Arm.

»An das kann ich mich noch erinnern«, sagte sie. »Hat sich aber nicht so besonders gehalten, oder?«

Sie hatte recht. Farbe und Konturen der Tätowierung, die er sich in Vietnam hatte machen lassen, hatten sich im Lauf der Zeit immer stärker aufgelöst. Dass sie eine Ratte mit einem Gewehr darstellte, die aus einem Tunnel kam, war nicht mehr zu erkennen. Das Tattoo sah inzwischen aus wie ein schmerzhafter blauer Fleck.

»Ich habe mich ja auch nicht so besonders gehalten, Vicki«, sagte Bosch.

Sie ging nicht auf seine Bemerkung ein und machte sich an die Arbeit. Zunächst skizzierte sie die Tattoos mit einem Eyeliner-Stift auf seine Haut. Michael Allen Smith hatte sich etwas auf den Hals tätowieren lassen, was er einen Gestapo-Kragen genannt hatte. Auf beiden Seiten des Halses waren die zwei Blitze des ss-Abzeichens, die Hitlers Elitetruppe auf den Kragenspiegeln gehabt hatte. Landreth stichelte sie rasch und mühelos in Boschs Haut. Es kitzelte, und es fiel ihm schwer, stillzuhalten. Dann kam der Bizeps an die Reihe.

»Welcher Arm?«, fragte sie.

»Ich würde sagen, der linke.«

Er dachte daran, was er mit Mackey vorhatte. Die Wahrscheinlichkeit, dass er rechts von Mackey zu sitzen kam, war eindeutig höher. Das hieß, Mackey hätte seinen linken Arm im Blickfeld.

Landreth bat ihn, das Foto von Smiths Tattoo neben seinen Arm zu halten, damit sie es abmalen könnte. Auf Smiths Bizeps war ein Totenkopf tätowiert, auf dessen Stirn sich ein Kreis mit einem Hakenkreuz befand. Smith hatte die Morde, deren er angeklagt war, zwar nie zugegeben, aber aus seinen rassistischen, rechtsradikalen Ansichten und der Herkunft seiner zahlreichen Tätowierungen hatte er kein Hehl gemacht. Der Totenkopf auf seinem Bizeps stammte seinen Aussagen zufolge von einem Propagandaplakat aus dem Zweiten Weltkrieg.

Seit Landreth beim Skizzieren von seinem Hals zu seinem Oberarm weitergewandert war, konnte Bosch wieder freier atmen, und das ermöglichte Landreth, ihn in ein Gespräch zu verwickeln.

»Und was hat sich bei dir in letzter Zeit so alles getan?«, fragte sie.

»Nichts Besonderes.«

»Wurde dir das Rentnerdasein zu langweilig?«

»So könnte man es nennen.«

»Was hast du denn in deiner freien Zeit so alles angestellt, Harry?«

»Ich habe mir ein paar alte Fälle vorgenommen, aber vor allem war ich viel in Las Vegas, um meine Tochter besser kennenzulernen.«

Vicki Landreth lehnte sich zurück und blickte erstaunt zu Bosch auf.

»Ja, ich war auch überrascht, als ich es erfuhr«, sagte er.

»Wie alt?«

»Fast sechs.«

»Aber du kannst sie doch trotzdem noch sehen. Auch wenn du wieder bei der Polizei bist?«

»Damit hat das nichts zu tun. Es ist bloß, dass sie nicht mehr da ist.«

»Und wo ist sie?«

»Ihre Mutter hat sie für ein Jahr nach Hongkong mitgenommen.«

»Nach Hongkong? Wieso nach Hongkong?«

»Sie hat dort einen Job gekriegt. Einen Einjahresvertrag.«

»Und sie hat das nicht mit dir abgesprochen?«

»Ich weiß nicht, ob ›abgesprochen‹ das richtige Wort ist. Sie hat mir einfach mitgeteilt, dass sie ein Jahr dorthin geht. Ich habe zwar mit einem Anwalt gesprochen, aber er meinte, es gäbe nicht viel, was ich dagegen tun könnte.«

»Das ist aber ganz schön hart, Harry.«

»Irgendwie komme ich schon damit klar. Ich telefoniere einmal in der Woche mit ihr. Und sobald ich Urlaub kriege, fliege ich hin.«

»Ich meine damit nicht, hart für dich. Es ist vor allem für sie hart. Ein Mädchen sollte in der Nähe ihres Vaters sein.«

Bosch nickte, weil das alles war, wozu er sich imstande fühlte. Ein paar Minuten später war Landreth mit dem Skizzieren fertig. Sie öffnete einen Behälter und nahm ein Glas mit Hollywood-Tattootusche und einen Stift heraus.

»Das ist Bic blue«, sagte sie. »Das wird in den Gefängnissen vorwiegend benutzt. Ich werde die Haut nicht perforieren, deshalb sollte es in ein paar Wochen abgehen.«

»Sollte?«

»Normalerweise. Es gab allerdings mal einen Schauspieler, dem ich ein Pik-Ass auf den Arm gemacht habe. Und das Komische war, es ging nicht wieder weg. Nicht ganz jedenfalls. Das führte dazu, dass er sich schließlich ein richtiges Tattoo an der Stelle stechen ließ. Er war nicht gerade begeistert.«

»Wie auch ich nicht gerade begeistert wäre, wenn ich den Rest meines Lebens diese Blitze an meinem Hals hätte. Bevor du mir das also draufmachst, Vicki, sollten wir da nicht …«

Er verstummte, als er merkte, dass sie ihn auslachte.

»War doch nur Spaß, Bosch. Das Zeug ist Hollywood pur. Ein paarmal kräftig schrubben, und es ist weg, ja?«

»Na gut.«

»Dann halt mal schön still, damit wir endlich anfangen können.«

Sie machte sich daran, die dunkelblaue Tusche auf die Zeichnung auf seiner Haut aufzutragen. Sie tupfte sie regelmäßig mit einem Tuch ab und sagte ihm mehrfach, er solle aufhören, so zu atmen, worauf er meinte, das könne er nicht. Es dauerte nicht einmal eine halbe Stunde, bis sie fertig war. Sie gab ihm einen Handspiegel, und er betrachtete seinen Hals. Es sah insofern gut aus, als es in seinen Augen absolut echt wirkte. Es war auch eigenartig, solche Hassbekundungen auf seiner Haut zu sehen.

»Kann ich jetzt mein Hemd wieder anziehen?«

»Lass es erst noch ein paar Minuten trocknen.«

Sie berührte noch einmal die Narbe an seiner Schulter.

»Ist das passiert, als du downtown in diesem Tunnel angeschossen wurdest?«

»Ja.«

»Armer Harry.«

»Wohl eher Harry im Glück.«

Während er leicht verlegen mit nacktem Oberkörper dasaß, begann sie, ihre Sachen zusammenzupacken.

»Und? Was steht bei dir heute noch alles an?«, fragte er, nur um etwas zu sagen.

»Bei mir? Nichts. Ich mache Feierabend.«

»Du machst schon Schluss?«

»Ja, heute haben wir eine Tagschicht eingelegt. Nutten, die das Hotel am Kodak Center infiltrieren. Im neuen Hollywood geht so was natürlich nicht. Wo kämen wir da hin? Deshalb haben wir vier von ihnen hopsgenommen.«

»Das tut mir leid, Vicki. Wenn ich gewusst hätte, dass ich dich aufhalte, wäre ich früher gekommen. Ich habe unten noch mit Edgar rumgeflachst, bevor ich zu dir raufgekommen bin. Du hättest mir sagen sollen, dass du auf mich wartest.«

»Das macht doch nichts. Es war schön, dich mal wieder zu sehen. Außerdem wollte ich dir sagen, dass es mich freut, dass du wieder dabei bist.«

Plötzlich kam Bosch ein Gedanke.

»Hättest du Lust, im Musso's essen zu gehen, oder musst du auch zur Sportsmen's Lodge rauf?«

»Verschone mich bloß mit der Sportsmen's Lodge. Diese Feiern erinnern mich zu sehr an die Partys nach Abschluss der Dreharbeiten. Die fand ich auch immer schrecklich.«

»Na dann, wie sieht's aus?«

»Ich weiß nicht, ob ich in so einem Lokal mit so einem offenkundigen Rassistenschwein gesehen werden möchte.«

Diesmal wusste Bosch, dass sie Spaß machte. Er grinste, und sie grinste, und sie sagte, sie käme mit.

»Aber nur unter einer Bedingung«, fügte sie hinzu.

»Und die wäre?«

»Dass du dein Hemd wieder anziehst.«

27

Am nächsten Morgen wachte Bosch auch ohne Wecker um halb sechs auf. Das war bei ihm nichts Ungewöhnliches. Das passierte, wenn man bei einem Ermittlungsverfahren in die Röhre hineinsurfte. Die Stunden, die man wach war, überwogen die Stunden, die man schlief. Man tat alles, was man konnte, um auf dem Board und in der Röhre zu bleiben. Obwohl sein Dienst erst in mehr als zwölf Stunden begann, war ihm klar, dass das der entscheidende Tag würde. Er konnte nicht mehr schlafen.

Er zog sich im Dunkeln und in unvertrauter Umgebung an und ging in die Küche, wo er einen Block für Einkaufszettel fand. Er schrieb eine kurze Nachricht darauf und legte den Zettel neben die automatische Kaffeemaschine, die er Vicki Landreth am Abend zuvor auf sieben Uhr morgens hatte stellen sehen. Die Nachricht bestand aus wenig mehr als einem Auf Wiedersehen und einem Danke für den Abend. Keine Versprechungen und kein Bis-bald. Sie erwartete so etwas nicht. In den zwanzig Jahren, die zwischen ihren gemeinsam verbrachten Nächten lagen, hatte sich wenig geändert. Sie mochten sich beide, aber das war nicht genug, um ein Haus darauf zu bauen.

Die Straßen zwischen Vicki Landreths Haus in Los Feliz und dem Cahuenga Pass waren dunstig und grau. Die Leute fuhren mit eingeschalteten Lichtern, weil sie entweder noch bei Dunkelheit losgefahren waren oder weil sie dachten, es hülfe vielleicht, die Welt zu wecken. Die Morgendämmerung kam in Boschs Augen nicht an die Abenddämmerung heran. Die Morgendämmerung hatte immer etwas Unschönes, als ob die Sonne unbeholfen und in Eile wäre. Die Abenddämmerung war geschmeidiger, der Mond anmutiger. Vielleicht lag es daran, dass der Mond geduldiger war. Im Leben wie in der Natur, fand Bosch, war es so, dass die Dunkelheit immer wartete.

Er versuchte, sich die Gedanken an die vergangene Nacht aus dem Kopf zu schlagen, um sich ganz auf den Fall konzentrieren zu können. Die anderen bezogen gerade in der Mariano Street in Woodland Hills und im Audio-Raum von ListenTech in der City of Industry ihre Stellungen. Während Roland Mackey schlief, legte sich der Arm des Gesetzes in aller Ruhe um seinen Hals. So sah Bosch die Sache. Das rief dieses Prickeln in seinen Adern hervor. Er hielt es immer noch für unwahrscheinlich, dass Mackey den tödlichen Schuss auf Rebecca Lost abgegeben hatte. Völlig außer Zweifel stand für ihn dagegen, dass Mackey damals die Mordwaffe beschafft hatte und dass er sie heute auf die Spur des Todesschützen führen würde, ob das nun William Burkhart oder sonst jemand war.

Am Fuß des Hügels, auf dem sein Haus lag, fuhr Bosch auf den Parkplatz vor dem Poquito Mas. Ohne den Motor abzustellen, stieg er aus und ging zu den Zeitungskästen. Durch das trübe Plastikfenster eines Kastens starrte ihm das Gesicht von Rebecca Lost entgegen. Er spürte, wie sein Atem stockte. Es spielte keine Rolle, was in dem Artikel stand – jetzt ging es los.

Er warf die entsprechenden Münzen in den Kasten und nahm eine Zeitung heraus. Er wiederholte die Prozedur und nahm sich eine zweite Zeitung. Eine für die Akten und eine für Mackey. Er las den Artikel erst, nachdem er den Hügel hinauf zu seinem Haus gefahren war. Er setzte Kaffee auf und las den Artikel im Stehen in der Küche. Das Fensterfoto war eine Aufnahme von Muriel Lost, die auf dem Bett ihrer Tochter saß. Das Zimmer war aufgeräumt und das Bett ordentlich gemacht, einschließlich des auf dem Boden aufstehenden Volants. In der rechten oberen Ecke war ein kleines Foto von Rebecca eingefügt. Offensichtlich hatte die *Daily News* das Foto aus dem Jahrbuch in ihrem Archiv gehabt. Die Überschrift über dem Foto lautete *DIE LANGE TOTENWACHE EINER MUTTER.*

Als Fotografin des Kinderzimmerfotos war Emerson Ward angegeben, die anscheinend ihren offiziellen Vornamen verwendete. Die Bildunterschrift dazu lautete: »Muriel Lost im Zimmer ihrer Tochter. Wie Mrs. Losts Trauer blieb auch das Zimmer von der Zeit unangetastet.«

Unter dem Foto und über dem Text des Artikels war eine sogenannte Sub-Headline, die, wie Bosch einmal von einem Journalisten erklärt bekommen hatte, ausführlichere Angaben zum Inhalt enthielt. Sie lautete: »DER TOD IHRER TOCHTER LÄSST IHR KEINE RUHE: 17 Jahre wartet Muriel Lost jetzt schon auf eine Antwort auf die Frage, wer ihre Tochter ermordet hat. In einem wieder aufgenommenen Ermittlungsverfahren steht das LAPD kurz vor der Lösung des Falls.«

Bosch fand die Sub-Headline perfekt. Wenn Mackey sie sah, würde er spüren, wie der kalte Finger der Angst auf seine Brust tippte. Gespannt begann Bosch, den Artikel zu lesen.

Von unserer Redakteurin McKenzie Ward

Diesen Sommer werden es siebzehn Jahre, dass Rebecca Lost, ein hübsches junges Mädchen, aus ihrem Elternhaus in Chatsworth entführt und auf dem Oat Mountain brutal ermordet wurde. Doch das Verbrechen, das nie aufgeklärt wurde und eine intakte Familie zerstörte, lässt den polizeilichen Ermittlern und der Bevölkerung von Chatsworth auch heute noch keine Ruhe.

Aber nun gibt es für die Mutter des Opfers neue Hoffnung. Das Los Angeles Police Department hat die Ermittlungen in dem Fall wieder aufgenommen, und diesmal stehen die Chancen gut, dass Muriel Lost endlich Gewissheit über das Schicksal ihrer Tochter bekommt. Inzwischen haben die Ermittler nämlich etwas, was sie 1988 nicht hatten: die DNS des Mörders.

Nachdem einer der ursprünglichen Ermittler in dem Fall – inzwischen Police Commander im Valley – vor zwei Jahren bei der Gründung der Einheit zur Lösung alter Fälle darauf drängte, das Verfahren neu aufzurollen, hat sich die LAPD-Einheit für offene-ungelöste Fälle wieder intensiv mit dem Lost-Fall zu befassen begonnen.

»Sobald ich erfuhr, dass wir uns wieder kalte Fälle vornehmen, hängte ich mich sofort ans Telefon«, erklärte Commander Arturo Garcia gestern in seinem Büro in der Einsatzzentrale des Valley Bureau. »Das war der Fall, der mich nie losgelassen hat. Dieses hübsche junge Mädchen, das einfach aus ihrem Elternhaus entführt wurde. Mord ist in unserer Gesellschaft grundsätzlich nicht zu dulden, aber dieser ist mir trotzdem nähergegangen als andere. Er hat mich all die Jahre verfolgt.«

Genau wie Muriel Lost. Rebeccas Mutter lebt heute noch in dem Haus am Red Mesa Way, aus dem ihre damals 16-jährige Tochter entführt wurde. Rebeccas Zimmer ist noch im selben Zustand erhalten wie an dem Abend, an dem sie durch den Hintereingang aus dem Haus gebracht wurde, in das sie nie mehr zurückkehren sollte.

»Ich will alles so lassen, wie es war«, erklärte uns die Mutter gestern unter Tränen und strich dabei die Tagesdecke auf dem Bett ihrer Tochter glatt. »Das ist meine Art, ihr nahe zu bleiben. Ich werde an diesem Zimmer nie etwas verändern und dieses Haus nie verlassen.«

Detective Harry Bosch, der jetzt mit den Ermittlungen zu dem Fall betraut ist, äußerte der *News* gegenüber, es gebe inzwischen mehrere vielversprechende Spuren. Ganz besondere Bedeutung kommt dabei den Fortschritten zu, die man seit 1988 auf technischem Gebiet gemacht hat. Im Innern der Mordwaffe wurde nämlich Blut gefunden, das nicht von Rebecca Lost stammte. Bosch erklärte dazu, der Hahn der Pistole habe den Schützen beim Abfeuern der Waffe in die Hand »gebissen«, sodass Blut und Gewebe an ihr zurückblieben. 1988 war es nur möglich, diese Blut- und Gewebespuren zu analysieren und aufzubewahren sowie die Blutgruppe zu bestimmen. Inzwischen können sie jedoch zweifelsfrei einem Verdächtigen zugeordnet werden. Jetzt gilt es nur noch, diesen Verdächtigen zu finden.

»Zu dem Fall wurden damals umfangreiche Ermittlungen angestellt«, erklärte Bosch. »Die Polizei hat Hunderte von Personen vernommen und ist Hunderten von Spuren nachgegangen. Wir befassen uns auch heute noch einmal mit allen von ihnen, aber in erster Linie ruhen unsere Hoffnungen auf der DNS. Mit ihrer Hilfe werden wir den Fall lösen können, glaube ich.«

Detective Bosch zufolge weist die Tat psychosexuelle Züge auf, auch wenn das Opfer nicht sexuell missbraucht worden ist. Vor zehn Jahren richtete das kalifornische Department of Justice eine Datenbank ein, in der DNS-Proben jeder Person gespeichert sind, die wegen einer Straftat mit sexuellem Hintergrund verurteilt wurden. Mit diesen Proben wird die DNS aus dem Lost-Fall gerade verglichen. Bosch ist der Auffassung, dass die Ermordung Rebecca Losts aller Wahrscheinlichkeit nach nicht die einzige Straftat des Täters war.

»Ich halte es für äußerst unwahrscheinlich, dass dieser Mörder nur diese eine Tat beging und sich danach nichts mehr zuschulden kommen ließ. Alles an diesem Mord deutet darauf hin, dass diese Person auch andere Straftaten begangen hat. Falls der Täter jemals verhaftet und seine DNS in eine Datenbank aufgenommen wurde, ist es nur eine Frage der Zeit, bis wir ihn identifizieren können.«

Rebecca wurde in der Nacht des 5. Juli 1988 aus ihrem Elternhaus entführt. Drei Tage lang suchten Polizei und Nachbarn nach ihr, bis schließlich eine Reiterin auf dem Oat Mountain auf die durch einen umgestürzten Baum verborgene Leiche stieß. Obwohl im Zuge der Ermittlungen vieles zutage kam, darunter auch, dass Rebecca sechs Wochen vor ihrem Tod einen Schwangerschaftsabbruch hatte vornehmen lassen, gelang es der Polizei nicht, festzustellen, wer ihr Mörder war und wie er in das Haus gelangt war.

Dieses Verbrechen hat bei vielen Menschen tiefe, bis heute nicht verheilte Wunden hinterlassen. Die Eltern des Opfers haben sich getrennt, und Muriel Lost konnte uns nichts über den Verbleib ihres Mannes Robert Lost sagen, der damals in Malibu ein Restaurant besaß. Sie sagte, ihre Ehe sei an der seelischen Belastung und dem Schmerz über die Ermordung ihrer Tochter zerbrochen.

Einer der ursprünglich mit dem Fall befassten Ermittler, Ronald Green, zog sich frühzeitig in den Ruhestand zurück und beging später Selbstmord. Commander Garcia äußerte die Vermutung, der ungelöste Lost-Fall könne bei dem Entschluss seines ehemaligen Partners, sich das Leben zu nehmen, eine Rolle gespielt haben.

»Ronnie nahm sich alles immer sehr zu Herzen«, sagte Garcia. »Und ich glaube, dieser Fall ist ihm besonders nahegegangen.«

In der Hillside Preparatory School, wo Rebecca Lost eine beliebte Schülerin war, wird weiterhin täglich ihres Lebens und ihres Todes gedacht. Im Eingangsbereich der Eliteschule wurde von Spenden ihrer Mitschüler eine Gedenktafel angebracht.

»Jemanden wie Rebecca möchten wir nie vergessen«, sagte Schulleiter Gordon Stoddard, der in Hillside unterrichtete, als Rebecca Lost dort Schülerin war.

Eine von Rebeccas Freundinnen und Klassenkameradinnen unterrichtet inzwischen selbst an der Schule. Bailey Koster Sable verbrachte noch zwei Tage vor Rebeccas Ermordung einen Abend mit ihr. Der Verlust ihrer Freundin lässt ihr keine Ruhe, und sie sagt, sie muss ständig an Rebecca denken.

»Ich muss vor allem deshalb immer daran denken, weil ich finde, dass so etwas jedem passieren könnte«, sagte Sable gestern nach dem Unterricht. »Und bei diesem Gedanken stellt sich mir jedes Mal wieder dieselbe Frage: Warum ausgerechnet sie?«

Doch diese Frage hofft die Polizei von Los Angeles nun bald endgültig beantworten zu können.

Bosch betrachtete das Foto auf der Innenseite, wo der Artikel weiterging. Darauf waren Bailey Sable und Gordon Stoddard vor der Gedenktafel in der Hillside Prep zu sehen. Auch hier war Emerson Ward als Fotografin angegeben. Die Bildunterschrift lautete: »FREUNDIN UND LEHRER: Bailey Sable ging mit Rebecca Lost zur Schule, Gordon Stoddard war ihr Physiklehrer. Stoddard, inzwischen Leiter der Schule, äußerte der *News* gegenüber: ›Becky war ein nettes Mädchen. Das hätte nie und nimmer passieren dürfen.‹«

Bosch goss Kaffee in einen Becher und las den Artikel, während er daraus trank, noch einmal. Dann nahm er aufgeregt das Telefon von der Küchentheke und wählte Kizmin Riders Privatnummer. Sie meldete sich mit verschlafener Stimme.

»Kiz, der Artikel ist optimal. Sie hat alles reingepackt, was wir wollten.«

»Harry? Wie spät ist es, Harry?«

»Fast sieben. Es kann losgehen.«

»Harry, wir müssen die ganze Nacht arbeiten. Warum

bist du jetzt schon wach? Und vor allem, warum rufst du mich um sieben an?«

Bosch wurde sein Fehler bewusst.

»Entschuldige bitte, Kiz. Ich kann schon gar nicht mehr still sitzen.«

»Ruf mich in zwei Stunden noch mal an.«

Sie legte auf. In ihrer Stimme war nichts Freundliches gewesen.

Unbeirrt zog Bosch ein gefaltetes Blatt Papier aus seiner Jackentasche. Es war die Liste mit Telefonnummern, die Pratt bei der Einsatzbesprechung verteilt hatte. Er wählte Tim Marcias Handynummer.

»Hier Bosch«, sagte er. »Schon in Stellung?«

»Ja, wir sind hier.«

»Und? Tut sich irgendwas?«

»Im Moment tut sich hier gar nichts. Wenn der Kerl gestern bis Mitternacht gearbeitet hat, wird er heute sicher lange schlafen.«

»Ist sein Auto da? Der Camaro?«

»Ja, Harry, er ist da.«

»Okay, gut zu wissen. Habt ihr den Artikel in der Zeitung schon gesehen?«

»Nein. Aber wir haben zwei Teams für die Observierung von Mackeys und Burkharts Haus. Wir werden demnächst Kaffeepause machen. Dann besorgen wir uns auch eine Zeitung.«

»Der Artikel ist prima. Es wird klappen.«

»Hoffen wir mal.«

Nachdem er aufgelegt hatte, wurde Bosch klar, dass das Haus in der Mariano doppelt observiert würde, bis Mackey oder Burkhart es verließen. Das war reine Zeit-

und Geldverschwendung, aber er sah keine Möglichkeit, es zu umgehen. Es ließ sich unmöglich sagen, wann einer der beiden Observierten das Haus verlassen würde. Über Burkhart wussten sie sehr wenig. Sie wussten nicht einmal, ob er einen Job hatte.

Als Nächstes rief er Renner im Audio-Raum von Listen-Tech an. Er war der älteste Detective der Einheit und hatte aufgrund seines Alters Anspruch auf die Tagschicht im Audio-Raum gehabt.

»Gibt es schon irgendetwas?«, fragte ihn Bosch.

»Bisher noch nicht, aber Sie erfahren es als Erster.«

Bosch bedankte sich und legte auf. Er sah auf die Uhr. Es war noch nicht mal halb acht, und er hatte noch einen langen Tag vor sich, bis sein Observierungseinsatz begann. Er schenkte sich noch einmal Kaffee ein und wandte sich wieder der Zeitung zu. Das Foto von Rebecca Losts Zimmer machte ihm zu schaffen, aber er konnte nicht sagen, weshalb. Irgendwas war damit los, aber er bekam es nicht zu fassen. Er schloss die Augen und zählte, in der Hoffnung, dieser Trick würde etwas bringen, langsam bis fünf, bevor er sie wieder öffnete. Aber das Foto gab sein Geheimnis nicht preis. Er spürte, wie wachsende Frustration Besitz von ihm ergriff, doch dann klingelte das Telefon.

Es war Rider.

»Wirklich klasse, jetzt kann ich natürlich nicht mehr schlafen. Hoffentlich bist du heute Abend ausgeschlafen, Harry. Ich werde es nämlich nicht sein.«

»Tut mir leid, Kiz. Ich werde hellwach sein, versprochen.«

»Lies mir den Artikel vor.«

Das tat er, und als er fertig war, schien er sie mit seiner

Aufregung angesteckt zu haben. Ihnen war beiden klar, dass der Artikel geradezu ideal war, um Mackey zu einer Reaktion zu verleiten. Jetzt kam es vor allem darauf an, dass er die Zeitung zu Gesicht bekam und den Artikel las, und dafür wollten sie sorgen.

»Okay, Harry, ich muss jetzt Schluss machen. Ich habe heute noch Verschiedenes zu erledigen.«

»Alles klar, Kiz, dann also bis heute Abend. Was hältst du davon, wenn wir uns um Viertel vor sechs etwa einen Block südlich von der Tankstelle in der Tampa treffen?«

»Okay, außer es tut sich vorher noch was.«

»Also dann.«

Nachdem er aufgelegt hatte, ging Bosch ins Schlafzimmer und zog frische Sachen an, die nicht nur bei der nächtlichen Observierung bequem wären, sondern auch zu der Rolle passten, in die er Mackey gegenüber schlüpfen wollte. Er entschied sich für ein häufig gewaschenes weißes T-Shirt, das so stark eingelaufen war, dass sich die Ärmel eng um seinen Bizeps spannten. Bevor er ein Hemd darüber anzog, begutachtete er sich im Spiegel. Vom Totenkopf war die Hälfte zu sehen, und am Hals spitzten die ss-Blitze über den Baumwollstoff.

Die Tattoos wirkten authentischer als am Abend zuvor. Er hatte bei Vicki Landreth geduscht, und sie hatte ihm gesagt, durch das Wasser würde die Tusche auf seiner Haut leicht verschwimmen, wie das bei den meisten im Gefängnis gemachten Tätowierungen der Fall war. Gleichzeitig machte sie ihn darauf aufmerksam, dass die Tusche nach zwei- bis dreimaligem Duschen abgehen werde, dass sie die Tattoos aber noch einmal nachziehen könne, falls nötig. Er sagte ihr, er rechne nicht damit, die

Tattoos länger als einen Tag zu brauchen. Entweder erfüllten sie ihren Zweck, oder sie erfüllten ihn nicht.

Er zog ein langärmeliges Button-down-Hemd über dem T-Shirt an. Als er sich im Spiegel betrachtete, bildete er sich ein, Teile des Totenkopf-Tattoos durch den Baumwollstoff erkennen zu können. Das kräftige schwarze Hakenkreuz schien eindeutig durch.

Bosch konnte es kaum mehr erwarten, aber es dauerte noch Stunden, bis er zum Einsatz käme. Deshalb ging er eine Weile nervös im Wohnzimmer auf und ab und überlegte, was er tun sollte. Er beschloss, seine Tochter anzurufen, in der Hoffnung, ihre süße Stimme und ihre gute Laune würden ihn zusätzlich motivieren.

Er las die Nummer des Intercontinental Hotel in Kowloon von der Haftnotiz an seinem Kühlschrank ab und tippte sie in das Telefon ein. In Hongkong wäre es fast acht Uhr abends. Seine Tochter müsste noch wach sein. Doch als der Anruf zu Eleanor Wishs Zimmer durchgestellt wurde, ging niemand dran. Er fragte sich, ob er sich mit dem Zeitunterschied vertan hatte. Vielleicht rief er zu früh oder zu spät an.

Nach dem sechsten Läuten schaltete sich ein Anrufbeantworter ein und erteilte Bosch auf Englisch und Kantonesisch Anweisungen, wie er eine Nachricht hinterlassen könne. Er sprach eine kurze Nachricht für Eleanor und seine Tochter auf Band und legte auf.

Weil er sich jetzt auf keinen Fall mit seiner Tochter und der Frage beschäftigen wollte, wo sie sein könnte, schlug Bosch die Mordakte auf und machte sich daran, sie noch einmal durchzugehen. Dabei hielt er vor allem Ausschau nach Einzelheiten, die er vielleicht übersehen hatte. Trotz allem, was er inzwischen über den Fall und die massive Einmischung von ganz oben wusste, glaubte er weiterhin an die Mordakte. Er glaubte, die Lösung eines Rätsels sei immer in den Details zu finden.

Er las die Mordakte einmal vollständig durch und wollte sich gerade Mackeys Bewährungsberichte vornehmen, als ihm etwas einfiel. Er rief Muriel Lost an. Sie war zu Hause.

»Haben Sie den Bericht in der Zeitung gesehen?«, fragte er.

»Ja, es macht mich sehr traurig, das zu sehen.«

»Inwiefern?«

»Weil es alles erst richtig real für mich macht. Ich hatte es verdrängt.«

»Das tut mir leid. Aber es wird uns helfen. Ganz bestimmt. Ich bin froh, dass Sie sich dazu durchringen konnten. Vielen Dank.«

»Ich werde alles tun, solange es Ihnen hilft.«

»Danke, Muriel. Hören Sie, ich wollte Ihnen noch sagen, dass ich Ihren Mann ausfindig gemacht habe. Ich habe gestern früh mit ihm gesprochen.«

Sie war lange still, bevor sie zu sprechen begann.

»Tatsächlich? Wo ist er?«

»Unten in der Fifth Street. Er leitet dort eine Suppenküche, in der für Obdachlose kostenlos Frühstück ausgegeben wird. Sie nennt sich Metro Shelter. Ich dachte, das wollten Sie vielleicht wissen.«

Wieder langes Schweigen. Bosch vermutete, sie wollte ihm verschiedene Fragen stellen, und er war bereit zu warten.

»Sie meinen, er arbeitet dort?«

»Ja. Er ist wieder trocken. Er sagt, seit drei Jahren. Ich vermute, dass er ursprünglich wegen einer kostenlosen Mahlzeit dorthin kam und sich dann hochgearbeitet hat. Im Moment leitet er die Küche. Und das Essen ist gut. Ich habe gestern dort gefrühstückt.«

»Ich verstehe.«

»Äh, ich habe eine Nummer, die er mir gegeben hat. Es ist kein Direktanschluss. Er hat kein Telefon auf dem Zimmer. Aber es ist in der Küche. Dort ist er jeden Morgen. Nach neun ist der größte Ansturm vorüber, hat er gesagt.«

»Okay.«

»Möchten Sie die Nummer haben, Muriel?«

Auf diese Frage folgte das längste Schweigen von allen. Schließlich beantwortete Bosch die Frage selbst.

»Wissen Sie was, Muriel? Ich habe die Nummer, und wenn Sie sie haben wollen, rufen Sie mich einfach an. Ist das okay so?«

»Ja, das wäre gut, Detective. Danke.«

»Keine Ursache. Ich muss jetzt Schluss machen. Wir hoffen, dass uns heute der entscheidende Durchbruch gelingt.«

»Bitte rufen Sie mich an.«

»Sie sind die Erste, die von mir hören wird.«

Nachdem er aufgelegt hatte, merkte Bosch, dass ihn die Erinnerung an das Frühstück in der Suppenküche hungrig gemacht hatte. Es war inzwischen fast Mittag, und er hatte seit dem Steak im Musso's am Abend zuvor nichts mehr gegessen. Er beschloss, ins Schlafzimmer zu gehen, um sich ein bisschen auszuruhen, und dann spät zu Mittag zu essen, bevor er sich zum Dienst meldete. Er wollte ins Dupar's in Studio City gehen. Es lag auf dem Weg nach Northridge. Pfannkuchen waren das ideale Observierungsessen. Er würde sich eine ganze Ladung butterbestrichener Pfannkuchen bestellen, die ihm wie ein Stein im Magen liegen und ihn, falls nötig, für die ganze Nacht sättigen würden.

Im Schlafzimmer legte er sich auf den Rücken und schloss die Augen. Er versuchte, über den Fall nachzudenken, aber seine Gedanken wanderten zu der Zeit zurück, als er sich in einem schmuddeligen Studio in Saigon am Arm hatte tätowieren lassen. Im Hinüberdämmern erinnerte er sich an den Mann mit der Nadel und an sein Lächeln und seinen Körpergeruch. Er erinnerte sich, wie der Mann gesagt hatte: »Sind Sie ganz sicher? Vergessen Sie nicht, Sie werden damit für immer gezeichnet sein.«

Bosch hatte das Lächeln erwidert und gesagt: »Das bin ich schon.«

Dann verwandelte sich das lächelnde Gesicht des Mannes in seinem Traum in das von Vicki Landreth. Sie hatte roten Lippenstift auf ihren Mund geschmiert. Sie hielt eine surrende Tätowiernadel hoch.

Sie sagte: »Bist du bereit, Michael?«

Er sagte: »Ich bin nicht Michael.«

Sie sagte: »Das ist okay. Es spielt keine Rolle, wer du bist. Jeder versucht, der Nadel zu entkommen. Aber niemand kommt davon.«

28

Kiz Rider war bereits am vereinbarten Treffpunkt, als Bosch eintraf. Er stieg aus seinem Wagen und ging mit den Akten zu ihrem Auto, einem unscheinbaren weißen Taurus.

»Hast du im Kofferraum noch Platz?«, fragte er, bevor er einstieg.

»Er ist leer. Warum?«

»Dann mach ihn mal auf. Ich habe vergessen, meinen Reservereifen zu Hause zu lassen.«

Er ging wieder zu seinem Auto, dem Mercedes-Geländewagen, nahm den Ersatzreifen heraus und verstaute ihn in Riders Kofferraum. Mit einem Schraubenzieher aus dem Werkzeugsatz entfernte er die Nummernschilder von seinem Auto und legte sie ebenfalls in den Kofferraum. Dann stieg er zu Rider in den Taurus, und sie fuhren die Tampa hinauf zu der Mall gegenüber der Tankstelle, in der Mackey arbeitete. Marcia und Jackson, die Kollegen von der Tagschicht, warteten auf dem Parkplatz in ihrem Auto.

Die Lücke neben ihnen war frei, und Rider fuhr hinein. Alle ließen ihre Fenster runter, damit sie reden und die Sprechfunkgeräte austauschen konnten, ohne aussteigen zu müssen. Bosch nahm die Funkgeräte, aber er wusste, dass er und Rider sie nicht benutzen würden.

»Und?«, fragte Bosch.

»Nichts«, sagte Jackson. »Absolut tote Hose, Harry.«

»Überhaupt nichts?«, fragte Rider.

»Es gibt keinerlei Hinweise, dass er oder jemand, den er kennt, die Zeitung zu Gesicht gekriegt hat. Vor zwanzig Minuten haben wir mit dem Audio-Raum gesprochen, und der Kerl hat nicht mal einen Anruf gekriegt, geschweige denn einen über den Zeitungsartikel. Nicht mal abschleppen musste er jemanden, seit er hier aufgetaucht ist.«

Bosch nickte. Noch machte er sich keine Sorgen. Manchmal musste man eben ein bisschen nachhelfen, und genau das hatte er vor.

»Ich hoffe, du hast einen guten Plan, Harry«, rief Marcia aus dem anderen Auto herüber. Er saß auf der Fahrerseite, und weil Bosch auf dem Beifahrersitz von Riders Auto saß, war er am weitesten von ihm entfernt.

»Wollt ihr noch hierbleiben?«, entgegnete Bosch. »Wenn sich bisher nichts getan hat, wird sich von allein wahrscheinlich auch nichts mehr tun. Ich wäre so weit.«

Jackson nickte. »In Ordnung. Werdet ihr Unterstützung brauchen?«

»Kaum. Ich werde nur den Anstoß geben. Andererseits kann man natürlich nie wissen. Schaden könnte es sicher nicht.«

»Gut. Wir werden auf jeden Fall die Augen offen halten. Wenn wirklich was passiert, was ist euer Zeichen?«

Bosch hatte sich noch gar keine Gedanken darüber gemacht, wie er ein Zeichen geben könnte, wenn etwas schiefging und er Verstärkung brauchte.

»Wahrscheinlich hupe ich einfach«, sagte er. »Oder ihr hört Schüsse.«

Er grinste, und alle nickten, und dann stieß Rider rückwärts aus der Lücke, und sie fuhren auf der Tampa zurück zu seinem Wagen.

»Willst du es also wirklich tun?«, fragte Rider, als sie neben dem Mercedes anhielt.

»Aber sicher.«

Er hatte unterwegs bemerkt, dass sie einen Sammelordner dabeihatte. Er lag auf der Armstütze zwischen den Sitzen.

»Was ist das?«

»Da du mich so früh geweckt hast, habe ich beschlossen, ein bisschen zu arbeiten. Ich habe über die anderen fünf Mitglieder der Chatsworth Eights Erkundigungen eingezogen.«

»Sehr gut. Wohnen noch welche in der Gegend?«

»Zwei. Aber wie es aussieht, haben sie sich nach ihren sogenannten Jugendsünden geläutert. Keine weiteren Strafen mehr. Sie haben ganz gute Jobs.«

»Und die anderen?«

»Der Einzige, der anscheinend immer noch hinter diesem ganzen Mist steht, ist ein gewisser Frank Simmons. Zog von Oregon hier runter, als er in der Highschool war. Ein paar Jahre später schloss er sich den Eights an. Inzwischen lebt er in Fresno. Hat allerdings wegen Verkaufs von Maschinenpistolen zwei Jahre in Obispo eingesessen.«

»Das kann ich vielleicht verwenden. Wann war er da?«

»Augenblick.«

Sie öffnete den Ordner, kramte eine Weile darin und zog schließlich einen dünnen Schnellhefter heraus, auf dem *Frank Simmons* stand. Sie öffnete ihn und zeigte Bosch ein Gefängnisfoto von Simmons.

»Vor sechs Jahren«, sagte sie. »Er kam vor sechs Jahren raus.«

Bosch betrachtete das Foto und prägte sich Simmons' Aussehen ein. Er hatte kurzes dunkles Haar und dunkle Augen. Seine Haut war sehr blass und im Gesicht von Aknenarben überzogen, die er mit einem Spitzbart zu kaschieren versuchte, der ihn außerdem gefährlicher aussehen lassen sollte.

»Wo war das?«, fragte Bosch. »Hier?«

»Nein, in Fresno. Anscheinend ist er nach dem Ärger hier dort hochgezogen.«

»An wen hat er die Maschinenpistolen verkauft?«

»Ich habe in der dortigen FBI-Dienststelle angerufen und mit dem zuständigen Agenten gesprochen. Er wollte nicht mit mir kooperieren, solange er mich nicht überprüft hätte. Ich warte noch auf seinen Rückruf.«

»Klasse.«

»Ich habe den Eindruck, dass sich das FBI dort oben immer noch für Mr. Simmons interessiert und deshalb nichts rausrücken will.«

Bosch nickte.

»Wo hat Simmons zum Zeitpunkt der Lost-Geschichte gelebt?«

»Keine Ahnung. Da er einer der Jüngeren war, vermutlich noch bei seinen Eltern. AutoTrack kann ihn nur bis 1990 zurückverfolgen. Und da war er bereits in Fresno.«

»Wenn also seine Eltern nicht sofort nach dieser Geschichte weggezogen sind, war er wahrscheinlich direkt hier im Valley.«

»Durchaus möglich.«

»Okay, sehr gut, Kiz. Vielleicht kann ich Verschiedenes davon verwenden. Fahr mir auf der Woodley zum oberen Ende des Balboa Park hinterher. Das müsste eine gute Stelle sein. Dort gibt es einen Golfplatz mit einem Parkplatz. Auf jeden Fall werden dort viele Autos sein. Das heißt, ihr könnt dort ebenfalls parken und habt gute Deckung. Okay?«

»Okay.«

»Sag den zwei anderen Bescheid.«

Er nahm sein Dienstmarkenetui, seine Handschellen und seine Dienstwaffe heraus und legte alles auf den Wagenboden.

»Hast du Verstärkung dabei, Harry?«

»Ich habe doch dich, oder nicht?«

»Nein, im Ernst.«

»Ja, Kiz, ich habe eine kleine Knarre an der Wade. Mach dir keine Sorgen.«

Er stieg aus und entriegelte sein Auto. Auf der Fahrt zum Park studierte er seinen Auftritt ein. Als er so weit war, spürte er, wie sein Puls schneller wurde.

Zehn Minuten später hielt er auf dem Seitenstreifen der Straße am Park entlang, stellte den Motor ab und stieg aus. Er ging zum rechten Vorderreifen und ließ durch das Ventil Luft aus. Weil er wusste, dass manche Abschleppfahrzeuge Druckluft dabeihatten, klappte er sein Taschenmesser auf und beschädigte damit das Ventil. Jetzt musste der Reifen repariert werden, nicht nur aufgepumpt.

Danach klappte er sein Handy auf und rief in der Tankstelle an, in der Mackey arbeitete. Er sagte, er bräuchte einen Abschleppwagen, und wurde auf die Warteschleife gelegt. Eine geschlagene Minute verging, bis sich eine andere Stimme meldete. Roland Mackey.

»Was gibt's?«

»Können Sie mich abschleppen? Ich habe einen Platten, das Ventil scheint im Arsch zu sein.«

»Was haben Sie für ein Auto?«

»Einen schwarzen Mercedes-Geländewagen.«

»Machen Sie doch den Reservereifen drauf.«

»Den hat mir irgend so ein Scheißnig… Er wurde mir gestohlen, als ich letzte Woche in South-Central war.«

»Also so was. Was müssen Sie da auch hin?«

»Das ging nicht anders. Schleppen Sie mich jetzt ab oder nicht?«

»Klar, natürlich. Wo stehen Sie?«

Bosch sagte es ihm. Es war so nah, dass ihn Mackey diesmal nicht an einen anderen Abschleppdienst verwies.

»Okay, in zehn Minuten bin ich da«, sagte Mackey. »Und sehen Sie zu, dass Sie bei Ihrem Wagen sind, wenn ich komme.«

»Wo sollte ich denn sonst sein?«

Bosch klappte das Handy zu und öffnete die Heckklappe des Mercedes. Er zog sein Hemd aus der Hose und zog es dann ganz aus. Er legte es hinten in den Wagen. Jetzt waren seine Tattoos zum Teil zu sehen. Er setzte sich in die Hecköffnung und wartete. Zwei Minuten später begann sein Handy zu läuten. Es war Rider.

»Harry, sie konnten den Anruf von ListenTech zu mir weiterleiten. Hat sich sehr echt angehört.«

»Gut.«

»Ich habe gerade mit den Jungs gesprochen. Mackey fährt jetzt los. Sie folgen ihm.«

»Okay, ich bin bereit.«

»Ich weiß nicht, vielleicht hättest du doch ein Mikro tragen sollen. Wer weiß, was dieser Typ alles zu dir sagt.«

»Nur mit einem T-Shirt ist das zu riskant. Außerdem halte ich es für ziemlich unwahrscheinlich, dass der Kerl einem Fremden erzählt, er hat das Mädchen aus dem Zeitungsartikel umgebracht. Eher gewinnst du im Lotto, ohne einen Tippschein auszufüllen.«

»Wahrscheinlich.«

»Ich muss jetzt Schluss machen, Kiz.«

»Viel Glück, Harry. Und sei vorsichtig.«

»Bin ich doch immer.«

Er klappte das Handy zu.

29

Der Abschleppwagen wurde langsamer, als er sich dem Mercedes näherte. Bosch, der im Schatten der Heckklappe auf der Ladefläche saß und die *Daily News* las, blickte auf. Er winkte dem Fahrer des Abschleppwagens mit der Zeitung zu und stand auf. Der Abschleppwagen fuhr am Mercedes vorbei und auf den Seitenstreifen. Dann stieß er zurück und hielt zwei Meter vor dem Mercedes an. Der Fahrer stieg aus. Es war Roland Mackey.

Die Handflächen seiner Lederhandschuhe waren dunkel von Öl. Ohne von Bosch Notiz zu nehmen, blieb er am Vorderrad stehen und sah auf den platten Reifen hinab. Als Bosch, immer noch mit der Zeitung in der Hand, nach vorn kam, ging Mackey in die Hocke und untersuchte das Ventil. Er streckte die Hand danach aus und bog es hin und her, sodass der Schlitz, den Bosch gemacht hatte, sichtbar wurde.

»Sieht fast so aus, als ob es jemand aufgeschnitten hätte«, sagte Mackey.

»Vielleicht ein Stück Glas von der Straße oder irgendwas in der Art«, sagte Bosch.

»Und kein Reservereifen. Ist das nicht eine Sauerei?«

Er schaute zu Bosch hoch und kniff wegen der Sonne, die hinter Bosch unterging, die Augen zusammen.

»Kann man wohl sagen.«

»Also, ich kann Sie abschleppen, und dann macht Ihnen unser Mechaniker ein neues Ventil rein. Dauert etwa fünfzehn Minuten, sobald wir in der Werkstatt sind.«

»Okay. Ab dafür.«

»Geht das auf AAA oder Versicherung?«

»Weder noch. Cash.«

Darauf erklärte ihm Mackey, das würde 85 Dollar fürs Abschleppen machen, plus 3 Dollar für jede Meile, die er abgeschleppt wurde. Das Auswechseln des Ventils würde 25 Dollar kosten, zuzüglich der Kosten für das Ventil.

»Okay, ab dafür«, sagte Bosch noch einmal.

Mackey richtete sich auf und sah Bosch an. Er schien direkt auf Boschs Hals zu schauen und dann weg. Er sagte nichts über die Tattoos.

»Machen Sie lieber mal die Heckklappe zu«, sagte er stattdessen. »Außer es macht Ihnen nichts, wenn Sie unterwegs alles verlieren.«

Er grinste. Ein bisschen Abschleppfahrerhumor.

»Ich hole nur noch mein Hemd hinten raus«, sagte Bosch. »Okay, wenn ich bei Ihnen mitfahre?«

»Klar. Außer Sie wollen ein Taxi rufen und richtig nobel gefahren werden.«

»Da fahre ich lieber mit jemandem, der Englisch spricht.«

Mackey lachte laut, und Bosch ging zum Heck des Mercedes. Er stand ein Stück abseits, als Mackey sich daranmachte, den Geländewagen anzuhängen. Es dauerte keine zehn Minuten, bis Mackey einen Hebel an der Seite des Abschleppwagens niederdrückte und das Vorderteil des Mercedes in die Höhe hob. Als es ihm hoch genug war, prüfte er den Sitz der Ketten und Haltevorrichtungen und sagte, dass sie losfahren könnten. Als Bosch in den Abschleppwagen stieg, hatte er das Hemd über dem Arm und die gefaltete Zeitung in der Hand. Sie war so gefaltet, dass das Foto von Rebecca Lost zu sehen war.

»Haben Sie in der Karre hier eine Klimaanlage?«, fragte Bosch, als er die Tür zuzog. »Im Freien schwitzt man ja wie eine Sau.«

»Ging mir genauso. Sie hätten die Klimaanlage laufen lassen und in Ihrem Auto sitzen bleiben sollen, während Sie auf mich gewartet haben. Im Sommer hat diese Scheißkarre keine Luft und im Winter keine Heizung. Fast wie meine Ex-Frau.«

Eine weitere Kostprobe Abschleppfahrerhumor, nahm Bosch an. Mackey reichte ihm ein Klemmbrett mit einem Formular und einem Stift daran.

»Füllen Sie das aus«, sagte er. »Dann können wir los.«

»Okay.«

Bosch begann, den falschen Namen und die falsche Adresse, die er sich zuvor ausgedacht hatte, in das Formular einzutragen. Mackey zog ein Mikrophon vom Armaturenbrett und sprach hinein.

»Hey, Kenny?«

Kurz darauf kam die Antwort.

»Ja?«

»Sag Spider, er soll noch nicht Schluss machen«, sagte Mackey. »Ich bringe einen Reifen rein, der ein neues Ventil braucht.«

»Da wird er aber nicht begeistert sein. Er hat sich schon gewaschen.«

»Sag ihm einfach Bescheid. Ende.«

Mackey steckte das Mikrophon in den Halter am Armaturenbrett zurück.

»Glauben Sie, er bleibt noch?«, fragte Bosch.

»Hoffen Sie mal lieber. Sonst können Sie bis morgen auf Ihren Reifen warten.«

»Das geht nicht. Ich muss unbedingt noch heute zurückfahren.«

»Ja? Wohin?«

»Nach Barstow.«

Mackey ließ den Abschleppwagen an und drehte den Oberkörper nach links, um aus dem Seitenfenster schauen zu können, als er vom Seitenstreifen auf die Straße ausscherte. Da er Bosch in diesem Moment nicht sehen konnte, zog dieser rasch den linken Ärmel seines T-Shirts hoch, sodass mehr als die Hälfte des Totenkopf-Tattoos zu sehen war.

Der Abschleppwagen scherte aus und fuhr los. Bosch schaute aus dem Seitenfenster und sah die Autos von Rider und dem anderen Observierungsteam auf dem Parkplatz des Golfplatzes stehen. Bosch legte den Ellbogen auf den Holm des offenen Fensters und die Hand oben an den Rahmen. So konnte er den Kollegen den erhobenen Daumen zeigen, ohne dass Mackey es mitbekam.

»Was gibt es denn in Barstow so Wichtiges?«, fragte Mackey.

»Dort wohne ich nur, mehr nicht. Und ich will heute Abend noch nach Hause.«

»Was haben Sie denn hier unten gemacht?«

»Dies und das.«

»Und in South-Central? Was haben Sie dort letzte Woche gemacht, bei diesen Leuten da unten?«

Bosch verstand, dass mit *diesen Leuten* die vorherrschende Minoritätenbevölkerung von South L. A. gemeint war. Er drehte sich zu Mackey herum und sah ihn an, als wolle er ihm sagen, er stelle zu viele Fragen.

»Dies und das«, antwortete er ruhig.

»Klar, kein Problem.« In einer beschwichtigenden Geste nahm Mackey kurz die Hände vom Lenkrad.

»Eines kann ich Ihnen jedenfalls sagen«, fuhr Bosch fort, »jetzt mal abgesehen davon, was ich hier gemacht habe, kann mir diese Scheißstadt echt gestohlen bleiben, Mann.«

Mackey grinste.

»Ich weiß, was Sie meinen.«

Nach Boschs Ansicht standen sie kurz davor, von reinem Small Talk zu einem persönlicheren Gespräch überzugehen. Er nahm an, Mackey hatte seine Tattoos bemerkt und wartete jetzt auf einen kleinen Hinweis, mit was für einer Sorte Kerl er es da zu tun hatte. Er hielt den Augenblick für gekommen, Mackey mit einem subtilen Fingerzeig auf den Zeitungsartikel aufmerksam zu machen.

Bosch legte die Zeitung so zwischen sich und Mackey auf den Sitz, dass das Foto von Rebecca Lost zu sehen war. Dann machte er sich daran, sein Hemd anzuziehen. Dabei beugte er sich vor und streckte die Arme aus. Obwohl er Mackey nicht ansah, wusste er, dass der Totenkopf auf seinem linkem Arm sehr deutlich zu sehen wäre, während er das tat. Zuerst steckte er den rechten Arm in das Hemd und zog es dann hinter seinem Rücken herum, um mit dem linken Arm in den Ärmel zu fahren. Er lehnte sich zurück und begann, das Hemd zuzuknöpfen.

»Hier kommt es mir einfach zu sehr wie Dritte Welt vor«, sagte Bosch.

»Da kann ich Ihnen nur recht geben.«

»Tatsächlich? Sind Sie von hier?«

»Ja, von Geburt an.«

»Also, da kann ich nur sagen, Kumpel, nehmen Sie Ihre Familie – wenn Sie eine haben – und die Fahne und hauen Sie hier ab. Tun Sie sich diese Scheiße nicht länger an.«

Mackey lachte und nickte.

»Ich habe einen Freund, der sagt genau das Gleiche. Die ganze Zeit.«

»Na ja, ist ja keine besonders originelle Idee.«

»Da haben Sie recht.«

In diesem Moment unterbrach das Funkgerät die Unterhaltung.

»Hey, Ro?«

Mackey griff nach dem Mikrophon.

»Ja, Ken?«

»Ich fahre mal eben zum KFC rüber, solange Spider auf dich wartet. Soll ich dir was mitbringen?«

»Nee, ich schaue später selbst rüber. Out.«

Er hängte das Mikrophon ein. Darauf fuhren sie eine Weile schweigend weiter, während Bosch überlegte, wie er die Unterhaltung unverfänglich wieder in Gang bringen und in die richtige Richtung lenken könnte. Mackey war zum Burbank Boulevard hinuntergefahren und nach rechts abgebogen. Jetzt kamen sie zur Tampa hoch, wo er wieder rechts abbiegen würde, und dann ginge es direkt zur Tankstelle. In weniger als zehn Minuten wären sie da.

Aber es war Mackey, der die Unterhaltung wieder in Gang brachte.

»Wo haben Sie gesessen?«, fragte er unvermittelt.

Um sich seine Aufregung nicht anmerken zu lassen, wartete Bosch einen Moment.

»Wie meinen Sie das?«, fragte er.

»Ich habe Ihre Tattoos gesehen, Mann. Und es dürfte doch wohl klar sein, dass die entweder hausgemacht sind oder aus dem Knast. Das sieht doch jeder.«

Bosch nickte.

»Obispo. Fünf Jahre.«

»Echt? Für was?«

Bosch drehte sich zur Seite und sah Mackey wieder an.

»Für dies und das.«

Mackey nickte. Er ließ sich durch die Wortkargheit seines Mitfahrers nicht entmutigen.

»Das ist ja ’n Ding, Mann. Ich habe einen Freund, der war eine ganze Weile in Obispo. Ende der neunziger Jahre. Fand es dort aber gar nicht so schlimm. Richtig nobler Laden das, meinte er. Jedenfalls nicht so viele Nigger wie anderswo.«

Bosch blieb lange still. Mackeys rassistische Anspielungen waren eine Art Passwort. Wenn Bosch richtig darauf reagierte, würde er akzeptiert. Alles eine Frage des Codes.

»Ja.« Bosch nickte. »Das war ein Grund, warum es dort etwas besser auszuhalten war. Aber Ihren Freund habe ich wahrscheinlich gerade verpasst. Ich bin nämlich Anfang 1998 rausgekommen.«

»Frank Simmons. So hieß er. Er war nur achtzehn Monate oder so da. Er war aus Fresno.«

»Frank Simmons aus Fresno«, sagte Bosch, als versuchte er, sich an den Namen zu erinnern. »Glaube nicht, dass ich ihn kannte.«

»Echt starker Typ das.«

Bosch nickte.

»Es gab da einen Kerl, der, ein paar Wochen bevor ich rauskam, eingeliefert wurde. Er war, glaube ich, aus Fresno. Aber was soll ich sagen, ich stand damals kurz vor der Entlassung und hatte nichts am Hut damit, neue Leute kennenzulernen, wenn Sie wissen, was ich meine.«

»Klar, schon okay. Ich dachte ja nur, wissen Sie?«

»Hatte dieser Freund von Ihnen dunkle Haare und massenhaft Pickelnarben im Gesicht?«

Mackey begann zu lächeln und zu nicken.

»Genau, das ist er! Das ist Frank. Wir haben ihn Kraterfresse genannt.«

»Fand er sicher ganz toll.«

Der Abschleppwagen bog in die Tampa und fuhr dann nach Norden weiter. Bosch bekäme in der Tankstelle, wenn der Reifen repariert wurde, vielleicht noch mehr Zeit mit Mackey, aber darauf durfte er nicht zählen. Es konnte jederzeit ein anderer Abschleppauftrag oder sonst etwas dazwischenkommen. Er musste die Sache jetzt zum Abschluss bringen und den Anstoß geben, solange er mit Mackey allein war. Er griff nach der Zeitung und legte sie in seinen Schoß. Dabei blickte er auf sie hinab, als läse er die Schlagzeile. Er musste sich eine Möglichkeit einfallen lassen, das Gespräch unverfänglich auf den Lost-Artikel zu lenken.

Mackey nahm die rechte Hand vom Steuer und biss, um den Handschuh auszuziehen, in einen der Finger. Es erinnerte Bosch an die Art, wie Kinder Handschuhe auszogen. Dann reichte ihm Mackey die Hand.

»Ich bin übrigens Ro.«

Bosch schüttelte ihm die Hand.

»Ro?«

»Das ist kurz für Roland. Roland Mackey. Freut mich.«

»George Reichert«, sagte Bosch und nannte ihm den Namen, den er sich nach langer, reiflicher Überlegung zugelegt hatte.

»Reichert?«, sagte Mackey. »Deutscher Name, oder?«

»Er bedeutet ›Herz des Reichs‹.«

»Ist ja stark. Deshalb wahrscheinlich auch der Mercedes. Wissen Sie, ich hab den ganzen Tag mit Autos zu tun. Es sagt viel über jemanden aus, was für ein Auto er fährt und wie er es pflegt.«

»Wahrscheinlich.«

Bosch nickte. Er sah jetzt den direkten Weg zu seinem Ziel. Wieder hatte ihm Mackey unwissentlich geholfen.

»Deutsche Wertarbeit«, sagte Bosch. »Sie machen mit Abstand die besten Autos. Was fahren Sie denn, wenn Sie nicht mit dem Abschleppwagen unterwegs sind?«

»Ich richte gerade einen zweiundsiebziger Camaro her. Wird ein starker Schlitten, wenn ich damit fertig bin.«

»Guter Jahrgang«, sagte Bosch.

»Auf jeden Fall. Heute würde ich nichts mehr kaufen, was aus Detroit kommt. Sie wissen, wer heute unsere Autos baut, oder? Lauter Mischlingsgesocks. Ich würde mich jedenfalls nicht in so eine Dreckskarre setzen, und meine Familie würde ich da schon gar nicht einsteigen lassen.«

»In Deutschland«, antwortete Bosch, »wenn Sie da in eine Fabrik gehen, hat jeder blaue Augen, wenn Sie wissen, was ich meine. Ich habe Fotos gesehen.«

Mackey nickte nachdenklich. Bosch fand, es wurde Zeit, den letzten Schritt zu machen. Er faltete die Zeitung in seinem Schoß auseinander. Er hielt sie so hoch, dass die ganze Titelseite und somit der vollständige Lost-Artikel zu sehen war.

»Apropos Mischlingsgesocks«, sagte er. »Haben Sie das da gelesen?«

»Nein ... Was steht da?«

»Da ist eine Mutter, die auf dem Bett sitzt und immer noch wegen ihrem Mischlingskind rumflennt, das vor siebzehn Jahren umgebracht wurde. Und die Polizei versucht jetzt wieder, den Mord aufzuklären. Aber ich meine, wen interessiert das schon, Mann.«

Mackey schaute auf die Zeitung und sah das Foto mit Rebecca Losts Gesicht oben in der Ecke. Er sagte jedoch nichts, und seine Miene verriet keinerlei Wiedererkennen. Um es nicht zu übertreiben, ließ Bosch die Zeitung sinken. Er faltete sie wieder zusammen und legte sie zwischen sich und Mackey auf den Sitz. Dann ging er noch einen Schritt weiter.

»Ich meine, da mischt man die Rassen, so wie hier, und was kommt dabei heraus?«

»Genau«, sagte Mackey.

Die Antwort kam nicht mit Nachdruck, sondern fast abwesend, so als dächte er über etwas anderes nach. Bosch fasste das als ein gutes Zeichen auf. Vielleicht hatte Mackey gerade einen kalten Finger über sein Rückgrat streichen spüren. Vielleicht zum ersten Mal seit siebzehn Jahren.

Bosch hatte alle Möglichkeiten ausgeschöpft. Wenn er noch dicker auftrug, riskierte er, dass Mackey Lunte roch. Er beschloss, nichts mehr zu sagen, und Mackey schien den gleichen Entschluss gefasst zu haben.

Doch ein paar Straßen weiter scherte Mackey links aus, um einen langsam fahrenden Pinto zu überholen.

»Ist das zu fassen?«, bemerkte er dabei. »Dass sich jemand mit so einer Kiste noch auf die Straße traut?«

Als sie den Kleinwagen überholten, sah Bosch einen Mann asiatischer Abstammung vornübergebeugt am Steuer sitzen. Bosch dachte, er könnte Kambodschaner sein.

»Na also«, brummte Mackey, als er den Fahrer sah. »Passen Sie mal auf.«

Mackey fuhr wieder auf die rechte Fahrbahn und schnitt den Pinto, sodass dessen Fahrer keine andere Wahl blieb, als abrupt zu bremsen. Mackeys Gelächter übertönte das schwache Hupen des Pinto.

»Du Arsch!«, schrie Mackey. »Verpiss dich doch auf dein Scheißboot!«

Er sah um Bestätigung heischend zu Bosch hinüber, und Bosch lächelte. So schwer war ihm schon lange nichts mehr gefallen.

»Hey, Mann, das war mein Wagen, mit dem Sie diesen Typ da fast gerammt hätten«, protestierte er scherzhaft.

»Waren Sie in Vietnam?«, fragte Mackey.

»Warum?«

»Nur so, Mann. Sie waren doch da, stimmt's?«

»Na und?«

»Ich hatte einen Freund, der auch da war. Meinte, sie hätten Schlitzaugen wie diesen Penner da eben weggeputzt wie nichts. Ein Dutzend zum Frühstück und zum Mittagessen gleich noch mal so viele. Da wäre ich auch gern gewesen, das wollte ich damit sagen.«

Bosch wandte den Blick von ihm ab und schaute aus

dem Seitenfenster. Mackeys Statement verschaffte ihm einen Anknüpfungspunkt, um auf Waffen und das Töten von Menschen zu sprechen zu kommen. Aber Bosch konnte sich nicht dazu durchringen. Plötzlich wollte er nur noch weg von Mackey.

Aber Mackey redete weiter.

»Ich wollte mich freiwillig für den Golfkrieg melden – den ersten –, aber sie haben mich nicht genommen.«

Bosch hatte sich wieder etwas gefangen und ging darauf ein.

»Und warum nicht?«, fragte er.

»Keine Ahnung. Schätze mal, sie haben den Platz für einen Nigger gebraucht.«

»Oder Sie waren vorbestraft.«

Bosch hatte sich zu ihm herumgedreht, als er das sagte. Er dachte sofort, es hätte sich zu vorwurfsvoll angehört. Mackey drehte sich ebenfalls zu ihm herum und hielt seinem Blick so lange stand, bis er ihn wieder auf die Straße richten musste.

»Na schön, dann habe ich eben ein paar Vorstrafen, Mann. Wen juckt das schon groß? Sie hätten mich dort drüben trotzdem gut gebrauchen können.«

An diesem Punkt kam die Unterhaltung zum Erliegen, und kurz darauf kamen sie an der Tankstelle an.

»Ich glaube, ich muss gar nicht extra in die Werkstatt fahren«, sagte Mackey. »Spider soll das Rad abmontieren, solange ich Sie noch hinten hängen habe. Das machen wir auf die Schnelle.«

»Ganz wie Sie wollen«, sagte Bosch. »Sind Sie denn sicher, dass er noch nicht gegangen ist?«

»Klar. Da ist er doch.«

Als der Abschleppwagen an der Werkstatt vorbeifuhr, tauchte aus ihrem dunklen Inneren ein Mann auf und ging auf das Heck des Abschleppwagens zu. In einer Hand hielt er einen Pressluftschrauber, mit der anderen zog er den Luftschlauch hinter sich her. Bosch sah das auf seinen Hals tätowierte Spinnennetz. Knasttusche. Irgendwie kam Bosch das Gesicht des Mannes sofort bekannt vor. In einem Anfall von Panik befürchtete er, den Mann zu kennen, weil er als Cop mit ihm zu tun gehabt hatte. Weil er ihn einmal festgenommen oder verhört, ihn vielleicht sogar hinter Gitter gebracht hatte, wo er sich dann das Spinnennetz hatte machen lassen.

Bosch war sofort klar, dass er sich von dem Mann, der mit Spitznamen Spider hieß, fernhalten musste. Er nahm das Handy von seinem Gürtel.

»Ist es okay, wenn ich noch kurz im Wagen sitzen bleibe und telefoniere?«, fragte er Mackey, als dieser ausstieg.

»Klar, kein Problem. Wird nicht lange dauern.«

Mackey schloss die Tür und ließ Bosch allein. Als Bosch hörte, wie die Schrauben am Rad seines Geländewagens gelöst wurden, ließ er das Fenster hoch und rief Rider auf ihrem Handy an.

»Wie läuft's?«, fragte sie statt eines Grußes.

»Bestens ... bis wir zur Tankstelle gekommen sind«, sagte Bosch leise. »Ich glaube, ich kenne den Mechaniker. Wenn er mich erkennt, haben wir ein Problem.«

»Meinst du, er weiß, dass du von der Polizei bist?«

»Genau.«

»Scheiße.«

»Genau.«

»Möchtest du, dass wir irgendwas Bestimmtes tun? Tim und Rick sind noch in der Nähe.«

»Ruf sie an und sag ihnen, was los ist. Und dass sie sich bereithalten sollen, bis ich hier Entwarnung gebe. Ich werde, solange es geht, im Abschleppwagen sitzen bleiben. Wenn ich das Handy hochhalte, als ob ich telefonieren würde, kann ich mein Gesicht vor ihm verbergen.«

»Okay.«

»Ich hoffe nur, Mackey will mich ihm nicht vorstellen. Ich glaube nämlich, ich habe mächtig Eindruck auf ihn gemacht. Könnte gut sein, dass er mit mir angeben will.«

»Okay, Harry, nur keine Aufregung, wir sind sofort zur Stelle, wenn …«

»Ich mache mir nicht meinetwegen Sorgen. Ich mache mir wegen unseres Plans Sorgen, falls …«

»Er kommt.«

Im selben Moment, in dem sie die Warnung aussprach, ertönte an Boschs Fenster ein lautes Klopfen. Er nahm das Handy vom Ohr und drehte sich herum. Mackey sah zu ihm herein. Bosch ließ das Fenster herunter.

»Fertig«, sagte Mackey.

»Schon?«

»Klar. Sie können schon mal ins Büro kommen und zahlen, während er das Rad wieder draufmacht. In ein paar Stunden sind Sie zu Hause.«

»Sehr gut.«

Als Bosch ausstieg und ins Büro ging, hielt er das Handy wieder an sein Ohr, um sein Gesicht vor Spider zu verbergen. Er telefonierte im Gehen weiter mit Rider.

»Wie es aussieht, komme ich unerkannt von hier weg«, sagte er.

»Gut«, sagte sie. »Der Typ montiert gerade dein Rad. Pass auf, wenn du gehst.«

»Mach ich.«

Sobald er in dem kleinen Büro war, klappte Bosch das Handy zu. Mackey war hinter einen schmierigen, vollgemüllten Schreibtisch gegangen. Er brauchte ein paar Sekunden, um die Abschlepp- und Reparaturkosten mit einem Taschenrechner zusammenzuzählen.

»Macht genau hundertfünfundzwanzig«, sagte er. »Vier Meilen abschleppen und drei Dollar für das Ventil.«

Bosch setzte sich auf einen Stuhl vor dem Schreibtisch und zog seine Geldspange heraus.

»Könnte ich auch eine Quittung haben?«

Während er sechs Zwanziger und einen Fünfer abzählte, hörte er draußen den Pressluftschrauber. Der Reifen wurde montiert. Er hielt Mackey das Geld hin, aber dessen ganze Aufmerksamkeit wurde gerade von einer Haftnotiz in Anspruch genommen, die er auf dem Schreibtisch entdeckt hatte. Er griff danach und hielt sie so, dass auch Bosch lesen konnte, was darauf stand:

Ro – Von Visa haben sie angerufen, um sich wegen deines Antrags nach deinem Arbeitsverhältnis zu erkundigen.

Bosch hatte die Nachricht schnell gelesen, aber Mackey starrte wesentlich länger darauf, bevor er den Zettel auf den Schreibtisch fallen ließ und das Geld von Bosch entgegennahm. Er legte die Scheine in eine Geldschublade und begann, auf dem Schreibtisch nach einem Quittungsblock zu suchen. Er brauchte ziemlich lange.

»Normalerweise stellt Kenny die Quittungen aus«, sagte er. »Aber er ist gerade weg, Hähnchen holen.«

Bosch wollte schon sagen, er bräuchte die Quittung nicht, als er hinter sich das Scharren eines Schritts hörte. Jemand war in das Büro gekommen. Für den Fall, dass es Spider war, drehte er sich nicht um.

»Okay, Ro, ich bin fertig. Du musst ihn nur noch runterlassen.«

Das war der kritische Moment. Mackey würde ihn entweder vorstellen oder nicht.

»Okay, Spider«, sagte Mackey.

»Ich mach dann mal die Fliege.«

»Klar, Mann, und danke, dass du noch geblieben bist. Bis morgen.«

Spider verließ das Büro, ohne dass sich Bosch zu ihm umgedreht hatte. Mackey fand, was er suchte, in der mittleren Schublade und kritzelte etwas darauf. Er gab den Zettel Bosch. Es war ein Zahlungsbeleg. Er hatte in kindlichem Gekrakel *125 $* daraufgeschrieben.

»Den Rest können Sie selbst eintragen«, sagte er und stand auf. »Ich lasse schon mal Ihren Wagen runter.«

Als Bosch ihm nach draußen folgte, merkte er, dass er die Zeitung im Abschleppwagen liegen gelassen hatte. Er überlegte, ob er sie dort lassen oder einen Vorwand suchen sollte, weshalb er noch einmal in den Abschleppwagen müsste, damit er sie herausnehmen und vielleicht im Büro liegen lassen konnte, wo Mackey, wie er wusste, fernsah, wenn er nichts zu tun hatte.

Er beschloss, sie zu lassen, wo sie war. Er hatte den Anstoß gegeben, so gut es ging. Jetzt galt es, zurückzutreten und abzuwarten, was daraus wurde.

Inzwischen war der Mercedes abgehängt. Bosch ging auf die Fahrerseite. Mackey verstaute das Geschirr hinten auf dem Abschleppwagen.

»Danke, Roland«, sagte Bosch.

»Nur Ro, Mann«, antwortete Mackey. »Kommen Sie gut nach Hause, Mann. Und halten Sie sich in Zukunft fern von South-Central.«

»Keine Sorge«, sagte Bosch. »Mache ich.«

Mackey grinste und zwinkerte, als er seinen Handschuh wieder auszog und Bosch die Hand reichte. Bosch schüttelte sie und lächelte ebenfalls. Dann blickte er auf ihre Hände hinab und sah eine winzige weiße Narbe auf dem fleischigen Teil zwischen Mackeys rechtem Daumen und Zeigefinger. Die Tätowierung einer .45er-Colt-Pistole.

»Wir sehen uns«, sagte er.

30

Bosch fuhr zu der Stelle, wo er sich zu Beginn ihrer Schicht mit Rider getroffen hatte. Sie wartete bereits auf ihn. Er parkte und stieg in ihren Taurus.

»Das war knapp«, sagte sie. »Wie sich herausgestellt hat, besteht durchaus die Möglichkeit, dass du den Kerl kennst. Jerry Townsend. Sagt dir der Name was? Als er nach Hause gefahren ist, haben wir das Kennzeichen seines Pick-ups eingegeben und seine Personaldaten gekriegt.«

»Jerry Townsend? Nein, der Name sagt mir nichts. Nur sein Gesicht kam mir bekannt vor.«

»Er wurde 1996 wegen Totschlags verurteilt. Hat fünf Jahre gesessen. Anscheinend die Folgen eines Ehestreits; mehr hat der Computer nicht rausgerückt. Jede Wette, dein Name steht in der Akte, wenn wir sie uns ziehen. Deshalb hast du ihn erkannt.«

»Glaubst du, er könnte was mit unserer Geschichte hier zu tun haben?«

»Wohl kaum. Eher glaube ich, der Besitzer der Tankstelle stellt gern ehemalige Knackis ein. Die kosten nicht viel, weißt du? Und außerdem, wen kümmert das schon groß, wenn er dafür weniger für seine Reparaturen zahlt?«

»Okay, dann lass uns mal zurückfahren und sehen, was passiert.«

Sie fuhr auf die Tampa und zurück zu der Kreuzung, an der die Tankstelle lag.

»Und? Wie ist es sonst gelaufen?«, fragte Rider.

»Eigentlich sehr gut. Hätte nur noch gefehlt, dass ich ihm den Artikel vorgelesen hätte. Es war ihm zwar nichts anzumerken, kein Wiedererkennen, aber die Weichen sind gestellt.«

»Hat er die Tattoos gesehen?«

»Klar, sie haben ihren Zweck erfüllt. Er hatte sie kaum gesehen, als er auch schon anfing, Fragen zu stellen. Deine Informationen über Simmons waren übrigens sehr nützlich. Wir sind auf ihn zu sprechen gekommen. Und egal, ob uns das nun weiterbringt oder nicht, er hatte eine Narbe zwischen Daumen und Zeigefinger der rechten Hand. Von dem Biss.«

»Klasse, Harry, dann hat ja alles geklappt. Jetzt heißt es nur noch abwarten und Tee trinken.«

»Sind die anderen schon nach Hause gefahren?«

»Sobald wir auf unserem Posten zurück sind, fahren sie los.«

Als sie die Kreuzung von Tampa und Roscoe erreichten, sahen sie Mackeys Abschleppwagen an der Ausfahrt der Tankstelle stehen. Er fuhr auf die Roscoe und nach Westen.

»Er fährt weg«, sagte Bosch. »Warum sagt uns das niemand?«

Im selben Moment, in dem er das sagte, läutete Riders Handy. Sie reichte es Bosch, damit sie sich aufs Fahren konzentrieren konnte. Sie schwenkte auf die Linksabbiegespur, um Mackey auf die Roscoe folgen zu können. Bosch klappte das Handy auf. Es war Tim Marcia, der ihm mitteilte, dass Mackey mit dem Abschleppwagen losgefahren war, obwohl in der Tankstelle kein entsprechender Anruf eingegangen war. Jackson hatte im Audio-Raum nachgefragt. Auf den Anschlüssen, die sie abhörten, hatte niemand angerufen.

»Hm«, sagte Bosch. »Als ich bei ihm im Auto saß, sagte er, dass er sich was zu essen holen wollte. Vielleicht ist er deswegen los.«

»Das wäre eine Möglichkeit.«

»Okay, Tim, wir sind jetzt an ihm dran. Danke, dass ihr noch geblieben seid. Sag das auch Rick.«

»Viel Glück, Harry.«

Sie folgten dem Abschleppwagen zu einem Einkaufszentrum und beobachteten, wie Mackey in ein Fast-Food-Restaurant ging. Er nahm die Zeitung nicht mit, die Bosch im Abschleppwagen hatte liegen lassen, und nachdem er sich an der Theke etwas zu essen geholt hatte, setzte er sich an einen der Tische im Innern des Lokals und begann zu essen.

»Hast du Hunger, Harry?«, fragte Rider. »Jetzt wäre der richtige Augenblick.«

»Ich war auf dem Weg hierher im Dupar's. Insofern bin ich gut abgefüllt. Außer wir kommen irgendwo an einem Cupid's vorbei. Da würde ich wieder schwach.«

»Kommt nicht infrage. Das ist etwas, was ich mir abgewöhnt habe, sobald du weg warst. Ich esse diesen Fast-Food-Scheiß nicht mehr.«

»Was soll das heißen? Wir haben gut gegessen. Sind wir nicht jeden Donnerstag ins Musso's gegangen?«

»Wenn du eine Hühnerpastete gesundes Essen nennst, ja, dann haben wir gut gegessen. Außerdem rede ich hier von Observierungen. Hast du das von Reis und Bohnen aus der Hollywood Division gehört?«

Reis und Bohnen war der Spitzname, den Choi und Ortega verpasst bekommen hatten, zwei Detectives, die in der Hollywood Division Raubüberfälle bearbeiteten und das auch schon getan hatten, als Bosch noch dort war.

»Nein, was?«

»Sie observierten irgendwelche Typen, die Prostituierte ausnahmen, und Ortega sitzt im Auto und schiebt sich einen Hotdog rein. Plötzlich verschluckt er sich und kriegt keine Luft mehr. Er läuft schon richtig blau an und deutet immer wieder auf seine Kehle, und Choi denkt nur, spinnt der jetzt, oder was? Springt Ortega also in seiner Verzweiflung aus dem Auto, und jetzt kapiert Choi endlich, was los ist. Er kommt um den Wagen rumgerannt und klopft ihm kräftig auf den Rücken, bis er den Hotdog auf die Motorhaube spuckt. Und das war's dann mit ihrer Observierung.«

Bosch musste lachen, als er sich die Szene vorstellte. Er wusste, dass man Reis und Bohnen diese Story in der Hollywood Division nie vergessen lassen würde. Jedenfalls nicht, solange es dort Leute wie Edgar gab, der so eine Geschichte allen, die dorthin versetzt wurden, immer wieder erzählen würde.

»Da siehst du's wieder«, sagte Bosch. »In Hollywood haben sie eben kein Cupid's. Hätte er einen schön zarten Hotdog von Cupid's gegessen, wäre ihm so was nicht passiert.«

»Egal, was, Harry, bei Observierungen keine Hotdogs. Keinen Dreck mehr. Das ist einer meiner neuen Grundsätze. Ich möchte nicht, dass die Leute mein ganzes Leben lang so über mich …«

Boschs Handy klingelte. Es war Robinson, der zusammen mit Nord die Nachtschicht im Audio-Raum hatte.

»In der Tankstelle hat gerade jemand wegen eines Abschleppwagens angerufen. Darauf haben sie von dort Mackey angerufen. Anscheinend ist er nicht in der Tankstelle.«

Bosch erklärte den Sachverhalt und entschuldigte sich, dass er den Audio-Raum nicht auf dem Laufenden gehalten hatte.

»Wo wird der Abschleppwagen benötigt?«, fragte er.

»Ein Unfall am Reseda, Ecke Parthenia. Schätze, das Auto ist nicht mehr fahrtauglich. Er soll es zu einer Vertragswerkstatt abschleppen.«

»Okay, wir bleiben bei ihm.«

Ein paar Minuten später kam Mackey mit einem großen Limonadenbecher, aus dem ein Strohhalm ragte, aus dem Subway. Sie folgten ihm zum Reseda Boulevard, Ecke Parthenia Street, wo ein Toyota mit eingedrücktem Kühler von der Straße geschoben worden war. Ein anderer Abschleppwagen bockte gerade das andere Unfallauto auf, einen großen Geländewagen, dessen Heck bei dem Unfall verbeult worden war. Mackey wechselte ein paar Worte mit dem Fahrer des anderen Abschleppwagens – kleiner Plausch unter Kollegen – und kümmerte sich dann um den Toyota. Auf dem Parkplatz an der Ecke stand ein LAPD-Streifenwagen. Der Polizist, der darin saß, füllte ein Formular aus. Bosch sah keinen der beiden Unfallfahrer. Vielleicht waren sie wegen irgendwelcher Verletzungen ins Krankenhaus gebracht worden.

Mackey schleppte den Toyota zu einer Vertragswerkstatt am Van Nuys Boulevard ab. Als er dort eingetroffen war und den Unfallwagen abhängte, bekam Bosch noch einen Anruf. Robinson teilte ihm mit, dass Mackey wieder einen Notruf erhalten hatte. Diesmal musste er zum Northridge Fashion Center, wo eine Angestellte der Borders-Buchhandlung Starthilfe für ihr Auto brauchte.

»Wenn das so weitergeht, kommt der Kerl nicht dazu, die Zeitung zu lesen«, sagte Rider, nachdem Bosch sie auf den neuesten Stand gebracht hatte.

»Ich weiß nicht«, sagte er. »Langsam frage ich mich, ob er überhaupt lesen kann.«

»Du meinst, wegen seiner Legasthenie?«

»Ja, aber nicht nur deswegen. Ich habe ihn die ganze Zeit nichts lesen oder schreiben sehen. Das Auftragsformular fürs Abschleppen hat er mich selbst ausfüllen lassen. Und am Schluss die Quittung, die wollte oder konnte er auch nicht ausfüllen. Und dann war da noch diese Nachricht für ihn auf dem Schreibtisch.«

»Was für eine Nachricht?«

»Er griff zwar nach dem Zettel und sah ihn lange an, aber ich bin mir nicht sicher, ob er wusste, was draufstand.«

»Konntest du es denn lesen? Was stand drauf?«

»Es war eine Nachricht von den Kollegen von der Frühschicht. Von Visa hatte man wegen eines Antrags, den er gestellt hatte, angerufen, um sich nach seinem Arbeitsverhältnis zu erkundigen.«

Rider zog eine Augenbraue hoch.

»Was hast du denn?«, fragte Bosch.

»Kommt mir komisch vor, dass er eine Kreditkarte beantragt. Das macht ihn auffindbar, und genau das will er doch vermeiden, dachte ich.«

»Vielleicht beginnt er, sich in Sicherheit zu wiegen.«

Von der Toyota-Vertragswerkstätte fuhr Mackey direkt zum Einkaufszentrum, wo er einer Frau Starthilfe gab. Anschließend fuhr er zur Tankstelle zurück. Bis er dort ankam, war es fast zehn Uhr. Boschs sinkende Hoffnung schoss abrupt wieder nach oben, als er von dem Parkplatz gegenüber durchs Fernglas beobachtete, wie Mackey vom Abschleppwagen ins Büro ging.

»Vielleicht war doch nicht alles umsonst«, sagte er zu Rider. »Er hat die Zeitung dabei.«

Was Mackey in der Tankstelle machte, war schwer zu erkennen. Das Büro war auf zwei Seiten verglast; das war nicht das Problem, aber die Werkstatttore waren inzwischen geschlossen, und Mackey verschwand immer wieder dorthin, wo Bosch ihn nicht sehen konnte.

»Soll ich ihn eine Weile beobachten?«, fragte Rider.

Bosch ließ das Fernglas sinken und sah sie an. Im Dunkeln des Wageninnern konnte er ihr Gesicht nicht richtig erkennen.

»Nein, nein, es geht schon noch. Außerdem fährst du die ganze Zeit. Ruh dich ein bisschen aus. Ich hab dich heute früh geweckt.«

Er hob das Fernglas wieder an seine Augen.

»Ich bin nicht müde«, sagte Rider. »Aber wenn du mal Pause machen willst …«

»Außerdem«, sagte Bosch, »fühle ich mich irgendwie verantwortlich für diesen Typ.«

»Wie meinst du das?«

»Du weißt schon. Die ganze Geschichte. Ich meine, wir

hätten ihn einfach einkassieren und so lange in die Mangel nehmen können, bis er mit der Sprache rausgerückt wäre. Stattdessen haben wir es so gemacht, und das war mein Plan. Ich trage die Verantwortung.«

»In die Mangel können wir ihn immer noch nehmen. Wenn das hier nicht klappt, wird uns wahrscheinlich gar nichts anderes übrig bleiben.«

Boschs Handy begann zu läuten.

»Vielleicht ist es genau das, worauf wir gewartet haben«, sagte er, als er dranging.

Es war Nord.

»Haben Sie uns nicht gesagt, dieser Typ hat irgendwann noch seinen Schulabschluss nachgeholt, Harry?«

»Hat er auch. Wieso, was ist?«

»Er hat gerade jemanden angerufen, damit er ihm den Artikel aus der Zeitung vorliest.«

Bosch nahm eine aufrechtere Haltung ein. Sein Plan funktionierte. Wie Mackey der Inhalt des Artikels übermittelt wurde, spielte keine Rolle; Hauptsache, er wollte wissen, was darin stand.

»Wen hat er angerufen?«

»Eine gewisse Michelle Murphy. Hörte sich nach einer alten Freundin an. Er fragte sie, ob sie immer noch jeden Tag die Zeitung kriegt, als ob er sie schon länger nicht mehr gesehen hätte. Und als sie das bejahte, bat er sie, ihm den Artikel vorzulesen.«

»Haben sie darüber gesprochen, nachdem sie ihn ihm vorgelesen hat?«

»Ja. Sie wollte wissen, ob er das Mädchen aus dem Artikel kennen würde. Er sagte Nein, aber dann sagte er: ›Aber die Waffe kenne ich.‹ Einfach so. Und dann sagte sie, sie wollte nichts weiter darüber wissen, und damit hatte es sich. Sie legten beide auf.«

Bosch dachte nach. Ihr Plan hatte funktioniert. Sie hatten einen Stein umgestoßen, der siebzehn Jahre nicht mehr bewegt worden war. Er war aufgeregt und spürte, wie das Blut in seinen Adern pulsierte.

»Können Sie uns die Aufnahme hier rüberspielen?«, fragte er. »Ich würde mir das gern anhören.«

»Das müsste gehen«, sagte Nord. »Ich sehe mal, ob ich einen der Techniker erwische, die hier überall rumschwirren, und ... Moment, Harry, ich rufe Sie gleich wieder zurück. Mackey telefoniert gerade.«

»Ja, rufen Sie zurück.«

Bosch stellte schnell das Handy aus, damit Nord das Telefonat abhören konnte. Aufgeregt erzählte er Rider von Mackeys Anruf bei Michelle Murphy. Auch Rider hatte das Jagdfieber gepackt.

»Sieht ganz so aus, als könnte es jetzt losgehen, Harry.«

Bosch sah durchs Fernglas zur Tankstelle hinüber. Mackey saß im Büro am Schreibtisch und sprach in sein Handy.

»Los, Mackey«, flüsterte Bosch. »Spuck's aus. Erzähl uns die Geschichte.«

Doch dann klappte Mackey das Handy zu. Der Anruf war zu kurz gewesen.

Zehn Sekunden später rief Nord wieder an.

»Er hat gerade Billy Blitzkrieg angerufen.«

»Was hat er gesagt?«

»Er hat gesagt: ›Ich könnte Ärger kriegen‹ und ›Könnte sein, dass ich was unternehmen muss‹, und dann schnitt ihm Burkhart das Wort ab und sagte: ›Egal, worum es geht, sprich am Telefon nicht drüber.‹ Darauf haben sie sich verabredet, sobald Mackeys Schicht beendet ist.«

»Wo?«

»So, wie es sich angehört hat, im Haus. Mackey sagte: ›Bist du dann noch auf?‹, und Burkhart sagte Ja. Dann sagte Mackey: ›Was ist mit Belinda? Ist sie noch da?‹ Und darauf sagte Burkhart, sie würde dann schon schlafen und er sollte sich ihretwegen keine Gedanken machen. Damit legten sie auf.«

Mit einem Schlag sah Bosch alle seine Hoffnungen zunichtegemacht, den Fall noch in dieser Nacht zum Abschluss bringen zu können. Falls sich Mackey im Haus mit Burkhart traf, könnten sie nicht hören, was dort gesprochen wurde. Sie wären ausgeschlossen von dem Geständnis, dessentwegen sie das Ganze inszeniert hatten.

»Geben Sie mir Bescheid, wenn er noch mit jemand anders telefoniert«, sagte er rasch und beendete das Gespräch.

Er sah Rider an, die erwartungsvoll im Dunkeln saß.

»Nicht gut?«, fragte sie. Offensichtlich hatte sie aus seinem Ton etwas herausgehört, als er mit Nord gesprochen hatte.

»Nein, nicht gut.«

Er erzählte ihr von den Anrufen und den Problemen, die sie bekämen, wenn sich Mackey mit Burkhart traf, um den drohenden »Ärger« hinter verschlossenen Türen zu besprechen.

»Das ist keineswegs nur schlecht, Harry«, sagte sie, nachdem sie sich alles angehört hatte. »Er hat bei dieser Michelle Murphy ein richtiges Geständnis abgelegt und bei Burkhart ein Teilgeständnis. Wir sind nah dran.

Verlier also deshalb nicht gleich den Mut. Lass uns lieber überlegen, wie wir sie dazu bringen können, sich außerhalb des Hauses zu treffen. In einem Starbucks oder so was Ähnlichem.«

»Ja, klar. Wo Mackey einen Latte macchiato bestellt.«

»Du weißt, was ich meine.«

»Selbst wenn es uns gelingt, sie aus dem Haus zu locken ... Wie wollen wir nah genug an sie rankommen? Das geht einfach nicht. Wir sind darauf angewiesen, dass er es am Telefon jemandem erzählt. Das ist die Schwachstelle unseres ... meines ... Plans.«

»Wir können hier nur sitzen und abwarten, was weiter passiert. Mehr können wir im Moment nicht tun. Es wäre natürlich schön, wenn wir mithören könnten, was die beiden reden, aber die Welt geht deshalb noch lange nicht unter. Wir haben bereits auf Band, wie Mackey am Telefon sagt, dass er vielleicht etwas unternehmen muss. Wenn er das tut, wenn er zum Beispiel untertaucht, könnte das von den Geschworenen als ein Zeichen dafür angesehen werden, dass er seine Schuld zu vertuschen versucht. Und das, zusammen mit dem, was wir bereits auf Band haben, könnte durchaus genügen, um mehr aus ihm herauszukitzeln, wenn wir ihn schließlich hopsnehmen. Es ist also noch keineswegs alles verloren, okay?«

»Okay.«

»Möchtest du, dass ich mich bei Abel melde? Er möchte sicher darüber informiert werden.«

»Klar. Meinetwegen, melde dich bei ihm. Es gibt zwar nichts zu melden, aber mach nur.«

»Reg dich erst mal wieder ab, Harry.«

Bosch blendete sie aus, indem er das Fernglas hob und

wieder zu Mackey hinüberschaute, der immer noch am Schreibtisch saß, anscheinend in Gedanken versunken. Sein Kollege, vermutlich Kenny, saß mit nach hinten geneigtem Kopf auf einem anderen Stuhl und schaute auf den Fernseher. Er lachte über etwas, was er dort sah.

Mackey lachte nicht und sah auch nicht auf den Bildschirm. Sein Blick war gesenkt. Er betrachtete etwas in seiner Erinnerung.

Das Warten bis Mitternacht waren die längsten neunzig Observierungsminuten, die Bosch je hinter sich gebracht hatte. Während sie warteten, dass die Tankstelle schloss und Mackey zu seinem Treffen mit Burkhart fuhr, tat sich absolut nichts. Kein Telefon klingelte, Mackey bewegte sich nicht von seinem Platz am Schreibtisch, und Bosch fiel nichts ein, wie sie das Treffen unterbinden oder auf irgendeine Weise unterwandern könnten. Es war, als wären alle in Erstarrung versunken, bis es zwölf schlug.

Endlich verlosch die Außenbeleuchtung der Tankstelle, und die zwei Männer schlossen ab. Als Mackey nach draußen kam, hatte er die Zeitung dabei, die er nicht lesen konnte. Bestimmt würde er sie Burkhart zeigen und mit ihm über den Mord sprechen.

»Und wir müssen draußen bleiben«, murmelte Bosch, während er Mackey durch das Fernglas beobachtete.

Mackey stieg in seinen Camaro und ließ den Motor erst einmal laut aufheulen. Dann bog er in die Tampa ein und fuhr in Richtung Süden nach Hause, zu dem vereinbarten Treffpunkt. Rider wartete eine Weile, dann fuhr sie vom Parkplatz über die nach Norden führenden Spuren der Tampa und folgte Mackey nach Süden. Bosch rief Nord im Audio-Raum an, um ihr zu sagen, dass Mackey die Tankstelle verlassen hatte und dass sie jetzt den Hausanschluss abhören sollte.

Die Lichter von Mackeys Wagen waren drei Kreuzungen vor ihnen. Es herrschte kaum Verkehr, und entsprechend großen Abstand hielt Rider. Als sie an dem Parkplatz vorbeikamen, auf dem Bosch sein Auto abgestellt hatte, vergewisserte sich Bosch im Vorbeifahren, dass der Mercedes noch da stand.

»Oh-oh«, sagte Rider plötzlich.

Bosch richtete seine Aufmerksamkeit gerade rechtzeitig wieder auf die Straße, um mitzubekommen, wie Mackeys Wagen eine rasante 180-Grad-Wende hinlegte. Er kam jetzt direkt auf Bosch und Rider zu.

»Was soll ich jetzt machen, Harry?«, fragte Rider.

»Nichts. Mach auf keinen Fall irgendwas Auffälliges.«

»Er kommt direkt auf uns zu. Er muss gemerkt haben, dass wir ihm folgen!«

»Immer mit der Ruhe. Vielleicht hat er meinen Wagen stehen sehen.«

Das kehlige Brummen des Camaro war schon lange zu hören, bevor der Wagen sie erreichte. Er klang bedrohlich und böse, wie ein Ungeheuer, das fauchend auf sie zuraste.

31

Der alte Camaro röhrte an Bosch und Rider vorbei. An der Saticoy fuhr er bei Rot über die Kreuzung und brauste weiter. Bosch beobachtete, wie seine Rücklichter verschwanden.

»Was sollte das jetzt wieder?«, fragte Rider. »Glaubst du, er hat gemerkt, dass er beschattet wird?«

»Keine …«

Boschs Handy läutete, und er ging schnell dran. Es war Robinson.

»Er hat gerade einen AAA-Ruf erhalten. Er war zwar nicht gerade begeistert, aber ich schätze, er muss den Auftrag annehmen.«

»Soll das heißen, er muss jemanden abschleppen?«

»Ja. Ein Anruf aus der AAA-Zentrale. Schätze, wenn er den Auftrag nicht angenommen hätte, hätten sie sich an eine andere Firma gewandt, und das hätte vermutlich Konsequenzen gehabt. Sprich, sie hätten das AAA-Geschäft verloren.«

»Wo ist das Fahrzeug, das er abschleppen soll?«

»Auf dem Reagan Freeway. Auf der Seite, auf der man in westlicher Richtung fährt, in der Nähe der Tampa-Avenue-Überführung. Es ist also nicht weit von hier. Er hat gesagt, er wäre gleich da.«

»Okay. Dann haben wir ihn gleich wieder.«

Bosch beendete das Gespräch und sagte Rider, sie solle

wenden, ihre Tarnung sei nicht aufgeflogen und Mackey sei nur umgekehrt, um den Abschleppwagen zu holen.

Bis sie wieder an der Kreuzung Tampa und Roscoe eintrafen, kam Mackey gerade mit dem Abschleppwagen aus der dunklen Tankstelle. Er schien es eilig zu haben.

Da sie Mackeys Ziel kannten, konnte es sich Rider leisten, sich so weit zurückfallen zu lassen, dass er sie im Rückspiegel des Abschleppwagens unmöglich entdecken konnte. Sie fuhren auf der Tampa nach Norden, in Richtung Freeway. Der Reagan war der Freeway 118, der in ostwestlicher Richtung durch den Nordteil des Valley verlief. Er war einer der wenigen Freeways, auf denen nicht rund um die Uhr dichter Verkehr herrschte. Nach dem ehemaligen Gouverneur und Präsidenten benannt, führte er ins Simi Valley, wo sich Reagans Präsidentenbibliothek befand. Trotzdem war es für Bosch eigenartig gewesen, ihn Robinson den Reagan nennen zu hören. Für Bosch war es immer noch der 118er.

Der Zubringer in Richtung Westen führte von der Tampa Avenue zu den zehn Spuren des Freeway 118 hinab. Rider nahm Gas weg und ließ sich weiter zurückfallen. Der Abschleppwagen bog nach links ab, und sowie er die Rampe hinunter verschwunden war, setzte Rider nach und machte das gleiche Manöver. Sobald sie auf der Rampe waren und zum Freeway hinunterfuhren, merkten sie, dass sie einen Fehler gemacht hatten. Das liegen gebliebene Auto stand nämlich nicht, wie Nord gesagt hatte, auf dem Freeway, sondern am Ende des Zubringers. Sie fuhren rasch auf den Abschleppwagen zu, der fünfzig Meter vor ihnen auf dem Seitenstreifen angehalten hatte. Er hatte die Warnlichter am Heck an und stieß auf ein kleines rotes Auto zurück, das mit eingeschalteter Warnblinkanlage auf dem Seitenstreifen stand.

»Was machen wir jetzt, Harry?«, fragte Rider. »Anhalten können wir nicht. Das wäre zu auffällig.«

Sie hatte recht. Dann flöge ihre Tarnung auf.

»Fahr einfach vorbei«, antwortete Bosch.

Er musste sich schnell etwas einfallen lassen. Sie konnten zum Beispiel ein Stück weiter anhalten und warten, bis Mackey mit dem defekten Auto an ihnen vorbeikam. Aber das war riskant. Unter Umständen erkannte Mackey Riders Auto, oder, noch schlimmer, er hielt an, um zu sehen, ob sie Hilfe benötigten. Und wenn er dann Bosch sah, konnten sie einpacken.

»Hast du einen Thomas-Guide?«

»Unter dem Sitz.«

Rider fuhr gerade an dem liegen gebliebenen Auto und dem Abschleppwagen vorbei, als Bosch den Stadtplan unter dem Sitz hervorholte. Sobald sie den Abschleppwagen weit genug hinter sich gelassen hatten, machte er die Innenbeleuchtung an und blätterte hastig in den Seiten des Straßenatlas. Ein Thomas-Straßenatlas war die Bibel der Autofahrer von Los Angeles. Bosch hatte jahrelange Erfahrung im Umgang damit und fand rasch die Seite mit dem Teil der Stadt, in dem sie waren. Er hatte sich schnell ein Bild der Lage verschafft und erklärte Rider, wie sie fahren musste.

»Die nächste Ausfahrt ist der Porter Ranch Drive«, sagte er. »Bis dahin ist es weniger als eine Meile. Dort fahren wir vom Freeway runter und dann rechts und dann noch mal rechts in die Rinaldi. So kommen wir wieder auf die Tampa zurück. Entweder warten wir dann auf der Überführung und schauen von dort, was er macht, oder wir fahren einfach ständig im Kreis.«

»Ich würde sagen, wir warten auf der Überführung«, sagte Rider. »Wenn wir noch mal im selben Auto die Rampe runterkommen, fällt ihm das vielleicht auf.«

»Hört sich wie ein Plan an.«

»Er gefällt mir zwar nicht, aber ich wüsste nicht, was wir sonst tun könnten.«

Sie hatten die Ausfahrt Porter Ranch rasch erreicht.

»Hast du dir das Auto, das abgeschleppt werden muss, näher angesehen?«, fragte Bosch. »Ich habe in diesem Moment gerade nach dem Straßenatlas gesucht.«

»Kleines ausländisches Modell«, antwortete Rider. »Nur ein Insasse, soviel ich mitbekommen habe. Das ist aber auch schon alles. Die Lichter des Abschleppwagens waren so hell, dass ich sonst nichts erkennen konnte.«

Rider ging nicht vom Gas, bis sie die Ausfahrt zum Porter Ranch Drive erreichten. Wie Bosch ihr gesagt hatte, bog sie nach rechts ab und dann noch einmal nach rechts, sodass sie rasch wieder auf dem Weg zurück zur Tampa waren. An der Corbin stand die Ampel auf Rot, aber Rider vergewisserte sich kurz, dass die Kreuzung frei war, und fuhr einfach drüber. Keine drei Minuten nachdem sie an dem Abschleppwagen vorbeigefahren waren, waren sie wieder auf der Tampa. In der Mitte der Überführung fuhr Rider an den Straßenrand. Bosch öffnete die Tür.

»Ich sehe mal nach.«

Er stieg aus. Den Abschleppwagen selbst konnte er von diesem Punkt zwar nicht sehen, aber der Schein der Warnlichter auf dem Führerhaus war über der Zufahrtsrampe deutlich zu erkennen.

»Harry, nimm das mit!«, rief Rider.

Bosch beugte sich in das Auto und nahm das Sprechfunkgerät, das ihm Rider hinhielt.

Er ging auf der Überführung ein Stück zurück. Auf dem Freeway herrschte nicht viel Verkehr, aber die unter ihm durchfahrenden Autos verursachten trotzdem einigen Lärm. Als er die Zufahrtsrampe erreichte und an ihr hinuntersah, brauchte er ein paar Momente, bis er etwas erkennen konnte, weil die Lichter am Heck des Abschleppwagens immer noch die Dunkelheit durchschnitten.

Aber er stellte schnell fest, dass die Warnblinkanlage des defekten Autos nicht mehr eingeschaltet war. Bei genauerem Hinsehen sah er, dass das kleine rote Auto nicht mehr auf dem Seitenstreifen stand. Sein Blick wanderte weiter die Zufahrtsrampe zum Freeway hinunter, und er sah in der Ferne die roten Hecklichter Dutzender Fahrzeuge in Richtung Westen verschwinden.

Er schaute wieder zum Abschleppwagen zurück. Nichts rührte sich. Von Mackey keine Spur.

Bosch hob das Funkgerät an den Mund und schaltete das Mikrophon ein.

»Kiz?«

»Ja, Harry?«

»Komm mal lieber her.«

Bosch begann, die Rampe hinunterzugehen. Gleichzeitig zog er seine Waffe und hielt sie an der Seite. Nach dreißig Sekunden leuchteten Lichter hinter ihm auf, und Rider hielt auf dem Seitenstreifen an. Sie stieg mit einer Taschenlampe aus, und sie gingen weiter die Rampe hinunter.

»Was ist da los?«, fragte sie.

»Keine Ahnung.«

Von Mackey war immer noch nichts zu sehen, weder im Abschleppwagen noch irgendwo in seiner Nähe. Bosch schnürte sich der Brustkorb zusammen. Er wusste instinktiv, dass etwas nicht stimmte. Und je näher sie kamen, desto stärker wurde seine Gewissheit.

»Was sagen wir, wenn er hier ist und alles okay ist?«, flüsterte Rider.

»Ist es aber nicht«, sagte Bosch.

Die Lichter am Heck des Abschleppwagens blendeten stark, und einem Angriff wären sie ungeschützt ausgesetzt. Auf der Vorderseite des Wagens konnte er niemanden sehen. Damit er und Rider nicht so dicht beisammen waren, rückte er ein Stück nach rechts. Rider konnte nicht weiter nach links ausweichen, weil sie sonst auf der Fahrbahn hätte gehen müssen.

Auf der Rampe rauschte ein Sattelschlepper vorbei, der sie mit einem dieselgetränkten Luftstoß und einem Schwall aus Lärm überschüttete und den Boden erzittern ließ wie ein Erdbeben. Bosch ging inzwischen in dem Gras, das auf der Böschung neben dem Seitenstreifen wuchs. Noch immer konnte er niemanden sehen.

Bosch und Rider sprachen nicht miteinander. Der Verkehrslärm vom Freeway wurde von der Unterseite der Überführung verstärkt zurückgeworfen. Inzwischen hätten sie schreien müssen, und das hätte ihre Konzentration gestört.

Als sie den Abschleppwagen erreichten, kamen sie wieder zusammen. Bosch sah ins Führerhaus, aber von Mackey fehlte jede Spur. Der Motor lief noch. Er ging ans Heck zurück und sah auf den von den Hecklichtern beleuchteten Boden. Schwarze Reifenspuren führten in einem Bogen auf das Heck des Abschleppwagens zu. Und auf dem Kies lag einer der mit Ölflecken übersäten Lederhandschuhe, die er Mackey hatte tragen sehen.

»Kann ich die mal kurz haben«, sagte er und nahm Rider die Taschenlampe aus der Hand. Es war eins der kurzen Modelle aus Gummi, die vom Polizeichef eingeführt worden waren, nachdem ein Video in Umlauf gekommen war, auf dem ein Polizist mit einer der schweren alten Stablampen auf einen Verdächtigen einschlug.

Bosch richtete die Taschenlampe auf das Heck des Abschleppwagens und leuchtete auf seinen unteren Teil, der im Schatten der grellen Heckbeleuchtung lag.

Auf dem dunklen Stahl blitzte Blut auf. Es war nicht mit Öl zu verwechseln. Es war so rot und echt wie das Leben. Bosch ging in die Hocke und leuchtete unter den Abschleppwagen, wo das Dunkel wegen des grellen Lichts darüber noch undurchdringlicher war.

Mackey lag gegen das Hinterachsdifferenzial gekrümmt. Eine Hälfte seines Gesichts war von einem langen und tiefen Schnitt auf der linken Seite seines Kopfs von Blut überströmt. Die Brust seines blauen Uniformhemds war von anderen, nicht erkennbaren Verletzungen braun verfärbt. Der Schritt seiner Hose wies Flecken von Blut oder Urin oder beidem auf. Der Unterarm des Arms, den Bosch sehen konnte, stand in einem unnatürlichen Winkel ab, und aus dem Fleisch ragte gezackter, elfenbeinweißer Knochen hervor. Der Arm war um Mackeys Brust gelegt, die sich unregelmäßig hob und senkte. Er lebte noch.

»O Gott!«, stieß Rider hervor, die hinter Bosch stand.

»Ruf einen Krankenwagen!«, wies Bosch sie an, als er unter den Abschleppwagen zu kriechen begann.

Er hörte Riders Sohlen auf dem Kies knirschen, als sie zum Auto zurücklief, wo das Funkgerät war. Er selbst kroch so dicht an Mackey heran, wie er konnte. Ihm war klar, dass er vielleicht wichtige Spuren zerstörte, aber er musste nah an ihn ran.

»Ro, können Sie mich hören? Ro, wer war das? Was ist passiert?«

Bei der Nennung seines Namens schien Leben in Mackey zu kommen. Sein Mund begann sich zu bewegen, und bei dieser Gelegenheit konnte Bosch erkennen, dass sein Unterkiefer gebrochen oder ausgerenkt war. Die Bewegungen waren unkoordiniert. Es sah aus, als müsste Mackey erst ausprobieren, wie er funktionierte.

»Lassen Sie sich Zeit, Ro. Sagen Sie mir, wer es war. Haben Sie ihn gesehen?«

Mackey flüsterte etwas, aber ein Auto, das auf der Rampe vorbeirauschte, übertönte es.

»Noch mal, Ro. Sagen Sie es noch mal.«

Bosch kroch vorwärts und hielt seinen Kopf ganz dicht an Mackeys Mund. Was er hörte, war halb ein Luftschnappen, halb ein Flüstern.

»…sworth …«

Er wich zurück und sah Mackey an. In der Hoffnung, es möchte seine Lebensgeister wecken, richtete er die Taschenlampe auf sein Gesicht. Er sah, dass auch die Knochen um Mackeys linkes Auge zertrümmert waren und dass er dort heftig blutete. Er würde nicht durchkommen.

»Ro, wenn Sie was zu sagen haben, sagen Sie es jetzt.

Haben Sie Rebecca Lost umgebracht? Waren Sie an dem Abend dabei?«

Bosch beugte sich wieder vor. Falls Mackey etwas sagte, ging es im Rauschen eines vorbeifahrenden Autos unter. Als Bosch wieder zurückwich, um ihn anzusehen, schien er tot. Bosch hielt zwei Finger an die Seite von Mackeys blutüberströmtem Hals und konnte keinen Puls fühlen.

»Ro? Roland, können Sie mich noch hören?«

Mackeys unverletztes Auge war offen, aber auf halbmast. Bosch hielt die Taschenlampe ganz dicht daran und sah keine Pupillenbewegung. Mackey war tot.

Vorsichtig kroch Bosch unter dem Abschleppwagen hervor. Rider stand über ihm, die Arme fest über der Brust verschränkt.

»Der Krankenwagen ist schon unterwegs«, sagte sie.

»Pfeif sie zurück.«

Er gab ihr die Taschenlampe.

»Harry, auch wenn du denkst, er ist tot, sollten es die Sanitäter bestätigen.«

»Keine Sorge, er ist tot. Sie werden nur da drunterkriechen und Spuren zerstören. Sag ihnen, sie brauchen nicht mehr zu kommen.«

»Hat er was gesagt?«

»Es hörte sich an wie ›Chatsworth‹. Mehr nicht. Alles andere konnte ich nicht hören.«

Sie ging inzwischen auf engstem Raum nervös auf und ab.

»Mein Gott«, stieß sie plötzlich hervor. »Ich glaube, mir wird schlecht.«

»Dann geh da rüber, weg vom Tatort.«

Sie ging zu ihrem Auto zurück und blieb dahinter stehen. Auch Bosch war speiübel, aber er wusste, dass er sich nicht übergeben müsste. Es war nicht der Anblick von Mackeys zerfetztem, zermalmtem Körper, der ihm die Galle hochsteigen ließ. Da hatte Bosch, genau wie Rider, schon wesentlich Schlimmeres gesehen. Es waren die Umstände, die seine Übelkeit erregten. Das war kein Unfall gewesen. Das war eine Hinrichtung. Und *er* war es gewesen, der den Anstoß dazu gegeben hatte.

Ihm war übel, weil er Roland Mackeys Ermordung veranlasst hatte. Und mit seinem Tod hatte er möglicherweise das letzte und beste Bindeglied zu Rebecca Losts Mörder verloren.

DRITTER TEIL

Die Dunkelheit wartet

32

Die Zufahrt Tampa Avenue zum Ronald Reagan Freeway war gesperrt, und der Verkehr wurde über die Rinaldi zur Einfahrt Porter Ranch Drive umgeleitet. Die ganze Rampe war von Polizeifahrzeugen verstopft. Sie waren alle da, die Scientific Investigation Division des LAPD, die California Highway Patrol, das Medical Examiner's Office und Angehörige der Einheit Offen-Ungelöst. Abel Pratt hatte sich ans Telefon gehängt und sich darum gekümmert, dass seine Einheit den Fall erhielt. Weil Roland Mackey auf der Einfahrt eines staatlichen Freeway ermordet worden war, unterlag der Fall an sich der Zuständigkeit der Highway Patrol, die ihn jedoch nur zu gern abgab, zumal er Teil eines laufenden LAPD-Ermittlungsverfahrens war. Anders ausgedrückt, das LAPD durfte sich selbst um seinen Dreck kümmern.

Der Kommandant der lokalen CHP-Kaserne erklärte sich bereit, seinen besten Unfallexperten zur Verfügung zu stellen, ein Angebot, das Pratt gern annahm. Darüber hinaus hatte der Leiter von Offen-Ungelöst einige der besten Spurensicherungsexperten zusammengetrommelt, die das LAPD hatte, und das mitten in der Nacht.

Bosch und Rider saßen während der Tatortuntersuchungen die meiste Zeit auf dem Rücksitz von Pratts Wagen, wo sie zunächst von Pratt und dann von Tim Marcia und Rick Jackson ausführlich vernommen wurden. Sie waren aus dem Bett geholt worden, um die Ermittlungen in dieser Angelegenheit zu übernehmen. Weil Bosch und Rider an einigen Vorfällen selbst beteiligt gewesen waren und andere als Zeugen beobachtet hatten, wurde beschlossen, ihnen die Ermittlungen zu dem Fall nicht zu übertragen. Das war allerdings eine reine Formsache. Es verstand sich von selbst, dass Bosch und Rider weiter im Fall Lost ermitteln und dabei auch nach Roland Mackeys Mörder fahnden würden.

Gegen drei Uhr morgens kamen die Spurensicherungsexperten und die Detectives des Morddezernats zusammen, um alle bisherigen Erkenntnisse durchzusprechen. Mackeys Leiche war gerade unter dem Abschleppwagen hervorgeholt worden, und der Tatort war ausgiebig fotografiert, auf Video aufgenommen und gezeichnet worden. Nachdem er daraufhin für alle freigegeben worden war, konnte sich dort jeder ungehindert bewegen.

Pratt bat den CHP-Ermittler, einen großen Mann namens David Allmand, den Anfang zu machen. Mit einem Laserpointer deutete Allmand auf die Reifenspuren auf dem Asphalt und dem Kies, die seiner Meinung nach zu dem Unfall mit Mackey gehörten. Dann deutete er auf das Heck des Abschleppwagens, wo mehrere Kratzer, Beulen und Risse in dem massiven Stahl mit Kreide markiert waren. Er sagte, er sei zum selben Schluss gelangt, zu dem auch Bosch und Rider, wenige Sekunden nachdem sie Mackey gefunden hätten, gelangt seien. Er war ermordet worden.

»Aus den Reifenspuren geht hervor, dass das Opfer mit dem Abschleppwagen dreißig Meter westlich von dieser Stelle auf dem Seitenstreifen angehalten hat«, sagte Allmand. »Wahrscheinlich, weil das defekte Fahrzeug bereits auf dem Seitenstreifen stand. Danach stieß der Abschleppwagen auf dem Seitenstreifen bis zu dieser Stelle hier zurück. Der Fahrer nahm den Gang heraus und zog die Handbremse, bevor er ausstieg. Falls er es eilig hatte – worauf verschiedene begleitende Informationen hindeuten –, könnte er sofort nach hier hinten gegangen sein und das Abschleppgeschirr heruntergelassen haben. Und genau da wurde er angefahren.«

»Das defekte Auto war offensichtlich gar nicht defekt. Sein Fahrer trat das Gaspedal voll durch, worauf es nach vorn schoss und den Fahrer des Abschleppwagens gegen dessen Heck und die Abschleppvorrichtung schleuderte. Vermutlich wurde er gerade in dem Moment erfasst, als er sich bückte, um den Haken loszumachen und das andere Auto anzuhängen. Das würde auch seine Kopfverletzungen erklären. Er flog mit dem Kopf voran gegen die Abschleppvorrichtung. Auf dem Kranarm ist Blut.«

Zur Verdeutlichung ließ Allmand das rote Auge seines Laserpointers über den Kranarm des Abschleppwagens wandern.

»Dann stieß das Tatfahrzeug zurück«, fuhr er fort. »Und bei dieser Gelegenheit entstanden die gestreiften Spuren auf dem Asphalt, die Sie hier sehen. Dann fuhr es noch einmal nach vorn. Das Opfer hatte wahrscheinlich schon beim ersten Zusammenstoß tödliche Verletzungen erlitten. Aber es war noch nicht tot. Vermutlich fiel es nach dem ersten Aufprall zu Boden und kroch mit letzter Kraft unter den Abschleppwagen, um dem zweiten Zusammenstoß zu entgehen. Wie dem auch sei, das Tatfahrzeug krachte ein zweites Mal gegen den Abschleppwagen.

Und natürlich erlag das Opfer seinen Verletzungen, als es unter dem Abschleppwagen lag.«

An dieser Stelle machte Allmand eine Pause, damit Fragen gestellt werden konnten, aber die einzige Reaktion war düsteres Schweigen. Bosch fiel nichts ein, was er fragen könnte. Nachdem keine Einwände vorgebracht wurden, endete Allmand mit seinen Ausführungen, indem er auf zwei Reifenspuren im Kies und auf dem Asphalt zeigte.

»Der Radstand des Tatfahrzeugs ist nicht sehr groß«, erklärte er dazu. »Das grenzt die Zahl der infrage kommenden Fahrzeuge deutlich ein. Höchstwahrscheinlich ist es irgendein kleines ausländisches Fabrikat. Ich habe alles vermessen, und wenn ich in meinen Herstellerkatalogen nachgesehen habe, erhalten Sie von mir eine Liste von Pkws, von denen diese Spuren stammen könnten. Ich gebe Ihnen umgehend Bescheid.«

Als niemand etwas sagte, umkreiste Allmand mit dem Laserpointer einen kleinen Ölfleck auf dem Asphalt.

»Außerdem verlor das Tatfahrzeug Öl. Nicht viel, aber wenn es für den Ankläger wichtig werden sollte, angeben zu können, wie lange der Mörder hier stand und auf das Opfer wartete, könnten wir das anhand dieses Flecks berechnen, falls das Fahrzeug gefunden wird. Wir können dann grob feststellen, wie lange es gedauert hat, diesen kleinen Fleck hier hervorzurufen.«

Pratt nickte. »Gut zu wissen.«

Pratt dankte Allmand und bat den stellvertretenden Gerichtsmediziner, Ravi Patel, über die Ergebnisse einer ersten Untersuchung der Leiche zu berichten. Patel begann mit der Aufzählung der zahlreichen Knochenbrüche und Verletzungen, die bereits bei einer äußerlichen Untersuchung der Leiche zu erkennen gewesen waren. Er sagte, bei dem Zusammenstoß sei wahrscheinlich Mackeys Schädel gebrochen, sein linkes Jochbein zertrümmert und sein Kiefer ausgerenkt worden. Außerdem waren zusammen mit seinem linken Brustkorb seine Hüften zermalmt worden. Auch sein linker Arm und sein linker Oberschenkel waren gebrochen.

»Aller Wahrscheinlichkeit nach kam es bereits beim ersten Zusammenstoß zu diesen Verletzungen«, fuhr Patel fort. »Zu diesem Zeitpunkt stand das Opfer wahrscheinlich, und es wurde von rechts hinten angefahren.«

»Kann er denn mit diesen schweren Verletzungen überhaupt noch in der Lage gewesen sein, unter den Abschleppwagen zu kriechen?«, fragte Rick Jackson.

»Nicht auszuschließen«, antwortete Patel. »Der Überlebenstrieb hat Menschen schon zu den erstaunlichsten Dingen befähigt. Mit Sicherheit kann ich das zwar erst sagen, wenn ich die Leiche geöffnet habe, aber in Fällen wie diesem stellen wir oft fest, dass durch die massive Quetschung die Lungen perforiert werden. Sie füllen sich dann mit Blut. Das dauert eine Weile. Er könnte durchaus unter den Wagen gekrochen sein, um sich, wie er glaubte, in Sicherheit zu bringen.«

Um dann neben dem Freeway in seinem eigenen Blut zu ertrinken, dachte Bosch.

Als Nächster war der leitende SID-Ermittler an der Reihe, der zufällig Ravi Patels Bruder Raj war. Bosch kannte beide von früheren Fällen und wusste, dass beide zu den Besten ihres Fachs gehörten.

Raj Patel fasste kurz die Ergebnisse der Tatortuntersuchung zusammen und erklärte, Mackeys Versuch, sein Leben zu retten, indem er unter den Abschleppwagen kroch, könnte den Ermittlern zum entscheidenden Hinweis auf die Ergreifung seines Mörders verhelfen.

»Der zweite Zusammenstoß mit dem Abschleppwagen erfolgte nämlich ohne den Körper des Opfers als Puffer. Metall auf Metall. Dabei kam es in beiden Richtungen zu Übertragungen von Lack und Metall, und davon haben wir mehrere Proben genommen. Wenn Sie also das Tatfahrzeug finden, können wir es dem Unfall zweifelsfrei zuordnen.«

Wenigstens ein Lichtstrahl in dem ganzen Dunkel, dachte Bosch.

Als Patel mit seinen Ausführungen fertig war, begann sich die Gruppe aufzulösen. Die Ermittler fuhren weg, um auf Anweisung Pratts noch Verschiedenes zu klären, bevor sich die ganze Einheit am nächsten Morgen um neun Uhr im Pacific Dining Car einfände, um weiter über den Fall zu sprechen.

Marcia und Jackson erhielten den Auftrag, Mackeys Wohnung zu durchsuchen. Das hieß, sie müssten einen Richter aus dem Bett holen und sich einen Durchsuchungsbeschluss von ihm ausstellen lassen; Mackey hatte nämlich mit William Burkhart zusammengewohnt, der in dem Fall als potenzieller Verdächtiger galt. Das Haus – in dem sich Burkhart, wie angenommen wurde, aufhielt – war zwar zu dem Zeitpunkt, als Mackey auf dem Freeway überfahren wurde, überwacht worden, aber Burkhart könnte auch einen Dritten beauftragt haben, den Mord zu begehen. Deshalb galt er so lange als Verdächtiger, bis feststand, dass er nichts mit der Sache zu tun hatte.

Zu den Ersten, mit denen Bosch und Rider telefoniert hatten, nachdem sie Mackey unter dem Abschleppwagen gefunden hatten, gehörten Kehoe und Bradshaw, die zwei RHD-Detectives, die das Haus in der Mariano Street observierten. Diese gingen daraufhin sofort zu dem Haus und verhafteten Burkhart und eine Frau, die als Belinda Messier identifiziert wurde.

Sie warteten inzwischen im Parker Center auf ihre Vernehmung, die Bosch und Rider auf Anordnung von Pratt durchführen sollten.

Als die beiden jedoch gerade die Böschung der Freeway-Ausfahrt zu Riders Auto hinaufgehen wollten, bat Pratt sie, noch kurz zu warten. Er kam zu ihnen und sprach so leise, dass niemand der Umstehenden es hören konnte.

»Ich brauche Ihnen wahrscheinlich nicht zu sagen, dass da einiger Ärger auf uns zukommt.«

»Ja, das wissen wir«, sagte Rider.

»Ich weiß zwar nicht, welche Form es annehmen wird, aber ich glaube, Sie müssen mit einer Untersuchung rechnen«, sagte Pratt.

»Sollen sie ruhig kommen«, sagte Rider.

»Könnte vielleicht nicht schaden, wenn Sie sich auf dem Weg ins Parker Center schon mal ein paar Gedanken machen«, schlug Pratt vor. »Sehen Sie zu, dass Sie sich einig sind.«

Damit wollte Pratt ihnen sagen, dass sie sich eine Geschichte zurechtlegen sollten, die sie, auch wenn sie einzeln vernommen würden, ohne Widersprüche und in einem für sie möglichst günstigen Licht wiedergeben könnten.

»Das kriegen wir schon hin«, sagte Rider.

Pratt warf Bosch einen kurzen Blick zu und sah dann wieder zum Abschleppwagen.

»Ich weiß«, sagte Bosch. »Das geht auf meine Kappe. Wenn dafür jemand den Kopf hinhalten muss, dann ich. Aber das geht schon in Ordnung. Es war ja schließlich auch meine Idee.«

»Harry«, sagte Rider. »Das ist nicht …«

»Es war mein Plan«, fiel ihr Bosch ins Wort. »Es geht auf meine Kappe.«

»Das muss nicht unbedingt sein«, sagte Pratt. »Je schneller wir das Ganze unter Dach und Fach bringen, umso besser stehen wir da. Erfolg lässt eine Menge Dreck verschwinden. Deshalb sollten wir diese Geschichte bis zum Frühstück geklärt haben.«

»Ganz genau, Boss«, sagte Rider.

Bosch und Rider sagten nichts, als sie die Böschung hinaufstiegen.

33

Das Parker Center war verlassen, als sie eintrafen. Obwohl auch einige Ermittlungseinheiten vom Hauptquartier aus operierten, waren dort vorwiegend Führungskräfte und unterstützende Dienste untergebracht. Das Gebäude erwachte erst nach Sonnenaufgang zum Leben. Im Aufzug trennten sich Bosch und Rider. Bosch fuhr direkt zur Robbery Homicide Division im zweiten Stock hinauf, um Kehoe und Bradshaw abzulösen, während Rider ins Büro ging, um die Akte zu holen, die sie über William Burkhart zusammengestellt hatte.

»Bis gleich«, sagte sie zu Bosch, als sie ausstieg. »Hoffentlich haben Kehoe und Bradshaw schon Kaffee gemacht.«

Bosch bog um die Ecke und ging den Flur zur RHD hinunter. Eine Stimme ließ ihn mitten im Schritt innehalten.

»Was habe ich Ihnen über Runderneuerte gesagt?«

Bosch drehte sich um. Es war Irving, der aus dem Flur gegenüber kam. Dort war an sich nur die IT-Abteilung. Deshalb vermutete Bosch, dass Irving auf dem Flur gewartet hatte. Er versuchte, sich seine Überraschung, dass Irving anscheinend bereits von den Vorfällen auf dem Freeway wusste, nicht anmerken zu lassen.

»Was machen Sie denn hier?«

»Oh, ich wollte heute einfach früh anfangen. Es wird schließlich ein langer Tag.«

»Tatsächlich?«

»Tatsächlich. Und ich möchte Sie fairerweise warnen. Am Morgen werden die Medien über Ihr nächtliches Malheur in Kenntnis gesetzt werden. Die Reporter werden erfahren, wie Sie diesen Mackey als Köder benutzt haben und auf welch schreckliche Weise er deshalb ums Leben kam. Sie werden wissen wollen, wieso ein pensionierter Detective wie Sie wieder bei der Polizei aufgenommen werden konnte, wenn dann so was dabei herauskommt. Aber keine Sorge. Diese Fragen werden wahrscheinlich dem Polizeichef gestellt, der das alles in die Wege geleitet hat.«

Bosch schüttelte lachend den Kopf, als ob ihn diese Drohung nicht beeindrucken könnte. »Ist das alles?«

»Außerdem werde ich dem Leiter der Internal Affairs Division nahelegen, eine Untersuchung durchzuführen, wie Sie diese Ermittlungen geführt haben, Detective Bosch. Ich würde mich an Ihrer Stelle noch nicht zu sehr darauf einstellen, wieder bei der Polizei zu sein.«

In der Hoffnung, etwas von der Drohung zurückzugeben, machte Bosch einen Schritt auf Irving zu.

»Gut, Chief, tun Sie das. Aber hoffentlich bereiten Sie den Chef der Dienstaufsicht dann auch schon darauf vor, was ich seinen Ermittlern sowie den Journalisten über Ihre Rolle in dieser Angelegenheit erzählen werde.«

Es kam zu einer langen Pause, bis Irving anbiss.

»Was reden Sie da für einen Unsinn?«

»Den Mann, über dessen Tod Sie sich jetzt so entrüsten, haben Sie vor siebzehn Jahren laufen lassen, Chief. Sie haben ihn laufen lassen, damit Sie Ihren Kuhhandel mit Richard Ross machen konnten. Mackey hätte hinter Gitter gehört. Stattdessen hat er mit einer Waffe von einem seiner Einbrüche ein sechzehnjähriges Mädchen ermordet.«

Bosch wartete, aber Irving sagte nichts.

»Das ist richtig«, fuhr Bosch fort. »Ich mag vielleicht Roland Mackeys Blut an meinen Händen haben, aber an Ihren klebt das von Rebecca Lost. Wollen Sie damit zu den Medien und zur IAD gehen? Nur zu, versuchen Sie es, dann werden wir ja sehen, was dabei herauskommt.«

Irvings Augen bekamen etwas Verkniffenes. Er machte einen Schritt auf Bosch zu, bis ihre Gesichter nur noch wenige Zentimeter voneinander entfernt waren.

»Sie haben unrecht, Bosch. Diese jungen Burschen damals, sie hatten nichts mit der Lost-Geschichte zu tun.«

»Ach ja? Wer hat das festgestellt? Green und Garcia sicher nicht. Sie wurden von Ihnen in eine andere Richtung dirigiert. Genau wie der Vater des Mädchens. Er wurde von Ihnen und einem Ihrer Handlanger abgehalten.«

Bosch zeigte auf Irvings Brust.

»Um Ihren sauberen kleinen Deal nicht aufs Spiel zu setzen, haben Sie Mörder laufen gelassen.«

Irvings Stimme wurde eindringlich, als er antwortete.

»Da liegen Sie völlig falsch. Glauben Sie allen Ernstes, wir würden Mörder laufen lassen?«

Bosch trat kopfschüttelnd zurück. Er musste fast lachen.

»Das glaube ich tatsächlich.«

»Jetzt hören Sie mal gut zu, Bosch. Wir haben die Alibis jedes einzelnen dieser Jungen überprüft. Es war an keinem etwas auszusetzen. Für einige von ihnen waren sogar *wir* das Alibi, weil wir sie damals noch beobachteten. Aber wir haben uns erst vergewissert, dass keiner aus dieser Gruppe etwas mit dieser Sache zu tun gehabt haben konnte, und *dann* haben wir Green und Garcia gesagt, sie sollten dem nicht weiter nachgehen. Und das Gleiche haben wir auch dem Vater gesagt, aber er wollte keine Ruhe geben.«

»Und deshalb haben Sie ein bisschen nachgeholfen, richtig, Chief? Ihm vollends den Rest gegeben.«

»Das ließ sich einfach nicht umgehen. Die Stimmung in der Stadt war damals extrem aufgeheizt. Wir konnten nicht zulassen, dass der Vater herumläuft und Dinge erzählt, die nicht stimmen.«

»Kommen Sie mir bloß nicht mit diesem Zum-Wohl-der-Allgemeinheit-Mist, Chief. Ihnen ging es um Ihren Deal, das war alles, was Sie interessiert hat. Sie hatten Ross und die IAD in der Tasche, und Sie wollten, dass das auch so bliebe. Nur haben Sie sich gründlich getäuscht. Die DNS beweist das. Mackey steckte in der Lost-Sache mit drin, und Ihre Ermittlungen waren einen Dreck wert.«

»Halt, Moment mal. Das beweist nur eines: dass sich die Tatwaffe einmal in seinem Besitz befand. Ich habe den Artikel gelesen, den Sie heute in der Zeitung untergebracht haben. Die DNS bringt ihn mit der Tatwaffe in Verbindung, nicht mit der Tat.«

Bosch winkte ab. Es hatte keinen Sinn, mit Irving zu diskutieren. Seine einzige Hoffnung war, dass seine Drohung, zur Dienstaufsicht und zu den Medien zu gehen, Irvings Drohung außer Kraft setzte. Er glaubte, sie hatten ein Patt.

»Wer hat die Alibis überprüft?«, fragte er ruhig.

Irving antwortete nicht.

»Ich rate einfach mal. McClellan.«

Wieder antwortete Irving nicht. Es war, als wäre er in Gedanken an die Zeit vor siebzehn Jahren versunken.

»Chief, ich möchte, dass Sie Ihren Handlanger anrufen. Ich weiß, dass er noch für Sie arbeitet. Sagen Sie ihm, ich will über die Alibis Bescheid wissen. Ich will Einzelheiten. Ich will Berichte. Ich will alles, was er hat, alles, was es noch an Unterlagen gibt, bis heute Morgen sieben Uhr, oder Sie können einpacken. Wir tun, was wir tun müssen, und dann werden wir sehen, wo die Späne fallen.«

Bosch wollte sich zum Gehen wenden, als Irving endlich den Mund aufmachte.

»Es gibt keine Alibiberichte, es hat nie welche gegeben.«

Bosch hörte die Lifttür aufgehen, und kurz darauf kam Rider mit einer Akte um die Ecke. Sie blieb abrupt stehen, als sie die Konfrontation sah. Sie sagte nichts.

»Keine Berichte?«, sagte Bosch zu Irving. »Dann hoffen Sie, dass er ein gutes Gedächtnis hat. Gute Nacht, Chief.«

Bosch drehte sich um und ging den Flur hinunter. Rider eilte ihm hinterher. Sie blickte über ihre Schulter, um sich zu vergewissern, dass Irving ihnen nicht folgte. Erst als sie durch die Flügeltür der RHD bogen, begann sie zu sprechen.

»Kriegen wir Ärger, Harry? Wird er es gegen den Mann im Sechsten verwenden?«

Bosch sah sie an. Die Mischung aus Angst und Sorge in ihrer Miene verriet ihm, wie wichtig seine Antwort wäre.

»Nicht, wenn es nach mir geht«, sagte er ihr.

34

William Burkhart und Belinda Messier wurden in separaten Vernehmungszimmern festgehalten. Bosch und Rider beschlossen, sich zuerst Messier vorzunehmen, damit Burkhart noch ein bisschen herumsitzen und warten und nachdenken müsste. Außerdem gewännen sie dadurch Zeit, in der sich Marcia und Jackson einen Durchsuchungsbeschluss beschaffen und in dem Haus in der Mariano umsehen konnten. Vielleicht fanden sie dort etwas, was sich bei Burkharts Verhör als hilfreich erwies.

Belinda Messiers Name war bei den Ermittlungen bereits aufgetaucht. Das Handy, das Mackey benutzte, war auf sie angemeldet. Außerdem hatten Kehoe und Bradshaw sie Bosch und Rider gegenüber als Burkharts Freundin bezeichnet. So viel hatte sie zugegeben, als die RHD-Detectives die beiden festgenommen hatten. Danach hatte sie kaum noch etwas gesagt.

Belinda Messier war eine zierliche Frau mit graublondem Haar, das ihr Gesicht einfasste. Wie sich herausstellte, war sie allerdings wesentlich härter, als sie aussah. Sobald Rider und Bosch das Zimmer betraten, verlangte sie einen Anwalt.

»Warum wollen Sie einen Anwalt?«, fragte Bosch. »Denken Sie, Sie stehen unter Arrest?«

»Heißt das, ich kann gehen?«

Sie stand auf.

»Setzen Sie sich«, sagte Bosch. »Roland Mackey wurde heute Nacht umgebracht, und Sie könnten ebenfalls in Gefahr sein. Sie befinden sich in Schutzhaft. Das heißt, Sie kommen hier erst raus, wenn wir Verschiedenes geklärt haben.«

»Darüber weiß ich nichts. Ich war die ganze Nacht mit Billy zusammen, bis Sie aufgetaucht sind.«

In den nächsten fünfundvierzig Minuten rückte Messier nur widerstrebend Informationen heraus. Sie erklärte, dass sie Mackey durch Burkhart kennengelernt habe und bereit gewesen sei, den Handyvertrag abzuschließen und das Telefon Mackey zu überlassen, weil er nicht als kreditwürdig galt. Sie erzählte den Detectives, dass Burkhart nicht arbeitete und von dem Schmerzensgeld lebte, das er vor zwei Jahren nach einem Autounfall zugesprochen bekommen hatte. Er hätte auch das Haus in der Mariano Street davon gekauft und kassierte von Mackey Miete. Messier sagte, sie lebe nicht in dem Haus, verbringe dort aber viele Nächte mit Burkhart. Nach Burkharts und Mackeys früheren Verbindungen zu rechtsextremen Gruppen befragt, tat sie überrascht. Daraufhin auf das winzige Hakenkreuz-Tattoo zwischen ihrem rechten Daumen und Zeigefinger angesprochen, erklärte sie, sie habe es für ein glückbringendes Navajo-Symbol gehalten.

»Wissen Sie, wer Roland Mackey umgebracht hat?«, fragte Bosch nach den einleitenden Fragen.

»Nein«, sagte sie. »Er war ein richtig netter Typ. Das ist alles, was ich weiß.«

»Was hat Ihr Freund gesagt, nachdem ihn Mackey angerufen hat?«

»Nichts. Er sagte nur, er würde noch aufbleiben, weil er

mit Ro über irgendwas reden wollte, wenn er nach Hause käme. Er sagte, sie würden vielleicht weggehen, damit sie ungestört wären.«

»Das war alles?«

»Ja, das war alles, was er gesagt hat.«

Sie setzten ihr mehrere Male und von allen möglichen Seiten zu, und Bosch und Rider wechselten sich in der Führungsrolle ab, aber bei dem Verhör kam nichts heraus, was für die Ermittlungen von Wert war.

Als Nächster kam Burkhart an die Reihe, doch bevor sie mit dem Verhör begannen, rief Bosch Marcia und Jackson an, um sich auf den neuesten Stand bringen zu lassen.

»Seid ihr schon im Haus?«, fragte Bosch Marcia.

»Ja, wir sind drinnen. Bisher haben wir aber noch nichts gefunden.«

»Auch kein Handy?«

»Kein Handy bisher. Glaubst du, Burkhart könnte das Haus verlassen haben, ohne dass Kehoe und Bradshaw es gemerkt haben?«

»Möglich ist alles, aber ich bezweifle es. Sie haben nicht geschlafen.«

Sie schwiegen eine Weile und dachten nach, und dann sagte Marcia: »Wie viel Zeit ist von dem Moment, in dem es Mackey erwischt hat, bis zu dem Zeitpunkt vergangen, an dem ihr Kehoe und Bradshaw gesagt habt, sie sollen Burkhart festnehmen?«

Bevor er antwortete, ging Bosch noch einmal die einzelnen Schritte durch, die er auf dem Freeway unternommen hatte. »Nicht sehr viel. Höchstens zehn Minuten.«

»Da haben wir es schon«, sagte Marcia. »In zehn Minuten vom Hundertachtzehner in Porter Ranch bis zur Mariano Street in Woodland Hills? Und ohne dass unsere Leute etwas davon mitbekommen? Vollkommen ausgeschlossen. Das kann er nicht gewesen sein. Kehoe und Bradshaw sind sein Alibi.«

»Und kein Handy im Haus …«

Dass der Festnetzanschluss im Haus nicht für den Anruf benutzt worden sein konnte, wussten sie bereits, denn sonst wäre er auf den Abhörgeräten bei ListenTech registriert worden.

»Nein«, sagte Marcia. »Kein Handy und auch kein Anruf auf dem Festnetzanschluss. Ich glaube nicht, dass Burkhart unser Mann ist.«

Bosch war noch nicht bereit, sich damit abzufinden. Er bedankte sich und legte auf, und dann erzählte er Rider die schlechte Neuigkeit.

»Was machen wir jetzt mit ihm?«, fragte sie.

»Er mag ja vielleicht für Mackeys Ermordung nicht infrage kommen, aber immerhin war er derjenige, den Mackey angerufen hat, nachdem er sich den Artikel hat vorlesen lassen. Für Rebecca Lost habe ich ihn immer noch auf der Rechnung.«

»Aber das ergibt doch keinen Sinn. Mackeys Mörder muss bei der Lost-Sache unter einer Decke mit ihm gesteckt haben … Es sei denn, du willst sagen, was da gerade am Freeway passiert ist, war reiner Zufall.«

Bosch schüttelte den Kopf.

»Nein, das will ich natürlich nicht sagen. Es muss nur irgendetwas geben, was wir nicht mitbekommen haben. Auf irgendeinem Weg muss Burkhart eine Nachricht aus dem Haus geschickt haben.«

»Wie stellst du dir das vor? Dass er eben mal auf die Schnelle einen Killer engagiert hat, der Mackey für ihn umlegt? Das glaubst du doch selbst nicht, Harry.«

Endlich nickte Bosch. Sie hatte recht. Es passte nicht zusammen.

»Na schön, dann lass uns jetzt einfach zu ihm reingehen. Mal sehen, was er selbst zu sagen hat.«

Rider war einverstanden. Sie legten sich noch kurz eine Verhörstrategie zurecht, bevor sie in den Flur hinter dem Bereitschaftsraum zurückkehrten und in das Vernehmungszimmer gingen, in dem Burkhart wartete.

Der Raum war stickig von Burkharts Körpergeruch, und Bosch ließ die Tür offen. Burkhart hatte den Kopf auf seinen verschränkten Armen liegen. Als er sich nicht von seinem vorgetäuschten Schlaf aufrichtete, trat Bosch gegen das Stuhlbein, und dann kam sein Kopf hoch.

»Aufwachen, Billy Blitzkrieg«, sagte Bosch.

Burkhart hatte struppiges dunkles Haar, das an einem teigig weißen Gesicht herabhing. Er sah aus, als hielte er sich außer nachts nicht viel im Freien auf.

»Ich will einen Anwalt«, sagte Burkhart.

»Das wollen wir alle. Aber schön der Reihe nach. Harry Bosch, und das ist Kizmin Rider. Sie sind William Burkhart und stehen wegen Mordverdachts unter Arrest.«

Darauf begann Rider, ihm seine Rechte vorzulesen, aber er unterbrach sie.

»Sind Sie verrückt? Ich war die ganze Zeit zu Hause. Meine Freundin war die ganze Zeit bei mir.«

Bosch hielt einen Finger an seine Lippen.

»Lassen Sie sie erst ausreden, Billy, und dann können Sie uns so viel vorlügen, wie Sie wollen.«

Rider las ihm von der Rückseite einer ihrer Visitenkarten seine Rechte vor. Dann übernahm Bosch.

»Also, was haben Sie gesagt?«

»Ich sage, Sie haben sie nicht alle. Ich war die ganze Zeit zu Hause, und ich habe einen Zeugen, der das beweisen kann. Außerdem war Ro mein Freund. Wieso sollte ich ihn umbringen? Das ist doch ein Witz. Machen Sie also voran, und lassen Sie meinen Anwalt kommen, damit er sich über den Schwachsinn kaputtlachen kann, den Sie hier verzapfen.«

»Sind Sie langsam fertig, Bill? Ich habe nämlich Neuigkeiten für Sie. Es geht hier nicht um Roland Mackey. Wir gehen jetzt siebzehn Jahre zurück zu Rebecca Lost. Erinnern Sie sich noch an sie? Sie und Mackey? Das Mädchen, das Sie den Hügel raufgebracht haben? Sie ist es, um die es hier geht.«

Burkhart war nichts anzumerken. Bosch hatte auf ein verräterisches Zeichen gehofft, einen Hinweis, dass er auf der richtigen Spur war.

»Ich weiß nicht, wovon Sie reden«, sagte Burkhart mit steinerner Miene.

»Wir haben Sie auf Band. Mackey hat Sie letzte Nacht angerufen. Es ist aus, Burkhart. Siebzehn Jahre sind eine lange Zeit, aber jetzt ist es aus.«

»Einen Dreck haben Sie. Wenn es so ein Band wirklich gibt, ist da höchstens drauf, wie ich ihm sage, er soll die Klappe halten. Ich habe kein Handy, ich traue diesen Dingern nicht. So blöd ist doch inzwischen keiner mehr. Ist doch ganz klar, dass ich das auf keinen Fall über so ein bescheuertes Handy mache, wenn er daherkommt und mir irgendwelche Probleme von sich erzählen will.

Und was diese Rebecca Soundso angeht, darüber weiß ich nichts. Das hätten Sie lieber Ro fragen sollen, solange Sie noch Gelegenheit dazu hatten.«

Er sah Bosch an und zwinkerte, und Bosch wäre ihm am liebsten ins Gesicht gesprungen. Aber er tat es nicht.

Sie lieferten sich noch weitere zwanzig Minuten erbitterte Wortgefechte, aber weder Bosch noch Rider gelang es, Burkhart beizukommen. Schließlich beendete Burkhart das Hin und Her, indem er noch einmal einen Anwalt verlangte und in keiner Form mehr auf irgendeine der Fragen reagierte, die sie ihm danach stellten.

Rider und Bosch verließen das Zimmer, um über ihre, wie sie wussten, sehr begrenzten Möglichkeiten zu sprechen. Sie hatten es mit einem Bluff versucht, aber Burkhart hatte ihn durchschaut. Jetzt mussten sie ihn entweder verhaften und ihm einen Anwalt besorgen oder ihn laufen lassen.

»Wir haben rein gar nichts, Harry«, sagte Rider. »Da sollten wir uns nichts vormachen. Ich würde sagen, wir lassen ihn laufen.«

Bosch nickte. Sie hatte recht. Sie hatten keine rechtliche Handhabe gegen ihn und bekämen möglicherweise auch nie eine. Mackey, ihre einzige direkte Verbindung zu Rebecca Lost, war tot. Und das war er durch Boschs Verschulden. Jetzt mussten sie zeitlich noch weiter zurückgehen und sich voll auf Burkhart konzentrieren und nach etwas suchen, was siebzehn Jahre zuvor übersehen oder vertuscht oder ignoriert worden war. Die ganze Last des augenblicklichen Verfahrensstands senkte sich wie eine Bleidecke auf Bosch herab. Er klappte sein Handy auf und rief noch einmal Marcia an.

»Irgendwas Neues?«

»Nein, Harry, nichts. Kein Handy, keine Beweise, nichts.«

»Okay. Nur damit ihr Bescheid wisst, wir lassen ihn laufen. Er könnte in Kürze auftauchen.«

»Prima. Wird ihm nicht gefallen, was er hier vorfindet.«

»Gut.«

Bosch beendete das Gespräch und sah Rider an. Ihr Blick sagte alles. Es war eine einzige Katastrophe. Er hatte sie enttäuscht. Zum ersten Mal dachte er, dass Irving vielleicht doch recht hatte – vielleicht hätte er nicht in den Polizeidienst zurückkehren sollen.

»Ich werde ihm sagen, dass er ein freier Mann ist«, sagte er.

Als er sich entfernte, rief ihm Rider hinterher.

»Harry, ich mache dir keinen Vorwurf.«

Er blickte zu ihr zurück.

»Ich stehe hinter jedem Schritt, den wir gemacht haben. Es war ein guter Plan.«

Er nickte.

»Danke, Kiz.«

35

Bosch fuhr nach Hause, um zu duschen, frische Sachen anzuziehen und vielleicht ein bisschen zu schlafen, bevor er zur Besprechung mit seiner Einheit in die Stadt zurückfuhr. Wieder einmal war er in einer Stadt unterwegs, die gerade wach wurde. Und wieder einmal kam sie in seinen Augen hässlich hoch, mit lauter Ecken und Kanten und in hartem Licht. Inzwischen fand er alles hässlich.

Bosch sah der Besprechung mit gemischten Gefühlen entgegen. Er würde im Mittelpunkt stehen. Allen von Offen-Ungelöst war klar, dass ihr Vorgehen wegen Mackeys Tod genauestens analysiert und bewertet würde. Und nicht weniger war ihnen klar, dass sie nach dem Grund für diese potenzielle Bedrohung ihrer Karrieren nicht lange suchen müssten.

Bosch warf seine Schlüssel auf die Küchentheke und hörte den Anrufbeantworter ab. Keine Nachrichten. Er sah auf seine Uhr und stellte fest, dass er noch mindestens zwei Stunden Zeit hatte, bevor er zum Pacific Dining Car losfahren musste. Der Blick auf die Uhr erinnerte ihn an das Ultimatum, das er Irving bei ihrer Begegnung vor der RHD gestellt hatte. Aber er bezweifelte, dass er jetzt noch von Irving oder McClellan hören würde. Es schien, als durchschaute inzwischen jeder seine Bluffs.

Ein paar Stunden zu schlafen, kam nicht infrage, nicht

bei all dem, was ihn jetzt belastete. Er hatte die Akten mit ins Haus genommen. Damit würde er sich beschäftigen. Wenn alle Stricke rissen, hatte er immer noch die Mordakte. Er musste das Ziel im Blick behalten. Den Fall.

Er machte die Kaffeemaschine an, duschte fünf Minuten und machte sich dann an die Arbeit. Während er die Mordakte noch einmal durchging, lief *Kind of Blue* auf dem CD-Spieler.

Das Gefühl, dass er etwas übersah, was direkt vor seiner Nase war, ließ ihm keine Ruhe. Er glaubte, dass ihn dieser Fall nie mehr loslassen würde, dass er ihn immer mit sich herumschleppen würde, wenn es ihm nicht zu finden gelang, was er übersah. Und er wusste, wenn es irgendwo zu finden wäre, dann in der Mordakte.

Er beschloss, die Dokumente diesmal nicht in der Reihenfolge durchzulesen, in der sie von den ursprünglichen Ermittlern eingeheftet worden waren. Er ließ die Ringe aufschnappen und nahm sie heraus.

Er ließ sich Zeit, als er sie in willkürlicher Reihenfolge zu lesen begann und sich jeden Namen, jedes Wort, jedes Foto einzuprägen versuchte.

Als er fünfzehn Minuten später wieder einmal dabei war, auf die Tatortfotos von Rebecca Losts Zimmer zu starren, hörte er vor dem Haus eine Autotür zufallen. Neugierig, wer ihn so früh besuchen kommen könnte, stand er auf und ging zur Tür. Durch den Spion sah er einen Mann auf das Haus zugehen. Durch die Linse des Gucklochs war es schwer, ihn richtig zu erkennen. Trotzdem öffnete Bosch die Tür, bevor der Mann dazu kam, zu klopfen.

Es überraschte den Mann nicht, dass seine Ankunft beobachtet worden war. Sein Auftreten verriet Bosch, dass er Polizist war.

»McClellan?«

Der Mann nickte.

»Lieutenant McClellan. Und Sie sind vermutlich Detective Bosch.«

»Sie hätten auch anrufen können.«

Bosch machte ihm Platz, damit er eintreten konnte. Keiner der beiden Männer machte Anstalten, dem anderen die Hand zu schütteln. Es sah Irving ähnlich, dass er seinen Mann zu ihm nach Hause schickte. Eine Standardmaßnahme der alten Ich-weiß-wo-du-wohnst-Einschüchterungstaktik.

»Ich hielt es für besser, wenn wir persönlich miteinander reden«, sagte McClellan.

»War das Ihre Idee oder die von Chief Irving?«

McClellan war ein großer, kräftiger Mann mit schütterem rotblondem Haar und dicken, rosigen Wangen. Am besten träfe die Beschreibung »wohlgenährt« auf ihn zu. Auf Boschs Frage hin nahmen seine Wangen einen dunkleren Ton an.

»Hören Sie, Detective, ich bin hier, um mit Ihnen zu kooperieren.«

»Gut. Darf ich Ihnen was zu trinken anbieten? Ich habe Wasser.«

»Ein Wasser wäre schön.«

»Nehmen Sie Platz.«

Bosch ging in die Küche, suchte das staubigste Glas aus dem Schrank und füllte es mit Leitungswasser. Er schaltete die Kaffeemaschine aus. Er wollte nicht, dass sich McClellan wie zu Hause fühlte.

Als er ins Wohnzimmer zurückkam, schaute McClellan durch die gläserne Schiebetür über die Terrasse hinaus. Die Luft über dem Pass war klar. Aber es war noch früh.

»Schöner Blick«, sagte McClellan.

»Ich weiß. Ich sehe nicht, dass Sie irgendwelche Akten dabeihaben, Lieutenant. Hoffentlich ist das kein Höflichkeitsbesuch oder einer dieser Besuche, wie Sie ihn vor siebzehn Jahren Robert Lost abgestattet haben.«

McClellan drehte sich zu Bosch herum und nahm das Glas Wasser und die Beleidigung mit derselben ausdruckslosen Miene entgegen.

»Es gibt keine Akten. Wenn es welche gab, sind sie schon lange verschwunden.«

»Und jetzt? Sind Sie gekommen, um mich mit Ihren Erinnerungen zu überzeugen?«

»Tatsache ist, dass ich mich sehr gut an diese Zeit erinnern kann. Aber zunächst sollten Sie sich über eines klar werden. Ich war Detective ersten Grades bei der PDU. Wenn ich einen Auftrag erhielt, erledigte ich ihn. In so einer Position stellt man seine Befehle nicht infrage. Tut man das, ist man raus.«

»Sie waren also ein guter Soldat, der nur seine Pflicht getan hat. Verstehe. Und was ist mit den Chatsworth Eights und dem Lost-Mord? Was ist mit den Alibis?«

»Bei den Eights gab es acht Hauptakteure. Ich habe im Fall jedes einzelnen nachgewiesen, dass sie nichts mit der Sache zu tun haben konnten. Und denken Sie nicht, dass ich das wollte. Aber ich hatte nun mal den Auftrag erhalten, nachzuprüfen, ob einer dieser kleinen Pisser daran beteiligt gewesen sein könnte. Und das habe ich geprüft.

Aber sie hatten alle eine weiße Weste … zumindest, was den Mord angeht.«

»Was wissen Sie über William Burkhart und Roland Mackey?«

McClellan setzte sich auf einen Sessel beim Fernseher. Das Wasserglas, aus dem er erst noch trinken musste, stellte er auf den Couchtisch. Bosch machte Miles Davis mitten in *Freddie Freeloader* aus und blieb mit den Händen in den Hosentaschen an der Schiebetür stehen.

»Also, zuallererst, Burkhart stellte kein Problem dar. Wir haben ihn nämlich in besagter Nacht observiert.«

»Das müssen Sie mir erklären.«

»Er war gerade ein paar Tage zuvor aus Wayside entlassen worden. Und weil wir einen Tipp bekommen hatten, dass dort oben sein Glaube an die Überlegenheit der weißen Rasse neu entfacht worden war, hielten wir es für angebracht, ein Auge auf ihn zu werfen und zu sehen, ob er wieder von vorn anfangen würde.«

»Wer hat das angeordnet?«

McClellan sah Bosch nur an.

»Irving natürlich«, antwortete Bosch für ihn. »Um seinen Deal nicht aufs Spiel zu setzen. Die PDU observierte also Burkhart. Wen sonst noch?«

»Burkhart tat sich nach seiner Entlassung mit zwei Mitgliedern der alten Gruppe zusammen. Einem Withers und einem Simmons. Es sah zwar so aus, als führten sie etwas im Schilde, aber an fraglichem Abend waren sie in einem Billardsalon in der Tampa. Daran gab es nichts zu rütteln. Zwei verdeckte Ermittler waren die ganze Zeit mit ihnen da drinnen. Um Ihnen das zu sagen, bin ich hier. Die Alibis waren hieb- und stichfest, Detective.«

»Tatsächlich? Na schön, dann erzählen Sie mir von Mackey. Ihn hat die PDU doch nicht observiert, oder?«

»Nein, Mackey nicht.«

»Wieso war dann sein Alibi so hieb- und stichfest?«

»Woran ich mich im Zusammenhang mit Mackey an dem Abend, an dem das Mädchen entführt wurde, erinnern kann, ist, dass er in der Chatsworth High Nachhilfe hatte. Er ging zur Abendschule, um seinen Highschool-Abschluss zu machen.«

»Seinen General Education Degree, um genau zu sein. Das ist nicht ganz das Gleiche.«

»Allerdings. Das war eine seiner Bewährungsauflagen. Und er hätte ihn auch bestehen müssen. Aber er hatte ziemliche Probleme. Deshalb bekam er an den freien Abenden – wenn keine Schule war – Nachhilfe. Und an dem Abend, als das Mädchen entführt wurde, war er bei seinem Nachhilfelehrer. Das habe ich nachgeprüft.«

Bosch schüttelte den Kopf. McClellan wollte ihm etwas unterjubeln.

»Wollen Sie mir weismachen, Mackey hatte die ganze Nacht Nachhilfe? Entweder wollen Sie mich jetzt hier verarschen, oder Sie haben sich damals von Mackey und seinem Nachhilfelehrer verarschen lassen. Wer war der Nachhilfelehrer?«

»Nein, nein, sie waren nur am Beginn des Abends zusammen. An den Namen des Nachhilfelehrers kann ich mich nicht mehr erinnern, aber sie waren bis spätestens elf Uhr fertig, und dann ging jeder seiner Wege. Mackey ging nach Hause.«

Bosch machte ein verdutztes Gesicht.

»Das ist doch kein Alibi, *Lieutenant*! Der Todeszeitpunkt des Mädchens war zwei Uhr morgens. Wussten Sie das denn nicht?«

»Natürlich wusste ich das. Aber der Todeszeitpunkt war nicht wirklich ausschlaggebend für das Alibi. Mir lagen auch die Resümees der Ermittler vor. Das Haus wies keine Einbruchsspuren auf. Und der Vater hatte alle Türen und Schlösser im Haus überprüft, als er an diesem Abend um zehn Uhr nach Hause kam. Das hieß, der Mörder musste zu diesem Zeitpunkt bereits im Haus gewesen sein. Er hatte sich irgendwo im Haus versteckt und wartete, bis alle schliefen.«

Bosch setzte sich auf die Couch und beugte sich, die Ellbogen auf die Knie gestützt, vor. Ihm wurde plötzlich klar, dass McClellan recht hatte und dass damit die Sache völlig anders aussah. Er hatte denselben Bericht gelesen, den McClellan siebzehn Jahre zuvor gelesen hatte, aber ihm war seine Bedeutung nicht klar geworden. Der Mörder war bereits im Haus gewesen, als Robert Lost von der Arbeit nach Hause kam.

Das änderte einiges, wusste Bosch. Es änderte nicht nur seine Sicht der ursprünglichen Ermittlungen, sondern auch die seiner eigenen.

Ohne etwas von Boschs innerem Aufruhr mitzubekommen, fuhr McClellan fort: »Demnach konnte Mackey also nicht ins Haus gekommen sein, denn er war ja bei seinem Nachhilfelehrer. Er kam nicht infrage. Keiner dieser kleinen Pisser kam dafür infrage. Entsprechend erstattete ich daraufhin meinem Boss mündlich Meldung, und er gab es an die zwei Detectives weiter, die den Fall bearbeiteten. Und damit hatte es sich … bis diese DNS-Geschichte daherkam.«

Bosch nickte zu dem, was McClellan sagte, aber er dachte an etwas anderes.

»Wenn Mackey nichts damit zu tun hatte«, fragte er, »wie erklären Sie sich dann seine DNS an der Tatwaffe?«

McClellan schien sprachlos zu sein. Er schüttelte den Kopf.

»Ich weiß nicht, was ich dazu sagen soll. Das kann ich nicht erklären. Ich habe nachgewiesen, dass er am Mord selbst nicht beteiligt gewesen sein kann, aber er muss …«

Er sprach nicht weiter. Er schien ernsthaft bestürzt zu sein, dass er möglicherweise dazu beigetragen hatte, einen Mörder oder zumindest jemanden, der die Waffe für einen Mord beschafft hatte, ungeschoren davonkommen zu lassen. Er machte den Eindruck, als wäre ihm schlagartig klar geworden, dass er von Irving benutzt worden war. Er wirkte zerknirscht.

»Will Irving den Medien und der IAD in dieser Sache immer noch einen Tipp geben?«, fragte Bosch ruhig.

McClellan schüttelte langsam den Kopf.

»Nein. Er sagte, ich solle Ihnen etwas bestellen. Er hat mir aufgetragen, Ihnen zu sagen, eine Abmachung ist nur dann eine Abmachung, wenn sich beide Seiten daran halten. Mehr nicht.«

»Eine letzte Frage«, sagte Bosch. »Der Beweismittelbehälter für den Lost-Fall ist verschwunden. Wissen Sie darüber irgendetwas?«

McClellan sah ihn an. Bosch entging nicht, dass er ihn damit tief beleidigt hatte.

»Ich musste das fragen«, sagte Bosch.

»Ich weiß nur, dass immer wieder etwas abhandenkommt«, sagte McClellan verbissen. »In siebzehn Jahren hätte diesen Behälter weiß Gott wer verschwinden lassen können. Ich war es jedenfalls nicht.«

Bosch nickte. Er stand auf.

»Also dann«, sagte er, »ich muss wieder an die Arbeit.«

McClellan griff das Stichwort auf und stand ebenfalls auf. Er schien seinen Ärger über die letzte Frage hinunterzuschlucken und akzeptierte möglicherweise Boschs Erklärung, dass sie hatte gestellt werden müssen.

»Also dann, Detective«, sagte er. »Viel Glück bei dieser Geschichte. Ich hoffe, Sie fassen diesen Kerl. Und das meine ich ernst.«

Er reichte Bosch die Hand. Bosch kannte McClellans Geschichte nicht. Er kannte die Arbeitsbedingungen in der PDU im Jahr 1988 nicht. Aber es sah so aus, als verließe McClellan das Haus mit einer schwereren Bürde als bei seinem Eintreffen. Deshalb gab er ihm die Hand.

Als McClellan weg war, setzte sich Bosch und dachte über die Möglichkeit nach, dass sich Rebecca Losts Mörder im Haus versteckt hatte. Schließlich stand er wieder auf und ging zum Esszimmertisch, auf dem die Dokumente aus der Mordakte ausgebreitet waren. Die Fotos von Rebeccas Zimmer lagen in der Mitte. Er sah die Berichte durch, bis er die Auswertung der Fingerabdrücke durch die SID fand.

Der Bericht umfasste mehrere Seiten und enthielt die Analysen verschiedener Fingerabdrücke, die von Oberflächen im Lost-Haushalt stammten. Am Schluss hieß es zusammenfassend, dass kein im Haus gefundener Abdruck von einem Unbekannten stammte, was die Vermutung nahelegte, dass der oder die Verdächtigen entweder Handschuhe getragen oder es bewusst vermieden hatten,

Oberflächen zu berühren, auf denen Abdrücke zurückgeblieben wären.

In dem Resümee stand, dass alle im Haus gefundenen Fingerabdrücke sowohl mit Proben von Angehörigen der Familie Lost als auch mit denen all jener Personen verglichen worden waren, bei denen ein berechtigter Grund bestand, dass sie sich im Haus aufgehalten und die Stellen berührt hatten, an denen die Abdrücke gefunden worden waren.

Diesmal las Bosch den Bericht anders und in seiner Gesamtheit. Diesmal galt sein Hauptaugenmerk nicht mehr der Analyse der Fingerabdrücke, sondern der Frage, wo die SID-Techniker nach ihnen gesucht hatten.

Der Bericht war auf den Tag nach der Entdeckung von Rebeccas Leiche datiert. Dokumentiert war darin eine routinemäßige Durchsuchung des Haushalts nach Fingerabdrücken. Untersucht wurden alle naheliegenden Oberflächen. Alle Türgriffe und -schlösser. Alle Fensterbänke und -rahmen. Jede Stelle, die der Mörder/Entführer bei der Tat berührt haben könnte. Während auf Fensterbänken und -riegeln mehrere Abdrücke gefunden wurden, die Robert Lost zugeordnet werden konnten, wurde dem Bericht zufolge auf den Türgriffen des Hauses kein einziger brauchbarer Abdruck entdeckt. Dazu wurde angemerkt, dass dies infolge der mit dem Drehen der Griffe einhergehenden Verschmierung nicht ungewöhnlich sei.

Doch das Schlupfloch, durch das der Mörder entkommen sein könnte, sah Bosch in dem, was nicht in dem Bericht stand. Die Spurensicherung war am Tag nach der Entdeckung der Leiche ins Haus gekommen. Das war, nachdem der Fall bereits zweimal falsch gedeutet worden war, zuerst als Vermisstenmeldung und dann als Selbstmord. Dazu kam noch, dass die Fingerabdruckspezialisten praktisch blind ins Haus geschickt wurden, nachdem endlich klar geworden war, dass es sich um Mordfallermittlungen handelte. Zu diesem Zeitpunkt war noch so gut wie nichts über den Tathergang bekannt. Die Möglichkeit, dass der Mörder sich mehrere Stunden in der Garage oder sonst irgendwo im Haus versteckt gehalten haben könnte, war noch nicht ins Auge gefasst worden. Die Suche nach Fingerabdrücken und anderen Spuren, wie Haaren und Fasern, blieb daher oberflächlich und ging nie über das Naheliegende hinaus.

Jetzt war es dafür zu spät, das wusste Bosch. Zu viele Jahre waren seitdem vergangen. In dem Haus, in dem sich ein Mörder versteckt und gewartet hatte, streifte nun eine Katze herum, und es waren wer weiß wie viele Gegenstände von Flohmärkten und Haushaltsauflösungen hinzugekommen und wieder abgestoßen worden.

Dann fiel Boschs Blick auf die Fotos auf dem Tisch, und plötzlich wurde ihm etwas klar. Rebeccas Zimmer war der einzige Ort im Haus, der all die Jahre unangetastet geblieben war. Es war wie ein Museum, dessen Kunstwerke in Vitrinen fast hermetisch abgeschlossen aufbewahrt wurden.

Bosch breitete alle Fotos von Rebeccas Zimmer vor sich aus. Irgendetwas an diesen Aufnahmen hatte ihm seit dem Augenblick, in dem er sie zum ersten Mal gesehen hatte, keine Ruhe mehr gelassen. Was das war, konnte er immer noch nicht sagen, nur, dass diese Frage inzwischen von ganz anderer Dringlichkeit war. Er betrachtete die Fotos der Kommode und des Nachttisches und dann des offenen Kleiderschranks. Zum Schluss sah er sich das Bett an.

Er erinnerte sich an das Foto, das in der *Daily News* veröffentlicht worden war, und nahm die Zeitung aus dem Ordner mit den Berichten und Dokumenten, die sich seit der Wiederaufnahme des Verfahrens angesammelt hatten. Er faltete die Zeitung auseinander und studierte Emmy Wards Foto, und dann verglich er es mit den Aufnahmen, die siebzehn Jahre zuvor entstanden waren.

Das Zimmer schien unverändert, vollkommen unangetastet von dem Leid, das von ihm abstrahlte wie die Hitze von einem Ofen. Doch dann entdeckte Bosch einen winzigen Unterschied. Auf dem Foto in der *Daily News* war das Bett vor der Aufnahme von Muriel Lost sorgfältig gemacht und glatt gestrichen worden. Auf den siebzehn Jahre alten SID-Fotos war es zwar ebenfalls ordentlich gemacht, aber der Volant der Tagesdecke stand auf der Seite leicht nach außen und am Fußende nach innen.

Boschs Blick wanderte zwischen den Fotos hin und her. Er spürte, wie sich etwas in ihm löste. Wie eine kleine Dosis davon in sein Blut geriet. Das war es, was ihm keine Ruhe gelassen hatte. Das war es, was nicht stimmte.

»Rein und raus«, sagte er zu sich selbst.

Es war durchaus möglich, dass der Volant am Fußende des Betts nach innen geschoben worden war, als jemand daruntergekrochen war. Das legte den Schluss nahe, dass es zu der Auswärtskrümmung des Volants auf der Seite des Betts gekommen war, als diese Person wieder darunter hervorgekrochen war.

Als alle schliefen.

Bosch stand auf und begann auf und ab zu gehen. Auf dem nach der Entführung und dem Mord aufgenommenen Foto sah das Bett eindeutig so aus, als sei jemand daruntergekrochen und dann wieder hervorgekommen. Rebeccas Mörder könnte direkt unter ihr gewartet haben, als sie einschlief.

»Rein und raus«, sagte Bosch wieder.

Er spann den Gedanken weiter. Im Haus waren keine identifizierbaren Fingerabdrücke gefunden worden. Aber es waren nur naheliegende Oberflächen untersucht worden. Das hieß nicht unbedingt, dass der Mörder Handschuhe getragen hatte. Es hieß nur, dass er so schlau gewesen war, keine naheliegenden Oberflächen mit bloßen Händen zu berühren, oder dass er die Fingerabdrücke nötigenfalls abgewischt hatte. Selbst wenn der Mörder beim Eindringen ins Haus Handschuhe getragen hatte, war keineswegs auszuschließen, dass er sie ausgezogen hatte, als er, wahrscheinlich mehrere Stunden, unter dem Bett gewartet hatte.

Einen Versuch war es jedenfalls wert. Bosch ging in die Küche und rief bei der SID an und verlangte nach Raj Patel.

»Raj, was machen Sie gerade?«

»Ich katalogisiere die Beweismittel, die wir gestern Abend am Freeway gefunden haben.«

»Ich bräuchte Ihren besten Mann für Fingerabdrücke. Er soll nach Chatsworth raufkommen.«

»Jetzt?«

»Jetzt sofort, Raj. Später habe ich vielleicht nicht mal mehr einen Job. Wenn, dann müssen wir es gleich tun.«

»Und was müssen wir tun?«

»Ich möchte ein Bett hochheben und drunterschauen. Es ist wichtig, Raj. Wenn wir dort etwas finden, führt es uns auf die Spur des Mörders.«

Darauf trat erst einmal kurzes Schweigen ein, bevor Patel antwortete.

»Der beste Mann für Fingerabdrücke bin ich, Harry. Wo genau soll ich hinkommen?«

»Danke, Raj.«

Er nannte Patel die Adresse und hängte auf. Er trommelte mit den Fingern auf die Theke und überlegte, ob er Kiz Rider anrufen sollte. Sie war so niedergeschlagen und entmutigt gewesen, als sie aus dem Parker Center gekommen waren, dass sie nur noch hatte nach Hause fahren und schlafen wollen. Sollte er sie schon wieder aufwecken? Doch das war nicht die Frage. Die Frage war: Sollte er abwarten, ob unter dem Bett tatsächlich etwas war, bevor er ihr davon erzählte und ihre Hoffnungen schürte?

Er beschloss, mit dem Anruf zu warten, bis er ihr etwas Konkretes berichten konnte. Deshalb griff er nach dem Telefon und weckte stattdessen Muriel Lost. Er sagte ihr, er sei auf dem Weg zu ihr.

36

Wegen des dichten Verkehrs vom Valley in die Stadt kam Bosch zu spät zu der Besprechung im Pacific Dining Car. Alle waren in einem abgesonderten Bereich im hinteren Teil des Restaurants. Die meisten hatten schon etwas zu essen.

Seine Aufregung musste ihm anzusehen gewesen sein. Pratt unterbrach Tim Marcia in seinen Ausführungen, um zu Bosch zu schauen und zu sagen: »Entweder hatten Sie Glück, als Sie freihatten, oder Ihnen ist es nur egal, wie tief wir hier in der Scheiße stecken.«

»Ich hatte Glück«, sagte Bosch, als er den einzigen leeren Stuhl herauszog und sich daraufsetzte. »Aber anders, als Sie denken. Raj Patel hat gerade einen Handflächenabdruck und zwei Fingerabdrücke von einer Holzlatte unter Rebecca Losts Bett gezogen.«

»Das ist gut«, sagte Pratt trocken. »Und was heißt das?«

»Es heißt, sobald Raj sie in die Datenbank eingegeben hat, könnten wir unseren Mörder haben.«

»Wie das?«, fragte Rider.

Bosch hatte sie nicht angerufen. Er konnte bereits Anflüge von Feindseligkeit bei ihr spüren.

»Ich wollte dich nicht wecken«, sagte er. Und dann, an die anderen gerichtet: »Ich hatte mir die ursprüngliche Fingerabdruckanalyse in der Mordakte angesehen. Bei dieser Gelegenheit wurde mir bewusst, dass sie gleich am

Tag nach der Entdeckung der Leiche wegen der Fingerabdrücke angerückt sind. Sie sind aber nicht noch mal zurückgekommen, als immer mehr darauf hindeutete, dass der Entführer schon früher am Tag, als die Garage noch offen war, ins Haus eingedrungen sein und sich irgendwo versteckt haben musste, bis alle schliefen.«

»Und warum das Bett?«, fragte Pratt.

»Auf den Tatortfotos ist zu erkennen, dass der Volant der Tagesdecke am Fußende des Betts nach innen steht. Als ob jemand unter das Bett gekrochen wäre. Das haben sie damals übersehen, weil sie nicht darauf geachtet haben.«

»Sehr gut, Harry«, sagte Pratt. »Falls Raj einen Treffer landet, disponieren wir um und gehen dieser Spur nach. Aber jetzt wieder zurück zu unseren Berichten. Harry, Sie können ja Ihre Partnerin fragen, was Sie alles versäumt haben.«

Dann wandte sich Pratt an Robinson und Nord, die am anderen Ende des langen Tisches saßen, und sagte: »Was haben Sie über den Anruf in Erfahrung gebracht, mit dem der Abschleppwagen gerufen wurde?«

»Nicht viel, was uns weiterbringt«, sagte Nord. »Der Anruf ging ein, nachdem wir bereits auf den Anschluss in Burkharts Haus umgeschaltet hatten. Deshalb haben wir keine Bandaufzeichnung davon. Aber wir haben die Pen-Register, und aus ihnen geht hervor, dass der Anruf direkt an Tampa Towing ging, bevor er an die AAA weitergeleitet wurde. Der Anruf kam aus einer Telefonzelle vor dem Seven-Eleven in der Tampa an der Freeway-Zufahrt. Wahrscheinlich hat er angerufen, ist dann die Rampe runtergefahren und hat dort gewartet.«

»Fingerabdrücke auf dem Telefon?«, fragte Pratt.

»Wir haben Raj gebeten, es sich nach der Freigabe des Tatorts kurz anzusehen«, sagte Robinson. »Der Hörer war abgewischt.«

»Passt«, sagte Pratt. »Schon mit der AAA gesprochen?«

»Ja. Dabei kam aber nicht viel heraus, außer dass der Anrufer ein Mann war.«

Er wandte sich Bosch zu.

»Können Sie uns noch irgendetwas berichten, was uns Ihre Partnerin noch nicht gesagt hat?«

»Wahrscheinlich nicht. Wie es aussieht, kommt Burkhart für gestern Abend nicht infrage, und aller Wahrscheinlichkeit nach auch nicht für Lost. Er stand an beiden Abenden unter Überwachung durch das LAPD.«

Rider sah ihn mit zusammengezogenen Augenbrauen an. Er hatte sogar noch mehr Informationen, von denen sie nichts wusste. Er wandte den Blick ab.

»Na wunderbar«, sagte Pratt. »Und wo stehen wir damit jetzt, Leute?«

»Na ja, im Grunde hat sich dieser Zeitungsartikel als Schuss in den Ofen erwiesen«, sagte Rider. »Er hat zwar insofern seinen Zweck erfüllt, als er dazu geführt hat, dass Mackey über Lost sprechen wollte, bloß ist er nicht mehr dazu gekommen. Jemand anders hat den Artikel gesehen.«

»Und dieser Jemand ist der eigentliche Mörder«, sagte Pratt.

»Genau«, sagte Rider. »Der Mann, dem Mackey vor siebzehn Jahren half und/oder die Tatwaffe besorgte. Dieser Mann wurde ebenfalls auf den Artikel aufmerksam und wusste, dass das Blut an der Waffe nicht von ihm stammte, und das hieß, dass es von Mackey stammen musste. Mackey war die einzige Verbindung zu ihm, und deshalb musste er aus dem Weg geräumt werden.«

»Und wie hat er das angestellt?«, fragte Pratt.

»Entweder war er clever und hat gemerkt, dass der Artikel absichtlich in die Zeitung gesetzt worden war und wir Mackey beobachten würden, oder er dachte sich einfach, die beste Möglichkeit, Mackey auszuschalten, wäre die, wie er es dann tatsächlich getan hat. Ihn allein an diese Stelle zu locken. Ziemlich clever, das Ganze. Er suchte sich dafür einen Ort und einen Zeitpunkt aus, an dem Mackey allein und verwundbar war. Auf der Zufahrtsrampe ist man ein Stück oberhalb des Freeway. Obwohl die Lichter des Abschleppwagens angeschaltet waren, konnte von dort niemand diese Stelle einsehen.«

»Auch für den Fall, dass Mackey beschattet würde, war die Stelle gut gewählt«, fügte Nord hinzu. »Der Mörder wusste, dass ein Observierungsteam einfach an ihm vorbeifahren müsste und dass er Mackey danach ganz für sich allein hätte.«

»Überschätzen wir diesen Kerl da nicht etwas?«, gab Pratt zu bedenken. »Woher soll er gewusst haben, dass wir hinter dem Kerl her waren? Einzig und allein wegen eines Zeitungsartikels? Ich bitte Sie.«

Weder Bosch noch Rider antworteten, und alle anderen dachten über die unausgesprochene Andeutung nach, der Mörder könnte Verbindung zur Polizei beziehungsweise zu den Ermittlungen haben.

»Okay, was noch?«, fuhr Pratt fort. »Ich schätze, uns bleiben höchstens noch einmal vierundzwanzig Stunden, bis die Sache publik wird. Danach kommt es in die Zeitung und in den sechsten Stock, und wenn wir bis dahin nicht alles unter Dach und Fach haben, können wir uns auf etwas gefasst machen. Wie soll es also weitergehen?«

»Wir nehmen die Pen-Register«, sagte Bosch, der für sich und Rider sprach, »und machen damit weiter.«

Bosch dachte dabei an den Zettel mit der Nachricht für Mackey, den er am Tag zuvor auf dem Schreibtisch der Tankstelle gesehen hatte. Der Anruf von Visa, um sich das feste Arbeitsverhältnis bestätigen zu lassen. Wie Rider ganz richtig bemerkt hatte, als Bosch ihr ursprünglich davon erzählt hatte, passte es nicht zu Mackey, eine Spur, wie sie die Beantragung einer Kreditkarte darstellte, zu hinterlassen. Das war etwas, was nicht ins Bild passte, und deshalb wollte er diesem Punkt weiter nachgehen.

»Wir haben hier alle Ausdrucke«, sagte Robinson. »Die meisten Anrufe gingen in der Tankstelle ein. Lauter geschäftliche Gespräche.«

»Okay, Harry, Kiz, wollen Sie die Register?«, fragte Pratt.

Rider sah Bosch an und dann Pratt.

»Wenn Harry das möchte. Er scheint heute einen Lauf zu haben.«

Als ob das das Stichwort wäre, begann Boschs Handy zu läuten. Er sah auf das Display. Es war Raj Patel.

»Was das für ein Lauf ist, werden wir gleich sehen«, sagte er, als er das Handy aufklappte.

Patel sagte, er habe gute und schlechte Nachrichten.

»Die gute Nachricht ist, wir haben noch alle Vergleichsmuster aus dem Haus im Archiv. Die Fingerabdrücke von heute Morgen stimmen mit keinem von ihnen überein. Sie haben also jemand Neuen gefunden, Harry. Es könnte ihr Mörder sein.«

Das hieß Folgendes: Alle Fingerabdruckproben von Angehörigen der Familie Lost und von Personen, die Zugang zum Haus hatten, waren noch im Fingerabdrucklabor der SID. Keine dieser Proben passte zu den Fingerabdrücken und der Handfläche, die sie am Morgen unter Rebecca Losts Bett entdeckt hatten. Fingerabdrücke konnten natürlich nicht datiert werden, und es bestand die Möglichkeit, dass die an diesem Morgen gefundenen Abdrücke von der Person stammten, die das Bett aufgebaut hatte. Aber das war nicht sehr wahrscheinlich. Die Abdrücke hatten sich auf der Unterseite des Lattenrosts befunden. Wer sie dort hinterlassen hatte, war höchstwahrscheinlich unter dem Bett gewesen.

»Und die schlechte Nachricht?«, fragte Bosch.

»Ich habe sie gerade in die DOJ-Datenbank eingegeben. Keine Übereinstimmung.«

»Und das FBI?«

»Das ist der nächste Schritt, aber das wird nicht so schnell gehen. Sie müssen sie erst aufbereiten. Ich schicke sie ihnen zwar mit einem Dringlichkeitsvermerk, aber Sie wissen ja, wie es ist.«

»Allerdings, Raj. Sagen Sie mir Bescheid, wenn Sie etwas hören, und vielen Dank für Ihre Bemühungen.«

Bosch klappte das Handy zu. Er empfand diese Wendung als schweren Rückschlag, und es war ihm anzusehen. Er brauchte den anderen nicht eigens zu erklären, was das Ganze zu bedeuten hatte.

»Keine Übereinstimmung in der DOJ-Datenbank«, sagte

er. »Er will es beim FBI versuchen, aber das wird eine Weile dauern.«

»Scheiße!«, sagte Renner.

»Weil gerade von Raj Patel die Rede ist«, sagte Pratt. »Sein Bruder hat die Obduktion für zwei Uhr angesetzt. Ich möchte ein Team dabeihaben. Wer will das übernehmen?«

Renner hob zaghaft die Hand. Er und Robleto würden an der Obduktion teilnehmen. Wenn einem der Anblick nichts ausmachte, war es ein leichter Auftrag.

Dann war die Besprechung zu Ende. Vorher hatte Pratt noch Robinson und Nord die Tankstelle und die Vernehmung der Personen zugeteilt, die dort mit Mackey gearbeitet hatten. Marcia und Jackson würden sich damit befassen, die einzelnen Berichte zu sammeln und zu einer Mordakte zusammenzustellen. Sie leiteten weiterhin die Ermittlungen und würden die nötigen Schritte von Zimmer 503 aus koordinieren.

Pratt sah auf die Rechnung, teilte den Endbetrag durch neun und bat jeden, einen Zehner beizusteuern. Das hieß, Bosch musste zehn Dollar abdrücken, obwohl er nicht einmal eine Tasse Kaffee gehabt hatte. Er protestierte nicht. Es war der Preis dafür, dass er zu spät und außerdem derjenige war, der sie in diese Lage gebracht hatte.

Als alle aufstanden, fing Bosch Riders Blick auf.

»Bist du allein hergekommen oder mit jemandem mitgefahren?«

»Abel hat mich mitgenommen.«

»Sollen wir zusammen zurückfahren?«

»Gern.«

Während sie vor dem Eingang warteten, dass Boschs

Auto vorgefahren wurde, strafte sie Bosch mit Schweigen. Sie hatte den Ordner mit den Ausdrucken der Pen-Register unter den Arm geklemmt und starrte wortlos auf die riesige Plastikkuh unter dem Schild des Restaurants.

Endlich kam der Mercedes, und sie stiegen ein. Bevor Bosch losfuhr, wandte er sich ihr zu und sah sie an.

»Sag's schon endlich.«

»Was soll ich sagen?«

»Na, was du mir sagen willst, damit du dich hinterher besser fühlst.«

»Du hättest mich anrufen sollen, Harry, mehr nicht.«

»Hör zu, Kiz, als ich dich gestern angerufen habe, hast du mich ziemlich fertiggemacht. Und das wollte ich mir diesmal ersparen.«

»Diesmal war es aber was anderes, das weißt du ganz genau. Gestern hast du mich angerufen, weil du einfach grundsätzlich aufgeregt warst. Heute bist du einer Spur gefolgt. Ich hätte bei dir sein sollen. Aber nicht nur das. Ich hatte nicht die geringste Ahnung, was du alles Neues herausgefunden hast, bis du eben hier reinmarschiert bist und es allen erzählt hast. Für mich war das ziemlich peinlich, Harry. Vielen Dank.«

Bosch nickte schuldbewusst.

»Was das angeht, hast du völlig recht. Es tut mir leid. Ich hätte dich auf dem Weg in die Stadt anrufen sollen. Ich habe es einfach vergessen. Ich war spät dran und hatte beide Hände am Steuer und wollte einfach nur möglichst schnell in die Stadt kommen.«

Da sie darauf nichts erwiderte, sagte er schließlich: »Können wir uns jetzt wieder darauf konzentrieren, diesen Fall zu lösen?«

Sie zuckte mit den Achseln, und er fuhr los. Auf dem Weg zum Parker Center versuchte er, sie über alle Details in Kenntnis zu setzen, die er bei der Frühstücksbesprechung nicht zur Sprache gebracht hatte. Er erzählte ihr von McClellans Besuch, und wie er durch ihn darauf gekommen war, unter dem Bett nach Fingerabdrücken zu suchen.

Zwanzig Minuten später waren sie in ihrer Nische in Zimmer 503. Endlich hatte Bosch eine Tasse Kaffee vor sich stehen. Sie saßen sich gegenüber und hatten die Pen-Register-Ausdrucke zwischen sich ausgebreitet.

Bosch konzentrierte sich auf die Anrufe in der Tankstelle. Die Liste enthielt mehrere Hundert Einträge – alle Gespräche, die auf den zwei Apparaten der Tankstelle geführt worden waren – und zwar in dem Zeitraum von 6 Uhr morgens, als die Observierung begann, bis 16 Uhr, als Mackey zur Arbeit erschien und Renner und Robleto den Anschluss direkt abhörten.

Bosch ging die Liste durch. Auf den ersten Blick stach ihm nichts ins Auge. Viele Gespräche waren mit Firmen geführt worden, bei denen bereits aus dem Namen ersichtlich wurde, dass sie der Kfz-Branche zuzuordnen waren. Außerdem war ein hoher Anteil an Anrufen von der AAA-Zentrale eingegangen, und das waren wahrscheinlich Abschleppaufträge.

Einige Anrufe waren auch darunter, die von Privatanschlüssen kamen. Bosch sah sich die Namen genau an, ohne dass ihm an einem von ihnen etwas Besonderes auffiel. Keine der aufgeführten Personen war in irgendeiner Weise in den Fall verwickelt.

Vier Einträge in der Liste waren Visa zugeordnet, alle

dieselbe Nummer. Bosch griff nach dem Telefon und wählte sie. Er hörte es nicht läuten. Stattdessen kam das schrille Kreischen einer Computerschaltung aus dem Hörer. Es war so laut, dass sogar Rider es hörte.

»Was ist das?«

Bosch legte auf.

»Ich gehe gerade der Nachricht auf diesem Zettel nach, den ich im Büro der Tankstelle auf dem Schreibtisch liegen gesehen habe. Du weißt schon, dieser Anruf von Visa, ob Mackey ein festes Arbeitsverhältnis hat. Als du sagtest, das würde nicht ins Bild passen.«

»Stimmt. Das habe ich ganz vergessen. War das die Nummer?«

»Ich weiß nicht. Hier sind vier Einträge für Visa, aber … Augenblick.«

Er merkte, dass die Anrufe von der Tankstelle aus erfolgt waren.

»Halt, Kommando zurück, das waren ausgehende Anrufe. Es muss die Nummer sein, die das Buchungsgerät anwählt, wenn man mit Kreditkarte zahlt. Das ist aber komisch. Unter den eingehenden Anrufen ist keiner von Visa.«

Bosch griff wieder nach dem Telefon und wählte die Nummer von Nords Handy.

»Sind Sie schon in der Tankstelle?«

Sie lachte.

»Wir sind kaum aus Hollywood raus. Wir brauchen mindestens noch eine halbe Stunde.«

»Wenn Sie da sind, fragen Sie nach einer telefonischen Nachricht, die gestern jemand für Mackey hinterlassen hat. Ein Anruf von Visa, um sich wegen eines Kreditkartenantrags bestätigen zu lassen, dass er auch tatsächlich dort arbeitet. Fragen Sie, woran sich die Person, die den Anruf entgegengenommen hat, noch erinnern kann, und vor allem, wann der Anruf einging. Versuchen Sie den genauen Zeitpunkt rauszubekommen, soweit das möglich ist. Fragen Sie das als Erstes, und rufen Sie mich dann zurück.«

»Jawohl, Sir. Sollen wir auch noch Ihre Wäsche aus der Reinigung abholen?«

Bosch merkte, dass er an diesem Morgen anscheinend kein Fettnäpfchen ausließ.

»Entschuldigung«, sagte er. »Aber wir stehen hier ziemlich unter Druck.«

»Tun wir das nicht alle? Ich rufe Sie an, sobald wir den Kerl sehen.«

Nord beendete das Gespräch. Bosch legte das Telefon weg und sah Rider an. Sie schaute auf Rebecca Losts Klassenfoto in dem Jahrbuch, das sie in der Schule ausgeliehen hatten.

»Woran denkst du gerade?«, fragte sie, ohne aufzublicken.

»Diese Visa-Geschichte geht mir immer noch im Kopf rum.«

»Ich weiß, also woran denkst du?«

»Na ja, mal angenommen, du bist der Mörder und hast die Waffe, mit der du es getan hast, von Mackey bekommen.«

»Lässt du Burkhart jetzt ganz fallen? Obwohl du gestern Abend noch so angetan von ihm warst.«

»Sagen wir einfach, die Fakten überzeugen mich. Vorerst, okay?«

»Gut, mach weiter.«

»Na schön. Also, du bist der Mörder und hast die Waffe von Mackey gekriegt. Er ist der einzige Mensch auf der ganzen Welt, der dir diese Sache anhängen kann. Aber siebzehn Jahre vergehen, ohne dass irgendetwas passiert, und du wiegst dich in Sicherheit und verlierst Mackey vielleicht sogar aus den Augen.«

»Okay.«

»Und dann nimmst du gestern die Zeitung in die Hand und siehst das Foto von Rebecca und liest den Artikel, in dem steht, sie haben DNS-Spuren. Du weißt, es war nicht dein Blut. Demnach kann es sich dabei nur um einen Riesenbluff seitens der Polizei handeln, oder es ist Mackeys Blut. Das ist der Moment, in dem dir alles klar wird.«

»Mackey muss weg.«

»Richtig. Die Polizei ist dir dicht auf den Fersen. Er muss weg. Und jetzt, wie findest du den Kerl? Mackey hat sein Leben lang – wenn er nicht gerade im Gefängnis saß – als Abschleppwagenfahrer gearbeitet. Angenommen, du hättest das gewusst … Dann hättest du genau das getan, was er getan hat. Du holst dir das Branchenbuch und fängst an, alle Abschleppdienste anzurufen.«

Rider stand auf und ging zu den Aktenschränken an der Rückwand der Nische. Die Telefonbücher waren in wildem Durcheinander darauf abgelegt. Sie musste sich auf die Zehenspitzen stellen, um an das Branchenbuch fürs Valley zu kommen. Sie kehrte an den Schreibtisch zurück und schlug das Telefonbuch auf den Seiten mit den Abschleppdiensten auf. Sie fuhr mit dem Finger die Einträge entlang, bis sie zu Tampa Towing kam, wo Mackey gearbeitet hatte. Sie ging zum Eintrag davor zurück, einer Firma, die sich Tall Order Towing Services nannte. Sie griff nach dem Telefon und wählte die Nummer. Bosch bekam nur ihren Teil des Gesprächs mit.

»Ja, mit wem spreche ich?«

Sie wartete einen Moment.

»Ich bin Detective Kizmin Rider vom Los Angeles Police Department. Ich ermittle in einem Betrugsfall und hätte Ihnen gern ein paar Fragen gestellt.«

Rider nickte, als sie offensichtlich eine positive Reaktion erhielt.

»Der Verdächtige, um den es geht, ist bekannt dafür, dass er bei Firmen anruft und sich als Visa-Mitarbeiter ausgibt. Dann erkundigt er sich, ob ein Mitarbeiter, der angeblich einen Kreditkartenantrag gestellt hat, ein festes Arbeitsverhältnis hat. Kommt Ihnen das irgendwie bekannt vor? Uns liegen Informationen vor, die uns zu der Annahme führen, dass der Betreffende gestern im Valley aktiv war. Er sucht sich für seine Betrügereien mit Vorliebe Firmen aus, die in irgendeiner Weise mit Autos zu tun haben.«

Rider sah die ganze Zeit Bosch an, als die Antwort auf ihre Frage kam, aber ihre Miene ließ keinerlei Rückschlüsse zu.

»Ja, könnten Sie mich bitte zu ihr durchstellen?«

Rider betete die ganze Leier wieder herunter und stellte die gleiche Frage. Dann beugte sie sich vor, und es schien, als versteifte sie sich abrupt. Sie hielt die Sprechmuschel zu und sah wieder Bosch an.

»Volltreffer«, sagte sie.

Dann konzentrierte sie sich wieder auf das Telefonat und hörte noch eine Weile zu.

»War es ein Mann oder eine Frau?«

Sie notierte etwas.

»Und wann war das?«

Sie machte sich eine weitere Notiz, und Bosch stand auf, um es lesen zu können. Sie hatte »männlich, ca. 13.30« auf einen Notizblock geschrieben. Während sie das Gespräch weiterführte, sah Bosch im Pen-Register nach und stellte fest, dass bei Tampa Towing um 13.40 Uhr ein Anruf eingegangen war. Er kam von einem Privatanschluss. Der Name auf der Liste war Amanda Sobek. Der Vorwahl nach zu schließen, handelte es sich um ein Handy. Weder der Name noch die Nummer sagten Bosch etwas. Aber das machte nichts. Langsam, glaubte er, kamen sie der Sache näher.

Rider beendete das Gespräch, indem sie die Person, mit der sie telefonierte, fragte, ob sie sich an den Namen erinnern könne, nach dem sich der vermeintliche Visa-Mitarbeiter erkundigt habe. Als sie allem Anschein nach eine negative Antwort erhielt, sagte sie: »War der Name vielleicht Roland Mackey?«

Sie wartete.

»Sind Sie sicher?«, fragte sie. »Gut, danke für Ihre Hilfe, Karen.«

Sie legte auf und sah Bosch an. Die Aufregung in ihren Augen hatte den ganzen Ärger darüber weggefegt, dass er ihr am Morgen nichts von den Fingerabdrücken erzählt hatte.

»Du hattest recht«, sagte sie. »Sie haben einen Anruf bekommen. Exakt die gleiche Masche. Sie konnte sich sogar an den Namen Roland Mackey erinnern, als ich ihn ihr sagte. Harry, während wir ihn observiert haben, hat jemand versucht, ihn ausfindig zu machen.«

»Und jetzt machen wir diese Kerle ausfindig. Wenn sie im Telefonbuch von oben nach unten vorgegangen sind, müssten sie als Nächstes bei Tampa Towing angerufen haben. In der Liste ist um 13.40 Uhr ein Anruf von einer Amanda Sobek eingetragen. Der Name sagt mir zwar nichts, aber das könnte der Anruf sein, nach dem wir suchen.«

»Amanda Sobek«, sagte Rider und klappte ihr Notebook auf. »Mal sehen, was AutoTrack über sie hat.«

Während sie den Namen eingab, bekam Bosch einen Anruf von Robinson, der inzwischen mit Nord bei Tampa Towing eingetroffen war.

»Harry, der Fahrer, der die Frühschicht hatte, sagt, der Anruf wäre zwischen halb zwei und zwei eingegangen. So genau kann er das deshalb sagen, weil er gerade vom Mittagessen gekommen war und um zwei wieder losmusste, um ein Auto abzuschleppen. Ein AAA-Auftrag.«

»War der Visa-Mitarbeiter ein Mann oder eine Frau?«

»Ein Mann.«

»Okay, sonst noch was?«

»Ja. Nachdem der Fahrer bestätigt hatte, dass Mackey hier arbeitet, wollte der Visa-Typ wissen, von wann bis wann er arbeitet.«

»Okay. Können Sie den Fahrer noch was fragen?«

»Er steht direkt neben mir.«

»Fragen Sie ihn, ob sie eine Kundin namens Sobek haben. Amanda Sobek.«

Bosch wartete, während Robinson die Frage stellte.

»Keine Kundin namens Sobek«, meldete Robinson gleich darauf. »Ist das eine gute Nachricht, Harry?«

»Gut genug.«

Nachdem er aufgelegt hatte, stand Bosch auf und ging um die Schreibtische herum, sodass er auf Riders Monitor sehen konnte. Er erzählte ihr, was Robinson gerade durchgegeben hatte.

»Irgendwas über Amanda Sobek?«, fragte er.

»Ja, hier. Sie wohnt im West Valley. In der Farralone Avenue in Chatsworth. Aber das ist schon ziemlich alles. Keine Kreditkarten, keine Hypotheken. Ich schätze, das steht alles unter dem Namen ihres Mannes. Sie könnte Hausfrau sein. Ich gebe mal die Adresse ein … Mal sehen, ob ich ihn vielleicht so finde.«

Bosch schlug das Jahrbuch auf der Seite mit Rebecca Losts Klasse auf und begann, nach dem Namen Sobek oder Amanda zu suchen.

»Hier haben wir ihn«, sagte Rider. »Mark Sobek. Es läuft praktisch alles auf seinen Namen, und wie es aussieht, ist das nicht gerade wenig. Vier Autos, zwei Häuser, jede Menge Kreditkarten.«

»In Rebeccas Klasse gab es keinen oder keine Sobek«, sagte Bosch. »Aber zwei Mädchen, die Amanda hießen. Amanda Reynolds und Amanda Riordan. Glaubst du, sie ist eine von den beiden?«

Rider schüttelte den Kopf.

»Ich glaube nicht. Das Alter passt nicht. Hier steht, Amanda Sobek ist einundvierzig. Damit wäre sie acht Jahre älter als Rebecca Lost. Irgendetwas passt da nicht zusammen. Meinst du, wir sollten sie einfach anrufen?«

Bosch klappte mit einem lauten Knall das Jahrbuch zu. Rider fuhr in ihrem Sitz hoch.

»Nein«, sagte er. »Wir fahren einfach hin.«

»Wohin? Zu ihr?«

»Klar. Zeit, deinen Arsch hochzukriegen und Klinken zu putzen.«

Er sah auf Rider hinab und konnte sehen, dass ihr das nicht gefiel.

»Ich habe damit nicht deinen Arsch speziell gemeint. Es ist eine Redensart. Los, komm.«

Sie stand auf.

»Für jemanden, der vielleicht keinen Job mehr hat, bevor dieser Tag zu Ende geht, riskierst du eine ganz schön dicke Lippe.«

»Was sollte ich denn anderes tun, Kiz? Die Dunkelheit wartet. Und sie kommt, egal was man macht.«

Er ging ihr voraus aus dem Büro.

37

Die Adresse in der Farralone Avenue, zu der AutoTrack Bosch und Rider geführt hatte, war eine Villa im mediterranen Stil, die gut und gern ihre 500 Quadratmeter Wohnfläche hatte. Die frei stehende Garage hatte vier dunkel getönte Holztore und darüber die Fenster einer Gästewohnung. Die Detectives hatten ausreichend Gelegenheit, sich das alles anzusehen, als sie am schmiedeeisernen Tor darauf warteten, dass sich jemand über die Sprechanlage meldete. Endlich kam eine Stimme aus dem kleinen quadratischen Kasten an der Säule neben Boschs Fenster.

»Ja, wer ist da?«

Eine Frauenstimme. Sie hörte sich jung an.

»Amanda Sobek?«, fragte Bosch statt einer Antwort.

»Nein, ich bin ihre Assistentin. Wer sind Sie, beide bitte?«

Bosch sah wieder auf den Kasten und entdeckte das Objektiv. Sie wurden sowohl beobachtet als auch belauscht. Er zog seine Dienstmarke heraus und hielt sie etwa 30 Zentimeter vor das Objektiv.

»Polizei. Wir würden gern Amanda oder Mark Sobek sprechen.«

»In welcher Angelegenheit?«

»Polizeiliche Ermittlungen. Öffnen Sie bitte das Tor, Ma'am.«

Sie warteten, und Bosch war schon kurz davor, noch einmal auf den Rufknopf zu drücken, als sich das Tor langsam öffnete. Sie fuhren auf das Grundstück und parkten auf dem Wendekreis vor dem zweigeschossigen Portikus.

»So ein Haus würde ich auch nicht gern verlieren«, sagte Bosch leise, als er den Motor ausstellte. »Dafür kann man schon mal den Fahrer eines Abschleppwagens umbringen.«

Noch bevor sie die Tür erreichten, wurde sie von einer Frau Mitte zwanzig geöffnet. Sie trug einen Rock und eine weiße Bluse. Die Assistentin.

»Und Sie sind?«, fragte Bosch.

»Melody Lane. Ich arbeite für Mrs. Sobek.«

»Ist sie hier?«, fragte Rider.

»Ja, sie macht sich gerade fertig und kommt gleich nach unten. Wenn Sie bitte im Wohnzimmer warten würden.«

Sie wurden in einen Vorraum geführt, in dem ein Tisch mit mehreren Familienfotos darauf stand. Es waren ein Mann, eine Frau und zwei Töchter im Teenageralter zu sehen. Bosch und Rider folgten Melody in ein riesiges Wohnzimmer, durch dessen große Fenster man auf den Santa Susana State Park und den Oat Mountain hinaussah.

Bosch sah auf die Uhr. Es war fast Mittag. Melody bemerkte das.

»Sie hat nicht geschlafen. Sie kommt vom Sport und hat gerade geduscht. Sie müsste jeden Augenblick …«

Sie brauchte nicht weiterzusprechen. Eine attraktive Frau in weißer Hose und weißer Bluse mit einem rosafarbenen Chiffontop darunter kam in den Raum geeilt.

»Was gibt's? Stimmt irgendetwas nicht? Ist etwas mit meinen Töchtern?«

»Sind Sie Amanda Sobek?«, fragte Bosch.

»Natürlich bin ich das. Wieso, was ist? Warum sind Sie hier?«

Bosch deutete auf die Sitzgruppe in der Mitte des Raums.

»Vielleicht sollten wir uns erst mal setzen, Mrs. Sobek.«

»Sagen Sie mir nur, ob etwas passiert ist.«

Die Panik in ihrem Gesicht erschien Bosch echt. Er begann schon zu fürchten, sie hätten irgendwo eine falsche Abzweigung erwischt.

»Es ist nichts passiert«, sagte er. »Wir sind nicht wegen Ihrer Töchter hier. Ihren Töchtern fehlt nichts.«

»Ist etwas mit Mark?«

»Nein, Mrs. Sobek. Soviel wir wissen, fehlt auch ihm nichts. Setzen wir uns doch.«

Schließlich gab sie nach und steuerte den großen Sessel rechts neben der Couch an. Bosch ging um den gläsernen Beistelltisch herum und setzte sich auf die Couch. Rider nahm auf einem der verbleibenden Sessel Platz. Bosch stellte sich und Rider vor und zeigte noch einmal seine Dienstmarke. Er stellte fest, dass die Glasplatte des Couchtischs fleckenlos war.

»Wir führen Ermittlungen durch, über die ich Ihnen nichts sagen darf. Ich muss Ihnen in diesem Zusammenhang ein paar Fragen zu Ihrem Handy stellen.«

»Zu meinem Handy? Sie haben mich wegen meines Handys zu Tode erschreckt?«

»Unsere Ermittlungen haben einen sehr ernsten Hintergrund, Mrs. Sobek. Haben Sie Ihr Handy bei sich?«

»Es ist in meiner Handtasche. Wollen Sie es sehen?«

»Nein, noch nicht. Können Sie mir sagen, wann Sie gestern damit telefoniert haben?«

Sobek schüttelte den Kopf, als sei das eine vollkommen absurde Frage.

»Keine Ahnung. Am Morgen habe ich Melody aus dem Fitnessstudio angerufen. Wann sonst noch, weiß ich nicht mehr. Ich fuhr ins Geschäft und rief meine Töchter an, um zu sehen, ob sie nach der Schule auf dem Weg nach Hause waren. Sonst fällt mir spontan nichts mehr ein. Außer im Fitnessstudio war ich fast den ganzen Tag zu Hause. Und wenn ich zu Hause bin, benutze ich das Handy nicht. Dann nehme ich das normale Telefon.«

Boschs Befürchtungen potenzierten sich. Irgendwo war ihnen ein Versehen unterlaufen.

»Könnte sonst jemand Ihr Handy benutzt haben?«, fragte Rider.

»Meine Töchter haben ein eigenes. Und Melody auch. Ich weiß nicht, worauf Sie hinauswollen.«

Bosch zog die Seite des Pen-Registers aus seiner Jackentasche und las die Nummer des Telefons ab, mit dem bei Tampa Towing angerufen worden war.

»Ist das Ihre Nummer?«, fragte er.

»Nein, es ist die meiner Tochter. Die von Kaitlyn.«

Bosch beugte sich vor. Das änderte die Sache noch einmal.

»Die Nummer Ihrer Tochter? Wo war sie gestern?«

»Das sagte ich Ihnen doch bereits. Sie war in der Schule. Und sie hat erst nach dem Unterricht mit dem Handy telefoniert, weil das in der Schule verboten ist.«

»Auf welche Schule geht sie?«, fragte Rider.

»Auf die Hillside Prep. Drüben in Porter Ranch.«

Bosch lehnte sich zurück und sah Rider an. Eben hatte sich ein Kreis geschlossen. Er war sich nicht sicher, inwiefern genau, aber es schien ihm bedeutsam.

Amanda deutete ihre Mienen richtig.

»Was ist?«, fragte sie. »Stimmt in der Schule etwas nicht?«

»Nicht, dass wir wüssten, Ma'am«, antwortete Bosch. »In welche Klasse geht Ihre Tochter?«

»Sie ist im zweiten Studienjahr.«

»Hat sie eine Bailey Sable als Lehrerin?«, fragte Rider.

Sobek nickte.

»In Englisch. Außerdem ist sie ihre Vertrauenslehrerin.«

»Gibt es einen Grund, weshalb sich Mrs. Sable gestern das Handy Ihrer Tochter ausgeliehen haben könnte?«, fragte Rider.

Sobek zuckte mit den Schultern.

»Nicht, dass ich wüsste. Verstehen Sie eigentlich, wie seltsam das alles für mich ist? Diese ganzen Fragen. Wurde ihr Handy benutzt, um eine Drohung auszusprechen oder etwas in der Art? Hat das Ganze einen terroristischen Hintergrund?«

»Nein, Ma'am«, sagte Bosch. »Aber die Sache ist trotzdem sehr ernst. Wir werden jetzt sofort in die Schule fahren und mit Ihrer Tochter sprechen müssen. Wir wären Ihnen dankbar, wenn Sie mitkommen könnten, damit Sie dabei sind, wenn wir mit ihr sprechen.«

»Braucht sie einen Anwalt?«

»Das glaube ich nicht, Ma'am.«

Bosch stand auf.

»Können wir?«

»Kann Melody auch mitkommen? Ich hätte gern, dass Melody mitkommt.«

»Wissen Sie was, sagen Sie Melody, sie soll sich in der Schule mit uns treffen. Dann kann sie Sie anschließend nach Hause fahren, wenn wir woandershin müssen.«

38

Auf der Fahrt zur Hillside Prep war es still im Auto. An sich hätte Bosch mit Rider gern über die letzte Wendung gesprochen, die der Fall genommen hatte, aber er wollte es nicht in Amanda Sobeks Beisein tun. Deshalb waren sie still, bis ihre Mitfahrerin fragte, ob sie ihren Mann anrufen könne, was Bosch ihr erlaubte. Sie erreichte ihn jedoch nicht und hinterließ ihm mit fast hysterischer Stimme eine Nachricht, er solle sie sofort zurückrufen.

Als sie in der Schule ankamen, war dort gerade Mittagspause. Auf dem Weg zum Sekretariat konnten sie aus der Cafeteria tumultartiges Stimmengewirr auf den Gang dringen hören.

Im Sekretariat war Mrs. Atkins hinter dem Schalter. Sie schien leicht verdutzt, als sie Amanda Sobek in Begleitung der Detectives sah. Bosch fragte, ob Schulleiter Stoddard zu sprechen sei.

»Mr. Stoddard isst heute nicht auf dem Campus zu Mittag«, sagte Mrs. Atkins. »Kann ich Ihnen vielleicht helfen?«

»Ja, wir hätten gern Kaitlyn Sobek gesprochen. Mrs. Sobek wird dabei sein, wenn wir mit ihr sprechen.«

»Jetzt gleich?«

»Ja, Mrs. Atkins, jetzt gleich. Ich wäre Ihnen sehr zu Dank verpflichtet, wenn Sie oder ein anderer Mitarbeiter der Schule sie holen könnte. Es ist vermutlich besser, wenn die anderen Schüler sie nicht zusammen mit der Polizei sehen.«

»Ich könnte sie holen«, bot Amanda Sobek an.

»Nein«, sagte Bosch rasch. »Wir möchten sie zur gleichen Zeit wie Sie sehen.«

Das war eine höfliche Art, zum Ausdruck zu bringen, dass er nicht wollte, dass sie ihre Tochter nach dem Handy fragte, bevor er das selbst tun konnte.

»Ich gehe kurz in die Cafeteria und hole sie«, sagte Mrs. Atkins. »Sie können ja für Ihr … äh, Gespräch in das Sprechzimmer des Schulleiters gehen.«

Sie kam hinter dem Schalter hervor, wandte den Blick von Amanda Sobek ab und ging auf die Tür zu, die auf den Flur hinausführte.

»Danke, Mrs. Atkins«, sagte Bosch.

Mrs. Atkins brauchte fast fünf Minuten, um Kaitlyn Sobek zu finden und ins Sekretariat zu bringen. Während sie warteten, traf Melody Lane ein, und Bosch sagte Amanda Sobek, ihre Assistentin müsse draußen warten. Kaitlyn ging mit Bosch, Rider und ihrer Mutter in ein Zimmer, das vom Büro des Schulleiters abging und in dem ein runder Tisch mit sechs Stühlen stand.

Nachdem alle Platz genommen hatten, nickte Bosch Rider zu, worauf sie übernahm. Bosch hielt es für besser, wenn eine Frau das Gespräch mit dem Mädchen führte, und Rider verstand das, ohne dass darüber gesprochen werden musste. Sie erklärte Kaitlyn, dass es um ein Telefongespräch ging, das am Tag zuvor um 13.40 Uhr mit ihrem Handy geführt worden war. Das Mädchen fiel ihr sofort ins Wort.

»Das ist völlig unmöglich.«

»Wieso?«, fragte Rider. »Wir haben den Anschluss, der damit angerufen wurde, elektronisch überwacht. Der Anruf kam von Ihrem Handy.«

»Ich war aber gestern in der Schule. Und während der Schulzeit dürfen wir keine Handys benutzen.«

Das Mädchen wirkte nervös. Bosch war klar, dass sie log, aber er konnte sich nicht vorstellen, aus welchem Grund. Er fragte sich, ob sie vielleicht log, weil ihre Mutter dabei war.

»Wo ist Ihr Handy jetzt gerade?«, fragte Rider.

»In meinem Rucksack in meinem Schließfach. Und es ist ausgestellt.«

»War es da auch gestern um dreizehn Uhr vierzig?«

»Mhm-hmh.«

Sie wandte den Blick von Rider ab, als sie log. Sie war leicht zu durchschauen, und Bosch merkte, dass Rider den gleichen Eindruck hatte wie er.

»Kaitlyn, diese Ermittlungen haben einen sehr ernsten Hintergrund«, sagte Rider in besänftigendem Ton. »Wenn Sie uns belügen, könnten Sie eine Menge Ärger kriegen.«

»Kaitlyn, sag die Wahrheit!«, sagte Amanda Sobek mit Nachdruck.

»Nur keine Aufregung, Mrs. Sobek«, sagte Rider. »Kaitlyn, wenn ein Anschluss elektronisch überwacht wird, nennt man das ein Pen-Register. Und diese Register sind hundertprozentig zuverlässig. Ihr Handy wurde für diesen Anruf benutzt. Daran besteht überhaupt kein Zweifel. Ist es also möglich, dass sich gestern jemand Zugang zu Ihrem Schließfach verschafft und mit Ihrem Handy telefoniert hat?«

Sie zuckte mit den Achseln.

»Möglich ist alles, denke ich.«

»Okay, wer könnte so etwas getan haben?«

»Das weiß ich doch nicht. Sie sind diejenige, die das behauptet.«

Bosch räusperte sich, und das lenkte die Aufmerksamkeit des Mädchens auf ihn. Er sah sie streng an und sagte: »Ich glaube, wir sollten besser in die Stadt fahren. Vielleicht ist das hier nicht der richtige Ort für eine Vernehmung.«

Er schob seinen Stuhl zurück und machte sich daran, aufzustehen.

»Kaitlyn, was geht hier vor sich?«, stieß Amanda Sobek aufgeregt hervor. »Das ist hier kein Spaß. Wen hast du angerufen?«

»Niemanden, okay?«

»Nein, das ist nicht okay.«

»Also schön, ich hatte das Handy nicht. Es wurde mir abgenommen.«

Bosch setzte sich, und es übernahm wieder Rider.

»Wer hat Ihnen das Handy abgenommen?«, fragte sie.

»Mrs. Sable«, sagte das Mädchen.

»Warum?«

»Weil wir es nach dem Läuten in der Schule nicht mehr benutzen dürfen. Aber gestern kam meine beste Freundin Rita nicht in die Schule. Deshalb habe ich versucht, ihr eine SMS zu schicken, um zu erfahren, was mit ihr los ist, und dabei hat mich Mrs. Sable erwischt.«

»Und Ihnen das Handy abgenommen?«

»Ja.«

Bosch dachte fieberhaft nach, wie Bailey Koster Sable

in das Schema des Mordes an Rebecca Lost passen könnte. Eines ging auf gar keinen Fall. Die 16-jährige Bailey Koster konnte unmöglich den schlaffen Körper ihrer Freundin den Hügel hinter dem Haus hinaufgetragen haben.

»Warum wollten Sie uns das erst nicht erzählen?«, fragte Rider das Mädchen.

»Weil ich nicht wollte, dass sie mitkriegt, dass ich Ärger in der Schule hatte.« Dabei zeigte das Mädchen mit dem Kinn auf ihre Mutter.

»Kaitlyn, die Polizei belügt man nicht«, schoss Amanda Sobek zurück. »Es interessiert mich nicht …«

»Mrs. Sobek, das können Sie später mit Ihrer Tochter regeln«, sagte Bosch. »Lassen Sie uns weitermachen.«

»Wann haben Sie das Handy zurückbekommen, Kaitlyn?«, fragte Rider.

»Als ich nach Hause fuhr.«

»Mrs. Sable hatte Ihr Handy also den ganzen Tag?«

»Ja. Das heißt, nein. Nicht den ganzen Tag.«

»Und wer hatte es dann?«

»Keine Ahnung. Wenn sie einem das Handy abnehmen, muss man es nach dem Unterricht immer im Büro des Direktors abholen. Das habe ich gemacht. Mr. Stoddard hat es mir zurückgegeben.«

Gordon Stoddard. Auf einmal begann sich alles ineinander zu fügen. Bosch war in den Wellentunnel eingefahren, und der Fall mit all seinen Einzelheiten wirbelte um ihn herum. Klar und deutlich zeichnete sich das Bild ab. Alles passte zusammen. Stoddard passte. Mackeys letzte Worte passten. Stoddard war Rebeccas Lehrer. Er stand ihr nahe. Er war ihr Liebhaber und der spätabendliche Anrufer. Alles fiel an seinen Platz.

Mr. X.

Bosch stand auf und ging ohne ein Wort aus dem Zimmer. Er ging an Stoddards Bürotür vorbei. Sie war offen, der Schreibtisch nicht besetzt. Er ging ins Sekretariat.

»Mrs. Atkins, wo ist Mr. Stoddard?«

»Er war gerade hier, aber dann ist er wieder gegangen.«

»Wohin?«

»Das weiß ich nicht. Vielleicht in die Cafeteria. Ich habe ihm gesagt, dass Sie und Ihre Kollegin mit Kaitlyn sprechen.«

»Und dann ging er?«

»Ja. Oh, da fällt mir gerade ein … Vielleicht ist er auf dem Parkplatz. Er sagte, er hätte heute sein neues Auto gekriegt. Vielleicht zeigt er es einem der Lehrer.«

»Was für ein Auto? Hat er das gesagt?«

»Einen Lexus. Er hat mir irgendeine Modellbezeichnung mit einer Nummer genannt, aber an die kann ich mich nicht mehr erinnern.«

»Hat er einen festen Parkplatz?«

»Ähm, ja, gleich in der ersten Reihe rechts, wenn Sie aus der Tür kommen.«

Bosch drehte sich um und ging auf den Gang hinaus. Dort wimmelte es von Schülern, die aus der Cafeteria in die Klassenzimmer zurückkehrten. Bosch begann sich einen Weg durch sie hindurch zu bahnen. Er wich Schülern aus und nahm Tempo auf. Bald hatte er das Gewimmel hinter sich gelassen und begann zu laufen. Er verließ das Schulgebäude und lief sofort an den parkenden Autos entlang nach rechts. Da, wo Stoddards Name auf dem Randstein stand, war eine Lücke.

Er machte kehrt, um Rider zu holen. Gerade als er das

Handy vom Gürtel nahm, sah er aus dem rechten Augenwinkel einen verschwommenen silbernen Fleck. Es war ein Auto, das direkt auf ihn zuschoss. Um ihm auszuweichen, war es zu spät.

39

Jemand half Bosch, sich auf dem Asphalt aufzusetzen.

»Alles in Ordnung, Harry?«

Sein Blick klärte sich, und er sah, dass es Rider war. Er nickte benommen. Er versuchte, sich zu erinnern, was gerade passiert war.

»Es war Stoddard«, sagte er. »Er kam direkt auf mich zu.«

»In seinem Wagen?«

Bosch lachte. Das hatte er weggelassen.

»Ja, in seinem neuen Wagen. Einem silbernen Lexus.«

Bosch versuchte aufzustehen. Um ihn daran zu hindern, legte ihm Rider die Hand auf die Schulter.

»Lass dir lieber etwas Zeit. Fehlt dir auch wirklich nichts? Tut dir irgendwas weh?«

»Nur mein Kopf.«

Jetzt kam es ihm wieder.

»Ich habe ihn mir angeschlagen, als ich auf dem Boden gelandet bin«, sagte er. »Ich bin zur Seite gesprungen. Weißt du, ich habe seinen Blick gesehen. Die Wut darin, meine ich.«

»Lass dir mal in die Augen sehen.«

Er schaute zu ihr hoch, und sie hielt ihn am Kinn, während sie seine Pupillen untersuchte.

»Es scheint dir nichts zu fehlen«, sagte sie.

»Gut, dann bleibe ich hier noch ein bisschen sitzen. In

der Zwischenzeit kannst du ja noch mal ins Sekretariat gehen und dir von Mrs. Atkins Stoddards Adresse geben lassen.«

Rider nickte.

»Gut. Warte hier.«

»Aber mach schnell. Wir müssen ihn finden.«

Sie rannte in die Schule zurück. Bosch hob die Hand und befühlte die Beule an seinem Hinterkopf. Er ließ das Geschehene noch einmal kurz Revue passieren. Er hatte Stoddards Gesicht hinter der Windschutzscheibe gesehen. Es war wutverzerrt gewesen.

Doch dann hatte er das Steuer nach links gerissen, als Bosch in die andere Richtung gesprungen war.

Bosch griff nach seinem Handy, um eine Personenbeschreibung und eine Suchmeldung für Stoddard durchzugeben. Es war nicht an seinem Gürtel. Er blickte sich um und sah es neben dem Hinterreifen eines BMW auf dem Asphalt liegen. Er kroch darauf zu, griff danach und stand auf.

Ihm wurde schwindlig, und er musste sich an dem Auto abstützen. Plötzlich sagte eine elektronische Stimme: »Entfernen Sie sich bitte von dem Auto!«

Bosch nahm die Hand weg und ging in den Bereich des Parkplatzes, in dem er seinen Wagen abgestellt hatte. Auf dem Weg dorthin rief er in der Zentrale an und gab die Suchmeldung für Stoddard und seinen silbernen Lexus durch.

Dann klappte er das Handy zu und hakte es an seinem Gürtel ein. Er erreichte seinen Wagen, ließ ihn an und fuhr zum Eingang der Schule, um sofort losfahren zu können, wenn Rider mit der Adresse herauskam.

Nach scheinbar endlosem Warten tauchte sie endlich auf und lief auf den Mercedes zu. Sie kam jedoch auf seine Seite und öffnete die Tür.

»Es ist nicht weit«, sagte sie. »Er wohnt in der Chase, nicht weit von der Winnetka. Aber du fährst auf keinen Fall. Das mache ich.«

Bosch war klar, dass eine Diskussion Zeitverschwendung wäre. Er stieg aus und ging, so schnell es sein Gleichgewichtssinn zuließ, vorn um den Wagen herum. Dann stieg er auf der Beifahrerseite ein. Rider gab Gas, und sie fuhren vom Parkplatz.

Auf der Fahrt zu Stoddards Haus forderte Bosch vom Streifendienst der Devonshire Division Verstärkung an und rief danach Abel Pratt an, um ihn kurz auf den neuesten Stand zu bringen.

»Wohin fährt er, glauben Sie?«, fragte Pratt.

»Keine Ahnung. Wir sind gerade auf dem Weg zu seinem Haus.«

»Ist er suizidgefährdet?«

»Keine Ahnung.«

Pratt schwieg eine Weile und dachte nach. Dann stellte er noch ein paar Fragen zu unwichtigen Details und hängte auf.

»Hat sich richtig begeistert angehört«, sagte Bosch zu Rider. »Er meint, wenn wir den Kerl erwischen, hilft uns das, aus einer Zitrone Limonade zu machen.«

»Gut«, antwortete Rider. »Wir können in Stoddards Büro oder in seinem Haus Fingerabdrücke nehmen und mit denen unter dem Bett vergleichen. Dann ist die Sache geritzt, ob wir ihn nun kriegen oder nicht.«

»Keine Sorge, wir kriegen ihn auf jeden Fall.«

»Was glaubst du, Harry? Waren es Stoddard und Mackey gemeinsam?«

»Keine Ahnung. Aber ich kann mich an ein Foto von Stoddard im Jahrbuch erinnern. Darauf sah er richtig durchtrainiert aus. Er könnte sie durchaus allein den Hügel raufgetragen haben. Aber um das herauszufinden, müssen wir ihn erst finden und fragen.«

Rider nickte.

»Die entscheidende Frage ist«, sagte sie dann, »was ist die Verbindung zwischen Stoddard und Mackey?«

»Die Waffe.«

»Das weiß ich auch. Das liegt auf der Hand. Aber ich meine, wie hat er Mackey damals kennengelernt? Wo ist der Berührungspunkt, und wieso kannte er ihn so gut, dass er die Waffe von ihm bekam?«

»Ich glaube, das war die ganze Zeit direkt vor unserer Nase«, sagte Bosch. »Und Mackey hat es mir mit seinem letzten Wort gesagt.«

»Chatsworth?«

»Chatsworth High.«

»Wie meinst du das?«

»Er hat im Sommer 1988 an der Chatsworth High seinen GED gemacht. Es war Mackeys Nachhilfelehrer, der ihm für den Abend des Mordes ein Alibi verschaffte. Aber vielleicht war es auch genau andersrum. Vielleicht hat Mackey dem Nachhilfelehrer sein Alibi verschafft.«

»Stoddard?«

»Er hat uns doch bei unserem ersten Treffen erzählt, alle Lehrer an der Hillside hätten noch Nebenjobs. Vielleicht arbeitete Stoddard damals als Nachhilfelehrer. Vielleicht war er Mackeys Nachhilfelehrer.«

»Das sind aber viele Vielleichts, Harry.«

»Deswegen müssen wir Stoddard finden.«

»Denkst du, er ist suizidgefährdet? Zu Abel hast du gesagt, du wüsstest es nicht.«

»Mit Sicherheit weiß ich gar nichts. Aber gerade eben auf dem Parkplatz hat er den Wagen im letzten Moment herumgerissen, fort von mir. Und das sieht in meinen Augen ganz danach aus, dass er nur einer Person etwas antun will.«

»Sich selbst? Vielleicht wollte er bloß nicht, dass sein neues Auto eine Beule bekommt.«

»Vielleicht.«

Rider bog in die vierspurige Winnetka Avenue ein und drückte aufs Gas. Sie hatten Stoddards Haus fast erreicht. Bosch saß schweigend da und fragte sich, was sie dort erwartete. Schließlich bog Rider in die Chase, wo ein Stück weiter ein schwarz-weißer Streifenwagen stand, dessen Vordertüren beide offen waren. Rider hielt direkt hinter ihm an, und sie sprangen aus dem Wagen. Bosch nahm seine Pistole vom Gürtel und hielt sie an seiner Seite. Vielleicht hatte Rider gar nicht so unrecht gehabt mit ihrer Vermutung, Stoddard könnte Bosch nur aus Rücksicht auf sein Auto nicht überfahren haben.

Die Eingangstür des kleinen Hauses aus der Zeit des Zweiten Weltkriegs war geöffnet. Von den Streifenpolizisten aus dem Polizeiauto war nichts zu sehen. Bosch wandte sich Rider zu und sah, dass auch sie ihre Waffe gezogen hatte. Sie konnten reingehen. An der Tür schrie Bosch: »Detectives kommen rein!«

Er trat durch die Tür, und dann kam aus dem Haus eine Antwort.

»Weg frei! Weg frei!«

Bosch blieb konzentriert und hielt seine Waffe bereit, als er das Wohnzimmer betrat. Er blickte sich um, sah aber niemanden. Auf dem Couchtisch lag die *Daily News* vom Vortag. Sie war aufgeschlagen, sodass der Artikel über Rebecca Lost zu sehen war.

»Streife kommt raus!«, ertönte von rechts eine Stimme aus dem Flur.

Gleich darauf kamen von dort zwei Streifenpolizisten ins Wohnzimmer. Sie hielten ihre Pistolen an der Seite. Jetzt entspannte sich auch Bosch und ließ seine Waffe sinken.

»Alles klar«, sagte der Streifenpolizist mit den P2-Streifen an der Uniform. »Die Tür war offen, als wir hergekommen sind. Deshalb sind wir sofort ins Haus. Hinten im Schlafzimmer ist etwas, was Sie sich ansehen sollten.«

Die Streifenpolizisten gingen voraus, und Bosch und Rider folgten ihnen. Sie gingen einen kurzen Flur hinunter, von dem zwei offene Türen abgingen, die in ein Bad und ein kleines Schlafzimmer führten, das als Arbeitszimmer diente. Sie betraten das Schlafzimmer, und der Pz deutete auf einen länglichen Kasten aus Holz, der aufgeklappt auf dem Bett lag. Der Schaumstoff, mit dem der Kasten ausgekleidet war, hatte eine Vertiefung in Form eines langläufigen Revolvers. Die Vertiefung war leer, die Waffe herausgenommen. Im Schaumstoff war noch eine kleine rechteckige Aussparung für eine Schachtel mit Munition. Auch sie war leer, aber die Schachtel lag neben dem Kasten auf dem Bett.

»Gibt es jemanden, hinter dem er her ist?«, fragte der Pz.

Bosch blickte nicht von dem Kasten auf.

»Wahrscheinlich nur er selbst«, sagte er. »Hat einer von Ihnen Handschuhe dabei? Meine sind im Auto.«

»Hier«, sagte der Pz.

Er zog ein Paar Gummihandschuhe aus einer kleinen Tasche an seinem Ausrüstungsgürtel. Er reichte sie Bosch, der sie überstreifte und dann nach der Munitionsschachtel griff. Bosch öffnete sie und ließ den Plastikeinsatz herausgleiten, in dem die Patronen lagen. Eine Patrone fehlte.

Bosch starrte nachdenklich auf die Stelle, wo die Patrone fehlte, als ihn Rider am Ellbogen antippte. Er sah sie an und folgte dann ihrem Blick zu dem Tisch auf der anderen Seite des Betts. Darauf war ein gerahmtes Foto von Rebecca Lost. Sie stand auf einer Rasenfläche, hinter ihr der Eiffelturm. Sie trug eine schwarze Baskenmütze und hatte ein ungezwungenes Lächeln aufgesetzt. Der Ausdruck in ihren Augen war aufrichtig und zeigte Liebe für die Person, die sie ansah.

»Deshalb war er auf keinem der Fotos im Jahrbuch«, sagte Bosch. »Weil er sie alle gemacht hat.«

Rider nickte. Auch sie war jetzt in den Wellentunnel eingefahren.

»Dort nahm also alles seinen Anfang«, sagte sie. »Dort verliebte sie sich in ihn. ›Meine wahre Liebe.‹«

Sie starrten eine Weile in bedrücktem Schweigen vor sich hin, bis der Pz fragte: »Können wir jetzt gehen, Detectives?«

»Nein«, sagte Bosch. »Sie müssen noch hierbleiben und das Haus bewachen, bis die Spurensicherung kommt. Und seien Sie vorsichtig, falls er zurückkommt.«

»Müssen Sie denn weg?«, fragte der Pz.

»Ja, wir müssen weg.«

40

Sie gingen rasch zu Boschs Wagen zurück, und wieder setzte sich Rider ans Steuer. »Wohin?«, fragte sie, als sie den Zündschlüssel drehte.

»Zu Muriel Lost«, sagte Bosch. »Und zwar schnell.«

»Worüber denkst du gerade nach?«

»Ich muss die ganze Zeit an das Foto in der Zeitung denken ... das mit Muriel Lost auf dem Bett. Auf dem zu sehen war, dass das Zimmer noch aussieht wie damals.«

Rider dachte kurz nach, dann nickte sie.

»Ja.«

Rider hatte verstanden. Aus dem Foto wurde ersichtlich, dass Rebeccas Zimmer seit dem Abend ihrer Entführung unverändert geblieben war. Vielleicht hatte sein Anblick in Stoddard etwas ausgelöst. Die Sehnsucht nach etwas lange Verlorenem. Das Foto war wie eine Oase, eine Erinnerung an einen vollkommenen Ort, an dem alles in Ordnung gewesen war.

Rider gab Gas, und der Wagen schoss nach vorn. Bosch klappte sein Handy auf, rief in der Zentrale an und forderte erneut Verstärkung an, diesmal zu Muriel Losts Haus. Außerdem aktualisierte er die Suchmeldung für Stoddard, den er jetzt als bewaffnet und gefährlich und möglicherweise 5150 beschrieb – das bedeutete psychisch instabil. Als er das Gespräch beendete, waren sie nicht mehr weit vom Haus der Losts entfernt. Sie würden als

Erste dort eintreffen. Er rief Muriel Lost an, aber es hob niemand ab. Als sich der Anrufbeantworter einschaltete, stellte er das Handy aus.

»Es geht niemand dran.«

Fünf Minuten später bogen sie in den Red Mesa Way ein, und Boschs Blick fiel sofort auf das silberne Auto, das in einem abenteuerlichen Winkel vor dem Haus der Losts am Straßenrand stand. Es war der Lexus, der auf dem Schulparkplatz auf ihn zugerast war. Rider hielt neben ihm an, und wieder sprangen sie mit gezogenen Waffen aus dem Auto.

Die Eingangstür des Hauses stand ein Stück offen. Bosch und Rider verständigten sich mit Handzeichen und bezogen auf beiden Seiten der Tür Stellung. Dann stieß Bosch die Tür auf und betrat das Haus. Rider folgte ihm, und sie gingen sofort ins Wohnzimmer.

Muriel Lost lag auf dem Boden. Neben ihr waren eine Pappschachtel und Verpackungsgegenstände. Um sie am Schreien zu hindern, war ihr Mund mit braunem Klebeband verklebt. Auch ihre Hand- und Fußgelenke waren damit gefesselt. Rider half ihr hoch und setzte sie gegen die Couch. Dann hielt sie einen Finger an ihre Lippen.

»Ist er im Haus, Muriel?«, flüsterte sie.

Muriel Lost nickte. Aus ihren weit aufgerissenen Augen sprach Panik.

»In Rebeccas Zimmer?«

Wieder nickte Muriel Lost.

»Haben Sie einen Schuss gehört?«

Muriel Lost schüttelte den Kopf und gab einen unterdrückten Laut von sich, der ein Schrei gewesen wäre, wäre das Packband um ihren Mund nicht gewesen.

»Sie müssen ganz still sein«, flüsterte Rider. »Sie dürfen keinen Laut von sich geben, wenn ich jetzt das Klebeband abmache.«

Muriel Lost nickte, und Rider machte sich an dem Klebeband zu schaffen. Bosch kauerte neben ihr nieder.

»Ich gehe nach oben, in das Zimmer.«

»Warte, Harry.« Riders Stimme war plötzlich lauter als ein Flüstern. »Wir gehen zusammen rauf. Mach ihre Füße los.«

Bosch begann, das Packband von Muriel Losts Fußgelenken zu lösen. Endlich bekam Rider das Klebeband von Muriel Losts Mund los und zog es auf ihr Kinn hinab. Dabei gab sie besänftigende Laute von sich.

»Es ist Beckys Lehrer«, flüsterte Muriel Lost. Ihre Stimme war eindringlich, aber nicht laut. »Er hat eine Pistole.«

Rider nahm sich ihre Handgelenke vor.

»Okay«, sagte sie. »Darum kümmern wir uns gleich.«

»Was hat er vor?«, fragte Rebeccas Mutter. »War er es?«

»Ja, er war es.«

Muriel Lost gab ein langes, lautes und gequältes Seufzen von sich. Ihre Hände und Füße waren jetzt frei, und Rider und Bosch halfen ihr auf die Beine.

»Wir gehen jetzt nach oben«, sagte Rider zu ihr. »Aber Sie verlassen das Haus.«

Sie begannen, sie in Richtung Diele zu schieben.

»Ich kann hier nicht weg. Er ist in ihrem Zimmer. Ich kann nicht …«

»Sie müssen aus dem Haus, Muriel«, zischte Bosch schroff. »Hier ist es zu gefährlich. Gehen Sie zu den Nachbarn.«

»Ich kenne meine Nachbarn nicht.«

»Muriel, Sie müssen hier raus«, sagte Rider. »Gehen Sie die Straße runter. Es sind bereits weitere Polizisten auf dem Weg hierher. Machen Sie sich ihnen bemerkbar und sagen Sie ihnen, dass wir schon im Haus sind.«

Sie schoben sie durch die offene Eingangstür und schlossen sie hinter ihr.

»Lassen Sie nicht zu, dass er ihr Zimmer zerstört!«, hörten sie sie von draußen flehen. »Es ist alles, was ich noch habe!«

Bosch und Rider gingen, so leise sie konnten, ans Ende des Gangs und die Treppe hinauf. Dann postierten sie sich zu beiden Seiten von Rebeccas Zimmertür.

Bosch sah zu Rider hinüber. Sie hatten nicht mehr viel Zeit. Sobald Verstärkung eintraf, hätten sie es mit einer völlig veränderten Lage zu tun. Es war eine typische Situation, in der es zu einem polizeiinduzierten Selbstmord kommen könnte. Das hier war vielleicht ihre letzte Chance, an Stoddard heranzukommen, bevor er selbst oder ein SWAT-Cop eine Kugel durch seinen Kopf jagte.

Rider deutete auf den Türgriff, worauf Bosch die Hand danach ausstreckte und versuchte, ihn lautlos zu drehen. Er schüttelte den Kopf. Die Tür war abgeschlossen.

Sie entwarfen per Handzeichen einen Plan und nickten, als sie so weit waren. Dann trat Bosch zurück und machte sich bereit, neben dem Griff gegen die Tür zu treten. Er musste es mit einem Tritt schaffen. Danach wäre das Überraschungsmoment nicht mehr auf ihrer Seite.

»Wer ist da draußen?«

Es war Stoddards Stimme, die durch die Tür kam. Bosch sah Rider an. Von wegen Überraschungsmoment.

Er zeigte auf Rider und legte den Finger auf den Mund. Das Reden würde er übernehmen.

»Mr. Stoddard, hier ist Detective Bosch. Wie geht es Ihnen?«

»Nicht sehr gut.«

»Ja, die Sache ist etwas außer Kontrolle geraten.«

Stoddard antwortete nicht.

»Wissen Sie was«, fuhr Bosch fort, »Sie sollten sich überlegen, ob Sie nicht lieber Ihre Waffe weglegen und rauskommen. Sie können von Glück reden, dass ich hier bin. Ich bin gerade hergekommen, um nach Mrs. Lost zu sehen. Aber mein Partner und das SWAT-Team können jeden Moment eintreffen. Und mit dem SWAT-Team wollen Sie sich doch sicher nicht anlegen. Am besten kommen Sie jetzt gleich raus.«

»Sie müssen nur wissen, dass ich sie geliebt habe, mehr nicht.«

Bosch zögerte, bevor er etwas sagte. Er schaute zu Rider hinüber und dann auf die Tür. Er hatte zwei Möglichkeiten. Er konnte versuchen, jetzt sofort ein Geständnis von Stoddard zu kriegen, oder er konnte versuchen, ihn zum Verlassen des Hauses zu überreden und sein Leben zu retten. Beides war möglich, aber nicht wahrscheinlich.

»Was ist nun eigentlich genau passiert?«, fragte er.

Stoddard begann erst nach langem Schweigen zu sprechen.

»Was passiert ist? Sie wollte das Baby behalten und begriff nicht, dass das alles ruinieren würde. Wir mussten es wegmachen lassen, und dann sah sie hinterher plötzlich alles anders.«

»Das mit dem Baby?«

»Nein, das mit mir. Alles.«

Bosch antwortete nicht. Nach einer Weile fuhr Stoddard fort: »Ich habe sie geliebt.«

»Aber Sie haben sie umgebracht.«

»Ich habe Fehler gemacht.«

»Wie an diesem Abend?«

»Über diesen Abend möchte ich nicht sprechen. Ich möchte mich an die Zeiten vor diesem Abend erinnern.«

»Das kann ich Ihnen nicht verdenken.«

Bosch sah Rider an und hielt drei Finger hoch. Sie würden bis drei zählen.

Rider nickte. Sie war bereit.

Bosch ließ einen Finger sinken.

»Wissen Sie, was ich nicht verstehe, Mr. Stoddard?«

Er senkte den zweiten Finger.

»Was?«, fragte Stoddard.

Bosch senkte den dritten Finger, hob sein Bein und trat damit gegen die Tür. Es war eine Sandwichtür. Sie gab sofort nach und flog krachend auf. Bosch wurde von seinem eigenen Schwung in das Zimmer getragen. Er riss seine Waffe hoch und drehte sich zum Bett.

Stoddard war nicht dort.

Bosch drehte sich weiter und erhaschte im Spiegel einen Blick auf Stoddard. Er stand in der Ecke gegenüber der Tür. Er hob den Lauf eines langläufigen Revolvers an seinen Mund.

Bosch hörte Rider schreien, und ihr Körper kam durch die Tür geschossen, als sie sich auf Stoddard warf.

Das Zimmer erzitterte vom Krachen eines Schusses, als Rider und Stoddard zu Boden gingen. Der Revolver fiel Stoddard aus der Hand und landete scheppernd auf dem Boden. Bosch stürzte auf sie zu und warf sich mit seinem ganzen Gewicht auf Stoddard, als Rider sich von ihm rollte.

»Bist du getroffen, Kiz?«

Keine Antwort. Bosch versuchte, zu ihr zu schauen, während er Stoddard bändigte. Rider hielt eine Hand an die linke Seite ihres Kopfs.

»Kiz?«

»Ich bin nicht getroffen!«, brüllte sie. »Ich glaube, ich bin nur auf einem Ohr taub.«

Stoddard versuchte, sich aufzurichten, obwohl Bosch mit vollem Gewicht auf ihm saß.

»Bitte!«, sagte er.

Mit dem Unterarm stieß Bosch Stoddard den Arm, mit dem er sich aufzustützen versuchte, unter dem Körper weg. Stoddard landete mit dem Brustkorb auf dem Boden, und Bosch zog ihm rasch den Arm auf den Rücken und legte ihm eine Handschelle an. Nach halbherzigem Gerangel zog er ihm auch den anderen Arm nach hinten und ließ die andere Handschelle einschnappen. Dann beugte er sich vor und fragte Stoddard: »Bitte was?«

»Bitte lassen Sie mich sterben.«

Bosch stand auf und zog Stoddard hoch.

»Das wäre zu einfach für Sie, Stoddard. Das wäre, als ließe ich Sie noch mal davonkommen.«

Bosch sah zu Rider hinüber, die inzwischen aufgestanden war. Er konnte sehen, dass ihr Haar durch den Schuss angesengt worden war. So knapp war es gewesen.

»Bei dir alles in Ordnung?«

»Sobald das Pfeifen aufhört.«

Bosch blickte nach oben und sah das Einschussloch in

der Decke. Er konnte Sirenen näher kommen hören. Er packte Stoddard am Ellbogen und zog ihn zur Tür.

»Ich gehe jetzt runter und verfrachte den Kerl in ein Auto. Wir verhaften ihn in Devonshire und halten ihn bis zur Anklageerhebung dort fest.«

Rider nickte, aber Bosch entging nicht, dass sie noch damit beschäftigt war, das eben Geschehene zu verarbeiten. Das Pfeifen in ihrem Ohr erinnerte sie daran, wie knapp sie dem Tod entronnen war.

Bosch hielt Stoddard am Arm, als er ihn die Treppe hinunterführte. Als sie das Wohnzimmer erreichten, begann Stoddard mit verzweifelter Stimme zu sprechen.

»Sie könnten es jetzt tun.«

»Was?«

»Mich erschießen. Einfach sagen, ich hätte zu fliehen versucht. Mir eine der Handschellen abnehmen und sagen, ich hätte mich losgerissen. Sie wollen mich doch umbringen, oder nicht?«

Bosch blieb stehen und sah ihn an.

»Ja, ich würde Sie gern umbringen. Aber das wäre zu gut für Sie. Sie werden zahlen für das, was Sie diesem Mädchen und ihrer Familie angetan haben. Und Sie gleich hier abzuknallen, würde nicht mal die Zinsen für siebzehn Jahre abdecken.«

Grob stieß Bosch ihn in Richtung Ausgang. Sie traten gerade in dem Moment in den Vorgarten hinaus, als ein Streifenwagen vor dem Haus anhielt und die Sirene ausschaltete. An dem stromlinienförmigen Lichtbalken über dem Dach konnte Bosch erkennen, dass es einer der neuen Wagen mit modernstem Equipment war, von denen er schon öfter gehört hatte. Die Polizei konnte sich in jedem Haushaltsabschnitt nur ein paar von ihnen leisten.

Der Wagen brachte Bosch auf eine Idee. Er hob die Hand und kreiste zum Zeichen, dass alles klar war, mit dem Finger in der Luft.

Als er Stoddard zu dem Polizeiauto führte, sah er Muriel Lost mitten auf der Straße auf ihr Haus zugehen. Sie starrte Stoddard an. Ihr Mund war weit offen, wie in einem stummen Entsetzensschrei. Sie begann, auf sie zuzulaufen.

41

Auf der Fahrt zur Devonshire Division saß Bosch mit Stoddard auf dem Rücksitz des Streifenwagens. Rider war bei Muriel Lost in ihrem Haus geblieben, um sie zu beruhigen und sich von den Rettungssanitätern untersuchen zu lassen. Wenn sie ihr grünes Licht gäben, würde sie später mit Boschs Auto zur Polizeistation fahren.

Die Fahrt zur Devonshire Division würde etwa zehn Minuten dauern. Bosch musste sich beeilen, wenn er Stoddard zum Reden bringen wollte. Als Erstes las er dem Schulleiter seine Rechte vor. Als Stoddard sich in Rebecca Losts Zimmer verschanzt hatte, hatte er ein paar Geständnisse gemacht, aber ob sie sich vor Gericht verwenden ließen, war fraglich, weil sie nicht aufgezeichnet worden waren und Stoddard noch nicht auf seine Rechte aufmerksam gemacht worden war, zu denen auch das Recht auf Aussageverweigerung gehörte.

Nachdem er von einer Visitenkarte, die er sich schon früher von Rider ausgeliehen hatte, den Miranda-Wortlaut abgelesen hatte, fragte Bosch einfach: »Und wollen Sie jetzt mit mir reden?«

Weil seine Hände noch auf den Rücken gefesselt waren, saß Stoddard weit nach vorn gebeugt da. Sein Kinn war fast auf seiner Brust.

»Was gibt es da zu sagen?«, entgegnete er.

»Keine Ahnung. Ich meine, Sie brauchen nicht zu reden. Wir haben Sie. Handlungen und Beweise – wir haben alles, was wir brauchen. Ich dachte nur, Sie möchten vielleicht etwas erklären, mehr nicht. An einem Punkt wie diesem möchten normalerweise viele Leute Verschiedenes erklären.«

Zunächst antwortete Stoddard nicht. Das Auto fuhr auf dem Devonshire Boulevard nach Westen. Bis zur Polizeistation waren es noch ein paar Kilometer. Kurz zuvor, als er noch neben dem Auto gestanden und mit den zwei Streifenpolizisten gesprochen hatte, hatte Bosch dem Fahrer gesagt, er solle sich Zeit lassen.

»Schon komisch«, sagte Stoddard schließlich.

»Was?«

»Ich bin Lehrer für Naturwissenschaften, wissen Sie? Das heißt, bevor ich Schulleiter wurde, habe ich Naturwissenschaften unterrichtet.«

»Mhm-hmh.«

»Und ich nahm mit meinen Schülern die DNS durch. Ich sagte ihnen immer wieder, dass sie das Geheimnis des Lebens birgt. Wenn ihr die DNS entschlüsselt, entschlüsselt ihr das Leben.«

»Mhm-hmh.«

»Und jetzt … jetzt dient sie Ihnen dazu, den Tod zu entschlüsseln. Sie birgt das Geheimnis des Lebens. Sie birgt das Geheimnis des Todes. Ich weiß nicht. Wahrscheinlich ist das gar nicht komisch. In meinem Fall ist es eher Ironie des Schicksals.«

»Wenn Sie meinen.«

»Jemand, der DNS *durch*genommen hat, wird wegen DNS *fest*genommen.«

Stoddard begann zu lachen.

»Ist doch eine klasse Schlagzeile«, fuhr er fort. »Vergessen Sie auf keinen Fall, ihnen das zu sagen.«

Bosch öffnete mit einem Schlüssel Stoddards Handschellen. Dann legte er sie ihm vor dem Körper wieder an, sodass er aufrecht sitzen konnte.

»Vorhin im Haus haben Sie gesagt, Sie hätten sie geliebt«, sagte Bosch.

Stoddard nickte.

»Ja. Ich liebe sie immer noch.«

»Eine komische Art, es zu zeigen, finden Sie nicht?«

»So war es ja auch nicht geplant. Nichts an diesem Abend war so geplant. Ich hatte sie beobachtet, mehr nicht. Wenn es irgendwie ging, habe ich sie immer beobachtet. Ich fuhr ständig am Haus vorbei. Ich folgte ihr, wenn sie mit dem Auto irgendwohin fuhr. Auch in der Schule habe ich sie beobachtet.«

»Und Sie hatten die ganze Zeit die Pistole bei sich.«

»Nein, die Pistole hatte ich für mich, nicht für sie. Aber …«

»Dann merkten Sie, es war einfacher, sie umzubringen als sich selbst.«

»An diesem Abend … Ich sah, dass das Garagentor offen war. Ich ging rein. Warum, verstand ich selbst nicht recht. Ich dachte, ich würde die Pistole auf mich selbst richten. Auf ihrem Bett. Es wäre meine Art gewesen, ihr meine Ergebenheit zu zeigen.«

»Aber statt sich auf das Bett zu legen, legten Sie sich darunter.«

»Ich musste nachdenken.«

»Wo war Mackey?«

»Mackey? Keine Ahnung, wo er war.«

»War er nicht dabei? Hat er Ihnen nicht geholfen?«

»Er hat mir die Pistole besorgt. Wir hatten eine Abmachung getroffen. Die Pistole gegen den Abschluss. Ich war sein Lehrer. Und ich gab ihm auch Nachhilfe. Es war mein Sommerjob.«

»Aber er war an diesem Abend nicht dabei? Sie haben sie allein den Hügel hinaufgetragen?«

Stoddards Augen waren weit geöffnet und stierten ins Unendliche, obwohl sie nur auf die Rückenlehne des Vordersitzes gerichtet waren.

»Damals war ich stark«, flüsterte er.

Der Streifenwagen fuhr durch die Öffnung in der Betonsteinmauer auf der Rückseite der Devonshire Division. Stoddard sah aus dem Fenster. Der Anblick der vielen Streifenwagen und der Polizeistation schien ihn wieder in die Gegenwart zurückzuholen. Er wurde sich seiner Lage bewusst.

»Ich will nichts mehr sagen«, erklärte er.

»Kein Problem«, sagte Bosch. »Wir bringen Sie in eine Arrestzelle, und wenn Sie wollen, besorgen wir Ihnen einen Anwalt.«

Das Auto hielt vor einer Reihe von Flügeltüren, und Bosch stieg aus. Er ging auf die andere Seite und ließ Stoddard aussteigen, und dann führte er ihn durch eine der Flügeltüren hinein. Die Räume der Detectives waren im ersten Stock. Sie nahmen den Lift und wurden vom diensthabenden Lieutenant der Devonshire Detectives in Empfang genommen. Bosch hatte ihn aus Muriel Losts Haus angerufen. Es war bereits ein Vernehmungszimmer für Stoddard bereit gemacht worden. Bosch setzte ihn auf einen Stuhl und kettete eines seiner

Handgelenke mit den Handschellen an einem Ring in der Mitte des Tisches fest.

»Bleiben Sie hier sitzen«, sagte Bosch. »Ich bin gleich wieder zurück.«

An der Tür sah er zu Stoddard zurück. Er beschloss, einen letzten Trick zu versuchen.

»Nur dass Sie's wissen«, sagte er. »Ihre ganze Geschichte ist erstunken und erlogen.«

Stoddard sah ihn überrascht an.

»Wie meinen Sie das? Ich habe sie geliebt. Ich wollte sie nicht …«

»Sie haben ihr nur mit dem einen Ziel aufgelauert, sie umzubringen. Sie hat Sie zurückgewiesen, und das haben Sie nicht verkraftet. Deshalb wollten Sie sie umbringen. Und jetzt, siebzehn Jahre später, versuchen Sie es plötzlich wie so eine Romeo-und-Julia-Geschichte oder etwas in der Art hinzudrehen. Sie sind ein Feigling, Stoddard. Sie haben sie beobachtet und umgebracht, und dazu sollten Sie sich auch bekennen.«

»Nein, da liegen Sie falsch. Ich hatte die Pistole für mich dabei.«

Bosch kam zurück in den Raum und stützte sich auf den Tisch.

»Ja? Was ist denn mit der Betäubungspistole, Stoddard? Hatten Sie die auch für sich dabei? Die kommt in Ihrer Geschichte nicht vor, nicht wahr? Warum brauchten Sie eine Betäubungspistole, wenn Sie in das Haus gegangen sind, um sich selbst umzubringen?«

Stoddard schwieg. Es schien fast, als wäre er nach siebzehn Jahren in der Lage gewesen, die Professional 100 aus seinem Gedächtnis zu streichen.

»Wir haben Mord ersten Grades, und wir haben Auflauern«, sagte Bosch. »Sie werden bis ans Ende Ihrer Tage eingelocht, Stoddard. Sie hatten nie die Absicht, sich umzubringen. Weder damals noch heute.«

»Ich glaube, jetzt will ich einen Anwalt«, sagte Stoddard.

»Alles andere hätte mich auch gewundert.«

Bosch verließ den Raum und ging den Flur hinunter zu einer offenen Tür. Sie führte in das Beobachtungszimmer. Der Lieutenant und einer der Streifenpolizisten aus dem Auto waren in dem engen Raum. Es gab zwei Monitore. Auf einem konnte man Stoddard im Vernehmungszimmer sitzen sehen. Die Kamera war oben in einer Ecke angebracht. Stoddard starrte ausdruckslos an die Wand.

Das Bild auf dem anderen Bildschirm stand still. Es zeigte Bosch und Stoddard auf dem Rücksitz des Streifenwagens.

»Wie ist der Ton?«, fragte Bosch.

»Bestens«, sagte der Lieutenant. »Wir haben alles. Ihm die Handschellen abzunehmen war eine prima Idee. Deshalb hat er das Gesicht in die Kamera gehalten.«

Der Lieutenant drückte auf einen Knopf, und das Bild begann sich zu bewegen. Bosch konnte Stoddards Stimme deutlich hören. Er nickte. Über dem Armaturenbrett des Streifenwagens war eine Kamera angebracht, die für Videoaufnahmen von Ampelkreuzungen und Häftlingstransporten verwendet wurde. Bei Stoddards Einlieferung war das Innenmikrophon eingeschaltet und das für außen ausgeschaltet worden.

Es hatte gut funktioniert. Die Geständnisse, die Stoddard auf dem Rücksitz gemacht hatte, würden ihre Beweisführung zusätzlich untermauern. Daran gab es für Bosch keinen Zweifel. Er dankte dem Lieutenant und dem Streifenpolizisten und fragte, ob er einen Schreibtisch haben könnte, um ein paar Anrufe zu machen.

Anschließend rief er Abel Pratt an, um ihn auf den neuesten Stand zu bringen. Er teilte ihm mit, dass Rider zwar etwas angeschlagen, aber sonst wohlauf sei und dass er sowohl für Stoddards wie für Muriel Losts Haus ein SID-Team für die Tatortanalyse brauche. Damit allerdings die Spurensicherung Stoddards Haus betreten dürfe, müsse erst ein Durchsuchungsbeschluss beantragt und genehmigt werden. Stoddard werde in Kürze offiziell inhaftiert und die Fingerabdrücke abgenommen bekommen. Die Fingerabdrücke müssten mit denen verglichen werden, die auf dem Lattenrost unter Rebecca Losts Bett gefunden worden seien. Zum Schluss erzählte er Pratt von dem auf der Fahrt zur Devonshire Division aufgenommenen Video und den darauf festgehaltenen Geständnissen von Stoddard.

»Es ist alles unanfechtbar, und wir haben es auf Band«, sagte Bosch. »Es kam alles nach Miranda.«

»Sehr gut, Harry«, sagte Pratt. »Deswegen werden wir uns also keine Sorgen machen müssen, denke ich.«

»Zumindest, was den Prozess angeht.«

Womit gemeint war, dass Stoddard auf jeden Fall verurteilt würde. Nicht so sicher war sich Bosch, wie sein Vorgehen bei den Ermittlungen beurteilt würde.

»Gegen Ergebnisse lässt sich schwer etwas einwenden«, sagte Pratt.

»Das wird sich ja zeigen.«

Bosch hörte das Anklopfsignal in seinem Telefon. Er

sagte Pratt, er müsse Schluss machen, und nahm den neuen Anruf entgegen. Es war McKenzie Ward von der *Daily News.*

»Meine Schwester hat auf dem Funkscanner in der Bildredaktion gerade gehört«, sagte sie aufgeregt, »dass für das Lost-Haus Verstärkung und ein Krankenwagen angefordert wurden. Sie hat sich noch an die Adresse erinnert.«

»Das ist richtig.«

»Was ist passiert, Detective? Wir haben eine Abmachung, erinnern Sie sich noch?«

»Ja, ich erinnere mich. Ich wollte Sie auch gerade anrufen.«

42

Die Küche des Metro Shelter war dunkel. Bosch ging in das kleine Foyer des Hotels nebenan und erkundigte sich bei dem Mann hinter dem Glasfenster nach Robert Losts Zimmernummer.

»Der ist weg, Mann.«

Etwas an der Endgültigkeit seines Tonfalls riss ein Loch in Boschs Brust. Es hörte sich nicht so an, als meinte er, Lost sei nur über Nacht mal weg.

»Was meinen Sie damit, er ist weg?«

»Ich meine, er ist weg. Er konnte es nicht lassen, und jetzt ist er weg. Das ist alles.«

Bosch trat einen Schritt näher an die Glasscheibe heran. Der Mann hatte ein Taschenbuch vor sich liegen und hatte bisher nicht von seinen vergilbten Seiten aufgeblickt.

»Hey, sehen Sie mich an.«

Um die Seite nicht zu verschlagen, drehte der Mann das Buch um und schaute auf. Bosch zeigte ihm seine Dienstmarke. Dann blickte er nach unten und sah, dass das Buch *Ich – Arturo Bandini* hieß.

»Ja, Officer.«

Bosch blickte wieder in die müden Augen des Mannes.

»Was meinen Sie mit *Er konnte es nicht lassen*, und was heißt, er ist weg?«

Der Mann zuckte mit den Achseln.

»Er kam betrunken an, und das ist die eine Regel, die wir hier haben: Kein Alkohol. Keine Säufer.«

»Er wurde rausgeworfen?«

Der Mann nickte.

»Und sein Zimmer?«

»Das Zimmer gehört zum Job. Wie gesagt, er ist weg.«

»Und wo ist er hin?«

Der Mann zuckte noch einmal mit den Achseln. Dann deutete er auf die Tür, die auf die Fifth Street hinausführte, und gab Bosch damit zu verstehen, dass Lost irgendwo da draußen war.

»So was kommt vor«, sagte der Mann.

Bosch sah ihn wieder an.

»Wann ist er gegangen?«

»Gestern. Das waren übrigens Sie von der Polizei, die ihn da reingeritten haben, nur damit Sie's wissen.«

»Was soll das heißen?«

»Ich habe gehört, dass irgendein Cop hier war und ihm irgendwelche Scheiße erzählt hat. Was genau, weiß ich nicht, aber das war unmittelbar davor – wenn Sie wissen, was ich meine. Er kam von der Arbeit und ging weg und kam wieder auf den Geschmack. Und damit hatte es sich. Ich weiß nur, dass wir jetzt einen neuen Koch brauchen, weil der Typ, der für ihn eingesprungen ist, nicht mal Eier machen kann.«

Bosch sagte nichts mehr zu dem Mann. Er entfernte sich von dem Fenster und ging zur Tür. Vor dem Asyl wimmelte es von Menschen. Nachtmenschen. Beschädigte und Entwurzelte. Menschen, die sich vor anderen und vor sich selbst versteckten. Menschen, die vor der

Vergangenheit wegliefen, vor den Dingen, die sie getan hatten, und denen, die sie nicht getan hatten.

Die Story würde am Morgen in den Nachrichten kommen. Er hatte sie Robert Lost selbst erzählen wollen.

Bosch beschloss, nach ihm zu suchen. Er wusste nicht, welche Wirkung die Nachricht, die er ihm überbringen wollte, auf ihn haben würde. Er wusste nicht, ob er Lost damit aus dem Loch herausholen oder noch tiefer hineinstoßen würde. Vielleicht war ihm jetzt überhaupt nicht mehr zu helfen. Trotzdem musste er es ihm erzählen. Die Welt war voll von Menschen, die über irgendetwas nicht hinwegkamen. Es gab keine endgültige Versöhnung mit dem Schicksal, und es gab keinen Seelenfrieden. Die Wahrheit machte einen nicht frei. Aber man konnte über Dinge hinwegkommen. Das war es, was Bosch ihm sagen würde. Man konnte sich auf das Licht zuarbeiten, man konnte strampeln und wühlen und sich aus dem Loch herauskämpfen.

Bosch stieß die Tür auf und ging in die Nacht hinaus.

43

Der Paradeplatz der Polizeiakademie schmiegte sich wie eine grüne Decke an einen der bewaldeten Hügel des Elysian Park. Es war ein schöner und schattiger Platz, und er war der Tradition würdig, die der Polizeichef Bosch hier in Erinnerung rufen wollte.

Am Morgen nach seiner vergeblichen nächtlichen Suche nach Robert Lost meldete sich Bosch um acht Uhr am Empfangstisch und wurde zu einem reservierten Sitz im offenen VIP-Zelt geführt. Dort waren hinter dem Rednerpult, an dem die Ansprachen gehalten würden, vier Stuhlreihen aufgestellt. Von Boschs Sitz blickte man auf den Paradeplatz hinaus, auf dem die neuen Kadetten aufmarschieren würden, um sich zur Inspektion aufzustellen. Als geladener Gast des Polizeichefs wäre er einer der Inspektoren.

Bosch war in voller Uniform. Das war bei der Aufnahme neuer Officer in den Polizeidienst Tradition – man beglückwünschte sie in Uniform zur Uniform. Und er war früh gekommen. Er saß allein da und hörte zu, wie die Polizeikapelle alte Standards spielte. Niemand störte ihn, während andere VIPs zu ihren Plätzen gebracht wurden. Es waren hauptsächlich Politiker und Würdenträger und ein paar ehemalige Irakkämpfer mit dem Purple Heart an ihren U.S.-Marine-Corps-Uniformen.

Die Haut an Boschs Hals juckte unter dem gestärkten

Kragen und der eng geknoteten Krawatte. Er hatte fast eine Stunde lang unter der Dusche gestanden und die Tusche auf seiner Haut wegzuschrubben versucht, in der Hoffnung, damit auch gleich die ganze Abscheulichkeit des Falls abzuwaschen.

Er wurde auf Deputy Chief Irvin Irving erst aufmerksam, als der Kadett, der Irving zu seinem Platz brachte, sagte: »Entschuldigung, Sir.«

Bosch blickte auf und sah, dass Irving der Platz neben ihm zugeteilt worden war. Er richtete sich auf und nahm sein Programm von dem für Irving reservierten Sitz.

»Viel Vergnügen, Sir«, sagte der Kadett, bevor er zackig kehrtmachte, um einen anderen VIP zu holen.

Zunächst sagte Irving nichts. Er schien viel Zeit darauf zu verwenden, es sich bequem zu machen und sich umzuschauen, ob jemand sie beobachtete. Sie saßen in der ersten Reihe, auf zwei der besten Plätze. Schließlich begann er zu sprechen, ohne sich Bosch zuzuwenden oder ihn anzusehen.

»Was hat das zu bedeuten, Bosch?«

»Das würde ich gern von Ihnen hören, Chief.«

Jetzt war es Bosch, der sich umblickte, ob jemand sie beobachtete. Offensichtlich war es kein Zufall, dass sie nebeneinandersaßen. Bosch glaubte nicht an Zufälle. Nicht an solche.

»Der Chief wollte, dass ich an der Feier teilnehme«, sagte er. »Er hat mich am Montag eingeladen, als er mir meine Dienstmarke zurückgab.«

»Schön für Sie.«

Fünf Minuten vergingen, bevor Irving wieder etwas sagte. Bis auf die Plätze am Ende der ersten Reihe, die für den Polizeichef und seine Frau reserviert waren, war das Zelt fast voll. Inzwischen flüsterte Irving.

»Sie haben eine schwere Woche hinter sich, Detective. Sie landen in der Scheiße und entsteigen ihr, stinkend wie eine Rose. Glückwunsch.«

Bosch nickte. Das war eine zutreffende Einschätzung.

»Und bei Ihnen, Chief? Eine weitere Woche im Büro?«

Irving antwortete nicht. Bosch dachte an die Orte, an denen er am Abend zuvor nach Robert Lost gesucht hatte. Er dachte an Muriel Losts Gesicht, als sie gesehen hatte, wie der Mörder ihrer Tochter zum Streifenwagen geführt wurde. Bosch hatte Stoddard schleunigst auf den Rücksitz verfrachten müssen, um sie von ihm fernzuhalten.

»Und alles nur Ihretwegen«, sagte Bosch ruhig.

Irving sah ihn zum ersten Mal an.

»Wie bitte?«

»Ich rede von den siebzehn Jahren. Sie haben einen Ihrer Leute die Alibis der Eights überprüfen lassen. Er wusste nicht, dass Gordon Stoddard auch der Lehrer des Mädchens war. Hätten Green und Garcia die Alibis überprüft – wie es sich gehört hätte –, wären sie auf Stoddards Namen gestoßen und hätten sich den entsprechenden Reim darauf gemacht. Vor siebzehn Jahren. Diese lange Zeit geht auf Ihr Konto.«

Irving drehte sich auf seinem Sitz herum, um Bosch anzusehen.

»Wir hatten eine Abmachung, Detective. Wenn Sie das an die große Glocke hängen, werde ich andere Möglichkeiten finden, es Ihnen heimzuzahlen. Das ist Ihnen doch hoffentlich klar.«

»Ja, klar, wenn Sie das sagen, Chief. Nur vergessen Sie dabei eines. Ich bin nicht der Einzige, der über Sie Bescheid weiß. Was wollen Sie dann tun? Mit jedem Ihre kleinen Deals machen? Mit jedem Reporter, jedem Cop? Mit jeder Mutter und jedem Vater, die wegen dem, was Sie getan haben, ein entleertes Leben leben mussten?«

»Nicht so laut«, zischte Irving.

Bosch antwortete mit ruhiger, gemessener Stimme. »Ich habe alles gesagt, was ich Ihnen sagen wollte.«

»Na schön, dann will auch ich Ihnen noch was sagen. Ich bin noch nicht mit Ihnen fertig. Wenn ich herausfinde …«

Er brach mitten im Satz ab, als der Polizeichef mit seiner Frau an ihnen vorbeigeführt wurde. Irving nahm eine aufrechtere Haltung ein, als die Musik lauter wurde und die Veranstaltung begann. Vierundzwanzig Kadetten mit blitzenden neuen Dienstmarken an ihren Uniformen marschierten auf den Paradeplatz und nahmen vor dem VIP-Zelt Aufstellung.

Es gab zu viele einleitende Reden. Dann dauerte die Inspektion der neuen Polizisten zu lange. Doch schließlich kam der Höhepunkt der Veranstaltung, die traditionelle Ansprache des Polizeichefs. Der Mann, der Bosch in den Polizeidienst zurückgeholt hatte, war am Rednerpult entspannt und locker. Er sprach von einer inneren wie äußeren Neugestaltung der Polizei, und dass er mit den vierundzwanzig neuen Polizisten, die jetzt vor ihm stünden, damit beginnen wolle. Er sagte, er meine damit eine Neugestaltung des Images und der Arbeitsweise der Polizei. Er sagte viele der Dinge, die er am Montagmorgen zu Bosch gesagt hatte. Er legte den frischgebackenen Polizisten ans Herz, niemals das Gesetz zu brechen, um das Gesetz durchzusetzen, und ihren Dienst immer in Einklang mit der Verfassung und voll Mitgefühl zu versehen.

Doch mit dem Schluss seiner Rede überraschte er Bosch.

»Zu guter Letzt möchte ich Sie um Ihre Aufmerksamkeit für zwei Männer bitten, die heute hier meine Gäste sind. Der eine von ihnen kommt, der andere geht. Detective Harry Bosch ist diese Woche nach ein paar Jahren im Ruhestand in den Polizeidienst zurückgekehrt. Wahrscheinlich ist ihm in diesem verlängerten Urlaub klar geworden, dass man einem alten Hund keine neuen Kunststücke mehr beibringen kann.«

Von der Menge auf der anderen Seite des Paradeplatzes kam höfliches Gelächter. Dort saßen die Angehörigen und Freunde der Kadetten.

Der Chief fuhr fort. »Deshalb ist er in den Schoß der LAPD-Familie zurückgekehrt und hat sich dort bereits von seiner besten Seite gezeigt. Er hat sich zum Wohl der Allgemeinheit dem Unrecht entgegengestellt. Gestern haben er und seine Partnerin einen siebzehn Jahre zurückliegenden Mord aufgeklärt, der wie ein Stachel im Fleisch dieser Allgemeinheit steckte. Wir heißen Detective Bosch wieder bei uns willkommen.«

Aus der Menge kam vereinzelter Applaus. Bosch spürte, wie ihm heiß im Gesicht wurde. Er blickte auf seine Hände hinab.

»Außerdem möchte ich Deputy Chief Irvin S. Irving danken, dass er heute hier bei uns ist«, fuhr der Polizeichef fort. »Chief Irving hat fast fünfundvierzig Jahre bei der Polizei von Los Angeles gedient. Im Moment gibt es bei uns keinen Officer, der länger gedient hat. Sein Entschluss, heute in den Ruhestand zu treten und diesen feierlichen Anlass zu der letzten Amtshandlung zu machen, bei der er noch seine Dienstmarke trägt, ist ein würdiger Abschluss seiner Laufbahn. Wir danken ihm für die Dienste, die er für die Polizei und für die Stadt Los Angeles geleistet hat.«

Der Beifall für Irving war anhaltend und wesentlich lauter. Leute begannen, zu Ehren des Mannes aufzustehen, der der Polizei und der Stadt so lange gedient hatte. Bosch drehte sich etwas nach rechts, sodass er Irvings Gesicht sehen konnte, und in dem Moment, in dem er die Augen des Deputy Chief sah, wusste er, dass er darauf nicht vorbereitet gewesen war. Er war ausgetrickst worden.

Bald standen alle und klatschten, und Bosch fühlte sich veranlasst, für einen Mann, den er verachtete, das Gleiche zu tun. Er wusste genau, wer Irvings Sturz inszeniert hatte. Wenn Irving Einspruch erhob oder in irgendeiner Form versuchte, seinen Posten einzuklagen, müsste er mit einer von Kizmin Rider eingereichten Dienstaufsichtsbeschwerde rechnen. Und es bestand kein Zweifel, wer in diesem Fall den Kürzeren zöge. Überhaupt kein Zweifel.

Bosch wusste allerdings nicht, wann es geplant worden war. Er musste daran denken, wie Rider in Zimmer 503 an ihrem Schreibtisch gesessen und mit Kaffee auf ihn gewartet hatte, schwarz, wie er ihn mochte. Hatte sie damals schon gewusst, zu welchem Fall der kalte Treffer gehörte und wozu er führen würde? Er erinnerte sich an das Datum des DOJ-Berichts. Es hatte zehn Tage vor dem Tag gelegen, an dem er ihn gelesen hatte. Was war in diesen zehn Tagen passiert? Was hatten sie für seine Rückkehr in den Polizeidienst geplant?

Bosch wusste es nicht, und er war auch nicht sicher, ob er es wissen wollte. Polizeipolitik wurde im sechsten Stock gemacht. Bosch war in Zimmer 503, und dort sah er auch seinen Platz. Keine Frage.

Als der Polizeichef fertig war, trat er vom Mikrophon zurück. Er überreichte den Kadetten, einem nach dem anderen, ein Abschlussdiplom und schüttelte jedem für ein Foto die Hand. Alles lief sehr schnell und reibungslos und perfekt choreographiert ab. Drei Polizeihubschrauber knatterten im Formationsflug über den Paradeplatz, und die Kadetten beendeten die Feier, indem sie ihre Mützen in die Luft warfen.

Bosch dachte an die Zeit vor über dreißig Jahren zurück, als er seine Mütze in die Luft geworfen hatte. Bei der Erinnerung musste er lächeln. Von seinem Jahrgang war keiner mehr dabei. Sie waren entweder tot oder pensioniert oder ausgebrannt. Es lag an ihm, die Fahne und die Tradition hochzuhalten. Den guten Kampf zu kämpfen.

Als die Feier zu Ende ging und die Gäste auf den Platz stürmten, um den frischgebackenen Polizisten zu gratulieren, beobachtete Bosch, wie Irving aufstand und über den Paradeplatz direkt zum Ausgang ging. Er blieb bei niemandem stehen, nicht einmal bei denen, die ihm zum Glückwunsch oder zum Dank die Hand reichen wollten.

»Sie haben eine ereignisreiche Woche hinter sich, Detective.«

Bosch drehte sich um. Es war der Polizeichef. Bosch nickte. Er wusste nicht, was er sagen sollte.

»Danke, dass Sie gekommen sind«, sagte der Chief. »Wie geht es Detective Rider?«

»Sie hat sich den Tag freigenommen. Sie hat gestern aus nächster Nähe einen abgekriegt.«

»Das habe ich gehört. Wird einer von Ihnen an der heutigen Pressekonferenz teilnehmen?«

»Also, sie hat frei, und ich hätte gern geschwänzt, wenn Sie nichts dagegen haben.«

»Darum kümmern wir uns schon. Wie ich sehe, haben Sie die Story bereits der *Daily News* gegeben. Jetzt wollen alle anderen sie auch haben. Wir müssen eben die übliche Zirkusnummer abziehen.«

»Das war ich der *News*-Reporterin schuldig.«

»Ja, verstehe.«

»Werde ich noch einen Job haben, wenn sich der Staub gesetzt hat, Chief?«

»Natürlich, Detective Bosch. Wie bei jedem Ermittlungsverfahren mussten auch bei diesem Entscheidungen getroffen werden. Schwere Entscheidungen. Sie haben die beste Entscheidung getroffen, die Sie treffen konnten. Es wird eine Untersuchung geben, aber ich glaube nicht, dass Sie Probleme kriegen werden.«

Bosch nickte. Fast hätte er sich bedankt, entschied sich aber dagegen. Er sah den Polizeichef nur an.

»Gibt es noch etwas, was Sie mich fragen wollten, Detective?«

Bosch nickte wieder.

»Ich habe mir so meine Gedanken gemacht.«

»Worüber?«

»Den Anstoß zu diesen Ermittlungen gab ein Schreiben des Justizministeriums, und dieses Schreiben war schon alt, als es zu mir kam. Jetzt frage ich mich, warum es für mich zurückgehalten wurde. Was ich damit sagen will, ist vermutlich: Ich frage mich, was Sie wussten und seit wann Sie es wussten.«

»Spielt das jetzt noch eine Rolle?«

Bosch reckte das Kinn in die Richtung, in der Irving verschwunden war. »Möglicherweise. Ich weiß es nicht. Aber er wird sicher nicht so einfach aufgeben. Er wird zu den Medien gehen. Oder zu einem Anwalt.«

»Er weiß, es wäre ein Fehler, das zu tun. Es hätte Konsequenzen für ihn. Er ist nicht auf den Kopf gefallen.«

Bosch nickte nur. Der Polizeichef sah ihn kurz forschend an, bevor er weitersprach.

»Sie scheinen sich immer noch Sorgen zu machen, Detective. Wissen Sie nicht mehr, was ich Ihnen am Montag gesagt habe? Ich habe Ihnen gesagt, ich habe Ihren Fall und Ihre Karriere sorgfältig studiert, bevor ich beschlossen habe, Sie zurückzuholen.«

Bosch sah ihn nur an.

»Und das habe ich auch so gemeint«, sagte der Chief. »Ich habe mich eingehend mit Ihnen befasst, und ich glaube, etwas über Sie zu wissen. Sie sind wegen einer ganz bestimmten Sache auf dieser Welt, Detective Bosch. Und jetzt haben Sie die Gelegenheit, sie zu tun, weiter Ihre Mission zu erfüllen. Spielt angesichts dessen etwas anderes noch eine Rolle?«

Bosch sah ihm lange in die Augen, bevor er antwortete.

»Ich glaube, was ich tatsächlich fragen wollte, betrifft das, was Sie neulich gesagt haben. Das mit den Wellen und den Stimmen, haben Sie das ernst gemeint? Oder wollten Sie mich nur anspitzen, damit ich Irving für Sie zur Strecke bringe?«

Die Wangen des Polizeichefs begannen zu glühen. Er senkte den Blick, als er seine Antwort zurechtlegte. Dann sah er wieder zu Bosch auf, und diesmal war er es, der Boschs Blick suchte.

»Ich habe jedes einzelne Wort ernst gemeint. Und vergessen Sie nicht: Sie kehren in Zimmer fünf null drei zurück und lösen Fälle, Detective. Dafür sind Sie hier. Lösen Sie sie, oder ich werde Gründe finden, Sie wieder loszuwerden. Verstehen Sie das?«

Bosch empfand das nicht als Drohung. Ihm gefiel die Antwort des Chief. Sie vermittelte ihm ein gutes Gefühl. Er nickte.

»Das verstehe ich.«

Der Chief hob die Hand und fasste Bosch am Oberarm.

»Gut. Dann gehen wir jetzt mal da rüber und lassen uns mit ein paar von diesen jungen Leuten, die heute Teil unserer Familie geworden sind, fotografieren. Vielleicht können sie etwas von uns lernen. Vielleicht können wir etwas von ihnen lernen.«

Als sie in die Menge eintauchten, schaute Bosch in die Richtung, in die Irving gegangen war. Aber er war längst verschwunden.

44

Bosch suchte in drei der nächsten sieben Nächte nach Robert Lost, fand ihn aber erst, als es zu spät war.

Eine Woche nach der Abschlussfeier in der Polizeiakademie saßen sich Bosch und Rider an ihren Schreibtischen gegenüber und legten letzte Hand an den Ermittlungsbericht gegen Gordon Stoddard an. Gegen den mutmaßlichen Mörder war ein paar Tage zuvor im San Fernando Municipal Court Anklage erhoben worden, und er hatte auf nicht schuldig plädiert. Damit hatte der juristische Eiertanz begonnen. Bosch und Rider mussten eine umfassende Anklageschrift zusammenstellen, in der alle Beschuldigungen gegen Stoddard aufgeführt waren. Diese würde dann dem Ankläger ausgehändigt, damit er sie bei den Verhandlungen mit Stoddards Verteidiger heranziehen konnte. Nach einem Treffen mit Muriel Lost sowie mit Bosch und Rider hatte der Ankläger seine Verhandlungsstrategie festgelegt. Falls sich Stoddard dafür entschied, es auf einen Prozess ankommen zu lassen, würde der Staat infolge des Tatbestands, dass er dem Opfer aufgelauert hatte, für die Todesstrafe plädieren. Wenn Stoddard ein Todesurteil umgehen wollte, blieb ihm als einzige Möglichkeit, sich in einer außergerichtlichen Übereinkunft des Mordes ersten Grades schuldig zu bekennen, was ihm eine lebenslängliche Haftstrafe ohne die Möglichkeit einer vorzeitigen Haftaussetzung eintrüge.

In beiden Fällen wäre der Abschlussbericht, den Bosch und Rider zusammenstellten, von entscheidender Bedeutung, weil daraus für Stoddard und seinen Anwalt ersichtlich würde, wie erdrückend die Last der Beweise war. Es war dieses Dokument, das sie zum Handeln zwänge und Stoddard nur die Wahl zwischen zwei gleichermaßen unerfreulichen Alternativen ließe: den Rest seines Lebens in einer Gefängniszelle zu verbringen oder sein Leben auf die extrem niedrige Chance zu setzen, in den Geschworenen Zweifel an seiner Schuld wecken zu können.

Bis zu diesem Punkt war etwas mehr als eine Woche vergangen. Rider hatte sich von dem Schock von Stoddards Schuss erholt und zeigte sich bei der Zusammenstellung des abschließenden Ermittlungsberichts gewohnt versiert. Bosch hatte den ganzen Montag damit verbracht, das Ermittlungsverfahren mit einem Detective der Internal Affairs Division durchzugehen, und wurde einen Tag später von allen Vorwürfen freigesprochen. Der Freispruch durch die IAD bedeutete, dass Bosch seitens der Polizei keine Konsequenzen zu befürchten hatte, auch wenn in der nicht abreißenden Medienberichterstattung über den Fall weiterhin die Rechtmäßigkeit des polizeilichen Vorgehens, bei dem Mackey als Köder benutzt worden war, infrage gestellt wurde.

Bosch war bereit, sich den nächsten Fall vorzunehmen. Er hatte Rider bereits gesagt, er wolle sich den Fall der alten Dame ansehen, die an seinem ersten Tag im Polizeidienst gefesselt und ertrunken in ihrer Badewanne aufgefunden worden war. Sie wollten sich damit befassen, sobald der Schreibkram im Fall Stoddard erledigt war.

Abel Pratt kam aus seinem Büro in ihr Abteil. Sein Gesicht war aschfahl. Er deutete mit dem Kopf auf Riders Monitor.

»Ist das Stoddard, woran Sie gerade arbeiten?«, fragte er.

»Ja«, sagte Rider. »Wieso? Was ist?«

»Das können Sie vergessen. Er ist tot.«

Darauf sagte erst einmal lange niemand etwas.

»Tot?«, fragte Rider schließlich. »Was soll das heißen, tot?«

»Er wurde in seiner Zelle im Van-Nuys-Gefängnis tot aufgefunden. Mit zwei Stichwunden am Hals.«

»War er das selbst?«, fragte Bosch. »Hätte ich ihm nicht zugetraut.«

»Nein, jemand hat es für ihn getan.«

Bosch setzte sich kerzengerade auf. »Moment. Er war im Hochsicherheitstrakt und sollte ausdrücklich von den anderen Häftlingen ferngehalten werden. Niemand kann an ihn ...«

»Heute Morgen hat es jemand geschafft«, sagte Pratt. »Und das ist die schlechte Nachricht.«

Pratt hielt einen kleinen Block hoch, auf dem er sich verschiedene Notizen gemacht hatte. Er las davon ab.

»Montagabend wurde auf dem Van Nuys Boulevard ein Mann verhaftet. Wegen Trunkenheit und ordnungswidrigen Verhaltens. Bei seiner Festnahme griff er auch noch einen der Polizisten an. Man nahm ihm die Fingerabdrücke ab und lieferte ihn ins Van-Nuys-Gefängnis ein. Er hatte keinen Ausweis und gab als seinen Namen Robert Light an. Als er am nächsten Tag dem Richter vorgeführt wurde, bekannte er sich in allen Punkten schuldig, worauf ihm der Richter eine Woche im Van-Nuys-

Gefängnis aufbrummte. Die Fingerabdrücke waren zu diesem Zeitpunkt noch immer nicht mit der Datenbank abgeglichen worden.«

Bosch spürte tief unten in seinem Bauch ein Ziehen. Er spürte ein großes Unbehagen. Er wusste, wohin das führte. Pratt fuhr fort. Er griff auf seine Notizen zurück, um den Hergang zu rekonstruieren.

»Der Mann, der sich Robert Light nannte, wurde im Gefängnis zum Küchendienst eingeteilt, weil er behauptete und auch vorführte, dass er Erfahrung als Koch hatte. Heute Morgen tauschte er dann mit einem anderen Küchenhelfer und schob den Wagen mit dem Essen für die Häftlinge im Sicherheitstrakt. Laut Aussagen zweier Wärter, die den Vorfall beobachteten, griff Robert Light zwischen den Gitterstäben hindurch, als Stoddard an die Klappe seiner Zellentür kam, um sich sein Essen zu nehmen, und hielt ihn fest. Dann stach er wiederholte Male mit einem improvisierten Messer auf ihn ein, das durch Abschleifen aus einem Löffel hergestellt worden war. Stoddard erlitt zwei Stichverletzungen am Hals, bevor die Wärter Light überwältigen konnten. Aber sie waren zu spät gekommen. Stoddards Halsschlagader war durchtrennt worden, und er verblutete in seiner Zelle, bevor Hilfe eintraf.«

An dieser Stelle endete Pratt, aber Bosch und Rider stellten keine Fragen.

»Wie es der Zufall will«, fuhr Pratt schließlich fort, »wurden etwa zum gleichen Zeitpunkt, an dem Robert Light Stoddard umbrachte, endlich auch seine Fingerabdrücke in die Datenbank eingegeben. Der Computer spuckte einen Bogie aus – einen Häftling, der einen falschen Namen angegeben hatte. Wie Sie sicher schon die ganze Zeit vermutet haben, war der richtige Name des Mannes Robert Lost.«

Bosch sah Rider an, konnte ihrem Blick aber nicht lange standhalten. Er schaute auf seinen Schreibtisch. Er fühlte sich, als hätte er einen Schlag bekommen. Er schloss die Augen und rieb sich das Gesicht. Er hatte das Gefühl, dass das alles irgendwie seine Schuld war. Bei den Ermittlungen war er für Robert Lost zuständig gewesen. Er hätte ihn finden müssen.

»Ist das nicht ein toller Abschluss?«, sagte Pratt.

Bosch ließ die Hände sinken und stand auf. Er sah Pratt an.

»Wo ist er?«, fragte er.

»Lost? Noch in Van Nuys. Das dortige Morddezernat übernimmt die Sache.«

»Ich werde gleich mal dorthin fahren.«

»Was willst du da machen?«, fragte Rider.

»Keine Ahnung. Was ich eben kann.«

Er ging aus dem Abteil und ließ Rider und Pratt allein zurück. Draußen auf dem Flur drückte er auf den Knopf für den Aufzug und wartete. Die Schwere in seiner Brust verschwand nicht. Es war das Gefühl von Schuld, das Gefühl, dass er diesem Fall nicht gewachsen gewesen war und dass seine Fehler einen so hohen Preis gefordert hatten.

»Es ist nicht deine Schuld, Harry. Er hat getan, was er siebzehn Jahre lang tun wollte.«

Bosch drehte sich um. Rider war ihm gefolgt.

»Ich hätte ihn vorher finden sollen.«

»Er wollte nicht gefunden werden. Er hatte alles geplant.«

Die Lifttür ging auf. Die Kabine war leer.

»Egal, was du machst«, sagte Rider, »ich komme mit.«

Er nickte. Wenn sie dabei war, würde es einfacher. Er bedeutete ihr, einzusteigen, und folgte ihr dann in den Lift. Auf der Fahrt nach unten spürte er, wie eine tiefe Entschlossenheit von ihm Besitz ergriff. Die Entschlossenheit, die Mission zu Ende zu bringen. Die Entschlossenheit, Robert und Muriel und Rebecca Lost auf seinem Weg nie zu vergessen. Und das Versprechen, immer für die Toten zu sprechen.

Danksagung

Der Autor möchte all denen danken, die ihm bei den Recherchen und beim Schreiben dieses Romans geholfen haben. Zu ihnen gehören Michael Pietsch, Asya Muchnick, Jane Wood und Peggy Leith Anderson sowie Jane Davis, Linda Connelly, Terrill Lee Lankford, Mary Capps, Judy Couwels, John Houghton, Jerry Hooten und Ken Delavigne.

Sein besonderer Dank gilt den Detectives Tim Marcia, Rick Jackson und David Lambkin vom Los Angeles Police Department sowie Sergeant Bob McDonald und Police Chief William Bratton.

Wenn Ihnen dieses KAMPA POCKET
gefallen hat, gefällt Ihnen vielleicht auch der
Lesetipp auf der gegenüberliegenden Seite.